江苏省社会科学院专家文集

学海弄舟

陈辽 著

凤凰出版传媒集团 凤凰出版社

图书在版编目（CIP）数据

学海弄舟／陈辽著. -- 南京：凤凰出版社，2010.12
（江苏省社会科学院专家文集）
ISBN 978-7-5506-0146-8

Ⅰ.①学… Ⅱ.①陈… Ⅲ.①文学研究－文集 Ⅳ.①I0-53

中国版本图书馆CIP数据核字(2010)第264430号

书　名	学海弄舟
著　者	陈　辽
责任编辑	王华宝
出版发行	凤凰出版传媒集团
	凤凰出版社（原江苏古籍出版社）
	南京市中央路165号　邮编 210009
	发行部电话 025—83223462
集团网址	凤凰出版传媒网　http://www.ppm.cn
照　排	南京凯建图文制作有限公司
印　刷	江苏凤凰通达印刷有限公司
	南京市六合区冶山镇　邮编 211523
开　本	880×1230毫米　1/32
印　张	16.75
字　数	466千字
版　次	2010年12月第1版　2010年12月第1次印刷
标准书号	ISBN 978-7-5506-0146-8
定　价	50.00元

（本书凡印装错误可向承印厂调换，电话：025—57572508）

江苏省社会科学院专家文集

编委会

主　任：宋林飞
副主任：张德华　陈　刚　周祥宝
委　员（以姓氏笔画为序）：
　　　　田伯平　包宗顺　孙克强
　　　　张　卫　杨颖奇　吴先满
　　　　陈　颐　陈爱蓓　胡发贵
　　　　胡传胜　姜　建　葛守昆
　　　　韩璞庚

江苏省社会科学院专家文集

总　序

2010年,我们迎来了江苏省社会科学院建院30周年!

30年来,在江苏省委、省政府的领导下,在社会各界的大力支持下,我们社科院各项事业不断发展,尤其是科研队伍不断壮大,科研成果不断增加、积累,学术影响和地位不断扩大、提升。据不完全统计,建院30年,我院研究人员牵头主持国家社会科学基金课题共63项,牵头主持江苏省社会科学基金课题共208项,共发表学术论文14100多篇,出版学术著作900多部,共有246项成果获得省部级哲学社会科学优秀成果奖和国家、江苏省精神文明建设"五个一工程"奖。这些成果来之不易,是全院广大科研人员勤劳智慧之结晶。

30年不断发展创新的科研过程,形成了我院一大批学者、专家和学科带头人,特别是那些荣获国家"有突出贡献的中青年专家"、国务院"政府特殊津贴"享受者和江苏省"有突出贡献的中青年专家"称号的教授、研究员,他们为我院科研事业发展做出了突出贡献。因此,在庆祝建院30周年之际,我们决定为我院享有以上三类专家称号的教授、研究员出版个人文集,作为江苏省社会科学院专家文集隆重推出,委托凤凰出版社出版,每位专家1本,每本40万字左右,主要汇集已公开发表的学术论文。以后,我们还将为我院上述三类专家称号的新获得者(已出专家文集者不重复出)和学科带头人出版专家文集。

首次列入出版专家文集的这21位专家,涵盖了我院经济学、社会学、马克思主义研究与政治学、文学、历史学、哲学等多种学科,他们在各自的工作岗位辛勤耕耘,在各自的学科领域长期探索,形成了丰富的成果,积累了宝贵的经验,创新了研究方法,走出了一条各具特色的成功的科学研究之路,在全国和江苏省享有较高的知名度,受到社会的广泛称赞和好评。这是我院事业兴旺发达、科研持续发展的一笔宝贵的精神财富,值得全院同志特别是青年科研人员学习借鉴。如今,这些专家,他们中有些年事已高,却依然忙于笔耕;更有不少年富力强者,他们任务重,压力大,积极作为,发挥着学术带头人的作用。

江泽民同志强调社会科学的认识世界、传承文明、创新理论、咨政育人、服务社会等功能作用,强调以科学的理论武装人。胡锦涛为总书记的党中央倡行科学发展观,强调党和国家的各项工作都要以人为本。我们社会科学工作者要深入学习领会中央领导同志的这些重大战略思想,努力把这些重大战略思想贯彻落实到自己的科研实践中去。在我院事业发展的最近十多年的时间里,我们继承发扬我院已有的解放思想、实事求是、重视实际调查和科研团队协作等优良传统与作风,与时俱进,进行一系列新的开拓创新。最近十多年来,我们坚持理论研究和应用研究相结合,贴近现实,贴近决策,努力创建一流的地方社会科学院。我们陆续推出了江苏经济形势分析会、重点课题研究、江苏经济社会形势分析与预测蓝皮书、《咨询要报》、江苏研究报告、江苏研究丛书、院学术文库和青年学者文库、比较优势学科基地建设、研究员论坛、《江苏通史》、《历代江苏名人辞典》、《江苏历代名人传记丛书》等重大科研工程项目与活动,有效调动了全院科研人员的积极性和创造性,科研成果增长加快,成果质量不断提高,社会影响不断扩大,使我们的科研工作让领导满意、学界认同、社会欢迎。这些重要的开拓创新与努力及其形成的成果为我院事业以后的发展打下了深厚扎实的基础。

当前,我国正处在深化改革开放与发展的关键时期,江苏也正处于建设更高水平的全面小康社会进而率先基本实现现代化的关键时期,有大量的理论与实践问题亟待我们社科工作者去研究探索。我们社科院的同志要戒骄戒躁,踏实前进,不断创新,多出成果,多出精品力作,通过多出成果，多出精品力作，而多出人才，多出专家、名家甚至大家。不仅深入研究江苏，而且要重视研究全国性、普遍性的问题，还要有世界眼光，博采众长，兼收并蓄，加强学理性，突出重点，搞好协作攻关，努力提升工作水平，进一步彰显我院的特长与优势，为国家和江苏省的社会主义现代化建设做出更大的贡献。

今天正是30年前江苏省政府批复江苏省哲学社会科学研究所扩建为江苏省社会科学院的日子，仅以上述所言为专家文集总序。

江苏省社会科学院院长、党委书记、教授

宋林飞

2010年6月3日

作者小传

陈辽,1931年9月出生,江苏海门人。高中肄业。1945年8月日本投降前参加新四军。1949年4月,加入共产党。1956年,被授予大尉军衔。1946年3月至1947年2月,在华中建设大学学习。1958年转业到地方。1979年调进江苏省哲学社会科学研究所(1980年更名为江苏省社会科学院),曾任副研究员、研究员、文学研究所所长等职。1996年11月离休。

1946年1月,发表第一篇文学作品;1951年3月,发表第一篇文学评论。至今已出版专著、论著、论文集等31部;主编并参与撰写的著作15部。1986年,国家人事部向他颁发"有突出贡献的专家"证书;1991年,国务院给予"政府特殊津贴"。其论著获部、省级奖项8次，获全国"五个一"工程奖1次。作为中国作家代表团、中国"笔会"代表团成员，访问过保加利亚、日本；作为中国文艺家代表团副团长，访问过台湾。

目 录

前言 ……………………………………………………………（1）

第一编　古典文学研究

简论《三国演义》"赤壁之战"的故事和人物描写 ……………（3）
《三国演义》怎样描写战争？ …………………………………（12）
中国古典小说家编织故事的艺术技巧 …………………………（23）
《西游记》究竟是怎样的一部小说？
　　——兼评对《西游记》的几种误解 ………………………（34）
《金瓶梅》原是评话说
　　——兼谈《金瓶梅》的作者问题 …………………………（44）
道教和《封神演义》 ……………………………………………（56）
《红楼梦》：一部特殊的忏悔录 …………………………………（67）
从"斗阵"辨《三国》、《水浒》何者在先？ ……………………（76）
《朴通事》：元明两代中国文化的百科全书 ……………………（82）
汉字文化圈内的域外汉文小说 …………………………………（93）
"替天行道"行何"道"？
　　——关于《水浒》中"道"的辨析 ………………………（100）
谁说新中国没有学术通人？ ……………………………………（105）
文化小说：明清集大成 …………………………………………（109）

第二编　现代当代文学和华文文学研究

铁划银钩出"金环"……………………………………………（119）
我对《娄山关》一词的理解
　　——与郭老商榷………………………………………（124）
　　附：三十九年前我与郭老的一次"争鸣"
不能遗忘的"寿星"作家包天笑……………………………（130）
瞿秋白的"民本"思想………………………………………（133）
台湾、香港及海外学者对陈独秀的研究 …………………（138）
盛成和程抱一…………………………………………………（147）
第一部写萧红的长篇小说
　　——读《五月端阳红》…………………………………（152）
图文"共读"陈白尘
　　——读《陈白尘笑傲坎坷人生路》……………………（157）
在"非常之路"的揭示中写陈毅
　　——《陈毅的非常之路》读评…………………………（160）
九十年代女性三"态"的显示和阐释
　　——读评《女性生命潮汐》（《选读》和《研究》）………（164）
荒唐　荒诞　荒谬　辱骂鲁迅者的淫诗得了"鲁迅文学奖"！
　　………………………………………………………（171）
"巾帼岂无翻海鲸？"
　　——追思李子云同志……………………………………（174）
实事求是地评价新中国60年文学 …………………………（178）
历程·个性·当下
　　——江苏文学六十年……………………………………（184）
股市枭雄，因何浮沉？
　　——读评《枭雄》…………………………………………（197）

终于有了真正的干校文学
　　——评《中国作家协会在干校》……………………（201）
吐胸中块垒，掀笔底波澜
　　——读郑伯农《诗词与诗论》中的诗词……………（206）
传记文学中的上品
　　——评王川的《狂石鲁》………………………………（210）
诗书双璧　相得益彰
　　——读评沈竹眠的《诗书留痕》………………………（216）
蔼然可亲的学者　奋然前行的战士
　　——缅怀何老……………………………………………（220）
创作理念的误导　作品自许的反差
　　——评《大秦帝国》………………………………………（225）
丘东平在江苏……………………………………………………（234）
请君记取白舒荣…………………………………………………（241）

第三编　文艺理论研究

对陈其通等同志的《意见》的意见………………………………（249）
登东岳，谈美学…………………………………………………（255）
文学评论和研究的方法论问题…………………………………（267）
胡风文艺思想平议………………………………………………（275）
新时期小说理论的发展…………………………………………（309）
论文艺反映论和文艺主体性的统一……………………………（328）
文学思潮的涨落…………………………………………………（339）
谈五代文论家的历史贡献及其缺失……………………………（345）
论20世纪中国文艺理论的"创新"………………………………（353）
谈影响今后中国文艺发展的八大动因…………………………（363）
文艺成就的标志是什么？………………………………………（370）

小说思潮的深层探索
　　——读《20年小说思潮》……………………………（374）
"劳动创造了美",是否马克思的美学主张?………………（378）
谈作家的思想力………………………………………………（391）
既要宽容意识,又要开展批评…………………………………（397）

第四编　历史文化政治经济研究

要懂一点伊斯兰历史……………………………………………（403）
三部中华人民共和国史…………………………………………（411）
宰相论……………………………………………………………（419）
地宫只有一个,宝塔却是两座…………………………………（427）
乡镇旧志集成后地方志功能的提升
　　——读《常熟乡镇旧志集成》……………………………（430）
点燃"西窗烛",照亮世人心
　　——以《西窗烛》发表的李诚的四篇作品为例…………（435）
"陈超事件"和陈超传奇…………………………………………（439）
谈谈地区边界文化………………………………………………（450）
论"干校文化"……………………………………………………（453）
论"《读者》现象"…………………………………………………（464）
谈"和平崛起"中的文化崛起……………………………………（472）
论中国传统文化中的"术"………………………………………（478）
新的"三言":六十年婚恋变迁
　　——读左元的《寻找初恋》…………………………………（487）
创造性发展政协的三大职能……………………………………（493）
上下造假何时休?………………………………………………（496）
抓住这个"牛鼻子":提高经济效益……………………………（499）
让国有企业在同等条件下参与市场竞争………………………（503）

用预测代替计划……………………………………………（505）
大陆股市何以大起大落？………………………………（507）
比较："发展论"和"陀螺论"……………………………（510）

陈辽著作要目………………………………………………（518）

前　言

江苏省社会科学院建院 30 周年，院领导研究决定出版《江苏省社会科学院专家文集》，为我院国家有突出贡献专家、享受国务院"政府特殊津贴"、省有突出贡献专家，每人出版一部。通知我从公开发表的论文中，选收 40~50 万字出一本文集。

这对我来说，是一个喜讯。我自 1946 年初发表第一篇文学作品、1951 年 4 月发表第一篇评论文章起，六十多年间已出版专著、论著、论文集等著作共 31 部，主编并参与撰写著作 15 部，尚有 200 万字未结集出书。我早就有出版一部论文和评论选的打算。院领导决定为本院专家出文集，岂不是让我突现了这个愿望?! 因此，我收到江苏省社科院科研处《关于出版江苏省社科院专家文集的通知》后，就先从这 200 万字已公开发表的论文和评论文章中选辑大部分文章；再从已出版的著作中选辑少量文章；这样，也就可以大致反映我六十多年间所走过的治学道路了。

本文集分四编：古典文学研究、现代当代文学和华文文学研究、文艺理论研究、历史文化政治经济研究。各编文章以发表时间的先后为序。所选文章，有无差错，是否恰当，敬希读者指正。

这部文集能够出版，首先感谢江苏社科院领导及科研处对我从事的研究工作的支持。葛加红女士为我打印了文集中的全部文稿；李华民、张新民夫妇也为这部文集的出版出了力；在此，一并致谢。

陈　辽

于 2010 年 9 月

古典文学研究

第一篇

古典文学研究

简论《三国演义》"赤壁之战"的故事和人物描写

毛主席在《中国革命战争的战略问题》中写道："战争——从有私有财产和有阶级以来就开始了的、用以解决阶级和阶级、民族和民族、国家和国家、政治集团和政治集团之间、在一定发展阶段上的矛盾的一种最高的斗争形式。"（见《毛泽东选集》第164页）《三国演义》所描写的赤壁之战是政治集团和政治集团之间的战争，战争的结局，基本上决定了鼎足三分的局面。因此，赤壁之战始终是人们了解三国这一历史现象的着眼点。然而，从研究历史的眼光来看，赤壁之战比起以前的楚汉成皋之战、新汉昆阳之战、袁曹官渡之战及其后的吴蜀彝陵之战、秦晋淝水之战，规模并不更大，影响也并不更甚。但是，由于《三国演义》天才的描写，赤壁之战就成了家喻户晓、妇孺皆知的一次战争；赤壁之战中的人物，也长久地活在人民的心里。这里，我们应当承认罗贯中（他是历来无数三国故事的整理和加工者）的天才的艺术手腕、惊人的创作能力所起的作用，是他使赤壁之战成了一首辉煌的史诗，是他使演义中的赤壁之战成了人民的宝贵的遗产。因此，研究罗贯中是如何描写这次战争的，是如何刻画这次战争中的人物的，是如何在战争中写景写情的，对于我们将有极大的启发意义。

从四十二回下半节曹操收了荆州开始，《三国演义》即展开了赤壁之战的序幕，当时曹操既得荆州，基本上统一了长江以北的中原地区，争江南已成必然之势。因此，在收了荆州以后，曹操就与众将计议下江南之事："今刘备已投江夏，恐结连东吴，是滋蔓也。当用何计破之？"接着荀攸献了计策："我今大振兵威，遣使驰檄江东，请孙权会猎於江夏,共擒刘备,分荆州之地,永结盟好。孙权必惊疑而来降,则大事济矣!"曹操听从了这一计策,"一面发檄遣使赴东吴,一面计点马步水军共八十三万,诈称一百万,水陆并进,船骑双行,沿江而来,西连荆陕,东接蕲黄,寨栅连络,三百余里。"这就告诉了我们,吴魏之间早已存在的矛盾,此时已提高到了主要矛盾的地位,而魏方由于军力、物力、财力的雄厚而居于矛盾的主要方面。这就是在这区区百十字中,作者所告诉给我们的东西。在这一主要矛盾下,就使孙刘之间的矛盾退居到了次要地位,并使孙刘之间的联合成了可能了。接着,作者叙述了孙权遣使鲁肃以吊丧为名,"说刘备使抚刘表众将同心一意共破曹操",刘备在经过了一番装模作样以后(这是故意抬高自己的身份,以便在孙刘联合中能够争取更大的领导权和更多的发言权),也特派诸葛亮去吴说服孙权破曹。看来,孙刘联合马上就可成功,战争马上就要开始了。可是,作者并未使这次战争简单化,而是深入地进一步地描写了矛盾的普遍性和复杂性,使这次战争的胜利一开始就带有非常艰巨的性质。

在曹操兵力如此强大的情况下,孙权这一政治集团内部分裂成了两派,这就是所谓武官要战、文官要降。不克服内部这一矛盾,要取得这场战争的胜利是不可能的。诸葛亮看清了这一点,于是以"舌战群儒",在理论上给了了这些投降派以迎头痛击,使得这些以张昭为首的投降派"满面羞惭"、"低头丧气"、"尽皆失色"。因此,四十三回是很重要的一回,正是由于诸葛亮的舌战群儒和鲁子敬的力排众议,才大大打击了投降派的气焰,使得接到曹操檄文听了众谋士投降言论以后"未有定论"、"沉吟不语"、"低头不语"的孙权开始决定了"战"!"先生之言,顿开茅塞,吾意已决,更无他疑,即日商议起兵,共灭曹操。"然而,其后孙权还有很大顾虑,"欲待战来,恐寡不敌众,欲待降来,又恐曹操不容",于是,赤壁之战中的中心人物,孙权政治集团中最有势力的一员,青年将军周瑜出来作出重要决定了。

但是,周瑜并没有马上作出战的决定,甚至还故意摆出投降的姿态,说什么"曹操以天子为名,其师不可拒,且其势大,未可轻敌,战则必败,降则易安。吾意已决,来日见主公,便当遣使纳降"。这不是为了别的,是为了要挟刘备,叫刘备有求于他,也是为了在联合中争取更大的领导权和更多的发言权。所谓"醉翁之意不在酒"。这里,聪明的孔明当然决不上当,于是也就假装同意周瑜的主张,甚至还故意说了个笑话,把周瑜调侃了一番,说什么曹操南征东吴,不过为得江东二乔(小乔即周瑜之妻),如把二女献出,曹操必称心满意,班师而回了。这一来,就使周瑜要挟刘备的意图落了空。可是,集团的以及个人的利益(因为,如果投降的话,今后"铜雀春深锁二乔"的可能性是很大的),又不能不决定开战。这样,周瑜也就来了个以假作真,大骂曹操"欺吾太甚",决定与曹操"誓不两立",大战一场了。这里,作者形象地表现了赤壁之战中的次要矛盾——孙刘联合中的矛盾,同时也形象地表现了孔明比周瑜的确更加高明。其后,在整个赤壁之战过程中,作者除紧紧抓住吴魏之间的主要矛盾,并以艺术的手法,充分表现了这一矛盾外,始终没有放松表现孙刘联合中的矛盾和斗争(具体表现在周瑜数次要害死孔明,一次要杀死刘备),为赤壁之战以后的孙刘之间的火并,提供了令人信服的根据。

由于周瑜的一力主战,就使得孙权最后下了决心,"拔佩剑砍面前奏案一角,曰:'诸官将有再言降操者,与此案同。'……'如文武官将有不听号令者,即以此剑诛之'。"于是,叱咤风云的赤壁之战就正式开始,作者的写作注意力,也就主要移到吴魏之间的主要矛盾这方面去了。

战争一开始,"三江口曹操折兵",周瑜就打了一个胜仗。但这只是大胜前的小胜,敌我力量之间的对比还没有显著的变化,曹操的力量还远远超过孙刘的力量。在这种情况下,周瑜决定了尽量削弱敌方的优势,增强自己的力量,以己所长,乘彼之短。首先在群英会上用反间计除了魏方"深得水军之妙"的水军都督蔡瑁、张允,在胜利的前进道路上,搬掉了一块绊脚石。以后,孔明草船借箭,又一次削弱了曹军,加强了吴军。根据"曹操水寨,极其严整有法,非等闲可攻"的情况,孙刘两家又共同决定了"火攻"的战略大计。可是作者写敌方并不蠢笨,并不被动,除了写曹操每次中计以后即能立时悔悟外,还写曹方特派蔡中、蔡和前来诈降,"为奸细内应,以通消息。"这一计谋,虽为周瑜识破,"将计就计,正要他通报消息",但破曹还有很多困难,火攻之计急切间也难以施行。作者并没有轻易地着手解决这一矛盾。

于是,赤胆忠心的黄盖就暗暗地献了一条"苦肉计",企图以"苦肉"赢得曹操的信任,诈降曹操,好就中取事,火烧曹军。这正如孔明说的:"不用苦肉计,何能瞒过曹操!"可是,光有黄盖的苦肉计,如果没有阚泽献诈降书,使曹操相信黄盖投降是真,黄盖被"打得皮开肉绽,鲜血迸流",还不是白白受苦了一场。这里,就显出了阚泽献诈降书的重要和胜利的来得不易。对于这封降书,敌方是抱什么态度的呢?是不是一见降书就喜从天降马上相信了呢?作者对此作了令人永记不忘的描述:曹操先是"于几案上翻复将书看了十余次,忽然拍案张目大怒曰:'黄盖用苦肉计,令汝下诈降书,就中取事,却敢来戏侮我耶?'便教左右推出斩之。"以后,"泽面不改容,仰天大笑",于是"操教牵回",并问他:"吾已识破奸计,汝何故哂笑?"待到阚泽说:"吾笑黄公复不识人耳!"曹操又问道:"何不识人?"并说:"吾自幼熟读兵书,深知奸伪之道,汝这条计,只好瞒别人,如何瞒得我?"最后,并说出了书中的破绽:"我说出你那破绽,教你死而无怨,你既真心献书投降,如何不明约几时,如今你有何理说!"直到阚泽对他的怀疑作了非常合理的解释,曹操才开始相信,后来蔡中、蔡和派人"来报黄盖受刑消息",曹操才真的相信了黄盖是真投降。这里,作者并没有把敌方写得糊涂好欺,而是写得极其精细,极其狡猾,这样既衬托出了阚泽的随机应变、机智大胆的性格,同时又一次形象地表现了胜利的来得不易。可是,即使如此,敌人还未彻底削弱,敌人的可乘之隙还未造成,直到庞统献了连环计,把曹操的战船锁了起来,敌我形势才起了变化,孙刘一方才可以从防守转为进攻了。

那么,聪明一世的曹操为什么在这次战争中屡次受骗,受人之欺呢?作者在"宴长江曹操赋诗"这一回中,对此作了形象的解答。原来曹操这时被历年来军事上的胜利冲昏了头脑,认为现今他有百万雄师,即日就可收服江南,因此就过高地估计了自己,过低地估计了敌人,错误也就不断产生了。请看看作者这段出色的描写吧:"操见南屏山色如画,东视柴桑之境,西观夏口之江,南望樊山,北觑乌林,四周空阔。心中欢喜,谓众官曰:'吾自起义兵以来,与国家除凶去害,誓愿扫清四海,削平天下,所未得者江南也。今吾有百万雄师,更赖诸公用命,何患不成功耶?收服江南之后,天下无事,与诸公共享富贵,以乐太平'"。这是何等的意得志满!后来曹操甚至泄漏了军事秘密:"周瑜鲁肃不识天时,今幸有投降之人为彼心腹之患,此天助吾也!"以后,曹操又陶醉在他虚假的胜利后的安乐里:"如得江南,当娶二乔置之台上(台,即为铜雀台),以娱暮年。"最后,横槊赋诗,置酒高歌,虽然也流露出了一些感伤的情绪,但在诗后自比周公,确实是骄盈极了!而曹操手下的一般谋臣武将,也都阿谀奉承,满足现状。当曹操说完了"……共享富贵,以乐太平"这一段话后,"文武皆起谢曰:'愿得早奏凯歌,我等终身皆赖丞相福荫。'"这又是何等的庸俗自安!比较清醒的刘馥,则做了曹操槊下的牺牲品。从上可见,孙刘一方是竭精殚虑,研究如何击败敌人,而曹操一方却是以为万事大吉,不久即可奏凯而回,那怎么能够不失败呢?

作者也就在描述曹方的升平宴乐以后,着力描写了孙刘一方出奇制胜的情况。"七星坛诸葛祭风,三江口周瑜纵火"这一回,是孙刘一方交战以来所作各种努力的成果的总检阅。"借东风"过去人们往往把它看做是神话,其实这正是作者对于诸葛亮"上至天文,下至地理,三教九流,无所不通,奇门遁甲,无所不晓"的智慧的集中表现,而作者对周瑜在三江口调兵遣将的描写,也正是集中地表现了周瑜的指挥才能。

从曹操在失败途中对敌情数次正确的判断中,作者又一次生动地表明了曹操的失败并不是败于兵力,败于无谋,而是败于轻敌,败于被胜利冲昏了头脑。请看,当曹操已经失败以后,他的头脑不是又像以前那样聪明、清醒起来了吗?

综上所述,作者对赤壁之战的描写是多么地合乎逻辑,合乎情理,合乎生活真实。然而,作者并不是死板板地叙述战争进程,而是通过人物的活动,通过人物性格的刻画来完成这一任务的。

赤壁之战中,我们不能忘怀的人物有这样几个:孔明、周瑜、鲁肃、孙权、曹操、刘备、阚泽、黄盖、庞统、关羽、张飞、赵云等十数个人物。作者就是通过这十数个人物的活动而展开赤壁之战的伟大场景的。作者是如何刻画这些人物的性格的呢?

　　首先,作者是把人物放在特定的环境中进行活动,来表现人物的性格的。我们看:当时刘备是刚吃败仗,只有江夏弹丸之地,在孙刘联合中基本上居于被领导的地位,因此,赤壁之战时候的刘备,既非以前占有徐州时的刘备——那时,他是一个比较能干的小军阀,是一方之主,为了扩大他的地盘,善于笼络部下,为他效命;也非以后做了蜀汉皇帝时的刘备——那时,他已经有帝王的派头,比较自以为是,在征吴时甚至连诸葛亮的话也不愿听了,也不要诸葛亮当军师了。当时的刘备唯恐孙权降曹,惟恐孙刘联合不成,惟恐部下离弃自己,因此他对东吴虽然也想争夺领导权,但基本上是低首下人,对诸葛亮则是百依百顺,言听计从。当刘备决定亲自去东吴犒军时,云长谏止他不去,刘备回答道:"我今结东吴以共破曹操,周郎欲见我,我若不往,非同盟之意,两相猜忌,事不谐矣!"可见当时刘备对东吴是多么地巴结,甚至性命危险也顾不得了。见了周瑜以后,更是奉承备至,连上坐也不敢:"将军名传天下,备不才,何烦将军重礼?"结果分宾主而坐。临别时,又是一番奉承:"备暂告别,即日破敌收功之后,专当叩贺。"寥寥数语,作者就把当时刘备的性格刻划得活灵活现。而在当时情况下的刘备,也不能不是这样的刘备。写诸葛亮也如此。当时的诸葛亮,既非以前高卧隆中时的诸葛亮——那时他颇有隐士之风,很给人一种沽名钓誉的感觉;也非以后当了蜀国大丞相的诸葛亮——那时他雍容儒雅,深谋远虑,高瞻远瞩,确有大丞相的风度。当时的诸葛亮,作者把他写成是策士一流的人物,起初尽量煽动孙权抗战,共同破曹,以后则又以"客卿"面目出现,一面出奇制胜,协助周瑜破曹,一面心怀暗计,图谋破曹以后如何更多的占有胜利果实。事实上,当时的诸葛亮,也不能不是这样的诸葛亮。作者既没有把当时的诸葛亮美化,也没有把他丑化,而是恰如其分地表现了在当时特定环境下的诸葛亮的性格。给我们的印象也就是:随机应变,足智多谋,才识渊博,雄辩莫敌。然而,这不就是当时的诸葛亮吗?

　　其次,作者是在人物的行动中表现人物的性格的。我们看:作者写周瑜的青年英俊,指挥如意,不能容人,并没有作一笔正面的叙述,而是通过周瑜的行动表现出来的。作者写周瑜第一次调兵遣将,就表现了他的雄才大略和运筹于帷幄之内,决胜于千里之外的能力,使原来对周瑜不服的年长的程普大为惊服,并"亲诣行营谢罪"。在群英会中,作者更充分表现了周瑜的"雅量高志"、"挥洒自如"(孔明祭周瑜文中语),把一个自作聪明的蒋干,弄得欲动不能,欲说不得,只得乖乖地中了他的计,送了蔡瑁、张允两条命。而在"三江口周瑜纵火"一回中,作者更是通过周瑜的行动表现了周瑜的指挥有法、料敌若神的能耐。周瑜气量狭窄的性格,作者也是逐步地深入地通过周瑜自身的行动来加以表现的。周瑜起初还只是暗忖孔明比他高一头,"久必为江东之患,不如杀之。"(这时也说明周瑜的欲害孔明,除了个人的量窄外,更主要的还是因为孙刘之间的矛盾)后请诸葛瑾招孔明未成,更恨孔明,于是就"存心欲谋杀之"。但数次谋害均未成,周瑜嫉魤孔明之才就更厉害了,杀害孔明之心就更迫切了。但因为大敌当前,孙刘之间的矛盾只能服从吴魏之间的矛盾,因此周瑜还是尽力隐忍着。待到大举破曹的那一天,周瑜估计曹操必然在这次战争中失败,今后刘备定是东吴的劲敌,而孔明是刘备的得力助手,才能又比自己高,此时不除,更待何时,于是就下决心杀死孔明了。作者为了使周瑜忌才的性格突出,甚至写周瑜未调各路之兵破曹操之先,第一道将令就是派丁奉、徐盛二将:"都到南屏山七星坛前,休问长短,拿住诸葛亮便行斩首,将首级来请功。"这样就把周瑜量窄的性格,一层深一层地展现在读者的面前了。当然,作者在三气周瑜中,对周瑜的性格作了更细致深刻的描写,但是在赤壁之战中,作者已经创造出了周瑜这一历史人物的完整形象了。而华容道关云长义释曹操这一故事,所以传诵民间,其原因之一,就是作者在义释前后对关云长和曹操的性格和心理状态,作了出色的描写,因而给人留下了不可磨灭的印象(至于释的对不对,那是另一回事)。

再次,作者是在人物的相互矛盾和斗争中,特别是在矛盾的尖端来刻划人物的性格的。作者对孙权性格的刻划即是如此。当时,东吴内部,抗战派和投降派的斗争十分激烈,孙权起初动摇于两者之间,"未有定论"。及至鲁肃告诉他:"如肃等降操,当以肃还乡党,累官故不失州郡也。将军降操,欲安所归乎？位不过封侯,车不过一乘,骑不过一匹,从不过数人,岂得南面称孤哉！众人之意,各自为己,不可听也,将军宜早定大计。"这席话,正触到了孙权的痛处,孙权才初步作了战的决定。可是还害怕曹操势大,"难以对敌"。孔明作了解释以后,战的决心更大了,可是给投降派张昭、顾雍一攻,孙权又"沉吟未决"了。后来,抗战派和投降派的斗争更加激烈,"议论纷纷不一",孙权就"退入内宅,寝食不安,犹豫不决"。直到最后主战派周瑜说明曹操兵犯数忌,"虽多必败,将军擒操,正在今日。瑜请得精兵数千,进屯夏口,为将军破之"。于是孙权才作出了最后决定,拔剑砍案,表示了决战到底的决心。这样,作者就在东吴抗战派和投降派的矛盾斗争中,充分表现了当时孙权患者患失、踌躇不决的统治者的性格。而作者对诸葛亮、周瑜、鲁肃三人性格的刻划,更是从周瑜和孔明之间的矛盾(这是孙刘矛盾的具体表现)中表现出来的。一个多方设法找杀的借口,一个偏偏不给你杀的借口,另一个先主张招,以后则反对现在杀,认为"破曹之后,图之未晚"。于是,作者就把周瑜的量窄、孔明的智慧、鲁肃的远见,维妙维肖地描绘出来了。

自然,作者所采用的刻划人物性格的三种方法,不是孤立割裂的,而是有机地相互联系,并统一于现实主义的创作方法之下的,这就是忠实于生活真实,忠实于斗争实践,忠实于自己的人物。

还应提出,作者在赤壁之战中,写情写景,也有独到之处,并和整个作品融成一体,从而更加渲染了当时的气氛,使人们活生生的感到了当时的气息。在"群英会蒋干中计"这一回中,作者写周瑜佯作大醉后,"和衣卧倒,呕吐狼藉",故意使蒋干不能安睡。"伏枕听时,军中鼓打三更,起视残灯尚明。看周瑜时,鼻息如雷。"当时情景,跃然纸上。在这种场合下,难怪蒋干起来偷看书信,中了周瑜之计了。草船借箭这一段,作者仅用"是夜大雾漫天,长江之中,雾气更甚,对面不相见"十数字,就写出了那夜的大雾情景。曹操横槊赋诗一这一节中,作者也只用几行字,就绘出了当时的夜景:"天色向晚,东山月上,皎皎如同白日。长江一带,如横素练。"而在最后赤壁大战中,作者更是从各个不同的角度,写出了当时的猛风和烈火。曹操一路败走情景,作者写来更是出色:"忽然大雨倾盆,湿透衣甲,操与军士冒雨而行。诸军皆有饿色,操令军人往村落中劫掠粮食,寻觅火种。""行至葫芦口,军皆饥馁,行走不上。马亦困乏,多有倒于路者。操教前面暂歇。马上有带得炉锅的,也有村中掠得粮米的,便就山边拣干处埋锅造饭,割马肉烧吃。尽皆脱去湿衣,于风头吹晒。马皆摘鞍野放,咽咬草根。""遂勒兵走华容道,此时人皆饥倒,马尽困乏。焦头烂额者扶策而行,中箭着枪者勉强而走。衣甲湿透,个个不全。军器旗旛,纷纷不整。……鞍辔衣服,尽皆抛弃。正值隆冬严寒之时,其苦何可胜言!""行至谷口,回顾所随军兵,止有二十七骑。"这对于当初指挥83万大军下江南的曹操,对于横槊赋诗,认为不日即可凯歌而回的曹操,又是何等尖刻的讽刺!因此,不难了解,这些情景的描写,对于作者所要表达的写作意图,又是起到了何等的烘云托月的作用!

所以,我认为《三国演义》中关于赤壁之战的这几回,实在是描写战争的不朽杰作之一,也是《三国演义》中最精彩的一部分。认真地学习、琢磨和研究罗贯中在赤壁之战中的严肃的创作态度、现实主义的创作方法,对于我们确是非常有益的。

(原载《光明日报》1955年7月10日《文学遗产》第62期;后收入《三国演义研究论文集》,作家出版社1957年3月出版)

《三国演义》怎样描写战争？

《三国演义》这部伟大古典名著,主要写的是三国时代各个封建统治集团(后来主要是魏、蜀、吴三个统治集团)相互之间矛盾和斗争的故事。当时,这些矛盾和斗争极其尖锐,经常激化为战争的形式。因此,《三国演义》也以其最多的篇幅,贡献给了对战争的描写。这是《三国演义》艺术精华中的一个重要组成部分。吸收这部分艺术精华,对于我们进一步提高以人民革命战争为题材的文学作品的创作水平,无疑会有极大的帮助。

现在,让我们对《三国演义》中这部分艺术精华作一番探讨。

着重写参加战争的人,不着着重战争过程,这是《三国演义》战争描写的最显著的艺术特点。人,人的性格,性格之间的冲突,是罗贯中的着眼点。我们且不谈有名的袁曹官渡之战,吴魏赤壁之战、吴蜀彝陵之战中的各个主要人物的性格,它们之间的性格冲突,是多么地鲜明突出,就拿"张辽威震逍遥津"这一个比较小的战役来说,作者也不是以主要的精力写战争的过程,而是着重写了未来的战争的胜利者张辽、乐进、李典三人不同的性格以及他们彼此之间的性格冲突。好在这段文字字数不多,摘引如下:

> 张辽为失了皖城,回到合肥,心中愁闷。忽曹操差薛悌送木匣一个,上有操封,傍书云:"贼来乃发。"是日报说孙权自引十万大军,来攻合肥。张辽便开匣观之。内书云:"若孙权至,张、李二将军出战,乐将军守城。"张辽将教帖与李典、乐进观之。乐进曰:"将

军之意若何?"张辽曰:"主公远征在外,吴兵以为破我必矣。今可发兵出迎,奋力与战,折其锋锐,以安众心,然后可守也。"李典素与张辽不睦,闻辽此言,默然不答。乐进见李典不语,便道:"贼众我寡,难以迎敌,不如坚守。"张辽曰:"公等皆是私意,不顾公事。吾今自出迎敌,决一死战。"便教左右备马。李典慨然而起曰:"将军如此,典岂敢以私憾而忘公事乎?愿听指挥。"张辽大喜曰:"既曼成肯相助,来日引一军于逍遥津北埋伏;待吴兵杀过来,可先断小师桥,吾与乐文谦击之。"李典领命,自去点军埋伏。

这一段,总共不过三百五十字,可是就把张辽、李典、乐进三人的性格及其相互之间的冲突、冲突的解决,都生动地写出来了:张辽豪迈勇敢,李典公而忘私,乐进明哲保身、不得罪人;开始由于不同的性格,发生了冲突;最后则由于对曹操的共同的忠诚,冲突得到了解决。

大的战役是如此,小的战斗也是如此。张飞、马超在葭萌关前的大战,所以能够铭刻人心,使人感到目眩神摇,也主要是因为作者对张飞的粗鲁、直爽、好战、粗中有细的性格作了出色的描写。

诸葛亮的性格特征之一是谨慎,留给我们的印象很深刻。但是"诸葛亮一生谨慎"的概念,并不是一下子形成的,而是经过了在多次战争中诸葛亮这一性格特征的不同的具体表现,才逐渐凝固成型的。

在战争中,人是战争的主宰。只有写好了在战争中活动的人,也才能更好地表现战争。《三国演义》做到了这一点,因此才使得它同后来的《薛仁贵征东》《薛丁山征西》《五虎平西》《五虎平南》等等同样以战争作为题材的通俗小说比较起来,有着显著不同的艺术成就。《薛仁贵征东》等小说,战争的过程是写得很热闹的,很紧张的,一刀一枪,大战三百回合,初看时也未尝不吸引人,但是看过一遍以后,就再也提不起重读一遍的兴趣了。这又是为什么呢?这是因为这些小说着重写的是战争的过程,至于参加战争的人在战前、战中、战后想了些什么,说了些什么,除了打仗以外又做了些什么,彼此之间又曾经发生过什么问题,有过什么争论、冲突,后来这些争论、冲突又是怎样解决的,都没有得到很深刻的表现(当然也不是完全没有表现)。或者,虽然在某些场合是有过一些深刻的表现的,但是却不能如《三国演义》那样从头到尾始终贯彻到底。因此,这些小说中的人物,就不能留给我们比《三国演义》中的人物更鲜明深刻的印象。

《南征北战》这部电影,有人说它没有戏,据我看来,戏,还是有一些的,主要的还是人物的性格比较模糊,只是写了"南征北战"的过程,只是表现了运动战的战略思想,因此感人还不够深。

这样也就说明了应当把创作的精力放在描写参加战争的人们身上,而不应当把创作的精力放在描写战争过程上面。

但是,如果说《三国演义》的作者完全不注意写战争的过程,也是不恰当的。事实上,《三国演义》上的大小战争,莫不写得有声有色,给人印象很深。因此,《三国演义》怎样着重描写战争中的人而又同时把战争过程写得很好这一经验,也值得加以研究。

试以众所周知的赤壁之战为例。

赤壁之战中的人物,自然是写得好的,孔明、周瑜、孙权、曹操、蒋干、黄盖、阚泽、庞统等等人物,个个形象鲜明,就像一座座浮雕似的。但赤壁之战的过程,也是写得非常清晰的。先是诸葛亮舌战群儒,击破了投降派,以后便是"智激周瑜""孙权决计破曹""三江口曹操初败""群英会""草船借箭""黄盖行苦肉计""阚泽献诈降书""连环计""曹操长江夜宴""借东风""周瑜纵火""华容道"等等一连串的故事。整个赤壁之战的过程,不仅写得很清晰,而且也写得很热闹,很紧张。罗贯中成功的秘密何在呢?据我看来,就在于他巧妙地处理了人物和故事之间的关系:从人物性格的冲突中导出故事;又从故事情节的发展中渲染人物;人物在故事中一面解决旧冲突,一面又产生新冲突,于是又导出新故事;新故事在其发展中,一方面发展人物的原有性格特征,另一方面又给人物赋予某些新的性格特征;如此循环往复,就不仅着重写好了人物,而且也同时写好了战争的过程。例如从孔明的多智、周瑜的量窄不同性格的冲突中,导引出周瑜要孔明监造十万枝箭,借故谋害孔明,而孔明又想出草船借箭的办法,完成了这一战争任务;而从草船借箭中,又渲染了孔明的多智、周瑜的量窄。草船借箭以后,孔明、周瑜之间的旧冲突(周瑜要借故杀人,孔明偏不让他杀)得到了解决,可是新冲突又接着产生(周瑜想在破曹以后再杀孔明,孔明准备从东吴脱身回夏口),于是又导出借东风的故事。在借东风的故事中,罗贯中不仅进一步发展了孔明多智、周瑜量窄的原有性格特征,而且也给孔明和周瑜赋予了某些新的性格特征(孔明的装神作怪——这在七擒孟获和六出祁山中又得到了发展;周瑜的少年气盛——这在三气周瑜中也得到了发展)。我们如果更仔细地阅读《三国演义》,那么就可发现罗贯中这样地处理人物和故事的关系,正是他既写好了战争中的人物,又同时写好了战争过程的基本原因。如"空城计"前后的描写,邓艾偷渡阴平前后的描写,都是这样地来表现人物和战争过程的。

战争不是单方面的事,总是由彼此敌对的两方面同时进行着的。既要写这一方,也要写另一方。那么何者应该详写,何者应该略写呢?不解决这一问题,必然会头绪纷繁,枝节众多,影响作品的艺术效果。

在我多次阅读了《三国演义》以后,发现《三国演义》对于战争双方的描写,遵循着这么一条准则:对于在具体的战役战斗中掌握着主动权的详写,处于被动的一方略写;对于在未来的战争中处于胜利者的一方详写,而对于失败者的一面,却只给予陪衬性质的描写。这种写法所产生的艺术效果,就是能够使读者对整个战争的全貌有一个有条不紊的认识,对于整个战争的发展有一个明确的概念,使阅读作品时神清目爽,没有糊涂一片的感觉。

关于这一点,几乎不需要找更多例证来说明,因为全部《三国演义》确实是这样来描写战争的双方面的。只举《三国演义》中关于吴蜀彝陵之战的描写为例。

那次战争,开始主动权显然掌握在刘备一方面,因此《三国演义》作者对于刘备这一方面就作了详细地描写。写关兴、张苞斩李异、谢旌,写张南、冯习、吴班赢孙桓、朱然,写刘备得猇亭,而对于东吴方面则写得很简略。后来,东吴派陆逊为将,形势起了变化;刘备因连营七百里,兵力分散,加之兵疲意阻,反处于被动地位;东吴则由于兵力集中,养精蓄锐,掌握了战争的主动权。于是《三国演义》作者也就把描写的重点放在东吴一方面,写陆逊如何用兵,如何营烧七百里,如何追袭至鱼腹浦,而对刘备这方面则又采用略写的手法,作些照应。于是,吴蜀彝陵之战的整个发展过程,读者就都能够了然于胸,而觉得《三国演义》作者结构布局,井然有序,以致拍案惊奇,连声称妙。《三国演义》这种对于战争双方或详或略的描写方法,也是值得我们揣摩学习的。

在这里,我想顺便提一下我对于近几年来反映抗日战争、人民解放战争、抗美援朝战争的一些文学作品在写敌人这一问题上的意见。我觉得我们写敌人的活动总是写得太少,也太简单。不错,在战争中,着重描写我方,是完全正确的。可是在一定时间内,在一定战役中,敌方也可能处于主动的一面,在这个时候,我们就应当对于敌方的活动作多一些描写。对比起来,也就更显得我方优越于敌方,也就可以更真实地表现战争中的人物。可是,我们常常计不及此,只顾写自己,而没有好好写暂时还处于主动的敌方,这样既不能使我们清晰地看到战争的全貌,也不能使战争中的人物得到更多方面地表现。

《三国演义》作者常是详写在战争中掌握主动权的一方,略写处于被动地位的另一方,但这决不意味着作者把在战争中处于被动的一方写得十分愚蠢、无能、不堪一击;相反,作者总是把对方写得也是非常狡猾、能干,只是由于对手的更加高明,这才遭受了失败。这样写,也是符合于当时生活的真实情况的。高明的艺术家,为了更真实地表现战争,决不回避创作上的困难,把一方写得很脓包,而是恰当地表现这一方也有一定的指挥才能和料敌决胜的本领。我们看了《三国演义》以后,就会觉察到作者正是这样巧妙地来描写处于矛盾统一体中的强弱双方的。当然,这种描写必须以历史真实为根据。

就拿有名的袁曹官渡之战来说吧。这次战役的结局是曹操得到了胜利,而袁绍则遭到了彻底的惨败。但是《三国演义》作者并没有把袁绍一方写得百无一能,屡战屡败,相反,作者从历史的真实和艺术的真实出发,开始写出了袁方的优势,并且详写了袁方的两次进攻。其后,也屡屡写到袁方智谋之士的众多和这些智谋之士所出主意的高明。例如许攸在搜得曹操使者身上催粮书信以后,向袁绍献计:"曹操屯军官渡,与我相持已久,许昌必空虚;若分一军星夜掩袭许昌,则许昌可拔,而操可擒也。今操粮草已尽,正可乘此机会,两路击之。"这条计策确实是很高明的,如果袁绍采纳了这条计策,曹操的处境也就岌岌可危了。可是好谋而无断的袁绍却没有听许攸的话,以致失去了制胜的机会。即使是后来曹操冒着很大的危险,前往乌巢劫粮,官渡之战到了决定性的关头,袁绍一方也还是有人预先估计到了这一点。当时聪明多智的沮授就曾向袁绍警告过:"乌巢屯粮之所,不可不提备。宜速遣精兵猛将,于间道山路巡哨,免为曹操所算。"如果袁绍在当时能够接受沮授这一警告,及时采取措施,那么官渡之战孰胜孰败,前途犹未可预料;可是刚愎自用的袁绍又只当耳边风放过去了,还反而把沮授叱责了一顿。只是在袁绍屡次犯了严重错误以后,袁军才被曹操所击破。这里,《三国演义》作者并没有把袁绍一方写得蠢笨无能,倒是多次描写了袁方聪明多谋之士大有人在,只是主将袁绍过分主观、武断、不纳人言,才使战争遭受了失败吧了。同时,也正是从这些对袁绍一方的描写中,更显得曹操一方的和衷共济,上下一心,曹操本人的当机立断、指挥若定,以及曹军胜利的来之不易。

诸葛亮这个人物,所以在读者心目中被看做智慧的化身,也只是因为诸葛亮在历次战争中的对手也几乎每一个都是神机妙算的能手,但结果他们在诸葛亮的面前总是一次次地栽跟头、出丑,于是读者才深深感觉到诸葛亮确是天下奇才,人民的智慧的化身。在赤壁之战中,诸葛亮的对手是曹操和周瑜,在六出祁山中,诸葛亮的对手是司马懿,这几个人物在和别的对手用兵时,常常是无敌将军,可是一同诸葛亮较量,尽管他们比以往用了更多的心计,但总是不免失败。《三国演义》作者这样写,不仅写好了人物,而且也写好了战争。我们读《三国演义》时,常常会感到这些战争的发展,由于指挥人员的随机应变,是多么地瞬息万变;而对于在战争中赢得了胜利的某些人物,又常常会感到他们个人的品质和才能又是多么地使人钦佩!

《薛仁贵征东》这一类小说的艺术性所以不如《三国演义》远甚,其另一原因,就是这些小说把"番邦"常常是写得过分愚蠢无能了,"番邦"中的将官除了有些蛮力气以外,几乎大半是低能的。这样,看起来也就不那么吸引人。这个缺点,也是为我们一些反映人民革命战争的小说和电影所常有的。

现在,我们继续探讨《三国演义》战争描写中另一个艺术特点,即是《三国演义》作者是怎样描写战争所借以进行的自然条件的。我认为,正因为《三国演义》作者重视了对于战争中的各种自然条件的描写,才使得《三国演义》中的战争更加真实魅人。

战争,总是在一定的空间和在一定的时间内进行的。这样,在战争进行的过程中,就必然会遇到一些险峻莫测的地形地势,也就必然会碰上某些变化无常的气候。这些自然条件是中立的,它本身并不偏向于战争的那一方面,问题在于战争中的人们如何利用这些自然条件为战争服务,或者想办法克服它给自己造成的困难。因此,为要多方面地表现战争中的人物,为要相当真实地描写战争,那就必须很好地描写战争过程中所出现的自然条件,描写善于利用自然条件或战胜自然条件的人。在这方面,《三国演义》作者又的确是值得我们学习的匠师。

"七擒孟获"的各次战斗,也是常常为人们乐道的。但这次战争的双方,在指挥能力上是相差很大的。虽然孟获也有一定的军事才能,但和通晓一切军事斗争形式的诸葛亮比较起来,显然是不如远甚。那么,《三国演义》作者又是怎样来描写这次战争而使它仍然能够深入人心的呢?又是怎样来表现诸葛亮在这次战争中的智慧的呢?又是怎样来描写"七擒孟获"之战胜利的来得不易呢?又是怎样的描写"七擒"的各不相同的呢?一句话,作者是用着重渲染战争过程中所遇到的各种各样看来是无法克服的自然困难来完成这一任务的。

在"七擒孟获"之战中,我们看到了马岱三千兵渡水全部"口鼻出血而死"的惨况,我们也看到了哑泉、灭泉、黑泉、柔泉四个毒泉的描写;我们看到了"六月炎天,其热如火"的描写,我们也看到了蜀兵掘地无泉的描写;我们看到了"三面傍江,一面通旱"、险峻非凡的"三江城"的描写,我们也看到了为木鹿大王所驱的虎豹豺狼的描写;我们看到了藤甲军的描写,我们也看到了"形如长蛇,皆危峭石壁,并无树木,中间一条大路"的"盘蛇谷"的描写;……这些自然条件,看来几乎都是不可克服的,而且蜀军的确在这样的自然条件下面受到了一些损失。但是聪明的诸葛亮,忠勇的赵云,好胜的魏延,以及其他一些蜀将,却想出了各种各样办法(有的是通过调查研究,了解了克服这些困难的办法;有的是诸葛亮在以前早已做了充分准备,找到了克服这些困难的手段;有的是经过实地勘查后,利用了这些自然条件为自己服务),克服了这些困难。这样,本来是很难写好的"七擒孟获"之战,就成了一首英雄的战争史诗;战争中的各个人物性格,也更加丰富突出了。

其实,《三国演义》中所描写的其他历次重大战争,也都是对战争进程中所出现的各种自然条件作了出色的表现的。如赤壁之战中的雾("草船借箭")和风("借东风"),刘曹争夺汉中之战的天荡山、瓦口隘的地形地势,关羽水淹七军中的襄江大水,诸葛亮乘雪破羌兵的大雪等等。《三国演义》作者常常用数十个字甚至十数个字就勾划出了一幅栩栩如生的图画,使我们读着如身临其境,从而加深了对这些战争中的人物和战争过程的印象。

不能不指出,近年来的一些表现人民革命战争的小说对于在战争过程中出现的自然条件的描写,是很不重视的。在这些小说中,我们很少看到一幅完整的瑰丽多彩的战场的画面,也很少看到我们人民军队的指挥员,如何在战争中利用自然条件,以及如何克服自然条件所带给我们的困难的描写。我们的指挥员常常只是在地图上画几处箭头,或者衔着烟斗在地下室内踱来踱去,看不到他们对于未来战场的地形地势的调查,尤其是看不到他们对于气候变化的关心。这样,也就失去了一个能够更好地表现我军指挥员的机会,使得我军指挥员在战争中的内心世界缩小了。因此,我觉得,《三国演义》在战争描写中的这一经验,是尤其值得我们吸取的。

看过《三国演义》的人,都会产生这样一个问题,《三国演义》写了这么多次战争,为什么能够写得各各不同,富有变化,各具特点而不显得一般化呢?再一联系到我们自己的一些创作,就马上又会想到,为什么在我们小说中的一些战争常常是写得大小雷同呢？对于这一问题，我曾经多次思索，寻求答案，总算也有了一些体会。现在提出来，作为一得之愚，给大家参考。

我认为，《三国演义》上的各次战争，所以写得不落窠臼，各具特色，其主要原因是在于作者从来没有忽视战争中经常出现的各种偶然因素，并且他总是把这些偶然因素和战争发展的必然趋势交织起来进行描写。而战争中的偶然因素，任何一次战争都是各不相同的，每一个战争由于时间、空间、战争双方的力量对比的各不相同，就会出现各不相同的偶然因素，因而使每一个战争具有各不相同的特点。作家如果抓住了这些偶然因素，并把它和战争的必然发展趋势交织起来进行描写，也就能够做到他所描写的战争各具特色，不相雷同。

请看《三国演义》中的以下几个战争描写：

袁曹官渡之战，从袁曹双方的指挥能力来看，从内部的团结情形来看，从军队的战斗力来看，曹军的胜利是有着必然性的。但这次战争曹军之终于获得胜利，还由于出现了这样一些偶然因素，如许攸的来降，淳于琼的酒醉，张郃、高览的倒戈。《三国演义》作者抓住了这些在袁曹官渡之战中出现的偶然因素，着力作了描写，而这些描写，又和关于袁曹官渡之战曹军胜利的必然趋势的描写紧密结合，于是就给袁曹官渡之战赋予了特色。

关羽过五关、斩六将，从关羽的武勇来看，从关羽的寻兄心切、哪怕前途千难万险也要寻得兄长的决心来看，也是有它的必然性的。但在过五关的过程中，也出现了一些偶然因素，如胡华之信，普净之救，使过五关竟然实现。作者同样没有忽视这些偶然因素，并且和关羽的武勇、关羽的寻兄心切等交织起来作了描写，于是使得过五关、斩六将这场连续性的战斗又获得了它所特有的色彩。

马超和许褚在潼关前的战斗与马超和张飞在葭萌关前的战斗，同一个马超，同一种类型的许褚和张飞，但这两次战斗，却又写来各不相同,作者的成功的秘密又在哪里呢?据我看来,也还是因为罗贯中抓住了这两次战斗中各不相同的偶然因素(在潼关之战中,是许褚裸衣,许、马两人在马上夺枪;而在葭萌关之战中,是马、张夜战,马超暗算张飞),作了各不相同的描写,因此才使这两次很容易写来雷同的战斗,竟然写得同样出色但又大不相同。

由于《三国演义》作者充分重视战争中经常出现的又是各不相同的偶然因素,并且能够把它与每一次战争的必然发展趋势结合起来进行描写,因而才能够使读者加深对各次战役和战斗中的人物的印象,才能使读者牢记各次战役和战斗的过程。这也就是为什么人们能够如数家珍似的讲述《三国演义》上的各次战争而不会彼此混淆的一个重要原因。

我们的一些写战争的作品的缺点之一,也就在于没有深入研究各个战争中不同的偶然因素,并把它和各个战争的必然发展趋势结合起来进行描写,而只是写了各个战争的必然发展趋势,而各个战争的必然趋势则是差不多的,都是我军胜利,敌军失败,于是就使得作品中的战争彼此相同,或则大同小异。有些同志在看了《平原游击队》以后说:"影片上的这些战斗,我们好像在小说《吕梁英雄传》、《新儿女英雄传》上见过面。"所以有这种反映,事实上是因为《平原游击队》上的战斗(化装进入敌军据点、给碉堡上敌军送东西、借机炸毁敌军碉堡、从锅灶里进入地道、敌军用烟火熏地道等)并不具有它自己的特色。而这些战斗所以没有它自己的特色,主要的还是因为作者没有深入研究平原游击队在和敌人进行战斗过程中的偶然因素,也没有充分地艺术地描写过这些偶然因素。那么影片上的平原游击队的战斗,又怎么不和《吕梁英雄传》、《新儿女英雄传》上的一些战斗大同小异呢?

在我们对于《三国演义》是怎样描写战争这一论题作了上面的一些探讨以后,我认为必须指出,罗贯中所以能够把战争写得这样好,除了他的艺术表现手法上的天才创造以外,和他的渊博的军事知识以及对三国史料的刻苦研究是分不开的。从军事学的观点来看,《三国演义》无疑是我国封建时代关于战争的战略、战术的一本最好的军事教科书。

明清以来许多农民革命起义领袖,都曾把《三国演义》当作用兵指南,片刻不离军帐。如果罗贯中本人没有渊博的军事知识,显然不能把三国时代的各次战争写得如此真实生动。关于罗贯中对三国史料的刻苦研究,那更是他写好《三国演义》中各次战争的重要原因之一。鲁迅先生在《中国小说史略》中也特别指出过:"凡首尾九十七年(一八四——二八〇)事实,皆排比陈寿《三国志》及裴松之注,间亦仍采平话,又加推演而作之。论断颇取陈、裴及习凿齿、孙盛语,且更盛引'史官'及'后人'诗。"可见罗贯中在三国史料的研究方面,是下了多大的苦功!这对于我们的一些以反映军事斗争为创作任务的部队作家(其中有些同志很少研究马克思列宁主义的军事学和毛主席的军事著作,很少占有人民解放军战史的史料和研究这些史料),又是一个多么大的鞭策!因此,我觉得部队作家除了应当深入部队生活和好好地向我国的古典名著《三国演义》等书学习外,还应当学习马克思列宁主义的军事学和我军的战史以及其他有关的材料,借以丰富自己的军事知识。

(原载《解放军文艺》1956年12月号)

中国古典小说家编织故事的艺术技巧

中国的古典小说，有一个共同的特点，这就是故事性强。我们看中国古典小说就好像有一个人在书外面娓娓不倦地在向我们讲故事。中国古典小说中的故事，也确实编得好，叫你百看不厌，百听不倦。而且故事和人物又是紧密地结合在一起的，看完一本书，我们也就同时记住了故事和人物。唐人传奇是如此，宋元话本（以及明人的拟话本）是如此，长篇小说《三国》、《水浒》、《西游记》、《儒林外史》、《红楼梦》是如此，短篇小说集《聊斋志异》也是如此。即使是思想性、艺术性较差的二三流小说，如《岳传》、《封神演义》、《杨家将》、《薛丁山征西》等，也莫不具备这个特点。等而下之，如《儿女英雄传》、《施公案》、《彭公案》、《七剑十三侠》等思想落后、艺术粗糙的末流作品，尽管他们在创造典型人物方面没有什么成就，但在编织故事的技巧上，却也不无某些可取之处。因此，我们可以说，故事性强，是中国古典小说的一个优良传统。

自然，在我国古典小说中，也有脱离人物、为故事而故事的缺陷。但这却不过是这个优良传统中的部分糟粕，我们不能因此而否定这个优良传统。这个传统，我们应当作为一分宝贵遗产来接受。特别是，我国人民在几百年以来的长时期中，已经习惯了和熟悉了中国古典小说的"故事和人物一起出来"的艺术形式，在他们的审美观念中，已经把故事性的强烈与否作为评价一部小说好坏的一个审美标准，因此我们就更有必要研究和学习古典小说家编织故事的艺术技巧，把它作为一份遗产来加以接受了。

现在，我就专门对这一问题作一番探讨。论述中有不当之处，希望读者和专家同志给予批评和指正。

中国古典小说的开头,通常也就是故事的开头。这种开头,古典小说家的用笔是极其经济的,常常是几句话就交代了故事的主角,他的主要的性格特征,以及故事发生的时间、地点等。这在短篇小说中尤其明显。如《聊斋》中的小说的开头,一般格式是这样:"某生者,某地人氏,生而敏慧,工文学,貌美,一日,出行至某地。……"在话本小说中,"得胜头回"以后,也就立即介绍故事中的人物、时间、地点等,用笔也是很经济的。在长篇小说中,因为其中包含着好多个故事,各个故事开头的格式,也就不大一样。如《水浒》中鲁智深故事的开头就和卢俊义故事的开头不同。鲁智深是通过和史进的见面,自己介绍给读者的,而卢俊义却是由吴用介绍给读者的。但它们仍然有一个共同的特点——还是用笔经济。中国的古典小说家喜欢在故事的开头只作概括的介绍,而对于故事中的人物的具体的性格特征,人物活动环境的具体的细枝末节,则往往留到故事展开以后才去描写。这种写法,是符合大多数读者的心理的。大多数读者拿到一本小说后,开始最关心的是,谁是故事的主角,这个故事发生在什么时候,什么地方,至于其他的更多的东西,读者一时还考虑不到。小说家满足了读者这个要求,因此也就比较容易地抓住了读者的心灵。我们有些现代小说,读者拿来看了两三页往往就丢开了。问他是什么原因,回答是:"这本小说,没头没脑的,也不知道它说的是啥!"这就是因为小说的开头过于冗长,没有很好交代出故事中的人物、故事发生的时间、地点等东西,因而失去了读者。自然,有些外国小说(如巴尔扎克的小说),并不在开头一下子介绍出那些东西,但也能吸引读者手不释卷地读下去,这也是事实。可是,按照中国读者的一般心理,还是比较欢迎中国古典小说的那种故事的开头形式的。赵树理的大部分小说(如《李有材板话》),故事的开头都是运用这种形式的,一般读者都比较喜爱,就是明证。

故事开头以后,古典小说家就马上迅速地使主角(或几个主角中的一个)行动起来,和故事中的其他人物发生关系(联系、冲突),从而导引故事情节的进展,同时也就在故事情节的进展中,具体细致地刻划各个人物的性格特征,而这些行动所造成的后果或者所产生的影响是重大的、深远的。中国的古典小说家也正是通过这些人物的强烈的行动来震撼读者的心灵,而使故事深入人心。

《柳毅传》中的柳毅出场以后,就是传书、入龙宫、为钱塘君所惊、和钱塘君抗辩等一系列强烈的行动;"徐老仆义愤成家"中的阿寄出场以后,就是一次又一次地外出经商的带有冒险性的行动;诸葛亮一离开茅庐,就是博望用兵,火烧新野;鲁智深一出来就是三拳打死镇关西;石猴一出世,就是发现水帘洞、漂洋过海寻仙访道、闹龙宫、闹天宫……范进出场不久,就发了欢喜疯;贾宝玉和林黛玉初见面(也是和读者初见面),就是摔宝玉。这些强烈的行动,不能不在读者的心中留下深刻的印象。这是一方面。

另一方面,就是这些行动所造成的后果或产生的影响,对整个故事和故事中的其他人物说来是重大、深远的。就以上面所举的各个例子来看,这些故事中的主角的行动对他人他事莫不有着切肤相关的利害关系。这又不能不加深了读者的印象。

在这一点上,《水浒》的作者施耐庵和《西游记》的作者吴承恩,尤其表现了特别的才能。《水浒》中的鲁十回、武十回、宋十回、卢十回,《西游记》中的八十一难,所以能够口口相传,就因为小说作者在编织故事的时候,每个故事都有主角的一系列的强烈行动作为故事的骨干的。人们记住了这些骨干,自然也就记住了整个故事。不仅如此,人们只要记住了这些骨干,还尽可以在这些骨干上面添枝加叶,而不改变故事的基本面貌。据说,高元钧说"武老二",能说上几十天。不过武松故事的"底子"却没有动,他主要是在原来的故事骨干上添枝加叶,开花结果。高元钧所以能做到这一点,除了他本人有着丰富的生活经验和高度的艺术想象力外,就因为原来武松故事中的武松,他的行动是极其强烈的,他的行动所造成的后果和产生的影响是极其重大、深远的,这样就可以使高元钧得以充分发挥他的想象力,进一步设想当时武松的行动情景,周围人们对武松行动的反应,以及武松行动的多方面的影响。如果当时施耐庵笔下的武松象奥勃洛摩夫那样成天昏昏欲睡,那么,高元钩恐怕也就无能为力了。

单就人物行动的强烈性来说，我认为，中国古典小说在世界小说林中可以够得上是第一位的。

中国古典小说家编织故事的艺术技巧，还表现在他们不仅能够有条不紊地安排主线和副线、"经线"和"纬线"，而且还能使主副相配、经纬交错；从而使整个故事像一幅精彩的图案画，各个读者从各个角度看去可以得到各不相同的印象。我所以使用"编织故事"这个仂语而不使用"结构故事"这个仂语，也正是因为前一仂语更能说明中国古典小说家结构故事的具体情况。

在"三打祝家庄"的故事中，三打祝家庄是主线、经线；而石秀探路事件、一丈青事件（王矮虎贪色、众将怀疑宋江有纳一丈青之意）、李应事件（宋江前访李应、后赚李应）是副线；"孙立孙新大劫牢、解珍解宝双越狱"则是纬线。这几条线左右相配、纵横交错，就使得"三打祝家庄"这个故事简直像"清明上河图"一样叫人百看不厌了。而所有这些线，却又被作者安排得如此有条不紊，井然有序，我们不能不表示惊叹！

《三国演义》中的几次大战，如袁曹官渡之战、孙曹赤壁之战、吴蜀彝陵之战，这些故事线索的安排，也莫不具有以上特点，读者可以自己体会，不再细述。

如果说在大型故事中，如此编织故事还比较容易，那么在小型故事中，要这样地安排几条不同的线索，那就确实为难了。可是，我们的古典小说家他们在小型故事中，却仍然能够驾轻就熟地完成这一任务，这是十分难得的。

在《乔太守乱点鸳鸯谱》中，刘璞和慧娘的婚事是主线、经线，李主管的图谋贱买刘公房子事件是副线，玉郎代慧娘到刘家冲喜则是纬线。小说作者把这几条线细致地作了编织，使这几条线互为牵制，互为配合，于是就织成了这个天衣无缝的故事。少了主线固然不成，可是，如果没有李主管的报信，玉郎的乔装，那么这个故事也就不会发生，也就不会像现在那样地无懈可击！

自然，所有这些故事都不是小说家凭空想编出来的，而是有现实生活作为基础的。但也可以肯定,现实生活决不会像小说中的故事那样集中,那样有组织。中国古典小说家的艺术才能也就在于他们善于从现实生活的发展脉络中提炼出那些足以充分反映现实生活本质的情节,并以此组织成一个完整的故事。这里,需要匠心,需要技巧。

  在故事情节的进展中,中国古典小说家通常不采取直线式的展开方式,而是按照生活发展的逻辑,曲线式的或是螺旋式的展开,节奏有强有弱,速度有快有慢,密度有大有小,波诡云谲,变化莫测,确能动人心弦,叫人为古人担心。这种故事情节开展的方式,其妙处是能够使读者和书中人物打成一片,随着书中人或动或静,或喜或悲,或怒或笑,或惊或惧,自然而然地就接受了故事的思想。恩格斯认为:作品的"倾向应当是不要特别地说出,而要让它自己从场面和情节中流露出来。"而中国古典小说的长处也就在于它的思想性是随着情节的曲折进展自然流露出来的,自然灌输进读者的心灵的。

  《卖油郎独占花魁》是一则著名的短篇小说。小说先是写莘瑶琴自小娇生惯养,父母喜爱,生活很幸福。然而,接着作者写金房入侵,莘瑶琴被乱军冲散,不见了爹娘。这是一折。后被卜乔收留,瑶琴总算保住了生命,到了临安。这又是一顿。不久,瑶琴被出卖为娼。这又是一折。但瑶琴却又被王九妈看承,没有马上接客。却又是一顿。后被金员外污辱了,破了身,是一折。但经刘四妈说从良以后,却又安下了心,这又一顿。故事情节进展到这里,却又来了个大转折,转到了秦重身上。于是正式开始了秦重追求花魁女的故事。其间又几经波折,最后这一对多情男女,才终于成了眷属。在这故事情节的曲折进展中,有谁不同情莘瑶琴的不幸的遭遇呢?又有谁不为秦重的忠诚的爱情感动呢?最后,又有谁不为卖油郎和花魁女的结合欢欣鼓舞呢?作品的思想倾向不是很自然地流露出来了吗?读者不是很自然地接受了教育了吗?古典小说编织故事的技巧也就在这里,他能够牵着读者的鼻子,叫读者不知不觉地跟着他的笔头走,不知不觉地接受作者的思想。由此可见,这种技巧是为内容服务的,是和作品的整个思想倾向密切结合的,它是作品不可分割的思想性和艺术性的一部分。那么,我们又岂可等闲视之呢？

或者，就"三顾草庐"这个故事来说。本来，在《三国志》中只有短短的一句话："由是先主遂诣亮，凡三往乃见。"这里，是什么也不能感动人的，也是什么都没有说明的。可是，一到罗贯中手里，他却编出了这么一个脍炙人口的故事。第一次刘备访草庐，没有见到诸葛亮。可是却看到了卧龙岗的景物，听到了农夫的作歌，碰见了诸葛亮友人崔州平，并聆听了他的谈吐。所有这一切，都给刘备留下了深刻的印象。"欲知其人，先观其友"，孔明的朋友崔州平是如此，而据司马徽的介绍，孔明比崔州平还强得多，那又怎么不叫刘备二顾草庐，定要请孔明出山相助呢！但是，二顾草庐，刘备却又扑了个空，孔明还是没有见到。但这次拜访，也并不是毫无收获的。他会见了石广元和孟公威，看到了草堂的布置，又听到了诸葛均和黄承彦富有深意的诗歌，这就更加坚定了刘备三顾草庐的决心。刘备第三次来了，但孔明高卧草堂未起。起身了，却又转入后堂整冠带，好半响，方才出迎。见面了，刘备提出请求了，孔明却又不马上同意，推辞不肯出山。一直到后来，刘备以天下苍生的名义，恳请孔明出山，又"泪沾袍袖，衣襟尽湿"，这样，孔明"见其意甚诚"，方才应允出山相助。这段故事，写来委婉曲折，一层紧一层，情节是螺旋式的开展的。我们在阅读时，就好像跟着刘备的脚步，步入了隆中，踏进了草堂，和诸葛亮的亲人朋友一一见了面，和刘备一起高兴，又一起惆怅。而最后，却又不能不为小说作者的明主贤臣的理想所俘虏，发出这样的感叹："这是怎样英明的君主呀！这是怎样贤智的臣子呀！"对于这，我们又岂是能够仅仅看作编织故事的技巧问题吗？如果作者没有在当时来说是如此崇高的政治理想并且愿意为实现这个理想而斗争，罗贯中能够编出这样美好的故事吗？但是，从另一方面说，如果罗贯中没有这样高度熟练的编织故事的艺术技巧，那么他这个政治理想又怎么能够在千百年后还如此激动着我们的心灵呢？

对于中国古典小说家编织故事的这一艺术才能，我们必须如此认识才是正确的。

"无巧不成书"，这是一句俗话，它也可以被认为这是中国人民对古典小说艺术评价的一个标准。情节的"巧",的确是中国古典小说的又一个特点。古典小说家善于从生活的真实出发,找到情节发展的必然性和偶然性的交叉点,于是就产生了情节的"巧"。这里,古典小说家的艺术才能表现在他们能够洞察生活发展的辩证规律,预先察知生活(在故事中则表现为人物的行动)将往何处发展,而且将采取何种形式向前发展。在这一基础上他们进行充分地艺术构思,安排好推动生活发展和阻碍生活发展的各个具体条件,并让这些条件发生矛盾冲突。就在这冲突最尖锐的一刹那,发出了电光石火般的闪亮,这闪亮我们通常就称之为"巧"。因此,这种巧,不仅合情合理,而且还能够引起读者的联想和深思,产生探索生活的渴望。

最能说明这一点的,就是《三国演义》中二气周瑜里面的三个锦囊妙计。孔明交给赵云的第一个锦囊妙计,是要他到了东吴以后,大张旗鼓地宣传刘备入赘东吴。这一行动的结果是"城中人尽知其事"。于是乔国老就向吴国太贺喜,并终于成全了刘备和孙夫人的婚事。这里乔国老的贺喜是必然,但又是偶然。巧,也正是在这交叉点上产生。小说写诸葛亮预先察知了这一事变,毋宁说是罗贯中预先察知了这一事变。以后,刘备入赘东吴了,中了东吴的美人计,"被声色所迷,全不想回荆州。"这时,赵云想起了孔明的吩咐:"住到年终,开第二个",拆开一看,原来如此,是教赵云假报军情,要刘备回荆州。这个锦囊妙计,看来是十分巧的,孔明怎么知道刘备一定中了美人计呢?但我们只要仔细一想,却又觉得是合情合理的。因为刘备自出世以来,一直过的是艰苦的生活,从未享受过荣华富贵,现在一下子跌进了深宫,被声色狗马所迷,正是必然的。那么,孔明叫赵云在年终开第二个锦囊妙计,说它是偶然固然也可以,但说它本应该在这个时候拆开不是更合适吗?这是巧,是偶然,但也是必然。刘备听了赵云的报告以后,因为他本是个图王霸之业的人,自然还是以事业为重,决定回荆州。这又是孔明所预先料到的,也是罗贯中事先察知到的。奔回荆州途中,刘备被吴兵所阻。到临急无路时,赵云记起了第三个锦囊妙计,原来是教刘备哭诉孙夫人求助。果然,在孙夫人的救助下,刘备脱离了险阻,安然回到了荆州。这个锦囊妙计看来是更巧了,简直是成了神话。可是我们再深思一下,就会想到,诸葛亮和东吴打交道已有好久,对东吴情况早有调查研究,对于孙夫人的勇武自然早就了解,那么在临急之时,教刘备哭诉孙夫人求助,这不又是必然的吗?可见这里的巧,也仍然是情节发展中的必然和偶然的交叉点,还是有真实生活作为基础的。巧,只是组成情节发展的各个具体条件在尖锐的矛盾冲突时的闪光而已!但正是这闪光,却照亮了诸葛亮的智慧的灵魂,照亮了当时统治阶级之间的形形色色的斗争,照亮了当时的生活。如果不是这三个锦囊妙计,没有这些巧,罗贯中能够像现在那样如此真实地表现了赤壁之战以后孙刘之间的矛盾情况吗?

由此可见,建立在生活真实基础上的情节的巧,并不破坏作品的真实性,相反,却更能艺术地表现生活中的真实。"无巧不成书",这种说法,正说明了我国人民有着很高的美学欣赏能力。

或者以《转运汉巧遇洞庭红》这个短篇故事来说。在这个故事中,文实因为出外航海经商,因出卖洞庭红和拾到一个鼍龙壳发了一笔大财。这里的情节也是十分巧的,文实恰好带上了洞庭红,又恰好上荒岛散步,于是时来运转,真像小说写的那样财星高照了。但我们把小说好好看一遍,就可以知道,文实带洞庭红上船正是合情合理的。他当时身边只有别人送给他的一两银子,能买些什么宝货呢?因此他就很自然地选上了洞庭红,一来"在船可以解渴",二来"又可分送一二,答众人助我之意"。后来,他上荒岛散步,也并不完全是偶然的。他既因出卖洞庭红发了一笔小财,自然"恨不得插翅飞到家里,巴不得行路"。偏偏碰上大风,"守风呆坐",心里不免焦躁,于是就想"去岛上望望则个",散散心。这一切又是多么真实。可见,这里情节的巧也仍然是作者洞察生活发展的辩证规律的缘故,只不过是作者事先作了一番精心的艺术构思吧了。又何尝完全是巧!但通过这两个巧的情节,读者却会思索这样一个问题:文实发财的原因究竟在那里呢?难道真的是由于时来运转吗?不!如果文实"守株待兔",在家安坐,无所作为,那么又怎能时来运转!他的时、他的运还是他自己决定参加航海争取得来的。从生活真实的基础上构思出来的这两个巧的情节,就是这样客观地自然地流露出了和作者的主观意图(宣传宿命论)完全相反的思想倾向。这里,情节的巧就带有重大的意义了。

关于在《红楼梦》中黛玉之死和宝钗之嫁两个情节同时发生的那个巧,所显示出来的思想意义,那更是有多少同志早就分析过了,从《红楼梦》这两个巧的情节中,我们更可看出,中国古典小说家在编织故事时那种善于构思巧的情节的艺术才能,是多么地可贵!

读者们看到这个地方,也许会提出这样一个问题:"有些古典小说,人物的行动不一定强烈,情节纠葛并不复杂,故事进展也并不曲折,也没有什么巧,但仍然故事性很强,看完以后,仍然能够始终不忘,这又是什么原因呢?"是的,有些小说,如《聊斋志异》中的很多故事,就正是这样,它们并不完全具备以上特点,但却还是能够深入人心。对于这一问题,我们是应当加以探讨的。

在我研究了许多类似这样的小说以后,我发现这些小说是以出"奇"制胜的。它们之所以仍然能够吸引人,乃是因为其中作者的幻想气息特别浓厚,人物或人物活动的环境是神奇的,整篇小说的色彩是绚丽多彩的,这样,也就会给读者以深刻的印象。

唐人小说中的《南柯太守传》就是如此。这里既没有人物强烈的行动,也没有复杂的情节纠葛,故事的进展是直线式的,也没有什么巧的情节,可是作者在我们面前展开了一个多么神奇的世界啊!在一个古槐穴里,居然又是一个大千世界,"山川风候草木道路,与人世杂殊"。而最后发现,淳于生在大槐安国中的漫长经历原来不过是南柯一梦,而那个大槐安国也不过是一个蚁聚之国!这又怎么不使人心动神摇呢?此外,如《红楼梦》中贾宝玉的神游太虚境、诸葛亮七擒孟获中的回风灭火、《水浒传》中戴宗的神行甲马,这些故事,也莫不都是以出"奇"制胜的。《聊斋》中的许多故事,有的是人神共杂,有的是鬼狐相处,有的是死而复生,这些奇特的情节,只要它不是依着前人样子画葫芦(像后来的神鬼笔记小说那样),有着独创性的艺术构思,那么它们的生命力也就会是非常坚强的,这些作品也就不会很快地从人们的视野中消失。

关于中国古典小说家在这方面的艺术技巧,我觉得写科学幻想小说和童话小说的同志,是大可以运用的。张天翼同志的近作童话《宝葫芦的秘密》,单就情节的出奇来说,我认为他是成功地借鉴了古典小说家在出奇制胜方面的经验的。

最后,中国古典小说家编织故事的艺术技巧还表现在他们巧妙地安排故事的结局上面。谁都知道,中国小说中的故事都是有头有尾的,来龙去脉交代得十分清楚,但到故事结局时,优秀的古典小说家却并不给你一个猜得到的结局,作品的结局往往是出其不意,或者是耐人寻味的。因此,我们看完小说以后,还是要继续为故事中的人物的命运思索,或者是和故事中的人物共同分享意想不到的快乐和悲哀。这样,故事虽然在书里结束了,可是并没有在我们心里结束,而是在我们心里扎下了根。我认为这是古典小说家联系读者的最出色的本领。

《乔太守乱点鸳鸯谱》这个故事,我们原来最大的希望是慧娘和玉郎成亲,他们的幸福不致破坏。可是乔太守(实际是作者)却使三对青年男女都成了亲,这是出乎我们意外的。故事结束了,我们还是为这三对青年男女雀跃欢呼。

金玉奴给莫稽推下水去了,我们已经为她悲惨的遭遇掉过眼泪。可是她却突然在莫稽的新房中出现了,一阵毛竹细棒把莫稽痛打了一顿。这又是出乎我们意外的,使我们发泄了心中的愤怒。可是,接着,我们也就引起了深思,金玉奴现在的结局难道是最好的结局吗?

俞伯牙遇到了钟子期这个知音,这是人人都高兴的。我们满以为俞伯牙和钟子期在来年仲秋欢聚,再抚琴弦,然而结果却是钟子期突然夭折了。俞伯牙乃以"子期不在对谁弹"而摔琴终身不再复弹。这个结局使我们感到分外的悲伤,因为这种悲伤是突如其来的。

中国古典小说中的有些结局则有余音绕梁之妙。如《游仙窟》最后"我"和崔十娘分别了,故事结束了。可是我们读完了这篇小说,却还是怀念他们偶然的幸福的欢会,为他们的离别感到惋惜,同时又不能不为十娘未来的寂寞的寡居生活沉思。我们所以会产生这样一些思想,是张文成所创造的这个抒情诗的结局所引起的。

我认为,写好故事的结局是很不容易的。它既要独具匠心,使故事的结局不落窠臼,又要不违背全部情节发展的必然趋势,显得合情合理,没有人为的痕迹。而好的故事结局又是必然能够有助于突出主题思想的。因此,中国古典作家在这方面的经验,也值得我们很好学习。

　　编织故事,只是小说创作工作中的一部分。如果单就这一点向中国古典小说家学习当然是不够的。我们还必须联系着中国古典小说家塑造典型人物、运用语言文字、描写自然风景等其他方面的艺术技巧,才能更好地体会他们在编织故事方面的艺术才能。而技巧又是为作品的内容服务的。"哪儿技巧不为巨大的内容服务,哪儿技巧就是一场骗局,这就是所谓形式主义:不包含内在思想的躯壳,为技巧而技巧。"(苏联作家费定语)这也是我们必须记取的。

　　但目前的问题是,我们有很多同志对中国古典小说在艺术技巧上的成就还是认识不足,学习研究不够。"不少的文艺工作者往往只看到民族遗产的封建性和落后性的一面,而没有认识到,这些遗产是我们伟大民族的精神宝库;其中蕴藏着不少具有丰富的人民性的、在艺术技巧上达到可惊的准确和精练程度的现实主义作品。不少的文艺工作者常常只抓到了这些遗产的某些次要的、外表的特点,而没有领会它们的整个精神。他们对遗产价值的理解,常常是狭隘的、片面的。比方,谈到中国小说的特点,仿佛就只是'章回体',……"(周扬:《为创造更多的优秀的文学艺术作品而奋斗》)这是周扬同志在一九五三年说的话。四年过去了,我们对文学艺术中的遗产的学习和研究比前重视了,但我觉得,我们对文学艺术遗产方面的人民性(思想部分)注意得比较多,而对其艺术技巧部分则注意得不够。而本来,这两者却是一个不可分割的整体。也正因此,我才着重对中国古典小说中的艺术技巧问题(也还只是在编织故事方面)作了如上的一些粗浅的探讨。其用意则是"抛砖引玉",希望海内专家在这方面多加瞩目。

(原载《雨花》1957年第9期)

《西游记》究竟是怎样的一部小说？

——兼评对《西游记》的几种误解

吴承恩(约1500—1582年,江苏淮安人)创作的《西游记》问世以来,对这部作品的性质问题,众说纷纭,至今未有定论。是把《西游记》作为神话小说来理解,还是把它作为借神话手法反映现实生活的小说来理解,则是新中国成立以来争议的焦点。下面,谈谈我对《西游记》的看法。

一

从《西游记》的成书过程看,我认为,《西游记》首先是玄奘取经有关神话故事的集大成和再创造。

玄奘取经,是唐初的真人真事。他偷偷出境,历尽艰险,穿越五十多国,前后费时一十七年,最终取得佛经六百多部回国。这一真人真事,《唐书》、《大唐西域记》以及玄奘的高徒慧立写的《大唐大慈恩寺三藏法师传》均有记载。在当时交通不便、山川阻塞、万里迢迢、只身独行的情况下,玄奘的惊人成就,不能不被人们看做是奇迹。于是,人们造作神话,通过这一取经故事把自然力神化,同时又在幻想中支配和战胜自然力。成书于宋、元之间的《大唐三藏取经诗话》(又名《大唐三藏法师取经记》),已有猴行者显神通、深沙神变金桥诸异事。最后,唐僧一行到达天竺,求得佛经五千四百卷东归。也是宋、元间人写定的《西游记》评话,亦是玄奘取经的神话故事,可惜的是该书现在只留下一段遗文"玉帝差魏征斩龙"(载《永乐大典》一三一六九卷),全书内容已不可见。戏剧舞台上,则有宋元戏文《陈光蕊江流和尚》、金院本《唐三藏》、元杂剧《唐三藏西天取经》、元、明间的杂剧《西游记》等敷演取经神话故事。杂剧《西游记》已有收孙行者、除黄风山妖、收沙僧、鬼子母揭钵、收猪八戒、女人国、火焰山诸神话。这是玄奘取经神话故事的第一阶段。

杨志和写的四卷四十一回《四游记》中的《西游记传》,对取经神话故事作了进一步加工。他为了加强孙猴子克服种种困难、制服种种妖魔的可信性,增加了石猴访师、得道、闹天宫等神话情节。第十四回以后则是唐僧收徒和各种遇难故事,也是以见佛得经东归告终。但杨志和的《西游记传》"凡所记述,简略者多"①,艺术性不算高。这是唐僧取经神话故事的第二阶段。

据郑振铎考证,吴承恩创作《西游记》的时间在他七十一岁以后,即1570年以后。吴承恩在前人有关取经神话故事的基础上再幻想、再加工写成的作品,其构思之奇幻,描写之生动,远远超过了以往的唐僧取经神话故事。前十三回相当于杨志和本的十三回,但增加了释迦造经、玄奘父母遇难及玄奘复仇故事。第十四回至九十九回,写取经途中遇难事,但由杨本的三十多难扩增为八十一难(按:除去玄奘出世后的四难,实为七十七难。)鲁迅比较吴本《西游记》和杨志和本《西游记传》后认为,杨志和本"虽大体已立,而文词荒率,仅能成书;吴则通才,敏慧渊雅,其所取材,颇极广泛,于《四游记》中亦采《华光传》及《真武传》,于西游故事亦采《西游记杂剧》及《三藏取经诗话》,翻案挪移则用唐人传奇(如《异闻集》、《酉阳杂俎》等),讽刺揶揄则取当时世态,加以铺张描写,几乎改观。"②这是唐僧取经神话故事的最后加工和完成阶段。

如同荷马的《伊里亚特》是以特洛伊战争为题材的神话诗篇一样,《西游记》则是以唐僧取经为题材的神话小说。

---

① 鲁迅:《中国小说史略》第165页。
② 《中国小说史略》第168~169页。

二

然而,《西游记》又不仅仅是唐僧取经神话故事的集大成和再创造。从我国神话发展史的角度看,它又是我国自史前时期以来至明代中叶为止的优秀神话的集大成和再创造。

任何民族在其童年时期都有它们的生动丰富的神话。这已为民族学、民俗学、人种学所证实。我国汉族也不例外。盘古开天辟地,女娲炼石补天,刑天舞干戚,精卫填沧海,共工触不周山,蚩尤叛炎帝,黄帝与蚩尤大战、以白玉为食,鲧盗"息壤",禹化为熊,羿射十日,嫦娥奔月,神荼、郁垒二神人领万鬼,东方朔到西王母处偷仙桃……真是难以枚举。这些神话散见于《楚辞》、《史记》、《列子》、《淮南子》、《山海经》等古籍中。与希腊神话只产生于史前时期和奴隶社会初期不同,我国汉族的神话则历经史前时期、奴隶社会、封建社会而不断有新神话出现。吴承恩的伟大成就,正在于他把我国汉族自古以来的神话"荟萃融铸为巨制"①从而结束了零星地创作神话的时代。后之来者,也在这一"巨制"面前叹为观止,而不再从事新的神话创作。这种情形,又是和荷马史诗出现后希腊不再有新的神话创作出现类似。

吴承恩对我国优秀神话的采集、利用、改造和再创造是多方面的。

第一回神猴出世,直接应用了"盘古开辟"的神话,仙石产猴,则是对女娲炼石补天神话的改造和新创造。第二回,写孙悟空能七十二般变化,是我国古代鲧禹变化为熊等神话故事的夸张和发展。第三回写龙宫、龙王,是唐人传奇《柳毅》中神话故事的采集和放大。"如意金箍棒"能大能小,与"息壤"的能够自己生长更有相似之处。第五回,写王母娘娘设蟠桃宴、孙悟空偷桃,又和古代西王母的神话故事、东方朔的盗桃故事有着渊源关系。孙悟空大闹天宫,更是共工与颛顼争帝,蚩尤与炎帝打仗,刑天没有头颅仍奋斗不止等神话的继承和发展。孙悟空

---

① 《中国小说史略》第 28 页。

最后被如来佛降伏,又是蚩尤最终为黄帝擒获,无支祁被夏禹、庚辰制服等神话的变形和改造。擒获孙悟空的二郎神是灌江口的显圣二郎真君,这个神话人物也与泗洲大圣有关。第十四回写泾河龙王擅自改变行雨时辰,克扣了雨水三寸八点,因而罪犯天条被玉帝所斩,这在唐人传奇《续玄怪录·李卫公靖》中已有类似神话。所不同的只是李靖代龙母行雨,多下了二十滴,龙母被杖责八十,没有被杀而已。从十三回开始写的取经途中的七十七难,其中有四十八难是和野兽变化成的妖精斗,有十三难是和天神下凡变成的妖怪斗,有七难是因为遇到了山水阻隔,有七难是因为遇到了人世麻烦,一难是由于碰上了树精,一难是由于遇见了白骨精。这里的野兽作怪,天神作祟,在我国古代神话中也都有类似故事。《山海经·西南荒经》中载:"西南荒中出讹兽,其状若菟,人面能言,常欺人,言东而西,言恶而善。"《西京杂记》卷六载:广州王发栾书冢,"有一白狐,见人惊走,左右击之,不能得,伤其左脚。其夕,王梦一丈夫须眉尽白,来谓王曰,'何故伤吾左脚?'仍以杖叩王左脚。王觉,脚肿痛生疮,至死不差。"《柳毅》载:龙君之弟钱塘君发威,伤稼"八百里",杀"六十万",并吞食了泾水之龙。第五十一难写腊梅、丹桂、老杏、枫杨吟诗作怪;其滥觞于《玄怪录·元无有》中的故杵、灯台、水桶、破铛的吟诗作怪,更是一目了然。即使是三十四回写的那个极其吸引人的银角大王叫一声"孙行者"名字,答应了即被收进葫芦的神话故事,在《搜神后记》中也有相似的传说。孙悟空三打白骨精,则又是唐人裴铏《传奇·韦自东》两打夜叉、三遇妖魔变幻神话故事的再创造。流沙河、火焰山的怪异,其实也脱胎于《山海经·大荒西经》中的这一神话:"西海之南,流沙之滨,赤水之后,黑水之前,有大山,名曰昆仑之丘。有神人面虎身有尾皆白处之。其下有弱水之渊环之。其外有炎火之山,投物辄燃。"但吴承恩对流沙河、火焰山怪异的神话描写,却又比这一原始神话高明百倍、精彩百倍。

因此,我们可以毫不夸大地说,《西游记》又是我国优秀神话的集大成和再创造,它不仅是个别的神话故事,而且是我国唯一的神话巨著,是一部完全可以与希腊神话杰作《伊里亚特》、《奥德赛》相比并的神话巨著。

三

　　从《西游记》的真正主人公孙悟空这一神话形象的创造过程中可以看出，《西游记》又是我国以往灵猴神话的集大成和再创造。

　　早在汉焦延寿《易林》中即有"南山大玃，盗我媚妾"的神话性的记载，但过于简略。张华《博物志》中的猴玃，则已粗具形象："蜀山南高山上，有物如猕猴，长七尺，能人行健走；名曰猴玃，一名化，或曰猳玃。同行道妇人有好者，辄盗之以去，人不得知。"迨至唐人佚名的《补江总白猿传》，其中的白猿已经是个灵猴了。它已能变形为"美髯丈夫"，"长六尺余"。"且盥洗，著帽，加白袷，被素罗衣，不知寒暑。""所居常读木简，字若符篆，了不可识。""晴昼或舞双剑"，"其饮食无常，喜咽果栗"，"半昼往返数千里"，"所须无不立得。"但在这些神话性故事里，那些灵猴，却都是一些危害人民的怪物。唐人李公佐的《古岳渎经》中的神猴无支祁，却一变而为淮涡水神，具大神通，十分接近孙悟空的形象了。这个无支祁，"善应对言语，辨江淮之浅深，原隰之远近，形若猿猴，缩鼻高额，青躯白首，金目雪牙，颈伸百尺，力逾九象，搏击腾踔疾奔，轻利倏忽，闻视不可久。"他被夏禹擒获后，"禹授之童律，不能制"，"授之乌木由，不能制"。最后"授之庚辰，才被制服"，"颈锁大索，鼻穿金铃，徙淮阴之龟山之足下，俾淮水永安流注海也"。无支祁这一神猴形象，至宋元间话本《取经诗话》又再变而为猴行者。这个猴行者风度翩翩，居然一"白衣秀才"。他自称是"花果山紫云洞八万四千铜头铁额弥猴王"。玄奘取经期间，所遇各种困难，均赖猴行者的法力，才得以安然度过。元、明间杨景言杂剧《西游记》中的神猴，则已被命名为孙悟空，并被戴上戒箍。《西游记传》中的孙悟空，本为石猴，它"寻得水流，众奉为王，而复出山，就师悟道，以大神通，搅乱天地，玉帝不得已，封为齐天大圣，复扰蟠桃大会，帝命灌口二郎真君讨之，遂大战，悟空为所获"，"然砍之无伤，炼之不死，如来乃压之五行山下，令待取经人"，后助玄奘取经，消除灾难三十余，"见佛得经东归证果"。（《中国小说史略》第164～165

页)神猴形象的演变过程表明,它是我国神话的土产,并非如胡适所说的是源自印度史诗《拉马耶那》中的神猴哈奴曼的舶来品;它的神通越来越大,它从害人的怪物逐渐衍变为协助唐僧取经的神物。吴承恩《西游记》中的孙悟空形象,就是在这些神猴形象的基础上经过作者的再创造而创作成功的。他是我国人民幻想中的无敌英雄("斗战胜佛",就是无敌英雄的尊称)。他能够一个斤斗翻十万八千里;他能够千变万化;在天宫里自由来去,并把天神天将打得落花流水;他能够经受得起雷打电劈,刀斩斧砍;他能够经受七七四十九天的丹炉火炼;他能够忍耐住五万年饥餐铁丸、渴饮铜汁的苦难,他能够降伏各种妖魔鬼怪,克服难以想象的种种困难……他比希腊神话中的安泰更有力量,他比希腊神话中的普罗米修斯更能经得起折磨。如果说,外国人民以神话形象创造了安泰和普罗米修斯,那么,中国人民则以神话形象创造了孙悟空。一句话,孙悟空是中国人民本质力量的外化或对象化。

四

综上所述,《西游记》主要是一部神话巨著。我们研究《西游记》,就得首先把它当作神话巨著来看待。但是,新中国成立以来,有一些同志却把《西游记》看作是以神话手法反映现实生活的小说,在《西游记》研究中存在着这样一些误解。

一是五十年代颇为流行的所谓《西游记》反映农民起义、人民暴动说。认为孙悟空大闹天宫就是反映农民起义、人民暴动,吴承恩对农民起义、人民暴动采取了歌颂态度。其实,正如我们在上面论述中所提及的,在我国古代神话中,犯上作乱的神话人物早已有之,如共工,如刑天,如蚩尤,如无支祁。这些神话人物,都曲折地反映了中国人民是有反抗和斗争精神的,但它们并不具体地反映农民起义和人民暴动。《西游记》中孙悟空这一神话人物,正是历来犯上作乱的、具有反抗斗争精神的神话人物的再加工和再创造,虽然他的乱子闹得更大,反抗斗争精神更强,但却很难说孙悟空的作为就是农民起义和人民暴动的反映。

再证之于吴承恩的生平和思想,更找不到他有同情和歌颂农民起义、人民暴动的任何证据。吴承恩一生坎坷,科举甚不得意,只是一个穷贡生,仕途也不顺利,只是一个小县丞,贫老而无子,其生活遭遇是不幸的。但从他留存下来的《射阳存稿》、《续稿》等著作来看,吴承恩的思想基本上是传统的儒家的明主贤臣的思想。他叹息的是,"坐观宋室用五鬼,不见虞廷诛四凶",他期望的是,"谁能为我致麟凤,长令万年保合清宁功?"(《射阳存稿·二郎搜山图歌》)也就是期待明主贤臣治国平天下。吴承恩与传说中的曾经和农民起义军有过关系并写了多部与农民起义有关作品的施耐庵、罗贯中不同,他一生与农民起义无任何瓜葛,他的著作无只字涉及农民起义和人民暴动,所以,硬说《西游记》反映农民起义和人民暴动,并说吴承恩同情、歌颂农民起义和人民暴动,是缺乏根据的。稍有马克思主义常识的人都知道,意识形态一旦成为意识形态以后,就有它自己的历史,并常常以原有的思想资料作为它的出发点。如果在每种意识形态中都要找到它所产生的经济基础和现实生活的根据,那就不是马克思主义,而是机械唯物主义了。神话更不同于一般意识形态,它是人类童年时期(严格说来,在生产力还很低下的奴隶社会、封建社会都是人类童年时期)控制、支配、压倒自然力愿望的表现,而它一旦形成以后,也就有了它自己的历史,后来的神话创造者,不能不以前人创造的神话为出发点。所以,如果在每种神话中(例如大闹天宫)都要找到它的经济基础和现实生活的依据,那就更加背离马克思主义了。

二是七十年代"批林扎孔"中广泛流行的所谓《西游记》是《水浒》的翻版说。论者以为,《水浒》中的宋江,先造反,后来受招安、打方腊;《西游记》中的孙悟空,先闹天宫,后皈依唐僧,打妖魔,两者是一回事。如此理解《西游记》更是错误的。且不说宋江受招安打方腊是干了错事,玄奘取经促进了中印文化交流,根本不能相提并论。更重要的,怎么可以把妖魔与方腊农民起义军等同呢?这些妖魔绝大多数都是为非作歹,残虐人民,无恶不作的,它们怎么能代表农民起义军呢?在我们看来,《西游记》中的妖魔,乃是自然力的神化,野兽的幻化,而且野兽害人者居多。把妖魔视为农民起义军固然不可,说这些妖魔代表恶霸地主也很牵强。孙悟空除妖灭怪,主要是扫除取经途中的重重障碍,但打死这些多数由野兽幻化成的妖魔,却也客观上为人民除了害。说《西游记》是《水浒》的翻版,正是把《西游记》只看作是用神话手法写成的反映现实生活的作品的典型表现。这种看法,其实也是《西游记》反映农民起义、人民暴动说的逻辑发展的必然。因为,既然孙悟空闹天宫是反映农民起义,而他那时是作为妖魔出现的,那么在他皈依唐僧以后打妖魔,自然就是受招安、打农民起义军了。也有的同志一方面持《西游记》反映农民起义、人民暴动说,另一方面又不同意后来孙悟空皈依唐僧打妖魔就是受招安,打农民起义军的说法,承认那是反映与困难作斗争。这样一来,《西游记》就有了两个主题,闹天宫是写农民起义,八十一难是写与困难作斗争。但在我们看来,神话巨著《西游记》的主题是统一的、不能分割的,那就是全部作品都表现了中国人民的敢于反抗和敢于斗争的精神,无论是闹天宫还是八十一难都是一样。

三是最近出现的所谓《西游记》歌颂"改邪归正"、"悔过自新",是一部瓦解农民起义的政治小说说。这种说法,更不把《西游记》当作神话小说来看待,它不但把《西游记》视为是反映现实生活的小说,而且把《西游记》视为具有明确的政治目的性的小说了。吴承恩也因此成了一个反动文人。这种说法,名为新论,实则荒唐。在吴承恩生活的年代里,曾出现过一些小股农民起义,但它们都很快被镇压下去,影响根本不能和明代后期的大规模农民起义相比。作为失意的、被排斥的小官吏吴承恩也并未在他的诗文中为明王朝镇压农民起义出过谋、献过策。他顶多对忙于钻营、发财的"尽着机关连夜使,一锹一个黄金穴,被天公赚得鬼般忙,头先雪"的达官贵人们提出过警告,要他们懂得盈虚消长的道理:"傀儡排场才一出,要知关目须听彻,纵饶君局而十分赢,须防劫"。(《射阳存稿·满江红》)吴承恩不是王阳明。把吴承恩与镇压过农民起义、主张诛"心中贼"的王阳明相提并论,是比喻不伦。吴承恩创作《西游记》并无政治目的。他说:"余幼年即好奇闻。在童子社学时,每偷市野言稗史,惧为父师呵夺,私求隐处读之。比长,好益甚,闻益求;迨于既壮,旁求曲致,几贮满胸中矣。"(《射阳存稿·禹鼎志自序》)所以吴承恩在晚年创作《西游记》绝不是偶然的。当然,他写《西游记》也不是无所为而作,而是"玩世不恭之意寓焉"。把企图瓦解农民起义的罪名强加在吴承恩头上,实在是大大冤枉吴承恩了。

我们不同意以上误解,并不是说,《西游记》纯粹是一部神话小说,完全与当时的现实生活无关。不是这样。由于这部神话巨著不像荷马的史诗那样产生于史前时期和奴隶社会初期,而是产生于我国封建社会后期,因此必然具有不同于希腊神话的特点:

第一,它不仅曲折地反映了我国人民控制、支配、战胜自然力的愿望和要求,还曲折地反映了当时的某些"世态"。《西游记》中写了好几个昏君,这自然是曲折地反映了明代许多皇帝的佞道、崇佛;它写了佛、道之间的斗法,这同样是明代佛道之间多次反复斗争的曲折反映;天宫的无能,佛徒的需要人事,妖魔的残民以逞,在这些曲折反映中流露出来的思想倾向,是和《射阳存稿》中诗文的思想倾向相一致的。如果说,早期神话是对自然形态和社会形态的在幻想中的不自觉的艺术加工,那么,产生于封建社会后期的神话小说《西游记》,却是在一定程度上对自然形态和社会形态的在幻想中的某种自觉的艺术加工。但这种艺术加工是和作者的生活、思想有密切联系的。"讽刺揶揄则取当时世态",鲁迅先生早就指出了这一特点。

第二,《西游记》这部神话巨著,具有浓厚的宗教色彩,在一定程度上掩盖了神话的光辉。什么"心猿归正"啦,"二心搅乱"啦,"邪魔侵正法"啦,"外道迷真性"啦,这一类谈禅、讲道的语言,几乎每章都有。因果报应的宿命思想,也经常在作品中反复宣扬。这虽然和取经的题材有关,但不能说和作者的落后思想没有关系。悟一子、悟元子之流正是利用了这些东西,而把《西游记》曲解为"劝禅"、"讲道"的经书的。本来,神话在史前时期就不能和迷信截然分开。吴承恩创作《西游记》时又正是佛教、道教盛行的时期。作为封建阶级的知识分子,一点不受宗教的影响也是不可能的。

第三,人神鬼怪淆杂,是《西游记》这部神话小说的另一特点。《西游记》中既有神仙世界（天宫、佛地），又有鬼魂世界（阎罗殿、地狱），既有人间世界（唐朝廷、取经路过的国家），又有妖怪世界（取经途中遇难，大多是妖怪作梗）。人神鬼怪淆杂，旧神新神共处，构成了外国神话从未有的奇观。作品中"神魔皆有人情，精魅亦通世故"（《中国小说史略》第173页），表现了极大的幽默性和讽刺性。

忽视了这些特点，把《西游记》等同于荷马史诗，显然是不对的。但是，如果把《西游记》在幻想中对社会形态的自觉和不自觉的艺术加工的因素无限夸大，以至于认为《西游记》只是用神话形式反映现实生活的作品，那就距离作品的实际情况更远了。《西游记》是一部神话巨著，但在某些方面也曲折地在幻想中对当时的社会形态作了艺术加工和反映，这就是我们对《西游记》究竟是怎样的一部小说这个问题的回答。

（原载《安徽大学学报》1983年第1期）

《金瓶梅》原是评话说

——兼谈《金瓶梅》的作者问题

《金瓶梅》成书以来,长时期存在一个问题,即众多学者都以为《金瓶梅》出自大名士、大作家之手。近几年来朱星先生的"王世贞"说,吴晓铃、徐朔方先生的"李开先"说,张远芬先生的"贾三近"说,黄霖先生的"屠隆"说,也没有脱离这一窠臼。这里,他们都忽视了文学创作的一个根本问题:生活是文学创作的源泉,你不了解、不熟悉某一方面的生活,你也就写不出、写不好反映这方面生活的作品。而王世贞、李开先、贾三近、屠隆这些名士、作家,或是大官僚,或是大地主,谁也没有经历过《金瓶梅》主要描写的那么丰富、那么多样的市井生活,仅凭一些道听途说,他们绝不可能写出《金瓶梅》那样的"奇书"、"杰作"。最近,戴鸿森先生提出盲艺人"刘九"说,认为"从全书随处捏合穿插时行小调、散曲、套数、院本、杂剧、传奇、宝卷及其他话本种种现成材料看,其人必是艺人。"这个艺人就是盲艺人刘九(刘守,号亭,1526—1561)。(戴鸿森:《我心目中〈金瓶梅词话〉的作者》,《读书》1985年4期)戴鸿森从说书艺人中寻找《金瓶梅》的作者,其研究方向是对的,但一个盲艺人在眼睛失明的情况下,看不到人世间发生的一切,仅凭耳、鼻、舌、身四官即能创作出《金瓶梅》这样的描尽世态人情的巨著,则是不可能的。不少盲艺人,由于听觉特别灵敏,他可以记住、背诵、表演上百万言的大书,但要盲艺人独力创作出一部大作品来则中外文学史上均无先例。那么,《金瓶梅》是怎样创作出来的呢?它的最初记录定稿者又是谁呢?不少研究者总是企图从"外证"有关《金瓶梅》的文字记载中解决这两个问题,其实,这两个问题的答案,就在《金瓶梅》这本书内即可找到。"外证"是需要的,但只有有了足够的"内证"——书内证据,才能富有说服力地回答这两个问题。早在三十年前(1955年),我在扬州购得一部《金瓶梅》阅读后,我就产生了《金瓶梅》原是评话的想法。《金瓶梅词话》出版后,我再次研读《金瓶梅词话》,终于找到足够的内证,可以确定:《金瓶梅》原来是评话;笑笑生是一位有相当文化水平但文化教养并不高的评话爱好人,他是《金瓶梅》评话的加工、改写和定稿者。

说《金瓶梅》原来是评话,根据何在呢?

第一个重要根据,就是《金瓶梅词话》(这是目前海内外学者多数公认的《金瓶梅》的定稿本)第三十回《来保押送生辰担,西门庆生子喜加官》中有这么一段话:"评话捷说,有日到了东京万寿门外,寻客店安下。"(着重点为本文作者所加。)这里交代得很清楚,《金瓶梅》原来是评话,所以说书人说到这里,就向听众交代明白:我说的评话不在这个问题上啰嗦了,"评话捷说",直截了当地讲述了来保已"到了东京万寿门外,寻客店安下"了。那么,《金瓶梅》评话,又是怎么产生的呢?这涉及我国长篇小说、长篇评话的历史发展问题。

我国的通俗小说,如果从唐代的变文、说话算起,经过宋元的平话到元末明初,终于出现了以平话为基础而又作了再创造、再加工而最后定稿了的《水浒》、《三国志演义》、《隋唐志传》、《五代史演义》等长篇小说。这些长篇小说,是过去平话的集大成,同时益之以杂剧、史书、轶闻、秘事、笔记、私人记述,比之过去的短篇、中篇平话来,是大突破、大发展、大创造,使我国终于有了真正的长篇小说。而一当这些长篇小说产生特别是刊行出版以后,它们又成了明清两代艺人演说评话、评书的张本。一些有才能的评话艺人,能够把这些长篇小说中的某几回,演说成相当于几十万字或上百万字的评话。扬州评话艺人王(少堂)派水浒,从邓光斗系统接受了宋(江)十回、石(秀)十回,卢(俊义)十回;从宋承章系统接受了武(松)十回。这四个"十回",各有一百多万字。邓光斗、宋承章师承的是谁,已不见记载,但柳敬亭、崔仲达是扬州评话艺人组织"三皇会"的两位祖师(另一位是孔子,有点不伦不类),可以从中得知其中的一点消息。崔仲达曾应乾隆皇帝之召,在"御前"演说过"评话",有"御前评话"之称;柳敬亭是明末著名的评书艺人,他演说武松打虎,使不少文人为之神往。但是柳敬亭、崔仲达仅仅是两位留有文字记载的明末、清初的评书艺人,在明末清初,在明代中叶,当然还有不少评话艺人、评书艺人能演说长篇评话的。《金瓶梅》评话,很明显的是从《水浒》中的武十回中析出,又经过评话艺人(不止一人)的发展、创造、加工、再发展、再创造、再加工而成的。假如说,"评话捷说"还是个孤证,那么,我们可以从《金瓶梅评话》中找到更多的证据。

人所共知,《水浒》是在平话的基础上再创作而成。而《金瓶梅词话》中的开头部分和后面的武松杀嫂部分,却几乎完全沿袭《水浒》,这只有评话艺人才会这样做,而独力创作的大作家、大名士是不屑为也耻于这样做的。这里我们以《水浒全传》、《金瓶梅词话》、扬州评话《武松》中的某些有关部分加以比照,就会清楚看出,《金瓶梅》评话的讲述人、《武松》的讲述人王少堂都是按照《水浒全传》演说的,所不同的只是《武松》基本保留了王少堂评话的口述记录,而《金瓶梅》评话的整理者则沿袭《水浒全传》:

武松打虎部分

水浒全传	走不到半里多路,见一个败落的山神庙。行到庙前,见这庙门上贴着一张印信榜文。武松住了脚读时,上面写道:"(略)"。
金瓶梅词话	不半里之地,见一座山神庙,门首贴着一张印信榜文。武松看时,上面写道:"(略)"
扬州评话《武松》	走了三里多路,只看见路旁有座土地祠,东山墙挂着件东西,不知何物。抢步上前,抬头观看,月亮照射,明明白白,原来是张告示。告示上的字,武松可以认得下去。他当日虽没有上过学,后来也认得几个字呢。这张告示是阳谷县出的,上面写的是:"(略)"

水浒全传	（武松）见一块光挞挞大青石，把那哨棒倚在一边，放翻身体，却待要睡，只见发起一阵狂风来。
金瓶梅词话	（武松）见一块光挞挞地大青卧牛石，把那棒倚在一边，放翻身体，却待要睡。但见青天忽然起一阵狂风。
《武松》扬州评话	（武松）只看见路旁有一株老树，老树根下有一块青皮石，六尺多长，三尺多宽，一尺多厚，不知陷在土内有多深。石块倒干干净净。心想何不就在上头稍微休息一下子。……同时就是一阵狂风，只听野树乱吼。
王婆行"十光计"部分	
水浒全传	王婆道：大官人，休怪老身直言：但凡捱光最难……若是他不做声时，此是十分光了。
金瓶梅词话	王婆道：大官人，休怪老身直言：但凡挨光最难十分。……若是他不做声时，此事十分光了。
《武松》扬州评话	（王婆）：罢了，罢了，你倒舍得出钱，我老妈妈子为什么不能出力呢！不过这件事最难：第一，要五个字；第二，要十分光。……就能有个十分光了。
武松杀嫂部分	
水浒全传	说明迟，那时快，把尖刀去胸前只一剜，口里衔着刀，双手去挖开胸脯，抠出心肝五脏，供养在灵前；肐查一刀，便割下那妇人头来，血流满地。

续表

金瓶梅词话	说时迟,那时快,把刀子去妇人白馥馥心窝内只一剜,剜了个血窟窿,那鲜血就窿出来。那妇人就星眸半闭,两只脚只顾登踏。武松口噙着刀子,双手去斡开他胸脯,扑扢的一声,把心肝五脏扯下来,血沥沥供养在灵前。后方一刀,割下头来,血流满地。
扬州评话《武松》	武二爷上前把金莲发髻一把抓。只看见刀光一闪,接着吭嚓!轰通!尸骸倒下,鲜红的血直冒,金莲这颗人头早被武松提在手中!……武二爷此时把金莲这颗头就朝哥哥灵牌子旁边一放,一步到了金莲尸首面前,朝下一蹲,刀尖对着金莲心门,一刀进去,把金莲这颗鲜红的心取出,托在手中,也朝哥哥灵前一放。

《水浒全传》是有关梁山泊英雄故事的平话的整理本;《金瓶梅词话》是从《水浒全传》中有关武松、西门庆、潘金莲部分析出而又重新作了再创造的评话的整理本;扬州评话《武松》则是王派水浒评话的口头记录本;但它们原来都是评话。这就是我们从《水浒全传》、《金瓶梅词话》、《武松》有关部分的比照中所得出的结论。

可以确定《金瓶梅》原是评话的另一重要证据,就是《金瓶梅词话》不厌其烦地重复对某一动作的描写,而这正是评话艺人至今仍在运用的手法之一。例如,《金瓶梅词话》写低贱妇女看到西门庆、西门庆的女人或其他官员后,总是"花枝招扬""插烛也似""磕头"。这里,且引述若干处:

1."妇人教迎儿执壶,斟一杯与西门庆,花枝招扬,插烛也似磕了四个头。"(《金瓶梅词话》,第89页,下同)

2."三个唱的放下乐器,向前花枝摇扬,绣带飘飘磕头。"(第122页)

3."两个唱的打扮出来,花枝招扬,望上不端不正,插烛也似磕了四个头儿。"(第382页)

4."(玉楼)与西门庆递酒,花枝招扬,绣带飘飘,磕了四个头"。(第1046页)

5."(郑爱月儿)进门花枝招扬,绣带飘飘,与西门庆磕了头"。(第1210页)

6."(四个唱的)上的楼来,望下一面花枝招扬,绣带飘飘,拜了四拜"。(第1407页)等等,不下二十处。

可以说,如此公式化描写人物出场,在大名士、大作家的笔下是不可能如此一二十次地重复出现的,但在评话艺人嘴里,却是一种套数,少它不得的。他们说到大风,便是:"无形无影透人怀,四季能吹万物开。就地撮将黄叶去,入出推出白云来。"(《金瓶梅词话》第5页;《水浒全传》第273页,第三句为"就树撮将黄叶去",其余全同。)讲到大山,便是:"八面嵯峨,四围险峻。古怪乔松盘翠盖,槎枒老树挂藤萝。瀑布飞来,寒气逼人毛发冷;巅崖直下,清光射目梦魂惊。……"(《金瓶梅词话》第1274页;《水浒全传》第393页也有这段"山赋",只是个别字句有差异。)说到"黄巾力士",便是"噀了一口法水去,见一阵狂风所过,一黄巾力士现于面前。但见:(略)"。(《金瓶梅词话》第851页;《水浒全传》第674~675页也有对"黄巾力士"的类似描写。所不同的,《金瓶梅词话》写"黄巾力士"是由潘道士焚符召来,《水浒全传》写"黄巾力士"是由罗真人叫来。)这些例子再次说明,《金瓶梅》原来是评话,是由说书艺人讲述的。所以,它一再应用雷同语句也就毫不奇怪了。

《金瓶梅》原是评话的另一有力证据,就是《金瓶梅词话》中许多回目对仗不工甚至根本对不起来。因为评话艺人说一回书,一般是讲一两个小时,说一两件故事;评话艺人开讲时并不告诉听众本回书的回目叫什么,所以回目一般是由评话整理者根据该回内容后来加上去的。但由于话本的整理者多数是下层文人,文化教养不太高,因此回目的上下两句不一定对仗精工。《三国演义》的回目是经过毛宗岗父子之手加工后才变得对仗精工的;《水浒》的回目也是到了明代中叶以后才对仗精工的。《金瓶梅词话》是评话的整理、加工本,而整理者的文化教养也不高,所以有多篇回目对仗不工或对不起来。且看前五十回,从第一回"景阳冈武松打虎,潘金莲嫌夫卖风月"第三回"王婆定十件挨光计,西门庆茶房戏金莲",一直到第四十八回《曾御史参劾提刑官,蔡太师奏行七件事》、第四十九回《西门庆迎请宋巡按,永福寺饯行遇胡僧》,统计起来前五十回中就有二十二回不成对。后五十回的情况也并不更好些。我们可以设想一下,假如《金瓶梅词话》果真如一些学者们所断言的,是王世贞、李开先、贾三近、屠隆等大名士、大作家写的,这些大名士、大作家会写出这些根本对不起来的回目吗?会让这些对仗不工和不成对的回目刊行于世吗?

不只是这些对仗不工的回目揭露了《金瓶梅》原是评话,而且《金瓶梅词话》的行文也在许多地方表明它原先是评话。如"此系后事,表过不题"(第371页);"不必细说"(第868页);"不在话下","俱不必细说"(第871页);"看官听说"(第1254页、第1259页、第1430页)等。这些都是评话艺人在演说时对听众(即"看官")交代的话,或者要听众注意听讲的话。到文人独力创作的作品里,就绝少或完全不用这些话语了。

评话的显著特色是:在演说过程中不时插入诗、词、歌、赋、赞、曲、快板、小调、谜语、笑话、对联、唱词等等,一方面愉悦听众,另一方面延长演说的时间。但由于评话艺人文化教养的限制,在他们创作或借用别人作品的时候,常常张冠李戴,闹出"关公战秦琼"式的笑话来。在《金瓶梅词话》里,从《词林摘艳》、《雍熙乐府》、《盛世新声》等集子中引用了大量词曲。但是这些词曲多创作于元、明两代,作为北宋时的人物,《金瓶梅》写的是北宋年间徽、钦二宗统治时的人物,是不可能唱出元、明期间创作出来的词曲的。在文人创作的作品中,偶然也出现前代人说唱后代人词曲的讹误,但绝其少见。而《金瓶梅词话》却是习以为常地让北宋人演唱元明人创作的词曲。这再次证明《金瓶梅》原来是评话。

尤其能说明这一点的,就是《金瓶梅词话》中人物唱的词曲、说的快板等等,与规定情境大相径庭。这只能表明评话艺人只顾取悦听众而不管生活真实了。限于篇幅,略举数例:

1. 第三十回,李瓶儿快生孩子,急等着收生婆前来助产。据理说,收生婆蔡老娘来后应当立刻帮助李瓶儿生产才是,但这个收生婆到来后,却得意忘形地说起大段快板来了。她说:"我做老娘姓蔡,两只脚儿能快。身穿怪绿乔红,各样髶髻歪戴。嵌丝环子鲜明,闪黄手帕符擦。入门利市花红,坐下就要管待。不拘贵宅娇娘,那管皇亲国太。教他任意端详,被他褪衣刮划。横生就用刀割,难产须将拳揣。不管脐带包衣,着忙用手撕坏。活时来洗三朝,死了走的偏快。因此主顾偏多,请的时常不在。"这简直是胡闹,蔡老娘会这样自己糟蹋自己吗?而且蔡老娘说这段快板与当时急等着她助产的规定情境完全不相容。文人独力创作的作品决不会在这时开这么大个玩笑。

2. 第五十六回一开头,就是这么一首诗:"斗积黄金侈素封,蘧蘧庄蝶梦魂中。曾闻郿坞光难驻,不道铜山运可穷。此日分羸推鲍子,当年沉水笑庞公。悠悠末路谁知己?惟有夫君尚古风。"这首诗后,竟是一段赞颂西门庆的话:"这八句单说人生世上,荣华富贵不能常守,有朝无常到来,凭他堆金积玉,出落空手归阴。因此西门庆仗义疏财,救人贫难,人人都是赞叹他的。"这段话和《金瓶梅词话》揭露批判西门庆的总倾向是完全背离的。(按:明沈德符《野获编》云:五十三回至五十七回是"赝作"。但也有人认为,"赝作"之说不可靠。)不过在评话艺人看来,因为这回书说的是"西门庆周济常时节",所以就顺口念了这首诗、讲了赞美西门庆"仗义疏财,救人贫难"这段话,而不去深思这首诗、这段话用在这里是否恰当。

3. 第七十回《群僚庭参朱太尉》中,竟让五个俳优当着朱太尉的面唱起大骂朱太尉的套曲:"享富贵,受皇恩。起寒贱,居高位。秉权衡威振京畿,怙恩恃宠把君王媚,全不想存仁义。〔滚绣球〕(略)"朱太尉及其随从又不是聋子,这样当面骂他,不是找死吗?这也是不可能的。但评话艺人认为在这里骂一通朱太尉煞是痛快,因此他们也就在这里当着朱太尉的面大骂特骂起来了。

4. 西门庆临终时和他妻子吴月娘对话,按说此时他俩心情都很悲悽,但《金瓶梅》却让两人各歌唱了一长段。西门庆道:"你休哭,听我嘱咐你,有《驻马听》为证:(接着便唱了起来)(略)"吴月娘听了,做了回答(也唱了起来)(略)。这也是不近情理的。但评话艺人为了愉悦听众却径自唱起来了。

这些事例又一次证明《金瓶梅》原来是评话。

凡评话都有"书外书"的传统或习惯，即在讲述过程中插进来一段书。这段书可以与正在讲述的故事有关，也可以与正在讲述的故事无关。文人独力创作的作品，偶然也有"书外书"，但多与作品中的情节有关，而且在整部作品中，"书外书"很少。这只要把《红楼梦》、《儒林外史》与《水浒》略加比较就可看得很清楚。但在《金瓶梅词话》中，这样的"书外书"出现的次数很多，而且还有重复出现的。

这里只举几个明显的事例：

1. 第三十四回，西门庆向李瓶儿讲了一段长长的阮三与陈参政的女儿私通的故事。这个故事原出《夷坚志》，《西湖二集》二十八卷借作入话，清平山堂所刊《雨窗集》中的《戒指儿记》讲的也是这个故事，《古今小说》中《闲云庵阮三偿冤债》演述的也是这个故事。可见这个故事在评书、评话界颇为流行。演说《金瓶梅》评话的艺人就把这一故事作为"书外书"让西门庆说了出来。西门庆说了一次不算，在第五十一回中，又把这一故事对吴月娘说了一遍。这一反封建色彩很浓的故事由西门庆说出来，并不恰当。但评话艺人却认为插进这段"书外书"可以增加趣味性，于是也就把它插进去了。

2. 第三十九回，大师父和王姑子宣讲五祖转生宝卷，这又是一段很长的"书外书"和作品的情节发展并没有内在联系。但这段"书外书"很能抓住听众，而且靠这段"书外书"正好可以说完一回书，否则说书的时间就不够了。

3. 第五十四回，薛姑子演颂《金刚科仪》，这段"书外书"就作品而言并没有什么必要，但对于评话艺人来说却又是必要的，因为它可以起到调剂场内听众情绪的作用。

4. 第七十三回，薛姑子讲说佛法，宣讲了五戒禅师和红莲的故事。这个故事的本事原出《春渚纪闻》；清平山堂话本有《五戒禅师红莲记》；《古今小说》有《明悟禅师赶五戒》；《曲海总月提要》卷十二录有陈汝元编的《红莲债》；《绣谷春容》及《燕居笔记》题作《东坡佛印二世相会传》，也是一个很流行的故事。评话艺人认为这个故事定能抓住听众，所以也就插入了这段"书外书"。

5. 第六十六回极写李瓶儿死后黄真人炼度荐亡的情景,这对于认识当时的人情风俗是有好处的。但说得那么详细,甚至在召唤十类孤魂"来受甘露珠"时,逐一地把"注界孤魂"、"阵亡孤魂"等等召来,领受"甘露珠",却没有这个必要了。但评话艺人却可以借此向听众炫示他知识的广博,又能延长说书的时间,可谓一举两得。

除了这些"书外书"外,《金瓶梅词话》中应伯爵说的笑话,相互猜的谜语,也具有"书外书"的性质。评话、评书中插入"书外书"的传统习惯,各地评话、评书艺人都有。北京评书艺人陈士和之所以能够把《聊斋志异》中的短篇《梦狼》说上几十天,可以说,一半靠的是"书外书"。湖北评书则把"书外书"叫做"外插花"。扬州评话则几乎每回书都有"书外书"。如何评价"书外书",如何在今天的评话整理工作中正确处理"书外书",是一个专门问题,这里不作论述。但《金瓶梅词话》中大量"书外书"的存在,却又是《金瓶梅》原来是评话的一个有力证据。

由于评话艺人每天说一回书或两回书,天长日久,所以就不免出现前后人名不一和情节上出现漏洞或交代不明的情况;又由于评话艺人地理历史知识欠缺,因此地理位置错误、历史年代差错的现象,在以评话为基础的刊本小说中就更是屡见不鲜。我们说《金瓶梅词话》原来是评话的又一证据,就是在书内可以经常发现这一类差错:

1. 西门庆十兄弟,"云里手"有时作"云离守","白来抢"有时作"白来创",这要看评话艺人的高兴。

2. 第三十一回,净扮秀才,念《滕王阁序》:"南昌故郡,洪都新府。星分翼轸,文光射斗牛之墟;人杰地灵,徐孺下陈蕃之榻。"一开头就念错了。秀才是不会闹出这样的笑话的。

3. 第四十八回《曾御史参劾提刑官》中说得清清楚楚:"曾公大怒,差人行牌,星夜往扬州提苗青去了",可见苗青后来已被提到曾御史那里。虽然曾御史其后被蔡太师"窜于岭表",但苗青如何发落,书中却并未交代。及至第五十五回,苗青已成了苗员外。但苗青怎样从曾御史那里回到扬州去,书中在这里也没有交代。

4. 第六十四回,写到"……名唤桃花洞,在于湖广武陵川中。昔日唐渔夫入此洞中……"把"晋太原中"的渔夫说成是"唐渔夫"了。

5. 第十五回讲到"莱州府叶迁等八官府行厅参之礼"。但是,到了第七十七回,"莱州府知府叶迁"却又成了"蔡州府知府叶照"。(按:人民文学出版社本已校改过来。)这不是当时印书中的错误,而是评话艺人说书说到后来说错了。

6. 第七十七回说得很清楚:苗青替西门庆使了十两银子,买了一个名叫楚云的女子,"如今还养在家,替他打箱奁,治衣服。待开春,韩伙计、保官儿船上带来,伏侍老爹,消愁解闷。"但到第八十一回,这件事竟被评话艺人遗忘。崇祯本只好为之增补弥合。

7. 第七十九回叙西门庆临死有"韩伙计、来保松江路上四千两"语,后到第八十一回,"四千两"银子却变成"二千两"了。(人民文学出版社本已校改过来。)这也是评话艺人说书说到后面忘了前面了。

8. 第八十三回刚说完:"看官听说:虽是月娘不信秋菊说话,只恐金莲少嫩妇女,没了汉子,日久,一时心邪,着了道儿。恐传出去,被外人羞耻……"接着没多久,评话艺人又加以重复说:"潘金莲自被秋菊泄露之后……"(按:崇祯本和人民文学出版社本,都把后面这段话删去了。)这在文人独力创作的小说里也是不可能在同一回书中出现如此雷同的词句的,但在评话艺人的说书过程中,却常有这种情形:当评话艺人喝了几口茶或吸上一袋烟以后,他常常情不自禁地把刚刚说过的话又说一遍。

总之,以上情节上的漏洞,历史朝代上的讹误,人名的不一,同一回书中语句的重复,都在在说明《金瓶梅》原来是评话。

《金瓶梅词话》中有大量关于性生活的淫秽描写,实在不堪入目。然而,这种情形也只有在话本小说中才会出现。文人创作的小说也有性的描写,但大多是暗示性的,比较含蓄的,但在评话艺人说书时,他们却"没遮拦"了。"文革"前,我在扬州曾有机会看到过扬州评话《武松》的原始记录稿,那里的所谓"荤"话,与《金瓶梅词话》中所描写的如同一辙。当时,我就认为,大名士、大作家在《金瓶梅》中如此不堪入目地描写性生活是不可能的,但是评话艺人在说书中放肆地描摹性生活,却是迎合小市民听众的需要,也是他们低级趣味的表现。《金瓶梅》中大段大段的关于性生活的淫秽描写,恰好是《金瓶梅》原是评话的又一证据。

以上八条"内证",可以足够地说明《金瓶梅》原是评话。那么,《金瓶梅词话》的作者又是谁呢?

《金瓶梅词话》上写得很清楚,作者是"兰陵笑笑生"。问题是"兰陵笑笑生"又是谁。从以上论述中,我们已经搞清楚,《金瓶梅》原来是评话,所以《金瓶梅词话》的作者"兰陵笑笑生"其实是《金瓶梅》评话的最早的记录者、整理者、加工者和再创造者。他在《金瓶梅词话》成书中的作用,约略相当于施耐庵、罗贯中之于《水浒》、《三国志通俗演义》中的作用。他有相当的文化水平和写作水平,但文化教养不算高。他极可能是《金瓶梅》评话的热烈爱好者。不过他在整理、加工时已经吸收了别的评话艺人讲述《金瓶梅》评话中的精彩段落和部分。原来演说评话的历来有三类人:一类是像王少堂那样的文化水平很低的人,靠师传父授讲说评话;还有一类是下层知识分子,如著名评话家龚午亭就是这样的知识分子,"少读书,略解大义,尤好稗官小说,一见即能背诵。尝加酿嘲辞,以资谈说,风趣横生,闻者每屏弃原书,而另听午亭口述。"(朱黄:《龚午亭传》,《扬州评(话)弹(词)》第一辑);另一类评话艺人也没有什么文化水平,但他们得天独厚,能自己创制评话,这可以浦琳为代表。他"以己所历之境,假名皮五",口头创作了《清风闸》,但他没有写成作品。(后来刊行的《清风闸》是清嘉庆间梅溪主人所作,无说书人的口吻。)《金瓶梅》评话,不可能是第一类评话艺人创作的;第三类评话艺人创作《金瓶梅》评话的可能性也很少;最有可能的是由第二类评话艺人,即由下层知识分子出身的评话艺人所口头创作,但又由一、二两类评话艺人所发展和丰富;最后则由"兰陵笑笑生"这样一位也是属于下层知识分子的评话爱好者所记录、整理、加工和再创造。这才是比较符合《金瓶梅》评话和《金瓶梅词话》创作的实际情况的。

(原载《社会科学研究》1986年第5期)

道教和《封神演义》

一般认为《封神演义》的文学价值低于《水浒》、《三国演义》、《西游记》、《红楼梦》、《儒林外史》，但在我国过去的旧时代里却也是妇孺皆知的。鲁迅对它的评价是："似志在于演史，而侈谈神怪，什九虚造，实不过假商、周之争，自写幻想，较《水浒》固失之架空，方《西游》又逊其雄肆，故迄今未有以鼎足视之者也"（《中国小说史略》，第176—177页）。新中国成立后，对《封神演义》的评价，可以中国科学院文学所编写的《中国文学史》为代表。该书认为，《封神演义》"通过富于神话色彩的描写表现了商周的斗争。全书所有的故事情节都围绕着这个主题而展开。以仁慈爱民的武王和他的丞相姜子牙为首的周，以暴虐无道的纣王为代表的商，构成了斗争的双方。作者把这写成一种正义的力量和非正义的力量之间的斗争，并且显示了自己的鲜明的倾向"（《中国文学史》，第946页）。鲁迅说《封神演义》"实不过假商、周之争，自写幻想"；而《中国文学史》则认为"全书所有的故事情节都围绕着这个主题（按：指'商周的斗争'）而展开"。哪一种意见对呢？读过《封神演义》的人都会看到，《封神演义》中与描写商周斗争的同时，大量篇幅写的是阐教和截教的斗争，这两种斗争交织在一起，才构成了全书的故事情节。鲁迅比较看重后者，而《中国文学史》则着重前者。应该说，鲁迅的意见更符合《封神演义》的实际。问题是，在我国历史上，从来没有过叫做"阐教"、"截教"的宗教，然则《封神演义》中的阐教和截教是什么宗教呢？《封神演义》里阐教和截教之争反映了什么样的宗教之争呢？《封神演义》大写两教之争又是为了什么呢？研究清楚了这三个既有区别又有联系的问题,将使我们对《封神演义》有一种新的理解。

一

  对于《封神演义》里的阐教和截教,前人是作过探索的,但探索的不确。钱静方《小说丛考》(上)认为《周书·克殷篇》有云:"武王遂征四方,凡憝国九十有九国,馘魔亿有十万七千七百有九,俘人三亿万有二百三十"(鲁迅在《中国小说史略》中按:"此文在《世俘篇》,钱偶误记")。这里把魔与人分开来谈,因此钱静方以为,《封神演义》作者遂由此生发为截教。鲁迅对钱氏此说持否定态度;"然'摩罗'梵语,周代未翻,《世俘篇》之魔字又或作磨,当是误字,所未详也"(《中国小说史略》,第177页)。不过,鲁迅认为"阐教即道释",是道、佛的合称,也不确。据我的研究,《封神演义》中的阐教和截教,都是道教。

  《封神演义》大约成书于隆庆万历年间(1567—1619)。在此以前,明王朝对道教极为尊崇。《封神演义》成书前正是明世宗(年号嘉靖)统治年间(1522—1567)。这个皇帝是个道教迷,自号灵霄上清统雷元阳妙一飞元真君,后加号九天弘教、普济生灵、掌阴阳功过、大道思仁、紫极仙翁、一阴真人、元虚园应、开化伏魔、忠教帝君,再号太上大罗天仙、紫极长生、圣智昭应、统无证应、玉虚总掌五雷大真人、玄都境万寿帝君,简直成了道教的教皇。上有好者,下必甚焉,道教信徒遍及全国。《封神演义》作者也不例外。不过他信奉的道教是另一教派,与明世宗信奉的道教教派不同。

  还在我国华夏族的原始社会后期就有巫祝文化,氏族中有人专司占卜与祭祀。进入阶级社会后,则有专职官吏执掌祭祀占卜之事,或称巫,或称祝,或称史。鬼神的观念在商代和两周期间已深入人心,战国以后,出现了方士。他们宣扬海上有神仙,神仙那里有长生不老之药。秦始皇对此也深信不疑,派方士徐福率五百童男女寻找神仙和长生不老之药。汉武帝虽罢黜百家,却也屡次派人入海求仙。汉代的方士更自诩能召致神仙,或吹嘘自己能炼制仙丹,吃了就可以不死长生。到了东汉后期,有张道陵其人造作道书二十四篇,以仙术为号召,开始创立道教。因为受道者要出米五斗,被称为"五斗米道"。张道陵死后,又经过他的儿子张衡和孙子张鲁,广泛传道,接纳道徒,道教影响愈大。据日本学者常盘大定的《道教发达史概说》,我国道教自东汉张道陵天师道时代(142年)至东晋末(419年)为"第一期开教时代";自南宋开运(420年)经北周武帝及南北朝之末,一百六十年间(420年—580年)为"第二期教会组织时代";自隋至五代(581年—959年)三百七十八年间,为"第三期教理研究时代";自宋迄明万历三十五年(960年—1607年)为"第四期教权确立时代";自明万历三十六年以后及于现代(1608年—今)为"第五期继承退化时代"。这一道教发展史的时代划分,大致符合我国道教发展的实际。写于道教全盛时期的《封神演义》是宣扬道教中的一个教派的长篇小说。

《封神演义》中的阐教,其实就是道教。《隋书·经籍志》:"道经者,云有元始天尊,生于太元之先,禀自然之气,冲虚凝远,莫知其极。"《云笈七签》卷一百一《元始天王纪》:"元始大王,禀天自然之胤,结形未沌之霞,托体虚生之胎,生乎空洞之际";"进登金阙,受号玉清紫虚高上元皇太上大道君,受金简玉扎,使奏名东华方诸青宫。"李叔还编纂的《道教大辞典》"元始天尊"条目中说:"道教最高之神,生于劫先,故以元始称。"再看《封神演义》中的阐教。阐教的教主之一是"元始天尊",是他派姜子牙下山"扶助明主";是他命南极仙翁取"封神榜"交给姜子牙,让他完成封神大业;是他赐予姜子牙坐骑"四不相"和法宝"打神鞭"等,助他兴伐商纣王;是他在姜子牙逢到危难之时或派人或作法为姜子牙解危;是他亲率众多大仙破了"诛仙阵"、"黄河阵"、"万仙阵"。因此,很清楚,《封神演义》中的阐教教主元始天尊即道教中的最高之神元始天尊。

在《封神演义》中,阐教还有另一位教主是老子。元始天尊称老子是他的"师长"。破"黄河阵"时,元始天尊说:"此教虽是贫道掌,尚有师长,必当请问过道兄,方才可行。"可见元始天尊对老子很敬重。在《封神演义》中,老子又被称为"玄都大法师"、"玄都大老爷"。老子也法力无边,在破诛仙阵等大战中的功勋仅次于元始天尊。《封神演义》中阐教教主之一的老子也就是道教中的老子,《魏书·释老志》中说:"道家之源,出于老子。其自言也,先天地生,以资万类。上处玉京,为神王之宗,下在紫微,为飞仙之主。千变万化,有德不德,随感应物,厥迹无常。"《洞天本行经》说:"太上道君(按:即道教中的老子)者,於西那天郁察山浮罗之岳,坐七宝骞木之下,清斋空山,静思神其,合庆冥枢,萧朗自然,拥观万化,俯和众生。"《封神演义》把老子说成是阐教教主之一,道教把老子作为至高无上之神,尤能证明《封神演义》中的阐教即道教。

  与阐教对立的截教,钱静方把它视为山"魔"生发而成,其实截教也是道教。截教教主号称通天教主。而"教主"这一名目却是道教所特有的。《道教大辞典》"教主"条目解释:"谓开教之本主也。道教尊老子为教祖,张道陵为正一教主。后世正一门徒尊天代天师,亦称为教主。"最能说明截教也是道教的有力证据,就是《封神演义》中的通天教主与元始天尊、老子一起都是"教尊"鸿钧道人的门徒。鸿钧道人说他自己:"高卧九重天,蒲团了道真。天地玄黄外,吾当掌教尊。盘古生太极,两仪四象循。一道传三友(按:'三友'即元始天尊、老子、通天教主),二教阐截分。玄门都领秀,一气化鸿钧。"他在通天教主失败后下凡,就是为了调解他的三个门徒("三友")和阐教、截教之间的冲突的。他对这三个门徒说:"只因十二代弟子运逢杀劫,致你两教参商。吾特来与你等解释愆尤,各安宗教,毋得自相背逆。"果然,经鸿钧道人调解后,阐教与截教之间的斗争就告一段落,姜子牙伐商也不再遭遇大困难了。可见截教并非"魔",也不是另一宗教,它也是道教。

  《封神演义》里还有一个西方的未提及教名的宗教。鲁迅以为该教是"释",即佛教,它也属于阐教,"助周者为阐教即道释"(《中国小说史略》第177页)。据我研究,这个未提及教名的宗教仍然是道教。第一,这个教的领袖,也和道教一样被称为"教主",如是佛教,是不会叫做"教主"的;第二,西方"教主"是准提道人和接引道人,只有道教中著名人物才被称为"道人",佛教中著名人物是应称为菩萨的;第三,《封神演义》中写得明白,商周大战时并无佛教。蓬莱岛炼气士法戒,原是截教中人,后战败被俘,姜子牙下令把他斩了,这时准提道人前来相救。小说交代："后来法戒在舍卫国化祁它太子，得成正果，归于佛教；至汉明、章二帝时，兴教中国，大阐沙门"。此外，《封神演义》又特别交代：狭龙山飞云洞惧留孙"后入释成佛"；五龙山云霄洞文殊广法天尊，"后成文殊菩萨"；九功山白鹤洞普贤真人，"后成普贤菩萨"；普陀山落珈洞慈航道人，"后成观世音大士"；这是说，元始天尊十二大门徒中的四个大门徒，后来才转入佛教，成为"佛"、"菩萨"和"大士"的。这也不是《封神演义》作者许仲琳的发明创造，《后汉书·襄楷传》中就说过，"或言老子入夷狄为浮屠"，这是后来所谓老子西游化胡成佛的出处所在，即以道教作为佛教的"源"。所以，《封神演义》里西方那个未提及教名的教，虽然鼓吹西方是"极乐世界"，但《封神演义》作者却有意把它影影绰绰地写成也是道教，而且把它写成是后来的佛教的前身。

根据有关道教的经籍的记载，对比《封神演义》中的阐教、截教和西方那个未提及教名的教，可以肯定，《封神演义》写的其实都是道教。

二

既然《封神演义》里的阐教和截教都是道教，那么，阐教和截教之争又是反映了什么样的宗教之争呢？我的意见是，曲折地反映了道教内部的宗派之争，即南宗、北宗之争，天师道与全真教之争，符派与丹鼎派之争。道教在我国兴起后，内部宗派也随之产生。还在东汉末年和魏晋南北朝时期，道教内就有丹鼎、符两派。丹鼎派的代表人物是魏伯阳与葛洪，符派的代表人物为寇谦之与陶宏景。魏伯阳是汉末人，其余三人都是晋代及南北朝时人。及至辽金时代，道教又分为南北两宗。南宗起于辽刘海蟾，北宗起于金王嚞。南宗主张修性，北宗主张修命。性即神，命即气，性谓真我，命乃寿命。南宗与符派相承，北宗与丹鼎派相接。到金末，道教又有三派之分别：一是以张道陵为祖师的天师道道教；二是金末道士刘德仁所创立的真大道教；三是由金天眷中道士萧抱珍所创的太一教。这三大派中又有许多支派。及至元代，道教中丘长春一派最受元代帝主厚遇。丘长春师事重阳王真人王嚞，当是北宗、丹鼎派的领袖人物。道教虽然宗派繁多,但大体上说,以全真教(丹鼎派、北宗)及天师道(符派、南宗)为两大教派,对峙于南北。两大教派最大的区别是,全真教重修炼,不娶老婆,授徒传教,是为"出家道士";天师道虽然也授徒,但天师(张天师)是世袭,所以可以娶妻子,虽然也斋戒,而在非斋戒期间,也可以吃酒食肉。所以天师道的道士,属在家者,是为"火居道士"。一般地说,全真教盛行于北方,天师正一道广泛流传在南方。《明史·职官志》:"道凡二等:曰全真、正一,设官不给俸,隶礼部。"由于历代帝王(如明世宗)想益寿延年,长生不老,所以上层统治阶级信奉北宗、全真教、丹鼎派道教的多;而民间百姓祈求消灾避祸,则信奉南宗、天师正一道、符派道教的多。北宗统治色彩较浓,南宗民间影响较大。

《封神演义》中的阐教,乃是符派、南宗、天师道道教,截教即道教中的丹鼎派、北宗、全真教道教。这祇要比较一下《封神演义》阐教、截教中的人物言行即可一目了然。

元始天尊的大门徒姜子牙,明明是个"火居道士",符派道士。他从昆仑山土遁到朝歌后,经宋异人的介绍,就和六十八岁的黄花女儿马氏成了亲。宋异人在后园空地上盖房子,盖了七八次,但过去一造起来就起火被烧毁了。姜子牙便为他压邪捉妖。他在牡丹亭里,见风火影里五个精灵作怪,忙披发仗剑,用手一指,把剑一挥,喝声"孽畜不落,更待何时!"再把手一放,雷鸣空中,这五个妖怪就都被他降服了。其后,他把玉石琵琶精捉住,"将妖精顶上用符印镇住原形",再把妖精衣裳解开,"前心用符,后心用印,镇住妖精四肢",运用三昧真火烧死了玉石琵琶精。他来到西周后,见武吉身犯死罪,为了救武吉一命,他"三更时分,披发仗剑,踏罡布斗,掐诀结印,随与武吉厌星",果然救了武吉一命。《封神演义》里对姜子牙的描写,与日常生活中画符捉妖、装神弄鬼的"火居道士"没有什么两样。

阐教中的另一门人、西昆仑度厄真人的徒弟李靖,虽非道士,却也在家。他当官,讨老婆,先后生了金吒、木吒、哪吒三个儿子。惧留孙的门徒土行孙,喜好女色,他一见邓婵玉,就想把她娶作自己的妻子。邓婵玉被俘后,姜子牙便命土行孙"乘今日吉日良时,与邓小姐成亲"。洪锦杀死过周武王的兄弟姬叔明,应是西周的大仇人。但月合仙翁却把他救了下来,反而把龙吉公主配他为妻。这些都在说明,《封神演义》中的阐教是"火居道士"们的道教,即符派的道教,天师正一道的道教,南宗的道教,在民间流传很广的道教。

反观《封神演义》中的截教中人物,讲究的是修炼。一些畜生,经过修炼,也能得道成仙。截教中道友,并无一人有家室,他们全都是"出家道士"。例如,通天教主的门徒龟灵圣母原是动物,修炼后有了人形。她和广成子相斗,被广成子的番天印打出原形,"乃是个大乌龟"。也是通天教主的门人乌云仙,被准提道人的六根清静竹裹住,也现了原身,"化作一个金须鳌鱼,剪尾摇头,上了钓竿。"虬首仙被缚现原形后,"乃是一个青毛狮子,剪尾摇头,甚是雄伟"。灵牙仙被南极仙翁的三宝玉如意连击数下,"就地一滚,现出原形,乃是一只白象"。金光仙被擒获后,现出原形,"乃是一只金毛狮"。《封神演义》作者借老子之口攻击道教的另一教派:老子命文殊骑了青狮至前面,老子指与通天教主看,曰:"你的门下,长有此等之物,你还要自逞道德清高,真是可笑!"这里,把丹鼎派的有道之士比附为一些畜性,是够恶毒的了!

截教中那些修炼成精的动物固然在《封神演义》作者扫荡之列,就是截教中的道法高明之徒,也是没有什么好下场。蓬莱岛一气仙人的门徒余化,藏有戮魂幡,人莫能敌;左道之士风林,把口一张,黑烟喷出,烟内现碗口大小一粒珠,就能把来将打下马来;青龙关张桂芳,只要他大叫一声"某某不下骑更待何时",来将就会身不由己,撞下鞍鞒;九龙岛炼气士王魔、杨森、高友乾、李兴霸,有"开天珠"等法宝,魔家四将,各有神通;邓忠、辛环、张节、陶荣四人各有异能;十天君摆下"十绝阵",谁要入阵,就要绝命;赵公明更是厉害,他只要把缚龙索祭起,能"把黄龙真人拿去",将定海珠祭于空中,元始天尊的众多门人,俱被打伤;云霄娘娘、碧霄娘娘、琼霄娘娘,或有金蛟剪,或有混元金斗,后来摆起黄河阵,把元始天尊的十二大弟子俱拿入阵中……但这些靠修炼成功的异人,最后都被杀败,一个个魂归"封神榜"。成汤的忠臣闻仲,为人耿直,连纣王也惧他三分。他是截教金灵圣母的门徒,有时也自称"贫道",只因他站在截教一方与阐教作对,最后也在绝龙岭归天。通过这些描写,《封神演义》表现南宗、天师道、符派的道教,明显优越于北宗、全真教、丹鼎派的道教。即通过阐教与截教的斗争曲折地反映了道教的两大教派之争。

宗教本质上是毒害人民的精神鸦片。但人民群众也利用宗教与统治者进行斗争。特别是在我国,被压迫、被剥削的农民常常利用道教进行起义。东汉末年的张角、张梁、张宝,以太平道(太平青领道的一派)收受道徒,发动起义;北宋王则也以道术起事;明代永乐年间唐赛儿起义也以道术作号召。并非巧合,起义者所利用的道教几乎全是符派道教。如"张角自称大贤良师,手执九节杖画符诵咒,教病人叩头忏悔自己的罪过。给病人符水喝,好了算是信道,死了算是不信道"(范文澜:《中国通史简编》修订本,第二编,第 198 页)。《封神演义》作者不见得同情农民起义,但他对符派道教好感,对丹鼎派道教反感,却是确定无疑的。《封神演义》中阐教与截教之争,正是道教两大教派之争在文学作品中的曲折反映。

三

在我们搞清楚了《封神演义》中阐教、截教以及西方那个不知名的教都是道教、小说中描写的阐教和截教之争原来是道教内部两大教派之争以后,我们还得进一步了解作家大写这两大教派之争又是为了什么这样一个问题。第一,是为了表现古代朴素的民主思想。在《封神演义》作者看来,西周与成汤之战,是有道和无道、正义与不义之战。西周是正义和有道的一方,纣王是无道与非正义的一方。打倒纣王,兵伐成汤,是顺天应民。这是朴素的民主思想。历史上的商纣王,据郭沫若的意见,并非无能之辈而是做过对统一中国有所促进的若干好事的统治者。但纣王也确实残酷地虐待被统治者,甚至对他的大臣也很暴虐。造鹿台、造炮烙、造虿盆、兴酒池、起肉林,宠容妲己,杀死比干,囚禁姬昌,逼反下属,最终兵败自杀,也都是历史。《封神演义》作者从朴素的民主思想出发,谴责了纣王,鞭挞了纣王。当伯夷、叔齐阻止西周伐商时,作者借姜子牙之口对伯夷、叔齐的所谓"子不言父过,臣不彰君恶"进行了驳斥:"今天下溺矣,百姓如坐水火,三纲已绝,四维已折,天怒于上,民怨于下,天翻地覆之时,四海鼎沸之标。惟天矜民,民之所欲,天必从之。况夫天已肃命于我周,若不顺天,厥罪惟均。且天视自我民视,天听自我命听。百姓有过,在予一人。今予必往。如逆天不顺,非予先王有罪,惟于小子无良。""三纲"、"四维"是后来封建社会里的儒家才提出的,姜子牙伐纣时不可能有这样的说法。姜子牙的这段话实际上是《封神演义》作者的思想。《封神演义》写作前,正是嘉靖皇帝统治期间。此人不理朝政,迷信全真道教,炼丹服药,企图长生不老。他重用严嵩和严世蕃父子,让他俩专权二十多年,朝政腐败已极。此人与纣王颇有类似之处。生活在这一时代而又有朴素民主思想的许仲琳,不能不痛恨朝政的腐败,不能不谴责为虎作伥的全真派道教。所以,他通过创作《封神演义》,以截教来比附全真派道教,以纣王之败来警告明王朝最高统治者。另一方面,许仲琳却又认为,主要在民间活动并在民间有很大影响的天师正一道、符派、南宗道教,是和人民群众有联系的,能够反映人民群众的愿望和要求的,于是他就以阐教作比附,表现这一派道教站在有道的西周一边,讨伐不义的纣王,深得民心。所以,《封神演义》写阐教与截教之争,并不是主观臆造出两个宗教,让他们无谓地争斗一场,而是为了表现他的朴素的民主思想。

第二,《封神演义》大写阐教与截教之争,又是为了把我国人民千百年来的神奇想象力加以集中、概括和再创造,鼓舞人民与自然力量和不义的社会力量作斗争。我国华夏族自出现盘古开天辟地、女娲炼石补天神话起,中经《山海经》和汉魏六朝志怪,一直到《西游记》,创造了大量神话,表现了我国人民群众的丰富的想象力。《封神演义》作者借表现阐教与截教之争,对我国人民这种神奇的想象力进行集中、概括和再创造,把它们提高到了一个新水平。《封神演义》与《西游记》相比,在刻画人物、铺叙事件的才能方面不如《西游记》,但在发展、提高人民群众的神奇的想象力方面,却又有新创造。如《西游记》中的哪吒,三头六臂,以一个天神的形象出现,为天庭降服孙悟空卖力。《封神演义》里的哪吒却是一个叛逆的童仙,是一个浑身浸透着叛逆精神的形象。《西游记》中的杨戬,是玉皇大帝的外甥,受玉皇大帝调遣,与孙悟空作对。《封神演义》中的杨戬却是在讨伐商纣王途中立了大功,收服了为纣王卖命的梅山七怪(不是六怪)。此外,《封神演义》还写了土行孙入地有术;哼哈二将口鼻神通;杨任"眼眶里长出两只手来,手心里反有两只眼睛",地下一切都看得清清楚楚……所有这些神奇的想象,表现了我国人民征服自然力以及和不义的社会力量作斗争时要求有强大力量的愿望。《封神演义》大写阐教与截教的斗争,也是为了总结、概括我国人民神奇的想象力,鼓舞人民与自然力和不义的社会力量作斗争。

　　第三,也毋庸讳言,《封神演义》写阐教与截教的斗争,也是为了宣扬作者的宿命论观点。在封建社会中生活、学习而又倾向符派道教的许仲琳,自然有他的思想局限。他在《封神演义》里不止一次地说,"成汤气数已尽,周室天命当兴",而阐教与截教的斗争,两教门人在这场斗争中死亡,也是命中早已注定的。太乙真人对石矶娘娘说:"你乃截教,吾乃阐教,因吾辈一千五百年不曾斩却三尸,犯了杀戒,故此降生人间,有征诛杀伐,以完成劫数。"类似的话,元始天尊等人也都说过多次。《封神演义》作者有时干脆自己跑出来说:"昆仑山玉虚宫掌阐教道法元始天尊因门下十二弟子犯了红尘之厄,杀罚临身,故此闭宫止讲;又因昊天上帝命仙首十二称臣;故此三教并谈,乃阐教、截教、人道三等,共编成三百六十五位成神,又分八部……此时成汤合灭,周室当兴;又逢神仙犯戒,元始封神,姜子牙享将相之福,恰逢其数,非是偶然。"也就是说,成商的失败,周室的兴起,是命中注定的;阐教与截教之间发生大斗争,或生或死,或享将相之福,或上"封神榜",全都"恰逢其数,非是偶然"。这样一来,前面我们论述的《封神演义》作者的朴素的民主思想、对人民群众神奇的想象力的肯定,就与宿命论发生了矛盾。但是,这种作家创作思想上的矛盾,在古代作家中几乎是难以避免的。这是社会生活本身充满了矛盾,社会意识充满了矛盾,而作家自己又认识不到这一点以致在创作中表现了思想上的矛盾。这是历史的局限,也是《封神演义》作者思想的局限。

  附言:本文中有关道家、道教的若干资料,参考了台湾版张成秋的《先秦道家思想研究》、傅勤家的《中国道教史》、李叔还编纂的《道教大辞典》、王治心编的《中国宗教史大纲》、杜而未的《儒佛道之信仰研究》,特此说明。

(原载《吉林大学社会科学学报》1987年第5期)

《红楼梦》：一部特殊的忏悔录

  本世纪二十年代初，胡适（1891—1962）在上海亚东图书馆标点出版《红楼梦》时，曾写了一篇《红楼梦考证》作为亚东本《红楼梦》的代序。当时胡适认为，《红楼梦》是作者曹雪芹的一部"自叙"，"曹雪芹即是《红楼梦》开端时那个深自忏悔的'我'！"随着有关《红楼梦》资料的不断发现，可以肯定《红楼梦》决非曹雪芹的"自叙"，书中的贾宝玉也并非曹雪芹本人。但是，推倒了"自叙"说，否定了贾宝玉并非曹雪芹（多数红学家认为，贾宝玉是以"脂砚斋"其人作为模特儿创造出来的），却不能因此否定《红楼梦》中的贾宝玉也有曹雪芹自己的生活经验、坎坷遭遇、思想感情、人生觉悟在内。所以，胡适说"曹雪芹即是《红楼梦》开端时那个深自忏悔的'我'"是不对的，但《红楼梦》仍然是一部特殊的忏悔录，即曹雪芹不是以"自叙"的形式而是以小说的形式对自己和他志同道合的一群进行忏悔。有时是以作者的口吻进行忏悔；有时是通过贾宝玉进行忏悔；忏悔的结果，则是他对人生的认识有了升华，对正在走下坡路的封建社会有了与众不同的发现。《红楼梦》成书后，之所以在知识分子中被广泛接受和获得普遍好评，重要原因之一，也正在于曹雪芹以小说形式撰写的这一特殊的忏悔录，其忏悔的真诚，在忏悔中所达到的对人生的新认识，深深地打动了读者的心灵，也启迪了读者的心智。下面，我就从这一角度对《红楼梦》作一新探。

一、曹雪芹的自我忏悔

《脂砚斋甲戌抄阅再评石头记》(红学家们习惯的说法是甲戌本《红楼梦》)"凡例"中说:"作者自云,因曾历过一番梦幻之后,故将真事隐去而撰此《石头记》一书也。故曰:'甄士隐梦幻识通灵。'但书中所记何事,又因何而撰是书哉?自云今风尘碌碌,一事无成。忽念及当日所有之女子一一细推了去,觉其行止见识,皆出于我之上。何堂堂之须眉,诚不若彼一干裙钗,实愧则有余、悔则无益之大无可奈何之日也。"这段话,不管是脂砚斋写的,还是曹雪芹写的,都表明了这样一个事实,即曹雪芹对自己"风尘碌碌,一事无成"、堂堂须眉不若一干裙钗的一生,觉得应当忏悔。不过,他并不是为忏悔而忏悔,而是要把自己"一事无成、半生潦倒之罪,编述一记,以告普天下人。虽我之罪固不能免,然闺阁中本自历历有人,万不可因我不肖则一并使其泯灭也。"也就是说,他对自己"一事无成、半生潦倒"是愧悔的,不过他认为"闺阁中本自历历有人",不能因为自己无能而使她们"泯灭",于是他便"用假语村言敷演出一段故事",即以小说的形式写一部忏悔录,来表彰"闺阁中本自历历有人"。由此可见,可以否定《红楼梦》的"自叙"说,却不能否定《红楼梦》是一部特殊的忏悔录。

曹雪芹的一生,既经历过"上赖天恩、下承祖德,锦衣纨绔之时,饫甘餍美之日"的好日子,也经历过"今日之茅椽蓬牖、瓦灶绳床"的穷时光。何以到得如此地步?作为封建时代的作家,不可能如我们当代作家那样具有马克思主义的世界观;认识到这是封建社会由盛转衰时期一部分知识分子的必然历史命运,而是把这归咎于自己的"不肖"种种,走错了人生道路。于是,他通过对贾宝玉的塑造特别是通过对贾宝玉这一艺术形象的反思来表示他对志同道合的一群人的忏悔。

二、熔铸在贾宝玉艺术形象中的群体忏悔

形象大于思想。贾宝玉作为不朽的艺术形象,其内孕的认识意义、审美价值远远大于曹雪芹当时创造它时的思想。仅仅以曹雪芹创作贾宝玉时的忏悔意识来诠释贾宝玉艺术形象的意义和价值是错误的;但如果以我们今天对贾宝玉这一艺术形象的认识和发现来抹煞曹雪芹创作贾宝玉时的忏悔意识,也不是实事求是的态度。巴尔扎克的"人间戏剧",恩格斯把它视为是法国社会特别是法国的上流社会的"卓越的现实主义历史";但同时恩格斯指出,巴尔扎克的"全部同情都在注定要灭亡的那个阶级方面"。具体到《红楼梦》,曹雪芹也确实为我们提供了一部中国封建社会由盛到衰的"卓越的现实主义历史";但同时他也确实通过书中人物特别是通过贾宝玉表示了他对自己所属的那一群人的忏悔。

贾宝玉并非孤立的单个人,而是曹雪芹所处时代与曹雪芹相同志趣的那一群人的典型。他一出场,曹雪芹即以《西江月》二词,对贾宝玉作了批评,而且说:"批的极确"。词曰:"无故寻愁觅恨,有时似傻如狂。纵然生得好皮囊,腹内原来草莽。潦倒不通庶务,愚顽怕读文章,行为偏僻性乖张,那管世人诽谤?"又曰:"富贵不知乐业,贫穷难耐凄凉。可怜辜负好时光,于国于家无望。天下无能第一,古今不肖无双。寄言纨绔与膏粱:莫效此儿形状!"我们评论贾宝玉时,完全可以把他视为封建社会中的叛逆形象,甚至把他看做是我国资本主义萌芽时期的"新人",但在曹雪芹创造贾宝玉时,对贾宝玉是绝无此种想法的。他从自己的人生经验出发,特别是从自己"风尘碌碌、一事无成"和脂砚斋等人的生活结局出发,认为贾宝玉这种人"愚顽"、"乖张"、"于国于家无望"、"古今不肖无双"。他寄语大家:"莫效此儿形状"。这是曹雪芹在贾宝玉这一艺术形象的作为中生发出来对他所属的群体的忏悔,也是他的心里话。要说曹雪芹写作《红楼梦》是叫大家向贾宝玉学习,是绝无此意的。

在第五回《贾宝玉神游太虚境 警幻仙曲演红楼梦》中,荣宁二公

之灵曾嘱托警幻仙姑:"……嫡孙宝玉一人,禀性乖张,性情怪谲,虽聪明灵慧,略可望成,无奈吾家运数合终,恐无人规引入正。幸仙姑偶来,望先以情欲声音等事警其痴顽,或能使他跳出迷人圈子,入于正路,便是我兄弟之幸了。"警幻仙姑也果然如荣宁二公之灵所托,让贾宝玉"遍历那饮馔声色之幻",希望他"将来一悟"。最后,警幻仙姑劝说贾宝玉:"从今后,万万解释,改悟前情,留意于孔孟之间,委身于经济之道"。可谓语重心长。这里,也不能理解为曹雪芹如此叙写说的是"反话";相反,曹雪芹说的是"正话",即曹雪芹原是指望贾宝玉"领略此仙闺幻境之风光"后,有所觉悟,从此"留意于孔孟之间,委身于经济之道"。无奈贾宝玉"愚顽"、"乖张"成性,"无能第一","不肖无双",才和警幻仙姑之妹"乳名兼美,表字可卿者""作起儿女的事来";一离开"太虚幻境"即和丫环花袭人试起"云雨情"了。以后,贾宝玉除周旋于诸女子之间劳神伤心外,在学堂里又和香怜、玉爱两个"多情的小学生","缱绻羡爱","或设言托意,或咏桑寓柳,遥然心照,却外面自为避人眼目"。再往后,他又和秦钟搞同性恋,"等一会儿睡下,咱们再慢慢儿的算账"。他看了《南华经》外篇《胠箧》后,一时间曾有所觉悟,续下了这么一篇文字:"焚花散麝,而闺阁始人含其劝矣;戕宝钗之仙姿,灰黛玉之灵窍,丧灭情意,而闺阁之美恶始相类矣。彼含其劝,则无参商之虞矣,戕其仙姿,无恋爱之心矣;丧其灵窍,无才思之情矣。彼钗、玉、花、麝者,皆张其罗而邃其穴,所以迷惑缠陷天下者也。"这时,贾宝玉开始认识到过分亲近女色、滥施情爱是不好的。加之,他在黛玉、湘云之间调停,"原为怕他二人恼了","不料自己反落了两处的数落"。"因此,越想越无趣。再细想来:'如今不过这几个人,尚不能应酬妥协,将来犹欲何为?……'"于是,"自觉心中无有挂碍",既写了偈:"你证我证,心证意证。是无有证,斯可云证。无可云证,是立足境"。又填了《寄生草》:"无我原非你,从他不解伊,肆行无碍凭来去。茫茫着甚悲愁喜?纷纷说其亲疏密?从前碌碌却因何?到如今,回头试想真无趣!"宝玉在此作了忏悔,"自己以为觉悟"。按说,从此以后,宝玉该有改悔了。不料,先是黛玉问他:"至贵者宝,至坚者玉,尔有何贵?尔有何坚?"他答不出来。接着黛玉笑他:"连我们(按:指她和宝钗)两个所知所能的,你还不知不能呢,还去参什么禅呢!"宝玉想了一想:"原来他们比我的知觉在先,尚未解悟,我如今何必自寻苦恼?"想毕,便笑道:"谁又参禅?不过是一时的玩话儿罢了"。"说毕,四人(按:指贾宝玉、林黛玉、薛宝钗、史湘云)仍复如旧。"宝玉刚有些觉悟,才有所忏悔,就被黛玉等人讽刺、挖苦,于是,宝玉也就依然故我了。

从此,宝玉更加"愚顽"、"乖张"、"不肖种种",以致被贾政狠打了一顿。宝玉"起先觉得打的疼不过,还乱嚷乱哭;后来渐渐气弱声嘶,哽咽不出","动弹不得"。由臀至腿胫,"或青或紫,或整或破,竟无一点好处。"但宝玉挨打后,却得到了宝钗的亲切体贴,"那一种软怯娇羞轻怜痛惜之情,竟难以言语形容"。这样,宝玉"将疼痛早已丢在九霄云外去了"。想道:"我不过挨了几下打,他们一个个就有这些怜惜之态,令人可亲可敬!假若我一时竟别有大故,他们还不知何等悲感呢!既是他们这样,我便一时死了,得他们如此,一生事业,纵然尽付东流,也无足叹息了。"(着重点为本文作者所加)接着,他又得到黛玉的深情慰问,"虽不是嚎啕大哭,然越是这等无声之泣,气噎喉堵,更觉利害",因此宝玉反而感到这次挨打十分值得:"我便为这些人死了,也是情愿的!"连黛玉的劝他改过:"你可都改了吧!"他都没听进去:"你放心。别说这样话"。此后,贾宝玉的行为更加"愚顽"、"乖张"了。在三十回中,他调戏金钏儿,造成金钏儿被逐出贾府跳井自杀事故。在四十三回中,他因"不了情","撮土为香",向金钏儿致祭。在第六十六回中,柳湘莲当面对贾宝玉说:"你们东府里,除了那两个石头狮子干净罢了!"贾宝玉听说,红了脸,承认"连我也未必干净"。而在第七十八回中,他更为死去的晴雯写了《芙蓉女儿诔》。诔文中坦率自陈:"自分红绡帐里,公子情深";"在卿之尘缘虽浅,然玉之鄙意岂终?"虽然,曹雪芹写作的《红楼梦》其定稿本只有八十回,但曹雪芹的后几十回原稿,脂砚斋等人见过,他们在批语中提供了一些线索和材料。今人文雷根据这些线索和材料,把宝玉后来的归宿概括如下:贾氏抄家后,宝玉、凤姐一干人等都被捕下狱;以前怡红院中的两个丫头——小红和茜雪到狱神庙中去安慰宝玉,并设法营救宝玉和凤姐出狱。宝玉在出家之前,同意袭人嫁给蒋玉菡,同时他还放了所有的丫鬟,因袭人的苦劝,才留下麝月一人。宝玉夫妻穷得"寒冬噎酸齑,雪夜围破毡",倒是蒋玉菡和袭人去"供养"他们。宝玉后来看破"红尘","悬崖撒手",出家了。最后,一场大火把大观园和宁荣两府烧光,"落了片白茫茫大地真干净","家亡人散各奔腾"。(见文雷:《〈红楼梦〉版本浅谈》)这个完全由曹雪芹创造出来的贾宝玉艺术形象,不能等同于曹雪芹是可以肯定的了;但在这一艺术形象里,自有曹雪芹及其志同道合的一群人的人生经验在,这也是毫无疑问的。他通过贾宝玉的一生的描写,对自己及所属的一群人进行了回顾与反思,至少在如下几方面作了认真的忏悔:

一是对水一般清净的女儿们的忏悔,辜负了她们的钟情。在这些女儿们中,即使与他志趣相投的林黛玉也曾劝过他:"你可都改了吧!"但他却终于"愚顽"、"乖张"、"不肖"到底,落得悲剧下场。这能使曹雪芹不感到后悔吗?

第二,是对自己及所属的一群人的百无一能、了无成就的忏悔。贾宝玉不想走仕宦经济的路,但也没有出污泥而不染,而是在滥情中误了别人也害了自己,浪费了自己的年华。

第三,是对祖母、父母钟爱自己、期望自己、希图自己有所成就而自己竟"一事无成、半生潦倒"的忏悔。曹雪芹尽管不同意他们给贾宝玉指定、安排好的仕宦道路,但他还是承认他们对贾宝玉的爱是真诚的,觉得贾宝玉所代表的他所属的那群人也愧对祖辈、父辈。

这一忏悔之所以特别深刻,恰恰因为他不是"自叙",而是通过贾宝玉的艺术形象凝结了他对自己和自己所属的那群人的群体的忏悔,对此作了严格的解剖:

他解剖他们虽有不同流俗的思想,却并无不同流俗的事业遗留下来;

他也解剖了他们虽有真挚的爱,但他们的爱情却并不专一;

他还解剖了他们虽对纨绔子弟薛蟠等人怀有深深的厌恶情绪,但又不能和他们决绝,在日常生活中仍然和薛蟠们一起厮混。

这种群体的忏悔就比完全通过"自叙"来进行忏悔要深沉、深刻得多！

三、曹雪芹的忏悔导致了对人生认识的升华

正因为曹雪芹不是仅仅通过"自叙"进行忏悔，而是通过虚构出来的人物——贾宝玉作了群体忏悔，因此，这种忏悔的结果就不是以赎罪的方式弥补过去的失误，而是对人生的认识有了升华，对他所处的那个社会有了新的发现。

首先，曹雪芹认识到人生就是"好"和"了"。跛足道人唱道：

世人都晓神仙好，惟有功名忘不了。古今将相在何方？荒冢一堆草没了！

世人都晓神仙好，只有金银忘不了。终朝只恨聚无多，及到多时眼闭了！

世人都晓神仙好，只有姣妻忘不了。君生日日说恩情，君死又随人去了！

世人都晓神仙好，只有儿孙忘不了。痴心父母古来多，孝顺子孙谁见了！

甄士隐听了，问跛足道人："你满口说些什么？只听见些'好了''好了'！"跛足道人点明道："你若果听见'好了'二字，还算你明白！可知世人万般'好'，便是'了'，'了'便是'好'；若不'了'便不'好'，若要'好'须是'了'。我这歌儿便叫《好了歌》。"这只《好了歌》是曹雪芹在他对自己的一生和他所属的一群人作了忏悔后对人生的认识。在那个时代里，还没有产生新的生产方式，而封建社会又走着下坡路，因此曹雪芹既没有"盛唐诗人"在封建社会处于上升时期的意气风发，也没有封建社会处于易代时期象建安诗人那样"慨当以慷"，而是把人生视为"好"便是"了"，"了"便是"好"；若不"了"便不"好"，若要"好"，须是"了"。可以说，这是曹雪芹对于封建社会由盛转衰时期的人生的新发现。为此，他以甄士隐的嘴巴，对《好了歌》作了注解："陋室空堂，当年笏满床；衰草

枯杨,曾为歌舞场。蛛丝儿结满雕梁,绿纱今又在蓬窗上。说什么脂正浓,粉正香! 如何两鬓又成霜? 昨日黄土陇头埋白骨,今宵红绡帐底卧鸳鸯。金满箱,银满箱,转眼乞丐人皆谤。正叹他人命不长,那知自己归来丧? 训有方,保不定日后作强梁;择膏粱,谁承望流落在烟花巷! 因嫌纱帽小,致使锁枷扛。昨怜破袄寒,今嫌紫蟒长。乱烘烘,你方唱罢我登场,反认他乡是故乡。甚荒唐,到头来,都是为他人作嫁衣裳。"跛足道人称赞他"解得切,解得切!"甄士隐也从此"竟不回家,同着疯道人飘飘而去。"一只《好了歌》,一篇对《好了歌》的注解,把封建社会里绝大多数人的人生观、价值观都批判了,推倒了!

然而,曹雪芹对人生认识的升华还不尽于此。他又以《飞鸟各投林》一歌进一步道破了封建社会由盛转衰时期封建大家族的必然下场:

为官的,家业凋零;富贵的,金银散尽;有恩的,死里逃生;无情的,分明报应;欠命的,命已还;欠泪的,泪已尽;冤冤相报自非轻,分离聚合皆前定。欲知命短问前生,老来富贵也真侥幸。看破的,遁入空门;痴迷的,枉送了性命;好一似食尽鸟投林,落了片白茫茫大地真干净!

荣、宁两府的结局是如此,其余封建大家族的下场也是如此,扩而言之,封建社会的最后命运也是如此! 这是曹雪芹从忏悔中对人生认识的再次升华,也是对封建社会由盛转衰时期的生活的又一新发现。

以上是对人生的宏观认识。小而至于对封建社会里痴男怨女,曹雪芹认为,在那样的生活条件下,也不可能有幸福的结局。他对宝玉的"命根子"——"大荒山中青埂峰下的那块顽石幻相"写了这么一首诗:"女娲炼石已荒唐,又向荒唐演大荒。失去本来真面目,幻来新就臭皮囊。如知运败金无彩,堪叹时乖玉不光。白骨如山忘姓氏,无非公子与红妆。"(着重点为本文作者所加)在曹雪芹生活的时代里,"公子与红妆"哪有幸福的生活,他(她)们只能在死后于"白骨如山"的荒冢中相聚。从以上三种意义上说,《红楼梦》的确是对封建社会的檄文;虽然曹雪芹写作《红楼梦》时是并未意识到的。

人所共知,与曹雪芹(？—1763,一作？—1764)生卒年相近的法国的卢梭(1712—1778)曾以"自叙"的形式写了一部举世闻名的《忏悔录》。但以《红楼梦》这部特殊的忏悔录与卢梭的《忏悔录》相比,曹雪芹的《红楼梦》这部特殊的忏悔录明显地比卢梭的《忏悔录》高明:

它不是象卢梭的《忏悔录》那样通过"自叙",局限于对个人一生的忏悔,而是既通过"自叙",更多的是通过贾宝玉这一艺术形象,更广泛地深刻地表现了像自己那样的一群人的忏悔,因此这种忏悔就更具有典型意义;

它不是像卢梭的《忏悔录》那样经由忏悔来吹捧自我,而是经由忏悔而彻底否定自我;

它不是像卢梭的《忏悔录》那样表示他对原来的理想的破灭,而是通过忏悔表现他对新的理想的追求——虽然曹雪芹并未说出他的理想究竟是什么。

正因此,《红楼梦》这部特殊的忏悔录,比之卢梭的《忏悔录》来具有更深的认识意义,更高的审美意义,更强的教育意义。自然,在曹雪芹的忏悔中,也不可避免地带有他那时代的、阶级的局限,在一些方面给读者以消极的影响。但是,总起来说,这部特殊的忏悔录在封建社会里是前无古人、后无来者的。从这一角度看待《红楼梦》,我们对《红楼梦》一定又有新的发现!

(原载《明清小说研究》1990年第2期)

从"斗阵"辨《三国》、《水浒》何者在先?

《三国》、《水浒》孰先孰后？有两种不同意见：一种意见是《三国演义》在先；一种意见是《水浒》在先。持第一种意见者以为：早在嘉靖壬午年(1522)即已出版了《三国志通俗演义》，该书的序作于弘治甲寅(1494)，底本应在元末明初，因此《三国》在先。持第二种意见者则以为，《水浒》的作者是施耐庵，传说中施的年龄大于罗贯中，《水浒》有施作罗续的说法，因此《水浒》早于《三国》。由于只从出版年月或作者来判定何者在先，并不能说服人。一部作品的写定时间与出版时间并不一致；而施、罗二人的年龄都没有确切的说法，因此很难判定何者在先。前些日子，我细读《三国演义》、《水浒》的"斗阵"的描写后发现，可以据"斗阵"辨别何者在先何者在后。

一、在宋、金、元、明史的"兵志"中都有军阵的记载，足见小说中的"斗阵"描写并非凿空之谈

两军相战，必先摆成一定的阵形，这才有可能交锋。所以对战阵的训练，成了一门军事科目。《宋史·兵志》中即有"阵法"的内容，内云："熙宁二年(1069)十一月，赵卨乞讲求诸葛亮八阵法，以授边将，使之应变。诏郭逵同卨讲求，相度地形，定为阵图闻奏。"(中华书局版，下同，4862页)在"阵法"中提到李靖的"六花阵法"(4864页)；提到"九军营阵为方、园、曲、直、锐，凡五变，是为五阵"(4867页)；提到"大八阵图"(4868页)。可见阵法是确实存在并以之训练军士的。《金史·兵志》

里也有这样的记载：承安四年（1199），金章宗对宰臣说："人有以《八阵图》来上者，其图果何如？朕尝观宋白所集《武经》，具载攻守之法，亦多难行。"右丞相请宰臣对"兵求一定之法"持否定态度，金章宗则比较辩证，他说："自古用兵亦不出奇正二法耳。且学古兵法如学弈棋，未能自得于心，欲用旧阵势以接敌，疏矣。敌所应与旧势异，则必不可支。然《武经》所述虽难遵行，然知之犹愈不知。"（中华书局，997页）在金章宗看来，拘泥于阵法是要吃亏的，但不了解阵法，也是不行的。元王朝以骑兵起家，对阵法不重视，所以《元史·兵志》中也无"阵法"的记载，但仍有"……所领汉人、女真、高丽等军二千一百三十六名内，有称海地阵者"（中华书局，2547页）的记录，表明元代军队也不是一点不讲阵法。明王朝是重视阵法的，《明史·兵志》中，有多处记载："景泰（1450—1456）初，立十团营。给事中邓林进《轩辕图》，即古八阵法也，因用以教军。"（2259页）"嘉靖六年（1527）定，下营布阵，止用叠阵及四门方营。"（2260页）"浙江参将戚继光以善教士闻，尝调士兵，制鸳鸯阵破倭。""继光尝著《练兵实记》以训士。……五日练营阵，详布阵起行、结营及交锋之正变。"（2260页）等等。从上可见，宋、金、元、明的军队，在平时训练和战时交锋中，确有对"阵法"的操练和运用的。

　　文艺是生活的艺术反映。现实生活对阵法的操练和使用，反映到小说里，便有了"斗阵"的描写。通过"斗阵"描写的考查，可以见出作品写作时间先后，从而判定何者是我国最早的长篇。

二、《三国》写"斗阵"简单，《水浒》写"斗阵"繁复，可见《三国》在先

　　还在唐代敦煌写本《韩擒虎话本》（学者高国藩认为该话本产生在唐武宗年代）里就写到韩擒虎破陈将任蛮奴的"左掩右夷阵"，又以"五虎拟山阵"破了任蛮奴的"引龙共水阵"。但"左掩右夷阵"、"五虎拟山阵"、"引龙共水阵"究竟是怎样的阵法，并无具体描写，只是提了一下阵法的名称而已。自然，《韩擒虎话本》是短篇，不可能详叙阵法。元英宗

至治年间(1313—1323)建安虞氏刊本《乐毅图齐平话》里,写到了田单用"火牛阵"破燕将骑劫;黄柏扬布下"迷魂阵"困住孙膑等人,鬼谷先生布兵,破了"迷魂阵"。但所谓"火牛阵"不过是以火牛冲杀敌兵;而所谓"迷魂阵"更无具体阵法。而且《乐毅图齐平话》不到六万字,只是个中篇。所以,在长篇小说里写"斗阵"是从《三国》、《水浒》开始的。

《三国演义》里写了三次"斗阵"。第一次是写徐庶(单福)与曹仁"斗阵"。曹仁布成"八门金锁阵"。徐庶上山观看毕,对刘备说:"此'八门金锁阵'也。……今八门虽布得整齐严肃,只是中间通欠主持。如从东南角上生门而入,往正西景门而出,击之必乱也。"赵云奉令从东南角而入,突出西门,又从西杀入东南角来,果然击败了曹仁。第二次是写诸葛亮与司马懿"斗阵"。司马懿布"混元一气阵",为诸葛亮识破。孔明布成"八卦阵",司马懿也识得此阵。孔明让司马懿来攻阵。魏军来攻,"只见重重迭迭,都有门户,哪里分东西南北",一个个都被活捉了。第三次写姜维与邓艾、司马望"斗阵"。姜维布成"八阵",邓艾也布成"八阵",姜维激邓艾:"汝敢与吾八阵相围么?"邓艾进攻,姜维忽然到中间把旗一招,变成"长蛇卷地阵",击败了邓艾。第二天,司马望布成"八阵"与姜维斗阵,邓艾却引一军暗袭祁山之后。姜维识得魏军"斗阵法"是假,早令张翼、廖化引一万兵去山后埋伏,又一次击败了邓艾。《三国演义》如此写"斗阵",比《韩擒虎话本》和《乐毅图齐平话》中的"斗阵"是进了一大步,但仍比较简单(据说也是罗贯中写的《残唐五代史演义传》里也有史建塘巧布"五方五辛阵"的叙写,也很简单)。

《水浒》中的"斗阵"就大不一样了。童贯与宋江"斗阵",童贯摆"四门斗底阵"。宋江排"九宫八卦阵";"八方摆布得铁桶相似,阵门里马军随马队,步军随步队,各持钢刀大斧,阔剑长枪,旗幡齐整,队伍威严。去那八阵中央,只见团团一遭都是杏黄旗,间着六十四面长脚旗,上面金锁六十四卦,亦分四门。……""那座阵势,非同小可。怎见得好阵,但见:明分八卦,暗合九宫。占天地之机关,夺风云之气象。"(以下是对九宫八卦阵的具体描写,文字很多,略)童贯见了此阵,"惊得魂飞魄散,心胆俱落"。结果,宋江"杀得童贯三军人马大败亏输,星落云散,七损八伤"。何谓"九宫八卦阵"？看了《水浒》中的描写，读者都可了解一个大概，比之《三国》中的"八阵"，具体、形象得多。后来宋江征辽，辽国兀颜统军布设"太乙混天象阵"，比"九宫八卦阵"更加复杂，"中是金星，四下是四宿，引动五旗军马，杀过来，势如山倒，力不可当"，宋江吃了大败仗。宋江作了准备，两次进攻该阵，都遭失败。后来宋江梦中得九天玄女娘娘指授："取相生相尅之理"，将士身穿不同颜色的战袍，以土尅水，以金尅木，以火尅金，以水尅火，以木尅土，这才杀的辽兵二十余万，不留一个，打了一场大胜仗。

事物的发展都是由简单而复杂。《三国》写"斗阵"简单，而《水浒》写"斗阵"繁复，因此，我们有理由说，《三国演义》早于《水浒》。

三、《三国》中的"斗阵"，只限于冷兵器之间的搏斗，《水浒》中的"斗阵"，却出现了"火砲"等热兵器、那是明代战争的反映，也足见《水浒》晚于《三国》

北宋时期作战，主要用冷兵器。在《宋史·兵志》中虽提到"火箭、火毯、火蒺藜"（中华书局版，4910页），那都是用弓弩发射的。咸平五年（1002年），"知宁化军刘永锡制手砲以献，诏沿边造之以充用。"（4910页）这里的"手砲"，是石砲，并非火炮。到了南宋，出现了火炮。咸淳九年（1273年）有了防砲工具，名曰"护㟝篱索"，"火箭，火砲不能侵，炮石虽百钧无所施矣。"（4924页）但在战斗中，还是以冷兵器为主，所以《宋史》内涉及火砲的记载绝少。作战，基本上全用冷兵器，所以《金史·兵志》中无火砲的记载。到了元代，作战仍以冷兵器为主，但在《元史·兵志》中已出现了炮手的记载：至元七年（1347）七月，"分拣随路砲手军。始太姐、太宗征讨之际，于随路取发，并攻破州县，招收铁木金火柴人匠充砲手，管领出征，壬子年俱作砲手附籍。"（2514页）但纵观宋、金、元史，大规模的战斗均以冷兵器进行。《三国演义》写的虽是三国时期的战争，但具体的战争描写却滥觞于宋、金、元时期的战争，反映在《三国演义》里的"斗阵"中,没有一处写到使用火炮。但在《三国》诸葛亮火烧藤甲兵和火烧司马懿这两节里,却有"火把到处,地内药线皆着,就地飞出铁炮"、"地雷不响,火器无功"的叙写,这是和宋、金、元时期主要使用冷兵器、偶然使用火炮的实际情形相一致的。

到了明代就不同了。火炮的使用已比较经常。虽说战争中使用的仍主要是冷兵器,但火炮的地位已大大提高。据《明史·兵志》:"古所谓炮,皆以机发石。元初得西域炮,攻金蔡州城,始用火炮。然造法不传,后亦罕用。至明成祖平交趾,得神机枪炮法,特置神机营肄习。制用生、熟赤铜相间,其用铁者,建柔铁为最,西铁次之。大小不等,大者用车,次及小者用架,用椿,用托。大利于守,小利于战,随宜而用,为行军要器"。宣德五年(1430)"敕宣府总兵官谭广:'神铳,国家所重,在边墩堡,量给以壮军威,勿轻给。'"正统六年(1441),边将黄真、杨洪立神铳局于宣府独石,帝以火器外造,恐传习漏泄,敕止之。"(2263~2264页),这说明,在明代前期,火炮已为明军特别是为边将所使用。这一情况反映在《水浒》的"斗阵"中,便有"那簇黄旗后,便是一丛炮架,立着那个炮手轰天雷凌振,引着副手二十余人,围绕着炮架。架子后,一带都摆着挠钩套索,准备捉将的器械"(按:在第五十五回,对凌振已有他是风火砲、金轮砲、子母砲的使用者的叙述)的描写。在宋江破"太乙混天象阵"前,宋江更造"雷车二十四部,都用画板铁叶钉成,下装油柴,上安火砲,连更晓夜,催拼完成";破阵时,"雷车火起,空中霹雳交加",充分发挥了火炮的作用。

在"斗阵"中《三国》没有使用火炮,而《水浒》用了火炮,于此也可判明《三国》在先,《水浒》在后。《水浒》中的战争描写实为明代战争的反映。

四、《三国》在先,《水浒》在后,解决了文学史上的几个问题

一是何者是我国第一部严格意义上的长篇小说的问题。尽管在

《三国》之前,有过《三分事略》(《三国志平话》比它多了几节),《水浒》之前,有过《宣和遗事》,但严格意义上的长篇,只能自《三国》、《水浒》始。既然《三国》在先,《水浒》在后,因此可以判定《三国》是我国第一部严格意义上的长篇。

二是《水浒》写作年代的问题。从《水浒》描写的"斗阵"中有火炮使用的叙写看,可以肯定,《水浒》问世的年代,当在明成祖永乐(1403—1424)期间或以后。《水浒》施作罗续的说法,可以否定。

三是施耐庵的年龄问题。《水浒》的写定者施耐庵有其人,但其年龄不可能比罗贯中大。所谓施耐庵是罗贯中老师的说法也可以否定。

(原载《常州教育学院学报》1995年第1期)

《朴通事》：元明两代中国文化的百科全书

从商代后期开始，中国与朝鲜之间就有了文化交流。元、明两代，朝鲜与中国的关系更加密切。高丽末年，朝鲜统治者为了官员、商人能较快地学习和掌握汉语，以对话体的形式编写了两部汉语教材。一为《老乞大》；一为《朴通事》。《老乞大》是汉语初级会话读本，以时间为主线，记述了几个高丽人与一位姓王的中国辽阳人结伴去北京做买卖的全过程。学习了《老乞大》，掌握了书中的全部语汇，在日常生活中即可在中国通行无阻，该书基本上供低级官员和商人学习汉语用。《朴通事》则是高级汉语读本。以春天三十位朋友在一个名园里举行赏花筵席开头；以两位中国文人拜会高丽秀才，介绍中国文化的方方面面情况；最后秀才讲述高丽开国过程并赠送"高丽笔墨和二十张大纸"的礼品结束。学习和掌握了《朴通事》中的全部语汇，即可在中国官场上应对裕如。《朝鲜王朝实录·世宗5年(1423，明永乐二十一年)》："礼曹据司译院牒呈启：'《老乞大》、《朴通事》、《前后汉》、《直解孝经》等书，缘无版本，读者传写诵习，请令铸学所印出。'从之。"这是说，《老乞大》、《朴通事》这两部汉语读本，起初是手抄本，只是在1423年以后才正式印刷出版。过了半个多世纪，朝鲜"侍读官李昌臣启曰：'前者承命质正汉语于头目戴敬。敬见《老乞大》、《朴通事》曰："此乃元朝时语也。如今华语顿异，多有未解处。即以时语改数节，皆可解读。请全能汉语者尽改之。曩者领中枢李边与高灵府院君申叔舟以华语作为一书，名曰《训世评话》，其元本在承文院。'上曰：'其速刊行。且选其能汉语者删改《老乞大》、《办通事》。'"（《朝鲜王朝实录·成宗11年(1480，明成化十六年"》)可见,1480年以后出版的《老乞大》《朴通事》,是经过修改了的,以明代的通行汉语为基础的汉语教材,反映的已主要是明代的中国文化。传世的《朴通事》有多种版本,但比《老乞大》少。主要的有三种:《翻译朴通事》(上;1517年,明正德十二年)、《朴通事谚解》(上、中、下;1677年,清康熙十六年)和《朴通事新释》(1765,清乾隆三十年)。其中《翻译朴通事》和《朴通事谚解》除少数文字有差异外,内容基本一致。所以对语言研究和文化研究有用的主要是《谚解》本和《新释》本。像《原本老乞大》(即手抄本《老乞大》)那样的古本《朴通事》迄今尚未发现。

在中国内地,《朴通事》未曾正式刊印过,大家利用的主要是《近代汉语语法资料汇编:元代明代卷》中的点校本。这个点校本,从语言角度对《朴通事》作了点校。2003年6月,韩国鲜文大学校中韩翻译文献研究所出版了汪维辉、朴在渊校点的《朴通事谚解》(汪维辉作《点校本〈朴通事〉序》,校点者为朴在渊)。这部《朴通事谚解》的注释达443条,涉及元明中国文化的诸多方面,于是《朴通事》的文化价值顿时呈现,成了元、明中国文化的百科全书。

一、元、明美食文化

民以食为天。人类要生存,要发展,首先离不了"食"。中国人尤以美食知名全世界。到了元、明两代,中国的美食文化已经达到了极高的水平。我们在《朴通事谚解》(以下简称《朴通事》)中看到,不过是一次普通酒宴,即有菜蔬16碟;榛子、松子、干葡萄、栗子、龙眼、核桃、荔子等16碟;另有柑子、石榴、香水梨、樱桃、杏子、苹菠果、虎刺宾等16碟;"当中间里,放象生缠糖,或是狮仙糖;前面一遭,烧鹅、白煤鸡、川炒猪肉、钻鸽子弹(蛋)、滩烂膀蹄、蒸鲜鱼、㸆牛肉、炮炒猪肚。席面上,宝桩高顶插花。"色、香、味俱佳,令人馋涎欲滴。吃了滩羊蒸卷后,接着上金银豆腐汤、鲜笋灯笼汤、三鲜汤、鸡脆芙蓉汤,其间又吃五软三下锅、粉汤馒头。吃菜、喝汤、饮酒时,还有乐队伴奏,歌者唱歌。如果说,这是官儿们的宴请,菜肴丰富多彩,那么寻常百姓家的饮食又如何呢?他们虽然吃的是蔬菜,却也品种多样,由你选择。其中有小蒜、四菁、荠菜、馉荙、冬瓜、西瓜、甜瓜、插葫(如葫芦)、稍瓜、黄瓜、茄子、拳头菜、贯众菜、摇头菜、苍术菜,等等,比目前菜市场里的蔬菜品种还要多一些。官员们不作宴请时,日常饮食是:"软肉薄饼吃了,又吃几盏酒之后,吃稍麦粉汤,却吃粺子或是淡粥后头,摆茶饭,又吃一会酒。"饭店里出售的有羊肉馅馒头、素酸馅稍麦、扁食、水精角儿、麻尼汁经卷儿、软肉薄饼、饼餲、煎饼、水滑经带面、挂面、象眼粸子、柳叶粸子、芝麻烧饼、黄烧饼、酥烧饼、硬面烧饼,等等。在《朴通事》里,元明两代中国的美食文化被如数家珍般地仅写了出来。

二、服饰文化

衣、食、住、行,中国人把衣着放在第一位,认为衣着比饮食更重要。所以,《朴通事》这本汉语教材里,又对中国的服饰文化作了生动、具体的介绍:有钱人穿的有"银鼠皮背子、貂鼠皮丢袖"、"串香褐通袖膝栏五彩绣贴"、"大红绢金胸背帖";戴的是"云南毡大帽儿"、"陕西赶来的白驼毡大帽儿",以及系的价值五两金子的"金带",女人则有头面、七宝金簪儿、耳坠儿、窟嵌的金戒指儿,等等;衣服料子是"明绿纻丝"、"紫官素段"、"白清水绢"、"毡子、驼毛"等。特别需要着重指出的,《朴通事》给我们留下了"舍人"的衣着打扮的详细资料:"一个舍人打扮的:脚穿着皂麂皮嵌金线蓝条子、卷尖粉底、五采绣麒麟柳绿纻丝抹口的靴子;白绒毡袜上,拴着一副鸦青段子满刺娇护膝;衫儿、裤儿、裹肚等里衣且休说,刺通袖膝栏罗帖里上,珊瑚钩子系腰,五六件儿刀子,象牙顶儿、玲珑龙头解锥儿,象牙细花儿挑牙,鞘儿都全;明绿抹绒胸背的比甲,鸦青绣四花织金罗搭护,江西十分上等真结棕帽儿上,缀着上等玲珑羊脂玉顶儿,又是个鹧鸪翎儿;骑着一个墨丁也似黑五明马;鞍子是一个乌犀角边儿幔玳瑁,油心红画水波面儿的鞍桥子;雁翅板上钉着金丝减铁事件,红斜皮心儿,蓝斜皮细边儿金丝夹缝的鞍座儿,黄獬皮软座儿。蓝斜皮细边儿剌灵芝草,羊肝漆鞊,银丝儿狮子头的花镫,猠皮心儿蓝斜皮边儿的皮汗替,大红斜皮双条辔头,带缨筒,鞦皮、穗儿、鞦根都是斜皮的;攀胸下滴溜着一个珠儿网盖儿罕苔哈。""又一个舍人打扮的:(下略)。两个舍人打扮的风风流流,窜的那马一似那箭,真个是好男儿。"无论是沈从文的中国服饰史,还是蔡子谔的中国服饰史,关于元明服饰,都未收入上述资料,可见《朴通事》中的服饰文化是多么的珍贵!

三、建筑文化

衣、食之后,"住"放在第三位。中国的建筑文化又是古老而悠久的。到了元、明两代,中国的建筑文化更发展到前无古人的水平。《朴通事》中对中国的建筑文化也有具象的反映。单是盖一座书房,就有这么些讲究:"相公支分怎的盖?""卷篷样做。""木植(木料)都有么?""檩、梁、椽、柱、短柱、叉竖、门框、门扇、吊窗、干窗、双扇、单扇、窗棂以至升斗、石、砖、焙瓦都有,你只取将墨斗,墨篾和锛、锛子、退鉋、凿子、斧子、锉子来做生活。我慢慢的旋指分,盖了这房子。那西壁厢打一流儿短墙,上面画六鹤舞琴。前面垒一个花台儿,栽些好名花临窗看书亦看花。"即使是整治坑壁,主人和泥水匠之间也进行了详细的讨论,"咳,我到处里做生活时,从来不曾见这般细详的官人。""你说甚么话?拙匠人巧主人。"主人的建筑文化水平大大高于泥水匠的建筑知识。从《朴通事》有关建筑文化的叙述中,我们还可看到北京城的沿革。关于平则门的注释是:"永乐十九年(1421),营建宫室,立门九:南曰正阳,又曰午门,元则曰丽正;南之右曰宣武,元则曰顺承;南之左曰文明,元则曰崇文,又曰哈哒;北之东曰安定,北之西曰德胜,元则曰健德;东之北曰崇仁,一名东直,元名同;东之南曰朝阳,元则曰齐华;西之北曰西直,西之南曰阜城,元则曰平则。元设十一门,而今减其二。"在《朴通事》正文里则说"北京外罗城,有九座门。南有正阳门、宣武门、崇文门,东有朝阳门、东直门,北有安定门、德胜门、西有阜城门、西直门。这门里头,旧名正阳是午门,宣武是顺城门,崇文是哈哒门,朝阳是齐华门,阜城是平则门。"清代的北京城,原来是由元、明两代奠定了基础。北京城九个城门内固然建筑繁多,就是在城外,也有不少名胜、景观。"这离城三十里地,有个名山,唤禅顶山,真个奇妙。那山景致,尖尖险险的山,弯弯曲曲的路,松、柏、桧、栗诸杂树木上,缠着乞留曲律藤,有累累垂垂石,有高高下下坡,有重重叠叠奇峰,有深深浅浅涧,有一簇两簇人家,有凹坡凸岭庵堂,有睍睍晥晥的山禽声,有崔崔巍巍栈道。崖高道窄,只是这个愁水肠。五色彩云笼罩,山顶上有一小池,满池荷花香喷喷。"类似的经过人们加工过的自然景观,在北京城外有的是。研究中国建筑文化的,不可不读《朴通事》。

四、民俗文化

民俗是民众集体无意识的自然表现,又是一个民族的心理、习惯、民情、风俗的载体,最能体现某个民族的独特性。《朴通事》为了让朝鲜的官员和商人熟悉中国的民俗,便在该书中以不同方式介绍了中国的民俗文化。

一是不同季节时的民俗:"如今这七月立了秋,祭了社神,正是放空中的时节。八月里却被鹞儿。有几等鹞儿:鹅老翅鹞儿、鲇鱼鹞儿、八角鹞儿、月样鹞儿、人样鹞儿、四方鹞儿——有六、七等鹞儿。八月秋风急,五六十托麻线也放不勾。九月里打拍(原注:杭州小儿之戏也),耍鹌鹑,斗促织儿,十月里骑竹马,一冬里踢毽子。开春时,打毬儿,或是博钱拿钱。一夏里藏藏昧昧(本文作者按:疑是捉迷藏)。"

二是生儿育女的民俗。"说与您姐姐,好生小心着,休吃酸甜腥荤等物,只着些好酱瓜儿就饭吃。""满月日老娘来,着孩儿盆子水里放着。亲戚们那水里金银珠子之类,各自丢入去。才只洗了孩儿,剃了头,把孩儿上摇车。买将车子来,底下铺蒲席,又铺毡子,上头铺两三个席子,着孩儿卧着,上头盖着他衣裳,着绷子拴了,把溺葫芦正着那窟窿里放了,把尿盆放在底下,见孩儿啼哭时,把摇车摇一摇便住了。""做满月,老娘上赏银子、段匹。百岁日又做筵席,亲戚们都来庆。那孩儿又剃了头,顶上灸。那一日,老娘又上赏。"这些民俗一直赓续到新中国成立前。二十世纪七十年代末新时期到来后,这些民俗又在一些地区复兴。

三是某些特殊的民俗,如裁衣有裁衣的民俗:"今日是乙丑日斗星日。且慢着,我看,角安,亢食,氐房益,斗美,牛休,虚得粮,壁翼获财,奎得宝,娄增,轸久,鬼迎祥。今日好日头,斗星日得饮食的日头,好裁衣。将出那段子来裁。这明绿通袖膝栏绣的做帖里,这深肉红界地穿花凤航艍丝做比甲,这鸡冠红绣四花做搭护,这鸦青织金大蟒龙的做上盖。"

四是婚嫁的民俗。娶媳妇先下财礼。"下多少财钱?""下一百两银子,十表十里,八珠环儿,满头珠翠,金厢宝百头面,珠凤冠,十羊十酒里。""几时下红定?""这月初日下了定礼。半头娶将来做筵席,第三日做圆饭筵席了时,便着拜门。对月又做个大筵席,女孩子儿家亲戚们都去会亲。"这些民俗生命力很强,现在农村里婚嫁,"下财礼","定礼"、"拜门"、"会亲"等风俗,依旧流行。

五是殡葬的民俗。人死后,阴阳人来,他把"殃榜贴在门上",上写:"壬辰年二月朔丙年十二日丁卯,丙辰年生人,三十七岁,艮时身故,二十四日丁时殡出顺城门。巳、午、亥、卯生人忌犯"。往后,做"道场","临明吃和和饭";"入敛"时,"仵作家赁魂车、纸车、影亭子、香亭子、诸般彩亭子、花果、酒器、家事,都装在卓儿上抬着。又是魂马、衣帽、靴带之类。十余对幢幡宝盖、螺钹,鼓磬。"死者的小孩儿"穿着斩衰";"就门前碎盆";"送殡的官人们","都系着孝带"。这些殡葬民俗至今还在农村里保存着。

元明两代的中国民俗在《朴通事》中有翔实的记叙。

五、成语文化

成语是民众智慧的体现,经验教训的总结,民族性的反映。所以,外国元首访问中国,常常在讲话中引用中国一二成语,以表示对中国文化的尊重和熟悉。《朴通事》为了使朝鲜官员和商人更好地熟悉中国文化,更有意在这部汉语教材中大量地引用中国的成语。这些成语,一部分至今还在被应用,说明成语文化有着长久的生命力;另一部分成语,则由于社会生活的变化,语言环境的发展,已不再被今人使用,这又说明成语文化是与社会生活、语言环境的发展同步的。

《朴通事》中的成语,至今仍在使用的有:"话不说不知,木不钻不透";"人不得横财不富,马不得夜草不肥";"十个指头也有长的短的";"家贫不是贫,路贫愁杀人";"养子方知父母恩";"远行知马力,日久见人心";"有缘千里来相会,无缘对面不相逢","妻贤夫省事,官清民自安";"家富小儿骄","家齐而后国治";"老实常在,脱空常败";"命来铁也争光,运去黄金失色";"先小人后君子";"风不来,树不摇,雨不来,河不涨";"衙门处处向南开,有理无钱休入来";"休寻海上方,自有神仙药";"能盖万间房,夜眠一厦间","闭门屋里坐,祸从天上来";"人不可貌相,海不可斗量";"管山吃山";"送君千里,终有一别";"画虎画皮难画骨,知人知面不知心";"三千气在千般有,一日无常万事休";"夜饭少一口,活到九十九";"捉贼见赃,厮打验伤",等等。

《朴通事》中的另一部分成语,现已不再使用或极少被使用,但可从中见出元明两代中国人的文化心理。如"有酒有花,以为眼前之乐;无子无孙,尽是他人之物";"高棋输头盘";"人贫只为悭,少债快说谎";"狗有溅草之恩,马有垂缰之报";"立身行道,扬名於后世,以显父母,孝之终也";"有心拜节,寒食不迟";"今日脱靴上炕,明日难保得穿";"故人诚信病中知";"人离乡贱,物离乡贵";"男儿无妇财无主,妇人无夫身无主";"隔帘听笑语,灯下看佳人";"常防贼心,莫偷他物";"矮子呵欠,气儿不长";"福不至,万事难";"休道黄金贵,安乐直钱多";"入铁入木,九牛之力";"好儿不看春,好女不看灯",等等。

由此得知,元明两代中国的成语文化已传播、普及到了朝鲜,因此《朴通事》中的成语文化特别多样精彩。

六、契约文化

社会生活要能正常地运转,没有一定的契约是不行的,所以人类自进入文明社会后,就出现了各种各样的契约,出现了契约文化。《朴通事》出于朝鲜官员和商人到中国后的生活需要,在这部汉语教材中介绍了中国的多种契约,元明两代的契约文化可见一斑。借钱有借钱的契约:"京都在城积庆坊住人赵宝儿,今为缺钱使用,情愿立约於某财主处,借到细丝官银五十两整,每两月利几分,按月送纳,不致拖欠。其银限至下年几月内,归还数足。如至日无钱归还,将借钱人在家应用值钱物件,照依时价准折无词。如借钱人无物准与,代保人一面替还。恐后无凭,故立此文契为用。某年、月、日,借钱人某,同借钱人某,代保人某,同保人某等押。"买卖小厮,有买卖小厮的契约:"(略)如卖已后,神奴(小厮名)来历不明,远近亲戚闲杂人等往来争竞,卖主一面承当不词,并不干买主之事。(略)"租房有租房的契约:"(略)两言议定,赁房钱每月银二两,按月送纳。如至日无钱送纳,将赁房人家内应用值钱物件,准折无词。(下略)"此外,家中失窃后向官府"申窃盗状";马儿走失了,四处张贴"告子";甚至两人相打,被打人向官府告状,都有一定的范式。元明两代的契约文化是相当深入人心的。

七、宗教文化

我国自东汉以后,佛、道两宗教在国内逐渐普及,形成相持不下的局面,宗教文化成了社会生活中不可或缺的一部分。《朴通事》中对佛教文化,有不同程度地反映。有写某人"兑付些盘缠,南海普陀落伽山里,参见观音菩萨去来";"这菩萨真乃奇哉,理圆四德,智满十身……(下略)"。有写长老"往江南地面里布施",为三尊拂"上金"的。有写死人后"请佛入到殡前,吹螺打钹,擂鼓撞磬,念经念佛,直念到明"的。有写"堂上挂佛端然坐,亦看楼外满池荷花"。的由于朝鲜只有佛教,没有道教,所以《朴通事》主要介绍佛教文化,未对道教文化作介。但是,《朴通事》对道家思想地却十分欣赏,称扬隐逸之士:"我弃了这名利家庭,将一叶小渔艇,装载这酒、琴、渔网,弹一曲流水高山,挽我这锦衣绣腹,潜入这水国鱼邦,披着这箬笠蓑衣,一任交斜风细雨。我援琴一张,酒一壶,自饮自歌,对着这水声山色淡烟,闲居两岸青蒲红蓼滩边,缆船下网;(下略)渔翁之味万无迭,也不想李白摸月,也不学屈原投江,便是小太公,也不愿遇文王,我待学范蠡归湖。"《朴通事》既尊佛,又崇道。

八、西游文化,为《西游记》原是平话提供了重要佐证

《朴通事》里有一则西游故事,证明《西游记》原是平话,后来的作者都是《西游记》平话的加工者。由于这则史料,弥足珍贵,而《西游记》的一般读者难以看到这则史料,因此全文引录如下:

我两个部前买文书去来。

买什么文书去?

买《赵太祖飞龙记》、《唐三藏西游记》去。

买时买四书六经也好,既读孔圣之书,必达周公之理,要怎么那一等平话?《西游记》热闹,闷时节好看有。唐三藏引孙行者到车迟国,和伯眼大仙斗圣的你知道么?

你说我听。

"唐僧往西天取经去时机,一个城子,唤做车迟国,那国王好善,恭敬佛法。国中有一个先生,唤伯眼,外名唤烧金子道人,见国王敬佛法,便使黑心,要灭佛教,但见和尚,便拿着曳车解锯,起盖三清大殿,如此定害三宝。一日,先生们做齐天大醮,唐僧师徒二人,正到城里智海禅寺投宿,听的道人们祭星,孙行者师傅上说知,到齐天大醮坛场上藏身,夺吃了祭星茶果,却把伯眼打了一铁棒。小先生到前面教点灯,又打了一铁棒,伯眼道:'这秃厮好没道理!'便焦燥起来;到国王前面告未毕,唐僧也引徒弟去到王所。王请唐僧上殿,见大仙,打吧问讯,先生也稽首回礼。先生对唐僧道:'咱两个冤仇不小可哩。'三藏道:'贫僧是东土

人,不曾认的,你有何冤仇?'大仙睁开双眼道:'你教徒弟坏了我罗天大醮更打了我两铁棒。这的不是大仇。咱两个对君王面前斗圣,那一个输了时,强的上拜为师傅。'唐僧道:'那般着。'伯眼道:'起头坐静,第二柜中猜物,第三滚油洗澡,第四割头再接。'说吧,打一声钟响,各上禅床坐定,分毫不动,但动的便算输。大仙徒弟名鹿皮,拔下一根头发,变做狗蚤,唐僧耳门后咬,要动禅。孙行者是个胡孙,见那狗蚤,便拿下来磕死了。他却拔下一根毛衣,变做假行者,靠师傅立的,他走到金水河里,和将一块青泥来,大仙鼻凹裏放了,变做青母蝎,脊背上咬一口,大仙叫一声,跳下床来了。王道'唐僧得胜了。'又叫两个宫娥,撞过一个红漆柜子来,前面放下,着两个猜里面有甚么。皇后暗使一个宫娥,说与先生:柜中有一颗桃。孙行者变做个焦苗虫儿,飞入柜中,把桃肉都吃了,只留下桃核出来,说与师傅。王说:'今番着唐僧先猜。'三藏:'是一个桃核。'皇后大笑:'猜不着了。'大仙说是一颗桃。着将军开柜看,却是桃核。先生又输了。鹿皮对大仙说:'咱如今烧起油锅,入去洗澡。'鹿皮先脱下衣服,入锅里,王喝采的其间,孙行者念一声'唵'字,山神、土地、神鬼都来了,行者教千里眼、顺风耳等两个鬼,油锅两边看着,先生待要出来,拿着肩膀 在里面,鹿皮热当不的,脚踏锅边待要出来,被鬼们当住出不来,就油里死了。王见多时不出时,'莫不死了么?'教将军看,将军使金钩子,搭出个烂骨头的先生。孙行者说:'我如今入去洗澡。'脱了衣裳,打一个跟斗,跳入油中,才待洗澡,却早不见了。王说:'将军你搭去。行者敢死了也。'将军用钩子搭去,行者变做五寸来大的胡孙,左边搭右边躲,右边搭左边去,百般搭不着。将军奏道:'行者油煎的肉都没了。'唐僧见了啼哭,行者听了跳出来,叫大王:'有肥枣么?与我洗头。'众人喝采:'佛家赢了也!'孙行者把他的头先割下来,血沥沥的腔子立地,头落在地上,行者用手把头提起,接在领项上依旧了。伯眼大仙也割下头来,待要接,行者念'金头揭地,银头揭地,波罗僧揭地'之后,变做大黑狗,把先生的头拖将去。先生变做老虎赶,行者直拖的王前面彪了,不见了狗,也不见了虎,只落下一个虎头。国王道:'元来是一个虎精,不是师傅,怎生拿出他本像!'说吧,越敬佛门,赐唐僧金钱三百贯、金钵盂一个,赐行者金钱三百贯,打发了。"这孙行者正是了的!那伯眼大仙那里想胡孙手里死了!古人道:"杀人一万,自损三千。"

与吴承恩的《西游记》第四十五回、第四十六回相比较,伯眼大仙被改写为羊力大仙、鹿力大仙、虎力大仙三妖怪;故事的篇幅则由原来的1600字、生发、扩展为两回,16000字,即扩大了十倍。从《朴通事》可知,《西游记》原名《唐三藏西游记》,原是平话。以此与《永乐大典》中的"魏征梦斩泾河龙"相印证,完全可以确定《西游记》原是平话,杨志和、朱鼎臣、吴承恩等都是《西游记》平话的加工、改写者,而吴承恩则是对《西游记》平话加工、改写的集大成者。吴承恩功不可没。治《西游记》者,不可不知《朴通事》中的《西游》文化。(按:《朴通事》第40页,还有一段"往常唐三藏师傅,西天取经……"的叙写,此处不作引述)

九、《朴通事》中的其他元明文化

《朴通事》虽以上述七方面的文化记叙而显示其文化价值,但它对元明两代文化的叙写,并不限于以上七方面。元明时代的棋文化、职官文化、教育文化、货币文化、医药文化、绘画文化、谜语文化、沐浴文化、印染文化、体育文化、杂技文化、酒文化、手工艺文化,以至简体字文化("'劉'字怎的写?文字傍着'刀'字的便是。"即"刘",可知五百年前,简体字"刘"即已出现),无不应有尽有。学习、掌握了《朴通事》中的全部汉语词汇,在当时可以做个"中国通"。

当然,《朴通事》不只具有很高的文化价值,它还具有经济、政治、历史价值。因此,我希望我国能正式出版《朴通事》,我国的学者能从多角度研究《朴通事》,把其中的宝贵遗产统统发掘出来,为我所用,为建设现代化中国所用。

(原载《中华文化论坛》2004年第2期)

汉字文化圈内的域外汉文小说

如今世人都知道有海外华文文学。但是,却较少有人了解,在汉字文化圈内还有域外汉文小说。爰作此文,以开拓华文文学研究的领域,加强对域外汉文小说的研究。

一、汉字文化圈的五次扩大

中国商代即有规模化的汉字,后代被称作"甲骨文"。春秋、战国时期(前770—前221年),诸侯并起,列国争雄,文字的书写很不统一。秦始皇统一中国后,实行"书同文",以小篆统一了中国文字。到了汉代,隶书行用极广,逐渐代替了小篆。其后,又演变为楷书。因为它们为汉族所通用,遂称为"汉字"。

汉字文化圈的第一次扩大,是汉字文化输入朝鲜半岛。传说殷商灭亡后,箕子到了朝鲜,如果此事属实,中国的文字在商末周初即已传到了朝鲜。汉武帝以后,朝鲜半岛上的百济、高句丽、新罗诸国,都全面吸收吸汉字文化。公元四世纪,百济国博士高兴以汉文修成百济史《书记》;高句丽自新中国成立初期起,即用汉文撰修本国史籍;新罗在中国南北朝时期,就以汉文撰成国史。公元935年,高丽王国统一了朝鲜半岛,高丽前朝、中期、晚期的汉文诗,高丽中朝的汉文诗人"海左七贤"——李仁老、林椿、吴世方、皇甫杭、咸淳、李湛之、赵通,在汉文诗艺术上都有很高的成就。李成桂一派推翻高丽王朝,建立了国号为"朝鲜"的李氏王朝。李朝时期(公元15世纪——19世纪末),朝鲜文学中的汉文诗、汉文散文,其艺术质量又有提高。

汉字文化圈的第二次扩大,是汉字文化在日本登陆。汉字文化何时传入日本,现在难做定论。相传应神天皇15年(284,晋武帝太康五年),阿直歧自百济东渡,日本皇子稚郎子从之学。阿直歧推举王仁,次年王仁至,进《论语》十卷、《千字文》一卷。有人据此作为汉字文化传入日本的开始。但传说秦始皇末年,徐福即率领大量男女东渡日本;以后汉人东渡日本者络绎不绝,并与日本先住民族融合,此等人中有汉字文化修养者甚众,所以汉字文化在日本登陆的时间应该早于公元284年。台湾"中央社"东京1998年3月18日电:最近在日本德岛县观音寺出土的一片公元7世纪上半叶以前的木简上,发现以墨笔书写的一小段《论语》,专家已确认这是日本国内现存书写《论语》的最古老木简,上面以隶书体书写着"子曰学而时习之"等20个文字。自从汉字传入日本后,势力甚大,而日本人又善于学习,于是他们便借用汉字创造日文。日本现存最大的史书《古事记》(712年)和《日本书记》(720年),用汉字和汉字音作音标所写的日本语夹杂而成,所以称为"准汉文"。用汉文写作历史的流风,一直延长到德川、明治时代。日本一些学者说中国、日本是"同文同种"(同为黄种人),这是有根据的。不少日本文学作品,都和汉字有关。日本写作汉诗文的代有其人。日本的汉字书法,别有风格,与中国的书法可谓"双峰并峙"。

汉字文化圈的第三次扩大,是将汉字文化扩展到了今越南、柬埔寨、老挝、泰国、缅甸、菲律宾、马来西亚、文莱和印度尼西亚等国。唐代越南有不少士人能熟练地使用汉语;汉字书面语言,已广泛使用。洎乎近代,越南能写汉诗汉文的作家,难以一一列举。

汉字文化圈的第四次扩大,是随着中国人的漂洋过海,远途跋涉,向海外开拓,把汉字文化扩大到了欧洲和美洲。著名的德国哲学家莱本尼兹,对汉字文化十分推颂,他说,如果汉字文化与欧洲文化携起手来,整个世界都将过上更为理想的生活。

汉字文化圈的第五次扩大,是在二十世纪的六七十年代,中国台湾、香港、澳门地区的作家和学生,和二十世纪八九十年代中国内地的作家、学生去欧、美、澳大利亚,他们中的一部分人留在那里从事文学创作,于是乃有欧洲汉文文学、美洲汉文文学、澳洲汉文文学的出现。如今习惯的说法是"华文文学",究其实,应称汉文文学为妥。因为在中华民族的文字(华文)中还有满文、藏文、蒙文、契丹文等多种文学。

二、汉字文化圈中的域外文小说

如上所述,汉字文化圈的第一次扩大是到了朝鲜。朝鲜(现南北朝鲜各自立国为韩国和朝鲜国)的汉文小说,数量之多,质量之高,在域外汉文小说中居于首位。总字数在1000万以上。近几十年间,韩国学者曾编录选集出版《李朝汉文短篇集》、《韩国汉文小说集》、《原文汉文小说选》、《李朝汉文小说选》、《韩国汉文小说选》等多种选本,另有《金鳌新话译注》(附原本)、《九云梦》等单行本问世。但这些选集和单行本,只是朝鲜汉文小说中的一小部分。台湾台北文化大学林明德教授,利用游学韩国的机会,下决心搜集韩国汉文小说,孤军奋斗七年,于1980年5月主编《韩国汉文小说全集》9大册,由文化大学与韩国精神文化研究院共同发行。《全集》卷一是梦幻、家庭类,卷二是梦幻、理想类,卷三是梦幻、梦游类,卷四、卷五是历史、英雄类,卷六是拟人、讽刺类,卷七是爱情、家庭类,卷八、卷九是笔记、野谈类。共收长篇10余种,短篇140余种,总字数已达240余万。但《全集》仍只是朝鲜汉文小说的一部分。因此,法国国家科学研究中心陈庆浩教授(华人)打算"对朝鲜汉文小说全面整理","广邀韩国、中国、日本及世界各地学者参加此一工作",以《朝鲜汉文小说丛刊》的形式,陆续在台湾出版发行。[①] 可见韩国汉文小说已引起世界学者的重视。比较起来,我国内地对朝鲜汉文小说的出版和研究,却显得滞后。只有中州古籍出版社于1987年7月出版了朝鲜汉文小说《谢氏南征记》(北京大学韦旭升教授校注,季羡林

---

① 参见《中国域外汉文小说在台湾》,载陈益源著《从〈娇红记〉到〈红楼梦〉》,辽宁古籍出版社1996年7月出版。

教授作序)。季氏在《序》中说:"这一部书在整个朝鲜文学史上占一个什么地位？它同中国的长篇小说有什么样的关系？所有这一些问题探讨起来既有趣味,又有重要意义。""它把背景放在中国,至少说明这一部长篇小说同中国有密切关系。这对于研究中朝两国的文化交流很有意义。"季氏充分肯定了《谢氏南征记》的意义和价值。在1993年中国古代小说国际研讨会上,刘世德教授发表并宣读了长篇论文《论〈九云记〉》,其中论述到朝鲜汉文长篇《九云梦》,"是一部不折不扣的朝鲜小说";《九云梦》的作者虽为朝鲜人,全书却是从头到尾用娴熟的汉文写的,内容演述的也纯粹是发生在中国本土上的中国人的故事";到十九世纪初期,金万重的《九云梦》的朝鲜刊本自朝鲜转入本土,"这时,又有一位中国文学家,以'无名子'为笔名,对《九云梦》进行改编和再创作,把篇幅从原来的三卷十六回扩展到九卷三十五回,并改易书名为《九云记》。""这却变成了朝鲜小说创作反过来对中国小说产生影响的一个鲜见的例子。"①本文作者对朝鲜汉文小说《训世评话》(李边著)、《包阎罗演义》(鹫溪叟著)也曾写过论文。此外,内地对朝鲜汉文小说的出版和评论,几乎乏善可陈。

　　日本的汉文小说数量不及韩国丰富。但据台湾王三庆教授的搜求,仅一年之间(1987年4月,他去日本天理大学讲学),他就录获数十种。时代分奈良、平安、江户、明治及以后诸期。据王三庆教授透露,他搜集到的汉文小说有:《日本书记》、《日本七福神传》、《译准开口新语》、《含饧纪事》、《昔昔春秋》、《警醒铁鞭》(以上属神话传说)、《本朝小说》、《夜窗鬼谈》、《贤乎己》、《天下古今文苑奇观》、《奇文欣赏》、《日本虞初新志》、《译准绮语》、《寒灯夜话》、《满娱乐散云史》、《情天比翼缘》、《东都仙洞余谈》、《当世新话》(以上属传奇小说)、《海上异传》、《西征快心编》、《三山秘记》、《大东闺语》(以上属历史演义)、《囮谭》、《日本故事诗选》、《近世丛话》、《迷楼侯史》、《记饮》、《奇谈一笑》、《奇谈新编》、《如是我闻》、《师友志》、《大东世语》、《先哲丛谈》、《先哲丛谈后编》、《近世先

---

① 载《'93中国古代小说国际研讨会论文集》,开明出版社1996年7月出版。

哲丛谈》、《续近世丛谈》、《鸭东新话》、《淞北夜谈》、《近世人镜录》(以上属笔记小说》)。王三庆教授打算汇辑成《日本汉文小说丛刊》第一辑在台湾出版。他还曾开列一份《待收或疑似之日本汉文小说目录》,征求各方意见,以便继续访录,成为全璧。①

越南汉文小说多于日本但少于韩国。1987年4月,由法国远东学院出版、台湾学生书局印行的《越南汉文小说丛刊》第一辑,乃陈庆浩先生与王三庆教授合作的成果。《越南汉文小说丛刊》第一辑,共出版七册。第一册是《传奇漫录》,第二册是《传奇新谱》、《圣宗遗草》、《越南奇逢事录》(以上为传奇类);第三册是《皇越春秋》,第四册是《越南开国志传》,第五册是《皇黎一统志》(以上为历史小说类);第六册有《南翁梦录》、《南天忠义实录》、《人物志》,第七册有《科榜传奇》、《南国伟人传》、《大南行义列女传》、《南国佳事》、《桑沧偶录》、《见闻录》、《大南显应传》(以上为笔记小说类)。计收书17部,150万字。此后,陈庆浩、郑阿财、陈义主编的《越南汉文小说丛刊》第二辑,又在台湾学生书局印行。往后,还将出版第三辑,准备将越南汉文小说全部收齐。②

又,据台湾陈益源教授的《王翠翘故事研究》,越南的汉文小说《金云翘录》,作者"当是十九世纪下半叶的一位越南文士,他费心地将阮攸改编自中国小说的《金云翘传》喃字长诗,用汉字重新又改编回小说体制,形成一部与(中国)青心才人《金云翘传》截然不同的越南汉文小说。"③而越南的汉文小说《传奇漫录》则是在瞿佑《剪灯新话》的影响下写成功的。④ 可见越南汉文小说与中国古典小说的关系至为密切。

---

①② 参见《中国域外汉文小说在台湾》,载陈益源著《从〈娇红记〉到〈红楼梦〉》,辽宁古籍出版社1996年7月出版。

③ 《王翠翘故事研究》,陈益源著,台湾里仁书局2001年12月出版,第175页。

④ 参见《剪灯新话与传奇漫录之比较研究》,陈益源著,台湾学生书局,1990年7月出版。

三、出版与研究域外汉文小说刍议

巧妇难为无米之炊。要研究域外汉文小说,首先得将域外汉文小说的原始资料提供给研究者。台湾已出版的朝鲜、日本、越南的汉文小说,我国大陆出版部门不妨与台湾有关出版社签订协议,将它们引进过来而后在内地予以出版。这是当务之急。其次是利用我国在地理上与越南、朝鲜、韩国、日本接近的有利条件,派出专家、学者到那里搜求汉文小说,发掘出新资料,而后予以出版。争取在出版域外汉文小说方面急起直追,站到前列地位。

再就是对域外汉文小说的研究。这种研究应是多角度的。一是比较的研究。将域外汉文小说与中国和该国的古典小说加以比较:题材的比较,写法的比较,语言的比较,人物的比较,影响的比较,与同时期中国小说的比较,与后来域外汉文小说的比较,等等。通过比较,揭示域外汉文小说创作中的规律性的东西。二是对域外汉文小说文本的研究,将该文本的思想、艺术、成就、不足,如实地展现出来,作为我们当代作家从事小说创作时的某一方面的借鉴。三是对域外汉文小做文艺社会学的、语言学的、原型的、创作方法的等等方面的研究,使之成为一门独立的域外汉文小说的学科。四是把域外汉文小说与域外汉诗、域外汉文联系起来研究,写出朝鲜、日本、越南的汉文学史(按:过去日本已有多种日本汉文学史,但因为不重视汉小说未能将汉文小说列入日本汉文学史)。五是把域外汉文小说与二十世纪的海外华文小说联系起来研究,研究两者的不同。作为海外汉文文学,两者是一致的。但域外汉文小说是朝鲜、日本、越南作家写的;二十世纪的海外华文文学则主要是由华人作家写的,但也有小部分是外国作家创作的华文文学,如韩国诗人、学者许世旭,既用华文创作了诗歌、散文,又用华文撰写了中国文学史;美国人何瑞元(汉名)在台湾写作并发表了不少篇散文;就是比较有名的事例。把古代域外汉文小说、诗歌、散文与现代海外华文小说、诗歌、散文联系起来研究,将使华文文学研究开拓出一个新天地。

三是从文化交流的角度研究域外汉文小说。域外汉文小说的出现,本身就是文化交流的产物。没有汉字文化圈的几次扩大,就没有朝鲜、日本、越南的汉文小说;而朝鲜、日本、越南的汉文小说的出现,既影响了该国的文化发展,又反过来影响了中国的文化发展。如中国古典小说《王翠翘传》,传入日本、越南后,一方面导致了日本、越南同类题材小说、诗歌的产生;另一方面,越南阮攸的同一题材叙事长诗《金云翘传》流入广西,又导致广西京族民间故事《金仲和阿翘》的出现。从文化交流的角度深入研究域外汉文小说,将加强中国人民与朝鲜、韩国、日本和越南人民的友好和合作,其意义将更加深远。

总之,出版和研究域外汉文小说,无论其学术价值、文化价值以至加强我国人民与周边国家人民的友好与合作,都有着极为重要的意义。21世纪才开始不久,只要我们从现在开始就重视研究这一课题,在21世纪内,我国的域外汉文小说研究一定会获得丰硕的成果!

(原载《第十三届世界华文文学国际学术研讨会论文集·多元文化语境中的华文文学》,山东文艺出版社2004年9月出版,黄万华主编)

"替天行道"行何"道"？
——关于《水浒》中"道"的辨析

宋江率领107名好汉在梁山泊聚义，"山顶上立一面杏黄旗，上书'替天行道'四字"。可见，"替天行道"是宋江打出的一面旗帜。但是，他"替天行道""行"的究竟是什么"道"呢？很值得辨析。因为弄清了《水浒》中"道"的含义，有助于我们对《水浒》思想意义的理解。

最早要宋江"替天行道"的是九天玄女娘娘。她在还道村"玄女之庙"里传授三卷天书时对宋江说："宋星主，传汝三卷天书，汝可替天行道为主……"宋江听毕，再拜谨受。从此，"替天行道"的想法就在宋江头脑里扎了根，并在梁山英雄中作了宣传。所以，当戴宗请求罗真人放公孙胜下山时，也能说出"晁天王、宋公明仗义疏财，专只替天行道"的一番道理，成了一句"替天行道"的宣传员。罗真人其后也叮嘱公孙胜"保国安民，替天行道"。第65回《托塔天王梦中显圣 浪里白跳水上报冤》中，老丈问张顺："你从山东来，曾经梁山泊过？"张顺答道："正从那里经过。"老丈便道："他山上宋头领，不劫来往客人，又不杀害人性命，只是替天行道。"可见宋江"替天行道"已为百姓知晓。"替天行道"来自九天玄女娘娘，那么，《水浒》中的"道"能不能说是道家之道或道教之道呢？

不能。

九天玄女娘娘是道教中地位很高的神。道教把老子奉为领袖。但老子对"道"所作的解释与"替天行道"的"道"关系不大。其一，《老子》中说："有物混成，先天地生……可以为天下母。吾不知其名，字之曰道。"这是把"道"视为宇宙的精神的本源,所谓"道生一,一生二,三生万物。"其二,"反者道之助,弱者道之用",反面起初是弱的,但是经过斗争可以转化到强大的方面,取得正面地位。其三,"道常无为而无不为",从表面看来,"道常无为",但在本质上,道"无不为"。其四,"以道佐人主者,不以兵强天下,其事好还",靠武力压人是不行的。其五,"大道废,有仁义;智慧出,有大伪",老子对儒家的"仁义"持否定态度。在老子那里,"道"是一个哲学概念。很显然,《水浒》中的"替天行道"虽来自玄女娘娘,但不能说,宋江行的就是道家创始人老子的"道"。

《水浒》中的"道"是不是道教之"道"呢?也不能这么说。道教以"道"为根本信仰和基本教义。"道"为"虚无之系,造化之根,神明之本,造化之元",化生宇宙、阴阳、万物。"道"衍化为三清尊神——元始元尊、灵宝天尊和道德天尊,是道教崇拜的最高的神,道德天尊即老子。《水浒》里多处写到道教,第一回《张天师祈禳瘟疫 洪太尉误走妖魔》写张天师"虽然年幼,其实道行非常。……世人皆称为道通祖师。"但张天师的"道行"和"道通",却是腾云驾雾、呼风唤雨那一套本事。玄女娘娘能使"神厨里卷起一阵恶风",将赵能、赵得吓跑。她让两个青衣童子礼请宋江。宋江饮过三杯仙酒,吃了三枚仙枣,玄女娘娘才教取那三卷天书"赐与星主"。她送给宋江的三卷天书,对宋江后来的行兵打仗也起了作用。公孙胜的师父罗真人,也是"道行"了得。李逵以为已经劈死了罗真人,其实只是砍了罗真人的两个葫芦。《水浒》中宋江"替天行道",行的当然不是这些腾云驾雾、呼风唤雨、三卷天书里的兵法、葫芦幻化成人的"道",这些只与少数人有关,而《水浒》中的"道"是和多数人密切相关的。

然则,《水浒》"替天行道"的"道"是不是佛家、"佛教之道"呢?也不是。佛教也讲道。如佛教中的"八道"即是通向正果的八种正确方法和途径,故称"八道",也称"八圣道"、"八正道",简称"八正",即正见、正思、正语、正业、正命、正进、正念、正走。《水浒》对智真长老颇为尊敬,写他很有预见,他给鲁智深先后赠送的偈言,一一应验;对宋江写的偈语,也是"久而必应"。但佛家、佛教中的这些"道",距离"替天行道"的

"道",比道家、道教之"道"更远了。

揆诸实际,《水浒》中"替天行道"中行的"道"原来是儒家的"道"!

儒家务实,讲究有为,除了儒家的唯物主义哲学家把"道"视为事物的普遍规律或指物质性的气的变化过程外,一般对"道"的解释都是很实实在在的。韩愈在《原道》中对儒家的"道"作了经典性的解释:"博爱之谓仁,行而宜之之谓义,由是而焉之谓道,足乎己无待於外之谓德。仁与义为定名,道与德为虚位。"即在儒家那里,道、德与仁、义是"位"和"名"的关系,是等值的:"凡吾所谓道德云者,合仁与义言之也,天下之公言也。"《水浒》中"替天行道"行的"道"即是儒家的仁义之道,忠义之德。

九天玄女娘娘对宋江说了"汝可替天行道为主"后,接着便讲:"全忠仗义为民,辅国安民,去邪为归正。"然而,"全忠仗义"恰恰是儒家之"道"而非道家、道教之"道"。

武松打蒋门神前,先是说"平生只是打天下硬汉,不明道德的人";打了蒋门神后,又说"我从来只要打天下这等不明道德的人"。这里的"道德"也是指儒家的"道德",韩愈所说的"道德"。

最主要的,宋江树起"替天行道"这面旗帜后的全部作为,都说明他行的确实是儒家之"道"。

第一,宋江带领众头领宣誓:"自今已后,若是各人存心不仁,削绝大义,万望天地行诛,神人共戮,万世不得人身,亿载永沉末劫。但愿共存忠义于心,同著功勋于国,替天行道,保境安民。"宋江在这里标榜"仁"、"义"、"忠义","同著功勋于国",都是儒家立德、立功、立言的具体表现。接着,宋江令乐和唱他创作的《满江红》一词,内称:"中心愿,平虏保民安国。日月常悬忠烈胆,风尘障劫奸邪目。望天王降诏,早招安,心方足。"在封建社会里,忠于国家,忠于皇上,是统一的。因此,要实现"平虏保民安国"的"中心愿",只有期待皇上(天王)降诏招安。武松、李逵、鲁智深对受招安想不通,宋江便劝说:"众弟兄听说:今皇上至圣至明,只被奸臣闭塞,暂时昏迷,有日云开见日,知我等替天行道,不扰良民,赦罪招安,同心报国,青史留名,有何不美!因此只愿早早招安,别无他意。"宋江在此把"替天行道"同"不扰良民,赦罪招安,同心报国"联系了起来,更见他行的是儒家之"道"。

第二,宋江在东京李师师处写了一首乐府词,"诉胸中郁结",内有"六六雁行连八九,只等金鸡消息。义胆包天,忠肝盖地,四海无人识"等词句,表明他"替天行道"是出于"义胆包天,忠肝盖地",行的是儒家的忠义之"道"。

第三,宋江受招安后,"前面打着两面红旗:一面上书'顺天'二字,一面上书'护国'二字。""护国"是儒家的思想,无须多说;就是"顺天",也是儒家的思想。儒家认为,天是至高无上的:"天何言哉!四时行焉,百物生焉,君子以自强不息。"只有"顺天"才可以有为,可以"自强"。所以宋江受招安后的"顺天"、"护国"也是儒家的"道"。

第四,宋江奉皇上之命征辽,辽国派欧阳侍郎前来劝降,说大辽国主"封将军为辽邦镇国大将军,总领兵马大元帅"。宋江予以拒绝:"纵使宋朝负我,我忠心不负宋朝。久后纵无功赏,也是青史上留名。若背正顺逆,天不容恕。吾辈当尽忠报国,死而后已!"宋江的这些言语,也都是儒家的一贯之道:"尽忠报国,死而后已!"后来岳飞老老实实地屈死在风波亭,也只是"尽忠报国,死而后已","纵使宋朝负我,我忠心不负宋朝"而已!

第五,宋江再奉旨征田虎、王庆,平方腊,一百〇八将,止有二十七人见存,功劳极大,但仅被宋王朝授为楚州安抚使,相当于如今的地区一级干部。但奸臣还不放过他,在御酒内放了慢药。"宋江自饮御酒之后,觉道肚腹疼痛,心中疑虑,想被下药在酒里。"他想到他死了以后,李逵必然造反,"再去哨聚山林",如此,"把我等一世清名忠义之事坏了"。因此便把李逵请来,把药酒与他吃。李逵饮酒后,宋江对他说:"兄弟,你休怪我!前日朝廷差天使,赐药酒与我服了,死在旦夕。我为人一世,只主张'忠义'二字,不肯半点欺心。今日朝廷赐死何幸,宁可朝廷负我,我忠心不负朝廷。我死之后,恐怕你造反,坏了我梁山泊替天行道忠义之名。因此,请将你来,相见一面。昨日酒中,已与你慢药服了,回至润州必死。你死之后,可来此处楚州南门外,有个蓼儿洼,风景尽与梁山泊无异,和你阴魂相聚。我死之后,尸首定葬于此处,我已看定了也!"终于点明了他"替天行道"即是行"忠义"之道,即行儒家之"道"!

至此,我们可以下一结论:《水浒》中的"替天行道"打的虽是"道"的旗帜,行的却是儒家之道。尽管《水浒》与道教的关系很密切,"替天行道"也很容易和道家、道教之道搅在一起,但宋江实际上行的自始至终都是儒家的"道"。儒家的道,倡导杀身成仁,舍生取义,抗击外侮,爱民爱国,有其积极的方面,而且是其主流。中国历5000年而始终屹立在世界的东方,这和汉武帝以后儒家之"道"一直处于正统地位,一直成为统治思想,具有高度的凝聚力、亲和力分不开的。不过,儒家之道的消极面也很明显。它把皇上等同于国家,主张对皇上绝对服从,即使皇上错了,也要服从到底。君君、臣臣、父父、子子,这一格局是不能打破的。"天皇圣明,臣罪当诛",即使被皇上错杀了,也要忠贞不贰。当初宋江被逼上梁山,但他心存忠义,施行仁义,并不背离儒家之"道";一旦受招安,他更把儒家之道放在第一位。宋江以"替天行道"行号召,做了不少好事;但又因为他行的是儒家之道,终于屈死。宋江这个人物作为梁山起义的组织者和领导者,他对梁山泊的兴旺发达起了积极作用;但他作为儒家之"道"消极面的体现者,他对梁山事业的覆灭负有不可推卸的责任,而他自己也落得个悲剧结局。形象大于思想。就《水浒》作者的主观意图而言,他是肯定、歌颂儒家之"道"的,但展示在我们面前的却是儒家之道中的消极面,即毁了梁山泊,也毁了宋江自己。《水浒》的客观思想意义,正是在"替天行道"的"道"的表现中充分地显现了出来!

(原载《明清小说研究》2005年第1期)

谁说新中国没有学术通人？

谈起二十世纪学术通人，学者们挂在嘴边的是王国维、鲁迅、陈寅恪、郭沫若、胡适、钱钟书……在某些人看来，新中国没有造就出学术通人。事实上，新中国成立至今已五十六年(而王国维只活了五十岁)，从二十世纪五十年代起，老一代国学大师就对学子作薪火之传，经过半个多世纪的传承，新中国已经有了自己的学术通人。据我所知，南京大学博士生导师、周勋初教授(1929—)，便是新中国造就的学术通人。

首先，他对先秦文学至清代文学以至西学东渐后的中国古代文学，具有深厚的学养和精湛的造诣，并且都有代表性的著作。先秦、两汉文学研究有《韩非》、《〈韩非子〉札记》、《九歌新考》、《释"赋"》、《赋体评议》、《王充与两汉文风》等著作；魏晋南北朝文学研究有《魏晋南北朝文学论丛》、《张鷟〈文士传〉辑本》、《文心雕龙解析》等著作；唐代文学研究有《高适年谱》、《诗仙李白之谜》、《唐诗文献综述》、《唐人笔记小说考索》、《唐代笔记小说叙录》、《唐语林校注》等著作；宋代文学研究有《北宋文坛上的派系和理论之争》、《宋人发扬前代文化的功绩》等论著；对元、明、清文学研究，在《师门问学录》(周勋初和学生余历雄合著)中也有诸多创见；西学东渐后，则有《西学东渐和中国古代文学研究》的论著；对当代学术研究，又有《当代学术研究思辨》论文集。周勋初弘扬我国文史不分家、"文史互证"的学术传统，有《文史知新》和《文史探微》的论著。周勋初不仅重视古代作学作品，而且对文学批评也深有研究，著有《中国文学批评小史》。此外，由他主编或参与编写的有《唐钞文选集注汇存》、《全唐五代词》(他是第一主编)、《唐人轶事汇编》、《宋人轶事汇编》、《唐诗大辞典》,等等。2000年,《周勋初文集》七大卷出版,由新中国造就出来的学人中,享受这一殊荣的,周勋初是第一个。

我们说周勋初是学术通人,还因为他学识渊博,能够回答他带的博士生提出的许多生僻但又关系到文学研究基本功的诸多问题。他带的"关门弟子",最后一名博士生是马来西亚的青年学者余历雄。这位余历雄是个勤奋好学又好问的人,而且是个有心人。他把周勋初每次对他提出的问题回答情况,每次针对不同的课题对他施教的情况,每次对他的论文(小论文、中论文、博士毕业论文)写作指导的情况,一一作了详尽记录(按:周勋初外出讲学期间,莫砺锋教授代他指导余历雄,余对莫的指导、答问也作了四次记录),前后共54次。余历雄的提问,涉及古今文人、学者近百人,古今著作近200部(篇);周勋初的答问、施教和对论文的写作指导,论及和涉及的古今文人、学者共四百五十多人,古今著作近八百部(篇)。洋洋大观,达23万字(含《附录》)。这份学术记录,现已以《师门问学录》的书名由凤凰出版社于2004年12月出版。

第一,周勋初有问必答,体现了他广博情深的文史功力和严谨规范的治学精神。青年学者余历雄并非一般的博士生,读博前,他已有一定学养,所以他提出的问题很有分量,如果不是像周勋初那样从先秦到清代,对古典文学以及对中国历史都有精湛造诣的学者,是很难当场作出完满的回答的。这里仅举数例,以见一斑:

余历雄问:章学诚《文史通义》是否具有"文学'战国中心'意识"?周勋初当即对章学诚的生平、学术作了简介,而后答问:章学诚的这个说法有他自己的道理,可以作为我们对中国文学史研究的一种启发,但不能当作一个"结论"。如果仔细推敲,章学诚的说法也有不通之处。他的例证是:"今即《文选》诸体,以征战国之赅备。"然后他从汉魏六朝各种文体的作品中,分别举出一些文章的特点,以证明在战国时期的著作中已有这样的特征。从目前的学术研究来看,要作这样的"论证"并不会有太大的困难,但也不会带来具体的"结论"。其实,章学诚的目的不在"文体论证",而是探讨中国学术史上经、史、子、集变迁的"势"。他在追溯文章、著述与文体源流的演变之际,同时也辨析"战国著述"与"后世之文"的继承关系,见解颇有独到之处。周勋初的答问共一千数百字,可作一篇《文史通义》的小论文来读。

余历雄问:陈振孙《直斋书录解题》卷四《新唐书》条末有"随斋批注"四字,开头又称"文简"云云。书内亦多处出现"随斋批注"的文字,"随斋"其人为谁?这是个较生僻的问题,不料周勋初又随即回答:上海古籍版《直斋书录解题》(徐小蛮、顾美华点校,1987年)附录二载有陈乐素《直斋书录解题作者陈振孙》一文。陈乐素广征载籍,考证得清楚:程大昌,谥文简;其曾孙程榮,字仪甫,号随斋,元时人。陈乐素(1902—1990)先生是陈垣的儿子,号称当代中国"宋史三大家"之一,其他二人为邓广铭(1907—1998)与聂崇歧(1903—1962)。如此即时而又正确的答问,不但使余历雄折服,也使我们读者对周勋初的学问钦佩不已。

余历雄问:韦绚《刘宾客嘉话录》载述刘禹锡、柳宗元品评韩愈《平淮西碑》,其中提及"薛伯鼻修史为訮传"一事,薛伯鼻其人未详。周勋初当即告诉余历雄:我在《唐语林校证》卷二第219条的校勘中指出,"薛伯鼻"当是"薛伯皋"之形讹。薛伯皋即薛伯高,二名通用。

这样的精妙答问,限于篇幅,不能一一列举。仅此三例,也可见周勋初是怎样博古通今。

周勋初之所以能成为学术通人,除了他在二十世纪五十年代初在南京大学受业于国学大师胡小石、名师陈中凡、方光焘、罗根泽,得益匪浅;并益之于数十年如一日地勤奋治学外,关键在于他有一个整体的中国古代文学观。他把先秦至清代的中国文学视为整体,在整体上加以研究。所以他不像某些学者把中国古代文学切成了一段一段:先秦、两汉、魏晋南北朝、隋唐五代两宋、元明清,只搞其中的一段,专则专矣,但缺少通体的了解和把握,更没有对他所"专"之外的文学进行深入研究。再就是他做学问贵在创新,在充分掌握了足够的史料或发现新史料之后提出一家之言。第三,他为文立说尽量向深处开掘,达到较大的理论深度。因此,周勋初成为新中国的学术通人,并非偶然。

一代学术,总得由一代学术通人作为代表。我希望,新中国有更多的学术通人出现!

(原载《江苏工人报》2005年9月21日,以《师门问学见风范》为题发表,有删节,这里发表的是全文,题目是原题)

文化小说:明清集大成

凡是有一定思想艺术质量的小说,必有相当的文化意蕴和文化因素。但是,却不能笼统地把这些有文化意蕴和文化因素的小说称之为文化小说。例如,《三国演义》、《水浒》、《西游记》、《儒林外史》、《红楼梦》五大古典名著,都包含着丰富的文化意蕴和文化因素,但不能把它们泛称为文化小说。只有以表现某种文化为艺术内容而又有人物和简单情节的小说,才可称之为文化小说。而这种文化小说,却是我国小说家所独创,在世界小说史上唯我中国有而为世界无的。为此,特撰写此文,以发扬光大,继续传承之。

一、古代文化小说的历史发展至明清集大成

最早的文化小说,当为战国时期的《山海经》(《山经》约成于战国中期,《海经》较迟)中的《刑天舞干戚》、《夸父逐日》,它们是华夏族早期原始文化的一种表现。《刑天舞干戚》乃人与人的斗争在神话中的反映;后者表现了原始人与自然作斗争时的大无畏精神。在这两则小说里,有人物,有矛盾冲突,有简单情节,已具备了文化小说的基本因素。它们能流传到今天,绝不是偶然的。西汉时期刘安《淮南子》中的《女娲补天》故事,同样是原始文化的表现。

人类进入文明社会,出现了复杂的人际关系。与此同时,各种各样的文化同时并出。西汉刘向的《新序》,分杂事、刺奢、节士、义勇、善谋五大类,其中有不少文化小说。如记叙祁奚外举不避仇、内举不避亲的

古代举贤文化的《祁奚举贤》；反映春秋时期医药文化的《扁鹊见齐桓侯》；写萧史、弄玉情爱故事、表现当时情爱文化水平的《萧史》等。比之以前表现原始文化的小说，它们的人物关系错综复杂了；故事情节引人入胜了；矛盾冲突涉及内心世界了。我国的文化小说有了初步发展。

魏晋南北朝时期，我国文化小说进一步发展。反映当时鬼神文化的有曹丕的《蒋济亡儿》、《宋定伯》（一篇著名的不怕鬼的小说）；表现复仇文化的有干宝的《三王墓》（鲁迅据此再创造了小说《铸剑》）；叙写诚信文化的，有干宝的《范式张劭》；表现妇德文化的，有郭澄之的《许允妇》，等等。

最著名的文化小说，当推南朝宋·刘义庆的《世说新语》。该书分德行、言语、政事、文学等三十六门，多数为文化小说。如写辩才文化的《孔文举》；写举止文化的《谢安》；写奢靡文化的《石崇》；最早写梦幻文化的《焦湖庙祝》；写神仙文化的《刘晨阮肇》；写报恩文化的《鹦鹉》；等等。魏晋六朝时的种种文化，在《世说新语》的文化小说里，大多有所反映。但人物形象更鲜明；情节故事更真实；外部矛盾冲突（形之于语言行动的）和内心矛盾冲突的描写更形神兼备。其后中国笔记小说中的文化小说无不以《世说新语》为范本。

唐代的文化小说，在《世说新语》的基础上有很大提高。有表现古镜文化的《古镜记》（王度）；有写妓女文化的《游仙窟》（张文成）；有描绘梦文化的《枕中记》（沈既济）、《南柯太守传》（李公佐）、《三梦记》（白行简）；有写帝王文化的《虬髯客传》（杜光庭）；有表现玄怪文化的《玄怪录》（牛僧孺）和《续玄怪录》（李复言）；有宣扬宿命文化的《定婚店》（李复言）；有最早表现武侠文化的《红线》（袁郊）、《昆仑奴》、《聂隐娘》（裴铏）；有描绘狐文化的《王知古》（皇甫枚）；有写道教文化的《杜子春》（李复言），等等。这是唐代传奇中的文化小说。由宋代人王谠编撰的《唐语林》，系一部采择了唐代许多笔记小说的汇编性作品，其中的文化小说，更反映了唐代文化的多样化。

《唐语林》是综合采用了五十种书中的材料，分门别类编成的，绝大多数是唐人著作，由"当代人记当代的事"。（周勋初：《唐语林校证·前言》,中华书局1987年出版)其中,多数是文化小说,如写高定之精通《易》文化(《唐语林校证》第79则);写唐太宗之学习医文化(《校证》第161则);写韦澳之坚持法纪文化(《校证》第317则);写娄师德之娴熟官场文化(《校证》第363则);写李回之笃信卜筮文化(《校证》第945则)……虽寥寥数十字或百余字,但人物栩栩如生。

从清代余嗖辑的《宋人小说类编》中看出,宋人小说传承唐人小说余绪,主流仍是文化小说。如写谋略文化的《学究献计克滁州》;写宋仁宗仁恕文化的《忍渴还宫》;写李后主的喜爱砚石文化的《砚山》;写贞节文化的《节妇传》;写服饰文化的《子瞻帽》;写义贤文化的《项四郎义嫁徐七娘》;都是著名的文化小说。元代文化小说有《山房随笔》(蒋子正撰)、《三朝野史》(元初无名氏撰)、《庶斋老学丛谈》(盛如梓撰)、《辍耕录》(陶宗仪撰)等。

明、清两代,则是文化小说的集大成。明代的笔记小说,著名的有《苏谈》(杨循吉撰)、《琅玡漫抄》(文林撰)、《庚巳编》(陆粲撰)、《客座赘语》(顾起元撰)、《泾林续记》(周韦昞撰)、《石田杂记》(沈周撰)、《志怪录》(祝允明撰)、《甲乙剩言》(胡应麟撰)等二十多种,其中有不少文化小说。清代的《聊斋志异》(蒲松龄撰)、《阅微草堂笔记》(纪晓岚撰)、《续齐谐》(袁枚撰)、《小豆棚》(曾衍东著)、《谐铎》(沈起凤撰)、《夜谭随录》(和邦额撰)、《萤窗异草》(尹庆兰撰)、《夜雨秋灯录》(宣鼎撰)、《觚剩》(钮琇撰)、《啸亭杂录》(昭梿撰)等二三十种笔记小说,其中颇多文化小说。纪晓岚的《阅微草堂笔记》,有写杂技文化的《德州宋清远先生言》、《龚集生言》;有写对联文化的《阳曲王近光言》;有写喇嘛文化的《喇嘛有二种》;有质疑风水文化的《俗传鹊蛇斗处为吉壤》;有写奕文化的《程念伦》;有写狩猎文化的《族兄中涵知旌德县时》;有写高寿文化的《刘熉》;有写科技文化的《宋代有神臂弓》;有写太湖石文化的《金退检又言》;有写酒文化的《酒有别肠》,有写玉雕文化的《世谓古玉皆昆吾刀刻》……

从上可见,我国古代文化小说,自战国时期的《山海经》到清代的《阅微草堂笔记》;两、三千年间,由出土的萌芽到文化小说的集大成,代有发展,代有进步,在世界小说史上可称独步,构成了我国古代小说中的独异景观。

二、明清文化小说集大成的三大表现

我们说,明清文化小说是此前文化小说的集大成,主要表现在三方面:

一是至明清两代为止的中国各种文化,在明清两代文化小说中都有具体、形象、生动的表现。仅以《庚巳编》、《客座赘语》而言,举凡明代的帝王文化、刑狱文化、医卜星相文化、典章制度文化、民情风俗文化、祥瑞灾变文化、奇人异行文化、因果报应文化、儒家文化、道家文化、佛家文化、经义注疏文化、方言文化、气象文化、度支文化、水运文化、寺庵文化、钱币文化、酒文化、墓志文化、科举文化、职官文化、书画文化、桥文化,等等,在其中的文化小说中都能看到。所以,治明代文化史者,把《庚巳编》、《客座赘语》作为必读参考书。《聊斋志异》中写的虽多半是鬼狐与人之间种种关系的故事,折射出来的却是有清一代的诸多文化。至于《阅微草堂笔记》,更可作"清初文化大观"读。中华文化发展、积淀至明清两代,一应俱备,而明清文化小说则在小说中将中华文化展示、表现得一览无遗。

二是明清文化小说作家,特别是清代文化小说作家有意创作文化小说。如果说,自战国中期至元代为止的文化小说,作者多半是无意为之,他们并没有意识到他们写的是文化小说。但明清文化小说作家,随着《三国演义》、《水浒》、《西游记》、《儒林外史》、《红楼梦》等长篇小说普及,他们自觉地意识到,小说可以深入人心,创作文化小说,应全力以赴刻意为之。《庚巳编》、《客座赘语》中的文化小说,是陆粲、顾起元刻意为之的。蒲松龄为了写《聊斋志异》中的文化小说,有意向各种人收集轶事秘闻、鬼狐故事。纪晓岚写《阅微草堂笔记》这部多半是文化小说的作品,更到了废寝忘食、一听说有好的文化意味的故事就马上笔录下来的自觉写作的程度。正因为明清两代的文化小说家有心创作小说,所以他们的文化小说的思想和艺术也更上一层楼。

三是明清文化小说在思想、艺术上实现了对前代文化小说的超越。首先,明清文化小说与介绍文化知识的散文不同,它是以人物为文化的载体的。它不只是反映和表现了某种文化,而且塑造了诸多人物性格鲜明的艺术形象,它也因此得以长留后世。《聊斋》中的《促织》是揭露宫廷中的斗胜文化(斗蟋蟀)对于民间百姓的危害的。每摊派到一头蟋蟀,"辄倾数家之产"。小说中的成名,本是读书人,"操童子业,久不售"。差役们故意捉弄他,让他当里正,把上交蟋蟀的任务搁在他身上。他不忍心苦害乡亲,为了向上头交差,自己贴钱买蟋蟀,一年不到,就把自己的家产赔干尽了。妻子劝他自己捉蟋蟀。后来他果然捉到了一头,却被儿子在"窃发盆视之"中逃走了。他"怒索儿",儿子投井自杀,夫妇俩"抢呼欲绝"。儿子虽被救活了,但已精神失常。其后,成名偶然又捉到一头善斗的蟋蟀(此头蟋蟀乃成名儿子灵魂所幻化),竟斗败了所有的蟋蟀,皇上"大嘉悦"。成名也因此受到巨大的奖赏,不只"入邑庠",而且"田百顷,楼阁万椽,牛羊蹄躈各千计。一出门,裘马过世家焉。"成名的命运改变了。通过成名这个善良的读书人的半生际遇,既写出了成名宁愿自己家产荡尽、自己捕捉蟋蟀,也绝不苦害乡亲的正直性格,又揭露了最高统治者"天子偶用一物","皆关民命",斗胜文化所造成的"官贪吏虐,民日贴妇卖儿,更无休止"的严重后果。明清文化小说,无论是写何种文化,都是以人物作为某种文化的载体。

其次,明清文化小说,以文化透视社会的心态,成为了解某一时期社会心理的重要窗口。《聊斋志异》中人狐相爱、人鬼相爱的诸多文化小说,对情爱型的性向型态予以肯定,表明当时的社会心理普遍认为,情爱型的性向型态是正常的性向型态,是符合人的本性要求的,应该为之歌颂。但在封建社会里难得允许情爱型性向型态存在,于是一部分人,又转向狭邪型的性向性态,即到妓女、优伶中去满足自己的性要求。晚清的《青楼梦》(题"厘峰慕真山人"著,序则云俞吟香)、《品花宝鉴》(陈森著)、《海上花列传》(韩子云著),鲁迅称它们为"狭邪小说",实为表现狭邪型性向型态的文化小说。明清两代表现性文化的小说,是我们了解明清两代社会心理的一个重要窗口。表现其他文化的文化小说，同样是如此。明清文化小说与社会心理相通，是它们的又一特点。

第三、明清文化小说，不是纯客观地表现某种文化，小说家常常是爱憎分明，对良性文化热情地予以肯定，而对劣质文化，激烈地加以批判，显现了明确的倾向性，但这种倾向性又不是直白地说出，而是在情节、场景、场面中自然流露，这是明清文化小说的第三个特点。

明清文化小说写了多种多样的文化，但倾向性是鲜明的。《阅微草堂笔记》卷四第三十九则有这么一个故事："有两塾师邻村居，皆以道学自任。一日，相邀会讲，生徒侍坐者十余人。方辩论性天，剖析理欲，严词正色，如对圣贤。忽微风飒然，吹片纸落堦下，旋舞不止。生徒拾视之，则二人谋夺一寡妇田，往来密商之札也。"用不到纪晓岚多说，就凭这一情节，这一场面，纪晓岚对假道学鄙视、蔑视、仇视的倾向性已为读者体会。明末侯方域的《马伶传》则通过艺人马伶的精心表演艺术、向生活取经的经历，表彰了当时优秀戏剧文化。侯方域也没有出面发表议论，而只是写了马伶学艺成功后的经验："固然，天下无以易李伶，李伶即又不肯授我。我闻今相国昆山顾秉谦者，严相国（严嵩）俦也。我走京师，求为其门卒三年，日侍昆山相国于朝房，察其举止，聆其语言，久乃得之。此吾之所为师也。"作者不发一言，但倾向性已自然流露。

三、当代文化小说向明清文化小说学习什么？

"五四"新文化运动勃兴，提倡"文学革命"，批判旧文学，但是新文学作家写作文化小说依旧。鲁迅的《故事新编》，就是新的神话文化小说。沈从文的《边城》、《长河》，则是出色的湘西文化小说。在中国现代文学史上，文化小说始终占有一席地位。

新中国成立，"左"的文艺路线越来越支配文坛。在小说领域里，指令作家写两个阶级、两条道路、两种思想斗争的作品，文化小说乃逐渐消失。"文化大革命"风暴刮起，现代文学中的文化小说被打成"毒草"，鲁迅的《故事新编》也被"四人帮"纳入他们"影射文学"的圈套。文化小说至此绝迹。

新时期到来后,上世纪八十年代中期,中国出现了"文化热",文化小说开始复兴。其中的"寻根"(寻文化之根)小说一度成为小说创作中的新潮流。写作文化小说的已不是少数作家,而是一批小说家。贾平凹创作了多篇表现商洛文化的小说;韩少功创作了系列反映湘楚文化的小说,李杭育写作的描叙葛川江文化的小说,令人注目;乌热尔图以他的鄂温克文化小说而传诵一时;贺景文的写南京城南文化的小说,和改革开放很好地结合在一起……但在写文化小说的热潮中,也出现了一些低层次的作品,欣赏、玩味少数民族和落后地区中的原始的、蒙昧的、野蛮的文化因素,把它们罗列、展览出来,津津乐道。从二十世纪九十年代至今,文化小说热慢慢降温,趋于正常写作的状态。在整体小说格局中,文化小说约占5%。为了写好今后的当代文化小说,我们有必要明确:应该学习明清文化小说中一切有利于当代文化小说创作的好东西:

一是学习明清文化小说家对当时文化的精通娴熟和广泛吸收;他们不仅是小说家,而且也是某种文化的专家。如陆粲、顾起元对于明代多种文化的熟悉,使他们能够写出多篇文化小说。蒲松龄对于斗胜文化细节的精通,使他成功写出不朽之作《促织》;纪晓岚对于杂技文化的了解,使他能够写出有关杂技文化的多篇作品。

二是学习明清文化小说的创作经验,这就是我们在上面已经论述过的以人物为文化载体看重塑造好人物的经验;以文化透视社会心态,使文化小说成为了解某一时期社会心理重要窗口的经验;对正面文化、负面文化分别采取明确的思想立场,但这种倾向性不是直接说出而是在情节、场面、场景中自然流露的经验。简言之,明清文化小说既写得好看、耐读,又具有审美价值,而且给读者以思考的空间,它们的创作经验至今给我们以有益的启示。

三是学习明清文化小说艺术风格的多样化。明清文化小说,或朴素、简约;或清淡、隽永;或华丽、多采;或汪洋、恣肆;或小桥、流水;或雄浑、豪迈……一篇小说有一篇小说的艺术风格;一个作家有一个作家的艺术风格,真正做到了"百花齐放"。在中国小说史上留下篇页的明清文化小说和文化小说家,都有自己独特的风格。

当代文化小说家是明清文化小说家的合法继承人。只要我们创造性地借鉴明清文化小说,在它们的基础上更上一层楼,我国的当代文化小说一定会站在世界小说的前列!

参考文献

1. 鲁迅:《中国小说史略》,人民文学出版社1952年2月出版。
2. 沈伟方、夏启良选注:《汉魏六朝小说选》,中州书画社1982年5月出版。
3. 吴礼权:《中国笔记小说史》,商务印书馆国际有限公司1993年8月出版。
4. 谈凤梁主编:《历代文言小说鉴赏辞典》,江苏文艺出版社1991年7月出版。
5. (唐)段成式撰:《酉阳杂俎》,中华书局1981年12月出版。
6. (宋)王谠撰、周勋初校证:《唐语林校证》,中华书局1987年7月出版。
7. (清)余叟辑:《宋人小说类编》,北京中国书店1985年9月出版。
8. (清)沈起凤著、乔雨舟校点:《谐铎》,人民文学出版社1985年1月出版。
9. (清)纪昀(晓岚)著:《阅微草堂笔记》,巴蜀书社1995年9月出版。
10. 汪辟疆校录:《唐人小说》,上海古典文学出版社1955年12月出版。
11. 陈辽著:《新时期的文学思潮》,辽宁大学出版社1986年6月出版。

(原载《南京社会科学》2006年第2期)

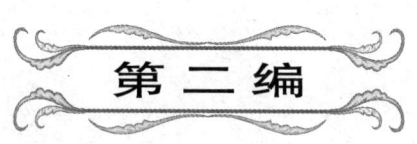

第二编

现代当代文学和华文文学研究

铁划银钩出"金环"

《野火春风斗古城》里的金环,是一个有着鲜明个性的、激动人心的新英雄形象。她,浸透着革命理想主义,对党的事业无限忠贞,大胆泼辣,心直口快,机智能干,朝气蓬勃。她在书中虽然光荣地牺牲了,但她的光辉形象,却将永远活在我们的心里。我们知道,在文学作品里把一个人物写好、写活并不是一件容易的事;把一个新英雄人物写好、写活更不是一件容易的事。因为新英雄人物是我们时代的新人,我们描写他们还缺乏更多的经验。那么,李英儒同志是怎样在《野火春风斗古城》中塑造出金环这样一个人物的呢?

如何使书中主要人物一出场就立刻在读者心目中产生深刻的印象,常常是作家煞费苦心的一件事。因为这在很大程度上关系到这个主要人物能不能抓住读者。在《野火春风斗古城》里,我们可以看到,每一个主要人物的出场都经过作者精心的设计。而对于金环,作者更花了一番心血,使她一出场就很有气势,并带有一种传奇色彩。

神枪手老梁把杨晓冬安安稳稳地护送过了封锁沟。一路上,老梁以他的声威吓退了一小群特务,一枪打灭了伪军炮楼上的挂灯,真是威风凛凛,气概不凡。谁知到了目的地以后,老梁却对那个"女房东"服服帖帖,说起话来好像小学生向老师请假似的。接着,从老梁对杨晓冬的介绍里,我们知道了她的名字叫金环;又从杨晓冬的眼里,我们看到了她的外部形象。这一段描写,使得金环一出场就引起了我们的注意,并产生了一种吸引我们的力量。

但是,作者懂得,仅仅这些描写,还不过是给金环画了一帧肖像。

要使她在读者面前站立起来，使人看出她是一个崭新的巾帼英雄，还必须让她参与各种尖锐、复杂的斗争，从尖锐、复杂的斗争中来显示她的一切优良品质。因为我们的新英雄人物都是在矛盾、斗争中站立起来的，只有用斗争的烈火，才能照亮我们的新英雄人物金环的形象。因此，作者没有让金环闲在家里，而是让她带上杨晓冬很快走上了到省城去的道路。

一路上，金环和伪军冲突过。也对她父亲使过心计，好叫他同意去接杨晓冬。而她带领杨晓冬进省城，更是一场不平凡的充满着惊险紧张的事件。通过这些斗争，作者着力地表现了金环的机智果断、大胆泼辣和锋芒外露的性格特征，展示出金环对领导同志的安全无限关怀和对敌人的丑行高度仇恨的革命品德。在后来她在赵医生家院里和特务队长蓝毛的一场唇枪舌剑的斗争中，她更有意识地利用她的泼辣，为杨晓冬的寻求对策赢得了时间，从而为过路的首长保证了生命安全。她这种"豁出一身剐，敢把皇帝拉下马"的斗争精神，她这种个人安危事小、同志安危事大的高尚风格，赢得了我们对她的深深喜爱。金环在这些矛盾斗争中的英雄形象，也使我们很自然地想起这里有着《水浒传》中的顾大嫂和孙二娘的面影。可以这样猜测，作者在创造金环这一人物时，曾经从古典小说中的巾帼英雄的形象里，借鉴过、吸收过一些东西，并且有意识地使金环这一人物形象和她先辈的巾帼英雄在精神上有着某种继承关系，但同时在思想基础方面却又使金环和她们有着根本的区别。这就是金环对同志的出力救护是建立在对革命事业负责的思想基础上的，而顾大嫂、孙二娘对亲朋的救护却不过是出之于私人的义气。但由于金环的英雄形象和这些前辈的巾帼英雄有着这样的"推陈出新"的继承关系，却使这一人物更加和我们接近，我们理解她也就更加变得容易了。如果我们这样的理解不错，那么我们认为，在创造新英雄人物形象时，像作者那样，批判地吸收和借鉴我国古典小说中某些英雄形象思想精神上和外部形象上的某些东西，借以充实我们的新英雄人物，使他们更容易深入人心，实在是一种值得肯定的尝试。

但是作者并没有满足于这些描写，他还想把金环写得更深刻一些，发掘出她思想深处的美。正当他的妹妹银环为爱情问题苦恼,觉得"做个女人难着哩"的时候,我们听到了金环的琅琅的声音:"真正好藕,不怕污泥,清水一涮,总是鲜白洁净,一点也沾染不到身上。"她也正是抱着这种态度,无所畏忌地与敌人周旋的。而在后面,我们更看到,当她听到被俘过来的伪军赵黑锅的不幸遭遇以后,她和赵黑锅两个人都哭了。当她知道了汤二狗从小没爹没娘当流浪儿的痛苦经历以后,她很好地安慰他,并把衣袋里的零钱统统掏给他。这些描写,使我们看到了金环的美丽的内心世界,她的心灵是多么高尚、纯洁,又是多么富有革命的友爱精神啊!原来她不仅是一个对敌斗争的"闯将",而且也还是充满了深厚感情的热心肠的人。通过这些描写,金环的性格得到了深化,她的精神上的美也展示出来了。

　　但是,金环的英雄形象还未最后完成。因为,我们可以看出,直到现在为止,人物形象和人物的思想还不是结合得那么密切,英雄人物也还未经受最严重的考验。而这些,却是在新英雄人物创造上决定某个新英雄人物是否具有历久不衰的生命力的问题。于是,作者以他的全部功力来完成刻画金环的最后一笔。

　　被捕以后,在敌人的审讯室里,作者充分描写了金环的顽强不屈的斗志,随机应变的才能,不放过任何一个能够埋葬敌人的机会的智慧,在斗争中永远掌握主动权的本领,从而使金环的形象放出了夺目的光彩。这时,我们也才真正体会到,金环性格上的锋芒外露的特点,原来是可贵的革命的锋芒,这种锋芒就像是一个勇士的宝剑上的锋刃一样,只是针对着敌人的。在金环的锋芒所向下,敌人只能一个个败退。在这一段描写里,人物形象和思想密切地结合在一起。通过金环的行动可以透视出她的思想,而她的思想也完全在她的行动中得到了有血有肉的体现。应该承认,这时作者已经基本上完成了金环这个人物的创造。但是,如果我们作进一步的要求,那么我们还会发现,金环的创造也还未最后完成。因为,我们对金环的内心世界中的最隐蔽的也是最高贵的东西毕竟还有一些未曾了解。作者似乎也意识到了这一点,于是他为我们也为金环创作了一封令人难忘的长长的遗书。

有的同志认为，金环这个人物的创造，是在金环就义前写出了那封长信以后才最后完成的。这一点也不错。正是那封长信，照亮了她性格上所有可贵的和可爱的各个方面，也照亮了她一生所走过的道路。金环内心深处的最美丽的东西，也在这封长信中得到了鲜明、具体的表现。在那封信里，金环倾泻着她抒情的独白，充满了强烈的革命乐观主义，洋溢着对党对人民的爱，也渗透着对民族敌人和阶级敌人的恨。可以说，那封在思想性和艺术性方面都达到了高度统一的长信，在从古至今的文学作品里也是并不多见的。整个说来，它就是一首响彻着共产主义声音的美妙动人的长诗！

这封信在塑造金环这个人物上的最大作用，就在于作者利用了这种最易于流露内心感情的书信形式，充分地揭示了金环的精神世界，使思想和前面所创造的金环的形象得到了最好的结合，从而使金环这个人物的创造得到了最后的完成。当然，作者也可以用其他手法来最后完成金环的创造，但在金环当时所处的特定环境下，选择书信的形式，让金环抒发她在就义前的思想、愿望和要求，显然是更加有利于人物形象的创造的。

值得注意的是通过那封长信可以看出作者对金环是多么熟悉，多么理解。金环在被捕以后的想法和可能采取的行动，金环对生活和爱情的看法，金环对未来的理想和要求，金环就义的决心，作者简直是了如指掌。而没有这种熟悉和理解，作者要写出那封长信是不可能的。同时，从那封长信里，我们也可以看出，作者在创作那封长信时所选取的那个思想角度也是很高的，他不是以一般的"杀身成仁，舍生取义"的角度来写金环当时当地的思想感受，也不是单纯地写金环勇于献出自己的生命，只是为了抗日战争的胜利，是而是从社会主义和共产主义的思想高度赋予金环以伟大壮丽的理想以及由这种理想所产生出来的那么震撼人心的语言和行动，这样就使得金环这个人物具有更高的典型意义。她不是一般的仁人志士，也不是一般的民族英雄，而是一个浸透着共产主义理想的工人阶级先锋队员！也正是在这里，我们也同时看到了作者在创作上的革命的现实主义。他一方面真实地、具体地、历史地描写金环在特定环境下的思想和行动,另一方面又是那么热情地歌颂金环,使金环沐浴在共产主义的阳光下,并给她涂上浓厚的传奇色彩,从而使金环获得了特别魅人的力量!这些对金环形象的完成起着重大作用的因素,我们是决不能加以忽视的。

就这样,作者以他的铁划银钩为我们创造了一个新的巾帼英雄形象——金环。这个人物形象将在我们的心里长远地占有一个位置。我们为李英儒同志在创造新英雄人物方面所取得的成就感到高兴,并预祝他在今后在创造新英雄人物方面取得更新更大的成就!

(原载《雨花》1959年第10期,后收入《中国新文艺大系·评论卷》[1949—1966])

我对《娄山关》一词的理解

——与郭老商榷

毛主席的《娄山关》，正如主席的其他诗词作品一样，是充满了豪情壮志而又具有高度艺术魅力的一首杰作。郭老在3月7日中国作家协会广东分会和《羊城晚报》副刊部联合举行的诗歌座谈会上解释了这首词，对这首词的思想意义有所阐明。读后得到不少教益。但是，其中有些解释，觉得也还不能令人完全信服。现就我个人学习这首词的一些体会，提出一些不同的意见，敬与郭老与读者商榷。

为了正确地理解《娄山关》这首词，首先辨明这首词的写作日期是很有必要的。周振甫在《毛主席诗词讲解》的注释中认为，这首词写于1935年1月；郭老也说："主席长征时，两次过遵义，都是在1935年1月份。"看来郭老也认为这首词写于1935年1月。其实，这首词并非写于1935年1月，最早也得写在1935年2月26日红军第二次攻占娄山关以后。原来，在红军长征途中，娄山关战斗曾发生过两次。一次在1935年1月遵义会议以前的1月8日，一次在遵义会议以后的2月26日。（按：请看《红军长征在贵州》一书中的有关记述）第一次攻占娄山关是在遵义会议召开以前，那次战斗一般说来还是比较顺利的。遵义会议后不久，中央即从遵义出发经桐梓、松坎、赤水北进，准备过长江与红四方面军会合。其后，我军在川、滇、黔边区，先后占了扎西等县城，扩军、筹款、开展群众工作，声威大震。蒋介石为堵截我军北渡长江，急忙调动滇、黔、川的军阀部队和他的中央军，沿江设防，日夜赶筑防御工事。很显然，在强敌面前我军北进是不利的。于是乃乘贵州境内空虚之际,出敌不意,突然回戈东进,把敌人甩在长江两岸。我军占领桐梓城后,得悉王家烈的一部分部队正由遵义(按:此时遵义又落入王家烈军队手中)向桐梓急进中。于是军团首长确定战斗部署:不仅要夺下娄山关,打通去遵义的道路,而且要把守关的敌人消灭,为乘胜重占遵义创造条件(请参看张爱萍《从遵义到大渡河》一文,《星火燎原》第3册58~59页)。至于第二次娄山关战斗的激烈情景,在雪枫的《娄山关前后》一文中(载《中国红军第一方面军长征记》)已有十分具体翔实的描写,这里不再引述。总的来说,第二次娄山关战斗比之第一次娄山关战斗要激烈、紧张、艰巨得多,意义也重大得多。《娄山关》这首词显然不是写的遵义会议前的第一次娄山关战斗,而是写的遵义会议后的第二次娄山关战斗。写作日期最早也得在1935年2月26日第二次娄山关战斗以后。

其次,应该弄清楚《娄山关》的上阕和下阕的艺术内容究竟写的是什么。郭老有一个意见很可贵,即认为这首词是遵义会议这个分水岭的反映。但是,这首词对遵义会议的反映,是否如郭老所解释的,上阕写的是遵义会议前的情况,下阕写的是遵义会议后的情况,却不免使我发生疑问了。第一个疑问是,如果按照郭老那样的解释,这首词写的只是遵义会议前后的两种不同情况,其中并无对第二次娄山关战斗情景的任何形象描绘,那么这首词又为什么题作《娄山关》呢?第二个疑问是,毛主席对长征中的红军英雄行为的评价一直是很高的,在《长征》一诗中,对遵义会议前的红军行动情况的描写也是"五岭逶迤腾细浪,乌蒙磅礴走泥丸",在这些评价和描写里,并没有"马走得不起劲,喇叭声也在呜咽,气氛是悲壮的"的意味,这里的矛盾又该怎样解释呢?其实,在辨明了这首词的创作日期以后,《娄山关》这首词上阕和下阕所描写的情景是可以得到比较符合原作实际情况的解释的。

这首词题名《娄山关》,上阕写的是当时娄山关战斗的紧张、激烈的情景,强烈地渲染了当时的战斗气氛,表现了伟大的统帅兼诗人对红军指战员前仆后继英勇牺牲精神的崇高敬意。下阕写的是战斗胜利后的喜悦以及对未来中国革命前途的必胜信心和决心,典型地表现了遵义会议后全体红军指战员的共同感受。全词的大意是:"西风在猛烈地劲吹,飞雁在长空啾啾地鸣叫,这是一个凛冽寒冷的霜晨。就在这凛冽寒冷的霜晨里,英勇的红军指战员鞭策着马儿从正面从侧面向敌人发起了攻击,那战斗的号角也发出了鼓动指战员冲锋前进的的的打打的声音。在经过一场激烈的战斗后,雄关终于被红军占领了。说什么娄山关这样的雄关是一座无法攻破的铁门,现在我们正迈开大步从关头跨越过去了。同志们,迈开大步从关头跨越过去吧,前面是一片多么广阔多么美妙的天地:苍山像海一样地起伏,夕阳的光辉如血一般的艳丽。前进!前进!向着新天地前进!"从毛主席的战略眼光看来,革命的敌人并不可怕,更不是不可攻破的铁门,它本质上只是一只纸老虎。尽管过去的中国革命由于主观指导上的错误受到了很大的挫折,但只要我们今后同心同德团结在新的党中央的领导下,就是在今天从头干起,最后胜利也一定是我们的。"苍山如海,残阳如血"便是未来中国革命的美妙前景。而这样的思想感情也恰好是全体红军指战员在遵义会议后的共同的思想感情。因此,这首词确如郭老所说是反映了遵义会议这个中国革命的分水岭,但是它并不是如郭老所解释的那样直接的反映,面是一种曲折的反映。全词情景交融,典型地表现了遵义会议后全体红军指战员的战斗意志和对未来中国革命充满了必胜信心的革命乐观主义。所谓"其称文小而其指极大,举类迩而见义远",不是毛主席那样的大手笔,是决不能写出这样的绝妙好词的。

最后,解释一下容易引起误会的上阕所描写的景物的时令问题。"西风烈,长空雁叫霜晨月",从常理看来,应该是秋天的景物。但是,实际上这样的景色恰好是阳历2月底3月初贵州遵义、娄山关一带地方的典型景色。原来贵州遵义、娄山关一带地方,那里的气候和我国北方及沿海一带地方的气候差别很大。在2月底3月初的时候,经常刮的是猛烈的西风而不是初春的微风,还经常下霜。本来从北方飞到南方避寒的大雁,也恰好在这个时候重新从南方飞回北方,贵州的遵义、娄山关一带地方,正是它们北归的必经路线。因此,毛主席词中的"西风烈,长空雁叫霜晨月",乃是对当时当地景物真实的、形象的、典型的描绘,又正好渲染了当时的战斗气氛。这只要我们请问一下贵州地方长大的同志,他们就会告诉我们说:这一切都是真实的!

(原载《羊城晚报》1962 年 5 月 18 日第 2 版)

附:

三十九年前我与郭老的一次"争鸣"

1962 年 5 月 18 日《羊城晚报》2 版,发表我与郭老(沫若)"争鸣"的文章《我对〈娄山关〉一词的理解——与郭老商榷》。因毛泽东主席指出郭老对《娄山关》一词的解释"错了",所以郭老并未对我进行反批评。真实情况如下:

毛泽东主席《娄山关》一词,最早发表于《诗刊》1957 年 1 月号。1962 年 3 月 7 日,中国作家协会广东分会和《羊城晚报》副刊部联合举行诗歌座谈会,郭老对《娄山关》一词作了解释。1962 年《人民文学》编辑部发表毛泽东词六首(内含《娄山关》)前抄送郭老。郭老于 1962 年 5 月 1 日写成《喜读毛主席〈词六首〉》一文,其中对《娄山关》的解释重申了他在广州诗歌座谈会上的说法。郭老在《喜读》一文中说:"我对于《娄山关》这首词作过一番研究,……发现了问题。红军长征第一次由遵义经过娄山关,是在 1935 年 1 月,第二次又经过娄山关回遵义,是在当年 2 月。就时令说都是冬天。为什么词的上阕写的却是秋天?'西风'、'雁叫'、'霜晨',都是秋天的景物。这怎么解,要说主席写词不顾时令,那是说不过去的。因此,我才进一步知道,《娄山关》所写的不是一天的事。上阕所写的是红军长征的初期,那是1934年的秋天;下阕所写的是遵义会议之后,继续长征,第一次跨过娄山关。想到了这一层,全词才好像豁然贯通了。"他还说:"我对于《娄山关》一词作了这样的解释,我虽然没有当面问过主席,不知道我的解释究竟是否正确,但在广州的诗歌座谈会上,我很高兴同志们同意了我的见解的。"然而,对于郭老在广州诗歌座谈会上对《娄山关》一词所谓"上阕所写的是红军长征的初期,那是1934年的秋天;下阕所写的是遵义会议之后,继续长征"的解释,我表示不能苟同,乃写了《我对〈娄山关〉一词的理解——与郭老商榷》一文,投寄《羊城晚报》,《羊城晚报》迅速予以发表。我根据《红军长征在贵州》、张爱萍的《从遵义到大渡河》等书、文的记述,并向参加长征的老红军作了调查,提出:《娄山关》一词写的是红军第二次攻克娄山关,而且写的是一天的事,"西风烈,长空雁叫霜晨月","从常理看来,应该是秋天的景物。但是,实际上这样的景色恰好是阳历2月底3月初贵州遵义、娄山关一带地方的典型景色"。我原来以为喜爱"争鸣"的郭老会著文反驳我的意见。然而,迄郭老逝世为止,我都没有看到郭老的反驳文章。

原来,郭老曾把《喜读》清样送请毛泽东主席"加以删正"。毛泽东主席在看了《喜读》一文清样后,将郭老关于《娄山关》的解释部分全部删去,在清样旁边的空白处,以郭老的口吻写了一段文字,长达五六百字,其中写道:"我对于《娄山关》这首词作过一番研究,初以为是写一天的,后来又觉得不对,是在写两次的事,头一阕一次,第二阕一次。我曾在广州文艺座谈会上发表了意见,主张后者(写两次的事),而否定了前者(写一天),可是我错了。这是作者告诉我的。"(着重点是陈辽所加)"在接近娄山关几十华里的地点,清晨出发,还有月亮,午后二三时到达娄山关,一战攻克,消灭敌军一个师,这时已近黄昏了。"但毛泽东主席的这段改文送给郭沫若时,未能赶上《人民文学》的出版时间,所以1962年5月12日出版的《人民文学》以及同日转载郭文的《人民日报》、《光明日报》都没有按毛泽东的改文排印。仍按郭老的《喜读》原文刊出。

当然,以上这些情况,在我写《我对〈娄山关〉一词的理解——与郭老商榷》时一点儿都不知道。我只是在读了1994年出版、季世昌主编的《毛泽东诗词鉴赏大全》第98～100页后才知道这些情况。但是,郭老之所以未写反驳我的文章,却终于弄清楚了,因为毛主席在改文中已经明确指出:"否定了前者(写一天)","错了"。

(原载《黄山松》2002年3期)

不能遗忘的"寿星"作家包天笑

在出生于晚清、开始创作于晚清的作家中,最长寿的当推包天笑。他生于1876年3月,卒于1973年10月30日,享年九十八岁。他创作、出版各类小说一百多种,散文多种,还编写过一些电影剧本,在文学史上留下了不可磨灭的业绩。我们不能遗忘这位"寿星"作家。

包天笑,江苏苏州吴县人。原名公毅,字朗孙,笔名甚多,但以包天笑著名。他五岁(虚岁)即上学。少年时博览群书,为后来的文学创作打下了深厚的知识基础。1894年,他考上了秀才,考官对他试卷的批语是"文有逸气"。晚清时,新学渐兴,他学习了日语、英语和法语。他走上创作道路,是从翻译外国小说开始的。他和林纾一样,以文言翻译外国小说,所以曾有"北林南包"的说法。起初,他和杨紫驎合译英国小说《迦因小传》;以后,他又从日文翻译了小说《三千里寻亲记》(原作是意大利文)和《铁世界》(原作是法文)。在包天笑的译作中以《苦儿流浪记》、《馨儿就学记》(后来夏丏尊译为《爱的教育》)、《弃石埋石记》的读者最多。《馨儿就学记》发行量达数十万册;《苦儿流浪记》被改编成电影,影响都很大。

包天笑继翻译外国小说后进而自己写作小说。他曾以秋瑾作为书本的主人翁,贯穿以各处革命的事迹,创作了《碧血幕》(未写完)。以梅兰芳为书中主要贯串人物,反映晚清、民国初期社会生活的《留芳记》,林纾在《弁言》中称许它"详载光绪末叶,群小肇乱取亡之迹,咸有根据。中间以梅氏祖孙为发凡,盖有取於太史公之传大宛,孔云亭之成《桃花扇》也",评价是很高的。包天笑出版的小说很多,除《碧血幕》、《留芳记》外,《拈花记》、《非小说》、《春江梦》、《慧琴小传》、《海上蜃楼》、《上海春秋》、《冠盖京华》、《雨过天青》、《心狱》、《空谷兰》、《梅花落》、《燕支井》、《富人之女》、《千年后的世界》、《生活的裂痕》、《青灯回味录》、《铁窗红泪记》、《六号室》、《燕归来》、《降城痛语》、《蛇环记》、《甲子絮谈》、《秘密使者》等作品,在当时也是有名的。他的短篇小说《一缕麻》,既被梅兰芳改编成京剧、袁雪芬改编成越剧演出,又被中国明星公司改编为电影《挂名夫妻》上映。

包天笑还涉足影坛。他应上海明星公司之约,先把他的小说《空谷兰》、《梅花落》改编为电影。《空谷兰》一炮打响,上映后接连几天满座。这是拍的无声电影,放映时有剧情说明,告诉观众,这是怎么一回事;那个人咀唇在动,就说他是说的什么一句话。"到后来有声电影也来了,彩色电影也来了,明星公司总不肯放弃这《空谷兰》影片。一再重新翻印,以胡蝶代了张织云(饰演女主人公的演员)的一职。直至周剑云夫妇陪同胡蝶,作苏联欧陆之游,还带了《空谷兰》同行,到处公映"。(《钏影录回忆录续编》)他还曾把托尔斯泰的《复活》改编成电影《良心复活》,他把俄国事改成中国事,小说里面的所有人名也都改成了中国人名。《复活》前加"良心"二字,则是郑正秋的主意。影片上映后,也颇受观众欢迎。

包天笑的散文写得很好。他的《钏影楼回忆录》、《钏影楼回忆录续编》、《衣食住行的百年变迁》,风行于台湾、香港、澳门和东南亚华人社会。在《钏影楼回忆录》及《续编》中,包天笑写了晚清、辛亥革命、北洋军阀统治时期、国民党统治时期、八年抗日战争至中华人民共和国成立前他的所见所闻,"娓娓叙述当年知识分子、学校、学生、报馆种种,使我们对那个时期的社会,以及知识分子的生活思想,增加了许多亲切的认识。"(柯荣欣:《钏影楼回忆录序》)。两书既是清新、优美的散文集,又是当时社会情况的实录,集纳了有关中国近代史、现代史的许多珍贵史料。

中华人民共和国成立时,包天笑先生身在台湾,后来他设法到了香港,在那里定居。他在台湾时,即不满国民党政府而对中国共产党同情。1949年10月14日他在日记中写道:"我可不敢相信(国民党)报上所载的自称胜利的消息,每次登载胜利以后,不一日即发见大不胜利的消息也。"1949年10月27日日记中,他又写道:"叶剑英已到了广州,将一切非法投机分子,包围缴械。"他到香港定居后,更对新中国表示友好。如他在《回忆毕倚虹》中写道:毕倚虹的四子毕庆杭(即著名作家毕朔望),"知已参加共产党","新中国成立以后,知其为印度大使馆一等秘书,并迎养其母杨夫人。故人有后,足令后死的老友,为之欣慰不已。"这也是很可贵的。

对于这样一位经历了几个时代、在文学史上留下了诸多贡献的"寿星"作家,我们是不能遗忘的。

(原载《经贸导报》1996年4月19日)

瞿秋白的"民本"思想

中共中央总书记胡锦涛最近在《在全国宣传工作会议上的讲话》中说:"……必须坚持以人为本。既要坚持教育人、引导人、鼓舞人、鞭策人,又要做到尊重人、理解人、关心人、帮助人……"胡锦涛同志还说过:"权为民所用,情为民所系,利为民所谋","以人为本",即"以民为本"。中国政府改革也在"以人为本、求真务实"的思想指导下深入挺进。"以人为本"已成为国家的价值观。在此情况下,在纪念瞿秋白诞辰105周年之际,重温瞿秋白在民主革命时期的民本思想,对于我们加深对"以人为本"思想的理解,贯彻、落实"以人为本",有着重要的现实意义。

瞿秋白是在1919年倾向马克思主义时提出"民本"思想的。1917年9月,瞿秋白考入北洋政府外交部部立俄文专修馆。"一九一八年开始看了许多新杂志,思想上似乎有相当的进展,新的人生观正在形成。"(见《多余的话》)1919年,"五四"运动爆发,瞿秋白投身于这一运动并站到了运动的前列。1919年11月,瞿秋白与郑振铎、耿济之、瞿菊农、许地山等人一起创办并主编了《新社会》旬刊。据郑振铎回忆,瞿秋白在当时已经明显倾向马克思主义:"在编辑(《新社会》)过程中也不是没有争论的,秋白那时已有了马克思主义者的倾向,把一切社会问题,作为一个整体来看。我们其余的人,则往往孤立地看问题,有浓厚的唯心论思想。"(郑振铎:《忆瞿秋白同志早年的二三事》,《新观察》1955年第12期)就在1919年11月21日,瞿秋白在《新社会》旬刊第三号刊登的《革新的时机到了》一文中,明确提出了"民本"思想:"我们所以求普遍的是什么?是求实现真正的民主,民治,民本的国家或世界。(of the people, by the people, for the people)这是什么？这就是'德谟克拉西'主义 De mocracy。""从前中国的革新运动——戊戌新政,庚子以后的新政,辛亥革命,几次几番的再造共和——都不是真正的革新,因为总带着'君子小人'主义的色彩。现在'德谟克拉西'到了中国了！革新的时机真到了！"如何实现"民主,民治,民本的国家或世界"呢？瞿秋白提出:"我们应当:一、竭力传播德谟克拉西;二、竭力打破'君子小人'主义;三、竭力谋全人类生活的改善;四、到穷乡僻县——远至于西藏、蒙古、新疆——去,实施平民教育;五、实行'工学主义'、'学工主义';六、研究科学,传播科学。"(《瞿秋白文集》政治理论编第1卷,第25页,人民出版社1987年出版)值得注意的有这么几点:一、瞿秋白把"民治、民有、民享"改造为"民主、民治、民本",在"五四"运动以后他最早提出了"民本";二、把"民本"与"民主、民治"联系到了一起;三、指出了实现"民主、民治、民本"之路。瞿秋白的"民本"思想,是富有创意而光彩熠熠的。

瞿秋白在1919年提出"民本"思想并非偶然。在1919年1月至6月的巴黎和会上,英、美、法等国不把中国人当人,无视中国的主权和战胜国地位,无理决定让日本继承战前德国在山东的特权,引起全国人民的抗议。在国内,虽然中国已经成了"民国",但不把人当人的丑恶现象,触目可见。正是在这样的历史背景下,倾向马克思主义的瞿秋白提出了"民本"思想。此外,瞿秋白出生在一个已经没落的、经济日渐困窘的"士"族家庭。从小在清苦的生活线上浮沉。因此他在少年时即对穷人抱有深厚的同情。他身上只要有一些铜板,总要掏出来送给向他求乞的乞丐。有次,他见到一个小朋友光着背在风里发抖,就脱下身上的一件褂子给小朋友穿。在他十岁那年,他就有了"要把人当人"的思想萌芽。据他1932年6月10日写给鲁迅《关于整理中国文学史的问题》的一封长信,他提到了这么一桩"小时候强烈的印象和记忆"的事件:大概是十岁那年的"大年初一",他正在看爸爸买给他的《三国演义》,"正看得得劲的时候,听见哗朗朗的一声响,像是整桌的碗盏都打翻在地下了,接着就是父亲的骂声:'混账东西,办他！拿我的片子,送他到衙门里去!'后来,我打听着,那被'送去'的人是打了二十下屁股。为着什么事情——我记不得了,但是,随便拿一张大红名片可以打人家的屁股,这使得我非常的奇怪。而且衙门究竟是什么东西,我也是那时候打听清楚的。因此,'张飞大打督邮'那一回书,我看得特别有滋味;而尤其有意思的是张角他们的造反。我想:'你们要打人家的屁股,人家自然要造反,为什么又要叫人家是黄巾贼呢?"瞿秋白的同情是在被打屁股的人们那一边。这一家庭背景,也是瞿秋白在1919年提出"民本"思想的重要因素。所以,恰恰在1919年由瞿秋白提出"民本思想",是十分自然的。

其后,在"民本"思想上,瞿秋白又不断有所发展而形成了一个比较完整的理论。

民本,民本,就是以人民为本;在中国,就是以"工、农、商、学、兵"为主体的人民为本,特别是以农民为本,这在瞿秋白是很明确的。1926年8月,他说:"中国的国民革命是各阶级的,城市中的小商人(有时大商人也来参加)、工人、农民,以及革命的知识分子、小资产阶级各阶级的人们都需要这样的革命,这一个革命工作必定要解决农民问题,解决了农民的一切苦痛才能说是国民革命成功。""在这样形势的战阵中,革命的队伍里也有民族资产阶级参加,他们是与买办阶级不同,需要反对帝国主义的,可是与工人、农民大不相同。"(《国民革命中之农民问题》,《瞿秋白文集》政治理论编第4卷,第391页,人民出版社1993年版)为什么民主革命必须以农民为本呢? 因为,"国民政府能够得到农民,则国民政府才能巩固,反帝国主义的斗争才能得到胜利"。"五卅运动的一大狂澜因为缺少农民参加(虽有红枪会等起来,但是太少,太迟了),致五卅运动没有结果。"(同上,第393页)1927年,瞿秋白为《湖南农民革命》(即《湖南农民运动考察报告》)写序时说:"中国农民要的是政权,是土地。因为他们要这些应得的东西,便说他们是'匪徒'。这种话是什么人说的话! 这不但必定是反革命,甚至于不是人。""中国革命家都要代表三万万九千万农民说话做事,到战线去奋斗,毛泽东不过开始罢了。"(《〈湖南农民革命〉序》,同上,第574页)民本、民本,在民主革命时期就是以农民为本,这是瞿秋白的一贯思想。

如果说,瞿秋白的"民本"思想落实到群体,以工、农、商、学、兵为本,特别是以农民为本;那么,落实到个体的人,则以发展个性为本。他在《赤都心史·"我"》一文中认为,"'我'的意义:我对社会为个性,民族对世界为个性。"具体而论,人处于各种民族不同的文化相交流或相冲突之时,在此人类进步的过程中,要么"能为此过程尽力,同时实现自我的个性,即此增进人类的文化";要么"自疲其个性,为陈死的旧时代而牺牲";甚至"泊没民族的个性,戕贼他的个我,去附庸所谓'新派'。"瞿秋白走的是第一条路,"盼望'我'成一人类新文化的胚胎","新时代"的"活泼稚儿"。(《瞿秋白文集》文学编,第1卷第212~213页)从"民本"思想出发,瞿秋白主张每个人"既发展自我的个性,又能排除一切妨碍他的主观的困难环境而进取,屈伸自如,从容自在"(同上,第212页)。在群体问题上,"民本"以人民为本,特别是以农民为本;在个体问题上,以人为本,以发展人的个性为本,这是瞿秋白对"民本"思想的丰富与发展。瞿秋白号召:只有"推倒世界列强的压迫","中国真正的平民的民主主义"才能实现!"全国平民应当哑哑兴起,——只有群众的热烈的奋斗,能取得真正的民主主义,只有真正的民主主义能保证中国民族不成亡国奴,切记切记!"(《最低问题——狗彘食人之中国》,《瞿秋白文集》政治理论编第1卷,第413页)

瞿秋白的"民本"思想,其后又在与"自称为'人权运动者'的大学教授胡适之、罗隆基等"错误言论的斗争中得到了发展。瞿秋白在《中国人权派的真面目》(1931年11月10日)中揭露,胡适之、罗隆基等人的"中国民权派",替地主资本家想着"出路";赞助国民党政府屠杀人民的"聪明"方法;用"共产嫌疑"恐吓国民党;用"共产是以召共管"来吓人;用"流氓土匪"的口实反对真正的民权;"总之,中国人权派的立场,根本上是和国民党完全相同的。"因此,为着民主、民治、民本的国家或世界,就必须"实行无情的反人权派的斗争",拆穿人权派的所谓"民治","是为着铲共的利益的";"罗大人(指罗隆基)的所谓'自由'和'民治'的目的是在保持国民党——帝国主义走狗地主资本家的统治。"(《瞿秋白文集》政治理论编第 7 卷,第 170 页~第 190 页)此文一出,罗隆基等人哑口无言,真正的民主、民治、民本思想得到了弘扬和发展。

　　学习瞿秋白的"民本"思想,在当前有着重要的现实意义。在今年的全国人代会上,温家宝总理所作的政府工作报告,对宪法条文的修改,都贯穿着"以人为本"的精神。海外媒体称,中国进入"以人为本"的新时代。把"三农"问题作为改革中必须解决的问题,是"以人为本"思想的具体体现,也是瞿秋白在民主革命时期"民本"思想在新的历史条件下的发展。在中国共产党的领导下,中国人民推翻了三座大山,建立了中华人民共和国。如今中国共产党的领导人又强调"以人为本",进行改革;瞿秋白所期盼的"民主、民治、民本的国家"的理想将在不久的将来完全实现。我们大家都应该行动起来,为"以人为本",民主、民治、民本国家的早日到来而努力奋斗!

(原载《瞿秋白研究论丛》第 1 期,2005 年出版)

台湾、香港及海外学者对陈独秀的研究

2003年是陈独秀诞辰125周年。2003年10月在南京举行了陈独秀研讨会,对中国共产党的创始人、我国著名的学者、思想家陈独秀的思想、学术、文化、生平、他与他同时代的名人、他与共产国际等问题,进行深入而自由的讨论。在此情况下,我们把20世纪50年代以来台湾、香港及海外学者对陈独秀的研究加以梳理,吸取其"合理的内核",指出其缺失,对于我们更好地研究陈独秀是有一定参考价值的。"他山之石,可以攻玉"嘛!

一、台湾、香港学者对陈独秀的研究

国民党政府兵败台湾,原已投降国民党的托派任卓宣(叶青)等人,也随之到了台湾。他们偶有回忆和谈论陈独秀的文字,但无甚价值。倒是台静农、胡秋原、郑学稼三位老人对陈独秀的回忆和评论,有足观处。台静农的《酒旗风暖少年狂——忆陈独秀先生》(载《联合报》1990年11月10日、11日),讲了他"为未能做仲甫(陈独秀的字)的学生而遗憾";陈独秀"谈及(苏)曼殊的日本女友";章士钊在陈独秀面前自称"小瘪三";陈独秀的"笔底寒潮撼星斗";"艺术趣味终未灭"和"晚年遗愿"。晚年陈独秀的气度、风貌、理想、心态,跃然纸上。由台湾"中央研究院中国文哲研究所(筹)"编印的《台静农先生珍藏书札(一)》,全为陈独秀的手迹影印,共有114封陈独秀书信手迹,弥足珍贵。文化老人胡秋原则在1996年11月14日与老人郑超麟先生的通信中,辩证陈独秀

《给H和S的信》中H是他自己，S是薛农山(Shich)(按：S实为孙几伊)；1997年1月8日致郑超麟信中，谓"弟自西游后即主张中国应实行资本主义，陈先生入川后在民生公司演讲，亦有此主张"；1997年5月31日信中，说陈独秀在抗日战争时期"坚信抗战必胜"。在他的著作《一百三十年来中国思想史纲》中，胡秋原引了三封信和一篇文章的大段原文，作了具体精辟的评介，可见胡秋原对陈独秀确有研究。早在1942年，陈独秀逝世后不久，胡秋原即写了《悼陈独秀先生》的文章，说陈独秀"是近三十年来中国文化政治史上的一个彗星，当年叱咤风云，此日销声匿迹，不能不说是一个悲剧"。这一形象的譬喻，倒也切中陈独秀的肯綮。台湾学者郑家稼于辞世后(1989年)由台湾时报文化出版企业有限公司出版的《陈独秀传》，称陈独秀为"五四新文化运动旗手，马克思主义先锋，中国共产党创始人"；还算符合实际。书中有些资料比较难得，如陈独秀晚年从江津发出的致作者的14封函件的手迹，就很宝贵。但全书反共色彩浓厚，是其失误。

  香港学者对陈独秀的研究别是一家。一是香港有托派、有托派刊物《先驱》。居住在香港的中国托派元老一丁(即楼子春)于1986年4月接受香港《开放》杂志记者访问时说："到目前为止，您知道，中共对中国托派，对陈独秀个人，曾经做了一些比较好的事情。近来我们见到，他们甚至对托洛茨基的生平和思想，都企图作出比较为公正的评价。这都是好事，值得欢迎。"(载《开放》杂志1986年4月号)，反映了今日托派(按：还在1988年，苏联政府已对托洛茨基——季诺维埃夫联盟中的托派平反，谓托派系工人运动中的一个派别，并非帝国主义收买的间谍、特务)对陈独秀的看法。如《先驱》1994年第二期发表的向青的文章：《似曾相识燕归来》，借评论唐宝林《中国托派史》的机会发表了托派的陈独秀观："一直到一九三七年抗日战争开始前，陈独秀是中国托派里面政治能力最强的一个，他比所有别人都更懂得运用托派政纲，制订实际策略。一九三一年'九一八'事变后，陈独秀非常积极地支持并且企图影响当时的抗日反国民党的群众运动，就是一个光辉的例证。""大约从一九四〇年起陈独秀倒退抛弃马克思主义，接受社会民主党那种小资产阶级民主主义的立场了。他认为一次世界大战不可能引起社会主义革命和殖民地民族独立，只能够是同盟国或者轴心国两个帝国主义集团之一胜利，同时认为民主主义的同盟国胜利比较好，所以主张支持同盟国作战。他还把独裁的苏联同德日并列为世界三大反动堡垒，主张首先打倒它们。到了这个时候，当然再没有理由把他算在托派之列。他在最后这段时期的言论，成为反对马克思主义者最爱使用的武器。这是陈独秀最大的悲剧，一生中最不光彩的事迹。"以马克思主义者自居的托派，认为陈独秀晚年与托派分手是悲剧。香港研究陈独秀的还有从大陆去香港的"南来作家"。如现年80岁的王尚政先生，原是菲律宾华侨，1949年10月归国。1979年去香港。从20世纪80年代起，即研究陈独秀，以其研究所得，写了一部专门为陈独秀辨正的纪实小说《逝水余波》。王尚政认为，陈独秀不只在创建共产党的事业中作用重大，就是"五卅"运动，也是陈独秀发动起来的。在王尚政看来，苏共在莫斯科遥控，瞎指挥，是大革命失败的主要原因。陈独秀对大革命的失败有没有责任呢？王尚政的意见是：有！主要是政治上幼稚，缺乏经验。"原因是陈独秀、罗亦农他们中能根据一些蛛丝马迹去判断对手的大致动向，抓不到真凭实据可以扭住对方喊捉贼，捉强盗！所以在总书记的口里才会有这样混淆不清的逻辑：既要让民众知道，蒋介石已成反动势力中心，又只能在口头上宣传，不能见诸文字……"而这，与党在当时还处於幼年时期政治经验不足是有联系的。陈独秀对蒋介石的反动是有预见的："但总书记看得更远，他甘冒一时之不韪，提出北伐必须真是革命的势力，要提防夹杂着投机的军人政客个人权位欲的活动。后来历史的发展不正证明总书记预见的正确吗？"特别是"陈独秀带头反对苏联的锁链，是他公开拒绝去苏联受训，是他豪迈地提出中国革命应该由中国人自己来领导——这一点，中国共产党还要经过多年的曲折斗争才能摆脱斯大林的折磨，不更显现陈独秀的高瞻远瞩吗？"王尚政认为，陈独秀能提出这一点尤其难得。至於陈独秀拒绝在党中央报刊上发表毛泽东写的有关湖南农运的文章，王尚政认为对那些生动的文学描写，读后会连声叫痛快，但揆诸当时的实际，"有土皆豪，无绅不劣"、"矫枉必须过正,不过正不能矫枉",毛泽东提出的这样一些主张,"当然必在农村得到巨大反响。但如果我们不是图一时之痛快,冷静考虑一下政策,北伐官兵受到过火农运的反响和农村经济秩序受到严重破坏等事实,就会觉得毛泽东的主张,虽然从根本上讲是有理的,但它们不正是大大超越了革命的阶段和老百姓的自觉吗?我相信当时陈独秀的拒绝党中央报刊上刊登毛的文章,和党的五大否决他(毛)的主张,决不是有什么个人的恩怨得失,而是当时政治现实的决策。""我有时不免在梦中呼唤着:毛主席呀,毛主席,你发动的文化大革命诚然伟大,但你有无感觉到这和你当年发动的湖南农民运动一样的超越了革命阶段,而变得主观、空想和情绪化了呢?"王尚政的这一看法,自然可以"争鸣",但至少不失为一家之言。即使是陈独秀的晚年,他也是优长大于过失:"他在抗日、反蒋独裁和民族大节方面,始终是立场坚定,正气凛然,行无愧怍心常坦,身处艰难气若虹,这是他被国民党拘捕,坐了五年多监牢的真实写照。"《逝水余波》写了几近十年,终于在1994年1月完稿,1994年7月,由香港河流出版社出版,在香港,在菲律宾,都有好评。无论作者的观点是否完全正确,但我国内地的史学界至少是应该对之引起重视的。此外,据日本学者石川祯浩在1999年10月5日广州中国革命史学术研讨会上的演讲:《中共创建史述评》中的介绍,二十世纪七十年代,香港出版了学者邓文光先生的《中共建党运动中诸问题》和学者司马璐先生的《中共的成立与初期活动》两部著作,其中对陈独秀也有评论。

二、日本学者对陈独秀的研究

日本与中国一衣带水,陈独秀曾经留学日本,所以日本对陈独秀的研究既有广度又有深度,堪称海外第一。还在1953年,朝日新闻社即出版了东京明治大学法学部教授横山宏章的《陈独秀传》。他"总结陈独秀一生变化",认为"陈独秀可称为清末的民族主义者、新文化运动时期的民主主义者,国民革命时期的马克思主义者。因此,研究陈独秀的妙趣,就在于追随他那令人眼花缭乱的思想变化,探讨他那既能适应革命时代,又能随时代潮流而变化的思想过程。"日本京都大学人文科学研究所石川祯浩教授于1996年1月25日写信给《陈独秀研究动态》主编唐宝林时说:"虽然我国专门研究陈独秀的人不多(我估计只有十来人),但研究中国近代史(包括陈独秀在内)的队伍相当雄厚。"这是事实。绪形康在《30年代中国社会性质论战的重新评价》一文中认为:"显然,以陈独秀为首的新思潮派轻视了外国资本对中国资本主义的垄断性和侵略性。但反过来,马克思主义阵营也忽视了在中国近现代社会中民族资本主义积极地推动了社会生产力与科学技术的发展这些事实。应当指出,马克思主义者的论断是受了30年代中共中央极左政策的强烈影响。"(见《陈独秀研究动态》第8期,1996年7月)这表现了日本学者研究陈独秀的独立精神。绪形康于1994年在中国社科院近代史研究所进行学术交流时认为:1922年9月,陈独秀在《造国论》一文中,第一次(也是中国最早)提出了"国民革命(National Revolution)"的概念;1926年9月13日,陈独秀在《答张人杰、符琇、黄世见、冥飞〈关于北伐问题〉》一信中,第一次(也是中国最早)把孙中山新三民主义的三大政策概括为:"联俄,联共,扶助农工"(原文是"中山先生拥护农工利益联俄联共,此革命政策"——编者唐宝林注)绪形康还著有《论危机——1926至1929年的中国革命》(1995年10月,日本新评论出版社出版),其中有涉及陈独秀处。日本大阪教育大学青年学者菊池一隆在《中国托派的产生、演变及其主张(1927—1934)》一文中提出,在革命斗争中,中共与托派"是一种互补的关系"。"中国共产党由城市转向农村建立根据地,开辟了最终将中国革命引向胜利的道路";"而托派留在城市,认为中国是'资本主义社会',但民主并不完备,因而强烈要求民主";"不管其主张多么对立,结果都是分别承担了农村和城市,是一种互补的关系。"(日本史学研究会编:《史林》第79卷2号,1996年3月)2002年5月27日,日本学者发起成立"日本陈独秀研究会",东京大学教授佐佐木力任会长,庆应义塾大学教授长崛佑造任干事长。佐佐木力在《吉野作造和陈独秀》一文(载中国现代文化学会陈独秀研究会、安庆市陈独秀学术研究会主办的《简报》2002年3、4合刊)中介绍,"陈独秀成为五四运动'总司令'的时候,吉野也是日本民主主义运动的旗手。"吉野"在获知中国爆发五四运动消息后","特别邀请陈独秀访问日本"。但是,"由于陈独秀在散发传单时被捕,接着虽营救出狱,但仍受警察监视而不得不流亡上海去建立中国共产党,失去了双方合作的机会。"这是很可惜的。佐佐木力在2002年7月10日日本《每日新闻》报上著文称:"如果给这位被称作'中国的托洛茨基'的陈独秀的一生下个判语,最确切的就是'彻底的民主主义的永久革命者'吧。"2002年11月9日,日本陈独秀研究会举行成立纪念演讲会。长崛佑造教授的讲题为《陈独秀与鲁迅》,着重讲述了新文化运动时期陈独秀与鲁迅的关系。日本大学江田宪治教授的讲题为《作为中国共产党总书记的陈独秀》。他依据历史事实,对至今仍贴在陈独秀身上的种种标签,比如"鼓吹二次革命论的右倾机会主义者"、"家长式作风"、"轻视农民的城市革命家"作了考证,阐明了这些标签,其实是在陈独秀投身于托派反对派运动之后,"主要由当时仍在莫斯科的斯大林派共产党员杜撰出来"的。(按:江田宪治于1990年日本《东方学报》第62册上,即发表《陈独秀与"二次革命论"的形成》一文,为陈独秀的"二次革命化"正名;后又在中国第七届陈独秀学术研讨会(南京会议)筹备处编印的《纪念陈独秀先生逝世60周年论文集 陈独秀与廿世纪学术、思想、文化》中《中共第一任总书记陈独秀的功与过》一文里,进一步申述了他对陈独秀时代"城市中心论"、陈是否实行了"家长制统治"、是否"二次革命论"者三个问题的看法。)佐佐木力教授则做了题为《陈独秀与第四国际》的演讲,论述了1937年陈独秀从南京监狱出狱后的立场。他指出,"陈独秀的重视'民族性的'民主性斗争,呼吁'一致抗日'的观点与托洛茨基极为接近"。(见日本弘前大学李梁对"日本陈独秀研究会举行成立纪念演讲会"的报导,载《简报》2003年3、4合刊)2002年一二月中旬日本托洛茨基研究所出版的《托洛茨基研究》NO.39《陈独秀特刊》则是一期专门发表陈独秀研究文章的特刊。

三、美欧学者对陈独秀的研究

美国学者研究陈独秀的人数很少,但著作有一定分量。1983年,即由美国普林斯顿大学出版社出版了李茸甘(Lee Feigon)的《陈独秀——中国共产党的创建者》一书。作者及其祖母与托洛茨基既是同族又是亲戚,因此,如林茂生教授对该书所评说的,"作者由于其本人的经历特点,书中对陈独秀与托洛茨基理论、实践的评述有其特点","指出陈与托并不属同一思想理论体系。"据香港托派《先驱》杂志2001年第59期廖化的《大陆史学界拨乱反正》一文介绍,"几十年前就已经有美国学者Lee Feigon的陈独秀传及旅美华人学者郭成棠的《陈独秀与中国共产主义运动》指出这些事实。"(按:"这些事实"指的是1999年底在中国召开的"陈独秀与共产国际研讨会"上揭示的事实:"过去党史著作上说的'陈独秀右倾机会主义和投降主义路线'历史上是没有的;它是1927年7月上旬斯大林面对大革命失败无可奈何的形势,文过饰非而寻找替罪羊的产物。")"虽然当时海外有关苏共与共产国际的史料大大不如今天丰富,但毕竟所能看到的已经不少;况且,因为学者在海外(某种程度上可包括香港)享有相对的学术与议论自由,所以能够百家争鸣"。

欧洲学者对陈独秀的研究,主要集中在英、法两国,以华人学者为主托派老人"连根"(文元,即王凡西,曾任托派少数政党"中国国际主义工人党"的书记)于1957年写了《从陈独秀的"最后意见"说起》一文,叙述了他与陈独秀在关于无产阶级专政、关于民主、关于一国不能建成社会主义问题上的争论。其中讲到陈独秀关于革命独裁的意见:"所谓无产阶级独裁,根本没有这样东西,它只是党的独裁,结果也只能是领袖独裁。任何独裁都和残暴、蒙蔽、欺骗、贪污、腐化的官僚政治是不能分离的。"(《我的根本意见》)连根不同意这一意见,认为"这条意见里包含了根本错误与促人深思的两方面"。连根高度评价了陈独秀关于民主的某些见解,但批驳了陈独秀把无产阶级专政与民主对立起来的观点。

托洛茨基认定一国不能建成社会主义,陈独秀也有这种观点,所以,连根、意因(即郑超麟)等一直把陈独秀视为同志。连根对陈独秀的研究是从托派的立场对陈独秀的研究,具有很大片面性。1998年2月,王凡西在《"走你的路,让别人去说吧!"——〈陈独秀最后论文与书信〉英译本前言》一文中说:"说它最后,就他的生命而言,它却决不可能是最后的。在新的世界与新的中国的环境中,陈独秀的思想、见解一定还会改变。至于如何改变,却是一个颇有研究价值的问题。我个人,始终认为,在基本上,他将回到列宁和托洛茨基的立场来。"王凡西写的《双山回忆录》中,作者以亲身经历谈到了陈独秀与托派的关系。托派元老之一郑超麟于1998年8月在上海去世后,在英国的王凡西写了《悼念郑超麟》一文,其中提到,"一九三一年五月,他代表'无产者'派与陈独秀一起参加中国四派托洛茨基组织的统一大会,被举为中国托派统一组织的中委,兼宣传部主任。"王凡西老人于2002年12月30日去世,据日本长堀佑造《悼念王凡西先生》一文,"王老和郑老(超麟)常说,他们能以陈独秀那样伟大的人物为自己的领袖,觉得很荣幸。"可见他尽管与陈独秀在政治思想上有很大分歧,但他对陈独秀是极其尊敬的。

  在法国,也有人研究陈独秀。如发表于1951年2、4两月合刊、托派国际机关报《第四国际》上的佛郎克(当时第四国际和法国托派领导人)的《陈独秀——"中国共产主义之父"》一文中说:"尽管陈独秀有严重的政治局限性,他却是伟大的革命人物之一。""他如此勇敢与忠诚地为中国的马克思主义运动带路,以致他配称为中共初期曾送给他的名字:'中国共产主义之父'——他将以这样的身份留存在革命者的记忆中。"法国国际政治研究所高级研究员陈映湘(彭述之的女儿,跟母亲陈碧兰姓),在获悉陈独秀已得到新的评价后就写信给中国国内的历史学家,内称:"由于你们在国内多位历史学家的努力,陈独秀的身世、他的政治生涯以及对中国的重大历史贡献不但受到国内有识人士的赏识,并正在争取公正的评价,当然是我们值得庆幸的事。希望不久在世人面前获得全面的平反,并盼望其他不少被遗忘、其生平被诬蔑扭曲的重要历史人物也早日以正面形象见之于世。"彭述之的妻子陈碧兰,在《陈碧兰回忆录》中讲述了陈独秀转向托派的经过，出狱后与托派分手的情况，有一定史料价值。

至于苏联和俄罗斯学者对陈独秀的研究，如佩尔西茨（Persits）的《中共形成史料》、舍维寥夫（Schevelyoff）的《中国共产党成立史》等人的著作中，对陈独秀也都有所涉及和评论，"一直发挥资料上的优势，对于中共的创建和共产国际的实际关系问题，提出了很多珍贵的历史事实。"（见日本石川祯浩：《中共创建史研究述评》，《陈独秀研究动态》第19期，2000年1月）

即使从以上很不完整，很不全面的陈独秀研究述评中也可看出，陈独秀研究在台湾、香港与海外已形成为一门"陈学"。他山之石，可以攻玉。台、港及海外学者时陈独秀的研究，是可供我们国内的陈独秀研究作为借鉴和参考之用的。

参考文献
1. 中国现代文化学会陈独秀研究会、安庆市陈独秀学术研究会主办：《陈独秀研究动态》及《简报》第1～38期。
2. 全国第七届陈独秀学术研讨会（南京会议）筹备处编印：《纪念陈独秀先生逝世60周年论文集　陈独秀与廿世纪学术、思想、文化》。
3. 《逝水余波》，王尚政著，香港河流出版社1994年出版。

（原载《安徽师范大学学报》2005年第1期；中国人民大学书报中心：《中国现代史》2005年第7期转载；《陈独秀研究文集》[中国文史出版社2005年8月出版]选收；香港马克思主义研究促进会《通讯》第13期转载）

盛成和程抱一

盛成(1899—1996)和程抱一(1929—),在中国国内文艺界、学术界,知道他俩的人不多,但在法国文艺界、学术界,几乎人尽皆知盛成和程抱一。

他俩的相同之处颇多。

1985年3月14日,法国总统密特朗让法国驻中国大使马乐代表他授予盛成法兰西共和国荣誉军团骑士勋章。1999年,法国总统希拉克授予程抱一荣誉军团骑士勋章。而荣誉军团骑士勋章是法国的最高奖章。

1928年,盛成用法文写成传记文学《我的母亲》。此书以盛成的母亲的一生为纵线,以盛氏家族及近代中国的际遇为副线,融阳刚美和阴柔美、崇高美和悲壮美于一炉,揭示了中国人的既有了不起的光明面又有丑陋的阴暗面的国民性;既写出了中国的无穷潜力,又写出了中国暂时受制于列强。此书问世后,世界文化名人罗曼·罗兰、居里夫人、萧伯纳、梅特林、纪德等均给予高度评价。执法国文坛牛耳、惜墨如金、一字千金的大文豪瓦莱里为之写了万言长序。瓦莱里说他读了《我的母亲》之后,"在最柔和彩色之中,与最优雅外貌之下,发现出至大新奇之事的初生,令我梦见天将破晓,玫瑰一色底万象,无穷纤细的光华,暗示着公布着新世代诞生中无量地事变。"《我的母亲》出版后,十五种文字译本继法文本后相继问世,几十个国家的报刊以二十多种文字报道此书。《我的母亲》共出书在一百万本以上。在中国现代作家中任何一位作家的著作在外国的译本都没有这么大的数字,这一纪录至今还没有哪个中国作家将它打破。程抱一以法文写成的长篇小说《天一言》，1998年出版，三个月内就售出20万册，当年获法国最高文学奖之一的费米娜奖；2001年底，又获得法兰西学院法语文学大奖；2002年，程抱一成为久负盛名的法兰西学院院士，是法兰西学院成立以来第一位进入该学院的亚裔作家。《天一言》是一部爱国怀乡的"遗嘱式"的作品，是与程抱一"血肉相关"的一部长篇。书中洋溢着程抱一的爱国之情，同时对极"左"路线进行了深刻的控诉与批判，有人说它"以超然而敏锐的眼光思考生命的真义，有极高的艺术性"。

盛成为中法文化交流做了很多工作。一方面，他翻译了巴尔扎克的《村教士》，写了《巴拿斯的〈诗艺〉》、《谈法国的自由诗》、《瓦乃里》(即瓦莱里)、《瓦乃里与〈海上故园〉》、《法人达尔德提沙之〈中国古典艺术〉》、《雨果诗的示范作》等多篇论文，介绍法国文化；另一方面，他用法文翻译了《老残游记》，还以法文写作，系统介绍中国文化。程抱一则于1970年开始，用法文撰写中国诗论和画论专著，让法国人和欧洲人了解中国文化。他还翻译了老舍的《骆驼祥子》。另一方面，程抱一在1979年5月于巴黎结识了我国著名诗人和散文家徐迟后，在徐迟主编的《外国文学研究》上发表关于法国著名诗人如波德莱尔、兰波、阿波利奈尔、夏尔、米修等系列论文。程抱一的著译成为海峡两岸从事法国文学研究的必读论著。法国批评家们称颂他为中法文化交流的"信使"，游弋于东西两岸的"艄公"，载运中法两国文化精粹的"摆渡人"。盛成和程抱一对中法文化交流都作出了杰出贡献。

盛成的一生是传奇的一生，程抱一的大半生也是传奇的大半生。盛成出生于江苏仪征县城里的一个书绅之家。他十一岁即成了同盟会会员。辛亥革命后，他为光复南京，手持步枪与清王朝的辫子兵激战。一个又一个的辫子兵倒在他的枪口下面。南京光复后，当时报纸把他称誉为"辛亥革命三童子"之一，受到归国后的孙中山接见。孙中山嘱咐他："读书不忘革命，革命不忘读书"。"五四"运动中，任职北京长辛店铁路员工的盛成，参加了火烧赵家楼的壮举，组织工人罢工，被推举为铁路十人团联合会会长。后又下乡宣传，组织农民学校，工人夜校。

在"五四"时期,像盛成这样身体力行、与工农群众相结合的知识分子是不多的。"五四"运动后,国内掀起了到国外勤工俭学的热潮。盛成于1919年11月12日早晨,乘船去法国勤工俭学。早在"五四"运动中,盛成即与周恩来相识,到法国后,更与也在勤工俭学的周恩来结成深厚的友谊。盛成投身法国的工人运动,参加了法国社会党。法国社会党发生分裂,左派成立法国共产党。盛成毫不犹豫地站在左派一边,与加香、瓦伊扬、多列士等人一起于1920年底创建法国共产党,并当选为法共南方省委书记。这是中国人的光荣,也是国际共运史上的少见事件。盛成刚正不阿,他对苏联共产党、第三国际凌驾于各国共产党之上和操纵法共十分不满,被第三国际领导人开除法共党籍(一说盛成因不满第三国际对法共的操纵而自动脱离法共)。盛成决定走学者的道路。1924年,他在法国蒙白里大学理科已获得理硕士位;1927年,又得高等理硕士位。1928年,他任巴黎大学主讲,教授中国科学、比较蚕桑学课程。同年,他以法文写成的传记文学《我的母亲》一鸣惊人。土耳其总统、埃及国王邀请他前去访问。戴高乐将军对盛成十分钦佩,两人结成终生之交。1930年盛成回国,由蔡元培主持欢迎会,几百人欢迎他。1932年,上海"一·二八"抗日战争发生,盛成从北京南下投十九路军,被蔡廷锴、蒋光鼎任命为义勇军联合政治部主任。他深入战士行列,嘘寒问暖,鼓舞他们杀敌抗日。1937年7月7日,抗战全面爆发后,他在武汉与老舍等共同发起,筹组中国文艺界抗敌协会,任常务理事。1939年至1945年,盛成任广西大学、中山大学教授,为抗战宣传、文教事业而出生入死于前线和敌后,有"游击教授"之称。1947年,盛成应邀去台湾大学,以接替日籍教授。1949年,国民党政府败退台湾,盛成被暗中监视。1956年,盛成被陈诚戴上"红帽子"而解聘。盛成只好以笔耕为生。在台湾十八年,盛年著术甚丰。1965年,陈诚已死,盛成以探视女儿为名提出去美国。与陈诚有矛盾的蒋经国"点头同意",盛成才得以离开台湾,到了美国。到美国后,盛成即致书老友周恩来,要求回归。然而,其时正处"文化大革命"前夕,返国未成。盛成乃侨居法国。1977年,盛成作为20世纪20年代西欧"达达派的积极分子"、"活着的唯一一个达达",在德国西柏林受到热烈欢迎。同年,巴黎成立了"盛成之友社",每周聚会一次,开讨论会。1978年,他和夫人李静宜一起回到了祖国。廖承志安排他进北京语言学院。邓小平与有关同志定其为一级教授。盛成回国后,淡泊以明志,宁静以致远,从不宣扬自己。他以"年老体弱"为由不接待新闻界。但有一件事,他表现了出奇的热情,那就是为弘扬中国儒家学派的终结、现代新儒学开端的太谷学派(创始人为周太谷,1762?——1832)而出力。1992年,他以九十四岁高龄参加"太谷学派学术研讨会"。盛成热情赞扬邓小平的建设有中国特色社会主义和中国的改革开放路线。1996年,盛成逝世。1997年1月,北京语言文化大学出版社出版了《盛成文集》;1999年,安徽文艺出版社出版了四卷本《盛成文集》;2000年,香港银河出版社出版了《盛成诗稿》;国内文艺界、学术界知道盛成其人其作的才稍微多起来。

程抱一今年74岁,今后的人生道路还很长,但他的大半生也富有传奇性。他出生于江西南昌的一个书香之家。1949年获得奖学金到巴黎留学。他在法语联盟学校注册上课,同时在巴黎大学进修,在那里他用心读完了西方文学重要著作。在法国的头十年里,他住的房子冬天没有暖气,以至于女儿的健康一直受到影响。直到第十一年,他才有了第一份工作。1970年,程抱一写作的中国诗论和画论专著,受到法国学者和欧洲学者的重视,他们通过程抱一的著作认知了中国文化,进而接近中国,热爱中国。二十世纪八十年代中期,程抱一已经年近花甲,他重病卧床,自以为生命将走到尽头,产生了一种时不我待的紧迫感,他开始长篇小说《天一言》的创作。这一写就是十年,真是"十年磨一剑"啊!程抱一回忆道,当时他准备开刀,根本动不了笔,是家人在床头记录的,后来又找人打字。开完刀后,他觉得不满意,又开始重写。《天一言》法文特别纯净优雅,流畅而自然,又具有丰富的音乐性。法国总统希拉克称他为"我们这个时代的智者",他的当选"不仅是法兰西学院的荣誉,也是法兰西共和国的荣誉"。(程抱一的传奇生平,参见李凌俊的《〈天一言〉:去国怀乡的忧思之作》,《文学报》2003年6月26日)

这样两位在法国、在欧美获得巨大声誉的文化名人,现在是国内学者了解和认真研究他们的时候了!

(原载《传记文学》2005 年第 6 期)

第一部写萧红的长篇小说

——读《五月端阳红》

"五四"时期的冰心,"左联"时期的丁玲,二十世纪三十年代中后期的萧红,是旧中国的三位著名代表性女作家。其中,萧红生命短促,只活了三十一岁(1911—1942)。但她创作的《生死场》、《马伯乐》、《呼兰河传》却葆有久远的艺术生命力,将长留在中国现代文学史上。鲁迅先生曾为《生死场》作序,给予很高的评价:"北方人民对于生的坚强,对于死的挣扎,却往往已经力透纸背;女性作者的细致的观察和越轨的笔致,又增加了不少明丽和新鲜";《生死场》"会给你们以坚强和挣扎的力气"。

萧红逝世后,纪念萧红、研究萧红的文章不少。我国的新时期到来,光是写萧红的传记,我所看到的即有肖凤的《萧红传》、秋石的《萧红与萧军》、曹革成的《我的婶婶萧红》、Goldblatte Howard（葛浩文）的《萧红评传》。由于它们写的是各自心目中的、局限于真人真事的萧红,所以它们虽然都取得了相当的成就,但是,都未能创造出作为文学典型萧红的"这一个"。女作家张鹰创作的《五月端阳红》却是我国第一部写萧红的长篇小说,它以萧红的生活真实和历史真实为基础,益之于她对萧红的深刻理解,合理的虚构,丰富的想象,精心刻划,努力创造,终于塑造成功了文学典型的"这一个"萧红。

张鹰从三个层面上揭示萧红:

一是在爱情生活的层面上描写萧红。萧红曾经因为反抗包办婚姻而离开家庭。在中学读书时和一爱国青年有过初恋。其后,结识萧军,双双坠入爱河。他俩像两只"刺猬"般紧紧倚靠又彼此相刺,终于分手。萧红再和主动追求她的端木蕻良结合,但两人婚后的结局也并不美满。萧红一生爱了三个男人,都以悲剧而告终。写萧红,不能不写萧红的爱情悲剧。但张鹰并不局限于写真人真事,而是施展艺术想象,充分显示萧红在爱情生活中爱得热烈、爱得大胆、无所畏惧、无所顾忌的新女性精神,但在对方发生爱情位移后却又委曲求全、难于割舍、仍受归传统观念束缚的矛盾性格。萧红在中学时的初恋爱人陆一梵,尽管爱国,但却是个大少爷。为了爱,萧红与陆一梵私奔到了北平,她的这段情史可谓轰轰烈烈。可是,陆一梵在父亲断绝了他的经济来源后,却很快背叛了萧红,又悄悄回到了父亲身边,并和另一富家女子订婚。当萧红追回哈尔滨,发现陆一梵竟是这样一个负心汉,萧红"倒了下去,漫天雪花在她的身边飞舞"。可是,她在梦中仍然呼喊:"一梵,我爱你,永远都不要离开我。"与萧军结识后,萧红对这个才子更是爱得死去活来。然而,萧军粗鲁、自负,以中国第一作家自许,对萧红在创作上的成就很不尊重。两人发生龃龉时,萧军竟对萧红饱以老拳。在生活作风上,萧军更不自检点,先是对萧红的好友林雅苹移情,后又和他朋友的爱人楚云发生性关系。这在夫妻关系中是"是可忍、孰不可忍"的事,但萧红对萧军始终怀有深深的爱。两人分手后,萧红仍然忘不了她的"三郎"。萧红临终前出现幻觉,是萧军来到她的身边,她扑到萧军的怀里,激动地说:"三郎,我知道你会来救我的。"端木蕻良爱萧红,不过他爱自己甚于爱萧红,他可以为了自己的成名成家,一心一意写作而置垂死前的萧红于不顾。但萧红对他并无怨言。"天长地久有时尽,此恨绵绵无绝期。"萧红的刻骨铭心的爱情,始终得不到回报。张鹰在表现萧红的爱情悲剧时深刻揭示,旧社会的男尊女卑,男子中心,女子应该从一而终而男子却可以随时移情别恋,这是萧红渴望爱情的美满而得不到实现的爱情悲剧后面的根本原因!

萧红是文学才女。按照鲁迅夫人许广平的看法,萧红的才华在萧军之上。写萧红的长篇,一定而且必然要写到萧红的文学生活。萧红是个怎样的女作家呢?在张鹰的笔下,萧红毕生献身于文学,在艺术上追求尽善尽美,但又十分重视对民众的启蒙,力求在作品中做到两者的统一。狂妄的萧军批评萧红:"你写那些盲目地挣扎着、生存着的愚妄的民众又有什么意义呢?"萧红立即回击:"可鲁迅写的就是盲目地挣扎、生存着的愚妄的民众,你能说他写得没有意义吗?"萧红之所以在后来与萧军分手,除了萧军的生活作风问题外,文学观的分歧,不能不是一个重要原因。抗日战争爆发后,萧军主张,作家要入伍,作品一定要写抗战,文学要直接为抗战服务。而萧红却以为,就是写抗战的作品,也不一定所有的作家都去下乡、入伍。我们就生活在战争中,每天还要躲警报,这不是战时生活吗?关键在于我们怎样表现战时生活。"我觉得我们的创作应该更深刻一些,不能为了追随而忘了艺术。"二萧的争论,是两种文艺观的冲突,实践证明,正确的是萧红,而不是萧军。在文学观上,萧红和端木蕻良是比较接近的,这也是萧红后来接受端木爱情的一个重要契机。但因为萧红追求艺术上的完美,所以萧红有时对自己的艺术才能竟很不自信。不过她终于战胜了自己,克服了不自信,她后来理直气壮地对萧军说:"三郎,我们是作家,作家的首要任务就是用自己的作品说话,你要是写出一部揭示民族灵魂,并从根本上唤起民众觉悟的作品——难道这就不是你对民族作出的贡献吗?"萧红不只是这样说了,也是这样做了,她的所有的文学作品,无论是中长篇《生死场》、《马伯乐》、《呼兰河传》,还是短篇小说集《牛车上》、《跋涉》(与萧军合集)、《朦胧的期待》,或是散文集《商市街》、《旷野里的呼唤》、《萧红散文》、《回忆鲁迅先生》……都是在艺术上呕心沥血而又尽力"揭示民族灵魂,并从根本上唤起民众觉悟的作品"。张鹰在这一层面上展现萧红的性格,和她在爱情生活层面上显示萧红的性格互补整合,这特别表现在萧红与萧军既在爱情生活中又在文学生活中的冲突上,从而使萧红的性格更加丰富,更加鲜明,更加给人以深刻印象!

萧红出生于辛亥革命那一年。从她来到人间以后,中国便进入军阀混战、东北沦亡、国共内战、抗日救亡运动兴起、抗日战争爆发的动乱岁月。在这样的时代里,中国人特别是中国作家不可能与政治无关。因此,张鹰又在政治的层面上刻划萧红。张鹰写萧红抗婚,反封建;写萧红反对军阀"抓中国人为日本人修铁路";她愿意为一份抗日的报纸刻钢板;为了抗日,她和萧军从上海撤退到武汉;1938年,她又从武汉到山西,在民族革命大学任教;随后,她又随西北战地服务团去西安。通过萧红的系列行动,张鹰写了萧红不脱离政治的表现。然而,难得的是,张鹰看出并写出了萧红并不热衷直接为政治服务的另一面。作为中国的国民,萧红认为,自己是中国人,当然要反对军阀,反对日本帝国主义侵华,所以她不应该脱离政治,做她应该做的事。为此,他甚至赢得了她的抗婚对象、未婚夫王恩甲(原型人物姓汪)对她的尊重和出自内心的对萧红的爱。但谁要她直接为政治服务,萧红却不干了。她知道自己身体单薄,能够报国的,就是以自己的作品来唤醒民众的觉悟。要她入伍,打仗,直接为抗战服务,她是做不到也做不好的。因此,当丁玲动员她去延安时,"别人当时就报了名,但萧红没有"。"这样被人推着向前走,她反倒觉得失去了兴致。"她和端木蕻良回到了武汉,后来又辗转到了香港,并在香港完成了《呼兰河传》。写《呼兰河传》时,她疯了似的,趴在桌边,"一趴就是几个小时,除了吃饭,她几乎将所有的时间都用在写作上"。这种忘我的写作精神,正是萧红为抗战,为启蒙作出的重大贡献。谁能说萧红脱离政治呢?不脱离政治而又不愿直接为政治服务,使萧红与抗战时期的许多作家区别了开来,是"这一个"女作家的又一非凡表现。

由于张鹰既从爱情生活层面上,又从文学生活层面、政治生活层面上塑造萧红,于是一个立体的、三维度的、独特的、"这一个"萧红,在《五月端阳红》的字里行间栩栩如生,呼之欲出。

不仅如此。张鹰又调动其他创作手段来表现萧红。张鹰通过别人眼中的萧红来渲染、描摹"这一个"萧红。在鲁迅的眼中,萧红"敏感、细腻、聪颖"。在丁玲的眼中,萧红像她的文字"一样凄婉、柔美,还有些缠绵,像一首小夜曲"。在胡风及其夫人梅志的眼中,萧红有她"坚强的一面";当他俩得知萧红下决心"要活下去","写一部长篇小说,写我的家乡呼兰"时,他俩认为,萧红"终于再次战胜了人生的苦难"。在热爱萧红的骆宾基的眼中,萧红"是一个独立的女性"。而在周鲸文的眼里,

"发现她的皮肤苍白得如一块透明的玉,那是他从来没有见过的苍白,还有她的眼神,有几分茫然,还有几分无助与惶感——这是怎样的一个敏感与细致的女子呢?怪不得她能写出《生死场》与《商市街》"。……虽然各人眼中的萧红无一相同,但却都是与众不同的、独特的"这一个"萧红!萧红也因此临风独立,更加摇曳多姿了。

张鹰在《五月端阳红》中写萧红,取得如此的成功,关键在于她是把萧红作为旧中国的一个典型的女作家来精心塑造的。只活了三十一岁的萧红,一方面她力图突围,冲出旧礼教罗网的束缚,冲出旧传统观念的羁绊,冲出旧世界对女性的有形无形的禁锢,并且取得了惊世骇俗的效应;但是,另一方面,在萧红的血液里仍然流淌着旧观念、旧思维、旧理念的基因。她软弱过;她不止一次缺少自信;她一再地受人欺骗;她耽于幻想而欠缺人生历练。正因此,萧红的性格既是独特的,但在旧社会又是易被摧毁的,如鲁迅所说,"萧红的性格也太容易被社会所摧毁"。于是,萧红一生扮演的经常是悲剧的角色。尽管张鹰始终没有充当时代精神的号角,在作品中不曾宣言她为什么如此写萧红,但《五月端阳红》的全部倾向性,却已经自然地流露而为读者所理解和体会了。

张鹰本是文学评论家和翻译家,有论著和译著多种。我不曾想到,她现在又以作家的身份出现在文坛,而且出手不凡,一下子就创作了这么一部优秀的写萧红的长篇小说。以才女张鹰写著名才女作家萧红,《五月端阳红》对萧红的理解如此深切,描摹如此细致,也就并非偶然了。

(原载《文学报》2006年7月27日,有删节,这里发表的是全文)

图文"共读"陈白尘

——读《陈白尘笑傲坎坷人生路》

在电子、信息、图像时代里,"共读"是文艺欣赏领域里的常见现象:读完小说后再看根据小说改编的影视,或看了影视后再看据以改编的小说;在网上看了图片,同时看网上与图片有关的文字;看了老照片再看老照片拥有者所写的与老照片有关的回忆文章,都会产生与"单读"不一样的艺术效应。李辉先生主编的"大象人物聚集书系",正是根据这一"共读"效应,出版了一套包括29位著名人物画传类型的丛书。其中,陈虹、陈晶合著的《陈白尘笑傲坎坷人生路》(以下简称《陈白尘》),编写得尤其出色,"共读"产生了"真实效应"、"聚集效应"、"震撼效应"。

首先是"真实效应"。陈白尘是大戏剧家。他所创作的喜剧《魔窟》、《乱世男女》、《禁止小便》、《结婚进行曲》、《升官图》、《阿Q正传》,历史剧《太平天国》、《大风歌》……都是现当代中国戏剧中的经典之作。为什么陈白尘特别钟情于喜剧和历史剧,他的剧作成功在哪里,只要"共读"了陈虹、陈晶姐妹俩所写的有关她俩父亲的文字、所提供的一百十多张照片,你就会得到异乎寻常的真实的答案。这里有陈白尘老父生性乐观、从不发愁、"迷迷马马"的遗传基因在;有中学校长李更生的爱国主义、提倡演剧,对他的一生"起了决定性的作用"在;有陈白尘"钵子既然已经打碎,就一往无前,直面未来的人生吧"的乐观精神在;有陈白尘的史胆、史识、史笔在;有陈白尘的"只有自由才能消灭黑暗。吝惜自由者也就开异于助长黑暗在"的嫉恶如仇的品格在……一边看照片,一边读文字,你就会感到一个活生生的无比真实的陈白尘站在你的面前。如此"真实效应",光是只看文字或单看图片、照片是不可能达到的。

二是"聚集效应"。这就是文学的焦点与照片、图片的焦点都同时对准了一个共同的东西——陈白尘的性格核心。陈虹、陈晶姐妹对她们的父亲知之甚深,她们认为父亲的性格核心就是"笑傲"。因此她俩出示的照片、图片和所写的文字,都聚集在"笑傲"这一焦点上。1932年,陈白尘加入了C·Y·(共青团),同年被国民党反动派逮捕,坐牢几年,他"笑傲",坚贞不屈,在狱中写作,著文揭露国民党反动政府;他投奔"左联"阵营,却受小人诬告疑为异己,他"笑傲",照样为革命写剧本,搞剧运;《结婚进行曲》被变相禁演,他"笑傲","在父亲的记忆中,留下的同样是一些令人发笑的东西";"文革"前,他被强迫下放到江苏,他还是"笑傲","坎坷踏尘世,执笔到白头"(阿甲对陈白尘的题字);"文革"期间,他受到"四人帮"的迫害,九死一生,他仍然是"笑傲"。照片中的一帧:干校中的"鸭馆",一副"被儿子打了之后的老子"的派头。他对著名作家黄秋耘说:"别看局势这么严重,我看到头来会出现一个戏剧性的收场。""四人帮"之一的张春桥对他诬蔑、陷害,"必欲置之死地而后快",他依然"笑傲",他甚至"什么也不问"。由于图文"共读"的"聚集"对准了焦点"笑傲",于是又产生了"聚集"效应:陈白尘的性格核心"笑傲"被揭示得须眉毕现,清清楚楚,给人留下了难以忘怀的深刻印象。

三是"震撼效应"。过去,文艺界人士,戏剧界、文学界的观众、读者,大多约略知道陈白尘其人其作。但在图文"共读"了《陈白尘》中的文字和图片后,顿时产生了"原来陈白尘是这么一位始终熠熠发光的'明星'"的"震撼效应"!在国民党的狱中,他是酷烈的严冬里耐寒的松柏!在戏剧界,他是"横眉冷对千夫指,俯首甘为孺子牛"的一辈子以戏剧为武器向反派作斗争、勤勤恳恳为人民服务的戏剧大师!在"文革"中,他是"一粒蒸不烂、煮不熟、捶不扁、炒不爆、响当当的铜豌豆";他的一生,是"笑傲人生坎坷路"的一生!总之,图文共读了《陈白尘》,对陈白尘的意义和价值有了前所未有的新理解!

像这样的"人物聚集书系",我希望能不断地出下去,越出越好!

(原载《文汇读书周报》2004 年 6 月 11 日)

在"非常之路"的揭示中写陈毅

——《陈毅的非常之路》读评

陈毅(1901—1972)的一生,是战斗的一生,英雄的一生,传奇的一生。因此,写陈毅的传记有许多种。通常都是从他幼年时期写起,一直写到他逝世为止。但罗英才同志的《陈毅的非常之路》(人民出版社2004年3月出版)却以非常笔写陈毅,着重写战争时期、和平时期、反常时期("文革")的陈毅的"非常之路"。它横空出世,一开始从陈毅"初识饶漱石"落笔,表现了罗英才的史识。

陈毅从1919年积极参加"五四"运动到赴法国勤工俭学;从1922年加入中国社会主义青年团到1923年加入共产党;从归国后投入第一次国内革命战争到参加南昌起义;从1928年春参与领导湘南起义,上井冈山,到担任红四军军委书记;从领导三年游击战争到参加创建华中抗日根据地;如此经历,虽然轰轰烈烈,但在我党我军的领导人中不止一人走过类似的革命道路,不算"非常"。对陈毅来说,却是从"初识饶漱石"以后在战争时期走上了"非常之路"的。是饶漱石这个野心家、阴谋家,以新四军代政委的身份,掀起了"黄花塘风波",在新四军军部所在地黄花塘策动部分高级干部发起了对陈毅的批判和斗争;又是饶漱石向党中央、毛泽东告阴状,陈毅不得不暂时走路,离开了新四军,在延安坐了一年半的冷板凳。当然,陈毅在延安期间也做了不少工作,但这和他领导新四军是华中抗日根据地的领袖,毕竟是两码事。饶漱石在毛泽东和陈毅之间打进这么一个"楔子",非同小可。抗战胜利后,陈毅回到华东,任山东野战军司令员兼政委,但山东的高级军政人员知道陈毅调离过新四军这段经历,因此在解放战争初期,他们对陈毅的指挥听而不从,并不买仗。陈毅指挥不动,集中不起兵力,因此新四军"入鲁六战,只有泰安一胜"。后来,党中央明确指令,由陈毅任华东野战军司令员兼政委,统一指挥,这才有宿北战役、鲁南战役、莱芜战役、孟良岗战役的重大胜利。但在临朐南麻战役中我军与蒋军打成消耗战后,又是饶漱石加紧散播诋毁陈毅同志的言论:"军长只会下棋,不懂得指挥打仗"。饶的阴谋再次得逞,陈毅同志被调离第三野战军,担任中原野战军第一副司令员(虽然名义上他仍兼华东野战军司令员兼政委)。所以说,陈毅在战争时期的"非常之路"是从初识饶漱石开始的,确是历史事实。但是,只有罗英才发现并写出陈毅的这一战争时期的"非常之路",却是他的真知灼见。"高(岗)饶(漱石)事件"发生后,真相大白,刘少奇同志正式向陈毅道歉,承担了他在饶、陈之争中他应负的责任。毛泽东后来也感汉道:"路遥知马力,事久见人心。"

如果说,1944年—1948年间陈毅走过的"非常之路",是在他战争时期被动走的"非常之路"。那么,他在新中国成立之后和平时期所走的上海市市长到担任中华人民共和国外交部部长期间的"非常之路",却是他自觉自愿地乐意走的"非常之路"。

还在1948年5月29日陈毅给周恩来写信时他就表示:"明日即西去,毫无企图留部队之意,并望将来能随军入川。"他准备胜利后回到老家四川,在地方上工作。毛泽东知道陈毅搞地方工作也非常有才能,他在开辟苏中、苏北抗日根据地时,以善于做统战工作从而打开了新局面而著名。因此,毛泽东决定:上海一旦回到人民怀抱,由你(陈毅)担任上海市市长。陈毅立即允承:"好,我来干。"在陈毅同志领导下,上海从国民党撤退时百孔千疮的一个烂摊子,被改造建设为一个繁荣、兴旺的经济、政治、文化大都市。陈毅同志高屋建瓴,运筹擘划,充分调动上海各界人士的积极性,工作抓得细,抓得实,既坚持革命原则又大度宽容,被上海人民誉为前所未有的好市长。1958年2月11日,毛泽东主席任命陈毅为外交部部长,陈毅又走上了元帅外交家的"非常之路"。他不怕帝,不信邪,与美国国务卿杜勒斯进行斗争;但他看到了杜勒斯也在变,杜勒斯对中国的认识在逐渐接近实际。他与赫鲁晓夫当面辩论,此公辩不过陈毅竟然撒起野来,气急败坏地说:"好吧,我知道你是个元帅,我是个中将,军事上我得听你元帅的,但现在党内我是第一书记,你是政治局委员,你应当听我的。"陈毅当即回敬他:"什么第一书记?你讲得不对,我们就不听你的。这是两个党在谈问题嘛!"对赫鲁晓夫企图控制中国的狂妄野心,陈毅深恶痛绝,迎头痛击。陈毅任外交部长期间,频频出访,加深了中国与不发达国家之间的友谊。中国的国际威望大大提高。在元帅外交家的"非常之路"上,陈毅对我国的外交事业作出了突出贡献!

"文化大革命"发生,我国进入了反常时期,迫使陈毅走上了另一条"非常之路"——否定"文革"之路。起初,陈毅对"文革"还以为是老革命碰到了新问题,企图尽可能理解"文革"。但是,"文革"的荒谬实践,终于让陈毅觉悟到:"文化大革命,一言以蔽之,就是要打倒老干部!"他作出决定:"再不讲话还算什么共产党员!"于是,在1967年2月16日中央政治局碰头会上他对"文化大革命"猛烈开火。当谭震林炮轰了张春桥等一小撮人后激愤地说:"让你们这些人干,我不干了!砍脑袋,坐监牢,开除党籍,也要斗争到底。"一边说一边朝会场外走。陈毅同志赶快叫住他,说:"不要走,要跟他们斗争!"陈毅接着说:"……斯大林不是把班交给了赫鲁晓夫吗?斯大林任用赫鲁晓夫,以后赫鲁晓夫搞修正主义,把苏联搞成现在这个样子。这段历史令人深思……"矛头直指林彪、张春桥等人。事后,林彪、"四人帮"诬告陈毅等人说是"二月逆流"。其实陈毅、谭震林、叶剑英、徐向前等老同志的言行,乃是理直气壮、义正词严、浩然之气的"二月洪流"。可是,陈毅等同志却从此"靠边",被迫"请假检讨";后又要几位老帅到工厂去"蹲点"。直到周恩来总理请陈毅、叶剑英、徐向前、聂荣臻四位老帅共同研究国际形势的发展变化,并提出建议,陈毅同志才有了新的工作。陈毅关于打开中美关系冰冻状态的意见,是一个改变世界格局的建议,得到叶、徐、聂三位元帅的支持。经过周总理的肯定,后来也引起毛泽东深深的思考,终于导致尼克松的访华。在"文革"非正常时期,陈毅走的是又一条"非常之路"!

罗英才同志从陈毅的"非常之路"切入,展开了陈毅的一生。他通过陈毅"非常之路"的叙写,刻划了陈毅的坦荡真诚、顾全大局、创见迭出、赤胆丹心、表里一致、大刀阔斧、文武全才、快人快语的独特性格,揭示了作为党和国家领导人中的"这一个"陈毅。如此写陈毅,别开生面,不只为陈毅传记文学增添了奇光异,而且对如何写好传记文学也给了我们以有益启示。

　　(原载《人民日报》2005年1月9日以《非常陈毅》为题发表,有删节,这里发表的是全文,题目照旧)

九十年代女性三"态"的显示和阐释
——读评《女性生命潮汐》(《选读》和《研究》)

著名女学者、女散文家刘思谦教授,最早意识到二十世纪九十年代女性散文的社会价值和艺术成就,她用了八年的时间从事对二十世纪九十年代女性散文的编选和研究工作。其坚实成果已以七十万字的《女性生命潮汐——二十世纪九十年代女性散文选读》和三十七万字的《女性生命潮汐——二十世纪九十年代女性散文研究》两部大书,由河南大学出版社于2005年6月出版。由于这两部大书是姐妹著作(前者由刘思谦主编,后者由刘思谦、郭力、杨珺合著),因此我以《生命潮汐》简称它们而一起给予评论。

一、九十年代我国女性生存状态的实录

散文必须真实。它可以在某个细节、某一情节上小有增减,但真实是散文的灵魂。一部《古文观止》即以真实的事件、真实的人物、真实的感情而打动了千百万读者。而九十年代的女性散文尤以感人、动人、逼人的真实,为我们留下了九十年代女性散文家眼中的、笔下的中国社会转型的真实。如果你细读一遍《生命潮汐》,九十年代的中国是个怎样的中国,你即可获得大致的了解。

《生命潮汐》首先是九十年代我国女性生存状态的实录。

自由职业女性阶层的重新出现,是九十年代女性生存状态的新景观。从洋务运动开始,中国即出现了自由职业者。到1949年全国解放

前,自由职业者阶层在1000万人以上。新中国成立后,实行变自由职业者为国家干部的政策。至"文革"前,自由职业者阶层已不存在。九十年代市场经济勃兴,自由职业者这一阶层重新出现,而且人数愈来愈多。自由撰稿人、个体影视摄制组、形形色色的经纪人、律师、私人开业医生、外企、私企、合资企业里的职员、民营学校里的教师……突然间像从地底下冒了出来。其中,女性自由职业者是一支数以百万计的新的社会力量。所谓"小女人散文",大多是由这些女性自由职业者写作的。而她们之所以能够以写作散文生存,又和市场经济分不开。转型为市场经济以后,全国的大报、小报、娱乐性的刊物、知识性的刊物,忽如一夜东风来,千万万树杂花开。以九十年代全国一千多家报纸副刊每天发表散文5000字计,一天即需要500万字散文来稿。更不要说,文学期刊每月发表的数以百万字计的散文了。写散文的女性自由职业者,只要能写出一手文字清通、思想明达、够得上七十分以上的散文,就有发表的机会。刘思谦认为,"小女人散文"的出现是一种很正常的现象:黄爱东西和马莉等女散文家的自称"小女人","与其说是对父权制大男人主义的反叛,不如看做是对主流意识大历史、大时代、大道理、大人物、大男人、大女人、大丈夫、大叙事……以'大'为标志和旗帜的事物的调侃与嘲讽";"这批年轻的女作者在经济上和精神层次上区别于没有自己独立的人格尊严的依附性的女人的,恰恰是经济与人格上的独立与自主,也就是现代社会活跃于都市生活各个部门的现代职业女性。""'小女人散文'的内容几乎覆盖女人都市生活的各个角落和方方面面","为后人研究90年代都市女性生活留下了一份珍贵的资料。"这是刘思谦对知识女性在九十年代出现自由职业者这一新的生存状态的价值的发现,以及对那些女自由职业者撰写的"小女人散文"的基本肯定(但她对"小女人散文"的缺失之处也有严正的批评)。

如果说,女性自由职业者阶层的重新出现,是九十年代女性生存状态最为显眼的景观外,那么,五千万人以上的农村女性进城市打工,更是中国九十年代女性生存状态的大变化。周小娅在《挨着打工妹汗粘粘的手臂》中写道:"打工妹,虽然显而易见脸上的倦容,但没有谁苦着脸，没有谁觉得生活欠了她们什么。"有个女孩，她把钱一分一厘都寄回家，积攒给家里建房，供哥哥上大学。周小娅感叹道："我们这个小城市就有百万打工妹，她们是怎样的一股青春浪潮！一个打工妹效力小家，百个打工妹效力厂家，万万打工妹效力国家，渺小和伟大有时就是这样简单。"五千万人以上的农村女性进城打工，这是中国几千年文明史上从未有过的事件，它对女性的社会解放、经济独立、人身自由的意义，是怎么估计也难以和实际相符的。

女性自由阶层的出现，五千万以上的农村女性进城市打工，固然是九十年代中国女性生存状态的空前巨变，但是，随着我国市场经济的急速发展，而它又一时缺少法制的规范，法纪的制约，沉渣也随着市场经济的潮流泛起。"二奶"现象、"小蜜"现象、"傍大款"现象、"娼妓现象"，等等，一部分女性又沦落成了男性泄欲的工具。"男人一见到自己的心中尤物，便大把大把地使钱，并有理论解释这种做法，我们的钱赚来做什么？不是为了快乐吗？"(张梅：《此种风情谁解》)男权中心主义不是弱化，而是恶劣地强化了。程鹥眉在《爱情靠椅》中指出："现在的女孩子那般拼命地'傍大款'"。这并非夸张，倒是道出了九十年代"女孩子"在婚恋问题上的真实。即使自称是"培养大款的女人"蓝，最后也被她倾心爱恋的男人森抛弃了，"她已经出局，在她的婚姻战争中。"(《爱情靠椅》)从整体来看，从主流来看，九十年代女性的生存状态改善了，但从局部来看，从支流来看，九十年代女性的生存状态却又倒退了。九十年代中国社会的转型，充满了多重矛盾。女性生存状态中的显著矛盾，正是中国九十年代转型社会多重矛盾的一种表现。谁要研究九十年代的中国，《生命潮汐》不可不读！

二、九十年代女性话语状态的多元

从《生命潮汐》中看出，九十年代女性的话语状态更发生了前所未有的嬗变。

语言是思维的直接现实。话语状态实际上也就是思维状态。"文革"前的十七年的女性思维和男性思维一样,在"舆论一律"的强制下,舆论提倡什么反对什么,她们的思维也是同样支持什么,憎恶什么。及至1978年开展了"实践是检验真理的唯一标准"大讨论,全国人民思想大解放,女性思维也一样,有了很大的解放,但仍然停留在"遵命解放"的范畴里,她们的话语状态并没有发生实质性的改变。九十年代市场经济的飙兴,自由职业者阶层的出现,女性打工者在城市里的活跃,这才使女性的话语状态发生了新变。一是二十世纪初至二十年代出生的老一代女性散文家话语状态的改变。本来,这一代女性散文家以冰心、杨绛为代表,早已成为国家干部,很久以来处于失语状态,没有自己的话语。但到了九十年代,她们开始自由言说。冰心说她"我这人真是一无所有。从我身上,是无'权'可'夺',无'官'可'罢',无'级'可'降'……地地道道是无忧无虑,无牵无挂,抽身便走的人。"这里,表现的不只是冰心老人对世事的洞明,更主要的是表现了她对人间"黑暗的隧道"的无所畏惧。杨绛回忆历次政治运动的那些散文的反讽修辞,"表现了杨绛外圆内方、独立不羁的个性和人格力量"。这是老一代知识女性在九十年代话语状态的另一表现。二是三四十年代出生的知识女性的逆反言说。可以刘思谦、戴厚英为代表。在《自嘲:我是什么人?》一文的最后,刘思谦对"文革"中造反派一再追问她"你是什么人?"的问题做了回答:"说到底,我是一个不知道人是什么,也不知道自己是什么人的人。"表达了她对"文革"的否定和对造反派所提问题"你是什么人?"的逆反回答。戴厚英在"文革"前和"文革"中一直是"紧跟"的,但她想做"党的女儿",却一再遭到拒绝。"文革"后,她觉悟到她"不属于这条河",呼唤"人啊,人",这也是她对极左年代里反人性、反人道主义的一种逆反。然而,她最后却倒在了一个"在贫困中挣扎的人"的屠刀下。她的惨死"结束了一个时代,和这个时代里女性对所谓'革命''群众'的狂热和迷思,启示着她的同代人和后来者寻觅自我生命价值的新路"。比之冰心、杨绛的自由言说的话语状态,刘思谦、戴厚英的逆反言说,又前进了一步。三是以李南央、筱敏为代表的"另类"言说,则表现了五六十年代出生的女性的又一种话语状态。李南央在《我有这样一个母亲》的名文中,批判了、否定了她的亲生母亲。一个原本是活生生的女人(一生中生育过三个子女的母亲),在极左思维的熏染下,竟变成了一具丑陋可怕的政治僵尸。她视亲人为仇敌,不放过任何机会对她所能够施加影响的亲人揭发和陷害,落井下石。她还以野蛮的肢体行为,对自己的亲生女儿施以毒打来泄愤。这场"家庭暴力"竟发生在1994年,中国和她周围的亲人们发生了很多变化,可她没有变。她把自己的身体牢牢地固定在那个"火红的""革命年代"。"人们说我妈要是江青,会比江青还江青是没有冤枉她。"这篇写母亲的散文因其"另类"言说而惊世骇俗。多数人为它拍案叫好,也有人认为李南央太"另类"了,怎么可以在母亲还活着的时候,把母亲的脏事、丑事、恶事、坏事通通揭发出来呢?然而,李南央写这篇散文,恰恰是为了表明,极左思维也可以毁掉一个人,而这个人是"三八式"的革命老干部,延安的四大美人之一,"妈妈年轻时很得意过的。"李南央写这篇散文,旨归在于"如果她能认识到其实是自己害了别人也害了自己,她或许能够从黑暗中走出来"。可见李南央的"另类"言说,其实是"人文情怀人文话语对母亲一代女人的温情脉脉的'后援'。"真正称得上是另类言说的,是筱敏对于"群众"的看法,她以无边无际的汹涌恣肆的"汪洋"来命名她对"群众"的感觉。你可以不同意她关于"群众"的另类言说,但是你不能不承认她根据自己的阅读经历和人生阅历对"群众"的不确定性和破坏性所作的描述有它一定的合理、正确的成分。四是七八十年代出生的以杜丽、周晓枫的知性言说。与前三代散文女作家的言说都或多或少与极左年代有联系的言说不同,这一代女散文作家成人以后即生活在市场经济社会里。她们以平常人、平常心看待社会里的平常事,于是知性言说就成了她们基本的话语状态。在杜丽的笔下,"橘子"、"烟雾"、"书页"、"栏干",甚至"邻家厨房里炖锅的香气","这些平素被我们视为平常、视为卑微的事物就这样呈现出了它们对于人类生命的价值和意义。"在纷繁熙攘的生活中,我们如何去享受内心的安宁与诗意的照耀?杜丽告诉我们:进入语言,"它可以拨动时间的指针,改变河流的方向,使一切变为诗,一切都是美"(《来自沉默的伤害》)。这就是知性言说的力量。周晓枫的散文《上帝的隐语2》中,知性言说超越了正与反的简单化的二元对立,"强调事物本身的内在联系和矛盾,从而呈现出事物原本的丰富性和多面性"。这种知性言说更接近辩证思维。

从自由言说到逆反言说、另类言说,再到知性言说,可见九十年代四代女性散文家的话语状态的多元性与复杂性。这也是社会转型时期的诸多矛盾在女性话语状态中的表现。

三、文化状态的提升

人们常说,妇女解放是社会解放的尺度。但是,什么是"妇女解放"呢?一般理解为政治解放。不错,政治解放是妇女解放的一个方面,但不是全部,女性文化状态的提升,才是妇女解放的更明显的标志。九十年代女性状态的变化,除了生存状态、话语状态的巨变外,也表现在女性文化状态的提升上面。

其一是主体意识的觉醒。在旧时代,妇女是男人的附属品。新中国成立后,男主外女主内的状况并没有从根本上改变。原因是多方面的,从女性方面说,主体意识的缺乏或不足,不能不是一个重要原因。九十年代女性文化状态的提升,首先表现在主体意识的觉醒上。女性寻找自我,发现自我,解救自我以至强大自我,便是女性主体意识觉醒的全过程。这在九十年代女性散文里,表现得尤其明显:题材是女性自我经验的言说;叙述视角是"我"与"女人"的合一。韩小蕙、谭湘、毕淑敏、崔卫平、铁凝、叶梦、迟子建、艾云等人的散文,充分表现了女性主体意识的觉醒。

其二是性别意识的张扬。主体意识与性别意识是女性生命土壤中开出的并蒂莲。正是在九十年代,女性的性别意识特别张扬。从她们的书名、篇名标题即可见一斑。艾云的《女人自述》、张爱华的《孤独女子》、《女人的佛》、《水果女人》、王安忆的《上海女人》、唐敏的《半个女儿心》、铁凝的《女人的白夜》、叶梦的《风里的女人》、顾艳的《女人的手》、郭骅的《女人的井》,南妮的《所谓女人》等作品,都已经走出了"男女都一样"的混沌,也走出了与男人比高低争优劣的狭隘和激烈,走出了做人还是做女人非此即彼顾此失彼的偏执,而表现出一种难得的温和、大度和自信,表现出对西方女权主义的超越,这才是性别意识的真正张扬。胡传永的《沉重的乡土》散文集里的《伤痛红绒花》、《希望父亲早些走开》、《一生相厮守,白了的是头,碎了的是心》更是九十年代女性散文中难得的从性别角度写母女、父子、夫妻关系的血泪文章。黄爱东西对"小女人"这一性别身份的认同是坦率的和直截了当的,但这种坦率和直截了当也是出于一种趣味和审美心态,出于一种以为女人相对于"大都市"来说当然是"小女人"的性别意识的自觉。这种对女性性别意识的张扬,才是女性文化状态提升的可靠标志。

其三是文化认同意识的普及。与五六十年代将台湾、港、澳视为"海外"、将亲友中的国外华人视为"海外关系"的等同敌我矛盾的思维方式不同,九十年代的女性则把台湾、港、澳看作中国的一部分,把那里的文化产品当作同一棵中华文化大树结出的果实,把那里的女性散文视为中华文化的一部分。因此,《生命潮汐》不仅选收了苏雪林、林海音、张晓风、席慕蓉、龙应台、小思等众多台、港女作家的优秀散文,也选收了赵淑侠、喻丽清等海外女作家的散文佳作,把她们的散文作为同一中华文化之树上开出的一簇香花与大陆女性作家散文一并论列,表现了文化认同的开放胸怀。

正因为《生命潮汐》具有与一般女性散文选集、女性散文研究不同的上述三大特点,我把《选读》看做是"九十年代女性散文观止";把《研究》看作是对在此以前的女性散文研究的"超越"。如果对《生命潮汐》有什么挑剔的话,我认为,未能对入选作品的作者进行"简介",未能注明入选作品的出处,是《生命潮汐》的一个缺失。希望《生命潮汐》再版时能予补正。这在信息时代的今天,是不难做到的。

(原载《河南大学学报》2007年第2期)

荒唐　荒诞　荒谬
辱骂鲁迅者的淫诗得了"鲁迅文学奖"!

进入21世纪以来,中国的文学评奖,名目越来越多,品种越来越杂。只要谁能搞来一笔赞助资金,谁就可以在报刊上登载"启事",进行某项文学评奖;还以评审费利诱一些知名人士出任评委,以壮声势,以骗世人。对此,文学界多有揭露,屡有批评。孰料中国文学评奖中的最高奖项——鲁迅文学奖,竟在2007年第四届评奖中将一位辱骂鲁迅的人于坚评为"第四届鲁迅文学奖诗歌奖"的得主;而他得奖的诗集中有多首淫诗!

谓予不信,天下宁有此事,岂有此理?!请看如下事实:

于坚,四川资阳人,1954年出生,1979年开始发表诗作。1998年,他在《一份问卷和五十六份答卷》中,公开辱骂鲁迅是"乌烟瘴气的鸟导师,误人子弟啊!"因而恶名昭著。本来,人们认为,于坚既然如此辱骂鲁迅,他会离"乌烟瘴气的鸟导师"鲁迅远远的。然而,于坚不。他既要名,又要利,当他得知"第四届鲁迅文学奖"开始评奖后,竟以他的诗集《只有大海,苍茫如幕》申请评奖。其中有多首道道地地的淫诗。读者可看下引诗句:

"我们像三只纯种狗/站在黄金的岁月撒尿……除了撒尿/我们不知道在这样迷人的春天之夜,还可以做什么"(《狼狗》)。"国家刚刚开始革命……睾丸们大炼钢铁……当教语文的女教师……两只真正的乳房……我那暗藏胯间的小兽,忽然拼命地朝她竖起角来……"(《性欲》)。"我必须把一点点黄色的东西,暖色调的东西,弄到那冰冷的床单上,才能产生记忆"(《黄与白》)在这些诗作中,于坚呈现的"艺术形

象"是：一条粘着黄色体液的淫棍，"身上散发着腥味，口里叫喊着淫声，弄到床板咯吱咯肢响"。(《性欲》)

谁能想到，于坚的这些淫诗，竟得到了"鲁迅文学奖"评委们的青睐，他们投了于坚及其诗作的票。于是，于坚成了"第四届鲁迅文学奖诗歌奖"的得主！

荒唐！荒诞！荒谬！读者得知此事后一定会惊呼、愤呼、疾呼！

"第四届鲁迅文学奖"为何出了如此不可思议的咄咄怪事？

原来"第四届鲁迅文学奖"登出"启事"后，各、省市作家协会纷纷申报作品评奖。作品很多，评委们是看不了的。组织者们便组织一些人"初评"。这些"初评"者实际上是掌握评奖生杀大权的人，与"初评"者有关系的人的作品，得以入选，送到了评委们的案头。评委们是名人，是忙人，他们中的有些人绝不会一字字、一行行地阅读作品，而是看看"初评"者的推荐评语，顶多翻翻作品，就算是"阅读"过入选作品了。接着，召开评委会。在开评委会前，评奖作品的作者们早就通过种种渠道（电话或请人传话、手机短信、礼品、"红包"、名人书画，等等）给评委们施加影响。评委会开会时，由某位评委对某部（篇）作品发表主导性意见，其他评委或随声附和，或以耳代目；或某评委因受过某作者的委托，大捧其作品，因而评委之间也会发生争论。最后，进行表决，但不是根据作品的思想艺术质量，而是根据作品作者"公关"的能量。于是表决结果出来了，获奖作品名单定夺了。如此评审程序，辱骂鲁迅的于坚及其淫诗被授予"第四届鲁迅文学奖诗歌奖"得主，是一点也不奇怪的。

正如腐败已渗透到多个领域一样，腐败也早已渗透到了文学评奖领域。为此，我郑重建议：必须对文学评奖进行彻底改革！一定要体现文学评奖的公开性、公正性和公平性。一定要公布"初评"者对入选作品的评语及初评人姓名；一定要公开评委们对获奖作品的自己的评语；一定要公布投票表决的结果。不是笼统地公布某作品得了几票，而是要具体公布是哪几位评委投了赞成票，哪几位评委投了反对票或弃权票。如发现行贿、受贿事宜（不管是以什么形式，通过什么渠道）一律依据国家法律惩处。台湾的《联合报》文学奖评奖，评委会每次开会时评委的发言、对作品的评论、投票记录,都是公之报端的。台湾诗刊中刊龄最长的《创世纪》诗刊所举行的诗歌评奖(如前不久举办的"小诗比赛"),也同样把评委的发言、对作品的评论、投票记录,公之于刊物。

于坚及其淫诗获"第四届鲁迅文学奖诗诗奖"后,海内外诗歌界舆论哗然。但国内某些文艺媒体竟以"家丑不可外扬"而予以封锁。其实,"家丑"是封锁不了的,"家丑"只有外扬了引起重视才能克服。《南方周末》、《华夏诗报》及时把这一"家丑"捅了出来。但有关部门既不对此事件进行认真处理,甚至不作丝毫自我批评。这就引起了早已成回归中国的香港诗歌界的愤慨。《香港文学报》总编辑、著名爱国诗人、散文家张诗剑先生得知此丑事后拍案而起,在2008年第1期《香港文学报》的《文学评论》版上,以"反对鲁迅者 申请鲁迅奖 淫诗获鲁奖怪不?!"为标题,发表水火土、刘百达、黄炽华三位名诗人的文章,严厉、严肃地批判了于坚及其淫诗,在港、澳、台及海外诗歌界产生了绝大反响,他们纷纷要求祖国有关部门对这一事件依法进行查处。明、清两代,都是封建王朝,尚且能对科举中的舞弊案的案犯施加重典。我们是中国共产党领导下的倡导清正廉洁的社会主义国家,难道不该对文学评奖中的这一大弊案依法进行严肃处理么?

(原载《鲁迅世界》2008年第3期;《华夏诗报》2008年8月16日)

"巾帼岂无翻海鲸?"
——追思李子云同志

著名评论家李子云同志于2009年6月10日在上海华东医院因病逝世(1930—2009)。我是在《文艺报》的报道中才得知这一噩耗的。尽管我早就知道子云同志身患重病,但她的离世仍然使我感到突然。自1979年和她结识以来,三十年间,子云同志在几件大事上的言论和作为,使我终身难忘。

老革命家沙文汉,曾在诗中称赞中共南京市委地下女书记陈修良为"巾帼岂无翻海鲸"。子云同志在上世纪七十年代末文学界思想解放运动中就曾扮演了"翻海鲸"的角色,大大推动了文学界的思想解放。1979年3月16日,文学理论批评工作座谈会在北京向阳第一招待所举行。会议由《文艺报》的两主编冯牧和孔罗荪主持。这次座谈会的主题是:探讨和总结新中国成立30年来文学战线(特别是文学理论批评工作)正反两方面的经验;探讨并力图弄清一些理论和创作问题的是非;讨论当前创作中提出的一些亟待解决的问题。(见刘锡诚著:《在文坛边缘上》,第218页,河南大学出版社2004年9月出版)与会的共有九十余人。冯牧同志做了主题发言后,子云同志于3月18日登台发言,对"文学是阶级斗争的工具论"提出了质疑。当时,她是《上海文学》编辑部的负责人兼理论组组长。她旗帜鲜明地提出:"工具论"是"四人帮"极左文艺路线的根子,是一个不全面、不科学的口号,对文艺创作起着至少以下几方面的有害的影响:一、取消了文艺的特性。在理论上忽视文艺和其他社会意识形态的区别,不承认文艺的特殊性,在实践中将导致取消文艺。二、限制文艺的多种功能。如果把文艺仅仅看成是阶级斗争的工具,就会不仅排斥文艺的认识作用和审美作用,同时还会导致削弱甚至取消文艺的思想教育作用,因为文艺是通过审美和认识生活来达到思想教育。三、堵塞文艺的丰富源泉。人类的社会生活是绚丽多彩的,文艺的源泉无比丰富,创作的题材非常广阔。如果文艺仅仅是阶级斗争的工具,就会仅仅根据阶级斗争的需要,对创作题材做出不适当的规定和限制,就会不利于题材的多样化和文艺的百花齐放。从上述三方面看,"文艺是阶级斗争的工具"这个口号,在文艺的本质问题上只讲共性不讲个性;在文艺的功能问题上只讲一点不讲全部;在文艺的源泉问题上,不讲客观生活只讲主观需要,是"左"倾机会主义路线在文艺上的反映,我们必须拨乱反正,恢复马列主义文艺理论的本来面目,促进社会主义文艺事业的进一步发展和繁荣。(文学理论批评工作座谈会《简报》第7期,1979年3月19日)子云同志发言时侃侃而谈,层层递进,冷静分析中有激情,批判辩证中显义愤,发言结束赢来满堂掌声。在子云同志作此发言之前,"文学是阶级斗争的工具论",几乎已成了文学界三十年来一致奉行的神圣准则,谁也不曾公开怀疑过。而子云同志独持异议,有理有据,因此她的发言受到了与会同志重视和好评。理论批评工作座谈会简报组为她的发言专门编发了一期《简报》。会议结束后,她又在这次发言的基础上,为《上海文学》写了一篇专论,对这个口号进行了彻底的批判和剖析,就像"翻海鲸"一样,翻动了中国的文学海洋,从此以后,"文学是阶级斗争的工具论"再也无人提及了,极左文艺路线的理论根子,被子云同志拔除了,产生了全国范围的深远影响。正是在那次文学理论批评座谈会上,我和子云同志正式结识。在此之前,我就知道她在"文革"前即以"晓立"为笔名,写过多篇文学评论,已经以一个文学评论家的身份享誉华东文艺界。此后,我每次到上海开会,或者外出开会途经上海,我都要到上海淮海中路1984弄14号她的家中和她晤谈,倾听她对文艺问题的傥言宏论。

据我所知,二十世纪八十年代后,子云同志在上海主要做了两件事。一是在八十年代初期,她狠抓青年理论队伍建设,培养和提携了一批年轻的评论家。当时,她负责上海市作家协会的理论批评工作委员会的工作,重点负责青年评论队伍的建设。每隔几个星期就召集年轻评论家开研讨会。他们所写的文章,大多经过她审阅、修改。据程德培同志介绍,得到子云同志关心的青年评论家有陈思和、南帆、吴亮、蔡翔等多人。现在他们都已成了全国知名的评论家。二是她着重评论了一批著名女作家的作品,揭示了它们的思想意义和艺术价值。她在《净化人的心灵》、《当代女作家散论》等评论集中抉幽探微地评论了张洁、茹志鹃、宗璞、丁宁、王安忆、张抗抗、张辛欣、韩霭丽、戴晴等女作家及其作品。以女评论家评述女作家,子云同志的评论写得尤其到位,发人之所未发,言人之所不言。她指出:茹志鹃小说里那些"被压在最底层的群众,主要是妇女,从精神上的屈辱与自卑中解放出来,认识到自己也可以直起腰来做一个大写的人。"编辑家、散文家、小说家韦君宜就此写道:"那就是说,这些人是普通人,同时也就是英雄。普通人与大写的人本来是一个人。这个提法何等清楚明快,对茹志鹃的那些没有建立过什么赫赫功业的人物是多么深刻的带有感情的了解啊。"(韦君宜:《我的心得》,李子云《净化人的心灵》代序)子云同志对她评论的女作家,有一谈一,是二说二,既不随意拔高,也不轻易否定,采取的是一种平等的、朋友的、实事求是的态度,因此深受女作家的欢迎和喜爱。在文字上,子云同志的评论则写得儒雅、隽永、言虽尽而意无穷,称得上篇篇是精品。

进入20世纪九十年代和本世纪后,子云同志又主要做了两项工作。一是写文艺回忆录。她曾当过夏衍同志的秘书,又曾在中共华东局和上海市委宣传部、上海市政府文教委员会、《文汇报》、上海作协文学研究所、《上海文学》杂志社工作过,和文艺界不少知名人士有过广泛而深入的交往。加之,她又善于观察,善于捕捉细节,所以她写的这些回忆录,不只史料翔实,可供后人研究现当代文学史的参考;而且她回忆录中的人物,无不形神毕肖,跃然纸上,其中她对夏衍的回忆尤其当行出色,可以说是文艺回忆录中的"上好佳"之作。她的《远事和近事》、《我所经历的人和事》出版后,凡阅读过该二书的,无不拍案称好!子云同志晚年，在团结和联络台湾和海外华人文学作家方面，更作出了重要贡献。早在1978年5月，她就对台湾旅美作家於梨华的《傅家的儿女们》作了评介，这是中国大陆最早引进和介绍台湾和海外华文文学作家的评论文章之一。她的《国内人读〈傅家的儿女们〉》一文，对《傅家的儿女们》做了精到的思想艺术分析。她认为，於梨华的《傅家的儿女们》，"无论是人物描写、情节结构、语言锤炼，都又有了新的进展，不但进一步发挥了她一贯固有的明丽、委婉、细致的风格，而且，反映的生活更广阔了，同时，还增添了思考和探究生活真理的色彩。这就使作品更丰富、更厚实、更有深度"。以此为开端，子云同志写了一系列评论海外华文文学作家（主要是女作家）的评论文章。中国作家协会华文文学联络委员会遴选她为委员。子云同志把评论台港和海外华文文学作家作品，看做是弘扬中华文化、维护祖国统一工作的一部分，因此她做得特别认真，特别用力，也因此得到了台港和海外华文文学作家普遍的好评。直到1998年，那时子云同志的身体已不如往年，她还写了《於梨华和她的〈屏风后的女人〉》一文，刊登在《世界华文文学论坛》1998年第1期上。

从1979年子云同志在理论批评工作座谈会上做"文学是阶级斗争的工具论"的质疑发言，扮演"翻海鲸"的角色起，无论是上世纪八十年代她对青年评论家的培养和提携，对当代女作家的创造性评论；还是在晚年她对文艺回忆录的写作和对台港及海外华文文学作家的评价，都体现了她"翻海鲸"的一贯精神。"巾帼岂无翻海鲸？"李子云同志也是一个！

（原载《人民日报》海外版，2009年7月31日，有删节，这里发表的是全文）

实事求是地评价新中国 60 年文学

今年是新中国成立 60 周年。一些作家、评论家、文学刊物、媒体副刊，以不同的方式对新中国 60 年文学作出评价。如何实事求是地评价新中国 60 年文学，还 60 年文学的本来面目，在文学界取得共识，该是文学界庆祝新中国成立 60 年时需要解决的大问题。

在评价 60 年文学时，有两种倾向是必须反对和防止的：一种是全盘肯定 60 年文学的倾向。因为是国家 60 大庆，于是便对 60 年文学只讲好话，只唱颂歌，而对 60 年文学走过的曲折道路避而不谈。另一种是基本否定 60 年文学的倾向：对"文革"前的 17 年文学（更不要说"文革"文学），一概归结为"左"；对新时期的文学，特别是对社会主义市场经济时期的文学，一概归结为"糟"。于是，新中国 60 年文学竟一无是处。这两种倾向，虽然可以为某些人称快于一时，但绝不会得到文学界的赞同。

新中国 60 年文学所走过的道路，是十分特殊的。它既不同于 1919 年至 1949 年间的中国文学，也不同于 1917—1991 年的苏联文学，更不同于第二次世界大战后至今的西方文学。

新中国成立后，实现了国民党统治区和解放区两支文学队伍的大会师。这两支文学队伍的会师为发展文学生产力提供了前所未有的土壤和条件。一方面，来自国统区的文学队伍，他们继承和发扬了"五四"以来的新文学传统，又有丰富的创作经验和表现生活与历史的技巧，只要让他们充分施展文学才能，他们就能为新中国文学作出新贡献。另一方面，来自解放区的文学队伍，他们有着深厚的对人民生活的体验。

饱和着对生活的激情,对新中国无比热爱,他们在表现新的时代、新的人物方面,更积累了一定经验。因此,在新中国成立初期,文学领域朝气蓬勃,好作品迭出,是十分自然的。

但是,时过不久,文学领域里就开始出现不正常的现象。一是以搞政治运动的方式领导文艺。从批判《武训传》到批判《红楼梦研究》,从"反胡风"到"反右派"、"反右倾",到"文艺整风",一直到"文革",都是通过政治运动来规定文学的方向。二是搞一"花"独放。只准放解放区文学这朵"花",不准放其他"花"。在"可不可写小资产阶级"的论争中,以茅盾为代表的按照生活的本来面目写生活的现实主义被打下去了。在反对胡风的"主观战斗精神"文艺思想的斗争中,以胡风为代表的强调在反映现实时高扬作家主体性的战斗现实主义,也被打下去了。而对来自解放区的作家和新中国成立后新出现的作家,又只允许他们写新生活中的两个阶级、两条道路、两种思想之间的斗争,于是这朵"花"开得也并不美丽。三是对不听话的作家搞放逐。"反胡风"中,不听话的胡风派作家被放逐了,或被关进牢里,或被管制。"反右派"中,数以万计的"右派"作家被放逐了,或去北大荒,或到农村、工厂去劳动改造。上述"三斧头"劈下来,文学界能不伤筋动骨?! 文学生产力的发展能不受到影响?!

然而,中国的作家是可爱的,即使在这样的政治气候和氛围下,他们还是努力创作他们认为应该歌颂、应该暴露的作品。《红日》、《红旗谱》、《红岩》、《青春之歌》、《创业史》是这样创作出来的,《李自成》第1卷是这样创作出来的,《布谷鸟又叫了》、《柳堡的故事》是这样创作出来的。……因此,尽管"文革"前17年的文学,阴霾重重,但仍然掩盖不了它的熠熠光辉。发展文学生产力的力量与扼杀文学生产力的势力同时存在,是"文革"前17年文学的显著特点。不过,文学创作的成就仍然是基本的。中国当代文学史中的17年篇章,分量还是重甸甸的。

"文化大革命"一来,除了《艳阳天》、《金光大道》、《西沙之战》和"写与走资派作斗争"的作品外,几无文学可言。但是,也还有一些文学作者,能够逆"四人帮"的"三突出"、"主题先行"文学潮流而动,在"地下"

创作出了经得起时间检验的作品。如张扬的长篇《第二次握手》，把知识分子作为主要人物，写出了三个科学家的内心世界、命运和际遇。小说起初以手抄本的形式在全国各地流传，作者也曾因此而遭到迫害，被抓捕关押达四年之久。至于1976年"天安门事件"前后出现的"天安门诗抄"，对其后的粉碎"四人帮"，更起到了舆论准备的作用。所以，即使对"文革"时期的文学也要作具体分析。

新时期到来，与以往不同的新时期文学应运而生。仅仅从1977—1986年，十年间，新时期文学就经历了十大文学思潮和创作潮流：怀念和歌颂老革命家的文学思潮和创作潮流；伤痕文学思潮和创作潮流；反思文学思潮和创作潮流；新的反封建的文学思潮和创作潮流；"人的文学"思潮和创作潮流；"改革文学"思潮和创作潮流；开放的现实主义思潮和创作潮流；"中国式的现代派"文学思潮和创作潮流；"寻根"文学思潮和创作潮流；通俗文学思潮和创作潮流。这十大文学思潮和创作潮流并不是单线直进，而是相互交叉而递进的。这十年的文学创作成果，超越了"文革"前的十七年，称得上是新中国文学发展的黄金时代。

这个黄金时代来之不易。"文革"结束后，拨乱反正。有人把反正理解为就是回到"文革"前的十七年的"正"，因此对"伤痕文学"和"反思文学"不满。而多数作家和评论家则认为，"文革"前的十七年，既有"正"，也有"左"的东西，因此，不能简单化地回到十七年文学，而是要认真反思十七年文学中"左"的东西，反思十七年文学何以不受阻碍地蜕变、异化为"文革"文学。正是在这一反思中，"文艺为政治服务"、"文艺从属于政治"的提法，改为文艺为人民服务，为社会主义服务；"文艺为阶级斗争工具论"改为"文艺多功能多效应论"；"文艺只能歌颂人民，不能暴露人民，暴露只能暴露敌人论"改为"文艺既要歌颂人民，也要暴露敌人，也可暴露人民内部缺点，只要对社会主义有利论"；等等。没有对"文革"前十七年文学的深刻反思，也就没有新时期文学十年的光辉成就！

随着改革开放的发展，特别是1992年后社会主义市场经济体制的确立，1987年至今的23年的文学，也发生了重大变化：

首先是创作自由度空前未有地扩展。写什么和怎么写,由作家自己决定。上下几千年,纵横数万里,什么题材,什么人物,都可以写;什么技巧什么手法,都可以用。

与此相联系,作家的主体意识从来没有像这23年间那样地自觉。无论是表现历史还是反映生活,作家都有自己的主见、体认和感悟。"文革"前十七年的"领导出思想,群众出生活,作家出技巧"的创作模式,早已成了历史的陈迹。

文学队伍的组成发生了变化。如今的文学队伍由三部分人组成:国家包起来、养起来的作家(当然他们不是白养,其中不少作家写出了好作品);大批的业余作者;一部分自由撰稿人和文学个体户。自由撰稿人和文学个体户是从上世纪九十年代以后才成为一股创作力量的。今后,大批业余作者将长期存在;国家包养的作家会逐渐减少;作为自由职业者的自由撰稿人和文学个体户,将会越来越多。

文学刊物的数量多得难以确切统计。除中央一级文学刊物外,各省、市、自治区,各地区、市,以至一些县、市都有自己的文学刊物或文学报纸。总数约在两千家以上。这么多文学刊物,促进了文学的普及和兴盛。

创作方法极其多样化。开放的现实主义、现代派(意识流、感觉主义、印象派、超现实主义、生活流、新历史主义,等等)、传统的写实主义、浪漫主义、魔幻现实主义……种种创作方法被我国不同作家所运用,他们彼此竞赛,各显神通。

网络文学崛起。我国电脑用户至今已达3.5亿户。据《文学报》2009年8月6日《如此之"多"的长篇小说》一文报道:"近年网上的长篇数量已经达到年产20多万部的天文数字。"20世纪的作家固然想不到会出现这一情况,就是21世纪成名的作家对此也感到瞠目结舌。

仅从以上六方面看,1987—2009年间的文学发生了多么大的变化!这一大变化,发生在市场经济体制确立以后,发生于现代科学技术(电脑、互联网等)普及于千家万户之后,总的说来,是对新中国的文学起了促进作用的。正因此,这23年的文学在前十年文学的基础上,有了发展、开拓、创新和提高。

不过,市场经济和现代科学技术都是"双刃剑"。它们既对文学创作的发展有利,但也对文学发展产生着负面效应:"当有了自动机械、铁道、机车、电报的时候",希腊神话"还可能存在么?"(马克思语)

一是不少出版家、作家、评论家把"钱"、"利"放在第一位,只要有"钱",只要有利润,什么书都可以出,什么作品都可以写,什么评论都可以拿出去发表。于是,肢体写作者有之,以个人隐私招徕民众者有之,以性描写吸引读者眼球者有之,胡编乱造者有之,"戏说"、瞎说者有之,当前文学市场上的混乱现象,已经达到了令人扼腕叹息的程度。新时期前十年(1977—1986)间文学评论家的自由思想、独立精神,在一些评论家中被抛在一边了,他们也是"钱"字当头,出现了"跟风评论"、"小圈子评论"、"红包评论"。明明是一般性的、平庸的作品,动不动就被吹为"史诗"、"天才之作";明明是一个谩骂鲁迅的作者写的包含有多首淫诗的诗集,竟被评为鲁迅文学奖获得者。看不到本世纪以来文学领域里出现的消极现象、腐败现象,还在一味地为当前文学唱赞歌,对我国文学的发展是十分不利的。自然,在市场经济下,文学艺术也要讲经济效益。但是,中国是社会主义国家,在讲经济效益的同时,还要讲社会效益。我们提倡社会效益与经济效益的统一。

二是不少作家、评论家的社会责任感减弱了,作品的时代精神淡化了甚至湮没了。由于文学刊物过多,"需"大于"供",因此,只要粗通文字甚至文理不通的作品也能够发表。无思想、无主题、无情节、无结构、无文采的"五无"作品,在文学刊物上大量出现。

三是某些主管意识形态部门的领导人,只求文学领域里稳定,不敢批评文学领域里的不良倾向。他们以"越批越红"为"理由",放弃了对文学领域里的导向责任。结果,谁要批评了某种文学领域里的不良现象,要么是不予发表,要么是被认为"左"。正气受到压制,歪风怎不抬头?

四是网络文学垃圾多,好作品少,精品更少。年产20万部长篇小说(对这一数字,我表示怀疑,但网络文学年产一万部以上长篇小说,是可能的),只能是作品跟着手指(击键)走,"码"出来的大多数是"五无"小说,能够有千分之一的好作品已经很难得了。

从上可见,自1987年至今的23年间的文学,成就史无先例,但也不是没有问题。

我们所期望于文学界同仁者,就是对新中国60年的文学,取得共识:既要看到它所取得的重大成绩,也不回避它所走过的曲折道路。特别是对新世纪的文学,既要看到它的新趋势,也要看到它存在的新问题,切实地予以解决。负责意识形态工作的部门,更应负责地予以导向,引导我国的文学问好处、高处、真善美处发展。总结经验,吸取教训。果真能如此,下一个60年的中国文学一定能站在世界文学的前列,为新中国的现代化,为新中国和全世界的亿万读者作出更多更大的贡献!

(原载《大众文学》2009年第8期)

历程·个性·当下

——江苏文学六十年

两汉以来,江苏地区即是人文荟萃之地。1949年,江苏全境解放,江苏文学进入了与以往江苏文学史不同的历史时期,至今已有六十年。江苏文学六十年发展历程怎样,有何不同的个性,当下情况如何,我想在这篇文章里着重论述这三个问题。

一

1949年4月下旬,江苏全境解放后,实现了原在解放区和国民党统治区从事文学工作的两支队伍的会师。当时,江苏分别由苏北行政公署、苏南行政公署和南京市三方辖治,扬州、无锡、南京三地就成了两支文学队伍会师的地方,《苏北文艺》、《苏南文艺》、《文艺》(南京)也成了江苏两支文学队伍发表作品的园地。来自解放区的石言,以短篇《柳堡的故事》引起全国性的反响。夏阳的《在斗争的路上》因是我省解放后最早出版的长篇而为人注目。叶至诚、高晓声的戏曲文学《走上新路》,其熠熠生辉的艺术才华使人广泛注意。方之写出了《组长与女婿》和《在泉边》,陆文夫写出了《荣誉》,高晓声写出了《解约》,艾煊写出了《战斗在长江三角洲》、《秋收之后》,凤章写出了《两个加油工》,梅汝恺写出了《史瑞芬在清水塘》,诗人沙白、忆明珠、鲍明路、赵瑞蕻、钱静人、章品镇、化铁也都写出了解放后的第一批诗作……新生的江苏当代文学显示出一片蓬勃发展的景象。

江苏当代文学创作的第一次高涨是在1956年"双百"方针提出以后。"百花齐放、百家争鸣"的方针,大大解放了文学生产力,江苏作家的创作也迈上了一个新的台阶。方之的《浪头与石头》、陆文夫的《小巷深处》、高晓声的《不幸》、刘冬的《英雄的柴米河》、鲍明路的诗集《重渡松花江》,杨履方的话剧《布谷鸟又叫了》等名作,全都是在"双百"方针提出后发表和出版的。而这时,他们风华正茂,年龄大多在三十岁左右。也是在"双百"方针提出后,1957年上半年,江苏省的一些青年作家方之、陆文夫、高晓声、叶至诚、梅汝恺、曾华、陈椿年等在艾煊的支持下倡议创办《探求者》文学月刊社,主张"运用文学这一战斗武器,打破教条束缚,大胆干预生活,严肃探讨人生,促进社会主义"。这是和"双百"方针的精神相一致的,有助于进一步发展和解放文学生产力。但是,为时不久,在反右扩大化中,这些青年作家被打成"探求者反党集团",高晓声、陈椿年被错划成"右派",其余同志全都"下放劳动",逐出文学界。至此,江苏省的文学创作受到沉重打击,进入低谷时期。

在1958—1960年的三年间,江苏文学界虽然也出现了如孙友田的诗集《煤海短歌》、刘川的话剧《烈火红心》、顾尔镡的戏曲《红色的种子》(与夏阳、俞介君合作)等较好的作品,但它们都受到当时所谓"两结合"的干扰而削弱了艺术感染力。

1961、1962两年,随着《文艺十条》、《文艺八条》(即中共中央批转的文化部、文联党组关于繁荣文艺工作的十条意见和八条意见)相继传达、贯彻,江苏文学创作走出了低谷而进入第二次高涨。方之、陆文夫、艾煊等作家被允许重新发表作品。题材领域也有新拓宽。于是,方之的《岁交春》、《出山》,陆文夫的《葛师傅》,艾煊的《碧螺春汛》,都得以问世;凤章的《彩霞万里》则受到好评。尤其是方之的《出山》因其塑造了三年困难时期农村新的"拼命三郎"王如海的感人形象而震撼了千百万读者的心灵。此外,鲍明路的诗集《浪花集》、海笑的《江海边上的春天》、宋词的《落霞一少年》以及魏毓庆的《秋夜》也都是在这一时期出版、发表的。顾尔镡、夏阳、鲍明路合作时《雨花台下》,也在这时期演出。

然而好景不长。随着"以阶级斗争为纲"指导思想的提出，文学创作被纳入"两个阶级、两条道路、两种思想斗争"的轨道。在"文艺整风"中，"写中间人物论"挨批，陆文夫的作品也被株连，他再次被放逐，从此沉默了十四年。这一时期，只有一些革命历史题材的好作品，还能保持其艺术生命力。艾煊的长篇《大江风雷》是其中的优秀之作。

及至"文化大革命"到来，江苏作家几乎无一例外地受到批判或斗争，或被作为"反动权威"，或被作为"反革命修正主义分子"，或被作为"右派"或"漏网右派"，或被作为"牛鬼蛇神"，全都被打翻在地。他们的作品也都被作为"封、资、修"的作品而受到"扫荡"。一时间，江苏文学领域成了一片"空白"。"文革"中、后期，有些作家被"解放"，他们也发表、出版了少量作品。黎汝清的《海岛女民兵》，是其中的尚称人意之作。但"三突出"的阴影仍然笼罩在书中主人公的头上。

十月春雷一声响，一举粉碎了"四人帮"。党的十一届三中全会的召开，更迎来了一个崭新的时期。江苏的文学创作也进入了新阶段，出现了前所未有的大好形势，这表现在：

一，在历次全国性的评奖中，江苏作家获奖次数之多，在全国处于前列地位。陆文夫的《献身》、《小贩世家》、《围墙》、《清高》、《美食家》，高晓声的《李顺大造屋》、《陈奂生上城》，石言的《漆黑的羽毛》、《秋雪湖之恋》，张弦的《记忆》、《被爱情遗忘的角落》，朱苏进的《射天狼》、《凝眸》，方之的《内奸》，赵本夫的《卖驴》，周梅森的《军歌》，叶兆言的《追月楼》，凤章的《路的召唤》、《法兮归来》，王辽生的《探求》，朱红的《寻觅》，赵恺的《我爱》，陈白尘的《云梦断忆》，惠浴宇的《写心集》，忆明珠的《荷上珠小集》，程玮的《来自异国的孩子》，刘健屏的《我要我的雕刻刀》，方国荣的《彩色的梦》，陈益的《十八双鞋》，艾煊的《风雨下钟山》，顾尔镡的《严凤英》，谢光宁的《屠城血证》、程玮、冒炘的《秋白之死》，均在全国性的评奖中获奖。戏曲《打碗记》、《一字值千斤》在参加文化部戏曲现代戏汇报演出中获得普遍好评；歌剧《芳草心》、话剧《本报星期四第四版》在文化部调演中获奖；《奇婚记》誉满京华，共获七个项目的一等奖；《皮九辣子》在北京和省内外演出均产生轰动效应。《向前！向前！》、

《理想依然是美丽的》《宋指导员日记》在军内外产生了强烈的反响和影响。文学创作获得如此大面积丰收,是江苏省当代文学创作中前所未有的。此外,作家海笑、黎汝清、叶至诚、梅汝恺、杨旭、宋词、刘振华、刘国华、徐朝夫、赵沛、张彦平、姜滇、王立信、卞祖芳、成正和、肖建亨、庞瑞垠、袁子、艾奇,诗人吴奔星、沙白、忆明珠、王辽生、丁芒、赵瑞蕻、孙友田、黄东成、陈咏华,散文家杨苡、魏毓庆、高凤、李克因、俞律、王知十、李萌、吴凤珍、陈肃等在新时期也都写出了新作品。

二,形成了一支彼此衔接、相互接力的文学创作梯队。这就是以陈白尘、吴奔星、沈西蒙为代表的在全国解放前即已知名的老作家;以陆文夫、高晓声、艾煊、石言、张弦、凤章、杨旭、沙白、忆明珠、刘川、漠雁、冠潮等为代表的在五、六十年代即已崭露头角的年龄在六十岁左右的一大批作家;以赵本夫、朱苏进、周梅森、程玮、黄蓓佳、储福金、范小青、毕飞宇、贺景文、薛兵、梁晴、顾潇、邓海南、叶兆言、苏童、吴碧莲、王心丽、王川、庐山、丁正泉、夏坚勇、黎化、苏叶、赵翼如、谷传发、李鸿声、蔡海葆、林震公等为代表的在新时期崛起的一大批青年作家,他们起点高,进步快,常常在几年间就成了全国知名的作家。这三支创作队伍,形成了梯队,显示了江苏省文学创作的实力和后劲。

三,出现了一个文学刊物群。除1957年即已创刊闻名全国的《雨花》月刊外,在新时期江苏还创办了《钟山》、《青春》、《青春文学丛刊》、《东方纪事》等立足江苏、面向全国的文学刊物以及各市的立足本市、面向全省的近十家地方文学刊物。这一文学刊物群在发表好作品、培养新作者方面做了许多有益的工作。

1989年至2009年,这二十年则是江苏文学生产力大发展的二十年。首先是,一大批新作家加入了江苏的文学创作队伍和理论队伍,如韩东、鲁羊、荆歌、王大进、唐晓玲、朱辉、叶弥、鲁敏、朱文颖、庞余亮、刘家魁、丁帆、王彬彬、丁晓原、王干、费振钟、何言宏、杨洪承、胡星亮、邵建、汪政、晓华、张宗刚、张光芒、王尧、李美皆等人,他们是江苏文学创作和文学评论队伍中的新锐,创作和著述势头令人惊喜。其次是,二十年间,优秀作品和高质量的理论著作迭出。长、中、短篇小说,如黎汝清的《湘江之战》、杨旭的《经纬堂》、庞瑞垠的《秦淮世家》、李克因的《江陵秋月》、刘振华的《悠悠天地人》、赵本夫的《天下无贼》、《无土时代》、范小青的《城市表情》、《女同志》、黄蓓佳的《今天我是升旗手》、《婚姻流程》、周梅森的《人间正道》、《梦想与疯狂》、储福金的《心之门》、《黑白》、毕飞宇的《玉米》、《推拿》、张国擎的《斜阳与辉煌》、王明皓的《沧海苍天——北洋水师覆没记》、唐晓玲的《家园》、沈乔生的《白楼梦》、李风宇的《最后的金百合》、王川的《白发狂夫》、《五色廊》、庐山的《风尘孽缘》、枫亚的《扬子百年记》、姜琍敏的《红蝴蝶》、谭慕平的《镇安坊》、赵沛的《刘天华传》、《大探险家徐霞客传》、兰兰的《浮光》、《烟水金陵》等。报告文学,如张茂龙、李潮的《黑户》、杨守松的《昆山之路》、《苏州老乡》、《小康之路》、《昆曲之路》、庞瑞垠的《光明行·瞩目江阴》、祖丁远的《社会脊梁》等。散文集,如王辽生的《有你相伴》、章品镇的《心中的私档》、黄霞君的《夏夜情思》、丁家桐的《桑梓笔记》、冯亦同的《镶边的风景》、莫砺锋的《浮生琐忆》、张昌华的《青瓷碎片》、孙观懋的《淮水东边旧时月》、古平的《古平通讯散文选》等。诗集如沙白的《独享寂寞》,张泽易的《短笛》、刘家魁的《刘家魁诗选》、君羊的《君羊诗选》、子川的《子川诗抄》等。传记文学,如李风宇的《孙中山》、《失落的荆棘冠 俞平伯评传》、傅宁军的《完全李敖》、冯亦同的《朱枫传》、罗英才的《陈毅的非常之路》、丁群的《刘顺元传》等。评论家和学者,如吴调公、范伯群、曾华鹏、董健、王臻中、黄毓璜、刘静生、袁玉琴、范培松、朱栋霖、谢柏梁、王长俊、赵宪章、徐采石、金燕玉、丁帆、丁晓原、邵建、石钟扬、胡星亮、费振钟、朱子南、陆建华、张光芒、张宗刚、李美皆等人,在这二十年间都出版了自己的得意之作,影响广泛。与文学创作、文学评论和学术论著二十年间的跃进同步,《雨花》、《钟山》、《扬子江诗刊》、《青春》以及21世纪新创办的《大众文学》、《扬子江评论》和各市的文学期刊都把刊物的质量提高到一个新水平。仅从以上三方面看,1989—2009年间的江苏文学,不仅超过了"文革"前的十七年,也超越了新时期的1977—1989的十二年。

二

尽管"文革"前的十七年,江苏文学受过"左"倾文艺路线的影响,在"文革"中受到极左文艺路线的摧残,但从总体来看,江苏文学六十年,成绩是主要的,主流是健康的。认识江苏文学的发展规律,既要认识它与全国文学的普遍性、共性,更要认识它与其他省、市、自治区文学不同的特殊性、个性。那么,江苏文学60年有哪些"个性"呢?

"一方水土养一方人",一方人出一方文学。由于江苏存有不同于其他地方的水土、人情,造成了江苏特有的"士风"。江苏文学历来清隽、俊逸、高洁、挺拔,开风气之先而不失其"正"。长期积淀下来的文化基因,潜在地、深刻地影响了江苏的作家(含从外地过来在江苏长期从事文学活动的作家)。江苏文学60年间的代表性作品正体现了这样的"士风"和文化传统。五十年代的《柳堡的故事》、《小巷深处》;六十年代的《落霞一青年》、《出山》;七、八十年代的《李顺大造屋》和《绝唱》;九十年代以后的《无土时代》、《梦想与疯狂》、《女同志》;以及诗歌、散文、报告文学、戏剧文学、电影文学、电视文学、曲艺文学、民间文学以至杂文、评论中的优秀作品,莫不如此。这说明,千百年累积下来的文化基因和自然形成的"士风",有其顽强的生命力。尽管它们也受到60年间时代变迁和社会递嬗的影响,但江苏的"士风"和"文风"仍有其独特"个性"。江苏作家确确实实作为知识分子中的精英,作为新中国的新的"士",在不同的文学领域内积极从事创作活动,他们的作品没有剑拔弩张,也缺少"灭此朝食"的气概,但却以文化内涵、文化品位、文化良知而为读者喜爱,并以此与其他省、市的文学区别了开来。

其次,60年间的江苏文学,作家们运用的创作方法,基本上都是开放的现实主义。这不仅在我国实行改革开放以来是这样,就是"文革"前的十七年也是这样。《柳堡的故事》发表于1950年3月,揭示了军队里爱情与纪律之间的矛盾及其最后统一。这部中篇小说是以现实主义创作成功的,但那是五十年代初期的开放现实主义。散文《碧螺春汛》

写的是江南茶汛,是纪实的,然而又洋溢着浓烈的浪漫色彩,那是六十年代的开放现实主义。"写真实"的报告文学《路的呼喊》和《检察官汤铁头》,更是现实主义的,但在这两篇报告文学中却又有作家正义的理想在闪光,这又是八十年代的开放现实主义。戏剧《一二三,起步走》,写出了剧中人对在人生道路上应该怎样"起步走"的新理解和新追求,在笑声中步入了真善美,这又是九十年代的开放现实主义。《无土时代》和《梦想与疯狂》则体现了21世纪开放现实主义的新特色。江苏作家之所以执著于现实主义而又坚持开放,和江苏的人文环境分不开。江苏人民千百年来与天斗,与地斗,与反动统治阶级斗争,在斗争中铸成了勤劳勇敢、艰苦求实的性格;另一方面,江苏濒江临海,早在春秋时期,吴国即出动战船北上山东与强国争霸。三国时期,孙吴的"海军"东临台湾,西达今东南亚诸国。晚清年间,江苏是洋务运动的重镇。江苏人民这种务实而又开放的性格,给江苏作家的创作方法打上了深深的烙印。所以,60年间,江苏作家自觉地或不自觉地运用开放现实主义的创作方法。

与江苏人民求实而又开放的性格相联系,在江苏的人文精神中,从来就有尊重人、关心人的传统,同时对人的异化、人性的异化从来给以揭露和鞭挞,这在明清江苏小说中体现得十分明显。江苏文学60年来,又继承和发扬了这一人文传统。儿童文学《我要我的雕刻刀》,希望八十年代的孩子和过去年代的孩子不一样,应该"各具个性"而不是只会听老师的话,按照老师的指挥棒"发出同一个音调,同一个旋律,同一个节奏"。杂文《日记何罪》,痛斥的就是林彪、"四人帮"在"文革"期间践踏人、迫害人、侮辱人的对"人"的异化。我们在六十年江苏文学中都可以看到江苏作家对人性美的发现,对人性丑、人性恶的批判。

比较全面地理解和发挥文学的作用,这是江苏文学60年的又一"个性"。本来,文学具有认识、教育、审美、娱乐、宣泄等多种作用。但在一个时期里,按照苏联教科书,只讲文学的认识、教育、审美作用,完全不提文学还有娱乐和宣泄作用。但是,江苏的文学环境得天独厚,戏曲、曲艺都很发达。戏曲有锡剧、苏剧、扬剧、淮剧、京剧、淮海戏、柳琴戏、黄梅戏、滑稽戏等等；曲艺有扬州评书、评话、扬州弹词、扬州清曲、苏北琴书、苏州评话、苏州弹词、南京白局、徐州琴书、山东快书、评书、相声等等。它们自明代以来，主要是娱乐民众，宣泄民众的情绪，同时在娱乐、宣泄中让民众认识生活，受到教育，得到审美享受。这一文学环境，对江苏作家潜在的影响很大。江苏作家不只是在新时期较早接受了文学的五大作用的提法，而且早在五、六十年代，就注意发挥文学的娱乐和宣泄作用，创作了能够给人以娱乐，能够宣泄人的情绪，同时又能够起到认识、教育、审美作用的作品。在新时期，这样的作品更多。如小说《被爱情遗忘的角落》、《鱼钓》，诗歌《我爱》，散文《假如我是个作家》，报告文学《"季公火佛"》、小说《天下无贼》，就都是既具认识、教育、审美作用又具娱乐、宣泄作用的好作品。

　　自吴国季札在鲁国观礼发表文艺评论起，江苏的作家、评论家历来就有独立的思想，自由的精神。六朝时期江南文人的"逸"，明清之际扬州文人的"怪"，实际上都是独立思想、自由精神的表现。这一人文传统又潜移默化了江苏作家。60年间，江苏的作家、评论家、杂文家，都比较自觉地具有独立思想、自由精神。五十年代，是江苏作家最早提出社会主义文学需要"探求"，是江苏评论家最早对文学领域内的教条主义开展"争鸣"；六十年代，是江苏作家最早在作品中揭露"大跃进"中的阴暗面；七十年代，是江苏杂文家最早要求"国家的法律必须真正保护公民的人身权利、民主权利，真正保障记日记无罪，保证日记不致成为抄家的目标，文字狱的罪证，保证日记的作者不会成为思想犯"；八十年代，是江苏作家最早在创作中提出要对"铁饭碗"的体制进行改革；九十年代，又是江苏评论家最早提出"文化小说"和"生态小说"问题。正因为江苏作家、评论家、杂文家富有独立思想、自由精神，因此在60年间才创作出来了众多经受了时间检验的好作品和好文章。

　　六是江苏的当代文学评论对江苏文学创作总的说来是起了推动和促进作用。六十年中，除了反右扩大化以后一段时间，"文艺整风"后一段时间和既无真正意义的文学创作也无真正意义的文学评论的"文革"的总共十来年"非常"时期外，江苏的当代文学评论既为文学创作开路，又为文学创作"浇花"、"培土",与文学创作一起荣辱与共,甘苦备尝。五十年代,在《柳堡的故事》的讨论中,江苏的文学评论工作者保护《柳堡的故事》,与粗暴的批评者进行辩论。1957年"鸣""放"时,江苏的文学评论工作者,坚决拥护和支持"二为"方向和"双百"方针,与教条主义者作斗争。1961—1962年间,江苏的文学评论工作者又为《文艺十条》和《文艺八条》的贯彻、执行作了努力。方之、陆文夫1961年复出后所创作的好作品,江苏的文学评论工作者立即予以好评。当《出山》后来受到无理批评时,又是江苏的文学评论工作者开着顶风船与之进行公开辩论。新时期到来后,是江苏的文学评论工作者最早(1978年)为胡风文艺思想进行评议,这在无形中对江苏作家文艺思想的解放起了促进作用。每当江苏作家的作品获奖后或在江苏文学刊物上发表了好作品后,江苏的文学评论工作者总是迅速地发表评论和研究文章,肯定和总结他们的创作经验。经常讨论江苏作家的作品,已经成为一种习惯。《陆文夫作品研究》、《艾煊作品研究》两本专著就是由江苏省的文学评论工作者集体写作出来的。六十年间,先是由陈瘦竹、吴调公、吴奔星等老一辈评论家为发展江苏文学创作而尽力;以后又由范伯群、曾华鹏、叶橹、严迪昌、董健、胡若定、裴显生、刘静生、黄毓璜、凌焕新、郁炳隆、朱子南、唐再兴、吴周文、方全林、陆建华、徐兆淮、金燕玉、徐采石、范培松、朱栋霖、吴周文等一批中年评论家为促进江苏文学创作而奋斗;从八十年代起,评论家丁帆、王干、费振钟、叶公觉、戎东贵、丁晓原、汪政、晓华等脱颖而出,他们为繁荣江苏文学创作做了许多有益的工作。从整体上看,江苏的文学评论家都坚持运用马克思主义的美学的、历史的批评方法,同时又吸收和采用现代批评方法中的一些优点和长处。没有江苏文学评论工作者六十年来与江苏作家之间的亲密团结,彼此了解,切磋琢磨,相互支持,六十多年来的江苏文学创作也不可能取得如此重大的成就。

七是江苏文学创作的外部环境,相对而言,比较宽松。这表现在:反右扩大化的狂风暴雨期间,中共江苏省委以"边戴边摘"的方式,使艾煊、方之、叶至诚等同志留在党内,从而使他们在两年后即能从事文学创作。陆文夫也在下放劳动后两年即被重新吸收进创作组。如此保护作家,这在当时全国各省、市中是少见的。新时期以来,中共江苏省委和省人民政府一贯坚持四项基本原则,坚持文艺的"二为"方向,反对资产阶级自由化;一贯坚持改革、开放,提倡解放思想,实事求是。这一良好的政治气候,十分有利于江苏文学创作的发展。再就是江苏人的文化心理比较健全。文化心理是由道德、伦理、哲学、思想方式、思维定势、风土习惯、典章制度、礼仪服饰、民俗人情以至医卜星相等等文化因素的长期积淀所形成的心理状态。江苏的地理位置,处于我国南方文化和北方文化的交汇点,江苏人的文化心理历来就有兼容并蓄、博采众长的优点。进入新时期后,又发展为求新、求异、外向、吸收。如此文化心理,当然也有助于文学创作的发展。江苏还有大批审美水平较高的文学读者。《雨花》"紧贴火热的生活,追踪变革的时代,推崇深沉凝重的现实主义作品,容纳纷呈异彩的各种文学流派",如此办刊宗旨,获得了江苏广大读者的欢迎。在商品经济冲击下,不少刊物转而刊登庸俗、低级、性文学、刺激性强的作品,企图以此招徕读者。《雨花》不媚俗,"我自岿然不动",而审美水平较高的江苏读者也欢迎和支持这样做。《雨花》的发行数始终保持在一个较稳定的水平,显然和江苏有一个审美水平较高的读者群分不开。竞赛、争鸣的气氛在江苏也比较浓厚。在老作家之间、中年作家之间、青年作家之间、在青年作家与中、老年作家之间,大家都想超越自己也超越别人,无形中进行着创作上的竞赛。至于争鸣的气氛在江苏文学界更是强烈,无论是在小型座谈会上,还是在大型讨论会上,在报纸刊物上,不同意见的争鸣是常见的事。《皖南事变》发表后,即曾在江苏引起"争鸣"。但"争鸣"双方态度是平等的,诚恳的,目的是一致的,都是为了更好地繁荣社会主义文学事业。

正是江苏文学发展六十年间的这些"个性",导引着、制约着江苏文学不断向高处、向前方发展。

三

进入21世纪后,随着市场经济对文学领域的冲击,江苏文学当下也出现了一些新问题。部分作家的社会责任感和使命感有所弱化;一部分文学作品趋向商品化,某些作家作者们写作时想的只是作品能否畅销、能否赚钱,置社会效益于不顾,而有的评论家竟对那些有不良倾向的作品也大加吹捧;有些作家不把人民放在心里,人民也就不把作家记在心上,文学作品平均销售量急剧下降,说明许多作家作品已经"边缘化",读者不再理睬他们了。如果说当下有什么文学危机的话,那就是最大的文学危机。

对21世纪江苏文学界当下出现的新问题,必须严肃正视并予以逐步解决。谨陈刍议如下:

一是要加强对作家们特别是对六、七、八十年代出生的作家们的再教育。主管意识形态的部门,江苏作家协会的领导,要把思想教育工作放在第一位。那些跑场子,"红包"座谈会、研讨会,卖版面宣传作品那一套,要少搞最好不搞。鲁、郭、茅、巴、老、曹是跑场子、开"红包"座谈会、研讨会,卖版面宣传作品搞出来的吗?那时,我们的党还是在野党,党是靠党的思想影响、党员与作家们交朋友,来对作家们进行思想教育的。瞿秋白与鲁迅结为忘年交,鲁迅赠对联给瞿秋白,说明党对作家们的思想教育工作是卓有成效的。新中国成立后,靠政治运动对作家进行思想教育,实践证明,效果适得其反。我们要发扬21世纪二、三、四十年代党对作家做思想工作的经验,做好六、七、八十年代出生的作家们的再教育工作。

二是出版、传媒部门要做好导向工作。如今有些传媒和出版部门不是根据作品的思想艺术价值来进行宣传和出书,而是看某个作品在国外得了什么奖,什么作品有可能畅销,便大肆宣传或加快出书,完全把作品的灵魂——思想性弃置一边。最明显的事例是,因为根据张爱玲小说《色,戒》改编的电影《色,戒》在意大利威尼斯电影节得了个奖,便在全国和全省范围内公映《色,戒》,把小说和电影《色,戒》捧上了天。在《色,戒》狂的氛围里,全国一千多家报纸和杂志几乎全都吹捧《色,戒》,只有《文艺报》辟出专版批评了《色,戒》,《文学报》发了一篇批评《色,戒》的文章,江苏的《大众文学》杂志发了批评《色,戒》的论文,《大众文学》还加了"编者按"。不过,他们只占全国报刊的千分之几。张爱玲是一个民族大节有亏的作家,小说《色,戒》是一部美化汉奸、歪曲爱国者形象的作品,电影《色,戒》更以 20 分钟的时间赤裸裸地表现性交(以致在美国定为 NC17 级影片,17 岁以下的青少年禁止观看),渲染王佳芝在性虐待、性狂交中爱上了汉奸易先生,最后放跑了汉奸易先生。在抗日战争爆发 70 周年的 2007 年,新中国竟出现了《色,戒》狂,这是媒体导向工作中的最大失误。这一教训,我们必须引以为戒。社会主义新中国,有自己的核心价值观,绝不能被外国的评奖和市场可能畅销牵着鼻子走,而不问该作品的思想倾向是否对社会主义有利。

三是在江苏高等文科院校要对学生恢复和加强马克思主义的文论学习。中外的文艺实践证明,马克思主义文论真正反映了文艺发展的客观规律,比之西方文论要高明得多,符合实际得多:西方文论也可以讲;其中的某些合理因素也可以吸收,但不能喧宾夺主,讲授西方文论超过了讲授马克思主义文论。自然,马克思主义文论在新的历史条件下也需要发展,我们应结合我国改革开放的实际,把马克思主义文论讲授得更加生动、活泼,符合当今文艺发展的实际和我国改革开放的实际。今后的作家们,有了马克思主义文论这根主心骨,他们就会自觉加强社会责任感和使命感,自觉提高作品的思想和艺术水平,自觉抵制某些错误文艺思想的侵蚀。

四是对新生的网络文学要积极扶持,正确引导。上海人民出版社编审崔美明提出:"并非所有的网络原创作品都符合我们的出版标准,我们主要以精品取胜,不仅要考虑出版后作品的发行量,更重要的是不失出版社和编辑的水准。网络文学与传统出版是一个双向选择的问题,一部分有高要求的网络写手希望与我们这样严肃类的出版社合作,这是对他们写作水平的肯定。"(《传统出版业与网络文学亲密接触》,

《文汇读书周报》2007年1月25日)假如全国各出版社、全国和我省、市作协对网络文学都采取这样的态度,我国和我省的网络文学将会得到健康地发展。

最后,作家们应该尊重作家这一称号,给自己约法三章:不写对人民不利、对社会主义不利的作品;不浮躁,宁愿"十年磨一剑",也不把不成熟的作品拿给读者;不"向钱看",把创作精品、力作放在首位、尽可能做到作品社会效益和经济效益的统一。

以上五点,假如能成为我省文学界的共识,成为作家评论家和文学组织工作者们、传媒和出版部门的共识,并付诸实际行动,那么,今后十年、二十年、六十年的江苏文学一定能开拓出一片新天地,站在我国文学以至世界文学的前列!

(原载《扬子江评论》2009年第5期;又被收入《江苏社科界纪念新中国成立60周年论文集》)

股市枭雄,因何浮沉?

——读评《枭雄》

产业资本发展到一定阶段,必然要和金融资本结合,于是有了股票,有了股市。马克思为研究当时19世纪的资本主义经济,也曾买卖过少量股票。旧中国的股市,开设在上海,一度成为亚洲股市的龙头。新中国成立,股市关闭。

改革开放后,1984年又重新开设股市,至今也有了二十五年历史。但是,中国的股市,常常叫人"看不懂"。1993年,中国国民生产总值(GDP)为31380亿元,比上年增长13.4%;1994年第一季度,GDP为8260亿元,比1993同期增长12.7%;然而上海股价指数,1994年4月22日,却从1992年下半年的1500点,跌至556.06点。这是说的上世纪。美国金融危机导致世界经济衰退后,我国经济也深受其负面影响。世界各国的股市普遍下跌。但是,我国股市却从2008年9月18日1895.84点上涨到2009年6月的突破6000点,上涨了70%.2009年8、9月间,我国经济复苏,股市却又下降到3000点左右。中国股市的走势往往与经济的升落背离。这是怎么回事呢?著名作家沈乔生,以其二十多年投资股市体验生活的深刻感悟,先是在长篇《股民日记》中写了股民的困惑与无奈;而后在长篇《就赌这一次》中,通过一个舞蹈女演员蓝玉投资股市后发生的悲剧,向国民提出问题:对一个普通人来说,应该不应该介入股市,介入了是好还是不好?在他最近出版的《枭雄》(上海文艺出版社2009年8月)里,则以股市枭雄楚南雄在股市中的飙升与没落,解了中国股市"看不懂"之谜。

小说中的楚南雄,本是个穷教师。他从买卖外币开始,进而收买股票认购证,到进入股市,十年间,成了拥有数亿资产的股市"大鳄"。股民在嫉恨他的同时,也不能不以股市枭雄目之。他上浮的奥秘何在?小说从三个层面写他怎样在股市里兴风作浪,闪展腾挪,雄心勃勃,不可一世。第一层面,写他与上市公司相勾结,用行贿的手段,让上市公司的主管跟着他的指挥棒转。他看中"生态农业"这只股票,认为发行这只股票的公司业绩不错,决定以这只股票为核心,同时买另两只股票,发动一场大战役。他派出他的二把手"义子"汤一坤与生态农业公司董事长袁山进行秘密谈判:公司在若干个月之内推出十送十的方案,促成股价大幅上涨;光宇集团主席楚南雄,则"借给"袁山三百万元支票,暗中购买生态农业的股票,"等你的股票翻了倍,你就卖了它,把本还给我们,我们就两清了。"在300万元巨额支票的糖弹诱惑下,袁山接受了楚南雄的建议,从此与楚南雄联手把生态农业这只股票,一路搞上去。第二层面,写楚南雄又以他1800万元收购来的、精心策划导演后拍卖价格高达1.2亿元的一批名画和一所价格近1亿元的豪宅做抵押,向银行贷款两个亿,作为投资资金。楚南雄又让他的女婿谭少灵出面,和一家大银行的蒋行长举行会谈。那位蒋行长慑于楚南雄的声名,极口称赞楚南雄"是股市上的枭雄,你们集团一年的利润顶得上三个大厂子","你们需要多少都可以提出来,我们尽量满足。"大笔一挥,就批准给楚南雄2亿元贷款。银行行长权力如此之大,正是金融市场腐败的渊薮。第三层面,写楚南雄与当地周副市长情同手足,投桃报李。当周副市长的情人华丽娜经济上出了问题后,楚南雄拿出钱来,悄悄将这一事件摆平。后来,周副市长打电话给他,告诉他一个秘密信息:"市里有一家城市商业银行要进行股份制改革,正在找合作伙伴。""如果楚南雄愿意入股,他可以从中牵线搭桥。现在以一元钱买入法人股,将来股改了,过个三五年上市,有银大的升值空间。"楚南雄既能以行贿的手段,与上市公司的头头联手操作;又因财大气粗,以势压人,取得银行巨额贷款,再和政府官员情同手足,互相救援,这条股市大鳄自然可以兴风作浪成为翻海鳄了。

然而,成也萧何,败也萧何。楚南雄以大资金买入的生态农业股票价格,却因生态农业公司账上造假并以作伪信息欺骗股民被曝光而急剧下跌;楚南雄借来的两亿资金无法归还,"他遭受了从未有过的重创","他的金融帝国瞬间土崩瓦解了"。机关算尽太聪明,枉误了卿卿性命。股市枭雄楚南雄浮沉的大半生经历,解了中国股市的"看不懂"之谜:原来我国的市场经济、金融市场还很不规范,法制也不健全,加之像楚南雄这样的股市枭雄操纵股票市场,我国股市也就出现了"看不懂"的怪现象。

那么,楚南雄是否仅仅是一条吃股市鱼虾(散户)不眨一眼的凶狠无比的大鳄呢? 否! 在沈乔生的笔下,楚南雄是一个具有多种"二重组合"性格的股市枭雄的艺术典型。是他,设置圈套让他妻子的男友梁羽石落进陷阱,迫使梁羽石在顷刻间一无所有,成为罪人,外逃国外;也是他,得知韩少灵是梁羽石的亲生儿子,为救赎老爸羽石,才背地做了"老鼠仓",触犯了他集团的禁律后,却原谅了少灵,从而让少灵赚了一大笔钱,羽石出逃十年后得以归国,而且他还到机场去迎接羽石。是他,坐镇股市,在关键时刻杀盘,致使上千散户倾家荡产;又是他侃侃而谈,大讲炒股的三境界:第一境界是赚钱;第二境界是弄懂股市技术和基本面,无论输赢都要搞明白,教训比经验更重要;第三境界才是做人,追求的和个人的世俗享受无关,"心越想得开,才能天马行空,万里纵横";他把炒股提升到了人生哲学的高度。是他,对一度背恩负义的余祥龙原宥,再次救他于困窘之时,从此让余祥龙一再为他出生入死,拼命卖力;又是他,对最后背叛了他、在他背后插上一刀的"义子"汤一坤在股市上给以"狠狠伏击",由于汤一坤"被深深套住","等到一个星期后卖出来,亏损已达百分之七十,大伤元气"。是他,对妻子因车祸而死负有一定责任,疼爱女儿楚姗姗,赛过掌上明珠,已经定下主意将女儿嫁给"义子"汤一坤;又是他,得知女儿楚姗姗确实热爱少灵,不喜欢汤一坤,他为了尊重女儿的婚恋选择权,毅然改变主意,同意女儿与少灵结婚。是他,在他妻子死后,多次与漂亮女人苟合,但索然无趣,决定从此金盆洗手,但他与薛兰妮接触后却又企图让薛兰妮成为他的第二任妻子;又是他,在薛兰妮坚决反抗他的强暴行动后顿时觉悟,不但不再强迫她,而且送她上大学读书,在她的家乡以薛兰妮的名义修桥铺路,终于赢得了薛兰妮的爱心。是他,行贿袁山,要挟马经理,在股市上呼风唤雨;又是他,在得知少灵即是羽石的儿子,他做"老鼠仓"为的是筹集款项救赎羽石后,决心放少灵一马,让少灵赚上一笔后才在股市上大加杀伐。是他,在股市上赚了钱还要赚更多的钱,做大了还要做大;运筹帷幄,指挥若定,俨然是一个率领千军万马的统帅;又是他,热爱书法艺术,写得一手好字。而且对优秀的画作表现了非凡的鉴赏才能,谈起绘画作品来头头是道,称得上是一个雅士。……

正因为楚南雄是这么一个有着多种"二重组合"性格的枭雄,所以,他是个独立的艺术存在,是一个活生生的文学典型。因此,他的浮沉荣辱、兴衰浮沉,也就自然地回答了中国股市何以"看不懂"的大问题。其实,《枭雄》中的人物,不只是楚南雄,其他人物如韩少灵、汤一坤、韩大方、郭懿君、秦歌、梁羽石、陆晨声……也无不都是"二重组合"的性格,所不同的只是"二重组合"的性格基因人有异罢了。

《枭雄》的艺术构思很巧妙。它以三张网络串联了、笼罩了书中人物的关系,展现了情节的生动性和复杂性,显示了人物之间的矛盾纠葛、恩怨情仇。一是以楚南雄为中心的大网络;二是以韩少灵为中心的小网络;三是以汤少坤为中心的小网络。后两个小网络虽然依附于、从属于以楚南雄为中心的大网络,但它们自有其独立性,小网络内部的人物之间又彼此矛盾,相互斗争。而这三个网络之间,你中有我,我中有你,既是亲朋,又是冤家。这三张网络中心人物之间既联系又斗争的结果,三败俱伤,楚南雄、韩少灵、汤少坤的结局都出乎读者意外,但又确在情理之中。有此艺术构思,作品的思想倾向,人物性格的刻画与塑造,也就有了载体而得以自然地表现。

中国的股市,事实上也还处于初级阶段。我希望沈乔生,随着中国股市向中、高级阶段的提升,在他已经完成的股市三部曲的基础上,若有时间、精力和新体会,是否可再写出表现中国股市新阶段的更加优秀、宏伟的作品来!

(原载《文汇读书周报》2009年10月23日)

终于有了真正的干校文学

——评《中国作家协会在干校》

1968年,百万以上知识青年下乡,新时期到来后出现了知青文学,从大批知青文学中涌现出了数十个著名知青作家。1969年,大几十万干部进入1600多所干校,但是,至二十世纪末为止,反映干校生活的作品,却只有《牛棚日记》、《云梦断忆》(陈白尘)、《向阳日记》(张光年)、《干校六记》(杨绛)、《炼人学校》(苑青,即杨静远)、《洗礼》(韦君宜)、《忆向阳》(臧克家)、《向阳湖文化名人采风》(李城外)、《向阳情结——文化名人在咸宁》(李城外编辑)等不到十部作品。这些作品有些写于"文革"年代,不可避免地打上那个时代局限性的烙印;有些写于新时期,还缺少对干校这一文化现象的深刻反思。曾经下放过干校的广大干部以及千百万读者,呼唤真实表现干校生活的文学作品的出现。回应这一呼唤,作为多人集的《中国作家协会在干校》(阎纲、谢永旺、萧德生编,作家出版社出版,以下简称《在干校》)已经出世,它"多角度地记述了各自痛切的感受,对当年生活的细部和心灵的深处都有新的开掘"(《编者前言》)。于是,我们终于有了真正的干校文学。

中央文化系统六千人,1969年集体下放到"五七"干校,校址在湖北咸宁的向阳湖(原名关阳湖)。中国作家协会的干部和知识分子被编为五连,共有131人(连同家属144人)。冰心、臧克家、张天翼、陈白尘、张光年、李季、郭小川、侯金镜、冯牧、葛洛等知名作家,或被作为"走资派",或被作为"反动权威",或被作为"文艺黑线人物",遭到批斗,强迫劳动。侯金镜(《文艺报》副主编、著名评论家)因连续从事重体力劳动,脑溢血猝发死去,终年才五十一岁。陈白尘放鸭;严文井平整秧田;年已七十的冰心抬粪;冯牧带着哮喘病挖土……这是实实在在的劳动惩罚。从1970年夏天起,干校又"深挖"所谓"五一六反革命阴谋集团",中国作协的阎纲、胡德培、李基凯、杨匡满、吴泰昌、许敏岐、吴松亭、杨五铭、王文迎、石化金、尹一之、沈承宽、周明(《人民文学》)等许多人,被打成"五一六"分子,拳打脚踢,遭受非刑;密室逼供,冤屈成招。阎纲在《怨也向阳 爱也向阳》中表达了五连同志的共同心声,怨恨的是在干校占统治地位的极端专制主义文化,眷爱的是在干校与专制主义文化对立存在着的人道主义的、高扬着人性美的文化。他在文中写道:"每当我被带到用车轮战术审讯'五一六反革命分子'的暗室时,周身的热血直冲脑门,'这不是进了《红岩》里的中美合作所吗?'"但是人间处处有人性美、人道主义在。有次,阎纲受审讯后,深夜回来,行至拐弯处,"走资派"严文井塞给他一块桃酥,"掂量许久,吃不下去。腹涌七言八句,和血和泪,监视甚严,未留底稿,然刻骨铭心,终生不忘。"类似的同志之间相互关怀、亲切照顾的事例多的是。《在干校》鲜明揭示了干校文化中专制主义文化和人道主义文化的二重性。

《在干校》彰显了干校坚持真理说真话的干部知识分子。尽管他们当时在干校中是少数,但他们却是干校的脊梁,代表了干部知识分子的精神主流。郭小川便是一个突出的典型。郭小川是著名诗人,又是作协的秘书长,"文革"一开始就被批斗,以后下放到干校。借调出来工作后,又因为江青的点名而"二进宫",再一次到干校接受劳动改造。《在干校》中有丁宁、阎纲、许敏岐、林绍纲、孙一珍、雷奔、周增勋、王树舜、胡金兆等多篇文章,都记叙到了身在干校遭受厄运的郭小川。在"深挖五一六"时,有人介绍,作协已挖出的"五一六"嫌疑名单,居然有三四十名之多。郭小川起来发言,明确表示:"作协不可能有这么多'五一六'";"搞运动不要靠逼供信";"不要搞神秘化,要重视材料,并把材料交给群众",公开和军宣队唱反调,这需要多么大的勇气!(孙一珍:《湖北咸宁干校散记》)。郭子川又两次上书。第一次他上书干校领导,认为干校生产任务太重,"应当把干校办成真正为党培养干部的学校",遭到干校某副政委的批评。第二次上书给已经出来工作的胡乔木同志，就文艺方面的问题，"写了三四千字的意见书"，指出"目前执行党的文艺政策方面有偏差，在某些文艺理论方面（如写真人真事）很混乱，有待澄清"，言人所不敢言。（雷奔：《郭小川两次上书》）"最尖锐的是改组以于会泳为首的四届人大后的新文化部，恢复中国文联和各协会的职能，团结文艺界更好地为人民服务，坚持百花齐放、百家争鸣方针，反对一言堂和文化专制主义"，表达了作协同志们的愿望。（胡金兆：《1975年前后的郭小川》）事实上，坚持真理说真话的同志，在干校五连的作协同志中也还有其他一些人。如汪莹同志始终不承认自己是"五一六"，还和审讯者进行"唇枪舌剑的辩论"。最后，清查"五一六"不了了之，负责清查"五一六"的张政委向汪莹承认："根本没什么'五一六'"。（汪莹：《谁之过?!》）汪莹的宁折不弯的硬骨头精神，令人肃然起敬！鲁迅说过："我们从古以来，就有埋头苦干的人，有拼命硬干的人，有为民请命的人，有舍身求法的人……这就是中国的脊梁。"（《中国人失掉自信力了吗？》）郭小川、汪莹以及干校五连里的许多同志就是干校的脊梁！

《在干校》还充分表现了作者们对历史的穿透力。专制主义文化何以能在干校中得逞？"文化大革命"为什么独独在中国发生？除了二三千年来封建主义的严重影响，个人迷信、长官意志的流毒等显而易见的原因外，《在干校》的作者们作了深入的、超常的反思。他们认为，中国传统文化中的劣质基因，如"愚忠"、"随大流"、"等待恩赐"，也产生了很大的负面作用。因为"文化大革命"是伟大领袖发动的，"五七"指示是伟大领袖作出的，"深挖五一六"也是林彪、"四人帮"假借毛主席的名义搞起来的，为了"忠于毛主席"，因此就热烈响应号召，"参加文化大革命"；争着报名去"五七"干校；紧跟"深挖五一六"。反正"随大流"不会错，即使错了，责任也不在自己。一旦自己成了斗争对象、专政对象，便"等待恩赐"，指望毛主席"解放"自己。孙一珍在《湖北咸宁干校散记》中，就记述了当时"深挖五一六"的情况："会上四面八方的口号声连天响，呐喊追问声不绝于耳，再加上吼叫声、拍桌子打板凳之声搅在一起，响彻大棚"。没有这么多人"忠于毛主席"，"随大流"，"深挖五一六"是搞不起来这么大声势的。《文艺报》年轻编辑朱学逵,只不过在毛泽东的几篇诗词的诗句"风展红旗如画"、"风卷红旗过大关"、"红旗漫卷西风"、"红旗卷起农奴戟"等旁边,写了"雷同,足见词儿不多"、"平平",即被"忠于毛主席"的同伴贴了大字报,上纲为"反对伟大领袖毛主席",罪不容诛。朱学逵终于跳窗自杀,"选择了以死抗争的绝路。"(汤浩:《湖畔·秋歌》)至于被打倒、被冤屈的同志,日夜盼望毛主席"解放"他们,"等待恩赐",更是普遍现象。张光年在《生命史上最荒谬的一页》中对此总结得非常好:"一个坚定的革命者或革命青年,一旦染上封建性个人崇拜的麻醉剂,嗜毒成瘾,可以达到是非颠倒、敌我颠倒、人转化为非人的地步"。这是他在"文革"中,在干校中"才见识到、觉悟到的。"张光年在该文中又说:翻阅他二十多年前受难期间他写的那些日记小本(指他在干校写的《向阳日记》),"透过那些密密麻麻的字迹,那些不堪回首的人和事","是又一次感情上的折磨和思想的鞭打。"自然,《在干校》中的一些作品的作者,有的还达不到张光年这样的自我拷问灵魂的觉悟水平,但他们对传统文化中的劣质因素的揭露和反思,还是比较深入和彻底的。

《在干校》还体现了干校文学的多样化。如果说,《在干校》对干校文化二重性的揭示,对"干校的脊梁"的表彰,对传统文化中负面因素的揭露,显示了《在干校》作者们的思想力,那么,《在干校》作为整体,又体现了干校文学的多样化。这里有我国传统文学中贬谪文学的发展。崔道怡的《国庆中秋忆向阳》,可以说是新的贬谪文学,他把干校比喻作"流放地",但又认"流放地"为"避难所",因为"对已经被'揪'和担心被'揪'的人说来,到'流放地'实际上到了'避难所'——体力劳动再艰苦,也总比心灵受折磨要轻松些。"如此感受,却是为古代贬谪文人所没有的。除贬谪主题外,反映干校劳动生活的作品,《在干校》中占了不少。涂光群的《干校拾趣》、杜贤铭的《我家安在了向阳湖》、谢永旺的《四季拾零》、杨子敏的《苦乐甘苦话"向阳"》、谢明清的《"五七"路上遇险记》、吴泰昌的《在泥泞中行走》、刘少珊的《桐油斗笠和"大老母"》等,都写到了劳动,写到了劳动后的喜悦,写到了劳动创造了美。也许有人说,干校的劳动生活哪有这么愉快,哪有这么些诗情画意?这是没有到过干校劳动过的、视体力劳动为低贱劳动的某些人的偏见。我也曾以待罪之身在干校割过麦、栽过秧、割过稻、养过蚕、当过和沙子的小工,虽然劳动时很辛苦,但也确实体会过劳动结束看到自己劳动成果后的喜悦。特别是干校的劳动生活已经成为过去,再回过头来忆念起当时的劳动生活,更会有一种缅怀昔日的美好情怀。更何况,"劳动创造了美"是马克思的重要美学思想。因此,《在干校》中这些歌颂劳动生活的篇章,还是应该实事求是地肯定的。《在干校》中另有一些表现同志之间友情、家人之间亲情以及回首往事不免后悔的愧情文章,更是感人肺腑,闪耀着艺术魅力。如周明(《人民文学》)的《人间自有真情在》、闻山的《怀念丁力》、黄文珍的《孩子的故事》、周明(《文艺报》)的《回忆郭小川》、陈祖美的《干校四愧及其他》,无不情文并茂,真切感人。至于《在干校》中的那些表现无畏的乐观主义、描写泰然的自信和进取的作品,无论是思想还是艺术也都臻于一流。

正因此,我要说:我们终于有了真正的干校文学!我希望,当年曾经在干校生活过又有一定文学表现力的同志,都来动笔写出自己的干校文学。果真能做到这一点,21世纪的文学地图也许会改观了。

(原载《扬子江评论》2010年第1期)

吐胸中块垒，掀笔底波澜

——读郑伯农《诗词与诗论》中的诗词

当今诗歌领域，新诗和旧体诗词二分天下。写作旧体诗词的人数可能比写作新诗的人还要多。据我所知，江苏就有78个诗词学会，3500多个会员。他们一年间正式出版的和自费出版的诗词，大大超过了新诗在江苏的出版数量。全国各省、市、自治区的情况也大致如此。在写作旧体诗词的诗人中，既有对旧体诗词素有造诣的诗人，也有写新诗已经出了名的诗人，更多的是学习写作旧体诗词并取得成就的新诗人。不曾想到，本来是著名文艺理论家、评论家的郑伯农同志，继出版《赠友人》旧体诗词集后，又在2009年7月中国文联出版社出版了《诗词与诗论》，其中的"诗词"多为旧体诗词，而"诗论"论说的多半是有关旧体诗词的新见。原是文论家郑伯农的旧体诗词创作与旁人的旧体诗词创作不同之处在哪里呢？原来，他将诗人和理论家"合二而一"，以旧体诗词作为他倾吐胸中块垒的载体，因此呈现出来的是一种独特的掀笔底波澜的诗歌景观。

郑伯农的胸中块垒之一，是对现今国际上的霸权主义的强烈的憎，这是当代旧体诗词创作中很少有人涉及的。在《满江红》中，他一腔愤怒，剑指"霸主"："恃强凌弱，劫贫济富。颠覆制裁伸黑手，穷兵黩武逞凶酷"；"怨洒五洲，只争得普天动怒。"对"霸主"的"霸权主义"该怎么办？郑伯农的回答是："附凤攀龙留耻辱，中华自古重铮骨，勤温故。""霸主"入侵伊拉克四年后，郑伯农又在《大国攻占伊拉克四周年》中揭露"大国"："维和旗下灭公理，反恐声中树霸权"；"百万平民沉血海，一方热土化屠坛";他预测:"不信灾星能永耀,乌啼月落看明天。"伊拉克人民的前途还是光明的。报载,"霸主"以伊拉克政府制造大规模杀伤性武器为由,发动了侵略伊拉克的战争,但调查多年,始终未找到证据。结果调查人员发现,"100瓶装有炭疽病菌和其他危险病菌的玻璃瓶",就在美国某"军事基地的一个地下室内"。郑伯农读了这一报道,不由义愤填膺,写了《大规模杀伤性武器,你藏在哪里?》一诗,以怒涛般的诗句,谴责"霸主":"先动武,后举证,哪怕证据全无,也要杀个家破人亡。这就是世界霸主的逻辑。"最后,真相大白:"原来这个令人揪心的物件,就在山姆大叔的后院里,就在五角大楼的兵工厂里。"郑伯农将怒火倾泻在"霸主"身上的诗词,表达了世界民众的心声。

苏联和东欧国家在二十世纪九十年代的倒台,是社会主义国家的悲剧。西方国家兴高采烈,也有部分国人对此无动于衷。郑伯农的胸中块垒之二,则是对这一悲剧事件进行反思。他的反思结果,形诸笔墨,诗词中的波澜则卷向叶利钦、瓦文萨这类人:"易帜分邦入窘途,连年休克国荒芜","青史难逃众口诛"。(《祭叶利钦》)"彼岸深宫一线牵,狂潮送尔上青天。无情岁月鉴真伪,风卷尘埃下夕烟。"(《闻瓦文萨回老家》)在《苏共亡党十周年》一诗中,郑伯农作了更深入的反思,认为苏联和东欧国家的倒台,原因是多方面的。一是"国在朝臣变,风来燕雀嚣。",不少"朝臣"像叶利钦之流"变"了,歪风一来,他们嚣张了;"昏吏害非浅,叛徒罪更高。"二是因为苏共背离了马克思主义,"镰斧弃蓬蒿";三是因为苏共的腐败愈演愈烈。"决堤迎祸水,放手刮民膏"。两首五言诗,寥寥四十字,却道出了苏共亡党、苏联亡国的主因,令人惊悚,发人深省。笔底波澜,将这些"昏吏"、"叛徒"卷到了民众愤怒的汪洋大海之中。

我国改革开放三十年,取得了从所未有的伟大成就。国际地位大提高,人民生活大改善,社会生产力大发展,有目共睹,举世称羡。在此情况下,出现了两种不应有的倾向:一是完全肯定改革开放中的一切,谁要对现实中的存在问题批评,谁就是否定改革开放;二是全盘否定改革开放,攻其一点,不及其余。郑伯农反对这两种倾向。他热诚拥护改革改放,《诗词》中有数十首诗词歌颂了、展示了、再现了改革开放的重大业绩;但对改革大潮中泛起的沉渣,他也予以尖锐针砭。这又是郑伯农的另一胸中块垒。他抨击公款吃喝:"山珍海味何时了,豪宴知多少。小楼昨夜又接风,公仆轻歌曼舞酒香中。"(《虞美人·有感于公款吃喝》)他严厉反对赌博风:"有权公款填充,无权家破业空。何日天公抖擞,重开朗朗世风。"(《清平乐·有感于赌博风》)2003年"九一八"前夕,珠海国际会议中心大酒店接待了来自日本的庞大"买春团",团员有380余人。酒店竟组织了500名陪侍女郎,供其淫乐。郑伯农看到这一媒体报导后,拍案而起,写下《绝句三首》,痛斥酒店此举:"人伦国格弃尘埃","国耻今凭大款彰";"雉馆青楼曾绝踪,谁播孽种满寰中。"矿难死人之多,中国第一。虽然党中央和国务院为此多次采取措施,但矿难依然不绝。郑伯农以为,矿难之绵延不断,关键在于,一些地方官只要所谓"政绩",只要GDP(国内生产总值),而置人民生命安全于不顾:"忍将骨血换财宝,发迹升官不觉羞?"(《又闻矿难》)再就是,一些地方,将矿山私有化;某些"公仆",又挟权经商:"矿山衮衮化私产,公仆纷纷变股东。"(《哀矿难》)如此情况下,矿难怎么不会接连不断地发生呢?郑伯农曾任《文艺报》主编,中国作协党组成员,他对于文艺界出现的怪现象,本着一个党员文艺工作者的良心,本着一个公民的社会责任感,总是彻底揭露,不留情面:有人"向钱看","直把文房当票房";有人在评奖中既当裁判员,又当运动员,"虎啸龙吟谁脱颖,考官乃是状元郎。"有人专写床上戏,"窃玉偷香床上功,春情抒罢画春宫。"还有人对杀妻后又自杀的某诗人大唱赞歌:"杀妻自缢是诗星,血迹凭添显赫名,人命关天谁管得,满城风血祭幽灵。"(《戏为六绝句》)对于那些不讲民族气节、一味颠倒大是大非的事件,郑伯农更是一针见血地予以揭示。2006年,一个抗日战争时期附逆的老文人离世,某些报章荧屏推出大量悼念文章。是可忍,孰不可忍?郑伯农在《杂诗二首》中写道:"新民会里寻常见,膏药旗前几度忙";"媒体不知亡国恨,颂歌满低吊狐獐。"(《杂诗二首》)2007年11月—12月,中等以上的城市,热映《色戒》。但那是一部美化汉奸、诬蔑爱国志士的坏影片。只因得了某个外国电影节的奖项,便被捧上了天。郑伯农的胸中块垒,益加一吐为快。他在《看〈色戒〉》两诗中痛斥该影片:"人情魔力大无边,直令英雄爱汉奸。为国捐躯魂未散,谁将污水泼灵前。""扬邪好去讨金奖,宣欲方能占票房。偌大文坛多异景,卖灵卖肉炒糟糠。"在当时对《色戒》的一片叫好声中,郑伯农是以诗词带头对《色戒》进行批判的文艺先行者。不久,《色戒》的反动性终于被揭穿,《色戒》热也终于冷下来了。

就这样,郑伯农的三大块垒,都化作了笔底波澜,伸张了正气,打击了邪恶,给人民大众进行了生动的、形象的、马克思主义的、爱国主义的、集体主义的教育。郑伯农在诗词创作中能够这样做,并非偶然。从他的一些致友人的诗词中,我们看到,他敬重的是"拍案鬼狐欽,挥毫泾渭分"(《寄吴奔星同志》);是"板荡识忠言,疾风知劲草"(《望海潮·哭程代熙同志》);是"耄耋犹怀忧国志,登高放眼看沧桑"(《读魏巍〈谁是最可爱的人·序〉》);是"壮士犹歌抗敌曲,九州唱遍《自由神》"(《破阵子·悼吕骥老院长》);是"文海有缘增浩气,壮夫岂肯耽风月"(《满江红·读〈国家干部〉寄张平》);是"雷鸣电闪一声吼,浩气长留天地间"(《王震赞》)。郑伯农的诗词,正是对这些革命前辈、革命友人、革命文艺战士优长的继承和发扬!

难得的是,伯农的吐胸中块垒、掀笔底波澜之作,不但正气凛然,浩气盎然,而且正气中有诗味,浩气中有境界。它们基本上遵守旧体诗词的格律,但出于艺术内容的需要,有时又有所突破,一切都以能否内蕴诗味、中含境界为创作原则。郑伯农今年七十有二,但老当益壮,老有所为,我希望他于老年在保重身体的前提下执笔撰写理论文章的同时,继续撰写旧体诗词,对广大读者的思想启迪、认识现实、审美享受作出更大贡献!

(原载《中华魂》2010年第2期;《中华艺术报》2010年1月12日)

传记文学中的上品

——评王川的《狂石鲁》

即使从《史记》中的《刺客列传》、《游侠列传》算起，我国的传记文学已有两千几百年的历史。此后，列朝列代，都有传记文学。新中国成立，传记文学赓续不绝。但从20世纪六十年代举国批判《刘志丹》始，传记文学的写作断裂了十几年。新时期到来，特别是从20世纪九十年代起，传记文学蔚然复兴。及至新世纪，传记文学作品的出版每年以百部计，成为文学领域里的一大景观。但是，用高标准要求，精品还不多。近读著名作家兼画家王川写作的《狂石鲁》（江苏美术出版社2009年6月出版），我不自禁拍案而起：这是传记文学中的上品！

传记文学作家首先要对传主有独到的真知。如果是写前代人物，应该在充分掌握史料的基础上，对传主有与众不同的新发现；如果写当代人物，应该对传主本人及其亲友比较熟悉，除已有资料外，有自己的第一手资料，对传主的生平、事迹、思想，有异乎他人的真知。王川，正是写石鲁传记的最合适人选。石鲁（1919—1982）是"20世纪中国画大师"的13人之一（其他十二人为：吴昌硕、齐白石、黄宾虹、张大千、徐悲鸿、林风眠、潘天寿、傅抱石、蒋兆和、李可染、刘海粟、黄胄），生前以"野怪乱黑的总头目"挨批，也以"野怪乱黑"而知名于国内和海外中国画界。写石鲁的传记已有多种，但都不能令国画界和广大读者满意，根本原因即在于传记作者对石鲁缺少真知。王川和这些石鲁传记作者不同。他是石鲁的忘年交，又是画家。由于他充当名画家亚明和石鲁之间的信使；又是石鲁的知己、著名教育家郭琦的外甥，因此，从1971年起,他深得石鲁的信任和喜欢,无话不谈,"石鲁称我为侄"。石鲁手头的画作,一任王川鉴赏;他还多次得到石鲁在绘画创作上的指点。石鲁逝世后,王川更到石鲁长期生活过、"文革"期间出逃过的地方和他的家乡四川进行深入采访和考查,因此他掌握了有关石鲁的大量第一手资料。以此为依据,他于1990年创作了一部35万字的以石鲁为原型的长篇小说《白发狂夫》,获得文学界的普遍好评,并荣获1994年的"人民文学奖"。但小说毕竟不是传记。又经过十几年对石鲁的过细研究,王川终于有了对石鲁的真知:一、石鲁的"狂",是属于被迫害狂,"文革"前遭受错误批判;"文革"中更被批斗、毒打,差点死去,以致发疯;但也有生理的因素,他确曾患过精神分裂症,"他是个半癫半狂的大师","是一个经常沉浸于迷幻之中又时有清醒的精神病患者"。二、石鲁的"野怪乱黑",不能从表面现象上来理解,王川以石鲁的自述诗为根据,解释为:他的"野:搜尽平凡";他的"怪:不屑为奴";他的"乱:无法之法";他的"黑:惊心动魄"。翻了石鲁"野怪乱黑"的案,翻得好,翻得对! 三、是石鲁将"黄土高原"引入中国画,而且以独特的技法作了淋漓尽致地表现,可谓"前无古人",今后恐怕也很难有人超过他在表现黄土高原上的艺术成就。四、石鲁在中国画方面的现代理念超前了二十年,因此而获罪罹难,但他是既有超前的现代理念又有民族作风和民族气派的中国画大师。五、尤其难得的,石鲁早在1977年初就书赠给著名美学家、也是他的师友的王朝闻条幅:"真理的标准只能是实践"。他在写此条幅时,"实践是检验真理的唯一标准"那场大讨论连影子还没有。可见石鲁不仅是大画家,也是个思想者。王川对石鲁有此五大真知,所以他的《狂石鲁》称得上是传记文学中的力作。

优秀的传记文学,在对传主的作品、思想、学说、事业作出解释时,应该有辩证的、正确的、符合实际的又是个人独有的解释。王川的《狂石鲁》在对石鲁名作的诠释方面,又是不同凡响,高人一头。石鲁1939年奔向延安,全国解放前,在中国画坛上已小有名声。但石鲁之所以在全国知名,却是因为他创作的《转战陕北》,一炮打响,一炮走红。然而,又是这幅名画,他连遭严厉批判。在《转战陕北》的画面上,毛泽东主席站在一座黄土山崖的绝壁顶上,正负手于后,遥望黄河。在他的前面,是陕北黄土高原的千山万壑,一层接一层的土塬遮住了天空。在毛主席身后,只有两兵一马。毛主席并不是正面对着观众,而是背侧面对着观众。在国画里如此表现毛泽东,前所未有。展出后,好评如潮。据说,后来有一位将军来革命历史博物馆参观时看到了这幅画后,表示疑问:毛主席转战陕北时有百万雄师,怎么画上只有两人一马?把他画在悬崖边上,是无路可走了?是不是要他悬崖勒马?消息传开,有关方面,要石鲁修改。石鲁坚持不做任何修改。不久,那幅《转战陕北》从革命历史博物馆的墙上被悄悄取下来。对《转战陕北》的批判也接踵而至。这件事对于石鲁的打击非常大。"文革"发生,石鲁竟然又因这幅画而遭到了灭顶之灾。原来,"文革"开始不久,江青在一次对文艺界的讲话中点了石鲁的名,说他画的《转战陕北》是要逼得毛主席走投无路,悬崖勒马!"石鲁是中国野、怪、乱、黑的主将,必须严加批判。"新时期到来,石鲁冤案被平反了,但对《转战陕北》还没有公正的说法。王川在《狂石鲁》中决心为《转战陕北》正名。他认为,《转战陕北》是一幅历史画,它表现的是1947年的西北战场上,毛主席在陕北的黄土高原上转战的场景。这也是一幅主题画。如果按照一般的理解,石鲁完全可以将那种战场的实况搬上画面,画出种种生活气息很浓的构图来。但石鲁没有这样画。《转战陕北》的构图,是非常新奇的,也是非常大胆的。《转战陕北》的成功,不仅在革命主题的诗意化方面,而且还巧妙地将山水画和人物画进行了结合,将理想和现实进行了结合,将西洋的构图、透视、明暗等技法融入中国画,在艺术上尝试将物境作为人物心境的延伸,以大写意的方法写出了意境,而且对领袖的形象作了背侧面的描绘。这些都是大胆的开拓。更重要的是,随着《转战陕北》的问世,一个重要的画派——"长安画派"在中国诞生了。事实上,毛主席坚持在陕北转战时,跟随他的只有一个警卫员但他胸中自有雄兵百万。画毛主席转战陕北时,身后只有两兵一马,符合历史真实。王川对《转战陕北》的诠释,切合画作的实际。此外,王川在《狂石鲁》中,还自成一家地、别开生面地诠释了石鲁的名画《东渡》、《东方欲晓》、《赤岩映碧流》、《家家都在花丛中》、《美典神颂》、《黄河两岸度春秋》、《曾忆嘉陵水》、《华岳之雄也》、《兰皋雪霁》、《荷雨图》、《赶车者》,以及石鲁的著名书法:《暮墨写之　书道为风》、《古华风高　万代康青》等作品。说《东渡》"是石鲁在继《转战陕北》之后的又一重要之作","采取以自然风光来衬托人物心胸,并使山水成为人物心境的方法来作烘染。毛主席叉腰在船头上站立,眼睛注视着前方汹涌的河水,旁边是几个赤裸着上身在奋力扳船的黄河船夫,将他衬托得更加突出和高大"。说《家家都在花丛中》,"这样一幅暖洋洋的南国山水图,也是前人从未有所昭示的"。说石鲁的书法作品,"锋芒毕露,峭拔犀利,变化多端,不可捉摸","在总体气势上压倒了一切"。这些诠释,可谓对石鲁作品的定评、确论。所以,《狂石鲁》又是传记文学中诠释传主作品、思想的优秀之作。

传记文学不是单纯地为政治家、思想家、学问家、军事家等等著名人物写传记,还应是通过传记文学的写作对历史进行反思,对现实进行探索,以史为鉴,警示将来。做到了这一点,才算得上是传记文学的佳作。《狂石鲁》的出众之处也正在于,它通过对石鲁传奇一生的写作,深刻反思了两大问题:一是"文化大革命"怎么能在中国搞得起来?一是中国画往何处去?对于第一个大问题,王川反思后认为,"文化大革命"之所以能够在中国搞得起来,除了政治体制的弊端,"个人迷信"、"个人崇拜"等封建思想在群众中的遗毒外,还因为中国的部分知识分子存有显著弱点:随大流,甚至以打击、迫害别人来保护自己。书中的蔡亮就是一个典型事例。蔡亮本是石鲁的下级。石鲁为了不让他被划成"右派",曾到北京给他奔波、说项,这才使他免遭一劫。但在"文革"中,蔡亮不只"随大流"造反,而且在批斗石鲁时,蔡亮夫妇两人还毒打石鲁。"他们俩将石鲁捺倒在地上,骑在石鲁的身上,又将他的手反扭到背后,用棍子狠命地打。""石鲁强回过头去,低声然而是威严地对蔡亮说:'可不敢把我的手扭断了,我还要画画咧。'就是这样一句话,相反引起了他俩更加凶狠的毒打"。蔡亮果然"红"了,他成了陕西省专门创作革命题材的"秦文笔"的主笔,甚至一度替代石鲁而掌管了全省美术创作的大权。没有那么多的"随大流"的知识分子,没有像蔡亮那样的以打击、迫害别人来保护自己的知识分子,"文化大革命"是搞不起来的。王川的这一反思,值得我们经历过"文革"的知识分子们的自审或自责;对没有经历过"文革"的70后、80后、90后的知识分子也应有所警惕。"中国画往何走去?"王川又从石鲁生前的遭际深入反思了这个大问题。石鲁生前两次挨受全国性的批判,一次是"文革"前的批"野怪乱黑";一次是"文革"中的"批黑画"。这固然是因为极左文艺路线占了统治地位,但也因为中国国画界的大多数接受不了石鲁的现代美学观。中国画传统的美学观是儒道佛的美学观。这就是:中庸之道、温柔敦厚、循规蹈矩、空灵飘忽、清高隐逸、四大皆空、物我两忘,一笔一墨都要有来历。如果说,吴昌硕、齐白石、徐悲鸿等人对中国画的革新,还是在传统儒道佛美学观范畴内的革新,国画界的多数还可以勉强接受;而石鲁的创新,则是在否定中国画传统美学观后的创新。中国国画界的大多数,怎么能接受得了呢?然而,新时期国画家的实践,特别是中青年画家近十年间的创作实践表明,石涛所开辟的既要有现代意识又要有传统笔墨的中国画道路,才是中国画当下正在走和未来会走得更好的道路。两三千年来的传统美学观的确是中国画的魂,这在以小农经济为主的封建社会里,是必然的,而且确实引导了中国画一步步向前发展。如今是社会主义现代化的中国,是改革开放后的中国,中国画要发展,不可能再以传统的美学观为中国画的魂,而应以社会主义的现代意识和民族风格民族气派为指导思想,与世界美术接轨。如此,方有中国画的光辉未来。自然,中国画两三千年积累起来的技法、技巧、表现手法、表现能力中的精华,是必须继承弘扬和发展的,但这和中国画以传统美学观为魂是两回事。王川对"中国画往何处去?"的这一反思,从实际出发,具有现实指导意义。

既有对传主石鲁的真知;又有对石鲁作品的新诠释,新见解;还有从石鲁出发的对当代重大历史事件"文革"和对"中国画往何走去"的深入反思;因此,我可以有把握地说:《狂石鲁》是传记文学中的上品,带有突破和超越以往传记文学的意义和价值。假如我国的传记文学作者,在创作传记文学时,都能有对传主的真知,有对传主思想、学说、作品、事业的新见,有对历史和对当代重大问题的深刻反思,那么,我国的传记文学不仅可以"更上一层楼",而且会走到世界传记文学的前列!

(原载《科学时报》2010 年 2 月 26 日)

诗书双璧　相得益彰

——读评沈竹眠的《诗书留痕》

我国古代,既是诗人又是书法家的名人不少。其中,苏轼是最有名的。洎乎现代,鲁迅、郭沫若、毛泽东、赵朴初,既是大诗人,又是大书法家。健在的书法家中,沈鹏的诗写得也很好。但是,总的来说,如今诗人兼书法家的已经不多。我正为此感到遗憾时,近日读到了我的老战友沈竹眠同志(1924—)的《诗书留痕》。他的诗作也是他的书法作品;或则说,他的书法作品同时也是他的诗作。无论是他的诗作还是书法作品,都堪称一流。但把他们合印在一起,却产生了诗书双璧相得益彰的乘方效应。

还在 1938 年秋,竹眠同志只是个十四岁的少年,即已热爱诗歌,喜好书法。当时他已参加了地下党领导的抗日青年救国团,当选为团长。出于抗日热情,少年竹眠即写下了激昂慷慨、促人奋进的《不把血泪染杜鹃》,"抚剑仰天意怅然,忍看社稷破无全? 宁拼五尺成玉碎,不把血泪染杜鹃!"这是他平生第一首诗作,已可看出他当年已有相当的诗歌修养。1939 年秋,他的哥哥在山东鲁南抗战,他写信请求到他那里参战。他哥哥回信说他年龄尚小,要好好读书,照顾父母。他不同意他哥哥的观点,写了十首诗,以诗代信,重申他的请求。《请缨杀敌诗》是十首诗中的第一首:"不用长枪用毛锥,焉得横扫万千军? 古来青史铮铮客,倚马成章有几人?"诗的大意是:光靠笔(毛锥)是消灭不了万千敌人的;在青史上留下响当当名声的"铮铮客","倚马成章"的文人不过是其中的极少数。竹眠同志一心投身抗日战争,很可惜,他的哥哥却在这时在战地牺牲了,他的十首诗,也都丢失,《请缨杀敌诗》只是他还能回忆起来的一首诗。竹眠同志小小年纪,却已意气风发:"古来青史铮铮客,倚马成章有几人?"投笔从戎的斗志可嘉。1940年秋,徐州沦陷后,日军侵占了陇海铁路东段,竹眠同志的家乡沦为敌后。他既要逃避日伪军频繁的扫荡,又要随时提防国民党顽固派的迫害,满腔悲愤无处宣泄,他只好写诗,吐胸中块垒。他在见存的《悲秋赋》中流露出他的心声:"气郁上高堂,俯仰心内彷。""既悲草木落,复惊鸿雁翔。""常恐志不遂,零落同草莽。"他那时的心情是很压抑的。特别是到了1941年初冬,苏北处于敌伪顽的统治、压迫境地,竹眠同志更有长夜难明的感慨,因此写了《拥衾苦坐盼天明》一诗:"如注如诉潇潇雨,似愤似悲瑟瑟风,寒夜漏长难入梦,拥衾苦坐盼天明。"表现了他对我党我军快来苏北的期待。果然,皖南事变后,陈毅率部北渡长江,黄克诚挥师从山东南下,重建新四军,赶走了国民党顽固派,开辟了苏北抗日根据地,竹眠同志的家乡也建立了革命政权。竹眠同志喜不自禁,于1942年9月,写就《高歌奋进迎朝阳》:"黑云撕破现曙光,无复哀吟夜漏长。星火渐成燎原势,高歌奋进迎朝阳。"十八岁的青年竹眠,也在这一年正式参加了革命。

如今的年轻人可能难以相信,竹眠同志参加革命以后,写作旧体诗词竟被认为是旧文人的习气,小资产情调的表现,因此,他从1942年入伍后就不再写作旧体诗词,而是在文工队、文工团里搞文艺宣传,写作文艺演唱材料和创作小歌剧小话剧。在抗日战争和解放战争血与火的考验中,竹眠同志加入了中国共产党。1948年年初,竹眠同志与华东军区后勤卫生部文工队二十多人,来华东野战军第十四野战医院开展新年文娱活动。我时任该院政治处文艺干事。因此与竹眠同志相识,我俩再度相见,已在1952年的南京。此后五、六十年间,我俩之间的联系不曾中断过。新中国成立后,他担任南京军区后勤军械部文工队队长;又曾率领十名华东军区炮政文工团十名团员参加抗美援朝,出生入死,多次立功。抗美援朝归来,1954年,他和战友崔韵结婚,虽然居室简陋,生活清贫,总算是筑起了温馨的爱巢。孰料1957年下半年风云突变,竹眠同志创作的小说《不好领导的人》被公开批判,他已做好了划成"右派"的思想准备。幸亏炮兵司令员和政委对他实行保护,仅给他党内处分,这才让他逃过一劫。其后几年,竹眠同志又创作了多篇小说,江苏出版了他的小说集,并被中国作家协会江苏分会吸收为会员。但是,"文化大革命"一来,他的文学作品竟全都成了"毒草",铺天盖地的大字报矛头直指竹眠同志。后来中央军委规定:军以下单位一律不得开展"文化大革命",他方得以自然解脱。"文革"结束,竹眠同志调到解放军南京政治学院讲授党史,成为一名出色的、在学员中享有很高威信的教员。1982年底,竹眠兄奉命离休。谁知他离而不休,至今27年,创造出了晚年辉煌。从离休第一天起,他重新赓续少年时期的诗歌创作和书法创作,全力钻研书法艺术,精心写作旧体诗词,作品在国内的多次书法展上展出,被多家博物馆收藏;部分作品在加拿大展出,被加拿大的艺术单位收藏,并多次荣获全国性书展的大奖或金奖。中国文艺家创作协会、国际中华艺术协会向他颁发"中华当代杰出功勋艺术家"证书;《中国当代书画艺术家传世名典》编委会授予他"中国当代书画艺术名人五百佳"光荣称号。竹眠兄不平凡的人生经历,益之于他少年时期打下的诗书基础,造就了竹眠兄离休后的诗歌创作,自成一家,卓然独立;也促成了竹眠兄的书法创作,含英咀华,出众超群!

如果说,竹眠兄1938—1942年的少年诗书作品(很遗憾,他的少年书法作品没能留存下来),不过是"小荷才露尖尖角",那么,他1983—2009年间的诗歌和书法作品,已是"庾信文章老更成",显露出大家气象了。最突出的特点是,他以诗书作品互补的形式,让他的诗书双璧,相得益彰。这里有三个层次:

第一个层次,竹眠兄以书法作品的形式,彰显他的诗词作品,又以诗词作品扩大了他的书法作品的影响。《诗书印痕》中的全部诗词,都是以篆、隶、楷、行草的书法作品发表出来的。由于他的篆书"若鸿鹄群游,络绎迁延"(蔡邕:《篆势》),他的隶书"奋笔轻举,离而不绝"(钟繇:《隶势》);他的楷书,学习谭延闿的楷书"点如坠石,划如夏云,钩如屈金,戈如发弩,竖划悬针,起笔顿挫,貌丰骨劲,味厚神藏"(秦燕春:《名宦亦自能雍容:谭延闿富贵真书》);他的行草书,"志在飞移","将驰未奔"(崔瑗:《草书势》);深得篆、隶、楷、行草书的精髓。观众、读者在欣赏他的书法艺术的同时,也品味了他的诗词作品。另一方面,读者在品味他的优秀诗词作品时又增强了对他书法作品的理解。如《神州卫士有雄风》(1987年8月):"南昌五井炮声隆,碧血赤旌相映红。斩浪劈波六十载,神州卫士有雄风。"他以隶书展出后,观众无不为诗书艺术相得益彰而叫好。

竹眠兄诗书双璧相得益彰的第二个层次是,以一定的书体表现特定的诗词内容。有些旧体诗词的艺术内容,适合以篆书写出;有些旧体诗词的艺术内容,适合以隶书写出;……他便以不同的书体书写不同的诗词。如他以篆书书写《庆祝香港回归》(1997年7月):"忍辱含恨百余年,幸喜今朝完璧还。粤海珠峰尽起舞,与党同庆艳阳天。"以隶书书写《庆祝香港回归》另一首:"利炮坚船城下盟,咫尺天涯路万重。历尽劫波回祖舆,华章重奏爱国声。"古色古香的篆、隶书体,反映、衬托香港回归的当今现实,益加增强了观众、读者对诗书艺术的兴趣。

尤其难得的,竹眠兄以诗词的形式,总结了他多年来钻研书法的体会,把诗书双璧相得益彰提高到第三层次。他以篆书写了《篆之歌》:"戎马生涯后,重登新旅程。两年弄翰墨,一介老书生。有意追周鼎,潜心探秦铭。临池何所似?评说待高明。"又以隶书写了《隶之歌》:"负笈秦淮几度秋,笔林墨海苦追求。为寻汉魏精神在,何惜尽衰老白头。"再以楷书写了《楷之歌》:"吾爱鲁公书,端庄无与伦。雄厚融彝鼎,刚劲凝万钧。巍峨凌华岳,苍茫临孟津。欲窥殿堂久,何敢望前尘。"最后,他以行草书写了《行草之歌》:"启蒙初识颜真卿,绛帖兰亭涉猎中。但得笔端留我趣,任凭人诮似某翁。"至此,竹眠兄的诗书双璧相得益彰,取得了最佳艺术效果。观众、读者在欣赏了这四首旧体诗和以篆、隶、楷、行草四体撰写的书法作品后,不仅同声赞美竹眠兄以旧体诗总结的书法体会切中肯綮,而且也品味了他的四体书法艺术确实高人一头。

竹眠兄今年已八十六岁高龄。我衷心祝愿他,在注意保重身体健康的前提下,在晚年取得更上一层楼的诗书艺术成就!

(原载《楚苑》2010年第1—2期合刊)

蔼然可亲的学者　奋然前行的战士

——缅怀何老

集学者和战士于一身,两者完美地统一在一起,这就是我所认知的尊敬的何老。

我是在二十五年前才和何老结交的。1994年8月20日至8月22日,《三国演义》国际研讨会在江苏无锡市举行。我作为研讨会的筹办人,诚邀何老与会,请他在20日的开幕式上讲话。他一到无锡,住进宾馆,我就拜访了他。那年,何老已七十五周岁,但他精神矍铄,谈笑风生,看起来只有六十多岁的样子。何老是古典文学研究专家,这是我早就知道的。上世纪五十年代和八十年代,他就出版了《论儒林外史》、《论金圣叹评改水浒传》、《文学呈臆编》、《汲古说林》、《论蒲松龄与聊斋志异》、《聊斋的故事》(选译)等著作。作为《三国演义》研究专家,他也有多篇论著。《历史小说在事实和虚构之间的摆动——〈三国演义〉成书过程片论》(《光明日报》1984年3月20日),探讨了《三国演义》中的虚、实问题和成书过程,既有学术深度,又见考证功力。何老《在评价〈三国演义〉的文学成就以前》(载《三国演义学刊》第1辑,四川省社会科学院出版社出版)中认为,《三国演义》不仅是一种文学现象,而且是一种中国千年来的社会精神现象。这也是前人未发之言,很有创意。而在《〈三国演义〉研究和方法问题》(《三国演义学刊》第2辑,四川省社会科学院出版社出版,1986)中,何老又提出,马克思主义可以吸收和统驭系统论、控制论、信息论、耗散结构论、协同论和突变论等新的研究方法,《三国演义》乃至整个古代、现代文学研究方法的突破,仍然要以精研马克思主义的文学观,全面细致地掌握研究对象,即《三国演义》作品本身才能达到。该文表明,何老与时俱进,一方面坚持以马克思主义文论研究文学作品,另一方面又主张马克思主义文论需要发展,要吸纳和采用新的研究方法,这样才能把文学研究推向前进。何老有关《三国演义》的论著不止这三篇论文,但就是这三篇论文已经给我留下深刻印象,对他仰慕不止。在无锡的《三国演义》国际研讨会上,我向何老表达了对他的由衷敬意。何老哈哈一笑,说:我搞《三国演义》研究,是"票友",不能和《三国演义》的专业研究家相比,见笑了,见笑了! 显得十分谦逊。接着我又请他谈谈对《三国演义》连续电视剧的一些看法;那时我正在写《〈三国演义〉80集电视连续剧趣谈》(江苏文艺出版社1994年10月出版),很想听到何老的意见。何老并不推辞,提纲挈领、简明扼要地谈了他对会上放映的《走麦城》、《秋风五丈原》的想法,我听后有如坐春风、醍醐灌顶之感。会后,我把何老的意见融化进了《趣谈》中《关羽之死》、《诸葛亮的临终嘱托》两则小节里。通过与何老的接触、叙谈,一个蔼然可亲的学者何老,镌刻在我的脑海里。

新时期到来后,何老一方面仍以一个蔼然学者的形象出现在读者面前,又出版了《读鲁迅书》等著作,拓宽了学术研究的领域;但他在新时期,则主要以一个杂文大家的身份经常与读者见面,出版了《五杂侃》、《人间风习碎片》、《狗一年猪一年》、《鸠栖集》、《三五成群集》、《如果我是我》、《远年的蔷薇》等等杂文集。有人说,鲁迅逝世后,中国能称得上"杂文大家"的只有两个人:聂绀弩和何满子。何老的杂文,有思想高度,有历史内涵,有文化传承,有经世致用,有文字功底,有幽默风趣;其知识面的广博,其识古通今的穿透力,其严格、细密的逻辑思维,其嬉笑怒骂皆成文章的犀利文风,都是当今独步。其中最宝贵的是何老奋然前行的战士品性。在他对张爱玲的批判分析中,这种奋然前行、不顾庸人横议的战士品性体现得尤其明显。

张爱玲于1995在美国病死后,国内不少媒体为了吸引人们的眼球,增加自身的销售量,掀起了一股"张爱玲热"。何老不以为然,一再在杂文中揭露张爱玲大节有亏,在民族大义上有负国人。他在《"不以人废言"和"知人论世"》(原载《文学自由谈》2001年第2期,后被《文艺报》2001年5月2日摘要转载)中写道:"张爱玲真正捧上天却是由于美籍华人夏志清的小说史。这本小说史是为美国中央情报局做中国文化的背景材料而作的,书中荒唐地将她和鲁迅相提并论。西风东渐,国内不明底细的人也跟着起哄,至今还有人嚷着'说不完的张爱玲',简直叫人作呕。""她嫁了汪精卫的宠儿,汪伪政权的宣传部长胡兰成。婚后成为大汉奸周佛海公馆的常客。日寇投降后,胡兰成被通缉,逃到浙江杭州,张爱玲还赶了去。不料这逆贼已另姘上了别家的姨太太同居了,被甩掉的张爱玲才绝望而归。一个女人的爱情追求,不要讲识见、志趣、人生选择么?""一个甘作卖国贼老婆而且恋恋不舍的货色,其灵魂又是如何?这些都不是生活细节,而是顺逆、是非、美丑的大问题,在知人论世上是通不过的。即使在国外,人家也讲究知人论世,大节上的顺逆是非哪个民族都重视,绝不会像中国某些人这样,向丧失大节的棍徒献玫瑰花而行若无事的。"此文一出,又经《文艺报》的摘要转载,"张爱玲热"随即降温,可谓功德无量。2005年,抗日战争胜利60周年,上海某高校在某教授的策划下,拟于该年举行"张爱玲国际学术研讨会",我将这一信息告诉了何老。何老出于民族义愤,认为"张爱玲国际学术研讨会"在抗战胜利60周年时举行,很不合适,向原任中共上海市委宣传部长、著名学者王元化提出了他对这一问题的意见。王元化接受了他的意见,建议某高校停止举行这一研讨会。后来某高校终于决定将这一研讨会取消。因这一事件,2006年,何老又在《文学自由谈》第2期上著文《这不是反了吗?》继续批判了张爱玲:"如此痴恋一个丧失了民族大义的逆贼的女人,其品格,其灵魂难道还须费词解说么?"这都展现了何老奋然前行的战士品性。孰料有位"张迷"评论家竟在《海峡两岸"看张"的政治性和戏剧化现象》一文中点名批评何老,说何老"左","让人觉得好像是大批判运动又来了"。而这时何老已身患重病,没有精力写长文对之进行反驳了。由于该文也点名批评了我,因此在我和何老通了电话后,决定由我对《看张》进行反批评。我在《张爱玲的历史真实和作品实际不容遮蔽》(载《华文文学》2007年第3期)一文中写道:

"历史和现实告诉我们,居安思危,我们必须以爱国思想教育人民。当外敌入侵我国时,像抗日战争时期百分之九十几以上的作家那样,奋起抗日;还是像周作人、胡兰成等那样认敌作父,充当汉奸;或者像张爱玲那样,依附敌伪,在作品中歌颂日本文明,对还在抗战的蒋介石造谣诬蔑,这是个关系民族气节的大是大非问题。""一味吹捧张爱玲,将会造成严重的负面效应。一旦外敌入侵,很可能有人以张爱玲为'样版',不讲民族气节,只求'出名要趁早',以不同方式依附敌人,写文章,出集子,拿高稿酬,过上舒服的日子;幻想到将来,自己也能像张爱玲那样得到吹捧。希望那些一味为张爱玲曲辩的人,冷静地思考一下这个关系国家未来的大问题。"我的反批评文章刊出后,我寄了一份给何老,以表示我对何老一贯来奋然前行的战士品性的敬重。他在接到我的信、文后,回我一信,内云:"国内自有不少崇拜张爱玲的'粉丝',皆是不辨正邪顺逆之徒,言之可悲。""当今文化市场,诚如陈四益所言,是工业社会的垃圾桶。风习如此,诚可叹也。"(2007年8月23日)表示了他的愤慨。

至于说何老"左",更是不了解何老一生为人处世的个别人的胡言乱语。何老从上世纪五十年代起,就对马克思主义有精深的学养。他不仅反对五十年代庸俗社会学的"左",而且对胡风的文艺思想也有他自己的看法。他"觉得胡风是受到苏联庸俗社会学一些影响的。这不大合我的口味。但是,比起那些批判胡风的人完全的庸俗社会学观点,我又倾向于胡风。"(见罗银胜《"一统楼"人去楼空——怀念何满子先生》,《文汇读书周报》2009年5月22日)当年他被打成"胡风分子",就是因为他反"左"。在张爱玲问题上,他讲究民族气节,坚持民族大义,怎么能说何老"左"呢?何老有一次在电话里对我说:"上世纪五十年代,一些主管文艺的人说我'右',把我打成'反革命';本世纪又有人说我'左',把我打成教条主义者。但是,这一切都与我不相干。我只是说我要说的话,做我要做的事。"何老奋然前行的战士品性于此可见一斑!

何老已经离开我们了,但他的蔼然可亲的学者风度,奋然前行的战士品性,造就了他的人格魅力,将长留人间,教育我们后学也应该像他一样地做好学问、写好文章,成为一个大写的人!

(原载《何满子逝世周年纪念文集·一声何满子 双泪落君前》,华东师范大学出版社2010年4月出版)

创作理念的误导　作品自许的反差
——评《大秦帝国》

陕西作家孙皓晖先生(以下直呼其姓名),写了一部500万字的长篇历史小说《大秦帝国》(2001年开始,由河南文艺出版社出版,2008年5月出齐)。我在一年多时间内,断断续续,有时放下,有时拿取,阅读完了这部长篇。初步印象是,该书的序言,言过其实,过于武断;艺术粗糙,过于冗长。不曾想到,两年后,上海《文学报》,于2010年2月25日以一期16版的篇幅,为《大秦帝国》出了专辑。其中,发表了《大秦帝国》作者孙皓晖的序言、创作谈《精神本位与历史文学创作的深度化》、"走读大秦"、《风雪追梦问沧桑》、访谈录:《天地纵横　铁笔纵横》等多篇文章,以及《大秦帝国》的《楔子》和第一部第一章的部分片段。在孙皓晖的这些文章中,他反复宣称:《大秦帝国》的创作理念有三大"创新":

一是他前所未有地提出:大秦帝国文明是"中国文明的正源"。

二是他主张:"法家是秦帝国时代的领袖学派";儒家"是极端保守主义"。

三是他有意表现,秦始皇"是一个伟大政治家的形象","事事石破天惊而无一不克尽全功";"假若同时也达到了翻案效果,我是乐于见到的"。

他还自许《大秦帝国》:颠覆了历史小说"古典传统的禁锢";走出了当代历史小说"乱流的漩涡"。

本来,作品出版后,评论家和读者自会根据作品的艺术形象对作品作出各不相同的评价,无须作者自我宣扬。不过,如今是搞市场经济,"酒香也要做宣传",因此,孙皓晖如此高度评价他的《大秦帝国》,我也可以理解,只要他的评价符合作品实际就行。但当我重新翻阅全书,再认真思考,却发现他的所谓三大"创新",并不符合历史真实,而是对读者的误导;而他对《大秦帝国》的自我期许,与作品实际更存有很大的落差。由于兹事体大,关系到对中国文明史的评估,对儒、法学派历史价值的认知,对秦始皇在新时期已经有了新共识后的再翻案;关系到历史小说今后创作的路向,我不能不在这里与孙皓晖作一番"争鸣"。

一、中国文明的正源是炎黄文明,绝非秦帝国文明

孙皓晖关于秦帝国文明是"中国文明的正源"的创作理念,的确贯串于《大秦帝国》全书。但是,这一理念经不起历史真实的检验,是极其片面而又错误的。

多本历史教科书告诉我们:中华民族的先民至原始社会后期,在如今中国的广阔幅员上,生存着、活动着、奋斗着这么一些部族(部落联盟):中部地区是炎帝族、黄帝族;东部地区是夷族;西、北部地区是狄族、戎族;南部地区是蛮族。炎、黄两族联合,攻杀了蛮族领袖蚩尤后,两族之间又发生了三次大冲突,黄帝族打败了炎帝族后又和炎帝族友好共处,牢固地在中部地区站稳了脚跟。黄帝族的一部分东进,与夷族杂居,又联合了夷族。传说中的唐尧、虞舜、夏禹时期,在中部、东部地区存在着一个以黄帝族为主、以炎帝族、夷族为辅的部落大联盟。黄帝族被公认为华族的始祖。由炎帝族、黄帝族、夷族创造的炎黄文明,乃是中国文明的正源。炎黄文明的特点是:一、尚武。他们用坚石(玉)作武器,骁勇善战,抵抗外族侵犯,同心一德。二、崇文。仓颉造文字,大挠作干支,伶伦制乐器,炎黄文明领先于周边其他各族文明。三、注重生产,发展经济。传说中黄帝的正妻嫘祖养蚕,农桑经济比其他各族经济先进。历史传说中的唐尧、虞舜,以及夏、商、周三代的祖先,相传都是黄帝的后代。

夏商周三代，自夏代起，有了阶级，有了国家。夏商周三代的文明，是炎黄文明的发展，被称为华夏文明。华夏文明吸收、融合了南方的楚文明和吴、越文明，内容更加丰富多彩。而南方的楚文明、吴、越文明，则因接纳了华夏文明而迅速提高。吴国的季札，于公元前544年（鲁襄公二十九年）历聘鲁、齐、郑、卫、晋等国，在他的言行中表现了高度的华夏文明水平。《尚书·梓材篇》、《诗·大雅·荡篇》，称商王国为中国。东周时期，中部地区和北方的诸侯自称中国，楚吴越称北方国家为中国或上国。中国这一名称，含有地区居中的意义，但更重要的是指华夏文明的所在地。夏含有雅、正、大等义，东方齐、鲁、卫等国诸侯本从西方迁来，西部地区也称为夏。因之，东方诸国称东夏，东西夏通称为诸夏。周朝崇尚赤色，华含有赤义。凡遵守周礼尚赤的人和族，称为华人或华族，通称为诸华。所以，夏商周文明统称为华夏文明，它是炎黄文明向高处、向新处的发展。炎黄文明是中国文明的正源，这一历史真实已成中国人的共识，谁也否认不了也抹煞不了。

至于秦国，本是个小国。周孝王封给养马人非子一小块土地，地名秦（甘肃清水县），在戎族、狄族之间。非子子孙依仗尚武的华夏文明，专力攻戎，国势逐渐强盛。秦襄公救周幽王有功，周平王封秦襄公做诸侯，秦开始成为强国。秦穆公战胜晋国，成为"五霸"之一。但秦国文明虽源自华夏文明仍落后东方诸侯国。秦孝公时，任用卫国人卫鞅（后在秦有功，封于商於，被称为商鞅），以华夏文明"百家文化"中的法家学说变法图强，秦国成为战国时期强大的国家。经历秦国几代君主、臣民的努力，最后，由秦始皇完成了统一中国的大业。秦文明来自华夏文明，源自炎黄文明，秦国之所以强大也因为炎黄文明和华夏文明，怎么能把商鞅变法后的秦国文明作为"中国文明的正源"呢？

孙皓晖以为，在"七国争雄"的斗争中，秦国胜利了，说明秦文明高于中原的华夏文明，成了"中国文明的正源"，这是误导。其实，中外历史上文明落后的民族战胜文明先进的民族，其事例多的是。文明进步的雅典败于文明落后的斯巴达；西罗马帝国为文明落后的日耳曼族所灭亡；西晋王国在文明落后的"五胡"乱华中败亡；文明落后的蒙古族吞灭了文明先进的南宋王朝；当初文明远远滞后于明王朝的清国，打败了文明先进的明王朝。其原因是多种多样的。秦国变法成功，经济有大发展，政治上搞中央集权，军事上重用战略家战术家，但在文化上，文明上，就整体而言仍落后于魏、齐、楚等国。秦国的能臣，几乎全是"客卿"，来自中原诸国和楚国。终秦之世，秦国没有出过一个著名的思想家、文学家、艺术家。吕不韦编有《吕氏春秋》，号称"杂家"，也是卫国人。被称为"虎狼之国"的、商鞅变法后的秦国铁血文明不可能也绝不会成为"中国文明的正源"。

二、经过"文革"后期"四人帮"搞的"评法批儒"，经过新时期在儒法问题上的拨乱反正，在儒法问题上学术界已有公识。《大秦帝国》在儒法问题上的所谓"创新"，不过是老调重弹

春秋战国之交和战国时期，地主经济取代领主经济；周王室号令不行；诸侯各国弱肉强食，群雄并起；各国之间战争不断；正是社会大变动时期。在此背景下，华夏文明出现了"百家争鸣"的繁荣局面。诸侯各国为了富强，为了生存，为了发展，几乎没有一个国家不搞改革，不用"百家"中的能人，但并不是凡改革者都用"法家"；也不是任用"法家"的都成了强国。当时，有的国家任用兵家（如楚国之用吴起）；有的重用农家（任魏国之用西门豹，发展农业，兴修水利）；有的重商（如齐国）；有的向外族学习（如赵国武灵王胡服骑射，向北开拓疆土）；孔孟学派（儒家）的创始人孔子，也曾在鲁国一度执政……郑国最早任用"法家"的老前辈子产，一时郑国很有起色。但由于种种原因，郑国仍不免于败亡。只有秦国，从秦孝公起任用商鞅变法；其后，基本上都是"法家"当道。也由于种种因素整合在一起，秦国胜利了，六国败亡了。然而，秦国统一中国后，只有十五年的历史，就倒台了。所以后代的贤明皇帝，全都以秦为鉴，并不专用"霸道"（法家），也不专用"王道"（儒家），而是"王霸"兼用，"儒法"互补。

只有"四人帮",出于推行极"左"路线的需要,才在"文革"后期,搞"评法批儒",把春秋战国之交和战国时期能干的军事家、政治家、经济学家,统统戴上"法家"的帽子,把法家捧上天;而把儒家全都一棍子打死,给他们加上倒退、复辟的罪名。新时期到来,拨乱反正,首先还了儒法的真面目。儒家的创始人孔子主张大一统,要求天子治天下,中央集权的统一思想开始萌芽;孔子爱民,他的弟子冉求做季氏宰,替季氏聚敛财富,孔子气愤地说:"他不是我的弟子,弟子们敲着鼓攻击他吧!"孔子主张自强不息;孔子提倡中庸,中庸应用在行为上,是"过犹不及",应用在政治上,是"民以君为心,君以民为体";孔子对鬼神保持远距离,"敬鬼神而远之","未能事人,焉能事鬼?"孔子更是大教育家,弟子三千,贤人七十二,是中国最早办私学的第一人。孟子支持变革,说汤放桀、周伐纣,是诛灭独夫,不是弑君。他倡导"民为贵,社稷(国)次之,君为轻。"儒家学说中的合理内核,在战国时期,即得到"百家"中的其他各家的尊重。自汉武帝"罢黜百家,独尊儒术"起,以儒文化为主并融合、吸收了道、佛文化和中华民族少数民族文化中内在合理因素的中国传统文明,延续、发展了两千多年。虽然儒家学说中也有消极成分,但中华民族能够屹立于世界的东方,在多少次的外族侵略中顽强不倒,以儒家文化为主的中国传统文明功不可没。至于"法家"文化,在战国时期适应秦国的需要,并获得变法图强的成功,自有其应当肯定的因素在。但正如一代学术大师王元化在《韩非论稿》(写于1976年)中指出的,法家学说集大成的韩非"所倡导的法是君主本位主义的法。他的法是和人民处于对立地位的。""韩非自己也很清楚君主的统治是和人民完全对立的。"韩非从来不想考虑一下民心的向背,只是一味主张用势除患,以为只要采高压政策就可以永保江山,"韩非那套法、术、势所建立的太平盛世,是一个阴森森的社会。这样的社会里,人民甚至不得互相往来,互相往来就有朋比为奸犯上作乱的嫌疑。'欲为其国,必伐其聚,不伐其聚,彼将聚众。'(《扬权》)"王元化先生对"法家"的评价,现在已成了学术界的共识。孙皓晖在"四人帮""评法批儒"多年以后,在新时期拨乱反正以后,无视儒法学派在长期社会实践中的历史命运和地位,仍然一个劲地辱骂儒家,胡吹乱捧法家,对儒家一律丑化,对法家一律称颂;甚至杜撰了一个孟子与张仪辩论的故事,写孟子辩论失败,"一口鲜血喷出两丈多远",以贬低孟子,抬高法家张仪;这在广大学术界和读书界是通不过的。

三、为秦始皇再翻案,既不得人心,也不可能改变秦始皇的"暴君"形象

《大秦帝国》以120多万字的篇幅写秦始皇(第四部后一半与第五部两卷),在中国小说史上可谓空前绝后。孙皓晖自诩"小说已经全面展现了秦始皇";"《大秦帝国》中的秦始皇,当然是一个伟大政治家的形象","假若同时也达到了翻案效果,我是乐于见到的。"然而,这一创作理念,更是与历史真实不符,严重误导了读者。

秦始皇统一了中国,厥功甚伟。据范文澜先生的《中国通史简编·第一编》,当时在全中国范围内,已经具备了促成全国统一的多种条件:水陆交通那时已十分发达,"大有助於全国的统一";商业更有大发展,"因为各国间需要通商,闭关不相往来成为不可能";"只有全国统一才能消除或减少由於割据所发生的灾害",搞好水利灌溉;劳动人民普遍要求统一。"荀子曾代表这个希望,断定秦国将实现统一中国的伟大任务"(荀子作出这一断定时,嬴政(秦始皇)还未出生);而且,"共同文化要求统一",战国时期,北起秦、赵、燕三国长城,南至旧吴、越海滨,"大体上只存在着一个华夏文化,也就是居住在广大境域内二千万左右的人口中,文化是共同的,心理状态是共同的",孟子、荀子主张使天下"定於一","明确地代表了这种共同心理。"当然,秦始皇在完成中国统一的大业中有很大的功劳,这是必须充分肯定的。但他横征暴敛,残民以逞,滥用民力,焚书坑儒,专制暴戾,刚愎自用,兴也暴,灭也速,所谓"大秦帝国"只有短暂的十五年历史就分崩瓦解了。贤明君主都以秦始皇为镜子,没有一个好皇帝以秦始皇为榜样的。像孙皓晖那样以120多万字的篇幅歌颂秦始皇,无限拔高秦始皇,学术界、读书界绝不会支持。

他们怎能同意对暴君秦始皇再翻案?!

四、《大秦帝国》作者颠覆《史记》以来的传统历史文学,否定新时期的所有优秀历史小说,只能成为文史界的话柄

孙皓晖自以为《大秦帝国》是千古一长篇,竟对《史记》以来的我国传统历史文学全都颠覆。他指责司马迁:《史记》共写了五十六篇传记,其中秦与秦帝国人物的传记二十八篇,"司马迁对其中牺牲于国的功业雄烈之士,几乎一律持批判态度;而对能够急流勇退全身自保的逃避者,则一律给予高度赞扬;前者如对范蠡、蔡泽、张良等,后者如对文仲、吴起、商鞅、蒙恬等。"(按:原文如此。)他责备司马迁的历史观"是萎缩保守的,我们是不能接受的"。必须"超越《史记》的陈腐历史观,突破这种沉积在我们意识深处的禁锢"。谈到《三国演义》、《东周列国志》、《二十四史演义》等历史小说名著,孙皓晖以轻蔑的口吻说:"这些历史演义,与历史官方的史书典籍相呼应","以官方意识形态与政治需求为写作立场","以儒家理念为文学修史价值观,对历史进行改造式的演义";"以粗疏简单并具有浓厚戏剧化的写作手法适应流俗","演义出官方意识政治需求与儒家理念的真理性。"至于"新时期的历史文学",他更大加叱责:"陷入了深刻的乱流漩涡",只字不提一部新时期成功的历史文学作品。好家伙!真是横扫千古历史文学作品如卷席,在孙皓晖心目中,《大秦帝国》之前的中国古今一切历史文学作品全是垃圾。然而,我诚请孙皓晖的头脑稍微冷静一些。被鲁迅誉为"无韵之《离骚》"的《史记》,是你颠覆不了的。《史记》中的范蠡协助越王勾践打败吴国;张良派人锥击秦始皇于博浪沙,帮助刘邦打败项羽,取得天下,他俩难道不是"功业雄烈之士"吗?范蠡看清越王勾践"只能同患难,不能共安乐";张良看清刘邦当上皇帝后会演出"狡兔死,走狗烹"、"杀功臣"的凶杀剧;他俩因而急流勇退。范蠡到齐国经商,"三聚三散",继续做有益于人民的事;张良"从赤松子游",全身隐退,表现了先见之明和淡泊名利

的高尚品格。司马迁对他们高度赞扬,赞扬得对,赞扬得好!商鞅"刻薄寡恩",最后穷途末路,民众谁也不肯接纳他,终于被秦王"车裂"而死,只能怪他自己。《史记》《三国演义》《东周列国志》将长久传留后世,"尔曹身与名俱灭,不废江河万古流!"

著名评论家李建军一针见血地指出,《大秦帝国》"这篇小说最严重的问题,正在所谓的历史观念和价值理念上";《大秦帝国》"蔑视常识","无视几千年来人们已经形成的共识",而"这些共识是从最基本的事实和史实里产生出来的"。《大秦帝国》"之所以写得太长,是因为作者缺乏成熟的写作能力。冗长而沉闷,尤其是小说作者应该避免的。"(见《试金石还是误区?》,《文学报》2010年2月25日)其后,李建军在《南方文坛》2010年第3期,又发表《怎可如此颂秦皇——从〈大秦帝国〉看当下历史叙事的危机》,对《大秦帝国》作了具体而又更加严厉的批评。这里,我要补充的,《大秦帝国》的写作方式,一是"主题先行"。他是先有了大秦帝国文明是"中国文明的正源"、"法家是秦帝国时代的领袖学派",儒家"是极端保守主义"、"秦始皇是伟大政治家"这样一些创作理念,而后才演绎成这部五百万字的长篇的。二是以"三突出"的方法塑造人物:在众多人物中突出法家人物;在法家人物中突出在秦国执政、用事的法家人物;在秦国执政、用事的法家人物中突出各部小说中第一号法家人物。他以120多万字写秦始皇,采用的完全是这一套写法。他写商鞅也是如此。三是搞历史随意主义。《大秦帝国》第一部《黑色裂变》第一章《六国谋秦》,写六国在会盟大典上敲定"分秦大计"。但这样的历史事件,从未在战国时期出现过。当时,秦国是强国,并非像晚清时期的中国是弱国,六国不可能也不会结盟"分秦"。这是捏造历史,是典型的历史随意主义。孙皓晖辩解:他"是依据历史逻辑推定的"。好一个"依据历史逻辑推定"!如此重大的"分秦"历史事件都可以"推定"出来,历史发展还有什么"逻辑"可言!为了突出商鞅这个人物,孙皓晖甚至蓄意篡改历史,写商鞅主动护法请死;死前,"四野人马突然欢呼起来:'商君万岁!新法万岁!'"还写商於十三县活祭商鞅。商鞅在秦国民众中的威信简直超过了1976年逝世的周恩来总理,真是匪夷所思！韩非明明被李斯、姚贾陷害而死,孙皓晖却把李斯的责任开脱,把罪责归之于姚贾一人。范雎迫使秦国大将白起自杀,孙皓晖也故意回避这一历史事实,维护范雎。历史随意主义的事例,在《大秦帝国》中触目皆是,限于篇幅,我不可能一一举证。这哪里是现实主义、历史主义,而是伪浪漫主义、反历史主义!《大秦帝国》在艺术上的粗糙,还在于他不懂得或者不会"以小见大","以少胜多"。他在第三部《金戈铁马》中,以八十多万字的篇幅,实写了宜阳之战、河外之战、河内之战、彝陵水战、郢都之战、临淄之战、长平之战等十多个战役,但不少战争场面、场景雷同、重复;人物对话缺少个性特色;各个战役的特点未能鲜明揭示。与《三国演义》中的官渡之战、赤壁之战、彝陵之战相比,差之远矣!我奉劝孙皓晖:且慢"王婆卖瓜,自卖自夸";《大秦帝国》还是让评论家、读者评说为好;"主题先行"、"三突出"、历史随意主义那一套,写不出大作品;虚心地向《史记》、《三国演义》等古典历史文学学习,认真地向当代优秀的杰出的历史小说学习,彻底改变名"新"实"陈"的历史观,悉心锤炼小说艺术技巧,那么,你的下一部写早秦部族故事的历史小说《马背诸侯》,有可能获得成功!

(原载《文艺争鸣》2010年6月号[上半月])

丘东平在江苏

杰出的革命作家、优秀的共产党员、以身殉国的烈士丘东平(1910—1941),是广东海丰人。但是,《江苏文学史》(陈辽主编,南京出版社1990年3月出版)却把他作为江苏作家、他的作品作为江苏文学的一部分,以较多篇幅写进了江苏文学史。因为丘东平一生最辉煌的岁月(1938—1941)战斗、生活在江苏;他最好的作品(《茅山下》等)创作在江苏;他最后又英勇牺牲在江苏。因此,我以此文《丘东平在江苏》来纪念丘东平诞辰100周年和逝世69周年。

一

抗战爆发后,国共合作抗日,新四军在汉口建立办事处。丘东平随新四军军长叶挺到了那里,在新四军军部战地服务团工作。1938年初,新四军组织先遣队挺进江苏南部敌后地区,由粟裕担任先遣支队司令,从战地服务团调选了两人参加先遣支队,丘东平即是两人中的一个(另一人为参加过上海三次暴动的吴福海同志)。在去苏南前,丘东平尚在安徽时,给作家于逢等同志写了一封信,信里大意说:此行所见所闻,足称伟大,将来描写抗战,当不让东北作家专美于前了。他到了苏南敌后,"的确是欢欣鼓舞。"(于逢:《沉郁的梅冷城·编后记》,花城出版社1988年6月出版)作家马宁曾看过他,他对马宁表示:"他将不仅是小说家,他坚决要做一位人民的战士。他要求随军出发,一切艰苦险恶都非所计。"马宁说:"有一天,我在军政治部主任袁国平那里看到一封无线电报,那是第一支队司令陈毅拍来的。他报告说,小说家东平在工作表现上有着非常的进步,他更加接近了人民和战士。他曾要求恢复光荣的布尔雪维克党的党籍,他原是在海陆丰起义的时候参加党组织云云。"(马宁:《人民的战士丘东平》,载1946年3月广州《文艺新闻》旬刊第4号)可见丘东平参加新四军后工作表现是"非常的进步",思想觉悟是飞速的。粟裕率领的先遣支队,很快在卫岗战斗中取得了大胜利:"首战卫岗,威震江南,新四军的名字,从此飘扬在大江南北,淮河两岸。"(一支新四军战歌中的歌词)当时,先遣支队仅200人,丘东平虽没有直接参加卫岗战斗,但却在卫岗战斗结束不久,就写了记叙卫岗战斗的报告文学《截击》。陈毅(时任新四军一支队司令员,皖南事变后任新四军代军长)十分欣赏丘东平的才华和对革命的忠诚,把他调到身边任兼职秘书和苏南工委委员。与此同时,丘东平担任一支队政治部敌军工作科长,"常押送一些日军俘虏,到处开群众大会,进行抗日救国、敌人并没有什么可怕的宣传","还把敌人押送到国民党第三战区战地司令部去。"1939年春,新四军召开全军党代表大会,"丘东平同志代表一支队出席了这次代表大会。"在溧阳时,战斗虽然非常频繁,如丹阳之战,延陵之战,珥陵之战等等战役,丘东平无不参与。"他这时已由一个优秀的青年作家变成为一个优秀的战斗员了"。(陈子谷:《我所知道的丘东平同志》,载《沉郁的梅冷城·附录》)此后,他从苏南随军北上到苏北解放区。1941年2月,鲁迅艺术学院华中分院在盐城成立,新四军政委刘少奇兼任院长,丘东平任教导主任,实际主持鲁迅华中分院工作,为培养、教育新四军和华中根据地的文艺工作者,尽心出力,作出了重要贡献。同年7月24日,他率领鲁艺华中分院同志们冲出日寇的扫荡包围圈时不幸牺牲,年仅三十一岁。总之,丘东平投身革命后的最后四年,是在江苏度过的。

二

在戎马倥偬、战斗不断的年月里,丘东平一手持枪,一手拿笔,以文艺为武器对敌人、顽固派作战。他在江苏的四年间,争分夺秒,利用战斗的间隙创作文学作品。最著名的有中篇小说《茅山下》(未完成,写了五章);产生过较大影响的短篇小说有以画龙点睛的手法刻画人物的《两个靖江革命》、《友军的营长》、《溧武路上的故事》等;出名的报告文学有《截击》、《把三八式枪夺过来》、《王凌岗的小战斗》、《逃出了顽固分子的毒手》等。这些作品,与丘东平过去的作品相比,最突出的不同点是,写出了"新的人物,新的世界"。

首先,丘东平最早在文学作品里刻画了陈毅和粟裕的真实而又光辉的艺术形象。《茅山下》中的司令员(即陈毅),被丘东平描写得栩栩如生:"四川人,从十年战争,三年游击战争中锻炼出来的老布乐什维克,那惊心动魄的革命战争的组织者";"他的坚定的眼睛给予人们一个单纯的概念:清醒!一点不能懈怠!时刻的警觉着!""看来,他的影子是辽远的,辽远得几乎不能辨认,辽远得变成了小的黑点,象一只鹰,在句容、京郊、镇江、丹阳、金坛、溧水,在整个大江南北战区的高空中飞翔着,精细地从百仞的高空把地上的松鼠和落叶都加以判别,找寻袭击的目的物,袭击它,和它发生凶恶而可怖的战斗";"他的正确的领导使一个战士当伏在草莽中还感觉着他的热的视线的迫射,——而另一边,那飞翔的鹰,他要谨慎地防备着从背后,从黑暗中射来的阴谋的猛箭。"若不是丘东平当过陈毅的兼任秘书,就近过细观察过陈毅,极其熟悉陈毅,那是不可能写出这段描摹陈毅的传神文字的。对粟裕的描写,则十分简洁、平实:"这里有一个很小的然而颇为漂亮的胜利,是我们的粟裕同志,先遣支队司令员亲自带领着四个班,去打得来的。""粟裕,——一个壮健,勇猛的布尔什维克,在过去的十年战争中是一个身经百战的勇士,他每一次在我们的队伍的前面站出来,总是和蔼地坦然地把着微笑,好像把所有的问题都处理完毕了似的充满着安静和快乐,他的和蔼而坦然的微笑获得了我们铁一样坚的信心,只要和他站在一起,我们相信一个最难攻破的难题也可以迎刃而解。""现在我虽然离开了他,但是只要一想起他,他的整个的影子就在我的眼前完全显露,我知道他在那短短的四个班的行列中是站在怎样的一个位置上面,在和敌人相见的时候他是怎样的一种姿态,——这些对于我似乎都是非常熟习的了,同时也正如他的微笑一样的显明……"(《截击》)是粟裕亲临现场,指挥了卫岗战斗,日寇的伤亡"在二十五名以上",我军"牺牲了两个战斗员",创造了以少胜多的战争范例。战斗结束,"粟裕同志很审慎地制止我们在此地再作逗留",迅速转移。还不到二十分钟,"就有大队的敌人开来了,有三百多的马队,有七辆坦克车。"(《截击》)我之所以在这里详细引述了丘东平对陈毅和粟裕的形象描写,不只是因为这些描写十分出彩,还因为它们又是珍贵的史料。进军江南时的陈毅和粟裕,就是这样的睿智、勇敢、坚定、享有崇高威信的新四军高级指挥员!

其次,丘东平叙写了新四军普通指挥员、战斗员在苏南的英勇战斗。罗士明、邢永昌、马德生等五个勇士,硬是从日本鬼子手里"把三八式枪夺到自己手中,用三八武枪把对手击倒下来!"(《把三八式枪夺过来》)王凌岗的伏击战,因一连两个班的预备队意外暴露,敌人向预备队开了火,"敌人再不过桥了,要把敌人一下歼灭已成为不可能了。"但参加伏击战的指导员王孝凤、陈胖子、副连长、机关枪射击手等人同仇敌忾、灭此朝食的旺盛战斗精神,仍然令读者感佩不已。(《王凌岗的小战斗》)《溧武路上的故事》中的那位支队参谋,巧妙地指引友军"安然地脱出险境"。"他的一种单纯、朴素的气质","他的凛然无动于中的气概",是造成那次友军安然脱险"一件神奇不可思议的事情"的重要因素。他们都是抗日战争中涌现出来的新人。

第三,丘东平在这些作品中深刻揭露了顽固派抗日无能、反共有术的反动行径。一个国民党军队的营长,制止了部下的溃退,率领他的部下渡河,突破了日寇的包围圈,这本来是一件好事。新四军的司令官为这位营长拍电报给友军的总指挥部,报告这个营长的战斗遭遇,指出胜利的意义所在。但国民党部队的总指挥部却将这位营长枪毙。"理由"是:"该营长守土失责,有辱我军人人格"。(《友军的营长》)那么,他们是不是真正"守土有责"呢?否。"中国军""惯于在白天里行军,因为只有在白天里,在鲜丽的太阳光下,才能显见他们军容的强盛。"然而,"日本人从山峡里向他们开枪了,日本人知道在这样的一瞬中饱飨杀戮的狂欢,枪声像河水似的在山峡里流过,'中国军'还来不及把枪杆子从肩膀拿下,瞬息之间已经有三百多个丢了性命。"但他们对人民是残暴的,有一位青年讲了新四军的好话,"于是他们开了一个地洞活埋了那青年。"(《溧武路上的故事》)不仅如此。他们还恶狠狠地向新四军开刀,将新四军的特务营的一个排"包围起来,缴了械,把连长倪俊以及整排的同志都绑了去。"其后,他们又诱杀了警惕性不高的马营长,"不管他妈的什么'新四军''新五军',我们都要把他消灭!"(《逃出了顽固分子的毒手——持团特务营政治工作人员钱一清同志的报告》)丘东平在这些作品中表现了他对顽固派的分裂、反共、倒退本质的清醒认识,并作了有力的艺术表现。

第四,丘东平在《茅山下》里较早表现了新四军里的知识分子在实现与工农兵结合过程中的思想历程。《茅山下》里的周俊,"刚刚从学校里出来","怀着满腔的希望,希望自己在战斗中锻炼成为一个有用的人。"但他对有缺点的老红军郭元龙参谋长的成见很深;他搞统战工作又不得法,"在九里的短短期间的工作完全宣告了失败"。"他远隔着真理,可是迫切地望着真理,在日常生活或工作的场合,他往往暴露出稚然可怜的破绽"。尽管如此,周俊还是走在与工农兵结合的道路上;后来,周俊到一个分队工作去了。《茅山下》还不曾写完,丘东平就牺牲了。但是,从已完成的部分小说章节中看出,丘东平是把知识分子的思想改造、走与工农兵结合的道路,作为《茅山下》的主题的。

从上可见,尽管丘东平写于江苏的这些作品,已经过去了七十多年,但它们至今仍不失其社会意义和思想艺术价值。

三

丘东平牺牲于1941年7月24日小秦庄遭遇战。但他是究竟怎样牺牲的,迄今为止有三种说法:

一种说法是,丘东平牺牲于1941年6月,是"丘东平命令身边的警卫员向自己开枪"而"光荣牺牲"的。(陈振国:《丘东平的卒年》,《新文

学史料》1980年2期)

一种说法是，丘东平是自杀而死。丘东平在小秦庄战斗中负了伤，他自认为，在这场遭遇战中，鲁艺华中分院同志损失这么惨重，"自己的责任是不能推卸的"，于是，"他的右手毅然举了起来，对着自己的脑袋，迅速扣动(驳壳枪)扳机，'砰'的一声，他走到了生命的尽头。"(庞瑞垠:《东平之死》，《当代》1984年第5期)

但是，早在1951年，周占熊同志就在1951年7月23日上海的《文汇报》附刊上发表过一篇回忆文章《文艺战线上一面鲜血染透的红旗》，对东平之死曾有详细的记载。1951年，周占熊同志27岁，记忆力很好，十年前东平牺牲的情景如在目前："当他奋勇指挥突围的时候，他就被凶残的敌人发现了——他是指挥者，立即以集中的机枪向他射击，于是我们的丘东平主任——新四军政治工作者，优秀的人民文艺作家，光荣的共产党员，就在这种情况下，无愧的安详的壮烈的牺牲了。"据当时历险的同志事后说：东平同志本已脱出危险区。那里有一座小桥，敌人远远地用火力封锁了这桥。东平同志在桥外，但他看到桥里还有不少同志，他就奋不顾身地爬上桥头一个草垛，站在那里指挥青年。他们立刻振奋起来，按着他的指引，有的泅水渡河，有的在桥上匍匐通过，大批同志因而脱险。但东平却给日寇从望远镜发现，狙击手就瞄准他开了枪，东平同志头部中弹，当场牺牲。后来当地人民为了纪念他，在桥头立了碑。(见蒋天佐：《丘东平的卒年和牺牲情况》，载《新文学史料》1980年第4期)

对东平之死的以上三种说法，我取第三种。因为周占熊同志是丘东平之死的目击者，他的回忆录写在他二十七岁记忆力完好之时。二十九年后，蒋天佐同志的文章又做了佐证，因此，东平之死的第三种说法是可靠的。陈振国同志、庞瑞垠同志都是我的友人，他们这样写东平之死，动机和出发点都是好的。陈振国说丘东平命令警卫员向自己开枪，是不愿意落入敌人的手中；庞瑞垠说丘东平自杀，是因为他早就公开宣示了自己的心迹："我是一把剑，一有残缺便应该抛弃；我是一块玉，一有瑕疵便应该自毁。因此，我时时陷在绝望中……我几乎刻刻在准备着自杀。"他是赞赏丘东平的"宁为玉碎,不为瓦全"的崇高品格。诚然,这是丘东平在上世纪三十年代初说过的话,但正如郭沫若在《东平的眉目》一文(载《沉郁的梅冷城》卷首)一文中所说的:"这是醉心于'不全则无'者所共同的苦痛,我自己觉得很能够了解。"但是,仅因为丘东平说过这段话,就把"东平之死"说成是自杀,恐怕不能说服读者。东平之死,死于日寇的罪恶的子弹,应该是信史。

丘东平永远活在江苏人民、江苏文艺工作者的心中!

(原载《海丰史志》2010 年第 1 期)

请君记取白舒荣

台湾、香港、澳门及海外的华文文学,为有别于大陆的文学,被称为"世界华文文学"。自1979年7月《当代》杂志发表白先勇的《永远的尹雪艳》起,世界华文文学在大陆已有三十一年的历史。在这期间,曾敏之和已逝世的李子云、黄重添、王晋民等专家、学者,为世界华文文学在大陆的引进、评介、研究,作出了显著业绩。但是,华文文学界千万不能忘记,还有一位集编辑家、研究家、散文家、策划家于一身的白舒荣女士,她对世界华文文学的贡献也多多。作为编辑家,她阅读了数以亿字计的华文文学作品,编辑了多家华文文学刊物和四、五十种华文文学作品集;作为研究家,她出席了五六十次有关华文文学的国际会议,提供了学术含金量很高的众多论文;作为散文家,她写作了近百篇记叙华文文学作家生平和思想的散文;作为策划家,她策划了在大陆规格最高、规模最大、影响最广的华文文学评奖。集四"家"于一身的白舒荣,对世界华文文学作出了超常的奉献。

我是在1990年于广东中山市举行的台港澳暨海外华文文学国际研讨会上结识白舒荣的。她给我的印象是:清丽脱俗,热情洋溢,谈吐亲切,落落大方。当时,她已是名满海内外的华文文学编辑家。白舒荣(1941—),山西人,毕业于北京大学中文系,曾任大学讲师。新时期到来,她在《当代》文学杂志分工编发一个大行政区和台、港地区的文学作品,开始大量阅读华文文学名家之作。1985年,人民文学出版社创办新的《华人世界》杂志,她任编发华文文学作品的责任编辑。《华人世界》移交给另一部门后,她又在同性质的《海内外文学》杂志任职。1987

年,她参与了不定期丛刊《四海——港台海外华文文学》(后改为《四海——台港澳海外华文文学》)的编辑工作。1990年1月《四海》正式创刊;1998年初,《四海》更名为《世界华文文学》,她先后担任执行编委、副主编、执行主编兼社长。无论什么名分,她始终是这几个杂志的实际主持者。二十一世纪起始,《世界华文文学》又脱胎为《华人世界》,仍然肩负着《世界华文文学》的一部分任务,她被聘为总编辑。《当代》—《华人世界》—《海内外文学》—《四海——台港澳海外华文文学》—《世界华文文学》—《华人世界》,作为编辑家的白舒荣,编发华文文学作品,几乎长达三十年之久。这一经历,在大陆华文文学界是无人可与她比并的。不仅如此,《四海》主办单位于1995年,建议杂志自负盈亏,所有办刊费用自理;白舒荣明明知道纯文学杂志在商品大潮中很难靠发行量养活自己,何况《四海》本来就没有什么经济基础,但她还是接受了主办单位的意见。1997年,主办单位新领导更要她们连杂志社人员的工资和奖金也要自理,白舒荣的负担更加重了。白舒荣之所以毅然挑起这副重担,拳打脚踢,施出浑身解数,为《四海》、《世界华文文学》的生存和发展而全力拼搏,一是用不着为十几元小钱的必要花费去求告领导;二是有了自主权便于开展工作;三是主办单位每年给几个书号,通过出书可以筹措到一部分资金,她相信经过她的奋斗,刊物能够养活自己。于是,在她主持《四海》和《世界华文文学》期间,她以《世界华文文学精品库》的丛书形式,主编出版了洛夫、白先勇、高阳、李蓝、郭良蕙、温小平、曾焰、郭枫、刘以鬯、曾敏之、颜纯钩、黎青、陶然、黄维樑、彦火、梁凤仪、李鹏翥、周桐、赵淑侠、简宛、杜国清、张宁静、林湄、尤今、陈瑞献、梦莉、黄孟文等近百位台港澳及海外华文作家的著作;此外她还主编出版了《海外女作家新潮散文》、《海外华文女作家成名作赏析》,选收数十人集的丛书近20种。白舒荣事必躬亲,每期刊物发表的华文文学作品,她固然要认真阅读,决定是否签发;就是她编辑、出版的近百位华文文学作家的著作和近20种华文文学作家合集的丛书,她也要过细阅读、推敲、斟酌、建议增删。她还要阅读与发表、出版的华文文学作家作品的相关参考资料。因此,近30年间,白舒荣阅读的华文文学作品和相关资料的总字数少说也有5亿字,编辑的华文文学作家的作品达四、五十种,所以,我说,白舒荣是大陆阅读、编辑华文文学作品最多的一位名编辑。她首先以编辑家的身份为华文文学作贡献。

阅读是研究的基础。白舒荣既然阅读了这么多华文文学作家的作品及相关资料,也就很自然地撰写评论和研究华文文学。还在上世纪八十年代初叶,她就开始撰写评论和研究华文文学的文章。1986年,她被邀请参加于深圳大学举行的第三届台港与海外华文文学国际研讨会。此后,白舒荣作为华文文学研究家不仅参加了其后大陆举办的历届世界华文文学国际研讨会,还应邀参加了在境外举行的有关华文文学的国际研讨会,总共达五六十次,是大陆华文文学界参加华文文学国际研讨会最多的一位研究家。每次参加华文文学研讨会,除非有特殊情况,来不及撰写论文外,她都带着学术含金量很高的论文与会。1998年,她参加美国加州大学"世华文学专题研讨会"提供的论文是:《台湾文学研究在大陆》。此文实际上是对台湾文学登陆大陆20年(1979—1998)后大陆研究台湾文学的一次科学总结,揭示了台湾文学研究在大陆的表现特点,肯定了大陆学者在台湾文学研究方面取得的重大成就,同时也指出了海峡两岸对彼此文学的研究存在不平衡现象,对大陆今后的台湾文学研究具有指导意义。《菲华小说管窥》则是她为参加在马尼拉举行的"首届菲华文学研讨会"撰写的长篇论文。她认为,菲华小说是"形象的菲华侨民史,斑斓的菲华社会图";菲华小说创造了"丰富的人物画廊",展现了"多重的人生矛盾";菲华小说保留了中国特色,又闪烁着现代精神,"游泳在传统江河,踱步在现代大桥"。与会作家、学者,研读了她的论文后,无不击节称赏,说白舒荣是菲华文学的"知音"。在新加坡召开的首届"世界华文微型小说国际研讨会"上,她宣读了论文《新加坡微型小说的繁荣及特色》,又道破了新加坡微型小说的特色所在:"反映了新加坡作家的高度社会责任心";艺术上"娇小玲珑","十分形象地传达了新加坡社会由表及里的西化历程","精选品位高、审美信息量大的题材,以层出不穷翻新的技巧探索,来实现自己的美学追求"。白舒荣的学术论文,常常是宏观把握与微观研究结合;论据与论点结合;翔实的史料与富有新意的论述结合;运用传统的研究方法与吸纳外来的研究方法结合;创意的"陌生化"与行文的可读性结合;因此,阅读她的论文,一点也不觉得作者在正襟危坐,耳提面命,而是如坐春风,如行山阴道上,应接不暇。五六十次华文文学国际研讨会的参与和多篇优秀论文的传诵,遂使白舒荣在海内外的华文文学界声名鹊起,荣誉日隆。

和多数书斋型的华文文学学者不同,白舒荣是学者型的散文家,散文家型的学者。作为作家,她著有散文小说集《热情的大丽花》、《寻美的旅人》和《白薇评传》、《中国现代女作家》(合作)等脍炙人口的作品。她不是仅仅坐在书斋里,收集研究对象的作品和资料,再和研究对象做些接触,就写作评论或论文;她在评论和研究某位华文文学作家时,不只充分掌握他们的有关资料,而且一定要和评论和研究对象多次接触或深入交谈。或者,先进行访谈,而后再决定是否对他(她)进行评论和研究。她写《自我完成　自我挑战—施叔青评传》是这样,写《十位女作家》(传)也是这样。白舒荣的华文文学作家评论和访谈记,篇篇都是优美、深刻、精致、耐读的好散文。她既写作家的"形",更多的是写作家的"神";她既品味作家的"文",又评议作家的"人";她既叙作家的"事"(迹),又议作家的"思"(想),所以她的评论和作家访谈记,每一篇都可看到被评、被访作家独特的与众不同的"精神核心"。施叔青"很'中国'";曾敏之"宠辱皆忘做个人";新加坡女作家尤今"笑面人生",企图"叩开地球上的每扇大门";梦莉在"苦难中锻造","好一朵茉莉花";陶然"热情含蓄,波涛汹涌不露张扬,像一座闷着熔熔岩浆的火山";少君是"当代'隐者'"、吴玲瑶"笔到之处笑声逐";戴小华"活出人生的精彩";陈娟"不显山不露水,任劳任怨,默默服务文学团体、服务作家、服务文学新人",甘当"文学义工";司马攻"商海文坛任逍遥";陈若曦"坚持理想,无怨无悔";冯湘湘"拼命三郎","写作就是生命就是一切",杨逵"铮铮铁骨写春秋";萧逸"浪迹天涯,笔走蛟龙";刘於蓉"俯首甘为猫儿奴"……都是一句话就抓住了评论对象或访谈对象的"精神核心"。她善于画龙点睛。

白舒荣与其他华文文学学者、专家的另一不同,她既是编辑家、研究家、散文家,又是一位策划家。这不仅表现在编辑工作中她长于策划她主编的刊物的每期不同主题,而且她还精于策划别人不曾想到也不敢去做的难事情、大事情。1992年,她策划了"台港澳暨海外华文文学徐霞客游记奖"。这是在她以前别人所不曾想到过的。经过她同国务院侨务办公室联络,并联合新加坡文艺协会,共同发起了这一奖项的征文活动。评委会主任请秦牧担任。其后,香港的曾敏之、台湾的郑明娳、新加坡的陈美华、马来西亚的戴小华、泰国的梦莉、菲律宾的柯清谈、法国的张宁静、瑞士的赵淑侠、巴西的朱彭年、美国的许以淇等十个地区和国家的华文作家获奖。在北京人民大会堂,他们接受了国家领导人李瑞环亲手颁发的奖杯。这次评奖在海内外产生了广泛影响,也提高了一些作家的知名度。由白舒荣策划、举办的另一次大评奖是"首届盘房杯世界华文文学优秀小说奖",由《世界华文文学》与昆明盘龙房地产公司(总经理张彦生)联合筹办。从1998到2007年7月之间发表在《世界华文文学》杂志上的短篇小说中评选。获奖作品15篇。作者有来自美国的周恩、李国英、少君、周琼,加拿大的冯湘湘,法国的张宁静,澳大利亚的沈志敏,日本的华纯,香港的董启章、海辛,台湾的黄春明、吴梦樵,澳门的梁淑琪,泰国的黎毅,菲律宾的吴新佃,都是当代华人文学作家中的佼佼者。2006年11月在昆明颁奖。颁奖后,白舒荣又策划了"广南文学之旅",邀请30多位海外嘉宾在云南境内作为期十天的旅游。其后,嘉宾们写出数十篇游记,宣扬了云南改革开放的成就。两年之后,2003年白舒荣又策划、筹办了"第二届世界华文文学优秀散文盘龙奖"。因《世界华文文学》已停刊,主办方之一改为白舒荣为成员的中国作家协会台港澳暨海外华文文学联络委员会。此次评奖采取征文的形式。颁奖典礼于2003年11月在巍然屹立于市区的盘房公司新建大厦举行。从策划评奖,筹集奖金,组织评奖委员会;到初选、初审至评委会评定;到最后举行颁奖典礼,邀请方方面面知名人士参加;白舒荣花费了难以计量的心血和精力。白舒荣处事一贯低调,她一不为名,二不为私利,只为促进世界华文文学的发展和繁荣。

就我所知,在华文文学界,能够像白舒荣那样"一身而四'家'焉"的为华文文学作贡献的编辑家、研究家、散文家和策划家的人,在大陆可谓绝无仅有。白舒荣现已功成身退(退休),但她老骥伏枥,壮心不已,仍在为世界华文文学的发展而费心尽力。2010年1月,香港文学报出版社出版了她的52万字的著作《回眸—我与世界华文文学的缘分》一书,这既是她以四"家"身份为世界华文文学作贡献的一份翔实记录,也是她为华文文学超常奉献的集大成。如今在大陆中国,七十小弟弟,八十多来些,九十不稀奇,百岁才是古来稀,白舒荣今年才六十九岁,来日方长。我衷心希望她在保证身体健康的前提下,如行有余力,再创晚年辉煌。

请君记取白舒荣!

(原载《世界华文文学论坛》2010年第3期)

第三编

文艺理论研究

第三編

文藝批評家

对陈其通等同志的《意见》的意见

陈其通、陈亚丁、马寒冰、鲁勒四同志合写的文章《我们对目前文艺工作的几点意见》在一月七日《人民日报》刊出以后，我怀着很大的兴趣反复地读了几遍。我认为其中有不少有价值的意见，对目前的文艺工作是有好处的。例如：应该积极提倡为工农兵服务的文艺方向和社会主义现实主义的创作方法；应该更多更好地创作以现代人民斗争生活为题材的作品。这些意见都是好的。但是在陈其通等同志的"意见"中，同时还包含着一些不正确的意见，这些不正确的意见可以归结为对目前文艺工作，即对去年党中央提出了"百花齐放，百家争鸣"的方针以后的文艺工作，作了片面的因此是不正确的估计。由于陈其通等同志对目前文艺工作状况的估计基本上是错误的，因此上述某些原则上是正确的意见（这是他们从对目前文艺工作状况的估计的基础上提出来的），也就大大减弱了它们的说服力。不仅如此。陈其通等同志的某些不正确意见，还对目前文艺工作中的新气象和刚刚滋生出来的新芽，起了泼冷水的作用。因此，我觉得对他们所提出来的一些问题有加以澄清的必要。

陈其通等同志在文章开始对目前文艺工作的主要成就很原则地说了这么一句（也仅仅是这么一句）："党中央提出的'百花齐放，百家争鸣'的方针，给社会主义的文学艺术事业带来了新的繁荣和无限的创造性。"但在具体地估计目前文艺工作状况的时候，却得出了一系列的不符合实际的、含有悲观怀疑态度的结论。陈其通等同志断定，"在过去的一年中，为工农兵服务的文艺方向和社会主义现实主义的创作方法，越来越很少有人提倡了。""真正反映当前重大政治斗争的主题有些作家不敢写了,也很少有人再提倡了,大量的家务事、儿女情、惊险故事等等,代替了描写翻天覆地的社会变革、惊天动地的解放斗争、令人尊敬和效法的英雄人物的足以教育人民和鼓舞人心的小说、戏剧、诗歌,因此,使文学艺术的战斗性减弱了,时代的面貌模糊了,时代的声音低沉了,社会主义建设的光辉在文学艺术这面镜子里光彩暗淡了。""充满着不满和失望的讽刺文章多起来了"。"自从提出'百花齐放'以后,有许多人只热衷于翻老箱底,热衷于走捷径去改编旧的,甚至有个别人把老祖宗留下的宝贵遗产稍加整理就冠上自己的名字去图名求利。"请看,这就是陈其通等同志对目前文艺工作的状况描画出来的一幅图画。"糟得很!"这就是陈其通等同志对目前文艺工作状况的实际的总估计。

但是实际情况究竟是不是这样糟呢?现在让我们检查一下陈其通等同志的论断,看看究竟有多少正确性。

首先是关于"在过去的一年中,为工农兵服务的文艺方向和社会主义现实的创作方法,越来越很少有人提倡了"的问题。

去年上半年,党中央提出了"百花齐放,百家争鸣"的方针以后,全国各地文艺报刊关于"百花齐放,百家争鸣"的方针,讨论得多一些,反映热烈一些,而对为工农兵服务的文艺方向和社会主义现实主义的创作方法谈得少一些,这是事实。但这也是一种自然的、必然的现象。因为要在实际工作中贯彻"百花齐放,百家争鸣"的方针,就必须大张旗鼓地进行宣传,以打破一部分文艺家、科学家的各种各样的顾虑,扫除实施这一方针时的各种各样的阻力,使这一方针广泛地深入人心,为胜利贯彻这一方针创造条件。各个文艺报刊对这一方针的宣传、提倡给以较多的篇幅,而对文艺工作上其他原则性问题,暂时谈得少一些,这是十分正常的。我们没有根据在这样短的时间中就匆忙地作出"越来越很少有人提倡"社会主义现实主义的结论。

事实上,关于社会主义现实主义创作方法的讨论,去年下半年还是进行着的。可以说,文艺界对于这一创作方法的实质,它和以往的现实主义的继承、联系和区别,它的先进性的具体表现,鲁迅和我国现代作家作品中的社会主义现实主义因素等等问题，在这一时期作了比较认真的深入的研究。单拿去年全国各地文艺报刊纪念鲁迅先生逝世二十周年中的文艺论文来说，即有不少篇论文是接触到鲁迅先生作品中的社会主义现实主义这一论题的。当然，在去年探讨和研究这一创作方法的时候，有人认为社会主义现实主义创作方法未必正确，有人提出了社会主义时代的现实主义的"模糊概念"（见"意见"），但是既然提倡百家争鸣，这些不同意见的提出，就是非常合乎规律的自然现象，根本用不着大惊小怪。我们可以用充分的论据来批判这些论点，我们可以拿社会主义现实主义这一创作方法的客观存在和发展来证明这些论点的缺点和错误，我们可以平心静气地说明我们自己的看法，让读者明白真理是在我们这一边，但是我们却不应当不说明任何理由，就给这些同志扣上这样一顶大帽子："这种怀疑论和取消论是小资产阶级艺术思想的产物。"（见"意见"）这种扣大帽子的方法，决不能有助于问题的解决。据我看来，认为社会主义现实主义创作方法未必正确的何直同志的论文《现实主义——广阔的道路》（载人民文学一九五六年九月号）和提出社会主义时代的现实主义这一"模糊概念"的周勃同志的论文《论现实主义及其在社会主义时代的发展》（载长江文艺一九五六年十二月号），尽管有不少论点是值得商榷的，但是从论文中看出，这两位同志确实对社会主义现实主义的创作方法问题作过认真的研究。为了批评他们的论点，就需要进行同志式的科学的论辩，而不需要禁止提出问题。

至于为工农兵服务的文艺方向，过去一年来是否越来越少有人提倡了的问题，我的看法基本上和对前一问题的看法是一样的。我们不能说过去对这一文艺方向的宣传和提倡就做得很好。在批判胡风文艺思想以前，有不少文艺工作者信仰或者内心同情胡风的反动文艺思想就是一个例子。我们也不能说过去一年来对于为工农兵服务的文艺方向已经越来越少有人提倡了。因为这也并不符合事实。不说别的，就在去年十一、十二月间讨论国产电影片的问题的时候，就有不少同志客观而公正地指出：过去执行为工农兵服务的文艺方向的成绩不容抹煞，今后为工农兵服务的文艺方向也不容动摇。可见，宣传和提倡为工农兵服务的文艺方向的同志去年也大有人在,而并不是越来越少!

由此可见,陈其通等同志这一论断是片面的、武断的,与去年文艺工作和文艺评论工作的实际情况不符。

其次是关于"真正反映当前重大政治斗争的主题有些作家不敢写了,也很少有人再提倡了"的问题。

这一论断更经不起我们的文艺工作现实的检验。不错,在最近时期的创作题材中,家务事、儿女情、惊险故事是比过去多了,但是还不能由此就匆忙地得出反面的结论。打开《人民文学》、《解放军文艺》、《长江文艺》以及其他各地文艺刊物来看,只要翻一翻目录,也就可以知道,去年我们的作家还是写了不少反映当前重大政治斗争的作品,它们反映了"翻天覆地的社会变革、惊天动地的解放斗争、令人尊敬和效法的英雄人物"。拿大家熟悉的《人民文学》来说,过去一年不是曾经发表过像《在桥梁工地上》《本报内部消息》《爬在旗杆上的人》这样尖锐地反映当前重大政治斗争的主题的震响着时代声音的作品吗?《总有一天》《永不熄灭的火焰》《粮食的故事》等等大受读者欢迎的小说,难道不是描写"翻天复(覆)地的社会变革、惊天动地的解放斗争、令人尊敬和效法的英雄人物"吗?即以陈其通等同志应该非常熟悉的《解放军文艺》来说,在去年几期刊物里,就曾登出了"反映当前重大政治斗争的主题"的小说《无风浪》,以及像《杨根思》《熊熊的火焰》《白兰花》等等比较优秀的戏剧、特写和诗歌。

又次是关于"充满着不满和失望的讽刺文章多起来了"的问题。

对于这一论断,我认为不仅是不符合实际情况的问题(这是用不着多说的),而且还包含着足以妨碍作家今后积极创作的一些消极因素在内。因为,"不满"犹可说;作者对现实生活不满,也可能是为了要求比现实生活更美好的生活。但"失望"却简直是难以想像(象)了。对我们的现实生活"失望",那么,严重的问题就来了:作者到底"希望"什么样的生活呢?因此,陈其通等同志这一论断,无异是对讽刺文作者的一种恐吓。这一论断如果不予批判,默认它是正确的话,那么,它将大大伤害我们的作家和广大业余写作者的信心和勇气。举一个我亲自接触到的例子来说。有一位同志,他原打算写一个讽刺剧,但在他看了陈其通等同志的文章以后,他不打算写了。他对我说:"这个剧本不能写了。现在是说写讽刺文的作者,'充满着不满和失望',下一步呢?那还不是可以想见的吗!"当然这位同志把个别同志的意见当作党的意见,是一种错误。但陈其通等同志的这一论断确实有可能在一些作者思想上产生副作用,这也是可以肯定的。不是吗?还在"百花齐放,百家争鸣"的方针开始宣传的时候,就有某些同志怀疑这究竟是不是党的长时期的方针,会不会只是某种暂时性的"策略"。现在陈其通等同志的这一论断,不正好加重了他们原有的顾虑了吗?

必须肯定,去年一年来,小品文、讽刺文增多了,这是一种好现象。这是广大作家和业余写作者响应党的号召的积极表现,是文学艺术战斗性的表现,作为党的文艺工作者,我们应当鼓掌欢迎。在这些讽刺文章中,也有少数的小品文和讽刺小说有片面性的缺点,作者分不清什么是本质和现象,分不清什么是应该肯定的,什么是应该保护的,采取了否定一切的态度,以致文章的矛头不仅刺痛了现实生活中的疮疤,有时还伤害了现实生活的花瓣,歪曲了我们的现实生活。对于这些作品,我们应该进行有说服力量的、与人为善的批评。但是笼统地说"充满着不满和失望的讽刺文章多起来了",却只能造成人们创作思想上的混乱。这也许是陈其通等同志所料想不到的吧?

又次是关于"有许多人只热衷于翻老箱底,热衷于走捷径去改编旧的"的问题。

对于这一问题,我们也应当加以具体分析。一般说来,自从党中央提出了"百花齐放,百家争鸣"以后,"翻老箱底"的人是多了一些,"改编旧的"的人是多了一些。这说明了党的"百花齐放,百家争鸣"的方针,教育了大家进一步地重视民族遗产。这又有什么不好呢?昆剧《十五贯》不也是改编整理出来的吗?还有像川剧《谭记儿》等。如果整理出更多一些优秀的民族遗产出来,我想是没有什么不好的。我们现在还没有足够的证据证明作家的主要方向已经离开了现在而转到过去。

总起来说,陈其通等同志之所以作出这些错误论断,是在于他们把

"百花齐放,百家争鸣"的方针提出以后的文艺工作中的个别的、不是根本性的缺点,当作全面的、根本性的缺点,于是也就认为目前的文艺工作简直是"糟得很"了,是很堪忧虑的了。而我的意见是,应该正视这些缺点,但不应当加以夸大,而是要加以具体分析、找出主流。我认为,我们目前文艺工作的主流是"好得很"的,至少不是"糟得很"。在陈其通等同志的这些论断里,我似乎又看到了毛主席曾经在《关于农业合作化问题》一文中指出过的"小脚女人"的形象。去年,我们的文艺工作在党的"百花齐放,百家争鸣"的方针的鼓舞和支持下,刚刚向前迈了几大步,就引起陈其通等同志的"无穷的忧虑"来了。可是这一切和我们目前的文艺工作的迅速前进的现实情况又有什么相干呢?

(原载《人民日报》1957年3月1日,后被毛泽东主席提名表扬;《人民日报》1957年4月10日社论公开表扬;又被收入《中国新文学大系·文艺理论卷》(1949—1976),上海文艺出版社1997年出版)

登东岳,谈美学

五月初夏,暖风醉人。正是游览东岳泰山的良好季节。今年五月,我有幸登游岱宗。一路上,风光景物,名胜古迹,目不暇接,美不胜收。边欣赏,边思索,一些美学上的问题,不断在我的脑际萦回。现在,把我思考所得整理出来,以就正于美学专家和美学爱好者。

一

据地质学家考证,东岳泰山诞生在二十亿年前的古生代,它的高龄已有二十亿岁了。太古时期的泰山存在不存在美?我在游览时想这个问题。这个问题涉及"美是什么"这个有关美学的根本问题。

想当初,泰山刚成山时,什么生物都还没有。以后,开始有一些低级动物在泰山栖止、生息。但它们没有意识,没有美感,即使那时的泰山也有"通天拔地之势","擎天捧日之姿",这些低级动物也是知觉不到,认识不出的。再往后,泰山上有了人类,在劳动过程中引起自然的改变时,"也就在改变他本身的自然(本性),促使他的原来睡眠着的各种潜力得到发展"(马克思),由此产生了人的最初的美感。泰山的美,只有在人类出现以后,特别是人类进化到了有了最初的美感以后,它的美的一部分,才能被始初的人类所感知、所发现、所认识。所以,美是一种特殊的事物。它不像自然界的其他事物那样,即使不被人所感知、认识和发现,它们依然独立存在于自然界;美是这样一种事物,它既客观存在于自然界和社会,但又不能离开人的美感而孤立存在。一句话,美是和人的美感一起产生一起发展的。以为泰山的美就像泰山上的石头一样,在人类出现以前就已经存在,那是美学上的机械唯物主义观点。天地玄黄,宇宙洪荒,人类尚未出现而侈谈泰山的美,岂非滑天下之大稽?!但以为泰山的美并不客观存在,只是人的观念的感性显现,只是人的美感的外化,那又是美学上的唯心主义观点。试问,如果泰山客观上并不存在美,人类又何从感知、认识和发现它的美?!人对泰山的美感又何从发生?!只有既肯定泰山的美客观存在于泰山,同时又肯定泰山的美不能离开人的美感而孤立存在,才能对泰山美的问题作出辩证唯物主义和历史唯物主义的回答。

因此,在我看来,美乃是客观存在的能够触发、引起、唤醒人的喜悦、愉快、崇高、雄伟等等感觉的事物和人的美感的对立统一。在这一统一体中,失去了任何一方,都不成其为美。也就是说,构成美的这对立统一的双方,各以对方的存在为前提。对此,马克思有一段美学名言可以给我们以启示:"……正如只有音乐才能唤醒能欣赏音乐的感官,对于不懂音乐的耳朵,最美的音乐也没有意义,就不是它的对象。"这里说得很清楚,一方面是客观存在的音乐的美唤醒了人们对音乐的美感,另一方面如果人们缺乏对音乐的美感,音乐的美也就不可能孤立存在。音乐的美只存在于这两者的对立统一中。如果我们不是从定义出发,而是从实际出发,那么对"美是什么"这个问题,是可以取得合乎美的实际情况的认识的。

二

最早在泰山生息、生活的原始人所感知、认识、发现的泰山美,和我们今天感知 认识、发现的泰山美,并不一样。原始人感到泰山美,是因为泰山上有众多的植物果实可供他们采食,众多的飞禽走兽,可供他们充饥,他们进入泰山,看到泰山,知道泰山上的所有将给他们带来食物而产生一种由衷的喜悦和愉快,因此对泰山产生了美感,感知、认识、发现了泰山美的这一方面。与此同时,原始人也就按照他们刚刚认识和掌握的这一美的规律来改造泰山。或在泰山的大树上"构木为巢",或在泰山的洞窟里穴居野处,做起有利于能够获得温饱的事情来。这时,高大葱茏的树木的美,宽广曲折的洞穴的美,又被他们感知、认识、发现了。就这样,一方面,随着原始人的按照美的规律改造泰山的能力的发展,人的美感也在发展;另一方面,随着人的美感的发展,原始人的按照美的规律改造泰山的能力也在发展。这样的改造工作,做得很艰苦,很长,那是可以想象得到的。华夏族进入文明社会后,对泰山又进行新的改造,这方面的文字记载也已有两、三千年的历史。秦始皇封祭泰山,少不得按照当时地主阶级所认识、把握的一些美的规律、美的思想对泰山改造一番。其后,汉文帝、汉武帝、唐玄宗、宋徽宗、康熙、乾隆等都曾到泰山举行过封禅祭典,也都按照当时他们所认识和把握的一些美的规律、美的思想对泰山作过改造。或建造宫观庙院,或修筑楼台亭阁,或摩崖石刻,或树碑立传,使泰山的面貌大大变了样。千百年来的骚人墨客,在游览泰山过程中或在游览泰山以后,也按照他们认识、把握的一些美学规律、美学思想对泰山进行改造。或挥毫咏叹,留下题刻墨迹;或浮想联翩,编造神话传说。自然,二、三千年来,按照美的规律对泰山作了最大、最多改造的还是劳动人民。是他们修筑了八千来个石级,使人们能够一步一层天的登上泰山;是他们在悬崖峭壁上雕凿了难以数计的不朽石刻,供人们欣赏;是他们把宫观院祠、楼台亭阁建筑得赏心悦目;是他们驰骋想象,给泰山的名胜古迹创造了众多的美妙故事。于是,今天的泰山已不是太古时期的泰山,今天的泰山美,也不是太古时期的泰山美了。我们今天游览泰山,自然也欣赏从太古时期以来泰山就具有的巍峨、雄伟、稳重、磅礴的自然美,但主要的还是游览和观赏象岱庙、天贶殿、秦刻石、宋祥符碑、宋宣和碑、王母池、红门宫、万仙楼、红石峪、中天门、万丈碑、十八盘、南天门、碧霞祠、玉皇宫、普照寺、灵岩寺、辟支塔等建筑、碑刻和书法艺术。而这些名胜古迹,绝大多数是由人们创造出来的,但它们现在却已成了泰山美的不可分割的一部分。马克思主义的美学观认为,人是按照美的规律来创造美、改造世界和改造自己的。泰山美的历史,正是一部人们按照美的规律创造泰山美,改造泰山和改造自己的历史。

三

那么,千百年来,人们又是怎样按照美的规律来创造泰山美,改造泰山的呢?在我参观、游览了泰山的名胜、古迹、文物、建筑以后,我发现,人们是集中、概括了泰山美的特征以后,再按照泰山美的特征来创造泰山美和改造泰山,使原来的泰山美更突出、更鲜明、更能够被人们易于感知、认识和发现。而在创造泰山美、改造泰山的同时,也就改造了人们自己,提高了人们的审美能力和创造美的能力。

最早从泰山美的实际出发,认识和概括了泰山美的特征的是汉武帝。他用了"高矣、极矣、大矣、特矣、壮矣、赫矣、骇矣、惑矣"十六个叠字,集中、概括了泰山美的八个美学特征。应该公正地说,汉武帝对泰山美学特征的概括和集中是正确的、形象的。后代歌咏泰山的诗文,则以更形象的语言,从不同角度更进一步地集中和概括了泰山美的这些不同特征。"泰山一何高,迢迢造天庭"(陆机:《泰山吟》),"会当凌绝顶,一览众山小"(杜甫:《望岳》),说的是泰山之高、之极;"凭崖览八极,目尽长空闲"(李白《游泰山》),"峨峨东岳高,秀极冲青天"(谢道韫:《泰山吟》),说的是泰山之壮、之赫……人们在认识、掌握了泰山的这些美学特征以后,在创造泰山美、改造泰山时,也就自觉地使这种创造和改造,有助于突出和显示泰山之高、之极、之大、之特、之壮、之赫、之骇、之惑。座落在泰山脚下的岱庙,单就庙宇本身而言,够高大特丽、宏伟壮观的了,但这一建筑修造在泰山脚下,却又能衬托出泰山的更加巍峨雄伟,更加气势磅礴。"孔子登临处"石坊的建筑,使人们想起孔子登泰山而小天下,感到泰山确实高矣、极矣;一天门、中天门、南天门的建筑,除了使人们体会泰山之高、之极外,又把泰山之特、之赫、之壮、之骇的美学特征显示、凸现了出来。盘岩叠嶂、山路陡峭的回马岭,峭壁矗立、道路绕山盘旋的"峰回路转",冲天而立的斩云剑,人行桥上如浮在云中的云步桥,瀑布悬流似溅花铺玉的"云桥飞瀑",回视山下有腾身云霄之感的升仙坊,宛如天梯高托于南天门的"十八盘"等建筑和对原有景物的改造,则使泰山之壮、之赫,给人们难以忘怀的印象。泰山的极顶玉皇顶,被称为天柱峰,高矣。再在这顶峰上面建筑了玉皇宫,于是便更见泰山之高、之极,之壮、之赫。那些数不尽的石刻、题刻如"五岳独宗",如"×二"("风月无边"的意思),如"万丈碑",如"置身霄汉",又从各个不同的角度,形容、刻划了泰山美的这些特征。如此创造泰山美和改造泰山的结果,泰山原有的美学特征,就更能被人们所感知、所认识、所发现。由是,泰山便成了高大、伟大、宏伟、壮观的象征,人们便以泰山的美名来比喻人的优秀品德、丰功伟绩和一切崇高事物了。"稳如泰山"、"重如泰山"、"泰山柱石"、"泰山梁木",这些美好的形容词,都来源于泰山美的上述特征。这里我们可以得到有益的启发:从事物的美的实际出发,集中、概括事物的美学特征,而又通过各种手段使事物的美学特征更鲜明、突出,是按照美的规律创造美、改造世界和改造自己的重要途径!

四

从千百年来人们对泰山美的创造和对泰山的改造,我们可以进而接触到艺术美的问题。艺术美非它,乃是作家艺术家对生活美的更高、更集中、更概括、更典型的能动的艺术反映。

以泰山顶上的一组古代建筑群而言,它们便是对泰山的高、极、大、特、壮、赫、骇、惑自然美的更高、更集中、更概括、更典型、更美的艺术反映。南天门上有一副对联:"门辟九霄,仰步三天胜迹;阶崇万级,俯临千嶂奇观",对联的作者,极其称道南天门建筑之高、之极、之壮、之赫。南天门上有一"摩空阁",直摩蓝天,远远望去,如镶嵌蓝天上的一颗红宝石,它又把泰山的特、赫、骇、惑的自然美作了典型化的艺术反映。入南天门后,迎来一座铁瓦厅堂"未了轩",使我们记起了杜甫"岱宗夫如何,齐鲁青未了"的诗句。越过"未了轩",铺来一条狭长的石坪街市,名曰"天街"。游"未了轩",逛"天街",必然会产生"会当凌绝顶"、"俯瞰云雾低"的感觉。这些建筑,又是对泰山的高、极、壮的自然美的集中、概括和典型化的反映。沿天街东行,尽头便是规模宏大的碧霞祠。当山下云海翻滚,洪涛汹涌升腾,眨眼淹没了群峰;山巅薄雾缭绕,烟云如织,似纱似棉,荡荡悠悠,沿顶顺涧,飘忽而过,富丽堂皇的碧霞祠宫殿,时隐时现,如沉浮在天地之间,真如著名的神话故事小说《西游记》描写的天宫一般。这一规模宏大的碧霞祠高山建筑,更是古代艺术家对泰山高、大、壮、骇的自然美的典型化的艺术反映。泰山顶上的玉皇庙,正殿三间,东西有配殿,东为"观日亭",西为"望河亭"。在观日亭可看旭日东升,在望河亭可遥望我国的第二大河黄河。这一建筑,规模虽然不大,却能使人们把泰山的自然美尽收眼底,而它自身又恰好是泰山自然美的集中、概括和典型化的艺术反映。由于这一古建筑群,集中地、概括地、典型地反映了泰山的自然美,因而它们的艺术美也就能像泰山的自然美那样永葆其美妙的青春。

泰山顶上的古代建筑群对泰山自然美的艺术反映是如此。歌咏、描绘泰山自然美的优秀诗文也是如此。云步桥飞虹,水花飞溅如雨,它的高、特、骇、惑的自然美是一目了然的。但经明代诗人陈凤悟作了艺术的反映后,云步桥飞虹的自然美就转化成了艺术美了:"百丈崖高锁翠烟,半空垂下玉龙涎,天晴六月常飞雨,风静三更自奏弦。苍水佩悬云片片,竹帘洞织月娟娟,晚上倒着肩舆下,回首斜阳景更妍。"读过这首诗,再回眸凝视云步桥,云步桥似乎比我第一眼看到的更高、更特、更骇、更惑了。艺术美来自生活美,但又更高、更集中、更概括、更典型化地反映了生活美,观泰山上的种种艺术美而益信。

五

既然美不能脱离美感而孤立存在,而在阶级社会里,人的思想和感情都受到时代的和阶级的影响,因此,美,特别是艺术美,不能不打上时代的、阶级的烙印,带有时代的和阶级的色彩。泰山上的建筑就是这样。它是泰山自然美的集中、概括和典型化的反映。但由于作这样的艺术反映的时代不同,阶级不同,因此山上的不同建筑,其艺术美又明显地具有时代和阶级的特色。

不同时代的泰山建筑,各有其不同的时代色彩。"秦即作寺"、"汉亦起宫"、建筑年代久远的岱庙(其后历代不断扩建和重修),古木参天,银杏蔽日,格局宏伟,高大壮观,保留了我国古代建筑艺术美的特色。初建于六朝的普照寺,庙堂纡萦,门户曲折,配搭精当,高雅古朴,六朝建筑艺术美的精华于此展览。建于宋代中叶祥符年间的碧霞祠,高低错落,布局周密,铜铁兼备,金碧辉煌,这一金属铸件与土木砖石溶合在一起的特殊建筑,又具有宋代建筑艺术美的特色。重修于明代嘉靖年间的斗母宫,庭院深幽,格局严整,于此可见明代的建筑艺术美。至于在一九七二年建成的中天门新宾馆,大瓦盖顶,檐角远升,疏朗大方,一片崭新,衷中参西,和谐统一,一望而知是新中国的建筑艺术美,其时代特色更是极其显著。所以,有经验、有造诣的建筑艺术家,建筑欣赏家,即使没有泰山的导游说明书,他们也能从分明具有不同时代特色的泰山上的众多建筑中认出它们各自的建筑时代。艺术美就是这样地深刻着时代的印记。

泰山上的建筑,除少数兴建于社会主义中国成立以后,绝大多数建造于封建社会。它们在建筑时,秉承封建帝王和统治阶级的意旨,并受着封建的美学思想的制约,因此,这些不同朝代建造起来的宫观庙祠,楼台亭阁,又明显地带上封建地主阶级的色彩。他们建造这一切,除了供他们游览时的赏心悦目、惬意享受外,还借助种种神的偶像来抬高他们的统治地位,以巩固他们的长治久安。岱庙天贶殿内东、西、北三面墙壁上的巨幅壁画《启跸回銮图》,画高三点三米,长六十二米,在世界巨型壁画中也占有一席地位。它描绘的是"泰山神"出巡时的盛况,其实是封建帝王祭祀泰山时的写照。他们建造、刻制的碑铭,更有明显的阶级性。玉皇庙前的无字碑,据郭老考证,"摩抚碑无字,回思汉武年",是汉武帝东巡祭祀泰山时立的,距离现在已有两千多年了。传说当时他原想在碑上写一篇气吞山河的铭文,来歌颂他创造的业绩和开拓的疆域,找了许多文人学士,但没有一篇合乎他的心意,于是他干脆一字不用,让后人在"无字碑"前揣摩忖度。唐玄宗写的《纪泰山铭》九百九十六个大字,洋洋大观,更是借对泰山的颂扬来抬高自己。由此可见,宣扬美的超时代性、超阶级性,是经不起美学实际的检验的。

六

困难在于,不同时代、不同阶级创造的艺术美,何以至今仍然为我们今天的人民大众所欣赏、所称赞,这就涉及到"共同美"的问题。据何其芳同志的回忆录《毛泽东之歌》,毛泽东同志是肯定有"共同美"的。毛泽东同志说:"各个阶级有各个阶级的美,各个阶级也有共同的美,'口之于味,有同嗜焉'。"为什么各个阶级也有共同的美,这在泰山的艺术美中可以找到合理的回答。

首先,无论是我国过去的封建地主阶级,还是今天的无产阶级、劳动人民,他们都属于同一个民族。而构成民族的基本特征之一,是在长期的共同社会生活中所形成的"表现于共同文化上的共同心理素质"(斯大林)。这一特征,既经形成,同一民族的不同阶级的人们在对某些事物的美的感知、认识和发现上,就存在某种程度的一致性。例如,就我国汉民族来说,统治阶级和被统治阶级,都认为龙、凤是美的,勤劳勇敢的品德是美的,他们在文艺中也就着重描绘,表现了这一些。对于在文艺中艺术地反映了这些的艺术美,汉民族不同阶级的人们也都认为它们是美的。否认这种在长期的社会生活中,由于各个阶级之间的思想相互斗争又相互影响以及由于共同的经济生活等社会原因所形成的共同的心理素质、习惯、趣味、爱好等在形成"共同美"中的作用,那是不科学的,不实际的。不承认这一点,很多"共同美"的美学现象就无法解释。其次,既然美是客观存在的能够触发、引起、唤醒人的喜悦、愉快、崇高、雄伟等等感觉的事物和人的美感的对立统一,是可以感知、认识和发现的。那么,不同阶级的具有美感的人们,都有可能感知、认识、发现以至艺术地表现生活和事物中的美。当着这种感知、认识、发现和艺术地表现美的时间、场合,牵涉到阶级利害关系的时候,不同阶级的人们对美的感知、认识、发现和艺术地表现是不一样的,甚至是对立的,阶级倾向很鲜明的;但当着这种感知、认识、发现和艺术地表现美的时间和场合,并不牵涉阶级利害关系的时候,不同阶级的人们对美的感知、认识、发现和艺术地表现,就可以是共同的。例如,泰山的美,客观地存在于泰山的自然景物中和泰山上的艺术美中,过去的骚人墨客以及今天的人民大众感知、认识、发现和表现它们时,既不妨碍过去骚人墨客的阶级利益,也于今天人民大众的利益无损,那么,在客观存在的美的事物面前,过去骚人墨客和今天的人民大众之间为什么就没有"共同美"呢?人们在泰山观看日出时,很少存在阶级利害关系的问题。因此,在无限壮观的日出美面前,不同阶级的人们都可以感知、认识、发现和艺术地表现日出的"共同美"。而姚鼐的那篇描绘日出的极其形象、生动、真实、动人的散文《登泰山记》,也就成了不同阶级的人们都可以欣赏的"共同美"。第三,艺术生产和物质生产的关系,有时是不平衡的。某些艺术美,只能产生于人类的童年时期和生产力很低下的时期,产生于这些时期的艺术美,却能给已经进入人类成年时期和生产力发展水平较高时期的人们唤起成年人又回到了童年时期那样的喜悦,于是对这样的艺术,不同时代、不同阶级的人们也就产生了"共同美"。例如,泰山顶上的古建筑群,只能产生于古代生产力发展水平还不高的时期,今天,我们是决不会再建造类似的建筑的。但在我们今天参观、欣赏这一建筑群时,却不能不为我们的祖先在当时生产力还不高的情况下竟能把上亿吨的建筑材料运上海拔一千五百多公尺的顶峰,而且竟能在这样的高处建造起如此宏伟壮丽的建筑,而感到由衷的喜悦,于是也就在这一建筑群的艺术美面前瞠目结舌了,和古代的骚人墨客"共同"欣赏起这一建筑群的艺术美了,这样也就产生了"共同美"。第四,美的出现,不管是自然美还是艺术美,都得采取一定的形式;或者,更正确地说,都得以一定的形式出现。所以在美学范畴中,就有形式美这一专门范畴。而当人们在欣赏自然美和艺术美,撇开它们的内容,专门感知、认识和发现它们的形式美时,不同阶级的人们更可以有"共同美"。例如,统治阶级建筑的岱庙,在其内容中有不少封建的东西,但我们今天欣赏岱庙,却为这里的一切都是那么对称、均衡、和谐、统一而惊讶,感到它的形式美是很难达到的典范。在这样的形式美前面,不同阶级的人们有"共同美",更是不难理解的。

马克思主义的美学,既肯定美的时代性和阶级性,又肯定美的共同性。否定了前者,也就否定了不同阶级的人们在创造美和改造世界时的斗争性;而否定了后者,也就否定了美和美感经验的继承性。这样的片面性,均为马克思主义的美学所不取。

七

除存在"共同美",外在美学中还有一个同一美的多种表现问题。美的事物,有众多的美的侧面。你可以从这一侧面表现它,也可以从另一侧面表现它,于是就有了美的表现的多样化。这在我欣赏泰山上的书法艺术和吟咏种种有关泰山的题诗时,使我对这一问题有了更明确的认识。

泰山上的碑碣可谓多矣!这些石刻碑文,自秦汉到当代,几乎集我国书法艺术之大成。它们书写的都是同样的方块汉字,有的还是同一个汉字,但它们对我国汉字美的表现却是多种多样、千姿百态的。秦刻石、汉张迁碑、衡方碑的书法,书圣王羲之、王献之的父子的书法,宋朝"苏黄米蔡"四大书法家的书法,康熙、乾隆御碑的书法,真是"真、草、隶、篆",体例俱全,"颜、柳、欧、赵",风格各异。有的端雅丽婉,浑厚古朴,有的奔放迅疾,妩媚流畅,有的潇洒跌宕,有的遒劲雄健。汉柏院中米芾写的"第一山"碑的"一"字,竟能表达出蚕吐丝的形态。"红石峪"更是泰山的一处天然书法展览。古代书法家在流水淙淙大逾数亩的石坪上,写下了隶书《金刚经》。字大五十厘米,笔锋气势遒劲有力,刚舒宕逸,纵横波澜,确是"大字鼻祖,榜书之宗"。方块汉字的美,竟被这些书法家以如此多种多样的形式、风格、手腕、笔法表现了出来。

歌咏泰山自然美的诗篇,更显示了我们的艺术前辈以多种多样的形式、风格、手法表现同一美的艺术才能。同是歌咏泰山的雄伟美,谢灵运写道:"泰宗秀维岳、崔萃刺云天",以写泰山之"高"以状其雄伟;李梦阳写道:"斗然一峰上,不信万山开",以写泰山之"壮",形容泰山的雄伟;杜甫写道:"造化锺神秀,阴阳割昏晓",以写泰山之"特"来描绘泰山的雄伟;爱新觉罗·弘历写道:"岱宗最佳处,对松真绝奇",以写泰山之"奇"来表现泰山的雄伟;李白写道:"天门一长啸,万里清风来",以写泰山的"骇"来显示泰山的雄伟;郭沫若写道:"我来登极顶,果见众山低",以写泰山的"极",来展现泰山的雄伟……。光是泰山的雄伟美,在前辈诗人的笔下,就有如此多样的表现!

从泰山的书法艺术和歌咏泰山的诗歌艺术中,我们可以认识到,同一事物的美,由于它有很多美的侧面,因此可以而且必须以多种形式、多种风格、多种手法来加以表现;也只有以各不相同的形式、风格、手法、方法来表现同一美的不同侧面,才能独创性地创造出真正的艺术美。在美学领域里,公式化,概念化,千篇一律,雷同,是没有它们的立足之地的。

八

也因此,美,有个创新和发展问题。

游览泰山两日,我发现,凡是游人聚观之处,都是人们创造了新的泰山美或发展了原有的泰山美的地方。对泰山美无所创新、无所发展的场地,即使那里也有美,人们还是掉头不顾或瞬即离去的。同是石碑、石刻,人们在"五岳独宗"面前流连忘返,仔细品味,而在"天下奇观"面前则稍一驻足即很快离开;在"置身霄汉"前面,环视四周,体验自己是否置身霄汉,而对"天下第一"之类的石刻,则没有多少兴趣。原因无他,"五岳独宗"和"置身霄汉"的题字者,在这里对泰山美有了新的发现,并以崭新的形象创造了新的美,而"天下奇观"、"天下第一"之类的题字,人们在各个名山都可以见到,它们对泰山美并无新的发现、创造和发展。那么,它们又如何能唤起游人在感知、认识、发现新的美时的喜悦和愉快呢!?

今天的泰山美,是过去的泰山美的不断创新、发展的结果。秦、汉以来的艺术家、作家,难以数计的劳动人民,都为创造和发展泰山美作出了杰出的贡献。泰山美的历史,是一部泰山美的创新和发展史。现在,是轮到我们为泰山美作出新的创造和发展的时候了。我们听说不久的将来,在中天门和南天门都要建造起索道站,游客就会乘电缆车一下子飞到中天门和南天门。这两个索道站建成之日,泰山也就更加"高矣,极矣,大矣,特矣,壮矣,赫矣,骇矣,惑矣"了。成千上万个中外游客,穿着各种各样的民族服装,乘着电缆车一下子飞到中天门,又飞到南天门,"会当凌绝顶","俯瞰云雾低",该是何等地壮观,何等地美啊!而这样的新的泰山美,却只有社会主义时代才能创造出来,才能在泰山上出现。

自然,随着"四化"建设的进展,泰山将不仅出现索道站、电缆车,还会出现新的其他的美。于是,泰山美又将得到新的发展。集中、概括和典型化地反映这些新的泰山美的社会主义艺术美,如描绘泰山的绘画、诗歌、散文、小说、戏剧、电影,也一定会出现。

人类的历史是从必然王国到自由王国的历史。由于人是按照美的规律改造世界、改造自己和创造美、发展美的,所以,人类的历史也是不断地感知、认识、发展、创造和发展美的历史。让我们的伟大时代,伟大人民,把这一历史写得前所未有的光辉灿烂、美妙无比吧!

后记:本文中有关泰山的名胜、古迹的材料,大多取自《中国旅游丛书·泰山纪游》(傅先诗撰文,中国旅游出版社出版)、《泰山名胜介绍》(泰山风景区管理局、泰山地区管理局供稿,齐鲁书社出版),特此说明,并向傅先诗同志和其他作者致谢。

(原载《红旗文学评论集》,红旗出版社1981年出版)

文学评论和研究的方法论问题

文学评论和文学研究中的方法论问题,关系到文学评论和研究方法的改革,关系到文学评论和研究工作如何开创新局面,因而是一个迫切需要探讨和加以解决的问题。

方法论,也就是关于研究的方法、方式的学说,它受着一定的世界观的指导,但又有其独立的意义。今天,随着研究对象、客观世界的发展变化,人们研究客观世界、了解研究对象的工具的改变,人们的认识客观世界、认识所研究的对象的能力的提高,方法论也在不断地发展和变化。对于文学评论和研究工作者来说,传统的方法论是否继续有用,现代的新的方法论要不要用之于文学评论和研究,又该怎样正确地运用这些新的方法论,这些问题已清楚地提到大家的面前,必须给以研究和解决。

一

长期来,我们在马克思主义指导下,在文学评论和研究工作中主要运用的是这样一些方法论:

归纳和演绎的方法论 唯物辩证法认为,归纳和演绎是两种特殊的但不是独立的研究形式,它们不是彼此孤立的,而相辅相成的。马克思在《资本论》中研究庞大的实际材料和概括资本主义发展的全部进程时,同时利用归纳和演绎的方法。我们今天对作家作品的评论和研究,对文艺问题的研究和评论,也仍然经常运用归纳和演绎的方法,即由个别到一般、由事实到概括(归纳)、再由一般到个别、由一般原理到个别结论(演绎)的研究方法。

分析和综合的方法论　　形而上学把分析和综合当做两个相互排斥的方法对立起来,而唯物辩证法则认为两者是统一的。列宁指出,辩证法的要素之一就是"分析和综合的结合,——各个部分的分解和所有这些部分的总和、总计"。在文学评论和研究工作中,这一方法论更是被经常运用。

历史的和逻辑的方法论　　这是马克思主义创始人创造出来并始终运用的方法论。恩格斯写道:"历史从哪里开始,思想过程就应从哪里开始,而思想过程的向前推进无非就是以抽象的和理论上前后一贯的形式反映历史过程"。马克思的《资本论》就是根据逻辑和历史的统一性对资本主义社会进行分析的光辉榜样。我国不少的文学评论家和文学研究家在其评论和研究工作中都是有意识地运用这一方法论的。

社会学的方法论　　这是一种与庸俗社会学根本不同的方法论。它着重从文艺与社会生活的联系、文艺的社会根源、文艺与社会心理的联系的角度评论和研究文艺问题。后来,这一方法论被某些文艺批评家庸俗化了,搞成了庸俗社会学。但是,文学评论和文学研究中的社会学方法论,我们不能废弃也不该废弃。这一方法论至今仍不失为我们评论和研究文艺问题的一种有用的方法论。

类型学的方法论　　这是一种在同种现象中按类别进行研究的方法论。如对文学的不同体裁进行研究,对风格、潮流、创作方法的研究,对内容和形式、思想和主题、结构及情节以及对文学语言的研究等。

我认为,以上这些方法论,在我们今后的文学评论和研究工作中仍然需要加以运用,尤其是历史的和逻辑的方法论,更是我们应该努力学习和掌握的。

二

但是,近几十年间,尤其是近一二十年间,由于社会生活的变化,人们认识世界的工具的改进(如微型电脑的出现和广泛使用),人们的认识世界的能力也有了极大提高,因此,人们研究客观世界、研究科学对象的方法论有了很大的发展和变化。其中最重要的就是系统论、控制论、信息论等方法论的出现。这些方法论的出现,不仅丰富和改变了自然科学的研究方法,也丰富、改变了社会科学的研究方法。我认为,在文学评论和研究工作中,同样需要采用和运用这些方法论。

系统论 这是一种把对象作为整体、作为系统加以考察、研究的方法论。最近一二十年间,系统论是最为自然科学和社会科学研究人员重视和运用的一种方法论。这种研究方法,既是历史的、逻辑的研究方法,也是系统分析的研究方法。用系统论的方法来评论作品、作家、文艺现象和文艺问题,哪怕是评论和研究一篇作品,就应该把这篇作品视为一个系统,作品的各个部分,相互联系、相互依赖、相互制约、相互作用并具有整体的功能和价值。于是也就不会孤立地抓住作品中的某个细节或某一句话就对该作品作出结论性的判断;也不会脱离作品的整个系统形式主义、千篇一律地评论和研究作品的时代背景、思想主题、人物形象、情节结构、成就和不足,以致造成评论家和研究工作中的模式化;而是从作品系统的整体上来评论和研究它的总倾向,从作品系统的组成部分的相互依存、相互作用上来评论和研究它的思想和艺术,从作品系统的全部效用和功能上来评论和研究它的客观效果和审美价值。一篇作品是一个系统,一个作家的全部作品又是一个系统。某一文学体裁(如短篇小说)是一个系统,文学的各种体裁的集合又是一个系统。文学本身是一个系统,文学和艺术(文艺)又是一个系统。文艺是一个系统,它和社会思潮和其他意识形态的联系又构成一个系统。某一年度的长篇小说是一个系统,新中国成立以来的长篇小说又是一个系统,如此等等。评论和研究作家、作品可以运用系统论,评论和研究某种文学样式、某种文艺问题,也可以运用系统论。把系统论的方法用之于研究文艺问题,要求把人的审美的、艺术的活动和现象,看作具有多层次的、系统的、完整的有机构成体。通过系统的研究,同时找出各部分之间的相互联系,在这种相互联系中把握整个对象。

信息论 这是一种用信息的概念作为分析、研究和处理问题的方法论。采用信息论的方法，就是把系统看做是借助于信息的获取、传播、加工、处理而实现有其目的性运动的一种方法来研究客观世界，因而和系统论有着密切联系。关于如何利用信息革命的科技成果来进行文学评论和研究工作，是有许多方面值得我们进一步研究的，例如，如何传递作家的精神信息。同一题材、同一剧作，由于不同作家、不同导演的处理而风格各异，就是因为不同作家、不同导演在创作过程中制造、保存和传递出来的精神信息不一样。而读者、观众之欣赏某一作品和艺术品，则是在审美欣赏过程中接受、掌握甚至再创造出蕴涵在作品、艺术品中的精神信息。所以，作家艺术家的创作过程和读者、观众的欣赏过程是一个有机的统一的信息系统，完全可以用信息论的方法论来分析它、研究它、理解它、再现它、总结它。

控制论 这是一种研究系统中的控制过程的一种方法论。目前，控制论已开始被舞蹈界、音乐界、戏剧界用之于对演员的形体训练和发音训练。一些国家的文学评论和研究工作者，也已开始运用控制论研究作家的创作过程和作品的修改加工过程。作家艺术家在创作过程中，往往是先由社会生活、生活中的人和事提供给了他种种信息。这些信息，进入作家的头脑后，经过作家的反馈，于是又形成了作品的主题，孕育了艺术形象，把来自生活中的信息转化成了作家的精神信息，并在艺术形象的创造过程中使之定型。但在创作过程中，艺术形象一经创造出来后，它就有了自己的生命，它要按照它的思想逻辑、性格逻辑向作家提供出艺术形象应如何创造、情节将向何处发展的信息来。这时作家（特别是现实主义的作家）在接受到来自艺术形象的信息后，又作出反馈，改变原来的构思，改变或者深化原来的思想主题，改变或者丰富原来的对艺术形象的设计和情节、结构的安排，以便朝着有利于艺术形象创造和深化作品主题的方向控制自己的创作过程。作家艺术家在进一步修改、加工作品过程中也有类似的情况。因此，一些文艺研究家便以控制论的方法研究作家艺术家及其亲友们的回忆录，研究作家艺术家的创作提纲、手稿和作品的不同版本，揭示出作家艺术家的创作思维过程和作品的思想艺术质量的提高过程,取得了显著的研究成果。由于系统论、信息论、控制论相互间有着密切联系,因此,人们在运用这些方法论从事文学评论和研究时,也往往同时运用或交替运用这些方法论进行评论和研究工作。

层次论的方法论 这是与系统论相联系的方法论。这一方法论认为,任何事物或系统,不论是横向结构,还是纵向过程,都是连续性和间断性的统一。事物或系统连续性的中断,就形成相互异质的层次。横向结构连续性的中断,形成的是横向层次或平行层次,纵向过程的中断,形式的是过程层次。中断的关节点,是相临层次的分界线。事物或系统这种连续性的中断是其本身的固有属性,所以层次是普遍的。这种层次论的方法论,或者被单独运用于文学评论和研究工作中,或者与别的方法论结合用之于研究文艺问题。

比较研究的方法论和文艺心理学的方法论 这两种方法论在上世纪就已经出现,而在现代文学评论和研究中则被经常运用。过去有人曾把这两种方法论一概视为唯心主义的,这是不恰当的。现在,比较研究的方法论已在我国开始受到重视和运用。至于文艺心理学的方法论,由于文艺创作一方面不能不涉及作家艺术家的心理活动和心理状态,另一方面又不能不涉及作品中人物的心理活动和心理状态,因此运用文艺心理学的方法论来研究创作问题,也是无可非议的。

语义学和符号学的方法论 由于文学是语言的艺术,是用文字符号保存和传递信息的艺术,因此语义学的方法,符号学的方法,在文学评论和研究中也在日益广泛地被运用。符号学是关于各种符号和符号体系的科学。它研究各种符号及其组合的基本特征(如语言中的词和词组,诗歌语言中的象征、比喻,化学、数学中的符号等)和各种符号体系的基本特征及其功能。从符号学观点看,诗学把文学文本作为一种复杂的符号体系加以考察,区分出指示方面(文学体现)和所指方面(题材)之间的各种层次(情节、譬喻、格律等等)。各种复杂的符号体系之间可以相互渗透,彼此转化。语义学的方法论,则研究各种符号和符号体系的含义,如普通语言的语义(语言语义学)、诗歌语言的语义(作为诗学分支的语义学)、人造逻辑语言的符号含义(逻辑语义学)等。唯心主义的文艺学家利用符号学、语义学来阐明他们的唯心主义文艺理论，但不少国家中的文艺学者仍然认为在美学、文艺学、文学评论和研究中可以运用符号学和语义学的方法，但必须和唯心主义的美学思想、文艺思想划清界限。

从上可见，要不要运用这些现代研究的方法论来开展文学评论和研究工作，回答应该是肯定的。

三

因此，今天的问题已不是要不要运用这些新的方法论来研究、评论文艺现象和文艺问题，来评论和研究作家、作品，而是在文学评论和研究中如何正确地运用这些方法论。我认为，在运用这些现代研究的方法论时，一定要解决好这样几个问题。

第一，必须以马克思主义的立场、观点、方法作指导。这些现代研究的方法论，一般都是由现代科学家在科学研究的实践过程中，因为客观世界的变化、认识客观世界工具的改善、认识客观世界能力的提高而提出的。但在现代资本主义社会里，正如列宁所一再指出的，在科学家从事研究的对象范围内，他们实际上是唯物主义者（因为他们每天都得与客观存在的物质世界和感性材料打交道），但是他们的世界观却绝大多数是唯心主义的。因此，他们提出的现代的研究方法论，也就具有两重性。就方法论本身说，有其科学意义、科学价值的一面，但就有些科学家对这些方法论的解释和说明来说，却又多半是唯心主义的甚至是神秘主义的。系统论、信息论、控制论出现后，一些资本主义社会里的科学家宣称它们具有万能的性质，但是他们运用这些方法论研究资本主义社会，却只是揭示了现代资本主义的某些表面现象，并没有深刻地、彻底地揭露出现代资本主义社会内的种种难以克服的矛盾，更不可能得出社会主义一定要取代资本主义的结论。所以，当着我们运用这些方法从事文学评论和研究时，一定要以马克思主义的立场、观点、方法为指导，像马、恩对待比较方法那样，剔除资产阶级学者蒙在它们身上的尘垢，而只从科学的方法论的意义上来运用它。

第二，要以马克思主义的立场、观点、方法来发展和完善这些方法论。这些方法论，目前也还在发展、完善中，并不是固定不变的某种模式。因此，我们在文学评论和研究工作中运用这些方法论时，不仅要检验它们是不是与实践相一致，是不是在某个方面还有缺陷，有待改进，而且更重要的，我们还要以马克思主义的立场、观点和方法来发展和完善这些方法论，使它们朝着更加科学地符合客观世界的本来面目的方向前进。

第三，必须解决好现代的方法论和传统的方法论之间的关系问题。有些同志以为，有了现代研究的方法论，传统的方法论可以不要了，废弃了，这是很错误的。现代研究的方法论和传统的方法论，二者不是截然对立、互不相关的，而是相互统一、相互补充的关系。一方面，在现代研究的方法论中，仍然使用着归纳和演绎、分析和综合、历史的和逻辑的、社会学的、类型学的等等方法论，没有它们也就没有现代研究的方法论；另一方面，当着人们从事某一领域的研究时，也绝不是孤立地运用某种方法论，而是同时使用或交替使用若干种方法论。

第四，我们不但要善于吸收和运用现代的方法论的成果，我们还要认真地进行方法论的研究，要在文学评论和研究中发现和创造出更新、更好的方法论。如果由于我们加强了方法论的研究，我们在文学评论和研究工作中发现了新的方法论，那么，我们的文学评论和研究工作就会在走在世界各国的前面，就能让别国的学者来学习和掌握我们发现和创造出来的新的方法论了。作为马克思主义的文学评论家和文学研究家应该有这样的无产阶级的志气。

第五，在方法论问题上，我们同样要进行两条战线的斗争。既要防止和克服拜倒在现代研究方法论前面以致否定马克思主义的立场、观点和方法的倾向，也要防止和克服闭关自守的、拒不学习和运用现代研究的方法论的倾向。由于"左"的影响在我国文艺界还存在，在方法论问题上后一种倾向是主要的。但是，当着今后现代研究的方法论被介绍和运用到我国文艺界以后，也有可能出现另一种倾向。所以，在方法论问题上,我们必须始终不渝地坚持在两条战线上进行斗争。

我相信,在我们很好地解决了文学评论和文学研究的方法论问题以后,我国的文学评论和研究工作将会出现新的改革,将会开创出一个前所未有的新局面!

(原载《文汇报》1984 年 7 月 5 日)

胡风文艺思想平议

胡风错案早经党中央平反,《胡风评论集》(上、中、下三册)也已由人民文学出版社出版。在这一情况下,对胡风文艺思想不予置理或不允许公开讨论,都不是马克思主义的态度。因为,半个世纪来,胡风文艺思想曾经在我国现代文学和当代文学发展进程中,产生过而且还在产生着影响。如果不对胡风文艺思想作出科学的、实事求是的评价,也就很难写出一部全面的、客观的、合乎现代文学和当代文学实际的我国现代文学史和当代文学史。

需要弄清楚的是这样几个问题:

一、胡风文艺思想的来源有哪些?

二、胡风文艺思想的核心是什么?胡风文艺思想对我国的革命文艺思想有无贡献?

三、胡风文艺思想中的片面性及其失误在何处?

四、对胡风文艺思想的批判中有什么样的历史经验和教训?

我对胡风文艺思想的平议,就是想在弄清楚这些问题方面做点儿抛砖引玉的工作。

一、胡风文艺思想的来源

任何被称为某某或某某某文艺思想的,都不是哪个人面壁苦思所能创造出来的。除了社会存在决定社会意识这一根本原理起作用,一定的文艺思想归根结底是由社会物质生活条件所决定的之外,都有其据以作为出发点的思想资料的来源。胡风文艺思想有哪些来源呢？根据胡风自己提供的文字资料和我个人的考查，我认为，胡风文艺思想有以下三方面的来源：

一是夹有若干杂质的、主要是通过苏联介绍来的马克思主义文艺思想。一九二九年，胡风到日本留学。在日本期间，他参加了左翼组织及其活动，参加了日本共产党，他的思想和生活发生了根本转折。在日本的四年间，胡风接触、学习和懂得了一些马克思主义观点和文艺思想，"弄明白了我这战败了的理想主义者到底是什么一回事，解消了纠缠过七八年的社会观和艺术观的矛盾"。（《文艺笔谈》，本文所引述的文字，除注明出处的以外，均见《胡风评论集》）"得到了完全不同的对于文艺的新的理解和新的感受"（《民族战线与文艺性格》）。但是，胡风所学得的马克思主义文艺思想，除了来自马克思主义的经典著作外，主要是通过苏联介绍来的马克思主义文艺思想，而这部分马克思主义文艺思想是夹有若干杂质的，即其中一些是非马克思主义的东西。因为，在当时苏联文艺界占支配地位的是"拉普"的文艺思想，而在"拉普"文艺思想中，既有马克思主义的成分，也有机械论和庸俗社会学的东西。对于这一点，胡风并不讳言。他说过，"两三年前已经开始了的苏联的对于'拉普'的清算和关于现实主义的发扬，在我说来，似乎更加感到有一种切肤之痛了"（《文艺笔谈》）。苏联对于"拉普"的清算和提出社会主义现实主义，胡风是接受和同意的，他说过："在现在，被人类解放斗争过程中积蓄起来的智慧所武装，所深化，被革命文艺底发展历史所充实，所丰富，就发展成了社会主义的现实主义"。（《文艺与生活》）一九三三年，胡风被日本警察当局押解出境，回到祖国。此后，胡风自然又学习过一些马克思主义文艺思想。胡风的这一学习马克思主义文艺思想的经历，就使胡风的文艺思想中，既有马克思主义的因素，又有"拉普"文艺思想的影响。我们在下面将会看到，胡风在一些文艺问题上犯有片面性的过错，也有重要失误，几乎无一不与"拉普"的机械论和庸俗社会学有关。

二是鲁迅文艺思想。胡风回国后，即在鲁迅的思想领导下在左联从事文学工作。以后,胡风虽然离开了左联领导工作岗位,但更是在鲁迅的指导和影响下从事文学工作的。胡风在《胡风评论集·后记》中写道,鲁迅和鲁迅所开创的现实主义传统(社会主义现实主义传统),对他具有重大的,决定性的影响。鲁迅文艺思想成了胡风文艺思想的另一重大来源。例如,鲁迅的有关我国国民性存有"痼疾"以及不彻底针砭和克服这些"痼疾",民族的彻底解放和社会的彻底改造就将遇到极大的阻力而成为十分困难的事情的思想,是胡风有关文艺创作应该反映、揭露和批判千百年来封建统治、封建思想统治所造成的"精神奴役的创伤"的思想来源之一;鲁迅的"在现在这'可怜'的时代,能杀才能生,能憎才能爱,能憎与爱,才能文"的思想,艺术家"尤须有进步的思想与高尚的人格。他们制作,表面上是一张画或一个雕像,其实是他的思想和人格的表现"的思想,对于胡风的提倡在文艺创作中要发扬"主观战斗精神"、要加强"人格力量",无疑也是一个很重要的思想来源;至于鲁迅在题材问题上的意见,构成胡风的反题材决定论的来源之一,也是十分明显的。假使鲁迅先生长寿,当后来我们的一些同志批判胡风"精神奴役的创伤"、"主观战斗精神"与"人格力量"、反题材决定论的时候,我毫不怀疑,鲁迅会像两个口号之争时那样,要和胡风站在一起与我们的一些同志展开辩论的。

三是我国传统的"文艺主要是表现感情"的文艺思想。胡风自己没有谈过他读过我国的哪些文艺理论著作,也没有谈过他受过哪些古典文论的影响,但是,他不自觉地受到了我国古典文论的影响,他的文艺思想中有着"文艺主要是表现感情"这一我国传统文艺思想的来源,却也是不可否认的事实。稍有文艺理论知识的人都了解,西方文论,从亚里士多德开始,主张文艺是模仿、文艺是现实的复制的文艺思想处于主流地位。而在我国古典文论中,则一方面不否认文艺是生活的反映,但另一方面则着重强调文艺主要是表现感情的。孔子说,诗可以兴,可以观,可以群,可以怨,多识于草木鸟兽之名,讲到了文艺可以认识生活,批判现实,但却把"兴"即表现感情放在第一位。这一古典文论,其后有丰富,有发展,它所给予我国历代的作家和文艺理论家的深刻影响,其主要方面则是积极的。胡风不止一次地阐述过他对于诗的看法,说"诗底特质是对于现实关系的艺术家底主观表现,艺术家对于客观对象所发生的主观的情绪波动,主观的意欲"(《文艺笔谈》),诗"应该是具体的生活事象在诗人底感动里面所扰起的波纹,所凝成的晶体"(《密云期风习小纪》),这和我国的古典文论强调文艺主要是表现感情有一脉相通之处。

在胡风文艺思想的上述三个来源中,无论是夹有杂质的马克思主义的文艺思想,还是鲁迅的文艺思想,还是我国古典文论"文艺主要是表现感情"的思想,都既有正的方面,又有负的方面(鲁迅文艺思想中也有不确切的东西),但是,正的方面则是基本的。正因为胡风文艺思想的来源是以上三方面,所以胡风文艺思想是一个比较复杂的文艺现象,在它的正确文艺思想中夹杂有不正确的东西,在它的片面的、失误的文艺思想中又有某些正确的、合理的因素,需要我们对具体问题进行具体分析。

二、胡风文艺思想的核心和它对革命文艺思想的贡献

在近二十年的理论批评活动中,胡风写了数以百计的文艺理论文章,探讨了许多文艺问题,但诚如他在《胡风评论集·后记》中所说的,"我追求的中心问题是现实主义(社会主义现实主义)的原则、实践道路和发展过程",现实主义思想是胡风文艺思想的核心。胡风文艺思想中所涉及的问题,几乎无一不与现实主义有关。那么,胡风所坚持的、所倡导的现实主义究竟是一种什么样的现实主义呢?是旧现实主义或批判现实主义,还是如有的同志所指责的那样是反现实主义,还是像胡风自己说的是"社会主义现实主义"?这既不能仅凭胡风说过的某些片言只语作结论,也不能以胡风的主观宣言为根据,而只能从胡风有关现实主义的一些基本问题上的全部观点来作出判断。

在文艺与生活这一现实主义的基本问题上,胡风认为,生活是第一性的,是文艺的源泉,文艺则是社会生活和人生的反映。这样的观点,

胡风表述过不止一次。在《文学与生活》这本专门论述这一问题的著作中,胡风开宗明义地写道:"文艺是从生活产生出来的";"艺术是从实际的生活经验产生出来,而且是为了实际的生活目的";文艺的"内容以及表现那内容的形式都是被实际生活决定的";"作家底创作源泉只有在现实生活里汲取,蓄积。"在《文艺笔谈》中他更强调:"作家不要离开了群的生活,只有在群的生活里才能开拓创作底源泉";"记住,由生活到艺术,有生活里面没有感激,在作品里面就不会有力量"。在《密云期风习小纪》中,关于文艺与生活的关系问题,胡风又发表过这样一些意见:"民族解放斗争是人民大众底生活要求,而人民大众底生活要求就是艺术底美学的基础";"现实生活里的这个主流,当然反映到了文学上面"。《在混乱里面》里,胡风又这样说过:"现实生活是产生文学的土壤,那社会的历史的发展情势就是规定它底发育状态的气候";"二十多年的新文艺,抗战中的新文艺,难道不是因为从人生底现实深处出发,因而放散着作为思想的人生真理底芳香么?"在《逆流的日子》里,胡风更清楚写道:"旧的人生底衰亡及其在衰亡过程上的挣扎和苦痛,新的人生底生长及其在生长过程上的欢乐和艰辛,从这里,伟大的民族找到了永生的道路,也从这里,伟大的文艺找到了创造的源泉"。……有没有必要再引述一些胡风在其他几本文艺论著里有关这一问题的意见呢?看来是不必要了。就从以上引述中也可看出,胡风在文艺与生活问题上的意见是和马克思主义关于文艺与生活的观点基本上是一致的。难能可贵的是,胡风在一九三六年,在《文学与生活》的第三章中,就提出了"文艺站在比生活更高的地方"的命题,论述了文艺"比实际生活更高,具有推动实际生活的力量"这一真理。这就说明,胡风在文艺与生活这一现实主义的基本问题上的观点,不仅是唯物的,而且也是辩证的。但是,如上所述,在胡风文艺思想中,也还有古典文论"文艺主要是表现感情"这一文艺思想的来源,而这一文艺思想既有正确的一面,也有理解不当而可能导致错误的一面。胡风在多数场合里是在肯定生活是文艺的源泉这一前提下谈文艺还要表现作家的主观感情的,但在个别场合,由于胡风把作家一定要在文艺创作中表现自己的主观感情强调到不适当的程度,以致使用过作家的"自我扩张"这一词语,并说作家"在历史要求底真实性上得到"的"自我扩张",也是"艺术创造底源泉"(见《逆流的日子》),这就是理论上的失误了。不过,胡风在这里说的"自我扩张"毕竟是"在历史要求底真实性上得到"的,并且在胡风的全部文艺论著中"也只用了一次"(见《胡风评论集·后记》),"含意指的是,作家写的人物都是通过自己的感情去体验,人物的感情都要化成作家自己的感情,这才能写出人物的真实来"(同上)。因此,仅仅根据胡风"只用了一次"的"自我扩张"的说法,判定胡风是反现实主义的主观唯心主义者,显然是不公正的。

典型问题是现实主义理论中的又一重要问题。胡风是如何理解典型和创造典型这些问题的呢?对于什么是典型这一问题,胡风回答说:"一个典型,是一个具体的活生生的人物,然而却又是本质上具有某一群体底特征,代表了那个群体的。"(《文艺笔谈》)典型与类型不同,"只是抓住一两点表面的共同的特征,不能给以复杂的活的面貌,那只能叫做'类型','这样的人物是没有个性的'"。(《密云期风习小纪》)典型的个性化的这一侧面,胡风是注意到了的。如何创造典型?胡风提出,可以通过不同途径:一是"从一个特定的社会群取出最性格的共同特征来,创造成典型"。(《密云期风习小纪》)这也就是高尔基所说的"如果作家各各地从二十个、五十个、一百个小店主,官吏,工人抽出最性格的群体的特征,习惯,趣味,欲望,信仰,语法等等,如果能够把这些事物抽出而且结合在一个小店主,官吏,工人里面,作家就能够用这手法创造出'典型'"。二是作家"只在某一环境里发现了一个新的性格,受到了感动,结果也就造成了一个典型的性格。"胡风指出,通过这一途径,"把某一社会群里的刚刚萌芽的性格创造成一个典型,象普式庚底创造奥涅金,这情形更为常见。"(《密云期风习小纪》)三是作家"从一个特定的社会群里创造出几个典型,每个典型较强地表现了那个社会群底本质的共同性底一侧面,代表了性格上把这一侧面露出得较浓的许多个体。在《死魂灵》里面,果戈里创造了几个地主底典型,就是一个明显的例子。"(同上)胡风在什么是典型和如何创造典型这两个问题上的意见,基本上是正确的,说明他对马克思主义的典型论是有一定认识和理解的。但是,由于"拉普"的庸俗社会学的文艺思想对他的影响,所以,他对于典型的理解,比较侧重于典型的共性方面,而对于典型人物同时又是具有独特性格的人物这一面缺少认识,所以他在与周扬关于典型问题的论战中,一再不同意独特性格、独有性格的说法,以为"如果阿Q底一切都是'独特的',能不能成为一个神话里的脚色我不知道";"既然是共同的或共有的,就不能是独特的";"'独特的个性''独特的性格'是和'典型'这个概念不能相容的";《死魂灵》里的几个地主的典型,"绝对不是'独有的性格',因为他们都是在封建的地主社会这个共同基础上成长的"(《密云期风习小纪》);这都反映了"拉普"机械论的文艺思想对胡风的影响,所以,在典型问题上,胡风有片面性。但从胡风的全部典型观来看,他主张的还是现实主义的典型论,而不是唯心主义的、反现实主义的典型论,这应该也是很清楚的。受"拉普"的影响,这在当时,并非胡风一个人的问题,而是带有普遍性的一种"时代病"。较早地发现问题并从"拉普"的影响下挣脱出来,则又是胡风文艺思想的又一可贵之处。

仅仅主张生活是文艺的源泉,仅仅要求文艺作品要创造共性与个性相统一、普遍性与特殊性相统一的典型,也还不是革命现实主义。是否强调世界观在创作中的指导作用,尤其是强调马克思主义世界观在创作中的指导作用,是区分旧现实主义(批判现实主义)与革命现实主义(社会主义现实主义)的重要标志。在这一问题上,胡风是颇为重视作家的思想、立场和世界观对创作的指导作用的。还在一九三五年五月,胡风在《张天翼论》中就肯定,是"作家底进步的意识使他不得不告发了现实生活底虚伪、可笑、矛盾"。同年,胡风在评论赛珍珠的《大地》时更明白指出,《大地》所以存在"几个主要的缺陷",是"因为作者只是一个比较开明的基督教徒这个主观观点上的限制,她并没有懂得中国农村以至中国社会","完全让传教士底观点代替了艺术家底对于真实的追索"。(《文艺笔谈》)可见,胡风认识到,作家的世界观的缺陷怎样损害了创作。一九三九年,胡风在《略观战争以来的诗》中更直截了当地说:"正由于作者底人生观或世界观正确,从接触客观生活中所发生的感觉、情绪,才能够走向正确的方向,对于现实斗争才能有积极的意义。"一九四〇年,胡风在《论民族形式问题》里又明确地说:"'革命文学'主要地得向着两个目标奋斗,第一,得通过这新的世界感和世界观去认识生活、表现生活,第二,得使它本身成为劳动人民自己能够享有的认识生活、批判生活的武器。"一九四一年,胡风在谈到艺术概括时写道:"用什么概括,怎样概括呢?这里面就有了作家底主观作用,如立场、世界观等问题。我们的理论一再强调地把它指了出来,原是非常正确的。"(《民族战争与文艺性格》)一九四五年,胡风在《答文艺问题上的若干质疑》中又宣称:"我们底创作要有立场,为人民的立场,保卫真理的立场。"(《逆流的日子》)一九四八年,胡风甚至认为,《松花江上》的成功,"是思想立场上的'把光荣献给祖国,献给人民'(我愿意肯定宣传广告上的这一句话)的成功"。(《为了明天》)胡风在几十年前对作家的世界观问题、思想和立场问题如此重视绝非偶然。在日本"解消了纠缠过七八年的社会观和艺术观的矛盾"的胡风,接触和学习过马克思主义文艺思想的胡风,不可能不了解作家的世界观对创作的重大意义;尤其是胡风正式从事文艺理论工作,是在清算了"拉普"的文艺思想,提出了社会主义现实主义以后(对于这一清算和社会主义现实主义,胡风是接受的),是在鲁迅文艺思想的指导和影响下面,这些有利条件,更使胡风有可能认识和宣传作家的世界观、思想、立场对创作的指导作用。那么,说"胡风完全忽视了作家的阶级立场对于他的艺术活动的影响","不需要有什么进步的政治思想和进步的世界观"的结论又从何而来的呢?据说是因为胡风说过这么一段话:

"如果一个作家忠实于艺术、呕心镂骨地努力寻求最无伪的、最有生命的、最能够说出他所要把捉的生活内容的表现形式,那么,即使他象志贺似地没有经过大的生活波涛,他底作品也能够达到高度的艺术的真实。因为,作者苦心孤诣地追求着自己底身心底感应融然无间的表现的时候,同时也就是追求人生。这追求底结果是作者和人生的拥合,同时也就是人生和艺术的拥合了。这是作家底本质的态度问题,绝对不是锤字炼句的功夫所能够达到的。如果用抽象的话说,那就是,真实的现实主义的创作手法,能够补足作家底生活经验上的不足和世界观上的缺陷。"(《密云期风习小纪》)

这段话,是胡风在《略论文学无门》那篇文章里说的。那篇文章的主旨是:文学无门;如果真有所谓"到文学的门","恐怕也只是"在"两个场合"下才有可能:"在志贺直哉底场合,由于对艺术的忠实,可能地从艺术迫近人生,虽然这条路难免有失败的时候;在奥斯特洛夫斯基(按:《钢铁是怎样炼成的》作者)底场合,从神圣的人生产生了艺术,虽然就是没有这艺术也无损于他底伟大。如果真有所谓'到文学的门',我想,除此以外恐怕别无捷径。"胡风以此批判上海滩上的某些文人:"至于我们上海滩上底文人们底那些广大的神通,只不过腐蚀了自己,毒损了别人,充其量也只能暂时间戴上花花面跳舞一通而已"。在这里,胡风毫没有"不需要有什么进步的政治思想和进步的世界观"的意思。相反,胡风在同一篇文章中强调,是奥斯特洛夫斯基的"求人类解放的斗争意志","使他抓住了艺术的武器,这就产生了震惊一世的《钢铁是怎样炼成的》和《暴风雨底孩子们》。""假使说,奥斯特洛夫斯基底信念不是他那样的信念,或者是那样的信念而没有经过那样的生活底洪炉,那就不会有使Ａ·纪德这么惊叹的结果,甚至不会写出那样的两本作品。"(同上)谁都知道,奥斯特洛夫斯基的"信念",是共产主义的信念,奥斯特洛夫斯基的经过的"生活底洪炉",是为实现社会主义和共产主义所作的斗争(而这在抗日战争前的国民党统治区是不便直接说出的),胡风肯定奥斯特洛夫斯基"从神圣的人生产生了艺术",也就是肯定了他的创作道路。胡风认为,与志贺直哉的"从艺术迫近人生"的创作道路相辅相成,除此以外,就再没有"到文学的门"的"捷径"。因此,假如对胡风的文艺思想不抱成见,那么,胡风的这段话,只能理解为:胡风认为世界观和创作方法之间是有可能产生矛盾的,现实主义的创作方法可以反作用于作家的世界观,弥补作家世界观中的缺陷。其实,胡风关于世界观和创作方法之间的关系问题,还发表过这样的一些意见:具有进步世界观的作家,如果没有同时运用现实主义的创作方法不一定能写出好作品;"健康的人生观能够使作者有力量更深入真实,这是文艺论上的一般原则,但对于一个作家或一篇作品,尤其一篇作品,并不是笼统地把这抬出来就可以了事的。第一,有'健康的人生观'的作者也会写出失败的作品,因为人生观和创作的心境有时会起分裂作用;第二,尤其重要的,我们应该具体地指出作品底内容和生活真实有了怎样的参差,这参差,在作者底创作过程上,由于什么原故。这不但能够使作者更迫近生活底真实,也能够使作者由于更迫近生活底真实而达到更迫近'健康的人生观'的结果。从这,才能取得理论修养(读科学哲学书)成为引导我们深入现实的结果。"(《民族战争与文艺性格》)相反,在另一种情形下,坚持现实主义的创作方法,却有可能取得创作的成功:"在这里,严肃的现实主义的艺术精神和作家底世界观发生了致命的冲突,忠实于现实生活里的真实呢还是忠实于没有现实的根据的自己底理想?他(指果戈里)狂乱、痛哭,甚至在宗教的神秘前面跪倒了。这个致命的冲突造成了果戈里底悲剧,一个只有死守住现实主义的创作精神的作家才能够有的悲剧,这个冲突的结果更坚强地证实了现实主义底胜利。"(《密云期风习小记》)胡风的这些意见对不对呢?符合不符合创作实践呢?我认为,是对的,是符合创作实践的。

第一,胡风是在大量论述了世界观对创作的重要指导意义的前提下谈创作方法对世界观的反作用问题的。第二,胡风依据的是大量创作实践,而不仅仅是"文艺论上的一般原则"。第三,胡风在这里论述的世界观和创作方法之间的矛盾(正确地说,应该是世界观和创作方法之间的对立统一,既一致又不一致),不仅存在于像果戈里、志贺直哉那样的批判现实主义作家身上,而且也存在于革命作家身上。全国解放以后,有的作家在世界观方面取得了很大的进步,但他创作的艺术品的思想艺术水平却低于他解放前创作的艺术品(如曹禺);不少作家在全国解放以后,学习和树立了马克思主义世界观,但在一个时期内(如在大跃进年代里),由于采用了虚假浪漫主义、庸俗浪漫主义的错误的创作方法,因而写出了一批反现实主义的作品。粉碎"四人帮"以后,有些青年作家,还没有很好地学习和树立马克思主义的世界观,但由于他们有十年内乱的亲身体验,自觉或不自觉地运用了现实主义的创作方法,他们也确实写出了一些好作品。这些,都是谁也不能否认的事实。我指出这一点,绝不意味着我否认世界观对创作的指导意义,宣扬什么不学习马克思主义也能写出好作品,而只是说世界观不等于创作方法,有了先进的世界观而未能真正掌握先进的创作方法,并不能保证写出来的篇篇都是好作品。第四,胡风这些论述,大多在三、四十年代,写在国民党统治区环境下,要求胡风在当时宣传作家学习马克思主义,取得工人阶级的立场和共产主义世界观是不切实际的。与其他活动于三、四十年代的革命的文艺理论家相比,胡风宣传世界观对创作的指导意义和作用,至少不比其他文艺理论家少。第五,把胡风有关世界观问题的论述全面联系起来看,他说的无非是两条今天已经人尽皆知的文艺常识而已。一条是,作家的世界观对创作是起指导作用的,因此作家对获得进步的世界观绝不能忽视;另一条是,但世界观不等于创作方法,因此作家掌握进步的创作方法也极其重要。胡风在这一问题上的文艺思想没有错。

倒是当年批评者提出的,对于社会主义现实主义者"首先要具有工人阶级的立场和共产主义的世界观","对于社会主义现实主义者创作方法和世界观是不可能分裂而只能是一元的"这样一些命题的科学性,值得怀疑。"首先要具有工人阶级立场和共产主义的世界观",那么,在作家还没有取得这样的立场和世界观之前,他算是什么样的作家呢?批评者的回答是:"没有进步的的世界观和社会主义的意识,又怎么能成为社会主义的现实主义者呢?"在这一斩钉截铁的回答面前,有自知之明的、认识自己还不曾"首先"具有工人阶级立场和共产主义世界观的作家就只好停止创作。全国解放后,我国有很多原先在国民党统治区从事创作的作家终止了他们的艺术生命,不再从事创作,不能说不和这个"首先"论无关。这和苏联列宁、斯大林时期并没有提出什么"首先"论,因而十月革命前的许多作家在十月革命后照样从事创作,由"同路人"作家最后转变为革命作家形成了鲜明的对比!而斯大林的意见更和这个"首先"论根本不同。在斯大林看来,即使作家暂时没有获得马克思主义世界观,但只要他到生活中去,向生活学习,在艺术上精益求精,仍然可以从事创作。他的主张是:"写真实!让作家在生活中学习吧!如果他能用高度的艺术形式反映出了生活真实,他就会达到马克思主义。"(见《论语言学的著作与苏联文艺学问题》,时代出版社版,第197页)谁也不能说,斯大林的这一主张否定了马克思主义世界观对创作的指导作用。在斯大林这一主张的鼓舞下,苏联不少十月革命前就从事创作的作家,到生活中学习,努力以高度的艺术形式反映生活真实,终于逐步达到了马克思主义。而"首先"论,却把我国不少作家吓得不敢动笔了。至于世界观和创作方法"只能是一元的""一元"论,更经不起创作实践的检验。即使是社会主义现实主义的奠基人高尔基,他的世界观和创作方法也不是在任何时期都是"一元"的。在他写下了社会主义现实主义奠基作品《母亲》后,他又相信过"造神主义";十月革命后,他的资产阶级人道主义思想也曾多次受到列宁的批评,而与此同时,高尔基在十月革命后的创作进入了一个新阶段。这说明,社会主义现实主义的开山祖师高尔基的世界观和创作方法之间也不是在任何情况下都是"一元"的,而是对立的统一,既有一致的方面,也有不一致的方面。所谓"只能是一元的",如同"首先"论一样,其实是机械论,是庸俗社会学。我们的党提倡作家学习和掌握马克思主义世界观,以此作为观察、分析、研究、表现生活的锐利武器,那是完全正确的。但我们的党从来也不曾提倡过这种"首先"论和"一元"论。当年批评者把"首先"论、"一元"论说成是马克思主义的文艺观,是社会主义现实主义的文艺思想,而把胡风在世界观问题上的大体正确的文艺思想打成"反马克思主义"、"反现实主义",则是错误的。

过去,有的同志批评胡风提倡的现实主义是抽象的现实主义,没有阶级的内容,主张现实主义是有阶级性的,有无产阶级的现实主义和资产阶级的现实主义(但他们也不曾提出有地主阶级的现实主义,有奴隶主阶级的现实主义)的区别。统观胡风的有关现实主义的论述,在那里的确没有无产阶级的现实主义、资产阶级的现实主义的提法,而只有"旧现实主义"、"新现实主义"、"革命的现实主义"、"战斗的革命的现实主义"、"反帝反封建的现实主义"、"社会主义的现实主义"等提法。在胡风看来,现实主义作为创作方法,是随着时代的发展而发展的,随着社会生活的发展而发展的,随着作家社会意识的发展而发展的,它是一个发展的概念。不同时代、不同社会、不同世界观的作家在运用现实主义创作方法时都赋予现实主义以不同的内容和特点,从而有新旧现实主义之分,反帝反封建的现实主义与社会主义的现实主义之别。所以,与某些批评者断言的相反,胡风不是一般地论述抽象的现实主义,而是联系着时代的发展,社会生活的发展,文艺思潮的发展来论述现实主义问题的。应当承认,胡风的现实主义理论具有历史具体性。这在他那本《论现实主义的路》专门论述我国抗日战争爆发前至解放战争时期止我国新文学现实主义发展的著作中表现得尤为明显。

民族统一战线的形成和抗战的爆发,使中国人民的反帝反封建斗争进入新阶段,使文艺运动进入了新阶段,也使我国现实主义的新文学进入了新阶段。胡风认为,"统一战线决不是用取消现实主义的革命传统做交换条件,反而是为了在创作实践里面扩大这个传统",因此,这一时期,现实主义的创作和批评,应该是"从人民底生活现实来把握民族解放的要求,阐明创作态度上非现实主义方法底软弱无力,指出文艺应该'为大众服务',应该有'教育的思想的意义'"。(《论现实主义的路》)因此,"民族革命战争的大众文学"这个口号,便是这一时期通向"革命的现实主义"的必由之路。

抗战后的文艺实践证明,"被现实的历史内容所启示,被现实主义的革命传统所领导,在文艺工作里面,是呈现出了这样的道路的"。(同上)作家艺术家强调了大众化,并且从战争所创造的社会条件上来把握大众化的要求;作家艺术家不同程度地和民众结合;"和现实搏斗的现实主义的作家和在实际斗争里面的新的作家们,正在倾注着真实的爱憎,通过'蠢动的生活形相'努力地表现出现实的历史动向,广大人民底负担,潜力,觉醒,和愿望,使我们看到了正在发动的受着长久的压抑的民族底伟大的潜力,正在觉醒的带着历史创伤的人民底蓬勃的青春"(同上)。因此,这一时期现实主义的内容与抗战爆发前有所不同并有了发展。"

但是,"以武汉撤退为分水岭,战争走上了新的阶段"(同上)。"高峰开始低落下来,各个阶层都开始了对于历史负担或社会处境的意识",发生了阶级分化。这种分化,一方面导致了国民党反动派思想统治的加强,另一方面,"那些受着考验的优秀的新旧作家们,在创作实践上把现实主义的要求向前推进了"。(同上)现实主义的内容与抗战初期又有所不同并继续前进。但是,与此同时,随着抗日战争"高峰"的低落与相持阶段的到来,各个阶层"对于历史负担或社会处境的意识"的分化,主观公式主义和客观主义也在这一时期发展起来。因此,那时期的现实主义文艺,既要和公式主义抵抗,也要和客观主义抵抗。这一时期的"现实主义就凭着这些具体的斗争行为来支持了文艺思想上的要求,坚持并加强了从生活实践到创作实践的认识,为了反映人民底负担、潜力、觉醒,和愿望,为了反映新民主主义的社会根源和发展前途"而前进。(同上)

延安整风运动,胡风把它看做是"含有伟大的革命意义的思想再出发运动"(同上)。这一运动必然要给文艺思想以影响,给现实主义以影响。胡风指出,这一运动"发展到文艺思想上面,首先就是加强或改造主观的思想立场:为人民服务,'与根据地人民的运动相结合','使人民群众惊醒起来,感奋起来','教育群众,指导群众','使他们进步,……去掉落后的东西',从这里'把革命工作向前推进'。"(同上)而"这样的实践要求只有在实践过程上才可以达到:要求作家参加实践斗争,'长期地无条件地全身心地到工农兵群众中去,到火热的斗争中去',在'长期的甚至是痛苦的磨炼'当中,使'感情起了变化,由一个阶级变到另一个阶级',同时进行着'了解人熟悉人'这个'第一位的工作',从这里加强或获得思想力量,'可以根据实际生活创造出各种各样的人物来,帮助群众推动历史的前进'。"胡风明确地说,毛泽东同志指出的这条道路,"对于从人民底解放要求诞生、发展了的现实主义,这是在具体的(是的、具体的!)历史条件下面的战斗的实践道路。"(同上)

但是,胡风认为,由于环境和社会生活条件的不同,"在不是'火热的'战场而是灰色的战场上面",在国民党统治区从事写作的作家应该根据不同的条件走现实主义的路。那就是"从变动过程所展开的历史要求底内容吸取力量,加强勇气,在对于人民底负担、潜力、觉醒、愿望,以至夺取生路的追求里面守住了阵地,争到了前进"(同上);同时,继续加强对公式主义和客观主义的斗争,求得"在对于本身的这种倾向的抵抗过程上得到了发育,得到了成长"。(同上)胡风说,在国民党统治区争取现实主义发展的"斗争是处在非常艰苦的条件,或者遮头掩面,或者带着伤痕,或者落水失踪,而且质的坚强距离量的优势还很远很远,然而,却有可能逐渐拓大质的坚强,争得量的优势的。"(同上)

抗战后期和解放战争时期,国民党统治区的人民革命斗争以民主斗争为主要内容。在"这个灰色的战场上面正潜流着火热的内容,丰富地提供着新民主主义的物质基础,也强烈地要求着新民主主义的思想方向"。于是,"现实主义的斗争现出了更强的气势"。(同上)胡风认为,"任何实践斗争,和反抗敌方力量的同时,得改进和加强本身的力量,否则没有可能达到有力地反抗敌方力量的目的。在文艺上更是如此。"因此,在这一时期,还得加紧进行反对公式主义和客观主义的斗争,求得现实主义的进一步发展。胡风总结说:我国新文艺的"现实主义,被高尔基的道路和鲁迅的道路所指引,被置身在觉醒的和战斗的人民中间的作家们底创作实践所增援,吸取思想革命(按:指延安整风运动)的经验,在这个灰色战场上的实际条件和实践要求里面争取前进。"(同上)可见胡风是始终联系着现实斗争的发展、时代的发展、文艺运动的发展来论述现实主义的问题的。

通过对胡风在文艺与生活的关系问题、典型问题、世界观问题、现实主义发展问题上的论述的分析,我认为,作为胡风文艺思想的核心的现实主义文艺思想,并不是旧现实主义的文艺思想,但也不完全是社会主义现实主义的文艺思想,而是一种反帝反封建的现实主义,战斗的现实主义,新民主主义时代的现实主义。这种现实主义是社会主义现实主义的同盟军,以之反映新民主主义的革命斗争,特别是以之反映国民党统治区的社会生活和人民斗争基本上是适用的。把胡风的现实主义理论说成是"反马克思主义的、反社会主义现实主义的",显然是错误的,但胡风说他坚持和提倡的现实主义就是"社会主义现实主义",也不完全符合胡风现实主义理论的实际。是什么现实主义就是什么现实主义,任何的曲解和夸大都是不应该的。

拿什么东西来检验胡风的现实主义文艺思想正确与否呢?只能是批评实践和创作实践。如果某一理论是错误的,运用这种理论来评论作家作品必然不符合作品的实际,运用这种理论来指导创作,也必然会创作出歪曲现实的作品。胡风以他的现实主义理论评论了近百个作家,近百部(篇)作品,时过半个世纪,他所肯定或否定的作家与作品,基本上都经受住了时间的检验,证明了胡风在评论这些作家作品时作为理论指导的他的现实主义文艺思想大体是正确的。而当年被视为胡风派的作家所创作的作品,无论是七月派诗人所创作的诗歌,还是丘东平、彭柏山、路翎等所创作的小说,也都在时间的流逝中葆有了它们的艺术生命。相反,在批判胡风文艺思想时所提出的"首先"论、"一元论"、反"写真实"论等等文艺理论却经不住批评实践和创作实践的检验,而成了历史的陈迹。在这些理论思想指导下所否定的《财主底儿女们》、《洼地上的"战役"》、七月派诗人的诗作,也都在党的十一届三中全会后重新获得了好评并受到读者的欢迎。所以,作为胡风文艺思想核心的现实主义文艺思想,尽管其中也有一些片面性(如在典型问题上),甚至也有某种失误(如胡风说过"在历史要求底真实性上得到的"的"自我扩张"也是"艺术创造底源泉"),但从整体上看也还是基本上正确的。

与现实主义文艺思想相联系,胡风的文艺思想还在以下三个问题上对革命文艺思想作出了新贡献:

一是对创作过程的说明上。马克思主义的经典作家较多地论述了文艺的本质、文艺的社会效果、文艺作品的思想性、真实性、艺术性、文艺批评的标准、世界观和创作方法的关系等问题,而对于作品是怎样创作出来的艺术创作过程,则几乎没有什么论述。这是因为他们大多不是作家,缺少这方面的实践体会。毛泽东同志是诗人,但他也还没有来得及对创作过程问题给以马克思主义的论述,只是讲了"诗要用形象思维"等若干片言只语。高尔基、鲁迅等无产阶级作家,谈了许多具体的创作经验,但他们也未能对创作过程问题从宏观上作出理论上的概括。胡风则是企图以马克思主义作指导对创作过程作出宏观性的说明的我国文艺理论家中有名的一个。

胡风认为,从生活到艺术的创作过程,是一种特殊的精神活动,仅仅反映生活,甚至形象的反映生活,也还不是真正的艺术创作。作家在有了生活体验、获得了创作题材以后,"作家得深入作为题材母胎的生活现实,紧张起他底全部精神力量和生活现实搏斗,使生活现实里面的人生动地走进他自己的感受世界,使生活现实里面的历史真理变成他自己的血肉的要求,只有通过这样的过程,作家才能够反映现实,作品里所反映的现实才能够发散出艺术之所以为艺术的热力和光芒"。"在思想活动,特别是艺术创造这一特殊的思想活动上,所谓现实所谓生活,决不能是止于艺术家身外的东西,只要看到、择出、采用就是,而是非得透进艺术家底内部,被艺术家底精神欲望所肯定、所拥有、所蒸沸、所提升不可的。"(《为了明天》)"文艺创造,是从对于血肉的现实人生的搏斗开始的。""然而,对于血肉的现实人生的搏斗,是体现对象的摄取过程,但也是克服对象的批判过程。不过,在这里批判的精神必得是从逻辑的思维前进一步,在对象底具体的活的感情表现里面把捉它底社会意义,在对象底具体的活的感情里面溶注着作家底同感的肯定精神或反感的否定精神。所以,体现对象的摄取过程就同时是克服对象的批判过程。这就一方面要求主观力量底坚强,坚强到能够和血肉的对象搏斗,能够对血肉的对象进行批判,由这得到可能,创造出包含有比个别的对象更高的真实性的艺术世界,另一方面要求作家向感情的对象深入,深入到和对象底感情表现结为一体,不致自得其乐地离开对象飞去或不关痛痒地站在对象旁边,由这得到可能,使他所创造的艺术世界真正是历史真实在活的感情表现里的反映,不致成为抽象概念底冷冰冰的绘图演义。"(《逆流的日子》)类似的对创作过程的说明,胡风还作过多次。它们的基本思想是:仅仅把抽象的概念图解为生活画面,不是艺术创作;仅仅把生活和生活中的人物"形象化"也还不是艺术创作;

艺术创作过程,是一个客观世界拥入作家的主观世界,作家的主观世界又拥入客观世界的相生相鮨的过程,是一个往返进行、反复交往的主客观相互渗透过程;在创作过程中,作家的主观战斗精神、人格力量,对于从生活到艺术的转化,对于艺术品的最后创造成功,具有极其重要的意义。胡风的这些说明,自然没有穷尽和完全概括出创作过程的全部复杂性,但是,胡风毕竟对创作过程作出了基本上符合创作实际的说明,这对于革命的文艺思想不能说不是一个贡献。然而,正是这一问题上,胡风受到最多的责备和批判,说他在创作过程问题上强调主观战斗精神和人格力量,就是宣扬主观唯心主义,就是反马克思主义、反现实主义。因此,我们不能不弄清楚胡风所说的创作过程中的主观战斗精神、人格力量的含义和作用究竟是什么。

综观胡风有关这一问题的论述,他的所谓"主观战斗精神"和"人格力量"或"战斗要求"有这样三种含义和作用:一是指作家在艺术地反映生活过程中的主观能动性。"在创造形象的过程上,现实性与虚构性是互相纠合在一起的。在现实性面里包含了虚构性底萌芽。作家底想象或直观在现实的材料里面,发现出普通人眼看不见的东西,给以加工发展,使他的形象取得某种特出的鲜明的面貌。在这里就有了作家底主观活动,作家底对于时代精神的反映,这个虚构性如果被过于夸张了,形象就成为概念底影子;如果完全没有,形象就会成为现象底复写。无论在哪一个场合上,作品都不能取得艺术的生活。"(《民族战争与文艺性格》)这里,胡风既强调了"作家底主观活动"在创作过程中的重要作用,但他又正确地指出,如果这种"主观活动""被过于夸张了,形象就会成为概念底影子"。不仅如此,胡风并没有把这种作家在创作过程中的主观能动性绝对化、神秘化。他一方面强调作家有无这种主观能动性,视为"和文艺发展生死攸关的"问题(《逆流的日子》),另一方面,他又一再说明:"人格力量或战斗要求都是在现实生活里面形成,都是对于现实生活的反映。只有深入到现实生活里面才能够不断地丰富,不断地完成,只有为了献身给现实生活底战斗才能够得到它所享有的意义"。(同上)可见,胡风虽然强调"主观战斗精神"、"人格力量"或"战斗要求",但他仍然把这些看做是"现实生活的反映",是由现实生活所派生出来的。二是指作家对生活的一种态度。胡风认为:"反映现实,并不是奴从现实。相反地,是站在比生活更高的地方。也并不是把现实生活看作污贱的世界,用不着过问,只应该一纵而过。所谓情绪底饱满,是作为对于现实生活的反应的情绪底饱满,所谓主观精神作用底燃烧,是作为对于现实生活的反应的主观精神作用底燃烧……要不然,现实主义也就不能够成为现实主义了"。(《民族战争与文艺性格》)这是说,作家在创作过程中要高于生活,就得在创作中燃烧起"对于现实生活的反应的主观精神"。三是指的作家在创作过程中对人物的爱爱仇仇的态度。胡风在《胡风评论集·后记》中写道:"我说的'主观战斗精神'是指的作者在创作过程中对人物的爱爱仇仇的态度,和舒芜《论主观》中所说的'主观'是哲学本体论上和'客观'对立的概念完全不同"。四是指作家在创作过程中主客观对立统一时主观向客观的突进、冲击以及和创作对象相生相鮨时的精神状态:"客观的历史内容只有通过主观的思想要求所执行的相生相鮨的搏斗过程才能够被反映出来;在科学意义上的真实,是不可能自流式地进入人底意识里面。只有创作过程成为艰苦的实践斗争过程的时候,阶级性的原则才能够取得胜利,为新民主主义的前途开拓道路。"(《论现实主义的路》)在创作过程中,确实存在着主客观之间的相生相鮨的斗争。作家的主观在创作过程中对创作对象的突进,创作对象用它底真实性促成、修改甚至推翻作家的"拥入",这在现实主义作家的创作实践中是常见的合乎创作规律的现实。现实主义作家要写出既真实地反映了生活又能打动千百万读者心灵的好作品,不经历这样一种"客观的历史内容只有通过主观的思想要求所执行的相生相鮨的搏斗过程",没有"主观精神作用底燃烧",缺乏对人物的爱爱仇仇的态度,是不可能的。全国解放以来,出现了不少好作品。阅读作者的创作经验介绍,我们就会发现,现实主义作家的"创作过程,总是作家底内心要求某一点和对象发生了血肉的感应,从这突进了对象内容,和对象搏斗,和对象一同搏斗,逐渐深入了历史内容彼此相联的内部,这才达到了创造劳动的高度,从作家底全部经历吸来了能够吸来的、生发了能够生发的东西,最后产生了作品。"(《胡风对文艺问题的意见》)自然,胡风对创作过程的说明,远没有全部揭示出创作过程的奥秘和复杂性,但他试图在宏观上运用马克思主义的观点说明创作过程并部分地得到成功,却仍然是他的文艺思想对革命文艺思想的一个独特贡献。

胡风为坚持、发展战斗的、反帝反封建的、新民主主义时代的现实主义,对主观公式主义、客观主义进行了长时期的斗争,这是胡风文艺思想对革命文艺思想的又一贡献。

基于对现实主义的理解,胡风一贯反对公式主义和客观主义。还在一九三六年,他在《文学与生活》中就批判了"自然主义的倾向"和"公式主义的倾向"。抗战爆发后两年,胡风在《民族革命战争与文艺》中,在肯定抗战以来文艺战线取得重大成绩的同时,又指出了当时创作上存在的问题:"第一、是公式化或概念化的倾向。公式化是作家廉价地发泄感情或传达政治任务的结果,这个新文艺运动里面的根深蒂固的障碍,战争以来,由于政治任务底过于急迫,也由于作家自己的过于兴奋,不但延续,而且更加滋长了。""第二、是繁殖的冷淡的倾向""即所谓客观主义了"。"在公式化的作品里面,我们看到过多的壮烈词句,一般结论,但并不能得到真正的兴奋;在繁殖化的作品里面,我们看到过多的生活枝叶、事实毛发,但也不能得到真正的实感。"胡风后来说,"前者是热情离开了生活内容,没有能够体现客观的主观,即所谓主观主义,那后者就是生活形象吞没了思想内容,奴从地对待现实,离开了主观的客观,即所谓客观主义。"(《民族战争与文艺性格》)在其后的文学批评活动中,胡风又多次反对了文艺创作中的这两种偏向。胡风从文艺创作的实际出发,认为在抗战初期,主观公式主义是主要的,因此要着重批判主观公式主义,而在抗战中期,客观主义是主要的,因此,"这时候特别着重地是对于客观主义的批判"。(《论现实主义的路》)

胡风分析了当时文艺创作中主观公式主义和客观主义所由产生的根源,认为产生前者的根源是"脱离了现实的或历史的深刻的客观内容,因而也就不走进战争发展下面的生活的真实和人民的道路";后者所由产生的根源则是:"作家在思想态度上没有与人民共运命的痛烈的主观精神要求,黑暗就不能够是被痛苦和憎恨所实感到的黑暗,光明就不能够是被血肉的追求所实感到的光明,形象就不能够是被感同身受的爱爱仇仇所体现出来的形象","因而在思想内容上,那现实只能是屈服在那局部性下面或飘浮在那表面性上面的'现实',反而把包含着矛盾和冲激的丰富的生活真实庸俗化了,把克服着痛苦和创造着欢乐和光明的人民道路虚伪化了。"(《论现实主义的路》)主观公式主义和客观主义既然是这样产生出来的,因此,胡风提出,克服公式主义、客观主义的"中心点是争取主观的思想立场或思想要求的加强,从这里拓大以至开发通向人民的道路(为人民服务)",和"坚持从实际出发,从这里获得思想立场或思想要求底历史内容,通过对于人民底生活现实的认识(从人民学习),使创作取得人民性的具体的丰富内容"(同上)。也就是说,只有实现了创作过程中的主观和客观的真正统一,才能克服公式主义和客观主义。

我们的一些同志,一方面强调革命现实主义,但另一方面又多多少少地为公式主义、客观主义辩解,说什么公式化、概念化的作品在文艺为政治服务的过程中是难以避免的;只要正确地反映了现实,缺少革命热情的客观主义也不必加以打击。胡风不这样看。他把反对公式主义和客观主义和坚持、发展革命现实主义直接联系了起来。胡风认为,"革命的现实主义"要"争取发育","培养生机","就不得不正视现实主义自己阵营里面的两个坚强的偏向","就得进行对于主观公式主义和客观主义的批判","通过这个批判去推动现实主义的创作底发展"。胡风看到,这个在现实主义阵营内部反对公式主义、客观主义的斗争,"是使人烫手的",会在一些人中间引起"不安和反感",但他认为,这斗争是必要的,只有克服了公式主义和客观主义,现实主义文艺才能"动员读者群众深入反动文艺所企图代表的(并没有力量代表)这个灰色战场上的旧中国的历史现实,拓大裂缝,开发生机,推动历史前进"。(《论现实主义的路》)

在我国现代、当代的文艺理论家中,像胡风这样为坚持和捍卫革命现实主义而对公式主义、客观主义进行如此持久的有说服力的斗争,确实是罕见的。他说的那些反对公式主义、客观主义的意见,虽然主要讲的是解放前文艺创作中的问题,但对于全国解放后的文艺创作,也还有相当的参考价值。全国解放以后长期存在的公式主义倾向和不时出现的客观主义(自然主义)倾向,重要根源之一,就是作家在创作中或是让主观压倒了客观(突出表现是"从路线出发"、"主题先行"),或是让客观淹没了主观(突出表现是只描写生活中的某些事实而不在艺术上对这些事实进行正确的评价)。而我们的革命现实主义之所以在解放后走着曲折的道路,原因之一,又和我们未能认真地、有力地反对公式主义和自然主义有关。胡风在这方面的文艺思想,是对革命文艺思想的又一贡献。

胡风文艺思想中,他的鲁迅观占有显著地位。如果说,在全国解放前,毛泽东同志对鲁迅的研究是一家,瞿秋白同志对鲁迅的研究是又一家,冯雪峰同志对鲁迅的研究又是一家,那么,胡风对鲁迅的研究也是一家。胡风的鲁迅观和他对鲁迅的研究,是胡风对我国革命文艺思想的另一贡献。鲁迅刚逝世不久,胡风在《悲痛的告别》中即称鲁迅"为祖国的自由和进步战斗了一生的伟大的先驱者,被损害被侮辱者底诗人,永远不知道疲乏不知道屈服的战士,赤诚的同志"。(《密云期风习小纪》)在鲁迅逝世一周年之际,胡风又在一篇关于鲁迅精神的文章中指出,"鲁迅一生所走的路是由进化论发展到阶级论"(《民族战争与文艺性格》),鲁迅"是最了解中国社会,最懂得旧势力底五花八门的战术的人","是用新思想做武器,向'旧垒''反戈'的一刀一血的战士",他"把'心''力'完全结合在一起",他的"一生是为了祖国底解放、祖国人民底自由平等而战斗了过来的。但他无时无刻不在'解放'这个目标旁边同时放着叫做'进步'的目标。在他,没有为进步的努力,解放是不能够达到的。"(同上)在这些极其中肯的评价里,可以见出胡风对鲁迅的了解之深刻,研究之切实。鲁迅逝世五周年,胡风在《作家思想家的鲁迅》一文中,对鲁迅有了进一步的认识,称鲁迅是"现代革命圣人"(同上)。过了两年,胡风又把鲁迅誉为"一个人民领袖,一个哲人,一个圣者。"(《在混乱里面》)全国解放后,胡风对鲁迅的研究达到了一个新的高度,他在纪念鲁迅先生逝世十四周年《祖国爱·人民爱·人类解放》一文中着重指明,在鲁迅,"爱国主义和国际主义是不可分的";"祖国和人民是不可分的"。(《从源头到洪流》,新文艺出版社出版)在《关于鲁迅论高尔基》一文中,胡风说鲁迅和高尔基"都是在一个民族的革命过程中战斗了一生的。换一句话说:都是为了摧毁旧的、创造新的而战斗了一生的。所以,他们自己的喜怒哀乐同时也就是人民大众底喜怒哀乐,就不得不是革命斗争过程中的历史心灵底声音。"(同上)胡风对鲁迅的上述评价,和毛泽东、瞿秋白、冯雪峰对鲁迅的评价一起,大大丰富了我们对鲁迅的认识。

胡风对鲁迅的正确评价,是建立在他对鲁迅思想发展的深入研究的基础上的。在他对鲁迅的多篇研究文章中,胡风为我们清晰地勾勒了一条鲁迅思想发展的线索。在《作为思想家的鲁迅》中,胡风对鲁迅思想发展问题作了如下总结:"鲁迅先生所走的思想路线,是由进化论发展到阶级论。在早年,他相信社会一定会从黑暗走到光明,人类一定会打倒人压迫人的制度而创造出一个光明的刚健的世界,在自然科学里面找着了对一切黑暗势力反抗的根据,但到了中年,他底思想里的阶级论的成份渐渐成长,明确,认定了什么人应该和黑暗一同死灭,什么人才能创造光明的将来。"(《民族战争与文艺性格》)对于鲁迅晚年的思想,胡风作了这样的论述:"到了他逝世的一九三六年,当从死亡暂时挣脱了出来,意识恢复了的时候,深夜静无人声,他的第一个思想就是这个斗争着的世界和斗争中的人们";"经过了十八年的战斗和锻炼,他的集体主义达到了一种沉静光明的境地,有着深远的感受,含着无尽的潜力。"(《从源头到洪流》)胡风在几十年前对鲁迅思想发展的研究能达到这样高的科学水平,是和胡风对鲁迅思想发展的悉心探讨及在研究工作中采取实事求是的态度分不开的。

至于胡风对鲁迅作品的研究,一方面他把对鲁迅作品的分析上升到现实主义的理论,另一方面,又以他的现实主义文艺思想深入剖析鲁迅作品,因此颇多新颖而独到的见解。如关于《狂人日记》和《药》,胡风写道:"处女作《狂人日记》,那立意,是为了叫出自我底燃烧的战斗要求,也是为了揭开社会底丑恶的实际。对过去和现在,他提出了'人吃人'的控告,对现在和未来,他发出了'救救孩子'的呼声。在另一篇《药》里面,黑暗统治下的麻痹的人民只是把被屠杀的觉醒的革命者底鲜血当作可以医好肺病的灵药。到这里,他的控诉就带着了沉痛到近于绝望的气息。"(《民族战争与文艺性格》)关于《阿Q正传》,是胡风在我国文学界第一个指出"阿Q是落后的浮浪人(Lumpen)中国贫农的典型"。(《密云期风习小纪》)他透过对阿Q形象的思想意义的探索,指出"当阿Q抓着笔的手颤抖着去画圆圈的时候,作者鲁迅本人正经验着无告的悲痛","如果鲁迅没有为阿Q们请命的大愿,就决写不出阿Q底这一心理现象"。(《民族战争与文艺性格》)胡风对于鲁迅的杂文作了极高的评价,说它们是"枪枪见血的、戳破一切遮饰着的丑恶面貌的、钢刀折骨的白兵战斗"(同上);"每一篇都是宣布了和封建思想势不两立的战书"(《为了明天》);"如果透过现象从本质上把握问题,那么,这些文字,今天读起来也还能够感到那虎虎的战斗气魄的"(同上)。胡风以鲁迅在一九一八年发表的十六篇杂文为例,说它们"都是对于封建主义的无情的刺杀和对于劳动人民的深情的激励"(《从源头到洪流》)。总之,胡风的鲁迅观和他对鲁迅的研究,自成一家,卓有见地,对我国革命文艺思想又作出了一定的贡献。

我认为,作为胡风文艺思想核心的现实主义文艺思想,以及胡风对创作过程的探讨和说明,对公式主义和客观主义的长期斗争,对鲁迅的研究,它们的主导方面是积极的,主要方面是正确的。对此,我们不能抹煞也不应该抹煞。

三、胡风文艺思想中的片面性和失误

假如说,胡风在以上几个重要的文艺问题上的思想,主要方面是正确的,片面性和失误是偶然的,那么,在下面的几个文艺问题上,胡风的意见则存有较大的片面性以至有重大的失误。

首先是在谁领导了五四文学革命运动的问题上。是资产阶级及其知识分子,还是无产阶级(通过具有共产主义思想的知识分子)？胡风认为,五四文学革命运动,是以市民(即资产阶级)为"盟主"的,"以市民为盟主的中国人民大众底五四文学革命运动,正是市民社会突起了以后的、累积了几百年的、世界进步文艺传统底一个新拓的支流。"(《论民族形式问题》)这就是说,是资产阶级领导了五四文学革命运动,而且五四文学革命还是属于资产阶级的文化范畴。而这是不符合五四文学革命运动的实际的。在五四文学革命运动中,无产阶级、小资产阶级和资产阶级各各通过他们的知识分子结成了联盟,向着封建文化和封建势力冲击,但作为五四文学革命运动的指导思想的,是共产主义的宇宙观和方法论。因此,如果不是从形式上而是从实质上看问题,领导五四文学革命运动的是无产阶级(通过具有共产主义思想的知识分子)。而且,由于十月革命,我国的民族民主革命已不再属于旧民主主义的范畴,而是属于新民主主义的范畴,所以,五四文化革命也不属于旧民主主义文化的范畴,而是属于新民主主义文化的范畴,成了国际无产阶级文化的一部分。因此,胡风在这一问题上的论断是错误的。尽管胡风也说过,俄国十月革命后在中国出现的新思潮,"不仅仅是思想上的武器,而是物质的社会力量,形式上是同盟者的力量,实际上却真正是领导者的力量"(《民族战争与文艺性格》),表明他对共产主义的新思潮在五四文学革命中的领导作用有一定认识,但他关于"市民"是五四文学革命运动中的"盟主"的提法,仍然产生了不良影响。关于在这一问题上的错误,胡风曾多次作过自我批评,在最近出版的《胡风评论集·后记》中,胡风再次作了自我批评,说"这个提法犯了逻辑上的大错"。

在民族形式问题上,胡风的文艺思想也有较大的片面性。胡风从内容决定形式的命题出发,认为只要反映了民族的生活,民族的感情,民族的意志和愿望,作品又是用民族的语言写出来的,也就自然而然地具有了民族形式,"所以,'民族形式',不能是独立发展的形式,而是反映了民族现实的新民主主义的内容所要求的、所包含的形式。既然是内容所要求的、所包含的,对于形式的把握就不能不从对于内容的把握出发,或者说,对于形式的把握正是对于内容的把握底一条通路。"(《论民族形式问题》,着重点为原来所有)这就相当忽视了文艺的民族形式的意义和作用。同样,由于胡风机械地理解了内容决定形式的命题,所以,在胡风看来,五四文学革命中所产生的小说、诗歌、话剧等新形式,都是从国外移植过来的,与我国从前的小说、诗歌、戏剧的旧形式毫无继承关系;他认为五四时期的我国社会中的资本主义经济与封建社会里的经济根本不同,而和西欧的资本主义经济则属于同一类型,所以新文艺的新形式只能横向移植,而不能纵向继承。基于这样一个基本观点,所以,虽然胡风也发表过要"利用旧形式","对于民间诗形式的文艺,应尽量的来研究它的大众化的言语和朴素的形式,来补救诗人语言底不够,来挽救诗底贫乏","要得到人民性,伟大的古典艺术所昭示我们的这个传统,须得艺术家对于民族历史有深刻的理解,对于民众生活有深入的感受,对于民众底语言、民众底表现生活或思想感情的文艺形式(如口头文艺或民间文艺)有丰富的积蓄,因为,艺术力底人民性和思想力底人民性,原是一个内容底两面,而人民性却是以现实性为生命的"(《民族战争与文艺性格》)这样一些较好的意见,但胡风在民族形式问题上的机械论却是很明显的。一般地说,内容决定形式并不错,但是形式有其相对的稳定性和独立性。一当它产生并稳定下来以后,它不仅反作用于内容,而且有了独立存在的价值。新中国成立以来社会主义文艺在民族形式问题上的实践表明,旧的民族形式具有很大的可塑性和生命力,不仅可以利用,可以改造,还可以"推陈出新"。京剧的旧的艺术形式,过去主要是为了表现封建时代社会生活的需要而创造出来的。但这一艺术形式被创造出来后,它却有了相对的独立性和稳定性。我们可以运用它来表现社会主义的新生活,但京剧还是姓"京",它的艺术形式中的许多东西并没有消亡而被我们运用着。用民族语言反映了民族生活、民族感情、民族意志,也不等于就立刻解决了民族形式问题。五四时期的许多小说和诗歌,反映了当时的社会生活,并由于其反帝反封建的思想内容,而表达了民族的感情和意愿,而且它们都是用民族语言(白话)写的,但其中却只有一部分小说(如鲁迅、叶圣陶等人的小说)、一部分诗歌(如郭沫若的诗歌)解决了新的民族形式问题,而另一些人的小说和诗歌,由于它们在形式上对于人民群众(不仅仅是不识字的文盲,而且是有相当文化水平的读者)仍然是格格不入和难以接受的,所以它们并没有解决新文学的民族形式问题。以为只要用民族语言写作,表现了民族的生活、感情和愿望就肯定能解决民族形式问题,那是胡风一厢情愿的想法。至于具体到五四时期新文学的新形式,则既有横向移植来的东西,但也有纵向继承了的成分。拿鲁迅的小说来说,从表面上看,它的形式是从外国移植来的,但其表现手法和某些表现方式,又是对我国古典小说民族形式的创造性地继承。《阿Q正传》的开头部分,就含有"说话"中"入话"的形式因素。郭沫若诗作的新形式,也不是没有屈原、李白、李贺诗歌中的形式因素,所以,断言五四文艺的新形式完全是横向移植的结果,而没有纵向继承的成分,也是不符合五四新文艺的实际的。胡风在民族形式问题上的意见带有很多的机械论的色彩。

与以上两个问题相联系,胡风在民族遗产问题上的意见也有相当的片面性。胡风不是说不要继承遗产,但他要接受和继承的主要是植根于资本主义生活土壤上的遗产,以为这部分遗产,对于表现五四以后的社会生活还有用,而对于植根于封建社会生活土壤里的遗产,则以为那是没有什么东西可以继承和接受的。他说,在封建社会里的"作为生活现实底反映的文艺,虽然是'封建社会下被压迫被剥削的人民大众底自己创作',但客观上既没有民主主义的现实存在,主观上又没有民主主义的战斗观点,他们底不平、烦恼、苦痛、忧伤、怀疑、反抗、要求、梦想……就只有在封建意识里横冲直撞,恰象追求光明的苍蝇碰在玻璃窗子里面;不但不能使那些'反抗的动因'得到合理的'归宿',而且也不能使那些反抗的实际内容在历史真理底照明下面呈露出真象,因而封建文艺再也不能向前发展了。"(《论民族形式问题》)根据这一观点,胡风认为,即使是像《水浒传》等优秀作品,也没有"发自贰心的叛逆之音","甚至略略带有民主主义观点底要素底反映也很难被我们发现"(同上)。这当然也是不符合我国民族遗产的实际情况的。在我国的文艺遗产中,既有奴隶主、封建地主阶级的文化成分,也有民主主义的、人民性的文化成分。列宁的两种文化的学说,同样可以用来区分我国文艺遗产中的不同因素。自然,在封建社会里产生的文艺作品,不可能不受到封建统治阶级的思想影响,《水浒传》中肯定受招安,就是这种统治阶级思想影响的反映。但是,人民群众反压迫、反剥削的斗争,人民群众对封建统治者的愤慨和武装起义,毕竟是当时的人民群众的"民主主义观点底要素底反映","发自贰心的叛逆之音"。胡风在遗产问题上的片面意见,又是他文艺思想中的一个重要失误。

在技巧问题上,胡风也表现了很大的片面性。由于胡风机械地理解内容决定形式,对民族遗产的看法也是片面的,所以他也就否定了"技巧",否定了学习技巧的必要性。他说,"'技巧',我讨厌这个用语,从来不愿意采用";"我诅咒'技巧'这个用语,我害怕'学习技巧'这一类说法,至我觉得一些'技巧论'的诗论家势非毒害了诗以及诞生诗拥抱诗的人生不止的"。(《在混乱里面》)类似的意见,胡风不止一次发表过。如果"技巧"指的是那些"小说作法"那一类东西,那是不值得下苦功学习的,这样的"技巧论"也是应该反对的。但是胡风笼统地一概地反对"技巧",反对"学习技巧",那就很不恰当了。李白、杜甫等大诗人、曹雪芹、吴敬梓等大艺术家,他们的作品固然是他们所处时代的真实反映,是他们的思想感情的真挚表现,但他们在技巧上也下了很大工夫,以至达到了炉火纯青的地步,却也是他们的作品取得伟大成功的一个重要原因。技巧不同于技术,它是表现生活、表达思想的某种艺术才能、某种艺术手段、某种艺术形式的结晶,它客观存在于文艺创作中,是文艺创作规律的活的体现,能够被人们所认识、发现,也是能够被人们学习、学到手的。胡风否定技巧,否定学习技巧,对新文学创作质量的提高和发展是不利的。

胡风在这些问题上的片面性和失误,充分说明,胡风文艺思想中的问题,主要是"左",是庸俗社会学,是机械论。他以为五四文学革命运动,是民主主义运动,于是他断定这一运动的盟主是市民,是资产阶级;他以为内容决定形式,因此民族形式可以在表现民族的生活、感情和愿望中自然产生,五四新文艺的新形式是从外部移植来的;他以为,在旧时代,统治阶级的思想是统治的思想,因此在封建时代产生的文艺就没有什么民主主义的因素;他以为,在文艺创作中只要真实地反映了生活,真实地表现了作家的主观感情,就是好作品,因此,技巧没有什么意义,学习技巧也没有什么意义。而所有这些片面的、错误的观点,都是"拉普"文艺思想的具体表现。可见胡风对于苏联的清算"拉普"文艺思想虽有"切肤之痛",但并没有完全肃清"拉普"文艺思想在他头脑中的流毒,因此,在他的文艺理论批评活动中仍然自觉地或不自觉地发表了与"拉普"文艺思想一脉相通的观点。死人拖住活人,过时的文艺思想缠住了革命的文艺思想,这在胡风的文艺理论批评活动中不能不是悲剧。

四、胡风文艺思想批判中的历史经验教训

通过上述平议,我认为,胡风文艺思想尽管在若干问题上存有片面性和失误,但绝不是"反马克思主义"的。如果对一个人的文艺思想也可以二八开、三七开、四六开、对半开的话,那么,胡风的文艺思想大致可以三七开或四六开,即胡风文艺思想在主要方面还是正确的、革命的,但在一些重要问题上有片面性和失误,有机械论和庸俗社会学。既然如此,为什么过去对胡风文艺思想一批再批,从三十年代批到四十年代,又批到五十年代,最后终于造成了解放后第一个大文字狱呢?这里,的确有值得吸取的经验教训在。

首先,批评胡风的同志和胡风同志本人及其支持者都有宗派情绪,而且都把宗派情绪带进了文艺思想论争,这就使解放前的几次文艺思想论争都带有浓厚的宗派色彩,并结下了后来的恶果。

众所周知,在三十年代抗战前夕,在左翼文艺工作者内部发生了两个口号之争。以鲁迅、胡风等为一方,提出了"民族革命战争的大众文学"的口号;以周扬等为一方,提出了"国防文学"的口号。实践的历史证明了,"民族革命战争的大众文学"这个口号无论从哪一方面来说,都

是完全正确的;而"国防文学"这个口号,只要经过正确的阐释和把握,其基本精神也还是可取的。但在当时,争论存在着一定的宗派情绪。在后来的几次论争中,宗派情绪还有所发展。直到全国解放以后,这种宗派情绪终于导致了严重后果。由此得出的经验教训是,在进行文艺论战时,无论如何不能抱有宗派情绪,无论如何不能把宗派情绪带到文艺的学术论争中来。

第二,尽管全国解放前一些同志在文艺论战中有着宗派情绪,但是也应指出,当时争论双方是平等的、说理的,各以自己的观点去批评对方,驳斥对方,谁也没有以独占马克思主义真理自居。一方可以批评胡风,胡风也可以进行反批评;胡风进行反批评后,另一方也可以进行再批评。争论双方,彼此诘难,谁也没有给谁下政治结论。因此,这几次争论,虽然因夹有宗派情绪,影响了争论的正常发展,但从总的方面看,这几次争论还是推进了我国的文艺创作和文艺理论的发展和提高,这又是必须肯定的。由此得出的经验教训是:对于文艺上的是非问题,应当通过同志式的、平等的、自由的、说理的讨论来解决,通过文艺的实践来解决,只要能这样做,就能有利于创作和批评的发展。

第三,但是这种情况在全国解放后有了改变。当我党成为全国的执政党以后,有的同志便以党的文艺思想的代表者的身份出现,以唯我才有马克思主义的真理的独占者自居,而把胡风断定是资产阶级文艺思想的代表,把胡风文艺思想判定为反马克思主义的文艺思想,企图压服对方,把文艺思想问题采取简单的方法加以解决。说是开胡风文艺思想讨论会,其实是开胡风文艺思想批判会。胡风及其支持者当然不服,于是在书信中发牢骚、讲怪话、发泄不满,进行攻击,矛盾进一步激化。由此得出的经验教训是,绝不能用压服的方法,简单的方法来解决文艺思想问题和理论是非问题。

第四,在对胡风文艺思想批判中,一个很突出的问题,就是在某些同志看来,文艺思想只能定于一尊,定于毛泽东同志的文艺思想,哪怕在表述方式上和毛泽东同志有所不同,也被视为异端邪说。突出的事例是,毛泽东同志主张,对人民是歌颂的问题,而不是暴露的问题,暴露只能暴露敌人。胡风是不同意这一观点的。他认为,在人民身上,既有光明面,也有阴暗面,既有进步性,也有落后性,两千多年的封建统治和封建思想统治,百年来的半封建半殖民地统治和殖民地意识,在中国人民的心灵深处造成的创伤也是严重的,于是他提出了"精神奴役的创伤"的问题,认为革命现实主义作家可以而且应该反映、揭露和批判这种"精神奴役的创伤"。这就引起了轩然大波,批评者指斥胡风是反马克思主义、反社会主义现实主义。在这一问题上的是非,十年内乱的社会实践已经作出了回答。十年内乱,只有十年,而且还是在新中国成立十七年后发生的,中国人民已经受过十七年革命思想的教育。但即使如此,当林彪、"四人帮"、康生一伙搞了十年现代迷信、封建法西斯和极"左"路线以后,在我国亿万人民心中仍然造成了严重内伤,以致反映、揭露、批判林彪、"四人帮"、康生一伙在十年内乱期间给广大人民所造成的心灵深处的创伤,已经成了粉碎"四人帮"后我国革命文学的重要课题,很自然地出现了所谓"伤痕文学"。那么,可以想见,延续了二千多年之久的封建社会和封建思想,对中国人民的毒害,所造成的"精神奴役的创伤"又是何等严重!胡风要求解放前的进步作家在国民党统治区反映、揭露和批判这种"精神奴役的创伤"又有什么错误呢?再如,毛泽东同志号召革命的作家艺术家到工农兵中去,到火热的斗争生活中去,这当然是完全正确的。胡风在这一问题上是接受毛泽东同志的观点的,在《论现实主义的路》中,还引用了这一观点。但是,胡风认为,在国民党统治区,就不能机械地执行这一指示,当着你周围并没有工人、农民、战士好接触,而且国民党反动派也不允许你参加工人运动、农民运动的时候,作家艺术家也还是可以到生活中去,到斗争中去。"人民在哪里?在你底周围。诗人底前进和人民底前进是彼此相成的。起点在哪里?在你底脚下。哪里有生活,哪里就有斗争,斗争总是从此时此地前进。把前进从此时此地割去,遥遥地放在'彼岸',使'彼岸'孤立,回转头来用'彼岸'的名义来抹杀此时此地的生活,污蔑此时此地的斗争,即使不过仅仅是一点点志大心粗,虽然不过仅仅是一点点因大不见小,但客观上一定是对于具体斗争的鄙视和对于历史大潮的玩弄。"

(《为了明天》)这样的意见对不对呢？是对的。与毛泽东同志的主张有没有矛盾呢？没有矛盾。但批评者却截取了"哪里有生活,哪里就有斗争"这么两句话,不瞻前不顾后,就判定胡风反对毛泽东同志的指示,这也是没有道理的。现在看得很清楚,胡风对毛泽东同志的文艺思想,有同意的,有不同意的,表现了作为一个革命的文艺理论家的胆识。几十年过去了,毛泽东同志文艺思想中的基本原则,基本思想,经过实践的检验,仍然证明是正确的,需要我们坚持和发展。但是,毛泽东同志的某些文艺观点却被证明是不确切的,片面的,对我国的革命文艺运动和文艺创作带来了不利影响。胡风并没有反对毛泽东同志文艺思想中的基本原则、基本思想,但对于其中的某些说法,他确实表示了他的不同意见,这没有什么不好。而在文艺思想问题上定于一尊的想法和做法却是完全错误的。马克思主义是我们党和国家的指导思想,但它只是以真理服人,并不需要定于一尊。把马克思主义、毛泽东文艺思想定于一尊,不是维护了而是损害了马克思主义和毛泽东文艺思想。由此得出的经验教训是：在文艺问题上不能把某种思想定于一尊,应该是以马克思主义为指导,以实践作为检验真理的唯一标准,来处理和解决文艺问题。

据胡风夫人梅志同志告知,胡风从今年以来已失去工作能力。因此,胡风文艺思想实际上已经成了遗产。分析、研究和批判地继承这份遗产,将是我们当代文艺理论工作者的一项不可推卸的责任。我们应该相信我国文艺界的广大文艺工作者,他们既不会像反胡风运动时那样把胡风文艺思想一棍子打死,也不会从一个极端走向另一个极端,连胡风文艺思想中的片面性和失误之处也统统加以肯定,而是肯定应该肯定的,否定应该否定的,从而对胡风文艺思想得出全面的、正确的、科学的认识。《胡风评论集》的出版,意味着我们已经吸取了过去在胡风文艺思想问题上的经验教训,公开地、自由地、平等地讨论胡风文艺思想已经由可能变为现实了。

后记：《胡风文艺思想平议》初稿写于一九八〇年八月——一九八一年二月十九日。没有拿出去发表,只打印了二十份,征求过一些同志的意见。因为,当时发表此文的条件还不具备。现在,《胡风评论集》已公开出版,党中央又提出"评论也应当是自由的",发表此文的条件业已成熟。因此,在我重新阅读了《胡风评论集》中的各篇文章并对初稿作了相当的修改后,决定交给《中国》文学双月刊发表。有几点必须在此说明：

一、为读者了解胡风文艺思想的真实情况方便计,本文不得不较多地引述胡风著作中的原文。这是要请读者体谅的。

二、在反胡风运动中用非法手段搞来的私人信件,和在反胡风运动中很多文艺工作者写的批判胡风的文章,本文概不涉及。这是因为,胡风的这些私人信件过去并未公开发表过,在社会上并无影响,而且擅自发表私人信件(又是没头没尾,只取所需的,有的是加以歪曲了的,甚至还有伪造的)本身就是违犯宪法的;至于同志们写的反胡风的文章(我自己也写过这样的文章),当时是出于响应号召,而且对"胡风反革命集团"的真相也并不了解,对此是不能由他们负责的。因此本文在涉及过去批评胡风文艺思想的文章时,只以胡风文艺思想作为人民内部文艺思想问题讨论时的某些文章为限。而且,考虑到经过二十几年的风雨波澜以后,这些文章的作者也有可能改变对胡风文艺思想的原来看法,所以引述这些文章的观点时,没有注明出处。

三、我对于胡风文艺思想问题的认识,也是有一个发展过程的。一九五五年反胡风时,我和许多文艺工作者一样认为,胡风的文艺思想统统都是错误的、反动的。一九五七年,文艺界"反右",批判丁玲、冯雪峰、秦兆阳、陈涌等同志,说他们的文艺思想与胡风文艺思想"并无二致",我也没有产生过不同想法。直到一九六四年"文艺整风",把曾经批评过胡风的邵荃麟同志的文艺观点也说成是和胡风文艺思想"如出一辙"时,我才开始对胡风文艺思想的"反动性"发生怀疑：怎么这么多同志的文艺观点和胡风文艺思想一致或类似呢？迨至文痞姚文元在十年内乱中发表文章批判周扬同志,说周扬同志的文艺思想与胡风文艺思想也没有什么实质上的不同时,我对胡风文艺思想的"反动性"就更加怀疑了。十年内乱以后,特别是经过实践是检验真理的唯一标准问题的讨论后,我在一些文艺问题上提高了认识,但仍囿于成见,未能肯定胡风文艺思想中应该肯定的东西。一九八〇年七月,我参加了在包头举行的现代文学学术讨论会,听了同志们关于胡风文艺思想问题的发言,很受启发。开会回来,我仔细阅读了胡风的全部文艺论著,这才对胡风文艺思想有了新的认识,写出了本文的初稿。现在把定稿拿出来发表,旨在希望有更多的同志去把胡风文艺思想问题作为一个学术问题、文艺思想问题来进行研究,取得对胡风文艺思想的比较一致的认识,从而写好我国的现代文学史、当代文学史、现当代文艺思想斗争史、现当代文艺批评史。

(原载《中国》文学双月刊 1985 年第 4 期;这是新时期国内第一篇为胡风文艺思想辨正的文章,后被《新华文摘》转载)

新时期小说理论的发展

　　从整体上说,新时期的小说,取得了比"五四"以来任何一个时期都要大得多的成就。与此同时,新时期的小说理论也有了长足的发展。一些新观点、新理论取代和更新了过去的旧观点、旧理论;另一些新观点、新理论则是过去所从来不曾提出过的。纵观八年来的小说理论,可以清楚看出,它经历了四个发展阶段,在十五个重要理论问题上有新发展。

一

　　如同1977—1978年间的小说创作主要是回归到革命现实主义轨道上来一样,这两年间的小说理论主要是拨乱反正、恢复革命现实主义的小说理论。批判了十年内乱时期的瞒和骗的小说;驳斥了"四人帮"的"三突出论"、"根本任务论"、"主题先行论"、"从路线出发论"、"写与走资派作斗争的作品论"等谬论;给"写真实论"、"现实主义广阔道路论"、"现实主义深化论"翻了案(给它们正式平反,还是十一届三中全会以后的事);这就是小说理论在这两年间做的主要工作,也就是在这种拨乱反正中,革命现实主义的小说理论又重新深入人心,确立了它在小说创作中的指导地位。但就小说理论本身而言,这两年间并没有什么发展。一则两个"凡是"的错误观点对小说理论还有紧箍作用;二则积重难返,"左"的形而上学的小说理论还有相当影响。所以,一方面为"写真实"恢复名誉,另一方面又认为真实性要服从倾向性;一方面批判

"根本任务论"另一方面又认为塑造英雄人物是文艺创作的"第一位任务";一方面承认现实主义需要深化,有待深化,另一方面又以为"写中间人物"要不得,如此等等。这说明,1977—1978年间的小说理论,只是回到了十七年,并没有什么新发展。

二

小说理论的新发展,是在党的十一届三中全会以后。

三中全会的思想解放、实事求是的路线,使作家和小说理论家敢于从新时期小说创作的实际出发,否定过去片面性很大的某些小说理论,提出符合新时期生活实际和小说创作实际的新理论,1979—1980年的两年,是小说创作理论大发展的两年。特别表现在对小说创作具有深远意义的下述五个问题上:

十七年间,强调小说创作为政治服务、为政治运动服务、为政治路线服务,不少小说就是在这一理论指导下创作出来的。但是这一理论片面性很大。它没有回答也不准备回答当政治、政治运动、政治路线本身就是错误的时候(实践表明,这样的情形是有可能发生的,而且发生过多次),小说创作还要不要、该不该为这样的政治、政治运动、政治路线服务?作家、理论家以实践作为检验真理的唯一标准,发觉了这一理论的片面性,提出小说创作首先要表现人民的心声,提出和回答千百万人民群众关心和寻求回答的问题,把反映人民群众的意志、愿望、要求、利益放在第一位,把为人民服务放在第一位。如此提法,当政治和政治路线本身就是正确的时候(如三中全会以后),表现人民的心声,提出和回答千百万人民群众所关心的问题,反映人民群众的意志、愿望、要求、利益,是和政治、政治路线相一致的。而当政治和政治路线发生偏差的时候,小说创作就可以从人民群众的角度,站在为人民服务的立场,通过反映和表现人民的心声来匡正有偏差的政治和政治路线。因此,很显然,这样的理论主张要比前者全面得多,正确得多。有的同志说得好:"一部作品的成败得失,对历史的发展所起的作用,是促进还是阻遏,首先要取决于'对人民的态度'如何。凡是同情人民的疾苦,反映人民群众的要求和愿望的作品,总是受到人民群众的肯定和欢迎,而富有历久不衰的艺术生命力。"①现在看来,这一小说理论似乎已成了常识问题,但在当时,对于多年流行的小说创作必须为政治、为政治运动、为政治路线服务的习惯性的提法而言,却不能不说是一大突破、一大发展。

1977—1978年的短篇小说评奖,多篇暴露十年内乱中的阴暗面的小说获奖;1979年短篇小说评奖,又有多篇暴露十七年间社会生活中的问题和四化建设中的问题的作品得奖。创作实践表明,林彪、"四人帮"一伙黑暗势力固然可以暴露,人民内部的问题也可以暴露。小说创作实践已经突破了过去的所谓"革命文艺只能歌颂,不能暴露,暴露只能暴露敌人"的理论。这一理论是否正确,究竟应该怎样看待小说创作中的暴露?创作实践要求小说理论作出回答,过去那种只能暴露敌人的说法是片面的,敌人和一切黑暗势力固然应当暴露,就是人民内部的问题,社会主义制度某些环节上的缺陷也可以暴露,只要用以暴露的立场、观点、方法正确,而且有利于社会主义。"不错,当前出现了一批短篇小说,也揭示了人民群众身上的一些缺点、伤痕,暴露了社会制度某些环节上的缺陷,等等。这类的缺点、缺陷能不能表现和批判呢?……我们的回答应该是肯定的。指出人民身上的某些缺点和伤痕,目的在于引起社会的重视和疗救,而不是为了嘲笑和愚弄他们。反映社会主义制度某些环节上的缺陷,目的在于推动社会主义制度的不断完善,从而清除几千年来封建主义思想对国家和人民的影响与束缚(例如长官意志代替了民主)而不是否定社会主义制度。"②歌颂社会主义的光明面,肯定社会主义革命和建设的成就,能够鼓舞人民更好地进行革命和建设,小说创作担当起这一职责。但是,揆诸实际,光明面、成就并不因

---

① 丁振海、朱兵、杜元明:《时代风云谱新篇》,《红旗》1979年第2期。
② 刘锡诚:《谈当前短篇小说创作中的几个问题》,《光明日报》1979年3月30日。

为人们去歌颂它们而跑掉。相反,缺点、问题、错误、黑暗势力却因为人们不去揭露它们而继续有害于革命和建设。所以,在某种意义上说。以马克思主义作指导的、站在无产阶级立场上的、实事求是的暴露更有利于革命与建设。列宁正是从这样的态度出发欢迎马雅珂夫斯基的暴露官僚主义的《开会迷》。我们今天的政治、经济等各方面的形势比之十月革命后的形势不知要好上百千倍,有人竟然反对那些正确地暴露人民内部的问题,生活中的不良倾向和黑暗势力,因而有利于社会主义的小说,岂不是太可笑了吗?岂不是与马克思主义的文艺思想相距十万八千里吗?在暴露问题上的这一小说理论的发展,打开了创作多年来不准进入的禁区,它对新时期小说创作的促进作用是不待赘言的。

人物塑造从来是小说创作的核心问题。在文学史上能够留下篇页的小说,基本上都是成功地塑造了人物的作品。如何成功地塑造人物,十七年间的小说理论主要是:不仅写人物做什么,而且写人物怎么做;从环境的描写中显示人物性格;在对人物的直接描写和间接描写中表现人物;从对话里、从肖像上描写、刻划人物,等等。这些理论至今仍然是正确的。但新时期的小说创作实践大大丰富了这些人物塑造的理论。于是,作家、理论家们也就总结了新时期小说在人物塑造上的成功经验,提出一些对十七年间的小说理论是新的理论主张。一、要从描写人物的命运中塑造人物。所谓"写人物命运",无非是按照生活的真实,在文艺作品中写人物的不同遭际,写人物在生活中的矛盾和和斗争,以及他们在这些遭际、矛盾、斗争中的结局。曹雪芹的《红楼梦》、巴尔扎克的《高老头》、《贝姨》、《欧也妮·葛朗台》,列夫·托尔斯泰的《战争与和平》、《安娜·卡列尼娜》、《复活》、鲁迅的《阿Q正传》、《祝福》、老舍的《骆驼祥子》,巴金的《家》等名著,无一不是以写人物的命运而成功地塑造了人物而赢得世界读者的。作为一个革命现实主义作家,如果离开了写人物的命运,又怎样"根据实际生活,创造出各种各样的人物"来呢?又怎能通过各种各样的人物反映社会生活的各个方面呢?关心我们社会每个成员的命运,正是出自于共产主义者解放全人类的伟大胸怀。但是,不知从何时起,"写人物的命运"竟被认为就是资产阶级的人道主义,新时期的小说理论家则正式提出了这一创作命题,认为"文学恢复了写人的命运的现实主义原则,是一件冲破教条主义文艺理论束缚和创作禁区的好事",①凡是写好人物的,多半是因为"曲述了人物的命运"②,"真实地描绘了广大群众的命运和思绪"③。由于小说理论家的提倡,通过写人物命运来塑造人物,已经成了新时期小说在人物塑造上的显著特色。二、要写出人物的灵魂、内心世界、精神世界。既然要写人物的命运,那么,人物在不同遭际中灵魂深处的东西,在不同的矛盾、斗争中的内心世界或精神世界,势必要充分揭示出来,以此加强人物塑造中的力度、厚度和深度。这是人物塑造中不可分割的两方面。然而,正如一位理论家所提出的,这条从生活通向文学,从文学通向生活的路,却屡屡被某些奇怪的理论所堵塞。按照政治手册的定义,去图解各类人应有的若干种"品质",便算是写出了"典型",受到某些理论家的赞美。而对人物精神世界的探求,却很容易被蒙上"资产阶级人性论"的恶名。倘敢触及在复杂的情势中人物多样的内心活动,则更容易被指控为提倡"人格分裂"或醉心于"剥削阶级的阴暗心理"。仿佛既然劳动者们的心地单纯如白纸,透明如水晶,就决不会有什么丰富的精神世界。仿佛他们身上,除了书本上的阶级定义而外,其余种种,都是"非本质"的;兄弟之情,朋友之谊,骨肉之恋,伉俪之爱,都必须统统送给"资产阶级",这样的理论竟流行了多年,而文学离开自己的路也就远了。"然而历史毕竟要求还文学以本来的面目。近年来文学的勃兴,也正是拆毁这类无形的樊篱的结果。许多作家在直面人生,写出生活的血肉时,着力于对人的精神美的探求和对黑暗的灵魂的狙击。"④现在,通过写灵魂,揭示人物的内心世界、精神世界来刻划人物,塑造人物,几乎成了新时期小说家在人物塑造问题上的指导思想。这是和小说理论

---

① 刘锡诚:《乔光朴是一个典型》,《文艺报》1979年第11—12期。
② 阎纲:《努力反映时代的真实面貌》,《人民日报》1980年1月30日。
③ 王愚:《有益的探索》,《文艺报》1980年第2期。
④ 于晴:《精神世界的探求》,《文艺报》1980年第4期。

家们的总结、鼓吹和倡导分不开的。三、强调要写出人物性格的多样性和复杂性。长期以来,在小说创作中除了不准写人物命运、不让写人物灵魂外,还不允许写人物性格中的多样性和复杂性。似乎革命队伍里、人民内部的、敌人营垒的人物性格都是单一的、纯粹的,谁要写了人物性格的多样性和复杂性,谁就会马上得到一顶"歪曲人物"或"美化敌人"的帽子。然而,人物性格的多样性、复杂性,来自生活中的实际人物的性格的多样性、复杂性,不把人物性格的多样性、复杂性写出来,也就写不好人物。新时期小说创作之所以创造出了众多的典型人物和有典型意义的人物,就是因为作家敢于真实地、艺术地写出人物性格的多样性和复杂性。小说理论家们总结了这一创作经验,并从理论上作了说明:"人物的多样性,关系到反映生活的广度,而忠实地反映生活,还要解决一个深度问题。这就要看,作家是否能把握人物的复杂性。……人物性格没有了复杂性,也就失去了丰富性,无从折射出时代的复杂面貌。同时,也只有写出复杂性,才能从各方面展现人物性格的发展。"[①]"生活中具体的而不是抽象的人,总是复杂的,不简单的。……因此,文艺作品无论写什么样的人物,都必须注意人物性格的复杂性和多样性,切忌因为片面强调人物性格的明朗化和主题明确性而搞'单突出'"[②]。小说理论家们对新时期小说创作在人物塑造问题上经验的总结和在理论上的发展,不但给小说家们松了绑,而且给他们插上了翅膀,从而使他们有可能在塑造人物时放开手脚,展翅飞翔,创造出一大批个性鲜明的富有典型意义的人物。

五十年代中期,江苏曾经有一批小说家打算创办一个名为《探求者》的刊物,主张对生活要有探求精神,在艺术创造中也要不断地进行探求。这本是来无可厚非的。但在"反右"中却遭到了全国性的批判。批判者的"理论"是,我们的生活是走社会主义道路,这条道路早已明确,无需探求,谁要探求,就是企图走资本主义道路;我们的文艺是写工

---

① 王愚:《有益的探索》,《文艺报》1980年第2期。
② 孙逊:《〈人到中年〉的思想艺术特色》,《文汇报》1980年8月3日。

农兵,为工农兵,这一方向也早已明确,无需探求,谁要探求,就是企图背离工农兵方向,搞修正主义。此后,在小说创作中一切探求全被禁止了。新时期小说创作的一个显著特色,就是充满了探求精神,对生活有新的发现,在艺术上有新的突破。小说创作要不要探求,怎样看待艺术的创新,理论家必须对此作出回答。我们的作家和小说理论家也确实作出了很好的回答。有的作家说:"每个作家都要从生活中找到单属于他自己的东西,这以后,作家再从自己所爱好的艺术角度写出作品来。"①有的理论家指出:"生活现象是纷纭复杂,千变万化,不断发展的,然而它有自己的固有规律。作家要去寻找、发现这些规律,而且要以自己的方式去寻找和发现这些规律。……作家在认识生活和表现生活方面,都必须走自己的路,而不能重复别人的路。要在艺术创作的崎岖小径的攀登上,一步步地踩出自己的脚印来。"②高晓声的《李顺大造屋》等作品之所以获得成功,重要原因之一,就是因为作者具有"创作勇气和可贵的'探求'精神"③,他"是一个勇于对生活和艺术进行探求的作家"④。那么,如何对生活和艺术进行探求呢? 理论家认为,"那就是作家对题材一定要有自己的接触点,他反映生活一定要有自己的视角。"⑤"人家直写他侧写,人家正写他反写,人家多写他少写,人家悲写他喜写,人家刚写他柔写,人家写理他写情。如此如此,这般这般,另辟蹊径,别有洞天。"⑥所谓社会主义道路已经明确,用不着探求,是站不住脚的。现在,各个社会主义国家,都在结合着本国的实情,探求具有本国特色的社会主义。我们的党和国家,正在走一条具有中国特色的社会主义道路,这便是最大的、最有意义的探求。怎么能够说社会主义

---

① 茹志鹃:《生活经历和艺术风格》,《语文学习》1979年第1期。
② 杜书瀛、何文轩:《生活的教科书》,《社会科学战线》1979年第1期。
③ 徐兆淮:《贵在真实,勇于突破》,《钟山》1980年第1期。
④ 董健:《对生活和艺术的探求精神》,《人民日报》1980年5月28日。
⑤ 滕云:《更坚实地开拓自己前进的道路》。《新港》1980年第8期。
⑥ 阎纲:《习惯的写法被打破了》,《十月》1980年第2期。

道路已经明确而用不着探求呢？至于文艺创作，小说创作，都要创造性地从事，没有艺术上的探求精神更不行。肯定和在理论上阐明对生活、对艺术必须具有探求精神，这是新时期小说理论的又一重要发展。

1979—1980年间，中篇小说崛起，出现了一批高质量的作品。这是新中国成立以来从未有过的新的文学现象。中篇小说为什么恰好在1979—1980年间崛起，作家、理论家们探讨了这一问题，并在理论上作出了确切的说明。第一，这是时代的需要，人民的需要。粉碎"四人帮"后，"短篇小说以文学轻骑兵的姿态，首先突破思想禁区，以炽热的感情喊出了人民的心声，以革命的义愤揭露了'四人帮'的罪恶，受到了广大读者的欢迎。但是，随着时代脚步的前进，人民不满足于文学创作现有的成果。他们要求看到具有深刻的思想洞察力、高度的生活概括力和丰富的艺术表现力的作品。正是在这样的情况下，许多作者和读者把注意力转向了中篇小说。"[1]第二，在进一步深刻反映现实生活上，与同类其他文学样式相比，中篇有许多有利条件。短篇小说"篇幅有限，在反映和概括现实生活上受到束缚。而长篇小说则由于篇幅长，结构复杂，特别是作者要对生活作出准确的认识和判断，需要较长的时间。各方面比较，唯有中篇既能较及时地反映现实，又能够较广阔地概括生活，兼有短篇与长篇小说之长。"第三，是由于读者的欢迎和刊物的支持。"一些作者谈到，他们转向中篇小说创作的原因，是读者比较欢迎这种文学样式"；"各地纷纷创办大型文学刊物，提供了中篇小说发展的园地，这也是促使作者转向中篇小说创作的一个因素。"[2]理论上的这些说明，对中篇小说创作的繁荣起了促进作用。

1979—1980年间，小说理论在以上五个重要问题上的发展，具有重大的意义。一方面，它们对作家的创作起了进一步解放思想的作用，另一方面又对评论家、作家、读者的正确认识和评论研究新时期的小说提供了理论武器。因此，尽管这些小说理论现在已成了常识，但它们对当时和对今后小说创作的指导作用仍然是不能低估的。

---

[1][2]《回顾·探讨·前进》，《十月》1980年第3期。

三

1981—1982年间的小说创作，又向前跨出了一大步。写作手法和主题、题材更丰富多样了，新人形象更多地出现了，艺术性更高了。面对生动丰富的创作实践，小说理论家们又及时总结了创作经验，提出和回答了一系列新的理论问题，从而使小说理论得到了进一步发展。

首先是对待外来的小说形式和表现手法的态度问题。新时期以来的小说创作，不仅在思想内容方面有了很大突破，而且在艺术形式和表现手法方面也出现了很多革新。一些外来的形式和手法被吸收、采用到了小说创作里，能不能吸收、采用主要是来自西方的某些形式和手法？吸收、采用这些形式手法是否有利于小说创作？这与小说的民族化、群众化是什么样的关系？问题提到小说理论家们的面前。能不能吸收、采用西方的某些小说形式和表现手法？回答是肯定的。"文艺之于读者，无非两条：一、让他津津有味；二、让他开卷有益"①只要读者爱看，于读者有益，外来的形式和表现手法是完全可以吸收和采用的。吸收和采用这些形式和手法是否有利于小说创作呢？回答是利多于弊，不能因噎废食，而要兴利除弊。近一年来，文坛出现新流派，特别是拟意识流的小说的出现。"它似乎正在对现实主义进行着冲击和挑战。其实，不尽然。……弄好了，倒是对现实主义的一种丰富和发展。"②拟意识流，多线条的放射式的艺术结构等手法，它们的好处是"比较精炼，内涵比较丰富，比较耐人寻味，也更富有真实感。当然也有弊病"。但"这并不可怕"，"对于一个有志于探索和创新的作家，他既看到了探求过程中存在的弊端，那就一定会设法兴利除弊，使自己的作品更臻于完美。"③吸收、采用这些外来形式和手法是否与民族化、群众化截然对立

---

① 阎纲：《小说出现新写法》，《文坛徜徉录》（上册），人民文学出版社出版。
② 蒋守谦、沈太慧：《新探索　新突破　新成就》，《文艺报》1981年第1期。
③ 阎纲：《文学四年》，《鸭绿江》1981年第2期。

或毫不相关呢？也不是，那些为群众欢迎的、经过溶化了的外来形式和手法，将逐渐成为民族化、群众化的一部分。正如"五四"时期出现的新的白话小说，其形式和手法多半是外来的，但由于它们为群众所欢迎，并和我国小说的传统形式、手法相溶化，经过半个多世纪，现已成了民族化、群众化的东西。目前为一些作家们吸收和采用的形式和手法，在经过读者的扬弃后，势必会分解成两部分，一部分为群众欢迎，所喜闻乐见；一部分则为群众所抵制、抗拒。前者将和传统的民族化的群众的形式和手法结合在一起而成为新的民族化、群众化的东西，后者则遭受淘汰。"现在似乎应该是传统手法与外来表现手法'共存共荣'的时期，而且中国的国情、人情、史情、文情，又必然迫使文学在今后较长的时期以传统手法为主，当然是发展变化了的'传统手法'。"[①]所以，外来的形式和手法与传统的形式和手法并不是水火不相容的关系，而是从"共存共容"到"合流"的相互促进、相互吸收的关系。理论家的这些新观点，对于后来作家们的继续吸收和采用某些外来形式和表现手法显然是起了"舆论准备"的作用。

"文革"前的小说，基本是"一义性"的，即作品有一个明确的主题。作家创作时就很明确，这篇作品的主题是什么，读者阅读后也很清楚，该作品的主题是什么。《不能走那条路》，《套不住的手》可以说是这类作品的代表。新时期的小说，无论是中、长篇，还是短篇作品的主题却常常是多义的。作家在创作时就对自己作品的主题怀有多义性的打算。如陆文夫所说："创作可以而且应该不用单一的主题，可以像多弹头分弹道导弹一样，能同时击中许多目标。"[②]主题多义性从何而来，是不是仅仅由于作家创作时的主观愿望？这种多义性好不好？理论家从理论上进行了论证。他们说："不管作家主观上是否意识到，现实生活的急剧变化，总是制约他们作品的题材和主题的最终决定因素。"[③]而

---

① 雷达：《文学的突破与形式的创新》，《北京文学》1981年第1期。
② 陆文夫：《小说门外谈》，第79页，花城出版社出版。
③ 曾镇南：《并不轻松的戏剧》，《学习与研究》1982年第2期。

"生活、必然是多义的。因为这个'义',是人之所感、所思、所推论出来的,所谓见仁见智的意思。""艺术地再现生活,如果成功,就会显示出多义性来。如果只能写出一义,那大概和写传单差不多。"①"这种复杂层次、多主题,同表现复杂化和快节奏的现代化生活,是更相适应的。"②这就从理论上肯定了主题的多义性,倡导了主题的多义性。如果说,新时期多义性的小说是对过去单一主题小说的发展,那么,这种主题的多义性的理论,则是新时期小说理论的又一发展。

在题材多样化中新的反封建小说的大量出现,是新时期小说创作的一个突出现象。从理论上说明这一文学现象出现的必然性,论证新时期反封建文学的必要性和与民主革命时期反封建文学的区别性,又是新时期小说理论发展的一个重要方面。理论家们指出:"在当前的小说中,反封建意识占据着相当引人注目的地位。……这是生活所决定的。因为封建主义的残余当今几乎充塞于我们社会生活的每一个角落和社会关系的每一个环节。想要再现我们当代的社会生活和社会关系,而不想避开对封建主义的残余的批判,是不可能的。至少是困难的。"③"反对封建思想,破除现代迷信,这是新时期文学的主要任务之一。"④但是,今天的反封建不同于民主革命时期的反封建,"我们反封建思想重点应该放在扫除阻碍国家政治制度民主化方面。应着重清除的是现代迷信、家长制、一言堂、官僚主义、特殊化、任人唯亲、裙带关系等帝王思想、等级制度、蒙昧主义等封建意识在现代生活中的反映。"⑤"五四"以来六十多年我国文艺在反封建问题上所走的道路证明,在我国,文学是不是反封建,直接关系到文学的前进或倒退。当我国的新文学积极投入反封建斗争的时候,新文学就发展,就前进;反之,对反封建

---

① 严文井:《给孔捷生的信》《当代》1981年第3期。
② 郑波光:《王蒙艺术追求初探》,《文学评论》1982年第1期。
③ 刘锡诚:《小说创作中的反封建意识》,《湘江文艺》1981年第2期。
④ 谢望新:《在寻生活思考中探求》,《文艺报》1981年第7期。
⑤ 顾骧:《思想解放与新时期的文学潮流》,《福建文学》1981年第2期。

的任务有所忽略(十七年间)或者根本不反封建(十年内乱期间)的时候,新文学的发展就受到影响以至后退。所以,在小说理论中提出和论证反封建的必然性、必要性以及与民主革命时期反封建文学的区别性,对于新时期的小说创作就是个至为重要的问题。而这样一些有关反封建的观点,在"文革"前的小说理论中也是从来没有提出过的。

随着四化建设的展开,社会主义新人、共产主义新人不断涌现。新时期小说创作中的新人形象也以不同于"文革"前的形象的面貌出现,今天的新人究竟是什么样的人?他们是一个思想模式,还是有多种思想层次?塑造新人能不能规定几个框框?理论家们从新时期小说创作中的新人形象的实际情况出发,认为"还是让新人的观念更宽阔些吧!为什么要给新人形象定阶层、定阶级、定道路、定性格,甚至定外貌呢?多彩的时代应该有多姿的新人。"①"所谓新人,就是有社会主义觉悟的人,有社会主义道德品质的人,解放思想、实事求是的人。再简单点说,就是解放思想的人。当然,他们是三中全会路线的忠实执行者,这样一来,不但把新人和旧人区别开来,而且把现在的新人和过去的新人区别开来。"②基于对新时期新人的如此理解,新人就不是一个思想模式,而是有多种思想层次;有的新人具有共产主义思想;有的新人具有社会主义觉悟;有的新人富有集体主义精神;有的新人热爱社会主义祖国;有的新人才从因袭的旧思想的重负中解放出来,新思想才开始在他的头脑里占有主导地位;有的新人则刚刚与旧世界、旧营垒决裂,从旧世界、旧营垒回归新中国,学习用新思想、新观点来观察处理问题。因此,企图给新人定下条条、框框,以为只有符合了这些条条框框的才是新人,否则就把他们从新人领域内驱逐出来,是不合适的,新时期小说创作中塑造新人的成功经验必须很好概括和总结,但却无须为如何塑造新人制定条例。在新人问题上的这些新观点,无疑为作家们的塑造新人形象打开了广阔天地。

---

① 肖云儒:《时代的聚光镜》,《文艺报》1981年第8期。
② 阎纲:《"比较文学"中的中篇小说》,《文学评论》1981年第4期。

新时期的小说不仅思想性高、真实性强,而且具有极大的艺术感染力。与"文革"前的小说相比,最为显著的就是作家在写作小说时有意识地注意发现美、探索美、表现美,使作品蕴含不尽的诗意。因此,在1981—1982年间的小说理论中,关于这方面的问题探讨得比较集中、比较深入。理论家们提出,"作家们开始注意到从美与丑的特定角度,去观察人、研究人、描写人"①,"从实际生活出发,努力发掘生活中的美"②。并着重从理论上概括了作家们如何在作品中表现美和使作品蕴含诗意的创作经验。"在内容上对生活美的执意追求,必须在艺术上找到相应的美和表现形式";③可以"用象征的手法,构成含蕴的意象",也可以"给作品抹上梦幻的色调";在人物描写上,可以"采用写背景的方法,使作品显出空濛的境界",也可以"采用情绪流动的结构,使小说产生强烈的抒情倾向"④;至于"追求'天然去雕饰'的真朴美","力求富有魅力的语言美","探求交融渗合的创作形式美"⑤,更是必须在小说创作中注意的。在理论家们的肯定和指导下,新时期小说的美学价值越来越高,诗意越来越浓。

四

1983年至今的小说创作,以"改革文学"的崛起为标志。在此以前,反映改革的小说也不是没有。但还没有形成一股潮流。而从1983年起,由于改革已经在全国范围内展开,表现改革的小说不仅有大量短篇,而且还有众多的中篇、长篇。"改革文学"本身向小说理论提出的挑战,要求小说理论回答创作实践所提出的问题。此外,新时期以来的小

---

① 雷达:《〈心香〉与美的发现》,《奔流》1981年第1期。
② 宁干:《努力发掘生活中的美》,《文学报》1981年11月12日。
③ 王愚、肖云儒:《生活美的追求》,《文艺报》1981年第12期。
④ 林兴宅:《感情的诗化》,《福建文学》1981年10期。
⑤ 丁帆:《试论刘绍棠近年来作品的美学追求》,《文学评论》1982年第5期。

说创作实践还提出了另一些问题。因此,这两年的小说理论的发展主要表现在以下五个理论问题上:

第一是改革需要小说、小说也要改革的问题。目前我国正在进行全面的大规模的改革,既涉及经济领域各方面的问题,又涉及上层建筑领域各方面的问题,还涉及意识形态领域里各方面的问题。不少新问题在改革实践中提了出来。文学是社会生活在作家头脑中能动的艺术反映的产物,我们的小说家由于与现实生活保持着密切的联系,并且多少学过马克思主义,因此他们接受社会信息特别灵敏,对改革实践中发生的问题发现得比较早、比较快,对改革实践中提出的问题,大多能作出比较正确的回答。《围墙》、《花园街五号》等小说及时提出和回答改革实践中出现的问题,就充分说明了这一点。几年来城乡改革已经涌现出来的大批先进改革者,也需要小说家讴歌他们。塑造出他们的真实、感人的形象,让读者从改革者形象这面镜子里照见自己,或奋斗、或惭愧、或思索、或不安,在潜移默化中受到教育。改革过程中创造出来的、涌现出来的新的美好的事物,新的美好的思想精神,也需要小说家发现、探索和表现。因此,改革需要小说。另一方面,小说在反映改革的过程中,它自身也必然要进行改革。譬如小说的观念就已经在发生变革,有的同志提出,当代小说就是最新的社会信息的反映。[①] 这就和过去有关小说的概念不一样。城乡的全面改革,人们思想、观念的大变化,不仅制约着小说内容的变化,而且也一定会导致小说形式、手法、技巧的革新。所以,改革需要小说,小说也要改革。这一理论观点的提出,将推动小说家们更加自觉地反映和表现改革,同时在反映、表现改革过程中又自觉地改革小说的内容和形式。

二是关于"改革文学"中的道德问题。

目前正在进行的改革,不仅改变着经济、政治、文化生活,而且也改变着人们的道德观念。过去被认为是善的东西(如为人要安分守己、循规蹈矩),在改革中不一定仍然认为是善;而过去认为是恶的东西(如对

---

① 参见沈敏特:《当代文学——新的社会信息》,《文学评论》1984年第3期。

外开放、引进技术,过去竟认为是"崇洋媚外"),在改革中却被认为是善。在"改革文学"中经常出现这样的场景和场面:某些过去公认的善人善事显得落后可笑,而过去那些所谓"不听话"、"好提意见"的干部和群众竟在改革中大显身手。如何看待和表现改革中的善恶问题呢?这就不能不涉及道德问题。马克思主义认为,善恶的观念是随着时代的变化、民族的不同、阶级的差别而不断发展变化的。恩格斯说过,"善恶观念从一个民族到另一个民族,从一个时代到另一个时代变更得这样厉害,以致它们常常是互相直接矛盾的。"在当代,就有封建主义的道德、资产阶级的道德、无产阶级的道德,"现在代表着现状的变革、代表着未来的那种道德,即无产阶级的道德,肯定拥有最多的能够长久保持的因素。"恩格斯就善恶、道德问题得出这样的结论:"人们自觉地或不自觉地,归根到底总是从他们阶级地位所依据的实际关系中——从他们进行生产和交换的经济关系中,吸取自己的道德观念。"[1]因此,描写和表现改革中的善恶,不能从抽象的道德化的观点出发,而必须以无产阶级的道德观作根据。当前的改革,必然要破坏、瓦解封建主义的道德、资产阶级的道德,建立和发展社会主义的道德。由于我国过去是一个长达二、三千年的封建主义国家,封建道德根深蒂固,因此在改革过程中对封建道德的冲击和破坏就更多一些。如果作家以曾经被马克思恩格斯批判过的封建社会主义的观点来看待和表现这一现象,那就会哀叹"世风日下"、"人心不古",以至颠倒了生活中的善恶而不自觉。现在,我们已经看到这样的小说,他们对于所谓传统道德无限依恋、怀念,而对于改革者的作为却在感情上、倾向上表示极大的不满。他们不了解"两户"(指专业户和重点户)不但代表着农村先进生产力,而且许多新的伦理道德观念、价值观念,首先从他们身上体现出来[2]。他们也分辨不清在改革过程中,我们的农民是变得聪明了,还是变得刁钻了?盲从性减少了,还是不守本分了?是开辟着广阔的天地,还是走上了歪门

---

[1] 《马克思恩格斯选集》第3卷,人民出版社1972年版,第132~133页。
[2] 叶蔚林:《眼睛往哪里看?》,《文艺报》1984年第6期。

邪道？如果是二者兼而有之，那么主流又是什么？既然一个婴儿的诞生还伴随着分娩前的阵痛和临盆的血污，那么，我们该怎样像一个好的助产士那样，保护和照料历史的婴儿，给他洗个澡？① 所以，"如果用抽象的'善'即抽象的道德观念来观察、衡量、评价历史的发展运动，就会造成极大的思想混乱。"② 所谓传统道德，则要作具体分析。有些是属于劳动人民的、体现了历史前进方向的，它可以吸收、改造成为无产阶级的、社会主义的道德的一部分；有些是封建的或者是小农意识的，那就应该给予批判并与之决裂。不以马克思主义的道德观来看待和表现改革，而以抽象的道德化的观点来看待和表现改革，那就不但不能真实地反映改革，也不能发挥小说创作在改革中应有的推动改革前进的作用。在反映、表现改革中的善恶问题上的这一新理论，武装了作家的头脑，将使他们心明眼亮，更真实地反映和表现改革。

三是关于小说的当代性问题。

由于强调反映和表现改革，于是有的同志认为，只有反映当前现实生活的作品才具有当代性。反过来说，他们认为，凡是反映最新现实生活的作品都是有当代性的。这个理论问题的能否正确解决，关系到社会主义小说的能否百花齐放，也关系到社会主义小说的性质问题。当代性可不可以和反映最新现实生活画上等号呢？不能。反映最新现实生活（例如反映改革）的作品比较易于获得当代性，但不一定必然具有当代性。有的反映、表现改革的小说，以封建社会主义的观点写改革中的人和事，它们唱的是留恋、怀念逝去了的、与改革潮流相背离的生活的挽歌。这样的小说，尽管写的是改革，并无当代性。相反，《戊戌喋血记》尽管写的是晚清的变法，和今天的现实生活相距甚远，但小说讴歌了变法图强和谭嗣同等为变法图强英勇牺牲的当时的先进人物，却具有强烈的当代性。所以，当代小说有没有当代性，当代性强不强，关键

---

① 张一弓：《听命于生活的权威》，《文艺报》1984年第6期。
② 王蒙：《社会进步与道德、审美评价》，《当代文艺思潮》1984年第4期。

在于是否表现了、体现了时代精神。"时代精神——当代性的灵魂"①。即使是反映过去的生活,"只要作家能站在当代的思想高度进行审视和处理,投射以鲜明的时代精神,作品就能够获得当代性,就能够引起当代人的共鸣。"②但是,时代精神也不是凝固不变的。一时代有一时代的时代精神。时代精神是不断发展的。不过,它们也有共通点,即它们都表现了、代表了、奔赴了历史的前进方向,因此戊戌变法时的时代精神与今天的四化建设、改革时代的时代精神、仍然有一脉相通之处。明乎此,提倡当代性与提倡百花齐放是一致的,提出当代性与提倡文学作品的具有社会主义性质也是一致的。如此理解当代性,既和提倡表现、反映改革不矛盾,也和坚持当代文学的社会主义性质不矛盾。

　　四是反映当前现实生活的小说应有历史感的问题。这也是近几年来小说创作实践所提出来的问题。具体说来,也就是,反映当前现实生活的小说是不是只是就现实生活表现生活,而是应当从现实生活描写中让读者看到历史,思索未来,即具有恩格斯所说的"意识到的历史内容"。因此,所谓历史感,并不玄妙,"实际上是从发展变化中对社会现实的把握,对历史运动的把握","集中表现在作者力图通过他笔下各种人物的命运,他们之间的联系和冲突,揭示出现实生活进程的'历史必然性'"③。小说家有没有历史感与小说创作的质量高低大有关系。有了这种历史感,"才能把历史和现实联系起来思索,既用当代先进思想去烛照历史,又通过再现历史折射现实;既从现实中剔露出历史的积淀物,又从历史中发掘出现实的萌芽,既真实地描绘出生活的严峻性,昭示出应该永远记取的历史教训,又显示出生活的流向和不可逆转的历史发展趋势。"④作品的历史感,也不是作家外加进去的东西,而是由作家真实地反映生活,自然地体现出来的。因为"历史的发展是有一种内在的联系的,现实中永远会有历史的沉淀物,历史中也会有现实的倒

---

① 刘建军:《时代精神——文学当代性的灵魂》,《花城》1983年第12期。
②③④ 胡永年《当代性与历史感的统一》,《百家》1984年第1期。

影、雏形、萌芽,生活本身总是包含着历史与现实的'交叉'。"①所以,作家只要历史地、具体地、真实地表现了革命发展中的现实,也就一定会使作品具有历史感。理论家们在历史感问题的新观点,如同当代性问题上的新观点一样,也大大有助于作家在创作现实生活的作品中含有丰富的"意识到的历史内容"。

五是关于小说评论和研究的方法论的革新问题。这是小说观念的革新,小说的形式、手法、技巧的革新所必然要提出的问题。随着客观世界的发展变化,人们研究客观世界,了解研究对象的工具的变化,小说的变化,小说评论和方法也一定会随之发展变化。近几年,我国的小说理论家,除了用传统的方法评论和研究小说创作外,也已开始采用诸如系统论、信息论、控制论等方法评论和研究小说创作。这是好事。在马克思主义的立场、观点、方法的指导下,适当地、有分析地运用现代研究方法评论和研究小说创作,是可以的,也是必要的。在运用这些现代研究方法论时,不仅要检验它们是不是在某些方面还有缺陷,还与实践不一致,还有待改进,而且要以马克思主义的立场、观点、方法来发展这些方法论,完善这些方法论,并使之与行之有效的传统的方法论结合起来,使它们朝着科学的、符合客观世界本来面目的方向发展。②

五

从上可见,新时期的小说理论有了多么重要、多么深刻的变化、发展,它明显地具有这样三个特色:

第一,它始终和新时期小说的创作实践密切联系,及时提出和回答小说创作中出现的问题;

第二,它不断地概括和总结新时期小说创作的经验,使之提升到理论的高度;

---

① 雷达:《现实感与历史感的交叉》,《当代》1983年第6期。
② 参见陈辽:《文学评论和研究中的方法论问题》,《文汇报》1984年7月5日。

第三,它坚持了与错误倾向的斗争,特别是着重反对了"左"的、教条主义的、形而上学的、庸俗社会学的小说理论,这是和十一届三中全会以来党和国家工作中着重反"左"的大方向相一致的。

由此可见,笼统地说小说理论批评落后于小说创作是不对的。从总体上看,由于新时期的小说理论具有以上三个特色,因此并不落后于新时期的小说创作,而是与小说创作同步,有时还走在小说创作的面前。至于就具体的评论家而言,就某篇、某部、某种样式的优秀小说的创作实践未能得到及时的评论、研究和理论上的概括和总结而言,那是确实存在着落后的情况的。所以,小说理论界没有理由自满。但那种不加调查研究,想当然地说什么理论落后于创作,贬低新时期小说理论的成就,也是不可取的。

也由此可见,小说理论工作十分重要,不是可有可无,而是直接关系到小说创作的进一步繁荣和发展。因此,我们希望作家、理论家、读者、文艺领导工作者共同重视小说理论,进一步发展小说理论,使之对新时期的小说创作发挥更大的促进、推动和指导作用!

(原载《当代文坛》1985年第1期)

论文艺反映论和文艺主体性的统一

这两三年,批评、否定文艺反映论成了一种时髦。有位同志甚至曾一而再、再而三地否定文艺反映论,明白宣称"文艺不是生活的反映"。另一方面,当有同志提出文艺主体性问题后,又被认为是宣扬文艺唯心主义。在一些同志看来,文艺反映论和文艺主体性是势不两立的。揆诸文艺实际和马克思主义文艺理论,其实两者是统一的。搞清楚这个问题,不仅有助加深对文艺实际和马克思主义文艺理论的理解,而且还会使我们的社会主义文艺沿着正确的轨道发展。

一、文艺反映论奠基于马克思主义的唯物文化史观,是否定不了的

恩格斯《在马克思墓前的讲话》中指出,马克思生前有两大发现。一是"发现了人类历史的发展规律";二是"发现了现代资本主义生产方式和它所产生的资产阶级社会的特殊的运动规律"。前者即唯物史观;后者的核心即剩余价值学说。马克思逝世后一百多年的社会实践,证明了这两大发现是科学。

唯物史观认为,"人们首先必须吃、喝、住、穿,然后才能从事政治、科学、艺术、宗教等等;所以,直接的物质的生活资料的生产,因而一个民族或一个时代的一定的经济发展阶段,便构成为基础,人们的国家制度、法的观点、艺术以至宗教观念,就是从这个基础上发展起来的,因而,也必须由这个基础来解释,而不是像过去那样做得相反。"(以上均

见《马克思恩格斯选集》第3卷,1972年中文版,第574页)

马克思、恩格斯、列宁用这样的唯物史观研究文化和文艺问题,研究文艺的历史发展,就有了马克思主义的唯物的文化史观。这一文化史观的要点大致可以表述如次:1."不是人们的意识决定人们的存在,相反,是人们的社会存在决定人们的意识";(《马克思恩格斯论艺术》第1卷,第101页)。2."物存在于我们之外。我们的知觉和表象是物的映象。实践检验这些映象,区别它们的真伪。"(《列宁选集》第2卷,1965年中文版,第113页)。3."思维的至上性是在一系列非常不至上地思维着的人们中实现的;拥有无条件的真理权的那种认识是在一系列相对的谬误中实现的;二者都只有通过人类生活的无限延续才能完全实现。"(《马克思恩格斯选集》第3卷,1975年中文版,第125~126页);4."政治、法、哲学、宗教、文学、艺术等的发展是以经济发展为基础的。但是,它们又都互相作用并对经济基础发生作用。"(《马克思恩格斯论艺术》第1卷,第111页);5."人们的观念、观点和概念,一句话,人们的意识,随着人们的生活条件、人们的社会关系、人们的社会存在的改变而改变"。(《马克思恩格斯论艺术》第1卷,第126页)从这样的唯物的文化史观出发,必然得出马克思主义的文艺反映论:文艺是生活的反映,"作为观念形态的文艺作品,都是一定的社会生活在人类头脑中的反映的产物。革命的文艺,则是人民生活在革命作家头脑中的反映的产物。"(毛泽东:《在延安文艺座谈会上的讲话》)

当然,马克思主义的文艺反映论也需要以最新的科学事实、最新的文艺实践来加以发展,但人类文艺活动的实践证明文艺反映论是正确的。谁要推倒文艺反映论,谁就得首先推倒唯物史观的唯物的文化史观,但是,在科学的事实面前,谁也无法做到这一点。当年,经验批判主义者曾经企图推倒反映论,但他们已经被列宁在《唯物主义和经验批判主义》一书中打得落花流水了。

二、文艺反映生活,是一种特殊的反映,情感、想象、联想、幻想等等在其中起着极其重大的作用

文艺反映生活并不是机械地、被动地像镜子那样反映(虽然文艺有"生活的镜子"的说法)而是能动地、艺术地反映。在反映过程中始终伴随着作家艺术家主观的情感、想象、联想和幻想,因此,文艺作品中的生活已不是原型的生活,而是典型化了的生活。前者可称为"第一世界";后者可称为"第二世界"。"第二世界"虽然来源于"第一世界",反映着"第一世界",但它已渗透着作家的情感、想象、联想与幻想,和"第一世界"已经大不一样了。

对于这一点,我国古代的文论家早就有所认识和论述。孔子说过,"诗,可以兴,可以观,可以群,可以怨。迩之事父,远之事君,多识于草木鸟兽之名。"(《论语·阳货》)这里,主要讲的是文艺的功能和作用,但也接触到了文艺反映生活的特点。所谓"兴"和"怨",都有抒发感情的意思;"兴"更有联想的含义。可见,两千几百年前的孔子,就已懂得文艺反映生活是离不开诗人的主观情感和联想的,是密切联系着诗人主观情感的表现的。《乐记》则进一步论及艺术家情感的真实是关系到创作能否成功的重要条件:"……情深而文明,气盛而化神,和顺积中而英华发外,唯乐不可以为伪。"《中国美学史》有段话说得很好:"不论人们认为美是什么,美总是同主体的心灵、情感密切联系在一起的。一切不能打动人们的心灵,不能在人们的心灵中唤起情感的反应的东西,决不可能成为美的东西。"(李泽厚、刘纲纪主编:《中国美学史》第1卷,第380页)文艺反映生活并因此产生认识作用、教育作用和美感作用,都离不开作家的主观情感,这是全部文艺实践所证明了的真理。

想象、联想在文艺反映生活的过程中更是具有不可替代的作用。而使文艺反映生活与一般的意识、观念反映世界存在有了不同特点。在《文心雕龙·物色》中,刘勰对文艺反映生活过程中的联想作了精彩的描述:"诗人感物,联类不穷,流连万象之际,沈吟视听之区;写气图

貌,既随物以宛转;属采附声,亦与心而徘徊"。总之,文艺反映生活又是离不开想象的。马克思提出过艺术的掌握世界的方式,即艺术的认识、理解和改造世界的方式。对于这一掌握世界的方式,马克思没有作具体解释,但从马克思、恩格斯在其他场合发表的意见中,可以得知艺术的掌握世界的方式大致是怎样的;这就是在想象和幻想中认识、理解和改造世界。马克思说:"一切神话都是在想象中和通过想象以征服自然力,支配自然力,把自然力形象化;……希腊艺术的前提是希腊神话,也就是已经通过人民的幻想用一种不自觉的艺术方式加工过的自然和社会形式本身。"(《马克思恩格斯全集》第12卷。中文版,第760~762页)恩格斯在1890年给施米特的信中曾经这样批评恩斯特:"这个人具有如此丰富的想象力,以致不把别人的话读成相反的意思,就连一行也读不下去,这样的人可以把自己的想象力用于其他方面,而不能用于社会主义这个非幻想的方面。让他去写小说、剧本、文艺评论和诸如此类的东西"。(《马克思恩格斯全集》第37卷,中文版第491页)从马克思、恩格斯的上述意见来看,艺术的掌握世界的方式,就是在幻想和想象中认识、理解和改造世界。总之,文艺反映生活有着与其他意识、观念反映世界不同的特点,情感、想象、联想、幻想等主观因素起着很大的作用。

三、文艺反映生活的特殊性,决定了反映的主体在文艺反映中的能动性,产生了文艺的主体性

其他意识、观念反映世界也有反映者的能动性,但由于文艺反映生活有其特殊性,情感、想象、联想、幻想等主观因素在反映过程中所起的作用特别大,这就决定了文艺反映的主体在文艺反映中有着尤其巨大的能动性,由此产生了文艺的主体性。

文艺的主体性大致包含这样一些含意:

第一、在文艺反映生活过程中,主体的审美欣赏能力(虽然它也是历史地形成的,但一当形成后,就能在文艺反映生活时起着重大的作

用)决定着文艺反映的广度、深度和力度。马克思说得好:"……从主体方面来看,只有音乐才能激起人的音乐感;对于没有音乐的耳朵说来,最美的音乐也毫无意义,不是对象,因为我的对象只能是我的一种本质力量的确证,也就是说,它只能象我的本质力量作一种主体能力自为地存在着那样对我存在,因为任何一个对象对我的意义(它只是对那个与它相适应的感觉说来才有意义)都以我的感觉所及的程度为限。"(《马克思恩格斯全集》第42卷,中文版,第125~126页)同一事件、同一人物在具有不同审美欣赏能力的作家的眼中和笔下,其意义是不一样的,创作出来的作品,其美学价值也是不一样的。文艺的主体性首先表现在这里。

第二、创作主体突入客体,把作家艺术家"内在的尺度"运用到对象上去,按照美的规律来创造。马克思说:"动物只是按照它所属的那个种的尺度和需要来建造,而人却懂得按照任何一个种的尺度来进行生产,并且懂得怎样处处都把内在的尺度运用到对象上去;因此,人也都按照美的规律来建造。"(《马克思恩格斯全集》第42卷,中文版,第97页)。在文艺反映生活的过程中,作家艺术家更是比较自觉地把"内在的尺度"运用到对象中去,按照美的规律来创造。既然人在感知、认识和发展事物的美的方面具有很大的能动作用,那么,人在创造美的方面也必然具有很大的能动作用。人通过认识世界,改造世界,发展了人的本质力量,获得美的意识,又按照美的规律来认识和改造世界,不过是同一问题的两个方面。人又是如何按照美的规律来创造呢?马克思在这里作了清楚说明,这就是既按照不同对象所属的不同的种的尺度进行生产,又把人的内在尺度运用到对象上去。而所谓按照任何一个种的尺度进行生产,即按照劳动对象的自然形状、自然结构、物理性能、天然特性等客观属性进行生产;而所谓把人的内在的尺度运用到对象上去,那就是把人所特有的审美标准运用到对象上去。当着作家艺术家进行创作时,他必须发现和把握反映对象的客观真实——种的尺度,同时又要在创作过程中以自己的审美——内在尺度运用到反映对象上去,从而创造出真、善、美相统一的作品和艺术品。这是文艺主体性的第二层含意。

第三、文艺主体性还表现在，作家艺术家通过反映生活创造出作品艺术品以后，这些由他们创造出来的艺术产品，还能再创造出懂得艺术和能够欣赏美的大众，即由创作主体创造出欣赏主体。诚如马克思所精辟论述的："艺术对象创造出懂得艺术和能够欣赏美的大众，——任何其他产品也都是这样。因此，生产不仅为主体生产对象，而且也为对象生产主体。"（《马克思恩格斯全集》第12卷中文版，第742页，着重点为本文作者所加）

文艺主体性的这三层含意既相互联系又是彼此递进的。作家艺术家缺乏主体的审美欣赏能力或这方面的能力不强，必然影响文艺反映生活的广度、深度和力度；而在反映生活的过程中，作家艺术家能否既按照种的尺度来创造又懂得怎样处处把内在的尺度运用到对象上去，即能否按照美的规律来创造，这关系到主体性能否发扬、提高到另一个层次；最后，作家艺术家创造出来的作品即艺术产品能否创造出新的艺术欣赏主体，又是衡量文艺主体性是否已经发扬、提高到又一层次的标志。近两年来，谈文艺主体性的文章很多，有些文章讲主体性也讲得很好，但也有些文章由于忽视或者离开了马克思主义关于文艺主体性的基本观点，因此或论述得不符合文艺主体性的实际，或歪曲了文艺主体性的真实含义。可见，马克思主义关于文艺主体性的论述应该成为我们研究文艺主体性问题的指南针。

四、文艺主体性的历史发展，是和人的社会实践的历史发展、艺术实践的历史发展密切联系着的

上面讲的文艺主体性互相联系、彼此递进的三个层次是共时性的。另一方面，文艺主体性又是历史性的，即不同时期、不同时代的文艺主体性是不同的、发展的。

原始社会的文艺主体性是有限的。以我国周口店的"山顶洞人"生产的装饰品（在当时也就是艺术品）为例。他们以自己的当时的审美欣

赏力把贝壳、兽牙磨光、钻孔,又在贝壳、兽牙上面涂上赤铁矿粉加以染色,并把它们串联起来,于是制成了装饰品。根据贝壳、兽牙的自然形状、自然结构、物理性能、自然特性,在它们上面磨光、钻孔,可以说是按照物种的尺度进行生产,但在贝壳、兽牙上面染色,并把它们串联起来,是当时"山顶洞人"根据他们的审美标准,按照当时原始人的内在的尺度进行生产。而这样的生产,就不只是满足人的肉体的需要,而且也是为了满足人的审美需要,因而是按照美的规律进行创造,是一种艺术生产。这些装饰品创造出来后,又创造出了当时能够欣赏这些装饰品的大众,即又创造出了欣赏主体。在这种艺术生产中,文艺主体性是显而易见的,但又是极其有限的。随着人的社会实践的发展,生产的发展,艺术实践的发展,文艺主体性也有了发展。希腊神话所体现出的文艺主体性就不同了,那些无名作家已经有了较高的艺术欣赏能力,已经以一定的自觉性按照美的规律来创造。毫无疑问,这些作品也创造了能够欣赏艺术和美的大众。人的社会实践的发展,生产的发展,艺术实践的发展,终于迎来了文艺复兴时期,该时期的显著特征之一,就是人的主体性的高度发扬、文艺主体性的高度昂扬。"这是一次人类从来没有经历过的最伟大的、进步的变革,是一个需要巨人而且产生了巨人——在思维能力、热情和性格方面,在多才多艺和学识渊博方面的巨人的时代。"(《马克思恩格斯选集》第 3 卷,1972 年中文版,第 445 页)但丁、佩脱拉克、薄迦丘、皮考劳米尼、芬奇、提香、拉斐尔、丢勒、路德、胡登、托马斯·莫尔、莎士比亚、塞万提斯等人就是其中的代表作家、艺术家。他们的文艺主体性比之前人来,是无可比拟地发展了。

人类自进入现代资本主义社会后,作家艺术家在文艺反映过程中的主体性,出现了既受压抑、限制又以在某些方面有所发展的矛盾情况。马克思指出,"资本主义生产就同某些精神生产部门如艺术和诗歌相敌对"。(《马克思恩格斯全集》第 26 卷,第 1 册,1972 年中文版,第 296 页)这是因为在资本主义社会,资产阶级把艺术当成商品,把作家艺术家变成了雇佣劳动者,于是,在资本主义社会中,作家艺术家也就失去了真正意义上的创作自由,艺术创作是以想象的自由,形象思维的自由,选择题材、体裁、形式、风格的自由为前提的。失去了这样的创作自由也就谈不上有真正的艺术,真正的文艺主体性。另一方面,由于世界市场的开拓,使各民族的精神产品成了公共的财产,形成了世界文学;由于资本主义科学技术高水平的发展有利于新的艺术部门的形成,有利于某些艺术部门艺术质量的提高;由于在资本主义社会里,也还有一批有艺术良心的艺术家,宁愿忠实于艺术,"为艺术而艺术",也不愿意随波逐流,"为金钱而艺术";由于艺术创作毕竟是个体精神劳动,文艺家有他自己的幻想和想象,文艺创作的这一特性,不可能完全地、绝对地被压制和抹杀;因此,在现代资本主义社会下,文艺的主体性还是在某些方面得到发展。也因此,在现代资本主义社会下仍然有可能出现一些优秀作品,对于现代资本主义社会下的文艺主体性,应该以历史唯物主义的态度作如是观。

到了共产主义(社会主义是其初级阶段)人的本质和个性由于私有制的消灭,由于生产力的高度发展而引起的社会必要劳动时间的空前缩短而得到全面发展,于是在共产主义社会里,"完全由分工造成的艺术家屈从于地方局限性和民族局限性的现象无论如何会消失掉,个人局限于某一艺术领域,仅仅当一个画家、雕刻家等等,因而只用他的活动的一种称呼就足以表明他的职业发展的局限性和他对分工的依赖这一现象,也会消失掉。在共产主义社会里,没有单纯的画家,只有把绘画作为自己多种活动中的一项活动的人们"。(《马克思恩格斯全集》第3卷,1960年中文版,第375页)在共产主义社会里,文艺的主体性得到空前的发扬。"私有财产的扬弃,是人的一切感觉和特性的彻底解放;但这种扬弃之所以是这种解放,正是因为这些感觉和特性无论在主体上还是在客体上都变成人的。"(《马克思恩格斯全集》第42卷、中文版,第124页),在社会主义社会里,文艺的主体性虽然还不能如在共产主义社会里那样得到高度的发展,但由于推翻了人压迫人的制度,建立了平等、互助、友爱、民主的人际关系,所以,比之现代资本主义社会来,文艺的主体性也还是极大发展了。在我国进入了社会主义新时期以后,文艺主体性更有了前所未有的发展。所以,恰恰在最近两三年在我国提出文艺的主体性问题而且形成了一股"主体性热",就不是偶然的,而是文艺主体性在我国历史发展的必然。

五、离开了文艺反映论谈主体性,将陷入唯心主义;离开了文艺主体性谈反映论,将陷入机械唯物主义;在文艺反映论和文艺主体性问题上我们要展开两条战线斗争

在近两年的"主体性热"中,有的同志热昏了头脑,只讲主体性,连文艺反映论也不要了。我们就看到这样一些文章,有的说,"讲文艺是现实反映","有着许多扯不清的地方";有的说,"文艺是现实生活的反映""是不正确的";有的说,"文艺不是现实的生活的反映",这一说法"是完全不得要领的"。在这些同志看来,"文艺就是自我实现";文艺"以其特有的方式确证这种自我实现";文艺是"第二性的观念活动本身",无所谓反映不反映;"文艺是人争取精神自由的一种范式";等等。在这些同志看来,只要有了文艺主体性,文艺的一切也都有了。讲文艺反映论就约束了文艺的主体性,因此,他们根本否定和抹杀文艺反映论。但是,这些说法并不"新"。还在18世纪末,席勒在《审美教育书简》第27封信中就已说过:"通过自由去给与自由,这是审美的王国中的基本法律。"(转引自朱光潜《西方美学史》,第456页)所谓"文艺就是自我实现"、"文艺是人争取精神自由的一种范式"等等说法都和席勒的这一说法有联系或由此而来。但是席勒的这一文艺思想是唯心主义的,朱光潜先生指出,席勒"认为人只有从形象显现的观照中才能获得完全的自由,这种思想仍然是发挥康德的'不涉及利害的观照'说"。(同上)不过,朱光潜先生公正地认为,席勒的说法也还有独到之处,即他把"审美的自由看作政治自由的基础"、"它反映出当时德国知识界的一种相当普遍的心理倾向:对德国现实的庸俗鄙陋深为厌恶,想逃到一种幻想的乌托邦里去求安身立命之所"。(同上)也就是说,席勒的这一文艺思想,实际上是当时德国现实生活的曲折反映,在那时还有一定的

进步意义。但在马克思主义的辩证唯物的文艺反映论已经确立以后，套用席勒的说法，提出"文艺就是自我实现"、"文艺是争取精神自由一种范式"，并以此否定文艺反映论，那就是一种倒退和错误了。

在我们已经论述了马克思主义的文艺反映论以后，一一驳斥这些只要文艺主体性不要文艺反映论的种种说法，已没有多大必要。我们只要指出这一点就足够了，即这些否定文艺反映论只要文艺主体性的种种说法之所以出现，其实正是我国实现对外开放、对内搞活的政策以后国内现实生活发生了巨大变化的曲折反映。如果不是实行对外开放、对内搞活，外来的特别是西方的种种文艺思想（对它们也要一分为二，有进步的、符合文艺规律的；有落后、反动的、违背文艺规律的）不是被介绍和引进过来，那么，这些否定文艺反映论只要文艺主体性的种种说法也就不可能在我国某些理论工作者头脑里产生并发表出来。十年内乱时期固然不可能产生和发表这样一些文艺观点，就是"文革"前的十七年，由于我国相对处于封闭状态（这一部分原因是由于美国帝国主义对我国实行封锁造成的），也不可能出现这样一些文艺观点。也就是说，这些文艺观点的出现，恰恰证明了社会存在决定社会意识、文艺（作品和理论）是生活的反映的正确性。一句话，没有今天的变革了的现实，也就不会有这些错误的文艺观点。这不是说：这些错误的文艺观点是由变革了的现实生活产生的，而是说这些错误的文艺观点归根到底仍然是现实生活的曲折反映。

与只要文艺主体性不要文艺反映论的错误观点相反，另一些同志则走到另一极端，只准讲文艺反映论不准讲文艺主体性。谁要讲文艺主体性，就给人扣政治帽子。其实，不是别人，而是马克思、恩格斯一再强调和论述了人的主体性（虽然他们没有专门就文艺主体性问题作过系统论述），一再强调和论述了反映论和主体性的密不可分。道理很清楚，反映不是像镜子那样物反映物，而是人（人脑）反映客观世界，因此必然有个反映主体问题，有个主体性问题。在文艺反映论中也就有个文艺主体性问题。另一方面，主体是相对于客体而言的，没有客体也就没有主体，没有被反映的客体也就没有文艺的主体性。谁也离不了谁。

客观是第一性的,人的意识、观念是第二性,讲文艺主体性只能是在承认和肯定文艺反映论的前提下讲主体性。我们可以批评那些只要文艺主体性不要文艺反映论的错误观点,但无须给他们扣政治帽子。人们陷入唯心主义是不好的,应该批评的,与之斗争的。但这可以通过"百家争鸣"在辩论中战而胜之,给文艺上的错误观点扣政治帽子无助于问题的解决,相反,只能造成思想混乱。

在文学艺术领域里,我们应该坚持和发展马克思主义的文艺反映论和文艺主体性理论,在两条战线上进行反对唯心主义的和机械唯物主义的思想论争!

(原载《上海文论》1987年第3期)

文学思潮的涨落

文学思潮是社会思潮的一部分。现实生活的发展,国民心态的变迁,外来思想的影响,都会激荡起文学思潮,促使一些文学思潮兴起,一些文学思潮消歇。九十年代的中国,特别是1992年提出并开始建立社会主义市场经济体制以后,文学思潮的涨落更为明显。从文学思潮的涨落中,可以看出我国文学未来的发展趋势。

一、开放的现实主义成了中国文学的主潮

社会主义市场经济在我国确立以后,作家在创作时除了首先要考虑文学作品的社会效益外,还得考虑它的经济效益,力求使自己的作品实现社会效益与经济效益的统一。于是,不少作家面对现实,想人民之所想,适应大众的审美需求,争取作品获有尽可能多的读者。在这一共识下,开放的现实主义成了中国九十年代文学的主潮。因为,正是开放的现实主义最能实现文学作品社会价值和经济价值的统一。开放的现实主义主张真实地、历史地、具体地描写发展、变化中的历史和改革变动的现实,不断吸收和运用一切有利于更艺术地表现历史和现实的手法和技巧,促使现实主义永远与现实的发展同步而不断更新,以进步的、革命的思想、崇高的理想教育读者,它是和中国特色社会主义相适应并为之服务的。从我国实行改革开放起许多作家即接受了这一文学思潮,而社会主义市场经济在我国开始建立后,这一文学思潮已成了我国的文学主潮,不少作家自觉地运用开放的现实主义进行创作。长篇

《曾国藩》(唐浩明)一反过去对曾国藩的"刽子手"、"卖国贼"的简单化的评价,既揭露了曾国藩镇压太平天国起义、维护封建礼教、心狠手辣、拼死为清王朝效劳的反人民的一面,同时也展示了曾国藩的善于识人、善于用人、善于把握大局、谋略出众、生活俭朴、睁眼看世界的另一面。以传统的现实主义观照和描绘曾国藩是写不出这样的人物形象的。《故园暮色》(长篇,黎汝清)通过一个军阀家族的分化、浮沉来折射中国现代史,为我们谱写了一部从晚清末年到大革命失败数十年间现代中国的奏鸣曲。如果作家不采用开放的现实主义,也是写不成功如此优秀的长篇的。本是上海作家、八十年代后期定居香港、但又不时回上海与亲朋故友重叙并常为大陆写小说的程乃珊,在1994年第5期《小说界》发表了她的《归》。这部中篇是她多次回归上海观察、体验、分析、研究上海市场经济生活后的艺术作品。女主人公羽娴觉察到,那依稀残留着的"法国式的奢华、慵懒、浪漫和典雅"的淮海路,即使是十年"文革"都没能把它们连根拔掉,但几年的市场经济生活却使淮海路大变样。"一个她所熟悉的世界,正在一点一点地消失,谁都无力留住它们。"市场经济的负面效应,也在《归》中潘家这个小家族里折射得原形毕露。程乃珊能写出真实地反映市场经济及市场经济中人际关系的好作品,同样是运用开放的现实主义的结果。《本是同根生》(《延河》1994年第8期,叶广芩)则描写了像舜铃这样的在市场经济下不为物欲所累仍然保持美好的心灵的本色书生。可以肯定地说,1992年以后,我国文学领域里的优秀之作,多数是运用开放的现实主义写出来的。因此,我们提倡并推动这一文学思潮的发展。

二、开放的现实主义主潮的盟军:"新体验小说"思潮、新历史主义思潮和纪实文学思潮

"新体验小说"是由《北京文学》提出、从1994年1月号起不断刊登这方面的小说并得到众多作家的支持而成为一股文学思潮的。从已发表的作品看,这股文学思潮因强调作家的亲历性、作品的可读性、体验

性以及感性的鲜明性而独树一帜。作家在写作前,大多以普通百姓的身份深入到一些特殊的社会阶层,体验那里的民众生活,从而创作出一批"新体验小说"。《半日跟踪》(陈建功)、《富起来需要多少时间》(许谋清)、《大虾米直腰》(赵大年)、《在小酒馆里》(母国政)是其中的代表作。但是,"新体验小说"的水平参差不齐,有的写得并不成功。新历史主义文学思潮,则力图将形式主义、后结构主义颠倒的传统再颠倒过来,重新关注文本与历史现实的关系。"这两年在余华、李锐、格非、池莉等的小说中已经自觉或不自觉地体现出新历史主义的一些特点。"(苏晓:《新历史主义:小说的又一写法》),(《文学报》1994年7月21日)这一文学思潮的优长是,尽力使文本接近历史的真实,并对历史作出新的阐释。但由于有些作者缺少历史唯物主义的修养,因此他们笔下的历史真实常常是片面的、偏颇的真实。如已被改编成电影的中篇《活着》,有意无意地宣扬"好死不如赖活"。这在特定历史时期的少数人中是存有如此想法的,但以此作为历史的本质真实就未必恰当了。尽管新历史主义文学思潮存在这一问题,但就其整体而言,它仍然属于现实主义的范畴。理想色彩的淡薄,是其缺失。

纪实文学思潮。其中包括了纪实小说、纪实诗歌。本来,纪实是纪实,小说、诗歌则以虚构、想象为主,两者很难统一。但在近几年中,确有一些作品写的是事实,又有虚构的因素和成分在内,因此人们把它们称之为纪实文学。创作者众,读者又多,于是形成一种文学思潮。王周生的《陪读夫人》就是纪实小说的代表作。读者在看多了那些胡编乱造的、虚假满目的作品以后,产生了逆反心理,情愿阅读纪实性强的文学作品。作家满足了这一审美需要,因而纪实文学在近几年特别受欢迎。这一文学思潮自然也属于现实主义范畴。但是,必须指出,有的作者以历史纪实为名,却不愿做艰苦的深入采访、核对史实、查找档案的工作,以致出现了一些明显的失误而遭到史学家的诟病,这是应该引起注意的。

"新体验小说"、新历史主义、纪实文学这三股文学思潮都处于涨潮状态,它们都是开放的现实主义主潮的同盟军。

三、落潮:"新写实"、"后新诗潮"、现代派

"新写实"、"后新诗潮"、现代派这三股文学思潮,则处于落潮状态。

"新写实"思潮,发轫于八十年代末、九十年代初。它张扬的是表现生活的原生态、原始相和人的原本能,强调的是作家写作时要保持"零度感情"。所以,尽管它标榜的是"新写实",写出来的却多为"新自然主义"之作。虽然,其中不乏艺术价值颇高的作品,但由于"新写实"小说缺少社会主义思想和崇高理想的光照,因而流于琐碎、苍白、贫乏、无力。作家对题材、人物持"零度感情",读者也就对作品持"零度感情"。在社会主义市场经济下,"新写实"小说更每况愈下,难以为继。这股文学思潮现已成了"强弩之末"。

"后新诗潮"认为,中国新诗从新时期起经历了"朦胧诗潮"、"百家诗潮"(那时,一个人就打出一面旗帜,宣称自己是某一诗派的领袖,有"非非主义"、"整体主义"、"超高派"、"城市生活流"等诸种说法)、"新诗潮"以后,已进入了"后新诗潮"。其实,无论是"朦胧诗潮"、"百家诗潮",还是"新诗潮"、"后新诗潮",在我国新时期诗歌中都不曾占过主导地位。新时期诗歌领域内的主流是以"五四"新诗为开端的现实主义诗歌。"后新诗潮","后"在哪里,"新"在何处,连倡导者也说不清楚。这一文学思潮只在某个诗人小圈子里流行了一段时间,如今也已"日薄西山",滑向低谷了。

现代派思潮。这是八十年代初从西方再次移植过来的,曾经热闹过一阵子。《你别无选择》、《无主题变奏》、《你不能改变我》是人们熟知的现代派代表作。它们以新表现手法,对传统现实主义的冲击,对我国文坛是起了一定作用的,对此我们应予肯定。但是,西方的现代派是西方社会的产物,它着重表现的是西方社会的异化和人的异化,它的根在西方社会。移植到中国来,由于它未能在中国生根,从来也不曾在中国得势。二三十年代的现代派诗歌和新感觉派小说在中国的命运就是如此。即便在八十年代,现代派文学思潮也只是在一小部分文学青年中

流传,并没有多大市场。这两年,人们对现代派文学思潮已完全冷漠。但是,我认为,在一定的历史条年和气候下,该思潮又将泛起,这是不依人们的意志为转移的。而现代派的新的表现手法和技巧,只要对描写、表现历史和现实有用,是不妨吸纳的。

四、需要导向:"新状态文学"思潮、通俗文学思潮、"大散文"思潮

"新状态文学"这一文学主张是由两家杂志(《钟山》和《文艺争鸣》)于1994年共同提出来的。读者认为,时至九十年代,现实生活进入了新状态,作家"自己的精神体验和生存状态已和普通公民的生活状态融成一片,他们或许只能通过自我体验的过程来呈现和叩响现实的生存状态。"(《文学:迎接新状态》)一些作家对此表示赞同,因此也开始形成一股文学思潮。但由于这一思潮的文学主张含糊不明,缺乏与其他文学思潮明显区别的特殊性;加之迄今为止还未出现足以体现"新状态文学"特征的力作,所以这一文学思潮的流向还不明。

通俗文学思潮自八十年代即已崛起,到了九十年代更见盛行。十多年来,通俗文学潮流一直是泥沙俱下,鱼龙混杂,良莠杂处,优劣并存。最大的问题是优秀、杰出之作不多,思想性薄弱。通俗文学往何处去,仍然是一个亟待导向的问题。

"大散文"文学思潮。社会主义市场经济发展后,文学期刊,报纸副刊,大量增加。对散文的需要供不应求,散文成了热门货。有人提出"大散文"的主张,即非诗歌、非小说的文学作品均属于散文范畴。响应者众,成为一股文学思潮。写散文的多起来了是好事,但因为目前散文的发表比较容易,粗制滥造之作,无病呻吟之言,吹嘘自己的和相互吹捧之文,津津乐道一己的微不足道的小悲欢之篇,触目皆是。所以,对无所不包、无所不有的"大散文"也需要导向。

与某些人的文学悲观主义相反,我对社会主义文学的未来是乐观的。只要坚持和提倡开放的现实主义,弘扬进步的、基本倾向好的文学

思潮,实事求是地分析和评价片面性较大的文学思潮,并对某些文学思潮实行正确导向,我们的社会主义文学一定有一个美好的明天,一步一步地走向繁荣昌盛!

(原载《唯实》1995年5期)

谈五代文论家的历史贡献及其缺失

一定的文艺理论总是受到三方面的制约。一是什么样的社会产生什么样的文艺理论。资本主义社会里的文论与封建社会不同;改革开放后的中国文论和计划经济体制下的中国文论有别。二是什么样的文艺实践产生什么样的文论。"五四"新文学运动前后的文艺实践产生了"文学革命"理论;"文化大革命"时期的极左文艺实践产生了"三突出"、"写走资派"等等文艺理论。三是具有何种知识结构和思维方式的文艺理论家产生什么样的文论。关于前两方面,人们讲得已很多,此处不赘。这里着重谈的是本世纪五代具有不同知识结构和思维方式的文艺理论家,他们在文论方面的历史贡献及其缺失。

一

第一代文论家可以梁启超(1873—1927)、章炳麟(即章太炎,1869—1936)、王国维(1877—1927)为代表。梁启超在1899年12月25日的《汗漫录》(又名《夏威夷游记》)中提出了"诗界革命"和"文界革命",于1902年11月在《新小说》创刊号上提出了"小说界革命"。虽说梁启超心目中的"革命"实为改革,但他的三大"革命"在整个中国文坛却产生了巨大的影响。他说:"欲新一国之民,不可不先新一国之小说。故欲新道德必新小说,欲新宗教必新小说,欲新政治必新小说,欲新风俗必新小说,欲新学艺必新小说,乃至欲新人心,必新小说。何以故?小说有不可思议之力支配人道故。"把小说的社会作用提高到如此程度,几乎可以改变道德、宗教、政治、风俗、学艺、人心、人格,在中国文论史上是从所未有的。没有梁启超的这三大"革命","五四""文学革命"不可能取得如此巨大又如此迅速的成就。

章炳麟是资产阶级革命派。他的《序〈革命军〉》(1903年6月)和邹容的《革命军》一样有名。鲁迅说过:"那时悲情淋漓的诗文,也不过是纸片上的东西,于后来的武昌起义怕没有关系。倘说影响,则千言万语,大概都抵不过浅近直截的'革命军与马前卒'邹容做的《革命军》。"(《坟·杂忆》)而章炳麟的《序〈革命军〉》着重论述了怎样造革命舆论的问题,这又是前人文论所不曾言述过的。此外,章炳麟还有《文学说例》(1902)、《文学总略》等著作,在学术界产生了相当影响。

王国维在政治上是保皇派,但他的《红楼梦评论》(1903—1904)和《人间词话》(1906年底—1908)却最早运用西方文论(叔本华哲学等)研究中国的文学作品和文艺问题,在我国二十世纪文论中具有开创性意义。

第一代文论家,无论是梁启超、章炳麟,还是王国维,对中国的儒学、佛学、史学都很有根底,对西学也约略有所知。梁启超强调要输入"欧洲之真精神真思想",章炳麟同样留心西学,但他不同意"委心向西";而据王国维专家陈鸿祥的研究,王国维对西方学人康德、叔本华、尼采、席勒、歌德、托尔斯泰都有所涉猎,并有自己的见解。其知识结构都比较完整。就文艺方法论而言,梁启超、章炳麟采用的是经验的方法,王国维采用的是直观的、印象的方法。

由于"文以载道"的长期影响,梁启超的三大"革命"文论,要求文艺直接为资产阶级改良主义运动服务;章炳麟的《序〈革命军〉》,更明白宣言文章要为资产阶级民主革命服务。这在当时是必要的,也是必然的,但他们都忽略了文艺的美学特征,开了后来的"文艺为政治、政治路线服务"的先河,这不能不说是一个缺失。在第一代文论家中要数王国维对西学懂得最多、研究最用力,但他研究的结果却是把《论政学疏》进呈给了废帝溥仪,说"西学西政"导致"国与国相争,上与下相争,贫与富相争",因此他向溥仪进谏,严拒"西学新说",不要受新文化影响。这一思想显然是落后的,与时代潮流背离的,王国维其后在北伐军即将来到北京时投昆明湖自杀,绝不是偶然的。

二

第二代文论家活跃于"五四"新文化运动前后,群星灿烂,光照天空,以陈独秀(1880—1942)、胡适(1891—1962)、鲁迅(1881—1936)为代表。他们和第一代文论家一样,对传统文学都有精深的修养,对中国历史也都熟悉,而对西学则有更全面、系统的了解。他们的知识结构更完整。陈独秀的文论采用的仍是经验的方法,而胡适的文论方法,据他《口述自传》中所说,他早期著作用的是"归纳论理法"(1911年);"五四""文学革命"时期用的是"实证思维"的方法;1920—1933年期间,用的是"从证据出发的治学方法"。鲁迅在日本时写作的《摩罗诗力说》、1913年发表的《拟播布美术意见书》和1919年发表的《随感录四十三》采用的却是文艺美学的方法,更切合文艺创作的实际。

第二代文论家对中国文艺作出的贡献是前所未有的。他们发动了"文学革命",提倡"活的文学"和"人的文学",以白话文学作为文学的正宗,确立了白话文学在文学史上的地位,并以白话文学占领了文坛。陈独秀的《文学革命论》是"文学革命"的宣言书;胡适的"八不主义"的《文学改良刍议》乃"别求新声于异邦"的划时代著作。他的魄力、胆识、学养都是卓然独立,光照千秋。他们与传统文化实行决裂,但并不废弃传统文化。一当"文学革命"取得决定性胜利之后,鲁迅就清理中国小说遗产,讲授并著作了中国小说史略;胡适也整理国故,取得了重大成就;陈独秀因"五四"新文化运动后投身于政治运动,参与创建了中国共产党,来不及对传统文化做批判继承工作。但他晚年也从事传统文化的研究工作。前些日子,欧美刮来一股风,把"五四"新文化运动全盘否定,把它和"文化大革命"画上等号,说陈独秀、鲁迅和传统文化"断裂",是不符合第二代文论家的实际的。

自然,陈独秀、胡适、鲁迅也有缺失。他们为了"打倒孔家店",搬掉旧文化这座大山,确立新文化在思想文论界的地位,曾经犯有形式主义的过错:传统文化是绝对地坏,西方文化是绝对地好。但在新文化获胜后,他们都迅速改正了这一过错。如果没有第二代文论家摧枯拉朽,发扬踔厉,新文化运动不可能在四、五年间就取得这么大的胜利!

三

第三代文论家,以周扬(1908—1989)、胡风(1902—1985)、冯雪峰(1903—1976)为代表。他们指导中国文化界的时间最长,从本世纪三十年代起到"文化大革命"发生为止,中国的文化界一直受导于他们。他们的贡献很突出,但缺失也很严重。就文艺学方法而言,他们采用的都是文艺社会学的方法。他们的知识结构也基本相同:对中国历史有相当的了解;对西方文学、西方文论也都有一定的造诣;他们对马克思主义的理解,都来自日本这个"中转站",因此都受到过苏联"拉普"和日本"纳普"的影响;他们都敬重毛泽东,都把《在延安文艺座谈会上的讲话》奉为圭臬,并为之传播、宣传,但在文艺是人类社会生活在作家艺术家头脑中的反映这一问题上,胡风对作家的主体性比较重视,强调作家的主观能动性,宣扬作家的"主观战斗精神",由是与党内某些文艺理论家发生了分歧,并受到不公正的批评。胡风还发扬了鲁迅"改造国民性"的思想,提出用先进的民主主义思想来导引国民,克服和摆脱"精神奴役创伤"。他们先后都是"左联"的领导人,在发展"左翼文学",反对国民党政府及御用文人对革命文化、进步文化的文化"围剿"中都立下了汗马功劳。他们重视马克思主义的文艺理论的介绍和宣传;他们积极开展文艺思想的论争或斗争;他们开始注意研究创作实践。但在他们的文艺理论中都有一些庸俗社会学的东西。新中国成立后,周扬成了毛泽东文艺思想的宣传者和解释者,其中有宣传对的,解释对的,也有宣传错的,解释错的。特别是在毛泽东的个人文艺思想中也有一些片面的成分,如胡乔木同志所说:"关于文艺从属于政治的提法,关于把文艺作品的思想内容简单地归结为作品的政治观点、政治倾向性,并把政治标准作为衡量文艺作品第一标准的提法,关于把具有社会性的人性完全归结为人的阶级性的提法","关于把反对国民党统治而来到延安,但还带有许多小资产阶级习气的作家同国民党相比较、同大地主大资产阶级相提并论的提法,这些互相关联的提法,虽然有它们产生的一定的历史原因,但究竟是不确切的,并且对于新中国成立以来的文艺的发展产生了不利的影响。"(《当前思想战线的若干问题》)而周扬恰恰在这些问题上作了更加片面的宣传和解释。他的《我们必须战斗》、《文艺战线上的一场大辩论》、在第三次文代会上的报告就是这样的宣传和解释,其负面影响是很大的。应当积极肯定的是,周扬在"文革"后觉悟了,他对过去文艺工作和文艺理论上的失误作了严格的自我批评,对历次政治运动中因他而造成冤假错案的同志进行了赔礼道歉,表示了真诚的忏悔,因而不但取得了文艺界广大同志的谅解,而且重新赢得了对他的尊重。总的来说,第三代文论家依然功大于过,对他们文论中的缺失,要指出但不要苛责。

四

第四代文论家是个群体,他们纵横驰骋于新时期到来以后至八十年代的中国文坛。他们的知识结构与第三代文论家大致相同,但外文水平不如第三代。他们在"文革"期间绝大多数都受到过冲击和迫害,对极"左"路线有切肤之痛。他们中有的在五、六十年代即已崭露头角,但真正显示他们的才华的却在新时期到来以后。最早对"两结合"创作方法提出质疑的是他们;为文艺正名,驳"文艺是阶级斗争的工具"说的是他们;不同意文艺从属于政治和政治路线的是他们;提出改变"文艺为政治服务"的提法的是他们;对当代文学批评中的庸俗社会学公开批评的是他们;为胡风文艺思想平议的是他们;推倒"文艺黑线论"的是他们;为"伤痕文学"和"反思文学"摇旗呐喊,肯定"伤痕文学"和"反思文学"的是他们;为改革文学开路的是他们;为文艺方法论多样化合理性辩护的是他们;主张典型不仅是指典型人物典型环境还包括典型情绪、典型氛围、典型心态的是他们;为人性、人情、人道主义呼唤,要求有新的人的文学的是他们;提出要有新的反封建文学的是他们;主张文艺不仅具有认识、教育、审美功能还有宣泄、娱乐功能的是他们;提倡按照艺术规律指导文艺的是他们……他们不只是"拨"了"文革"的"乱","反"了十七年中正确的"正",而且远远超越了十七年,为文艺开辟了一条思想解放、改革开放的新道路。这是他们在十来年间的历史功绩,在文学观念上倡导了一场大改革。而且,当时两个"凡是"的负面影响还没有完全肃清,他们每提出一个新观点、一种新思想时,还得冒相当的政治风险。

当他们为文艺正名,反对"文艺是阶级斗争的工具"说时,当他们对"两结合"创作方法提出质疑时,当他们对庸俗社会学提出批评时,有人说他们"砍旗"。

当他们为胡风文艺思想平议,对伤痕文学和反思文学作出肯定,呼吁新的反封建的文学时,有人认为,给胡风文艺思想平议是"翻案";伤痕文学是"感伤文学";反思文学是"缺德文学";新的反封建文学是给社会主义"抹黑";种种帽子压到他们的头上。

当他们为新时期文学鸣锣开道时,有人提出了"'文革'以来十六年"论。说什么"文革"十年"左"的倾向是主流(这时谁也不敢为"文革"说好话了),而"文革"以后的六年是右的倾向是主流,这就把新时期的文学和"文革"十年的文学相提并论,而且诬蔑新时期文学主要倾向是右。与"'文革'以来十六年"论进行公开辩论并且把那些人击败的,也是第四代文论家。我们可以毫不夸大地说,没有第四代文论家,也就没有20年来文艺健康发展的新局面。

但是,第四代文论家也有缺失。这就是贯彻邓小平同志提出的有"左"反"左",有右反右做得不够。他们在反"左"时冲锋陷阵,走在前面是对的,但当文艺领域内确实出现了右的倾向时,他们中的很多人却顾虑别人说他"左"而默不作声。其实在文艺领域内,一种倾向常常掩盖了另一种倾向。既然搞了改革开放,打开了门窗,一些苍蝇、蚊子不好的东西跑了进来是毫不奇怪的。在这时候,我们应该坚持改革开放、决心不动摇,另一方面也要对生活领域内包括文艺领域内不健康的东西,右的东西,加以揭露和抨击。媚外的东西,黄色的东西,非法的东西,我们可以置之不理任其发展吗？第四代文论家反"左"得力,批右不力,不能不说是一个缺失。

五

从90年代起,出现了第五代文论家。他们也是一个群体,尚无领袖群伦的代表性人物。这批文论家,基本上是在新时期完成了高等教育,有的还读了硕士、博士的课程。他们大都熟悉外文,了解西方文论,对中国的历史、文学也比较了解,知识面比较广泛。他们具有独立的思想,自由的精神,不崇拜某个人,更不被传统思想所束缚。他们敢于创新,有风险意识,在文论领域里大胆地标新立异。目前文论领域里的多元化格局,主要是由他们动手形成的。他们以不同的文论模式撰写他们的论著,一是用美学的、历史的、社会学的模式写作文论；二是用西方现代文论模式写作论著,精神分析的,心理分析的,格式塔学派的,神话原型派的,神话仪式派的,形式主义的,结构主义的,后结构主义的,发生学的,阐释学的,现象学的,符号学的,比较文学的,他们全部吸收和采用；三是用系统论、信息论、控制论的方法撰写论著；四是用直觉的、印象的文论模式撰写论著；五是用考据的、考证的、校勘的模式写作论著。真正在文化领域内实现了"百花齐放,百家争鸣"。他们对人文精神的提倡,对外国文论的引进和介绍,更产生了重大影响。如果仅以文艺论著的数量而言,第五代文论家撰写的文艺论著,超过了九十年间四代文论家写作的总和还要多一些。

这一代文论家的缺失,在我看来,是他们未能把建设有中国特色的社会主义文论作为他们的共同目标。一个国家有一个国家的文论,这是文论的民族性；一个时代有一个时代的文论,这是文论的现代性；两者不可缺一,也不可偏废。西方文论是西方文艺实践的总结和概括,是西方发达国家社会的异化和人的异化的曲折反映,其中有"合理的内核",可以为我们录取、吸收,但是西方文论不能照搬过来或改头换面照套过来成为社会主义中国的文论。自然,只要文论的民族性而忽视了文论的现代性,也是错误的。我们的国家在搞现代化建设,到21世纪中期,我国将进入中等发达国家的行列。因此,我国的文论又必须具有现代性,文艺科学中一切现代的、先进的东西,我们全都要。我国的文论既是民族的、又是现代的,是两者的统一,而且要以社会主义思想教育人民,这就是中国特色的社会主义的文论。第五代文论家将在21世纪的前二十年,成为中国文论界的主力军。他们应该为建设中国特色的社会主义文论作出努力。如果说,中国的社会主义市场经济的成功已经使全世界所有国家对我国刮目相看;那么,中国特色的社会主义文论一旦由第五代文论家构建成功,它也同样会受到世界文论界的注目,成为他们吸收、交流的对象。

  在人类历史的长河中,一百年过去,弹指一挥间,但在中国文论史上,20世纪文论的一百年,将因为五代文论家的共同贡献而永远留存史册。他们的缺失,也将成为后代文论家注意接受的历史教训。20世纪的五代文论家啊,中国未来文论史和文艺批评史的撰写者们,永远不会忘记你们!

(原载《理论与创作》2000年3期)

论 20 世纪中国文艺理论的"创新"

最近,江泽民同志提出要"理论创新"。这是一个关系到理论本身是否具有生命力,能否在国际人文社会科学领域站在前列的大问题。在文艺理论领域里同样需要"理论创新"。为此,我们有必要对 20 世纪中国文艺理论的"创新"作一番"盘点",看看在前一百年间中国文艺理论已经有过哪些"创新",而后在 21 世纪作出更多更好的"创新"!

并不是任何自以为"新"的文艺理论都可以称之为"创新"的。能够称之为"创新"的文艺理论,必须满足以下三条绝对不能降格的要求:

第一,它必须提供前人所不曾提供过的新东西。譬如说,"境界"二字,早已有之,但提出"境界说"(详见后)却是王国维的"创新"。

第二,它必须经得起社会实践和创作实践的检验。例如,梁启超在《论小说与群治之关系》(1902)中提出"小说可以'新'一切"说:"欲新民","欲新道德","欲新宗教","欲新政治","欲新风俗","欲新文艺","欲新人心","欲新人格","必自新小说始"。他把小说的功能抬高到可以旋转乾坤的地位。"新"则新矣,但不能谓之"创新",因为这一文艺理论经不起实践的检验,小说哪有这么大的神通呢? 20 世纪内有不少文艺理论"创新"就属于这种情况。

第三,它必须具有"中国特色"。百年间,西方文论曾有两次(一次是"五四"新文化运动前后,一次是粉碎了"四人帮",新时期到来以后)被大规模地介绍、引进到了中国。一些人仅仅学得西方文论的皮毛,即改头换面或者机械套用,提出了许多"新"理论。但由于它们不与中国的文艺实际相结合,缺少"中国特色",虽然红火了一阵,但不久便烟消灰灭，自然也算不得"创新"。

所以，文艺理论的"创新"，其实是很不容易的。恩格斯《在马克思墓前的讲话》中说，马克思生前有两大发现，一是发现了人类历史的发展规律，二是发现了剩余价值。这是马克思在理论上的大创新。文艺理论上的"创新"当然不能和马克思的理论大创新相比，但是，无论如何，对文艺理论"创新"的上述三条要求却缺一不可。

据此，20世纪不同时期内有这么一些文艺理论的"创新"。

一

20世纪初至"新文化运动"发动前这一时期，文艺理论"创新"有：

一是王国维的"境界说"。王国维后来成了保皇党人，但在19世纪末、20世纪初，他却是中国最早吸纳西方新文艺思想的人中的一个。他不是"食'西'不化"，而是剥取其合理的内核，结合中国文艺创作的实际，提出了"境界说"。他在《人间词话》（初刊于1908年）中说："词以境界为最上"；"然沧浪所谓'兴趣'，阮亭所谓'神韵'，犹不过道其面目，不若鄙人拈出'境界'二字，为探其本也。""言'气质'，'神韵'，不如言'境界'。有'境界'，本也；'气质'，'神韵'，末也。有'境界'而二者随之矣。""古今之成大事业、大学问者，必经过三种之境界"（下略）。从此，"境界说"不胫而走，稍有文艺素养的作家艺术家几乎无人不晓。

二是别士的"小说家五难说"。别士即夏曾佑。他在《小说原理》（1903年发表于《绣像小说》第3期）中，破天荒地提出："盖作小说有五难"："一、写小人易，写君子难"；"二、写小事易，写大事难"；"三、写贫贱易，写富贵难"；"四、写实事易，写假事难"；"五、叙实事易，叙议论难"。他还作了富有说服力的论证。中国小说创作的历史经验教训，证明了别士这一文艺理论"创新"的正确性。

三是鲁迅的"美术之目的与致用论"。鲁迅在《拟播布美术意见书》（1913）中认为：美术（按：这里的"美术"即"艺术"）之目的与致用各别，"言美术之目的者，为说至繁，而要以与人享乐为臬极，惟于利用有无，有所抵牾。"而美术之致用则在于:"一、美术可以表现文化";"一、美术可以辅翼道德";"一、美术可以救援经济"。即艺术可以认识生活,可以教育人民,可以反作用于经济,再结合艺术的目的("要以与人享乐为臬极")是给人以美的享受。鲁迅以自己的语言论述了艺术的功能,这一文艺理论前所未有,经得起实践的检验,又具有"中国特色",的确称得上是"创新"!

二

如果说,以上所述是20世纪初至新文化运动发轫前的文艺理论"创新",影响毕竟有限,那么,新文化运动(肇始于1917年)中的文艺理论"创新",其影响就既广泛又深远了。

一是胡适的"文学改良论"。1917年1月,胡适在《新青年》上通过《文学改良刍议》一文提出了他的"文学改良"论。认为文学改良须从"八事"入手:"须言之有物";"不摹仿古人";"须讲求文法";"不作无病之呻吟";"务去烂调套语";"不用典";"不讲对仗";"不避俗字俗语"。以今观之,"八事"都是为文的常识,但在当时却是从未有人说过的振聋发聩之言,符合好作品的基本要求。而且,由胡适的"文学改良论"发展而为"文学革命"。胡适的这一理论"创新",功不可没。

二是陈独秀的"文学革命论"。继胡适之后,陈独秀于1917年2月的《新青年》上发表了《文学革命论》一文。他明确提出了"三大主义":"曰推倒雕琢的阿谀的贵族文学,建设平易的抒情的国民文学;曰推倒陈腐的铺张的古典文学,建设新鲜的立诚的写实文学;曰推倒迂晦的艰涩的山林文学,建设明了的通俗的社会文学"。陈独秀的文学革命论,涉及文学的内容问题,比胡适的"文学改良论"又进了一步。即使在今天来看,他的主张就整体而言也是基本正确的。"文学革命论"如同"文学改良论"一样,都是文艺理论的"创新"。

三是鲁迅的"国民性改造论"。鲁迅毕生致力于国民性的改造,他是以理论做指导的。他认为,"凡是愚弱的国民,即使体格如何健全,如何苦壮,也只能做毫无意义的示众的材料和看客";"所以我们的第一要著,是在改变他们的精神,而善于改变精神的是,我那时以为当然要推文艺,于是想提倡文艺运动了。"(《〈呐喊〉自序》,1922年)鲁迅的《狂人日记》、《阿Q正传》、《故乡》等小说,鲁迅的许多杂文,都是揭露和抨击国民性中的负面的。实践证明,"国民性改造论"不只是鲁迅的独创,而且完全符合中国的实际。谁要忽视了国民性的改造,就要受到历史的惩罚。有人以为,新中国成立,国民性改造的任务已经结束,于是将国民性改造的任务丢弃一边,结果导致"文革"期间国民性负面的大发作。新时期到来后,高晓声、何士光、杨守松等作家,在"陈奂生"、"冯幺爸"、"淘江湖"等艺术形象的塑造中贯串着国民性改造的精神,取得了很大成功。

三

"文学革命"时期结束,"革命文学"时期到来。在1927—1937的10年间,能够算得上是文艺理论"创新"的有:

一是瞿秋白折"文学现代化"论。他提出:"现代普通话的新中国文学必须是真正现代化的。"(《瞿秋白文集》第3册,第165页,人民文学出版社1989年版)并就文学现代化和大众化的关系作了具体论述。据我考证,讲文学"必须是真正现代化的",在中国现代文学史上瞿秋白是第一人。当时瞿秋白提出"文学现代化论",几乎不被人注意。但随着时间的推移,特别是随着我国新时期现代化建设的到来,瞿秋白的"文学现代化论",愈益显示它的真理性和对文学的指导作用。

二是鲁迅的"选材要严,开掘要深"论。1927—1937年期间,文艺理论五花八门,五光十色,但时过境迁,许多理论或者已被人们所忘却,或者实践已证明其失误,唯有鲁迅关于文学创作"选材要严,开掘要深"论却至今仍被一切用心创作的作家奉为圭臬。鲁迅在《关于小说题材的通信》(载《十字街头》1932年1月5日第3期)中写道:"选材要严,开掘要深,不可将一点琐屑的没有意思的事故,便填成一篇,以创作丰富而自乐。"鲁迅的这一文艺理论,中国古代文论中没有,外国文论中也没有讲过,是道地的"创新"。将近70年过去了,它仍然是作家创作的指南针。

三是哥特(张闻天)的反对文艺战线上的关门主义论。在"革命文学"的10年间,曾经发生过多次文学之争。有关于"革命文学"之争;有关于"大众文艺"之争;有关于新月派、"民族主义文学"、"自由人"及"第三种人"之争;有关于"国防文学"和"民族革命战争的大众文学"两个口号之争,等等,发表的文章成百上千,但作为"创新"的文艺理论却排不出来。倒是哥特的反对文艺战线上的关门主义论,过去正确,现在正确,今后也仍然正确。张闻天在《文艺路线上的关门主义》(载《斗争》1932年11月3日第30期)一文中明白无误地指出:"使左翼文艺运动始终停留在狭窄的秘密范围内的最大的障碍物,却是'左'的关门主义。"他列举了关门主义的种种表现,最后斩钉截铁地说:"要使中国目前的左翼文艺运动变为广大的群众运动,坚决的打击这种'左'倾空谈与关门主义,是绝对必要的。"很遗憾,哥特的反对文艺战线上的关门主义论并没有为当时的文艺领导者和后来的某些文艺领导者所理解和接受,因此,自1932—1978年的46年间,文艺领域内的关门主义一次又一次地发生。可见哥特的反对文艺战线上的关门主义论,不仅是在我国第一次提出,而且后来的负面的文艺实践已经验证了它的正确性。

四

1937年—1949年,是新民主主义革命不断取得胜利的12年。在这期间,毛泽东有关文艺问题的一些论著中的若干观点,是中国文艺理论史上的真正"创新":

一是在《新民主主义论》中关于新民主主义文化的论述。毛泽东指出,新民主主义文化,是无产阶级领导的、人民大众的、反帝反封建的文化,"这种新民主主义的文化是民族的","是科学的","是大众的"。新民主主义文化论,在马克思主义文艺理论发展史上从未有人提出过。

它指导了整个民主革命时期的我国文化工作,而且对一切处于发展中的国家也都有重大指导意义。

二是《在延安文艺座谈会上的讲话》中关于"文艺作品中反映出来的生活却可以而且应该比普通的实际生活更高,更强烈,更有集中性,更典型,更理想,因此就更带普遍性"的论述。这"六更"论又是中外前人所从未论述过的,而且经得起文艺创作实践的检验。

三是在《新民主主义论》中关于文化工作中的统一战线的论述。在文化工作中要搞统一战线,这又是毛泽东文艺思想的一大创造和发明。

在国民党统治区,能够称得上是文艺理论"创新"而且经得起创作实践检验的,不能不说是胡风在多种著作里论述过的"主观战斗精神"论。胡风的"主观战斗精神论"有这样三种含义:一是指作家在艺术地反映生活过程中的主观能动性;二是指作家对生活的一种态度;三是指作家在创作过程中对人物爱爱仇仇的倾向。胡风的"主观战斗精神"论,虽然后来曾经受到过多次"批判",但时间的筛选证明,这一文艺理论,奠基于文艺是生活的艺术反映的唯物论,但又对创作过程中的作家的主体性作了辩证的、主客观互动、合乎实际的论证,是打不倒站得住的。

此外,在1937—1949年期间,周扬和冯雪峰在美学问题上也多有"创新"之论:

周扬在《我们需要新的美学》(1937)中提出:美并非先验的,也不是生物学地内在的,而是从人类的实践过程中产生的;美是历史的、发展的,不存在永远不变的绝对的美;美和一定的思想观念相联系,和善的观念结合在一起;美以真为基础并由真来确定。周扬的"美"论既是"新"的,但又经得起实践的检验。

冯雪峰在《论典型的创造》(1940)、《论形象》(1940)、《论通俗》(1948)等论著中认为,美学问题不是一个孤立的、自我封闭的问题,它是和生活实践、艺术实践,特别是和社会生活的发展密切联系在一起的;艺术的把握客观现实的真实,非有诗的艺术的创造的工程和方法不可;艺术是精神生产之一,是美术的生产,要进行美的创造或美的生产,就得做到内容与形式的美的统一,就得解决"现代化"和"民族化"的问题,还要解决语言美的问题。冯雪峰的这些"美"论,同样是"创新"。

五

新中国成立后,由于不断地在文艺领域里搞政治运动(即所谓"五大战役":批《武训传》,批《红楼梦研究》,批胡风,"反右派","文艺整风"),文艺理论越来越"左"。但是,也有一些理论家敢于反"左",他们在艰难的反"左"中进行了理论"创新":

一是何直(秦兆阳)的"现实主义——广阔的道路"论(1956)。本来,对现实主义,中国理论界早就作过较多论述,但问题在于,新中国成立后,在"左"的影响下,或者是,有关现实主义的新的原则被提出来了,却是不够科学,意义很含混;或者是,对于一些正确的原则作了不恰当的引申和片面性的解释,使得真理越过了与实践的生动的关系,而变成了僵硬的套子;或者是,在一定的时候提出了不很确切的口号,而解释它的人们又把它进一步引申到了绝对化的地步上去……特别是在社会主义现实主义的定义问题上,在文艺与政治的关系问题上,在典型问题上,对现实主义都有许多教条主义的曲解。何直在批驳了这些曲解后,直言无忌地提出了他的现实主义——广阔道路论:"现实主义其所以不同于其他的流派,就在于它是用积极的态度去面对现实,去追求生活的真理,去追求艺术的真实性和创造性,以达到在最大的程度上反映现实并影响现实。因此它的道路比任何艺术流派的道路要宽阔得多。"此论一出,文艺界强烈震动,并得到普遍认同。这在当时不能不说是在教条主义桎梏下的一次理论"创新",而且对新时期到来后我国现实主义的发展也有其启示性。

二是邵荃麟的"写中间人物论"。1962年8月,邵荃麟在大连"农村题材短篇小说创作座谈会"上作了一次讲话。他说:"强调写先进人物、英雄人物是应该的。英雄人物是反映我们时代的精神的。但整个说来,反映中间状态的人物比较少。两头小,中间大;好的、坏的人都比较少,广大的各阶层是中间的,描写他们是很重要的。矛盾往往集中在这些人身上。我觉得梁三老汉比梁生宝写得好。亭面糊这个人物给我印象很深,他们肯定是会进步的,但也有旧的东西。"邵荃麟说的这些话,很实在,但前人谁也不曾讲过要写中间人物的,的确是"创新"。

尽管在"反右派"中,何直被打成了"右派","反右倾"时,邵荃麟被扣上"右倾机会主义"的帽子,但是何直的"现实主义——广阔道路"论,邵荃麟的"写中间人物论",至今仍葆有其生命力。

六

"四人帮"被粉碎,新时期到来,中国文艺理论也进入了新时期。到2000年为止的20多年中,"新论"百出,但真正够得上是"创新"的文艺理论有三:

一是"为文艺正名"论。"四人帮"倒台,文艺理论领域亟须拨乱反正。拨乱反正从何开始?《上海文学》于1979年4月发表该刊评论员文章《为文艺正名》,抓住"文艺是阶级斗争的工具"这一要害问题作了拨乱反正。文章指出:"必须对'文艺是阶级斗争的工具'这个口号进行拨乱反正的工作","为了繁荣社会主义文艺,必须为文艺正名"。该文认为,"如果把'阶级斗争工具'看成是文艺的唯一功能,那就会对本国的外国的一切优秀的文化艺术遗产采取全盘否定的态度。'四人帮'在文化遗产问题上的'扫荡论',就是'文艺是阶级斗争工具'说的必然产物。""如果我们把'文艺是阶级斗争的工具'作为文艺的基本定义,那就会抹煞生活是文艺的源泉,就会忽视文艺的多样性和丰富性,就会仅仅根据'阶级斗争'的需要对创作的题材与文艺的样式作出不适当的限制和规定,就会不利于题材、体裁的多样化和文艺的百花齐放"。此文一发表,绝大多数作家艺术家都表示支持,只有个别人仍坚持"文艺是阶级斗争的工具"说,但显得力竭声嘶,根本不能说服人。"为文艺正名",现在看也是常识,但在20多年前的拨乱反正中却发挥了"创新"的作用,由此开展了文艺领域里的全面的拨乱反正工作。

二是邓小平的"不要横加干涉"论:"根据文学艺术的特征和发展规律,帮助文艺工作者获得条件来不断繁荣文学艺术事业","写什么和怎样写,只能由文艺家在艺术实践中去探索和逐步求得解决。在这方面,不要横加干涉。"社会主义国家里的文艺该怎么搞,马克思、恩格斯没有说过,列宁也无具体论述。毛泽东提出了"百花齐放,百家争鸣",但不久就开展了"反右派"斗争,事实上收起了"双百"方针。其后,1962年,搞"文艺八条","放"了一段时间;又搞"以阶级斗争为纲",将"双百"方针收起。所以,社会主义国家里的文艺该怎么搞,这个问题并未解决。1979年10月,邓小平《在中国文学艺术工作者第四次代表大会上的祝词》中提出,"根据文学艺术的特征和发展规律"领导文艺,"不要横加干涉"论,赢得与会代表长达5分钟的掌声。因为它是党领导文艺几十年间正反经验的科学总结,是对马克思主义文艺理论的发展,是一次理论大"创新"。1979年至今我国文艺之所以取得前所未有的繁荣和健康发展,正是在这一理论"创新"下取得的。

三是江泽民的"弘扬主旋律,提倡多样化"论。江泽民在1994年1月举行的全国宣传思想工作会议上,在1996年6月视察八一电影制片厂时发表的讲话中,在中国共产党第十五次全国代表大会上的报告中,多次论述了"弘扬主旋律,提倡多样化"论,其要点大致如下:

1. 弘扬主旋律就是要在建设有中国特色社会主义理论和党的基本路线的指导下,大力倡导一切有利于发扬爱国主义、集体主义、社会主义的思想和精神,大力倡导一切有利于改革开放和现代化建设的思想和精神,大力倡导一切有利于民族团结、社会进步、人民幸福的思想和精神,大力倡导一切用诚实劳动争取美好生活的思想和精神。

2. 社会生活是丰富多彩的,人们的精神文化需求是多种多样的,因此,文艺的题材、手法、内容、形式、技巧,也应该多样化,只要能够使人们得到教育和启发,得到娱乐和美的享受的文艺作品,都应受到鼓励和提倡。

3. 主旋律与多样化是辩证统一的,它体现了社会主义意识形态内容的主导性同健康有益前提下的思想内容丰富性与艺术形式、艺术美创造的多样性的统一。

如果说,邓小平的"根据文学艺术的特征和发展规律"领导文艺,"不要横加干涉"论,解决了社会主义国家里的文艺该怎么搞的问题,那么,江泽民的"弘扬主旋律,提倡多样化"论,则为社会主义文艺的进一步繁荣发展指明了方向。1997年以来我国文艺之更加繁荣,更加健康发展,同江泽民的这一理论"创新"是分不开的。

当然,以上所论,是20世纪我国文艺理论"创新"的荦荦大者,至于在个别问题和具体文艺问题上的理论"创新",还有一些,但限于篇幅,不再一一论列。我们相信,在江泽民提出"理论创新"以后,我国的文艺理论界一定会行动起来,21世纪的我国文艺理论将会有更多更大的创新。到2049年,中华人民共和国成立一百周年之际,中国的文艺理论定将站在世界文艺理论的前列!

(原载《中华文化论坛》2001年4期)

谈影响今后中国文艺发展的八大动因

到 2049 年,中国将实现现代化,进入中等发达国家行列。那么,21 世纪上半叶我国文艺又是个怎样的情景呢？只要分析一下影响 21 世纪上半叶我国文艺发展的动因,我们即可了解 21 世纪上半叶我国文艺发展的大致景观。我认为,如下八大动因直接影响着我国文艺的今后发展:

一是文艺发展的外部环境。内因是事物发展的根据,外因是事物发展的条件。从我国 20 世纪文艺发展的历史情况看,什么时候文艺发展的外部环境比较宽松,什么时候的文艺就比较发达、兴旺。"五四"时期、抗日战争前期、新中国成立以后至反右派斗争以前、特别是新时期到来以后这几个时期,文艺发展的外部环境都比较好,因此这几个时期的文艺成就也比较突出。进入 21 世纪以后,随着中国政治体制的改革,文艺发展的外部环境将是中国有史以来文艺发展的最好环境。《半月谈内部版》第 2001 年第 5 期"高层吹风"栏刊文报导,政治体制改革的目标是要始终保持党和国家的活力,克服官僚主义,提高工作效率,扩大基层民主,调动基层和工人、农民、知识分子的积极性,还要坚持不懈地加强和完善党内民主,以不断促进人民民主的发展。因此,可以肯定,中国政治体制改革的结果,将为文艺发展提供最宽松、最和谐的外部环境。自然,政治体制改革比经济体制改革的难度还要大。邓小平同志曾经说过,我们国内还存在这样那样的问题,"但最大的问题是上层建筑的改革问题。"可见,政治体制改革是最难的改革。但是党中央的决心已下,部署已定,政治体制改革一定要在 21 世纪上半叶推进,因此文艺发展的外部环境将越来越宽松。

二是电脑(计算机)网络的发展,这是影响21世纪上半叶文艺发展的又一重要动因。有人说,蒸汽机的出现,使农业社会进入了工业社会;电脑的出现,把工业化时代变成了旧时代,工业社会进入了信息社会,工业化时代进入了"数字化"时代。电脑网络以最快的速度把文学、戏剧、电影、电视、音乐、舞蹈、摄影、书法等等一切文学艺术门类的成果迅速呈现在网民面前。如果说,在上世纪电脑网络对中国文艺发展的影响还不太显著的话(1999年,我国网民只有900万户),那么,到了21世纪上半叶电脑网络将介入愈来愈多的民众的文娱生活。据专家预测,到2001年年度,我国进入电脑网络的网民将达3000万户;到2010年,我国的网民将超过1亿户;到2020年,我国网民将超过3亿户;到2030年,我国网民数将占世界第一位。到那时候,我国民众的一半,主要是通过电脑网络选读文学作品,观看戏剧、电影、电视,观摩舞蹈的演出,欣赏摄影、书法等艺术作品。当然,那时候,文学书籍照旧印刷出版,戏剧演出依然存在,电影、电视剧依然要拍摄……但是,任何一种文艺门类,都将通过电脑网络来展现它们的艺术成果,与读者、观众发生联系。这一情况的出现,实际上是文艺领域内的又一次革命,将对文艺发展产生深刻影响。任何一个作家、艺术家,在他们创作时,心目中都得有"网民"观念,考虑到"网民"将会对他们的作品作出何种反应;艺术内容的选择,技巧、形式、手法的运用,也都得考虑到"网民"的欣赏特点。

三是民众文化消费在城乡居民的文化消费每百元消费中的比例提高。过去只讲艺术生产决定艺术消费,有它正确的一面;然而,艺术生产与艺术消费的关系还有另一面,即艺术消费也反作用于艺术生产并制约文艺生产。文化消费越多,总量越高,对文艺生产的促进就越是有利。在20世纪,我国文艺的发展事实上也是受文化消费的制约的。社会学家统计,在2000年,城市居民的文化消费在每百元消费中只占7%,乡村居民的文化消费在每百元消费中只占2%。如此文化消费量,文学作品的读者,艺术作品的观众,只能是少量的、有限的;在世界范围内,中国文艺发展的总体水平也不免局限。但到了21世纪上半叶,这一情况将发生很大改变。随着我国社会生产力的快速发展,国民生产总值的大幅提高,人民生活水平的快速发展,国民生产总值的大幅提高,人民生活水平的普遍改善,民众的文化消费,到2020年,城市居民的文化消费在每百元消费中将提高到15%,乡村居民的文化消费在每百元消费中将提高到7%;而到2030年,将分别提高到20%和10%。文化消费总量的这一提高,对文艺发展的影响又是巨大的。稿酬、片酬、编、导、演的报酬都将大幅度提高。作家艺术家完全可以靠自己的艺术品报酬养活自己和家人。国家已没有必要把作家、艺术家养起来。自由撰稿人、自由摄制组、自由演出组等等必然像雨后春笋般出现。这又是文化消费总量提高后一定会出现的不依人们的意志为转移的新的文艺现象。

四是高等等教育大众化的实现对文艺发展的影响。当高等教育的毛入学率,即在校生与学龄人口比达到或超过15%以上时,即是实现了高等教育大众化。我国高等教育适龄段的青年为18~22周岁的青年,约6000万人,15%为900万人。如果四年间我国各类高等学校每年招生225万人,那就实现了高等教育大众化。2000年,我国各类高等学校招生220万人,2001年招生250万人,到2003年,我国即可实现高等教育大众化。到21世纪中叶,我国高等教育大众化的水平,将达到发达国家的水平。这是影响我国文艺发展的又一动因,标志着大作家、大艺术家有可能不断出现。"五四"时期、二、三十年代之所以出现一批大作家,原因之一,即他们都是有高等学历的人,学养深厚,思想深沉,艺术表现深刻。新中国成立后,大批干部作家艺术家、工农兵作家艺术家登上文坛,他们的优长是他们的生活经验丰富,生活阅历多采,而生活是文艺的源泉,因此他们也创作出了不少优秀作品。他们的不足之处是文化素养不高,他们可以成为名作家、优秀作家,但还不是大作家。新时期到来,大批具有高等学历的作家、艺术家进入了文艺队伍,作家的文化层次普遍提高,但由于新时期的高等文科教育仍带有"急就章"的性质,大学毕业生的学养仍不能与"五四"时期的大学毕业生相比。而在我国实现高等教育大众化以后,我国作家、艺术家的素质将普遍提高,作家、艺术家的"学者化",则由可能成为现实。这一文艺发展的动因一旦形成,将给21世纪中叶的我国文艺以长远而又深刻的影响。

五是文艺题材的进一步拓宽,"文艺题材无禁区"的实现,文艺创作自由度的空前扩大,这是影响21世纪上半叶文艺发展的又一动因。创作自由度越大,作家艺术家的才华越是能得到充分发挥,优秀作品也就越是有可能出现。当着作家、艺术家进行创作时,老是感觉头上有一把达摩克利斯剑即将落下,他怎么可能有从容不迫的心态来从事创作呢?在"左"倾文艺路线占统治地位时,我国的作家、艺术家事实上并无创作自由。你写历史题材,他说你影射现实;你写现实题材,他又说你利用小说进行反党活动;你写了小资产阶级和资产阶级,就说你为小资产阶级、资产阶级张目;你写了工农兵,稍微写到他们的缺点,就说你歪曲、丑化了工农兵形象。动辄得咎,作家艺术家只好搁笔。新时期到来,创作自由度前所未有地扩大,是我国文学史上创作自由度最大的时期。但是,由于作家、艺术家受习惯思维的限制,还未能从习惯思维的束缚下完全解放出来;而另一方面,现实斗争的需要,对某些题材仍不免有所限制,所以,我国新时期文艺创作的自由度与历史上比是自由度最大的时期,但还是有一定的局限。但到了21世纪后,一方面作家艺术家在思想上、艺术上日趋成熟,逐渐接近于"从心所欲而不逾矩"的水平。另一方面,随着国家的更加巩固、强大,执政党的经验更加成熟,也到了用不着对文艺题材再另加任何限制的时候,这样,中国文艺创作的自由度,将比世界上任何一个国家都要大。创作自由度极其放大之日,也就是我国的文艺高度繁荣之时。

六是文艺导向和文艺批评的又一影响文艺发展的动因。积新中国成立以来五十多年文艺发展的历史经验教训,文艺导向和文艺批语直接关系到文艺的发展。在很长一段时间内,我们把文艺导向归结为不断地开展政治运动,在文艺领域内搞"大批判"。先是批《武训传》;继之是批判《红楼梦研究》;接着搞了反对胡风集团;不久又搞了文艺界反右派;往后又搞了"文艺整风",批"封、资、修",这就是所谓"五大战役"。在文艺领域内,政治运动一个接着一个,而文艺批评也就成了"大批判"的同义语,被批评者只准检讨,不准申辩,只能认罪,接受处理,不能反批评,不能保留己见。如此文艺导向,最后只能导致"文化大革命",否定一切,打倒一切。新时期到来后,20多年间我国文艺之所以能健康发展,重要原因之一,就是导向正确。正确估计文艺形势,不动摇地发展文艺生产力,不搞政治运动,不搞"大批判";有"左"反"左",有右反右,在两条战线上开展斗争,以反"左"为主,但也绝不忽视右的倾向;按照文艺规律领导文艺工作,指导文艺创作,发挥文艺家个人的创造精神,写什么和怎样写,由文艺家在艺术实践中去探索和逐步求得解决,不横加干涉;倡导人民需要文艺,文艺更需要人民,文艺要成为人民的代言人,要成为时代的镜子,要推动历史的前进,正确处理好文艺与人民的关系;建设有中国特色的社会主义文艺,解决什么是中国特色的社会主义文艺、如何建设好中国特色的社会主义文艺两大问题;这是新时期在文艺导向上的基本经验。在如此文艺导向下,文艺批评也得到了相应的正常开展。如果说,在文艺批评中,近几年来还存在有什么不足的话,那就是对某些不良倾向批评得还不够及时,不够有力,旗帜不那么鲜明。有些作品,思想倾向实在很不好,却未能对之开展批评。有这么一种说法:"越批越香",不如让其自生自灭。其实,对真正错误的东西,批评是实事求是,摆事实,讲道理的,怎么会"越批越香"呢?你不批评它,不划清真善美和假恶丑的界线,读者、观众分不清是非,错误倾向也绝不会自生自灭。到21世纪上半叶,"文艺导向"的工作将会做得更好,文艺批评也会发展得更加实事求是,更加科学,真正成为与创作"一翼"相称、相平衡的另"一翼",带动整个文艺事业的起飞。

七是文艺的现代化和民族化,这是关系我国文艺能否真正走向世界、深入民众的另一动因。在文艺的现代化和民族化的问题上,百年来,老是搞"跷跷板"。"五四"以后一段时间内,重视了文艺的现代化却忽视了文艺的民族化,文艺作品到不了下层读者、观众那里。延安文艺整风以后,又有很长一段时间,只讲文艺的民族化,而不谈文艺的现代化,以致在文艺领域内搞闭关自守,我国的文艺作品几乎进不了世界文艺市场。新时期到来后,文艺现代化再次受到重视,但也出现了忽视文艺民族化的倾向。什么是文艺的现代化?并不是如某些学者所理解的那样,只要照搬西方文艺的模式,就可实现文艺的现代化。如此认识文艺现代化是片面的。文艺的现代化首先在于文艺家和文艺作品是否具有充分的现代意识,体现今日的时代精神。其次在艺术形式和技巧上则要吸纳现代文艺中的一切有用、有益的东西,而且使之与现代的艺术内容、现代的艺术意识相统一。而文艺的民族化,关键在于是否有民族作风民族气派,为民众所喜闻乐见。文艺的现代化与文艺的民族化并不是截然对立的两极,它们在使中国读者、观众和世界读者、观众都能乐于接受这一点上得到了统一。在21世纪的上半叶,我国文艺的现代化和文艺的民族化问题将可能得到较好地解决,从而使我国的文艺既为我国亿万民众所喜闻乐见,又为世界亿万民众所高兴接纳,中国特色的文艺将事实上成为世界文艺的一部分。

八是"入世"以后所出现的挑战与机遇。中国已加入"WTO"("世界贸易组织")。"入世"以后,外国的电影、电视剧、外国的文学作品和艺术作品以及其他文化工业产品将大量进入我国;另一方面,我国的文艺作品和文化工业产品也将自由进入外国的文化市场。对于这样一种"入世"以后的现实,有两种估计,我以为都是不正确的。一种估计是"入世"以后我国的文艺市场将被外国文艺作品所占领,我国的民族文艺将走向没落。另一种估计是"入世"以后,我国文艺还会像过去那样我行我素,不存在任何问题。前一种估计是过于悲观的,后一种估计是过于乐观的,而我则以为,"入世"以后,我国文艺既存在挑战,也产生新的机遇。在外国文艺作品和文化工业产品的冲击下,一些质量低劣的文艺作品(如目前某些艺术上很粗糙、很拙劣的电影、电视剧),将在竞争中很快被淘汰,这并非坏事。但是中国人有鉴别力,有吸纳外来文化的气度和胸怀。在汉代,在南北朝时期,在唐代、在宋元,在明清,外来文艺都曾冲击过中国文艺,但当时的中国人和文艺家把它们消化了,吸纳了,化为自己的的东西,于是乃有汉代文艺的大家气派,魏晋南北朝时期的思想解放,唐代文艺的高峰,宋词、元杂剧、明清小说的发展。外国文艺不可能被中国人所完全接受,外国文艺作品也不可能完全占领中国文艺市场,这是由中国人千百年来的民族文化积淀和民族文艺欣赏习惯所决定的。但外来文艺的冲击必然使中国文艺家引起反思,激发起竞争的内驱力,从而使我国的文艺更上一层楼。这是"入世"以后的挑战带来的好处。另一方面,"入世"以后,中国的文艺作品,也将由于竞争而大大提高翻译水平,中国的文化工业产品也将大大拓宽和增加进入外国文化市场的渠道,而大量地、批量地进入外国的文化市场。这是新的机遇。所以,过分的悲观和乐观都是不符合"入世"后的实际的。我们需要的是正确估量"入世"后的文艺实际,采取积极的措施,使"入世"后外国文艺和外国文化工业产品冲击波所产生的负面影响缩小,而为"入世"后我国文艺作品和我国文化工业产品的迅速走向世界文化市场创造条件。如此,"入世"便成为21世纪上半叶我国文艺发展的又一积极动因。

到2049年,中华人民共和国成立百周年之时,中国将成为中等发达国家,是不容置疑的。在以上八种动因的影响下,21世纪上半叶的我国文艺也将展现出美好的、动人的新景观,这也是确定不移的。

(原载《南京社会科学》2002年第2期)

文艺成就的标志是什么？

人所共知,衡量经济的成就,是以 GDP(国内生产总值)、人均国民收入等这样一些量化指标作为标志的。1992 年,社会主义市场经济论确立,社会开始向市场经济转型,于是,各个领域的工作成就也纷纷以量化指标作为标志。就文艺而言,则大多以如下量化数字作为标志：

一、文艺作品在"五个一"工程中的获奖数,在"金鹰奖"、"文华奖"、"百花奖"中的获奖数,在"鲁迅文学奖"、"茅盾文学奖"中的获奖数,在部、省级文艺奖项中的获奖数,在全国图书大奖中的获奖数,等等。

二、文艺作品的年发表数,年出版数。

三、加入全国和省、市作家协会、戏剧家协会,美术家协会、音乐家协会以及其他种种艺术家协会的会员数。

总之,也以量化数字作为衡量文艺成就的标志。

但是,文艺主要是精神产品,它和主要以物质产品为载体的经济不一样。完全以量化数字作为衡量文艺成就的标志并不符合文艺的实际。

第一,它忽视了"时间是文艺作品最大的批评家"的实际。当年或两年评奖一次的"五个一"工程奖以及其他种种文艺评奖,在最好的情况下,不过是评委们评出的当年或最近两年内的较好作品,它们都没有经过时间的检验。譬如说,从第一届"五个一"工程评奖开始已有一些年头了,请问：其中的获奖作品如今仍被读者、观众欣赏的还有几部？"茅盾文学奖"、"鲁迅文学奖"也已举行多次了,请问：其中的获奖作品至今仍为读者厚爱、传诵的又有几部？百花奖、金鹰奖、文华奖更是举行多年了，请问：其中的获奖作品仍为观众喜闻乐见的又有几部？恰恰是"时间"这一伟大的批评家早已把这些获奖作品淘汰了95％甚至更多。一年一度的诺贝尔文学奖，存有"地缘＋亲缘＋政治"的严重缺陷，但是有一点是可以肯定的，这就是它绝不评选一两年内、两三年内走红的作家，而是只评选在相当长的时间内经受了"时间"这一伟大批评家检验的那些作家，因此才葆有它的权威性。仅仅根据文艺作品在评奖中的获奖数来作为衡量文艺成就的标志，显然是不合适的。罗贯中、施耐庵、吴承恩、吴敬梓、曹雪芹在生前并没有得过一次奖，但他们的作品却长留后世。鲁迅、郭沫若、茅盾、巴金、老舍、曹禺，在全国解放前也没有得过一次奖，但你能否认他们在现代文学史上的地位和价值吗？

　　第二，它忽视了文艺在精神文明建设中的作用的实际，忽视了文艺在陶冶人们的情操、理想和在潜移默化中的作用的实际。鲁迅毕生与国民性中的消极基因作斗争，弘扬"中国的脊梁"的优秀传统，他的作品在提高国民素质中所发挥的积极作用是无与伦比的。但是，这些以量化数字作为衡量文艺成就的标志却并没有反映出文艺在这方面的作用。

　　第三，它忽视了文艺的认识、教育、审美、娱乐、宣泄作用的有机统一。有些文艺评奖看重的是文艺的认识、教育作用；有些文艺评奖看重的是文艺的审美、娱乐、宣泄作用；它们往往把文艺的五大作用割裂，而不是从长远的眼光出发，通过文艺的五大作用的统一来衡量文艺的成就，因此以量化数字作为衡量文艺成就的标志，其实是很片面的。

　　那么，"量化"是不是完全抛弃呢？也不是。自然科学中的规律，总是以一定的数字公式来显示；经济成就离不开数字；文艺虽然有其特殊性，但也不是与数字无关。我们的意见是，衡量文艺的成就，必须纠正和克服以上三大"忽视"，不能只看眼前、当下；不能无视文艺在提高国民素质中的积极、长远作用；不能将文艺的认识、教育、审美、娱乐、宣泄作用相割裂；而是将"量化"与"时间是最伟大的批评家"，与文艺对国民的熏陶、与文艺的五大作用整合在一起，另外确立一些衡量文艺成就的标志：

第一，不是以文艺作品的获奖数而是以进入文艺史的文艺作品的多寡作为衡量文艺成就的标志。"五四"新文学运动过了三十年，才有现代文学史；新中国成立了三十年，才有当代文学史；二十世纪过去了，才有中国二十世纪文学史。这说明，进入文艺史（文学史、戏剧史、美术史、音乐史，等等）的文艺作品，都是经过了相当时间的检验的，受到了"时间"这个伟大的批评家的筛选，它们才代表了一定时间内的文艺的成就。当然，这样一来，只看重"政绩工程"的文艺部门领导人可能不高兴了。"三十年后谁管得，我才不管三十年后我省、我市有哪些文艺作品进入文艺史呢？"有这样想法的文艺部门领导同志们，请稍安毋躁。"五个一"工程评奖可以照样搞，"鲁迅文学奖"、"茅盾文学奖"可以照样搞，百花鹰、金鹰奖，文华奖可以照样搞……只是在举行这些评奖时，请你和评委们认真思考一下，这些获奖作品能否经得起时间的检验，这是一。即使获了奖，你也不要大吹大擂，因为它们尚未经受时间的检验，这是二。如果在你任期内，你省、市的文艺作品进入后来的文艺史的作品很多，那么，后人还是不会忘记你这个文艺官员的，这是三。一句话，把进入文艺史作品的多寡作为衡量文艺成就的标志，要比文艺作品的获奖数正确得多，可靠得多。

第二，要把选入中、小学教科书的文艺作品的多少作为衡量文艺成就的另一标志。中、小学教科书中的范文，对培养青少年一代的情操、理想，对青少年的潜移默化作用，至为巨大。朱自清的《背影》、鲁迅的《祝福》、叶圣陶的《多收了三五斗》、魏巍的《谁是最可爱的人》……，过去、现在以至今后都将对提高我国的国民素质产生重大的潜移默化的作用。以进入中小学教科书的文艺作品的多寡作为衡量文艺成就的标志，显然是比较合适的。

第三，被外国人译成外文作品的文学作品，被外国人作为展出作品的艺术作品，被外国人评奖的影视作品，有多少，这不能不是衡量文艺成就的又一标志。马克思、恩格斯在《共产党宣言》中就已指出："各民族的精神产品成了公共的财产。民族的片面性和局限性日益成为不可能,于是由许多种民族的和地方的文学形成了一种世界的文学。"这表明,十九世纪四十年代下半期,"世界的文学"已经形成。至今,经济早已"全球化",各国文学也早已成为"世界文学"的一部分,问题在于一个国家、一个民族的文学能够真正成为"世界文学"的究竟有多少,成为"世界的"作家作品究竟有多少?我们可以指出,某些国际文艺评奖对中国文艺存有偏见,不公平,不公正,但是,我们也得反躬自问:中国的文艺是不是已经真正进入了世界文艺,得到世界读者、观众的公认?所以,把这一条作为衡量文艺成就的标志还是必要的。

第四、各省市的年人均文艺作品购买量是多少,观看文艺演出、展出的人次数是多少,这又是衡量文艺成就的另一标志。一部文学作品出版了,卖不出去,放在仓库里,既无社会效益,又无经济效益。文艺作品展出了,没人看;上演,放映了,没有观众;你能说文艺成就还是大大的吗?

第五、影响国民人生观、价值观和实际行动的文艺作品有多少,更是衡量文艺成就的重要标志。一部《阿Q正传》影响了几亿人的人生观、价值观,"阿Q"成了"共名"。《女神》、《子夜》、《家》、《寄小读者》、《李有才板话》、《白洋淀》、《红日》、《红岩》、《红旗谱》、《青春之歌》,它们同样影响了亿万中国人的人生观、价值观和他们的实际行动。如果你省、市影响了国民人生观、价值观和实际行动的文艺作品越多,你省、部的文艺成就当然也越大。

以上五项衡量文艺成就的标志,是内在地统一在一起的,它们都统一于"时间"这个最伟大的批评家,都统一于文艺的潜移默化作用,都统一于文艺五大作用的整合。我们认为,如果文艺部门的领导人、评论家、批评家,都能自觉地以上述五项作为衡量文艺成就的标志,并以此指导自己的工作,那么,我国的文艺一定会在现有的基础和水平上大大地提高一步,走向亿万人民的心坎里,走进世界文学的广阔空间!

(原载《盐城师范学院学报》2004年第1期)

小说思潮的深层探索

——读《20年小说思潮》

进入新时期以来,我国文学思潮此起彼伏,其中尤以小说思潮最为活跃,成了我国文学思潮的领头兵。对小说思潮的研究,二十几年间,就我所见即有十几部专著。但一般都停留在列举新时期存有哪些小说思潮的层次上,只有个别著作如《中国新时期小说主潮》(许志英、丁帆主编),能够后来居上,学术质量达到新的高度。近读周晓扬撰写的《20年小说思潮》(江苏教育出版社2003年10月出版,以下简称《思潮》),方知她在参与了《中国新时期小说主潮》第四编《"新写实"与"现实主义"冲击波》的写作后,对20多年来的小说思潮又进行了深层探索,可谓别开生面,佳处自显。

周晓扬对小说思潮的深层探索之一是,回答了为什么在20多年来出现了这么多小说思潮的大问题。《思潮》中对20多年来的小说思潮:"伤痕小说思潮"、"反思"小说思潮、"改革"小说思潮、呼唤和伸张人性的小说思潮、"知青"小说思潮、"寻根"小说思潮、现代主义小说思潮、"女性"小说思潮、"新写实"小说思潮、"乡土"小说思潮、大众代时代的小说思潮、现实主义的新疆界思潮、新生代的小说思潮、世纪之交的小说新思潮,无不作了具体而微的分析。一书在手,读者对20多年来的小说思潮的嬗变即可了然于胸。但是,《思潮》并不停留在这一学术层面上,而是对为什么会出现这样那样的小说思潮,进行了深层探索。周晓扬揭示,小说功能对"载道"的日渐疏离;作家的立场和身份的变化;全球化的环境和语境下多种文化文学的交融;20多年来中国的社会存在的改革与开放;文学的左邻右舍(历史、哲学、经济学、社会学、法学等)对文学的影响,导致了小说思潮的潮涨潮落,不断递变。这是就总体而言。具体到某一种小说思潮,周晓扬更深入探索该思潮的何以勃兴又何以消退。譬如,她认为,现代主义小说思潮之所以在中国再次登陆,除了"五四"以后现代主义传入中国曾经催生了中国的现代主义小说并葆有影响这一因素外,一方面,随着新时期的改革开放,随着科学技术、信息化、电子化的社会的出现,以及西方的哲学文化、文学艺术思潮的大量涌入,造成了现代主义小说出现的外部条件;另一方面,中国文学也具备了接受现代主义的内因:文学出现了对文学本体的回归;提出文学是独立的,作家的主体性是第一的,创作的各种主义是应该共存的;作家要表现"文革"后人们的焦虑和困惑,就必须有新的形式技巧,作家的感知方式和想象方式也必须有更新和变化。正是上述种种客观的和文学内在的原因,才造成现代主义小说思潮的兴起,小说"出现从'写什么'到'怎么写'的一次大的形式革命和话语革命。"然而,现代主义小说从价值观上摧毁了人文精神,最终走入了虚无的境地,这一思潮又逐渐走向衰退。"但他们的形式实验确实为小说提供了最新的经验。"对现代主义小说思潮何以出现又何以走向衰退所作的具体分析,充分体现了周晓扬对现代主义小说思潮的深层探索精神。她对其他各种小说思潮的何以出现又何以退隐(弱化、衰变、转型)的回答,也莫不如此,表现了她的理论思维的创意和深度。

周晓扬对小说思潮的深层探索之二是,对各种思潮都进行了理性的批判。她没有全盘肯定某一小说思潮,尽管这一小说思潮在小说发展中起过积极的推动作用;也没有一概否定某一小说思潮,尽管这一小说思潮,其创作实践和社会效果,主要是负面的。20多年来的小说思潮,在周晓扬的"理性法庭"面前,全都受到了"审判"。如对"改革"小说思潮,周晓扬既热情肯定"改革"小说扭转了1949年以后文学对"经济"一直忽略不计的情况,呼唤一个"物"的富裕的时代的到来,"这是非常具有突破意义的"。"改革"小说还塑造了一批时代的强人,他们身上表现的更有现代性。"改革"小说还表现了中国改革的漫长性、艰苦性和复杂性。"人的观念的变革,人的文化心理的变革,这是改革最难也是最漫长的地方,也是改革最关键的地方。"但是,周晓扬并没有因为"改革"小说具有这些优长而完全肯定这一小说思潮。她认为,"改革"小说的"现实主义的传统性仍很强,使小说与政治、与现实的关系过于紧密";"由于时间的距离太近,免不了粗糙。"她对"改革"小说思潮作出的这一"判决"是公平、公正的。对"新生代的小说"思潮,周晓扬在《麦当娜在上海的舞蹈》这一专节中,既对卫慧、棉棉的肢体写作,"从自恋的腹地又走上社会的舞台,主动地跳起了展示身体的舞蹈",进行了"理性法庭"的审判:"她们大量地写享乐、刺激的酗酒、做爱甚至吸毒,她们是一群不回家也不上天堂的少女,她们的堕落与沉沦表面上都打上了叛逆与反抗的诱人的印记,不但在图书市场上成为一道流行的风景,而且成为价值混乱期的少男少女们膜拜与仿效的对象,成为与主旋律、理想、体制等方面的对立物",其社会效果是不好的。而在艺术上,"麦当娜的形象被移植到了她们的文本中。麦当娜的舞台时空被从纽约转移到上海,而卫慧、棉棉们则在争相表演一曲'麦当娜模仿秀'。"一针见血,击中了卫慧、棉棉们的小说创作的要害。尽管如此,周晓扬并不因为卫慧、棉棉们的创作上的失误而一概否定"新生代"的小说思潮。她如实指出,新生代的创作是在市场化、商品化的社会文化语境中出现的小说现象,必须注意这一特殊背景。新生代的写作首先是个人化,这在文学中具有突破性的意义;另外,新生代表现的是对城市的融入而不是排斥,所以新生代小说是城市小说。"新生代"小说思潮仍然有其存在的价值和意义。对20多年来小说潮的理性审判,使《思潮》超越了过去已经出版的有关文学思潮的众多著作!

　　周晓扬对小说思潮的深层探索之三是,给小说创作予导向。她不是为研究小说思潮而研究小说思潮,而是为了使我国今后的小说创作多出佳作,多出精品。因此她在《思潮》中通过对各种小说思潮何以产生、何以落潮的分析,通过对各种小说思潮的"理性法庭"的审判,说出了她对小说创作的导向性意见:一、中国的小说还是要搞现实主义,但这种现实主义应是现代现实主义,即手法是现实主义的,但创作观念应该是现代的。她以汪曾祺为例。汪曾祺主张"回到民族传统,回到现实主义";但汪曾祺"以人是自然的生命的存在形式,表现了人必须回到感性生命这一个极具现代意味的命题",他的创作观念很现代。二、为了与走向现代化的现实生活共进,为了与人的心灵的丰富性日益扩展同步,小说创作又必须吸纳和采用外来的一切于我有用的形式、技巧、风格和手法。周晓扬认为,在"文革"后的作家里,王蒙是第一个对西方的现代小说作出了积极反应的作家。王蒙说:"复杂化了的经历、思想、感情和生活需要复杂化的形式。"因此,他在《蝴蝶》、《春之声》、《夜的眼》、《风筝飘带》、《海的梦》等作品中,自觉自动地采用了西方意识流的手法。但他不是生搬硬套,他的意识流仍然是有组织的,他再打散故事情节,但在总体上,时间仍体现出顺序,人物的性格命运、事件的发展仍可寻出脉络,仍体现出理性的线索,因此能为中国读者喜见乐闻,取得了较好的社会效果和艺术效果。三、要辩证地看待和解决小说创作中"稳定"与"打破"之间的关系问题。"我们既要注意某一个相对长的时间段里的小说的稳定的状况,也要重视小说写作的某一个很短的'周期'和'态势'对小说的稳定状况的打破。"这是说,小说创作的不断演进是一种合乎规律的现象,一方面,总会有某个很短的"周期"和"态势"打破小说的稳定状况;但从长远来看,在相对长的时间段里,小说创作还是处于稳定状态。20多年来,十多种小说思潮,先后在某一个很短的"同期"和"态势"里打破过小说创作的稳定,但20多年过去后,我国的小说创作仍然是现代现实主义处于主导地位,处于稳定的状况。周晓扬的这三点导向性意见,既表现了她对小说思潮研究深层探索,又显示了她对小说创作的真知卓识。

  周晓扬正当盛年,风华正茂。希望她对我国小说思潮的深层探索持续地进行下去,在小说思潮研究上作出新的更大的贡献!

(原载《南京大学学报》2004年第4期;中国人民大学书报资料中心《文艺理论文摘》2004年第3期)

"劳动创造了美",是否马克思的美学主张?

董学文、陈斌两位先生在 2009 年《上海大学学报》第 3 期上发表文章:《"实践存在论"美学、文艺学本体观辨析——以"实践存在论"美学、文艺学本体观辨析——以"实践"与"存在论"关系为中心》,其中说到马克思主义美学、文艺学"明确主张劳动创造了美"。没多久,朱立元先生在 2009 年 8 月 14 日的《文汇读书周报》上,著文《阅读经典,切忌断章取义》,认为,"劳动创造了美"是马克思《1844 年经济学哲学手稿》中"对资本主义私有制下劳动异化作激愤而深刻的批判"时说过的一句话,"怎么能够把这句话断章取义地抽出来,说成是马克思的美学主张呢?"对这一争议问题,由于关系到对马克思主义美学的理解,因此,我也想谈谈对这一问题的看法。

一、马克思在论述他的异化观时提出了 "劳动创造了美"这个命题,但未作论证

与黑格尔把异化看做是绝对观念的异化、费尔巴哈把异化看做是抽象的人的本质的异化不同,马克思在《手稿》中指出,在人类社会中,各种异化,包括人的异化,人性的异化,根源于劳动的异化,经济的异化:"劳动所生产的对象,即劳动的产品,作为一种异己的存在物,作为不依赖于生产者的力量,同劳动相对立。劳动的产品就是固定在某个对象中,物化为对象的劳动,这就是劳动的对象化。劳动的实现就是劳动的对象化。在被国民经济学作为前提的那种状态下(按:指在资本义

社会中),劳动的这种实现表现为工人的失去现实性,对象化表现为对象的丧失和被对象奴役,占有表现为异化、外化。"①这种劳动的异化,在资本主义社会表现得最突出,但在原始社会末期,就已经产生了。马克思进而考察了劳动异化的具体表现。第一,劳动同它的产品的关系上,表现为劳动产品的丧失。从前,劳动创造出来的产品是为集体所有也为劳动者个人所有的,后来则为富人所有了。在资本主义社会里,"国民经济学以不考察工人(即劳动)同产品的直接关系来掩盖劳动本质的异化。当然,劳动为富人生产了奇迹般的东西,但是为工人生产了赤贫。劳动创造了宫殿,但是给工人创造了贫民窟。劳动创造了美,但是使工人变成畸形。劳动用机器代替了手工劳动,但是使一部分工人回到野蛮的劳动,并使一部分工人变成机器。劳动生产了智慧,但是给工人生产了愚钝和痴呆。"②这不是劳动的异化吗？第二,在生产行为中,表现为劳动对工人说来是外在的东西,不属于他的本质的东西。他在自己的劳动中不是肯定自己,而是否定自己,不是感到幸福,而是感到不幸,不是自由地发挥自己的体力和智力,而是使自己的肉体受折磨,精神受摧残。因此,他们劳动不是自愿的劳动,而是被迫的强制劳动。这种劳动也不是他自己的,而是别人的。劳动不属于他。他在劳动中也不属于自己,而是属于别人。这不是劳动的异化吗？第三,表现在劳动不再是一种自我活动、自由活动,而变成为一种维持人的肉体生存的手段,把人对动物所具有优点变成缺点。这种劳动异化,导致如下结果:一、"异化劳动使人自己的身体,以及在他之外的自然界,他的精神本质,他的人的本质同人相异化"③;二、"人同人相异化,当人同自身相对立的时候,他也同他人相对立";三、"通过异化的、外化的劳动,工人生产出一个跟劳动格格不入的,站在劳动之外的人同这个劳动的关系。工人同劳动的关系,生产出资本家(或者不管人们给雇主起个什么

---

① 《马克思恩格斯全集》,第42卷,人民出版社1979年版,第91页。
② 《马克思恩格斯全集》,第42卷,人民出版社1979年版,第93页。
③ 《马克思恩格斯全集》,第42卷,人民出版社1979年版,第97页。

别的名字)同这个劳动的关系。从而,私有财产是外化劳动即工人同自然界和自身的外在关系的产物、结果和必然后果。"①可见,马克思主义的异化观从一开始就和唯心主义的"异化论"划清了界限。它在历史发展、生产发展,物质生活条件的发展、人与人之间关系的发展中研究了异化问题,指出随着生产的发展,剩余产品的产生,劳动的异化是历史的必然,而随着劳动的异化,人的异化和私有制的产生也是必然的。因此,这种劳动的异化以及随着而来的人的异化,在一定意义上说,它又是一种进步。这就剥下了唯心主义"异化论"的神秘的、思辨的外衣,揭示出了"异化"的根源和本质的所在。马克思所以使用"异化"这一术语,一方面是因为这一术语具有扬弃的意义,另一方面,正如马克思、恩格斯在《德意志意识形态》中所说的,只是为了"从现实个人的现实异化和这种异化的经验条件中来描绘现实的个人"。②

马克思主义创始人研究异化问题,并没有到此为止,而是进一步研究了这种人的异化在不同阶级那里的不同情况。他们指出,"有产阶级和无产阶级同是人的自我异化。但有产阶级在这种自我异化中感到自己是被满足的和被巩固的,它把这种异化看做自身强大的证明,并在这种异化中获得人的生存的外观。而无产阶级在这种异化中则感到自己是被毁灭的,并在其中看到自己的无力和非人的生存的现实。"③正是从这种不同的异化中,马、恩清楚看出,在资本主义生产方式下,资产阶级和无产阶级在生产和分配中的地位是根本不同的,从而得出了无产阶级是最革命的阶级的结论,共产主义一定要实现的结论。"在整个对立的范围内,私有者是保守的方面,无产者是破坏的方面,从前者产生保持对立的行动,从后者则产生消灭对立的行动";"无产阶级在获得胜利之后,无论怎样都不会成为社会的绝对方面,因为它只有消灭自己本身和自己的对立面才能获得胜利。随着无产阶级的胜利,无产阶级本

---

① 《马克思恩格斯全集》,第42卷,人民出版社1979年版,第98~100页。
② 《马克思恩格斯全集》,第8卷,人民出版社1960年版,第317页。
③ 《马克思恩格斯全集》,第2卷,人民出版社1957年版,第44页。

身以及制约着它的对立面——私有制都趋于消灭。"①从异化劳动中产生私有财产和人的异化,从私有财产人的异化中产生无产阶级和资产阶级的对立,产生以消灭私有制为自己历史使命的革命的无产阶级,所以,共产主义就绝不是某种善良的理想,同样是人类历史发展的必然:"共产主义是私有财产即人的自我异化的积极的扬弃,因而是通过人并且为了人而对人的本质的真正占有;因此,它是人向自身、向社会的(即人的)人的复归,这种复归是完全的、自觉的而且保存了以往发展的全部财富的。"②"共产主义是作为否定的否定的肯定,因此它是人的解放和复归的一个现实的、以下一段历史发展说来是必然的环节,共产主义是最近将来的必然的形式和有效的原则。"③

马、恩异化观的革命性和科学性是统一的。他们并没有约许人的异化可以马上被消灭,共产主义可以立即实现。他们指出,只要在社会生产中还存在着分工,而这种分工又不是出于自愿的,而是自发的,那么人本身的活动对人说来就成为一种异己的、与他对立的力量。这也就是一种"异化"。这种异化只有在具备了两个实际前提之后才会消灭。第一,要使这种异化成为一种"不堪忍受的"力量,即成为革命所要反对的力量,就必然让它把人类的大多数变成完全"没有财产的"人,同时这些人又和现存的有钱的有教养的世界相对立,而这两个条件又都是以生产力的巨大增长为前提的;第二,要有与生产力普遍相联系的人们之间的普遍交往。只有具备了这两个实际前提,人的异化才会被消灭,共产主义才会实现。"随着基础、即私有制的消灭,随着对生产实行共产主义的调节(这种调节消灭人们对于自己产品的异化关系),供求关系的统治也将消灭,人们将使交换、生产及其相互关系的方式重新受自己的支配。"④

---

① 《马克思恩格斯全集》,第2卷,人民出版社1957年版,第44页。
② 《马克思恩格斯全集》,第42卷,人民出版社1979年版,第120页。
③ 《马克思恩格斯全集》,第42卷,人民出版社1979年版,第131页。
④ 《马克思恩格斯全集》,第8卷,人民出版社1960年版,第39~40页。

马克思在批判劳动异化中提出了"劳动创造了美"这一命题,但他还没来得及加以论证。

二、"劳动创造了美"这一美学命题只有放在马克思美学观的整体里加以考察,才能充分理解它的意义和价值

在马克思的美学观出现之前,对美是什么这一有关美学的根本问题,当时在欧洲流行的是两种回答。一是黑格尔的唯心主义回答,认为美是理念的感性显现,就是说,美是主观的;二是机械唯物主义的回答,认为人类在地球上出现以前美就已经存在于自然界,美如同物质一样独立存在于人的意识之外,与人无关。马克思既不同意唯心主义的回答,也不同意机构唯物主义的回答,而对美是什么这一问题作出了唯物主义的辩证的回答。他在《手稿》中认为,美既客观存在于自然界和社会,但又不能离开人的感觉而孤立存在。"只有音乐才能激起人的音乐感;对于没有音乐感的耳朵说来,最美的音乐也毫无意义,不是对象,因为我的对象只能是我的一种本质力量的确证,也就是说,它只能象我的本质力量作为一种主体能力自为地存在着那样对我存在,因为任何一个对象对我的意义(它是对那个与它相适应的感觉说来才有意义)都以我的感觉所及的程度为限。"①这里的意思是很清楚的,一方面,是客观存在的音乐美激起了人们对音乐的美感;另一方面,如果人们没有对音乐的感觉,也就说不上有什么音乐美。可见事物的美和事物本身不同。事物客观存在于自然界和社会,即使人们没有感觉到、意识到它们,它们照样独立存在于自然界和社会。但是,美却不同于一般事物,尽管它也是客观存在的,然而它却不能脱离人的感觉而孤立存在。马克思的这一美学思想,导致他在1857年以赞同的态度肯定席勒对美是什么这一问题的回答:"美既是客观事物,又是主观境界。它既是形式——当我们判断它的时候,又是生活——当我们感觉它的时候。它既是我们

---

① 《马克思恩格斯全集》,第42卷,人民出版社1979年版,第125～126页。

存在的状态,又是我们的创造。"①因为席勒的回答接近马克思的美学思想。马克思在1858年8月——1859年1月写的《政治经济学批判》中对这一美学思想表述得更清楚。他以金银为例,说:"银反射出一切光线的自然的混合,金则专门反射出最强的色彩红色",它们都具有"学美属性";而人的"色彩的感觉是一般美感中最大众化的形式",所以金、银的色彩美最早被人们所感知,认识和发现。②在《手稿》中,马克思不仅发表了这一美学思想,而且作了充分论证:"社会的人的感觉不同于非社会的人的感觉。只是由于人的本质的客观地展开的丰富性,主体的,人的感性的丰富性,如有音乐感的耳朵,能感受形式美的眼睛,总之,那些能成为人的享受的感觉,即确证自己是人的本质力量的感觉,才一部分发展起来,一部分产生出来"③。马克思认为,人的美感的形成是以往全部世界历史的产物,是人的本质力量的一种表现;人如果缺乏对美的事物的感觉,他也就不可能感知、认识和表现美:"忧心忡忡的穷人甚至对最美丽的景色都没有什么感觉;贩卖矿物的商人只看到矿物的商业价值,而看不到矿物的美和特性。因此,一方面为了使人的感觉成为人的,另一方面为了创造同人的本质和自然界的本质的全部丰富性相适应的人的感觉,无论从理论方面还是从实践方面来说,人的本质的对象化都是必要的。"④所以,在马克思看来,美既不是理念的感性显现,也不能和物质等同,而是人的本质力量的对象化。马克思对美是什么这一问题的科学回答,完全符合美的实际情况。试问:在人类还没有出现于地球以前,还没有从动物界分化出来以前,在人的本质力量还没有发展到产生美感以前,美在哪里?但是,如果自然界和社会中并不存在具有美学属性的事物,人类又何从感知,认识和发现它们的美?所以,按照马克思的观点,美是客观存在的能够触发、引起、唤醒人的喜

---

① 《马克思和世界文学》,三联书店版,第354页。
② 《马克思恩格斯全集》第13卷,人民出版社1962年版,第145页。
③ 《马克思恩格斯全集》,第42卷,人民出版社1979年版,第126页。
④ 《马克思恩格斯全集》,第2卷,人民出版社1957年版,第126页。

悦、愉快、崇高、雄伟等等感觉的具有美学属性的事物和人的美感的统一，是人的本质力量的对象化。不难了解，马克思对美是什么这一问题的合乎美的实际情况的回答，既革了唯心主义美学观的命，又革了机械唯物主义美学观的命，乃是美学史上前所未有的一种新的辩证唯物主义和历史唯物主义的美学思想。它突出了人在感知认识和发现美的过程中的能动作用，体现了马克思在美学问题上的唯物的又是辩证的观点。一方面是客观存在的具有美学属性的事物引起和产生了人们的美感。"艺术对象创造出懂得艺术和能够欣赏美的大众"；[①]另一方面，人的美感的产生和发展，又使得万千事物的美得以被感知、认识和发现。离开了事物的美的人的美感，如同离开了人的美感的美一样，都是不可能的。新中国成立以来，我国的美学界在美是什么这一问题的讨论中，一些同志发表了很好的意见，对这一问题，我国的美学家也有过多种回答。但对马克思在《手稿》中关于美是什么这个问题的马克思主义的回答，似乎还没有引起足够的重视，而给以确切的阐明。其实，在马克思的这一回答中，包含了许多美学问题的出发点和结论。如果我们不能深刻领会马克思关于美是什么这一问题的回答在美学史上的革命意义，在其他一些重大美学问题的研究上，也就不可能获得真正的进展。

和在美是什么这一问题上的美学观点密切联系，马克思的另一美学思想是：人之所以有别于动物，就是人不只具有一般的能动性，而且是按照美的规律来认识和改造世界的："通过实践创造对象世界，即改造无机界，证明了人是有意识的类存在物，也就是这样一种存在物，它把类看作自己的本质，或者说把自己看作类存在物。诚然，动物也生产。它也为自己营造巢穴或住所，如蜜蜂、海狸、蚂蚁等。但是动物只生产它自己或它的幼仔所直接需要的东西；动物的生产是片面的，而人的生产是全面的；动物只是在直接的肉体需要的支配下生产，而人甚至不受肉体需要的支配也进行生产，并且只有不受这种需要的支配时才

[①] 《马克思恩格斯选集》第2卷，人民出版社1966年版，第207页。

进行真正的生产;动物只生产自身,而人再生产整个自然界;动物的产品直接同它的肉体相联系,而人则自由地对待自己的产品。动物只是按照它所属的那个种的尺度和需要来建造,而人却懂得按照任何一个种的尺度来进行生产,并且懂得怎样处处都把内在的尺度运用到对象上去;因此,人也按照美的规律来建造。"[①]马克思的这一美学思想正是他对美是什么这一问题上的美学观点的合乎逻辑的发展。既然人在感知、认识和发现事物的美的方面具有很大的能动作用,那么,人在创造美的方面也必然具有很大的能动作用。人通过认识世界,改造世界,发展了人的本质力量,获得美的意识,又按照美的规律来认识和改造世界,不过是同一问题的两个方面。人又是如何"按照美的规律来建造"(有的译为"创造")呢?马克思在这里作了清楚说明,这就是既按照不同对象所属的不同的种的尺度,又把人的内在尺度运用到对象上去。而所谓按照任何一个种的尺度进行生产,即按照劳动对象的自然形状、自然结构、物理性能、天然特性等客观属性进行生产;而所谓把人的内在的尺度运用到对象上去,那就是把人所特有的审美标准运用到对象上去。以四、五万年前我国周口店的"山顶洞人"生产装饰品为例。他们既把贝壳、兽牙磨光,钻孔,又在贝壳、兽牙上面涂上赤铁矿粉加以染色,并把它们串联起来,于是制成了装饰品。根据贝壳、兽牙的自然形状,自然结构,物理性能,自然特性,在它们上面磨光,钻孔,可以说是按照物种的尺度进行生产;但在贝壳、兽牙上面染色,并把它们串联起来,则是当时"山顶洞人"根据他们的审美标准,即按照当时原始人的内在的尺度进行生产了。而这样的生产,就不只是满足人的肉体的需要,而且也是为了满足人的审美需要,因而是按照美的规律进行创造。这样地把两者统一起来进行生产和创造,在动物来说是不可能的,但对人类来说是经常的、普遍的、大量的。我国的木雕艺人,在各种不同形状、纹理的树根上,一方面根据物种的尺度,另一方面又把他们的审美标准运用到对象上去,于是就雕刻成了寿星、武松、狮子抢绣球、猴子献蟠桃等

---

① 《马克思恩格斯全集》,第42卷,人民出版社1979年版,第96~97页。

等精美绝伦的艺术品。太空宇宙飞船、航天飞机的制作者,一方面按照各种金属材料、化学材料以及其他种种材料的性能、特性,制造能够适用宇宙飞行的飞船和航天飞机;另一方面又按照当代人的审美标准把宇宙飞船制作得极其美观、雄伟。如此等等。可见按照美的规律认识和改造世界乃是人的社会实践的特有规律之一。这一美学思想,对文艺创作的重大指导意义,是不待赘言的。当着文艺家进行创作时,他必须发现和把握反映对象的客观真实——种的尺度,同时又要在创作过程中以自己的审美——内在尺度运用到反映对象上去,从而创造出真、善、美相统一的作品和艺术品。区别在于有的文艺家自觉地运用这一规律进行创作,有的文艺家则不自觉地运用这一规律进行创作。自然,那些自觉地运用这一规律进行文艺创作的文艺家,艺术创造成功的可能性要比那些不自觉的文艺家大得多。

既然人是按照美的规律来创造的,而一切创造都离不开劳动,所以马克思在《手稿》中的另一处地方又提出了"劳动创造了美"[①]这一美学命题。这也是完全符合美的实际情况的。由于人的劳动,自然界被改造过了,成了人化的自然,自然美被认识和发展了;由于人的劳动,绘画、建筑、彩陶等等的艺术美被创造出来了。恩格斯后来在《自然辩证法》中发展了这一美学思想:"只是由于劳动,由于和日新月异的动作相适应,由于这样所引起的肌肉、韧带以及在更长时间内引起的骨骼的特别发展遗传下来,而且由于这些遗传下来的灵巧性以不断革新的方式运用于新的愈来愈复杂的动作,人的手才达到这样高度的完善,在这个基础上它才能仿佛凭着魔力似地产生了拉斐尔的绘画,托尔瓦德森的雕刻以及帕格尼尼的音乐。"[②]

从美是客观存在的能够触发、引起、唤醒人的喜悦、愉快、崇高、雄伟等等感觉的具有美学属性的事物和人的美感的统一的前提出发,从人是按照美的规律创造这一基本观点和劳动创造了美这一美学命题着

---

① 《马克思恩格斯全集》,第42卷,人民出版社1979年版,第93页。
② 《马克思恩格斯选集》第3卷,人民出版社,1966年版,第553页。

眼,那么,在美学中,必然会出现一个审美的共同性和差异性的问题。在原始社会里,由于人们共同劳动,劳动对象又常常是同一些东西,而人们的美感处于低级阶段,人的内在尺度也不是那么丰富多彩,因此共同美较多,审美的差异性不大。及至人类进入阶级社会,人们分裂成为利害不同,地位有异、在对物质生产资料的占有上迥别的不同阶级。一些人终日劳动,另一些人不劳而获,一些人独占文化教育,另一些人被剥夺了受教育和和享受文化的权利,于是审美的差异性大于共同性,但是,不论在什么时代,什么社会,审美的共同性和差异性这一美学范畴却都是客观存在的。马克思在《手稿》中对这一问题作了科学的说明:"对象如何对他说来成为他的对象,这取决于对象的性质以及与之相适应的本质力量的性质;因为正是这种关系的规定性形成一种特殊的、现实的肯定方式。眼睛对对象的感觉不同于耳朵,眼睛的对象不同于耳朵的对象。每一种本质力量的独特性,恰好就是这种本质力量的独特的本质,因而也是它的对象化的独特方式,它的对象性的、现实的、活生生的存在的独特方式。"①即一方面由于人们的感官接触的是同一的审美对象,因此审美的共同性有了客观基础,但另一方面由于人的本质力量在各个具体人的身上的体现是不一样的,各个人不同感官美感的发展水平也是不一样的,因此又出现了审美的差异性。阶级社会的出现,只是扩大了审美的差异性,缩小了审美的共同性,以致出现了"美学上大大小小鲁浜逊故事的错觉"。② 但是审美的共同性和差异性这一美学范畴依然存在,并没有否定和消灭共同美。马克思关于审美的共同性和差异性的这一美学思想,对文艺创作同样具有重大的指导意义。在一个民族范围内来说,离开了民族的共同心理,共同的审美经验,审美习惯,而搞什么"独创"是不可能获得成功的。但是,在文艺创作中,不顾人们审美的差异性,不在题材、风格、体裁、形式、表现手法上搞"标新立异"、多样化,那也只能使文艺创作走向公式化、概念化。我们的党

---

① 《马克思恩格斯全集》,第42卷,人民出版社1979年版,第125页。
② 《马克思恩格斯选集》第2卷,人民出版社1966年版,第198页。

提出的"百花齐放,百家争鸣"的方针,提到美学高度来说,正是以审美的共同性和差异性这一辩证的美学范畴为根据的。马克思、恩格斯在《德意志意识形态》中还提出了美是通过比较被发现的这一崭新的美学思想。"倍尔西阿尼所以是一位无比的歌唱家,正是因为她是一位歌唱家而且人们把她同其他歌唱家相比较,人们根据他们的耳朵的正常组织和音乐修养做了评比,所以他们能够认识倍尔西阿尼的无比性。倍尔西阿尼的歌唱不能与青蛙的鸣叫相比,虽然在这里也可以有比较,但只是人与一般青蛙之间的比较,而不是倍尔西阿尼与某只唯一的青蛙之间的比较。只有在第一种情况下才谈得上个人与个人之间的比较;在第二种情况下,只是他们的种特性和类特性的比较。"①从比较中认识和发现美,这是马克思和恩格斯杰出的美学思想。诚然,美是客观存在的具有美学属性的事物和人的美感的对立的统一,但是要认识和发现美,却非通过比较不可。倍尔西阿尼唱歌艺术的美,只有通过把她的歌唱和其他歌唱家的歌唱相比较,才能被认识和发现;黄金、白银的色彩美也只有同其他金属的色彩相比较才能被认识和发现;某一艺术品的美也只有与同类题材、同一艺术品种的其他艺术品相比较才能被认识、被确定。而比较,当然离不开人的美感,人的内在尺度,也不能离开被比较的客观事物,不能离开被比较的事物的物种的尺度。由此可以看出,马克思和恩格斯的美学思想是相互联系的,是他们的全部美学观的有机组成部分。

马克思在《手稿》中指出,在发达的商品交换的阶级社会里,货币具有颠倒美丑的力量。这是因为货币在发达的商品社会中具有一种把观念变成现实而把现实变成观念的普遍手段和能力,从而首先造成个性的普遍颠倒和随之而来的美丑的颠倒:"货币的特性就是我——货币持有者的特性和本质力量";"货币是一种外在的、并非从作为人的人和作为社会的人类社会产生的、能够把观念变成现实而把现实变成纯观念的普遍手段和能力,它把现实的、人的和自然的本质力量变成纯抽象的

---

① 《马克思恩格斯全集》,第8卷,人民出版社1960年版,第517~518页。

观念,并因而变成不完善性和充满痛苦的幻想;另一方面,同样地把现实的不完善性和幻想,个人实际上无力的、只在个人想象中存在的本质力量,变成现实的本质力量和能力。因此,仅仅按照这个规定,货币就已是个性的普遍颠倒:它把个性变成它们的对立物,赋予个性以与它们的特性相矛盾的特性。"①以后,马克思多次发挥了这一美学思想。这对于我们观察和理解当代资本主义社会中的许多美丑颠倒的文艺现象,无疑是一把钥匙。

马克思在提出了他的马克思主义的美学观以后,对黑格尔的唯心主义美学也在《手稿》中作出批判性的评价。马克思肯定,在黑格尔的美学中贯串着深刻的辩证法,具有"积极的环节";但另一方面黑格尔美学中的辩证法,是上下"颠倒"的,是一种"颠倒的说法":"在黑格尔那里,否定的否定不是通过否定假象本质来确证真正的本质,而是通过否定假象本质来确证假象本质,或者说,来确证自身异化的本质,换句话说,否定的否定就是否定作为在人之外的、不依赖于人的、对象性本质的这种假象本质,并使它转化为主体。"②这一评价体现了马克思的科学态度。就像马克思主义的哲学是对黑格尔哲学进行了革命改造后的结果一样,马克思的新的美学观也是对黑格尔美学进行了革命改造后的结果。在马克思的美学观中同样贯串着深刻的辩证法。但是,马克思美学观中的辩证法是和黑格尔上下颠倒的辩证法完全不同的。

三、结　语

从上可见,"劳动创造了美",确实是马克思批判"异化劳动"时提出一个美学命题;但是,对"劳动创造了美"也不能作简单化地理解。马克

---

① 《马克思恩格斯全集》,第42卷,人民出版社1979年版,第152页、154～155页。

② 《马克思恩格斯全集》,第42卷,人民出版社1979年版,第172页。

思主义的美学遗产,需要我们持久地、认真地、深入地加以开掘和研究。只有如此,中国学术界对马克思主义美学的研讨和探索,才能站到世界马克思主义美学研究的前列!

后记:本人在写作过程中,利用了我过去发表过的有关马克思、恩格斯文论的某些观点和资料,特此说明。

(原载《上海大学学报》2010年第1期)

谈作家的思想力

《文学报》2009年12月3日报道：第八届中国青年作家、评论家论坛在珠海举行，与会者热议——文学如何重振思想力？的确，作家思想力的大小、高低，与作品的思想艺术质量直接联系着，因此，有必要研究：作家的思想力指的是何种思想能力？作家的思想力大致有几种，表现在哪些方面？

每个正常人，都有思想能力。我们讲的作家的思想力显然与一般正常人的思想能力不同。它指的是作家在创作中渗透在艺术构思、饱和在艺术形象里的一种思想力量。古往今来，一切能在文学史上留存下来的经典作品，都是有着很高思想力的作品。那么，作家的思想力类型有几种呢？它表现在哪些方面呢？

首先，是能否提出为千百万群众关心和期待解决的问题的思想能力。二十世纪七十年代末，中国的作家们最早提出如何医治和平复林彪、"四人帮"造成的外伤和内伤的问题；最早提出"文革"中的极"左"路线从何而来的问题；最早提出必须深入反封建、反对封建的个人迷信、长官意志的问题，等等。他们的文学作品参与撰写了新中国成立以来若干历史问题的决议，对这一决议作出了自己的贡献。由是，20世纪七十年代末、八十年代初，中国文学在读者中、在人民群众中享有崇高的威信，"伤痕文学"、"反思文学"、"新的反封建文学"，受到读者和广大民众的喜爱。上世纪九十年代以社会主义市场经济取代计划经济（这是必要的、势所必行的）以后，市场经济的大潮冲击了文学领域，导致泥沙俱下，鱼龙混杂，一切向钱看，无思想、无主题、无情节的"三无"作品，

"肢体写作"的作品,"下半身写作"的作品,胡编乱造的作品,戏说的作品愈来愈多。作家的思想力匮乏,作家的思想惰性日益严重。从整体来说,文学在公众心目中占的地位和分量已经日渐下降。新世纪到来后,部分作家们开始认识到了这一点,加强了作品的思想力。赵本夫在《无土时代》中提出了必须加快治理环境污染、以民为本、再不能"GDP"(国内生产总值)第一的问题;姜琍敏在《红蝴蝶》中提出了必须解决党政干部经商这个腐败渊薮的问题;陆幸生在《村官》中提出了乡镇企业在改制中集体财产流失、基层官员在改制中贪污行贿的问题。正因为这些作家善于提出为千百万群众所关心和期待解决的问题,坚持和发扬了思想力,作品也就充满了艺术魅力。

其次,作家的思想力还表现为对历史的穿透力。过去事,就是史。五千年的中国历史,1840年以来的中国近代史,"五四"以来的现代史,1949年以来的当代史,都是历史。因此,除了以当下生活为题材的作品外,可以说,作家写的都是历史题材的作品。有些作家,由于缺乏对历史的穿透力,因此,作品了无新意,什么康熙大帝、雍正皇帝、乾隆皇帝,全都成了热心改革的帝王。这是对现实的比附、影射,并无对历史的发现。所以,尽管这些帝王小说风靡一时,作家也发了大财,但是,随着时间的流逝,这些帝王小说也成了旧书摊上的破烂。相反,有些历史题材的小说,却因为作家葆有对历史的穿透力,因此作品至今还为读者记忆在心,津津乐道。庞瑞垠的《秦淮世家》就是这样。作家的目光如炬,洞穿了20世纪以来知识分子的历史,它着力描写了中国的社会变迁如何改变了知识分子的命运。《秦淮世家》写谢家的第一代知识分子谢庭昉,也是中国封建社会的末代知识分子。戊戌变法的失败改变了他的命运。他从翰林院的编修告老还乡。"三十年入仕多难到老方知闲退好　五千卷搜罗非易抱残还望子孙贤",这副楹联概括了他的大半生际遇。谢家的第二代知识分子谢子虔,因辛亥革命失败,绝意仕途,当起了律师,成了一名自由职业者。谢家的第三代知识分子谢嘉华则在第三次国内革命战争中于国民党统治区加入共产党,后来成了干部知识分子。他在反"右派"运动中被错划为"右派",折戟沉沙,从此一蹶不振。谢家第四代知识分子谢乃贤,在"文革"期间就对政治厌恶。新时期到来,社会大变化,也改变了他的命运。后来,他成了自由撰稿人。谢家的第五代知识分子谢凡彤,已生活在社会主义市场经济时期,她不再按照父辈们的设计生活,走她自己选择的人生之路。除尽心着意刻画上述五代知识分子外,庞瑞垠还描摹了一系列知识分子形象,显示社会变迁改变了中国知识分子的命运。作家的这一穿透历史的思想力,照亮了书中知识分子的形和神,使作品有了此前写知识分子的作品不曾有过的新意。同样是写三国时期的关羽,李克因也因为具有历史的穿透力,而使《江陵秋月》中的关羽,有了全新的悲剧价值。李克因写关羽之所以出现悲剧下场,除了他自身的刚愎自用性格、过于自信、御下过严、政治上短视等内因外,还因为刘备和关羽的关系是非同寻常的、特殊的封建人际关系。在刘备对关羽只有表扬没有批评甚至连轻微的劝告都没有的情况下,关羽又怎能不飘飘然自我大扩张,以致麻痹轻敌呢?诸葛亮只派费诗来荆州为关羽封官,叫他出兵向曹操进攻,因顾虑关羽与刘备之间的特殊关系,不调遣一员上将到荆州压阵,致使荆州后防空虚,遂为吕蒙所袭而失去荆州,终归失败。李克因看出并写出,恰恰是封建的人际关系才是关羽悲剧的深层原因。这一历史穿透力,使《江陵秋月》闪耀出了三国小说不曾有过的思想光辉。由此可见,对历史的穿透力,是作家思想力表现的另一重要方面。

第三,对国民性中负面因素的针砭力,是作家思想力的又一显著表现。人所共知,鲁迅毕生以针砭我国国民性中的负面因素为己任,旨在引起疗救的注意。十分可惜,新中国成立后,竟以为随着新中国的建立,我国国民性中的负面因素已经不存在了。于是,《现代汉语辞典》和《辞海》中不再出现"国民性"的条目,文学作品中更不再有针砭国民性负面因素的作品。其恶果则是"文革"中国民性中负面因素的大发作。杨守松有鉴于此,他一方面在《昆山之路》、《苏州老乡》等作品中揭示新时期到来后国民性中正面基因的新发展、新萌芽,另一方面又以其对国民性中负面因素的针砭力,显露国民性中负面因素的劣质效应。他在《淘江湖》中写了"淘江湖"("捣浆糊"的谐音)在二十世纪八、九十年代的不胫而走。所谓"捣浆糊",就是混日子、和稀泥、拆烂污、吹牛撒谎不干事;就是敷衍塞责、糊弄人、官僚主义、文牍主义、"等因奉此"、再无下文;就是在官场、江湖、人海、社会里,慷公家之慨,铺张浪费以谋取私利,玩"三陪女",以及送礼行贿、贪污受贿居然手段高明、形迹不露的种种行为;都被泛称为"捣浆糊"。杨守松对此种国民性中的负面因素痛加针砭,在情节、场面、场景中流露了这一思想倾向:如不克服和逐步消灭这一"捣浆糊"现象,国家的前途,社会的发展,都将受其严重危害。《淘江湖》对"捣浆糊"这一国民性负面因素的针砭力还在于,它以艺术形象显示,陶加林虽是"捣浆糊"的能手,但他只是低层次的"捣浆糊";乡党委书记仇长根是"捣浆糊"的高手,竟因此升任副县长、县委常委。但是,比起已被枪决的大贪污犯成克杰、胡长清来,仇长根的"捣浆糊"仍是低层次的。君不见,成克杰"捣浆糊""捣"到全国人大副委员长、胡长清"捣浆糊""捣"到副省长,如此"捣"下去,岂不是关系到党和国家的命运和前途吗?李城外主编的《向阳情结》中的多篇作品,也以它们对国民性中负面因素的有力针砭而撼人心弦。林彪、"四人帮"之所以能够在"五七"干校里横行无忌地抓"五一六"分子,就是因为,即使在知识分子干部中,国民性中的负面因素也严重存在,如"愚忠"、"随大流"、"等待恩赐"、"天皇圣明,臣罪当诛"等就在"咸宁"干校许多学员的头脑里存在着。《向阳情结》中的多篇作品对这些国民性负面因素的针砭,产生了震撼读者心灵的力量。

第四,作家的思想力,还表现在对作品中人物灵魂的拷问力上面。西方宗教,讲究忏悔、自律和对灵魂的拷问。我国的儒、佛、道不大提忏悔,但也很重视自律和对灵魂的拷问。"一日三省吾身"、"己所不欲,勿施于人"、"将心比心",等等,实际上就是对灵魂的拷问和自律。二十世纪九十年代以来,一些作家开始锤炼和发挥对人的灵魂的拷问力。王川在《狂石鲁》中就对画家蔡亮和石鲁的灵魂进行了严厉的但又是艺术的拷问。蔡亮本是石鲁的下级。国画大师石鲁为了不让他被划为"右派",曾到北京为他奔波、说项,这才使他免遭一劫。但在"文革"中,蔡亮不只起来"造反",而且在批斗石鲁时,蔡亮夫妇两人还毒打石鲁。

"他们俩将石鲁捺倒在地上,骑在石鲁的身上,又将他的手反扭到背后,用棍子狠命地打。""石鲁强回过头去,低声然而是威严地对蔡亮说:'可不能把我的手扭断了,我还要画画咧。'就是这样一句话,相反引起他俩更加凶狠的毒打。"一方面,石鲁在被折磨得半死不活的时候,想的仍然是今后还要为人民画画,他的灵魂是何等善、美;另一方面,蔡亮夫妇却以迫害恩人来洗刷自己,他俩的灵魂又是何等恶、丑!巴金的《随想录》,为什么成了人们的生活教科书,就因为巴金在《随想录》里不仅拷问知识分子的灵魂,还拷问自己的灵魂,为自己在"文革"前的运动中批判友人而严重自责,为自己在"文革"中"随大流"而真诚忏悔。很可惜,像《随想录》、《狂石鲁》这样的敢于表现对灵魂拷问的富有思想力的作品,在我国文学领域里极少。

第五,作家的思想力,还表现在对"普世价值"的理解力和表现力上面。人类社会经过近万年的发展,特别是进入了现代社会后,逐渐形成了"普世价值",即全世界都公认的价值,如民主、自由、平等、法制、人权、终极关怀等等。对这些"普世价值",有些作家视若无睹或者不屑一顾;但也有些作家承认和认同这些"普世价值",并不顾个人的利害为之宣扬和斗争。后一类作家,进入21世纪后开始多起来了,他们不但理解这些"普世价值",而且善于艺术地表现这些"普世价值"。周梅森的几个著名长篇,《绝对权力》表现的是绝对权力绝对腐败;《至高利益》表现的是"人民利益,至高无上";《人民公仆》表现的是人民公仆全心为人民服务;《国家公诉》表现的是健全法制,回归法制……单就这些作品表现的某种思想而言,如今已是人所共知的真理。但周梅森的这些作品,着力表现的却是民主、自由、平等、法制、人权、终极关怀等这样一些"普世价值",所以,这些作品(大多被改编为电视剧)却在读者和观众中受到广泛欢迎。因为它们艺术地成功地表现了"普世价值",从而产生出强大的思想力量!

自然,作家的思想力不只表现在上述五方面,但主要是这些方面。如果我国的作家都能自觉地发挥和发扬思想力,在艺术形象、艺术构思、情节、场景和场面中自然地流露思想力,即莎士比亚化,而非席勒化,那么,我国的文学将不仅受到亿万中国民众的欢迎,而且将被世界读者所接受,走出中国,走向世界!

(原载《盐城师范学院学报》2010 年第 1 期)

既要宽容意识，又要开展批评

上世纪五、六十年代，更不要说"文革"期间了，在学术和文艺领域内，只有批评，没有宽容，最后造成了"万马齐喑"的可悲局面。新世纪以来，在学术和文艺领域内，却又出现了只有宽容，没有批评，特别是缺少指名道姓地批评学者、作家和著作、作品的情况。对此，学术界、文艺界、读书界也十分不满，认为这同样不利于学术和文艺的发展。如何正确处理宽容和批评两者之间的关系，我想在这里谈谈对这个问题的看法。

首先，我认为，不能离开一定的时代背景、历史条件谈宽容问题。在当年国民党反动派对进步文学、革命文学进行文化"围剿"的时候，在两个阶级进行决战的时刻，敌我双方彼此都是谈不上宽容的。反动派"宁可错杀三千，也不放过一个"（共产党人，包括学术界、文艺界的共产党人），他们不宽容，我们也不可能对他们宽容。所以，在当时，鲁迅提倡费厄泼赖可以缓行，要痛打落水狗，这是正确的。但在我国实行了土地改革、实现了对农业、手工业、资本主义工商业的社会主义改造，消灭了作为一个阶级的剥削阶级，知识分子已成了社会主义知识分子、成了劳动人民一部分之后，在人民内部就应该讲宽容了。对人民内部的思想问题、认识问题、文艺问题、学术问题就应该讲宽容了。"百花齐放，百家争鸣"，实际上讲的就是宽容问题。但是，很可惜，从反右扩大化开始，我们仍然不断地强调两个阶级、两条道路、两种思想的斗争，"兴无灭资"，在意识形态问题上不能退让，也就是仍然沿袭阶级斗争急风暴雨年代的那一套，不讲宽容。终于演变、发展成为"文化大革命"，出现了一场大悲剧。也就是说,早在对农业、手工业、资本主义工商业实现"三大改造"以后,我们就应该提倡宽容了。更不要说在改革开放三十年以后,我国更加强大以后,那就更应该实行宽容了。

其次,在文艺和学术领域里实行宽容,的确有个特殊性的问题。学术领域内不同观点的论争是常有的;对思想倾向不好的作品开展批评也是不可避免的;对同一作品的争议更是屡见不鲜的。论争了,批评了,争议了,是不是就不宽容了?我认为不是这样。问题是以怎样的意识进行论争、批评和争议?仍然是以"阶级斗争"、"搞修正主义"、"两条思想路线"等旧意识来进行论争、批评和争议?还是以宽容意识来进行论争、批评和争议?以近几年来颇为"吃香"的民主社会主义思潮为例。2007年2月,《炎黄春秋》发表谢韬的文章《民主社会主义与中国的前途》,鼓吹只有民主社会主义才能救中国。本来,在拉萨尔的思想中即有"民主社会主义"的因素。1900年,伯恩斯坦在《社会主义的前提和社会民主党的任务》一书中正式提出"民主社会主义"的主张。第二次世界大战后,社会党国际公开亮出了"民主社会主义"的旗号,认为在资本主义的社会框架内通过选举在议会中取得多数执掌政权后即可实行社会主义。后来,英国、法国、德国、瑞典、芬兰、奥地利、葡萄牙、荷兰、意大利、丹麦、希腊、比利时、卢森堡等十三个国家的工党、社会党或社会民主党通过选举在议会中取得多数后先后执政。但它们搞的仍是资本主义而不是社会主义。例如,工党在英国多年执政,至今英国的执政党仍是工党,我们能说英国是社会主义国家吗?在"文革"前和"文革"后一段时间内,我国对"民主社会主义"封杀,不让"民主社会主义"字样在报刊上出现,缺乏宽容意识,是不对的。但是,当"民主社会主义"思潮开始泛滥,对之听之任之,不予批评,也是不对的。只要摆事实,讲道理,实事求是,以理服人,对之批评,也不存在不宽容的问题。又如,对中国式的现代派作品,在文艺批评界一直有争议。你也可以对这些作品提出批评。但如果把它们上纲为作家在中国推行现代主义文艺,搞资产阶级思想渗透,那就缺少宽容意识了。在我看来,在文艺批评领域里,论争、批评、争议成为正常现象,这正是宽容意识的表现;祇有在论争、批评、争议中随意上阶级斗争的纲、和平演变的线,对别人进行人身攻击,才是没有宽容意识。要言之,论争、批评、争议与宽容意识并不矛盾,上纲上线到脱离实际的高度才是缺乏宽容意识。

又次,在论争、批评、争议过程中把问题提到一定的理论、思想高度,也就是扣所谓"学术帽子",与宽容意识也并不矛盾。既然是论争、批评、争议,总是各人是其所是,非其所非,指出对方论点、作品倾向的实质,否则各人讲各人的,并没有明辨是非,论争、批评、争议也就失去了意义和价值。所以,在论争、批评、争议过程中把问题提到一定的理论、思想高度是必然的,也是必要的。扣所谓"学术帽子"与宽容意识不矛盾。譬如,有同志批评王安忆的《小城之恋》是为弗洛伊德的性本能理论作注脚,也不算上纲,王安忆同志看了也不曾见怪。因为,这是"学术帽子",在论争、批评和争议中有必要使用的。被扣上了这样的"学术帽子",对一个学者、一个作家来说也不存在压力。他也可以通过争鸣把扣上的"学术帽子"摔得远远的。所以,我认为,在文艺和学术批评中讲宽容意识,并不妨碍在论争、批评和争议中把问题提到一定的理论、思想高度,也免不了扣"学术帽子"。这和扣"政治帽子",上阶级斗争的纲是两回事。

再次,在文学和学术批评中讲宽容意识,还应当体现在人际关系上。你批评了我,我批评了你,不影响你我之间的人际关系。二十世纪二十年代,鲁迅与郭沫若之间的论争不可谓不激烈,有时双方甚至都使用了使对方很不受听的语言,但鲁迅与郭沫若仍然是同一战壕里的战友,"相逢一笑泯恩仇",在"左翼文学"的大旗下共同战斗。陈涌批评了刘再复,"新时期文学十年"学术讨论会前,刘再复邀请陈涌参加这次学术讨论会;陈涌也表示,他和刘再复之间的论争,不影响他俩之间的私人关系。我认为,这都是宽容意识在文艺批评中人际关系上的表现。

复次,要在文学和学术批评中彼此宽容,关键在于是否具有互补意识。在当今提倡和平对话的时代、新技术革命的时代、信息时代,各国都在搞改革的时代,多年来习惯于搞阶级斗争、路线斗争的某些人,如果仍然把人民内部的思想问题、认识问题、学术问题、文艺探索问题看做是政治问题、路线问题,仍然把现代资本主义社会里产生的一切看做是敌我对立问题,资产阶级思想渗透和颠覆问题,那就不对了。其实,三十年来的改革实践表明,现代资本主义社会里的某些经济思想、经济管理方法、经济调节措施,政治社会思想、政治管理方法、政治调节措施,都可以批判地加以吸收,为我所用,以"补"社会主义经济、政治体制中的某些不足。就是西方的文艺思想、文艺理论、文艺创作、文艺表现手法和技巧,也同样可以批判地加以吸收,为我所用,以"补"社会主义文艺之不足。即都可以"互补"。有了这样的"互补"意识,就不会对国内文艺创作、文艺批评和学术领域中的某些新潮流、新观点视为异端,必欲歼灭之而后快了。而是应该采取辩证的分析态度,看看其中哪些东西是片面的、错误的,加以批评;哪些东西是有用的,可以吸收,可"补"社会主义文艺创作、文艺批评和学术领域的不足的。可以这样说,没有互补意识的人是不可能具有真正的宽容意识的。

最后,文艺和学术批评总是在一定的报刊上进行的,因此报刊编辑部的同志是否具有宽容意识十分重要。正反两方面的观点,各种不同意见的文章都登;相信读者的鉴别能力,相信真理终究会掌握群众;这就是宽容意识。编辑部的宽容意识具备了,文艺和学术批评中的宽容意识也就可以普及以至成为一种习惯了。

既要宽容意识,又要开展批评,这才能促进社会主义文艺和学术的繁荣!

(原载《泸州文艺》2010年第3期)

第四编

历史文化政治经济研究

第四編

歷史文化與政治經濟研究

要懂一点伊斯兰历史

2005年9月,一家丹麦报纸刊登以先知穆罕默德为主角的卡通漫画,招致穆斯林抗议。2006年1月10日,挪威一本杂志跟进报道,引发穆斯林世界的一连串谴责和贸易抵制活动。2006年2月1日,法国的《法兰西晚报》刊出所有12幅漫画;德国、意大利、荷兰、葡萄牙、西班牙和瑞士的几家报纸也都刊载了其中的一幅漫画,作为新闻事件的插图。英国广播公司在报道这则消息时,也摘取了报纸所刊登的部分漫画内容。由是,漫画事件把欧洲卷入风暴之中,穆斯林世界纷纷抗议。之所以出现这一风暴,盖由欧洲人大多不了解伊斯兰的历史,不尊重穆斯林的宗教信仰。当今世界中的热点问题,无论是以色列、巴勒斯坦之间的长期冲突,波黑共和国从南斯拉夫的分离,美国入侵伊拉克的战争,还是印度与巴基斯坦之间的矛盾冲突,俄罗斯的车臣问题,很多都和"伊斯兰"(含义是"和平",同"战争"、"仇恨"和"恐怖"相对)有关。然而,对伊斯兰的历史,国人知之极少,即使是党政干部、外事人员、作家艺术家、学者、专家,也知之很少。为什么会出现上述事件、冲突、袭击和战争的原因是多方面的,但有一个原因却是共同的,即它们都和伊斯兰的历史有关。为此,我提出,我们的党政干部、外事人员、作家艺术家、学者、专家特别是省部级以上的领导干部,都应该懂一点伊斯兰的历史。

一、伊斯兰经历了五大时代

伊斯兰教为穆罕默德(生于570年,一说生于571年,卒于632年)于公元610年宣布奉到安拉的"启示"后所创立。("安拉"是阿拉伯语Allāh的音译,伊斯兰教信仰的神的名称。中国通用汉语的穆斯林称为"真主"。)穆罕默德逝世后,经历了五大时代:一、正统哈里发(阿拉伯语音译,意为"继承者"、"代替者")时代(632—661)。由艾布·伯克尔(在位时间632—634)→欧麦尔(在位时间634—644)→奥斯曼(在位时间664—656)→阿里(在位时间656—661),首尾达三十年。之所以被称为"正统哈里发",是因为这四任哈里发都是经过协商选举产生的。二、倭马亚时代(661—750)。该时代的开创者为穆阿维叶,出生于麦加古莱什部落倭马亚家族,因此被称为倭马亚时代。从穆阿维叶在夺权斗争中取得政权后,哈里发即由协商、选举制变为世袭制。倭马亚时代,著名的哈里发有穆阿维叶、马立克、瓦立德、欧麦乐、希沙姆,他们把伊斯兰国家由原来沙漠里的蕞尔小国,扩展成为地跨欧、亚、非的大国。其版图西起大西洋,东至印度和中国边界,比罗马帝国的高峰时期还要为要大,可和中国唐朝(618—907年)的盛唐时期相媲美。在倭马亚时代,农业、手工业、商业、文化、政治制度,都有很大的发展。但是,除以上五位哈里发奋发有为外,倭马亚时代的其余十一位哈里发,或是平庸之徒,或是腐败分子,国势日益衰败,终于被阿拔斯时代所取代。不过倭马亚王室的一名成员阿卜拉·拉赫曼却独自逃到西班牙,在那里建立了后倭马亚王朝(756—1031年)。三、阿拔斯时代(750—1258年),历时500多年。阿拔斯王朝为艾布·阿拔斯所建立,但他执政四年即逝世。754年,他的弟弟艾布·贾布尔继任哈里发。他的尊号是"曼苏尔",意为胜者。他才是阿拔斯王朝的真正奠基人。他建立新都于巴格达。曼苏尔之后,在阿拔斯时代里,最有为的哈里发为拉希德、马蒙、穆尔台绥姆、瓦西格,他们创造了辉煌的阿拔斯时代。中世纪穆斯林(伊斯兰教信徒)执国际贸易的牛耳。邮政便捷。农业、商业、手工业进一步发展。但到后来,突厥禁卫军掌握了实权,哈里发形同傀儡。各地方长官乘机独立,群雄割据,只是,在名义上承认哈里发。阿拔斯西部诸地方王朝,北非有伊德里斯王朝(788—974年),974年被隔海相望的西班牙后倭马亚王朝哈克木二世所灭;有艾格莱布王朝(800—909),909年,为什叶派(伊斯兰教内主要分两派,一为逊尼派,一为什叶派。逊尼派全称"逊奈和大众派",伊斯兰教最大的教派;"什叶"是阿拉伯文Shiɤah的音译,意为"同党",专指拥护阿里的人,只承认阿里及其后裔为穆罕默德的合法继任者,与逊尼派对立)法蒂玛人所灭。埃及有图伦王朝(868—905),到舍伊班(904—905在位)时,回归阿拔斯国;有伊赫什德王朝(935—969),969年,为什叶派法蒂玛人所灭。法蒂玛王朝(909—1171),中国史籍称之为"绿衣大食",因该派崇尚绿色得名。(按:阿拔斯王朝,崇尚黑色,中国史籍称之为"黑衣大食";后倭马亚王朝,因崇尚白色,被称为"白衣大食"。)1171年,为萨拉丁推翻。萨拉丁艾尤布王朝(1171—1250),于1250年被马木鲁克禁卫军首领艾伊伯克推翻。马木鲁克王朝(1250—1517),于1517年为奥斯曼土耳其人所灭。此外,还有西班牙的后倭马亚王朝(756—1031)和奈斯尔王朝(1232—1492)。后者于1492年为基督教的阿拉贡王国的国王菲边南德军队所灭;穆斯林在西班牙的统治近八百年。阿拔斯东部的诸地方王朝有:塔希尔王朝(822—872),后为萨法尔王朝取代。萨法尔王朝(861—902),于902年为萨曼王朝推翻。萨曼王朝(874—999),999年亡于加兹尼王朝。加兹尼王朝(961—1186),后自行瓦解,廓尔人结束了加兹尼在拉合尔的最后统治。布韦希王朝(945—1055),为塞尔柱人所灭。塞尔柱王朝(1055—1194)为奥斯曼土耳其人所灭。在印度有廓尔王朝(1151—1206),为中亚的花拉子模所灭。四、奥斯曼土耳其时代。蒙古人攻陷巴格达杀死哈里发以后,一些人认为伊斯兰将一蹶不振。然而,历史事实并非如此。一个新的信仰伊斯兰的民族早已兴起,他们奋起高举伊斯兰的大旗,建立了比前更大的伊斯兰土耳其帝国。奥斯曼土耳其帝国的创始人是奥斯曼一世(1282—1236年)。奥斯曼土耳其帝国(14世纪—现代)于14世纪崛起。穆罕默德二世(1451—

1488在位)攻占了君士坦丁堡,千年拜占庭帝国(即东罗马帝国)宣告灭亡,这在欧洲史上是一起划时代的事件。奥斯曼帝国的版图,囊括了小亚细亚、东南欧、埃及、叙利亚、伊拉克、阿拉伯半岛、北非以及地中海、红海、黑海地区的部分岛屿。伊斯兰教在东南欧广泛传播。16世纪的奥斯曼帝国是世界上一个强盛的帝国。但从17世纪起奥斯曼帝国逐渐衰落。第一次世界大战结束后,它所统治的东南欧、北非、西亚的属国都被英、法、意等国所瓜分,土耳其也沦为半殖民地。1919年,凯末尔发动革命,1920年成立国民政府。奥斯曼土耳其帝国不再存在。在阿拔斯时代与奥斯曼帝国时代,东方还出现了多个王朝:萨法维王朝(16世纪初斯建立,1736年灭亡);德里苏丹诸王朝(1206—1526),于1526年被帖木儿的后裔巴布尔所推翻;莫卧儿帝国(1526—1858),该帝国统治印度达二、三百年(1784年,英国把印度沦为殖民地,莫卧儿帝国名义上存在到1858年)。也是在阿拔斯时代和奥斯曼帝国时代,伊斯兰传入东南亚,并在东南亚的印度尼西亚、马来西亚等地有很大发展。在西非,伊斯兰在马里等地有大发展。15世纪中叶,在马里的东方,又兴起了一个新起的伊斯兰国家—桑海国。总之,经过以上三大时代,伊斯兰在欧、亚、非三大洲都深深扎下了根。五、自第一次世界大战结束到20世纪九十年代,为伊斯兰国独立时代(1919—90年代)。先是,沦为西方殖民地的伊斯兰各国,为本国的独立奋斗了整整半个世纪。土耳其、埃及、苏丹、阿尔巴尼亚、阿尔及利亚、突尼斯、摩洛哥、利比亚、叙利亚、黎巴嫩、伊拉克、印尼、马来西亚、伊朗、阿富汗、科威特、卡塔尔等国家先后独立。1932年9月18日,沙特将国家正式定名为"沙特阿拉伯王国"。1947年,巴基斯坦国建立(后来,孟加拉与巴基斯坦分离,建立孟加拉国)。1971年,"阿拉伯联合酋长国"组成。1991年,苏联瓦解后,哈萨克斯坦、吉尔吉斯斯坦、乌兹别克斯坦、土库曼斯坦、塔吉克斯坦、格鲁吉亚、阿塞拜疆等国(这些国家国民多信仰伊斯兰教)也相继独立。巴勒斯坦于九十年代正式新中国成立。南斯拉夫发生内战后,波黑共和国(穆斯林占多数)成为一个新的伊斯兰国家。到1990年,伊斯兰会议组织有46个成员,按穆斯林人口多少为序,它们是:印度尼西亚、巴基斯坦、孟加拉国、土耳其、埃及、伊朗、摩洛哥、阿尔及利亚、苏丹、阿富汗、伊拉克、沙特阿拉伯、叙利亚、马来西亚、也门、突尼斯、马里、乌干达、塞内加尔、喀麦隆、尼日尔、几内亚、布基纳法索、乍得、索马里、利比西、约旦、巴勒斯坦、塞拉利昂、西撒哈拉、黎巴嫩、毛里塔尼亚、贝宁、科威特、阿曼、阿联酋、冈比亚、吉布提、几内亚比绍、科摩罗、巴林、卡塔尔、马尔代夫、文莱、加蓬等。这些伊斯兰国家从非洲大西洋沿岸向东一直延伸到南太平洋地区,覆盖了北非、西亚、南亚和东南亚,面积共2500多万平方公里,约占地球陆地面积的1/5。到90年代初这些国家的人口将近9亿。另外,全世界还有相当数量分散在许多国家的穆斯林少数民族,他们也占了世界穆斯林人口很大的比例。例如,印度有9300万穆斯林,与巴基斯坦全国人口差不多,但他们在印度只占人口的11%,中国穆斯林只占中国人口的1.5%,但总数却达1800万,相当于伊拉克这样一个中等伊斯兰国家的人口。菲律宾、泰国、肯尼亚等国都有数百万穆斯林少数民族,据有关资料统计,到90年代初,全世界的穆斯林人口已超过了12亿。伊斯兰世界中,有28个国家明文规定伊斯兰教为国教或者是官方宗教。即使从以上极其简要的概述中也可看出,伊斯兰经历了悠久漫长的历史发展。

二、伊斯兰对世界作出了伟大贡献

伊斯兰是世界三大宗教之一(另外两个大宗教,一是信仰天主耶稣的基督教;二是信仰释迦牟尼的佛教)。伊斯兰的发展史是一部对人类社会作出了伟大贡献的历史。《可兰经》是伊斯兰教的经典,它的权威性和《旧约全书》、《新约全书》一样,为十多亿穆斯林所诵读所礼敬。它是神话的宝库,伊斯兰教的源泉,伊斯兰哲学的根本,也是一部杰出的文学著作。正统哈里发之一欧麦尔建章立制,依法治国,被认为是伊斯兰立法"意见派"(拉伊)的创始人。倭马亚时代兴修水利,建筑大坝,农民获益良多。巴士拉和俄波拉的造船业发达。与中国、印度、中亚以及东非各地的商品贸易繁荣。将各种文化,如阿拉伯文化、波斯文化、希腊文化、罗马文化、印度文化、突厥文化交融、汇合为以伊斯兰精神为核心的伊斯兰文化。鼓励穆斯林求知治学,成为当时人们献身学术文化事业的强大精神动力。穆斯林将伊斯兰精神与异族建筑艺术精华熔于一炉,创造出一种崭新的与众不同的建筑风格——阿拉伯伊斯兰风格。巴格达长时期是中国"丝绸之路"、"香料之路"的终点。穆斯林富于反抗精神,阿拔斯时代(750—1258)曾经抗击了历时近二百年的八次"十字军东征"(1096—1291)中的七次东征。(按:耶路撒冷为伊斯兰教、基督教、犹太教的圣地,"西欧封建主、大商人和天主教会以维护基督教为名,对东地中海沿岸地区发动的侵略性远征",旨在从穆斯林手中夺回耶路撒冷,前后东征八次,最后"以失败告终"[见《辞海》缩印本,第117页]。)在西班牙建立的后倭马亚王朝,使西班牙成了欧洲黑暗中世纪的明珠。巴格达的"尼扎木大学"被认为是世界上最早的大学。这所大学的规章制度为早期的欧洲大学所采用,著名的教义学家安萨里(1058—1111)曾在这所大学任教四年。第七代哈里发马蒙曾创建天文台,建立著名的"智慧馆",组织学者把欧几里德的《几何学原理》等希腊文典籍译成阿拉伯文,给译者的稿酬是与译稿同等重量的黄金。形成了百年翻译运动。图书馆业也很兴盛。11世纪,开罗各图书馆的总藏书量超过了120万册。通行全世界的1234567890的数字,原是"印度数字",由阿拉伯穆斯林传入欧洲,所以欧洲人称之为"阿拉伯数字"。名著《历代先知与帝王史》、《黄金草原》、《一千零一夜》(即《天方夜谭》,"天方"实为"天房"(卡尔白)的误读)、《卡里莱和笛木乃》、《吝啬人传》、《动物志》等传遍全世界。穆斯林天文学家发现了太阳系各行星的运行并制成图表,论证了地球是圆形的,提出了地球绕太阳运转的学说,这比哥白尼的"日心说"早好几百年。发现了太阳上的黑子及日食、月食的规律;论证了月球的纬度。西方天文学家哥白尼等都曾吸收过穆斯林天文学家成果。数学家花拉子密著有《还原与对消的科学》,其中还原(aljabr)一词音译为拉丁文的"algebra",即现在西方文字中通用的"代数学"一词。花拉子密提出的两种解方程的基本方法——"还原"和"对消",长期保留下来,成为现代常用的代数运算方法——移项和合并同类项。花拉子密因此获得"代数之父"的桂冠。医学家拉齐写的《曼苏尔医书》，共10册，涉及解剖学、生理学、皮肤病、热病、毒物、诊断、治疗等各个方面。15世纪该书被译成拉丁文，在意大利米兰出版。奥斯曼时代开疆拓土，加速了伊斯兰教在阿尔巴尼亚等地区的传播进程，完全确立了土耳其人在欧洲的威望和势力。奥斯曼帝国，地跨亚、欧、非三大洲，其版图之广阔在世界史上也是罕见的。土耳其人对异教徒宽容，奥斯曼帝国实际上成了被驱出西班牙和葡萄牙的犹太人的避难所。只是因为它后来忽视科学技术，忽视发展工业，统治集团内部腐败，搞"窝里斗"，这才导致奥斯曼帝国落后于欧洲强国。但是，即使从以上挂一漏万的简述中也可以看出，伊斯兰对人类社会的发展，对世界的进步，作出了多么大的贡献！

三、懂一点伊斯兰历史，可做到三个"有利于"

第一，有利于我国更好地团结所有伊斯兰国家。现已独立的伊斯兰各国，几乎全是欠发达国家和发展中国家。我国现在正全面建设小康社会，到本世纪中叶基本实现现代化。在现代化建设过程中，我们一定要团结好伊斯兰国家，在经济、政治、文化等各方面开展合作，互相支持，互通有无，以加快我国小康社会的全面建设。懂一点伊斯兰历史，有助于团结伊斯兰国家的工作。

第二，有利于更好地贯彻执行党的民族政策。我国的少数民族多达近百种，其中信仰伊斯兰教的民族有维吾尔族、回族、哈萨克族、乌孜别克族、吉尔吉兹族等等多种民族。新疆维吾尔民族自治区、宁夏回族自治区里有众多民众信仰伊斯兰教。青海省内也有一部分居民信仰伊斯兰教。其他各省、市、自治区都有信仰伊斯兰教的民众。社会主义中国是团结友好的民族大家庭。我国的民族政策是执行得很好的。如今新疆有极少数人妄图搞"东突厥斯坦"（简称"东突"），实行恐怖主义，完全与广大的穆斯林为敌，与祖国为敌，他们的失败是必然的。在大家都懂一点伊斯兰历史后，人们将会更自觉地执行党的民族政策，团结国内的所有少数民族把我们的国家建设得更好。

第三,有利于更好地处理国际上与伊斯兰有关的事件、矛盾、冲突、战争等问题。现实是历史的发展。懂得了一点伊斯兰历史,就会知道这些事件、矛盾、冲突、战争之所以产生的历史根源、社会根源、宗教根源、民族根源,从而历史地、全面地、公正地、实事求是地表明我们的原则立场。这样我们的朋友就会遍天下,中国的国际威望就会更加提高!

总之,懂一点伊斯兰历史,是十分必要的。

后记:本文在写作过程中,曾参考了马明良博士著的《伊斯兰简史》、《穆斯林通讯》编辑部编辑的《伊斯兰简史》,结合我从世界知名的伊斯兰大阿訇达浦生(1874—1965,曾任中国伊斯兰教协会副会长,周恩来总理出席万隆会议时的特邀顾问,随周总理同去万隆。他是我的姑父)与岳父武铁肩(1897—1967,南京市伊斯兰教协会副会长,1939年参加革命工作,曾任竹镇市市长)那里得知的一些伊斯兰知识写成。在此,特向马明良博士与《穆斯林通讯》编辑部致谢。

(原载《江苏民族宗教》2003年第1期,有删节,这里发表的是全文)

三部中华人民共和国史

有三部中华人民共和国史,写的都是中华人民共和国1949—1982年的历史。因此,可以拿它们加以比较,从中找出异同,吸取其优长,避免其缺失,以便今后写好新的中华人民共和国史。

一

先说这三部中华人民共和国史的"同"。

第一个相同之处,它们都突破了"同时代人不能写同时代历史"的认识误区。在封建社会里,一个王朝覆灭之后,后代人才为前朝写史。因此,产生了"同时代人不能写同时代历史"的认识误区。其实,同时代人写同时代的历史,史料比较熟悉,最清楚同时代人对同时代著名人物的喜怒爱憎,有利于总结好历史经验教训。所以,中国的第一部历史著作《史记》,写了同时代的皇帝汉武帝《今上本记》,写了李广、卫青、霍去病等同时代有名人物,结果,《史记》成了"史家的绝唱,无韵的《离骚》"。相反,"后代人为前朝写史"的二十三史,其学术质量均不如《史记》。何理主编,高化民、肖冬林、邓运撰写的《中华人民共和国史》(档案出版社1989年4月出版,以下简称《共和国史》),金春明著的《新中国成立后三十三年》(人民出版社1987年4月出版,以下简称《三十三年》),费正清、罗德里克·麦克法夸尔主编的《剑桥中华人民共和国史》第14卷(1949—1965)、第15卷(1966—1982)(第14卷由上海人民出版社1990年6月出版,第15卷由中国社会科学出版社1998年7月出版,以下简称《剑桥版》),这三部中华人民共和国史,都是同时代人写的同时代历史。如果说,外国人写中华人民共和国史并无顾忌,那么,前两部中华人民共和国史的撰写者能够以当代人写当代史,是需要胆识和勇气,才能突破"同时代人不能写同时代历史"这一认识误区的。

第二个相同之处,它们都比较实事求是。前两部中华人民共和国史,都是在新时期到来以后写的。作者们都遵循思想解放、实事求是的精神,对中华人民共和国所走过的33年的道路,予以科学的梳理和总结,因此书中的论述很有说服力。而《剑桥版》虽是外国人写的,但他们"旁观者清",对中华人民共和国的33年"隔岸观火",看得比较清楚,因此也颇有实事求是精神。

第三个相同之处是,它们都以史料说话,史中出论,而不是离开了史料的所谓"以论带史"。《共和国史》、《三十三年》是这样,《剑桥版》也是这样。史学实践证明,所谓"以论带史",不过是先有预定的结论再找一两个例子,历史常常是被扭曲的。而以史料说话,史中出论,才是从实际出发,经得起实际的检验。

正因为这三部人民共和国史有此三"同",它们才都有阅读的价值,留存后世的价值。后人修撰中华人民共和国史,当写到1949—1982年的这一段时,得参考这三部中华人民共和国史。

二

然而,由于这三部共和国史撰写者的史学观、学术观、价值观有异,写史的方法不同,这三部中华人民共和国史,其相异之处也是十分明显的。

第一,是对重大事件的评价不同。中华人民国所经历的重大事件,如日经天,谁也回避不了,但对这些重大事件的评价,不同的共和国史的作者是不相同的。

一是对反右派斗争的评价有异。《共和国史》的作者认为,在1957年上半年的国内外形势下,"确实出现了极少数资产阶级右派分子",因此反右派斗争是必要的,但后来"反右派斗争被严重地扩大化"了。《三十三年》的作者更指名章伯钧和罗隆基"乘机向党和社会主义制度进攻,妄图取代共产党的领导",因此,开展反右派斗争"是有客观需要的","难以完全否定的";但是,反右派斗争,犯了"严重扩大化错误","一九五七年被划为右派分子的共五十五万人","造成了不幸的后果"。《剑桥版》的作者却认为,"由于'百花齐放'中的批评意见超出了党所规定的限制,'反右斗争'就采用了原先思想改造运动的方式";"'民主党派'领导人章伯钧、罗隆基和《光明日报》编辑储安平定为'反党阴谋集团'的领导";"反右斗争中遭到清洗的人大大超过以前的运动。据估计,有40万至70万知识分子失去了自己的职务,被送到农村和工厂进行劳动改造";"党对知识界的控制比以往任何时候都更严密了。'百花齐放'的目的是要弥补党与知识分子的裂痕,但反右斗争却进一步加大了裂痕。"《剑桥版》作者对"反右斗争"是完全否定的。

二是对"大跃进"的评价各别。《共和国史》的作者认为,"大跃进"、"总路线"、"人民公社",导致"高指标、瞎指挥、浮夸风、'共产风'愈演愈烈,使经济生活的正常秩序受到更严重的破坏","我国经济陷入了严重的困难局面"。对"大跃进"是否定的。但《三十三年》的作者却以为,"'大跃进'在二十世纪五十年代末期的中国出现是有其社会历史条件的","一方面,它是广大群众在胜利完成社会主义改造、确立社会主义制度之后,革命热情空前高涨,急于要改变中国一穷二白的面貌,使伟大祖国繁荣富强的强烈意愿在经济建设上的反映;另一方面,又是中国共产党的领导上,在缺乏建设经验的条件下,把过去进行政治斗争和军事斗争中熟悉的成功的经验,转而用之于社会主义经济建设,企图用革命冲击的方式把经济建设很快搞上去的一次尝试。"他的结论是,"'大跃进'是从良好的愿望出发,采取了错误的方法,而遭到严重挫折的一次失败的尝试。"他在否定"大跃进"时多少做了一点肯定。《剑桥版》的作者则认为"大跃进是由于毛泽东对中国农业所面临的种种制约的错误理解而产生的。""大跃进"的"工业化战略主要是第一个五年计划中已经表现出来的集中使用资本的发展的进一步强化,而农业发展则以大规模的组织改造和群众动员为基础。""大跃进"的后果是,"这几年增加的超过正常死亡率的死亡人数为1600万至2700万。""大跃进造成的危机使党面临自1947年夺取政权以来最严峻的挑战。然而,政治事件的发展不但使党难以预料危机的严重性,反而使它作出导致饥荒更趋严重的政策决定。"对"大跃进"采取完全否定的态度。

三是对"文化大革命"的评价也有差异。《共和国史》作者认为,"'文化大革命'持续了10年之久,它给国家和人民带来的,不是社会进步,而是一场历史性的灾难。它不是也不可能是任何意义的革命。"但作者同时认为,"'文化大革命'虽然是一场由领导者发动的运动,但如果没有千百万人积极、主动的参与它决不会呈现那样戏剧性的进程。因而'文化大革命'不只是一个人的悲剧,也是巨大的社会的悲剧。"即"千百万人"对"文化大革命"的后果也负有一定责任。《三十三年》的作者认为,"所谓的'文化大革命'","根本不是乱了乱人,而只是乱了自己,造成了严重的混乱、破坏和倒退。在无产阶级已经夺取了政权、建立了自己的统治,特别是在已经消灭了生产资料私有制之后,再去进行这种所谓'一个阶级推翻一个阶级'的政治大革命,不可能有经济基础,也不可能有政治基础。""'文化大革命'本身是没有任何积极的东西值得我们肯定和继承的。"《剑桥版》的作者则认为,"文化大革命没有对中国农村造成大量损害,而在60年代后期那里生活着6.2亿人。""如果说在文化大革命中农村只受到轻微的触动,那么只有极少数城市居民未受它的影响,因为这场运动实际上在中国的每一所高中、每一个工厂、每一所大学、每一间办公室和每一家商店里进行着。"胡耀邦说,估计城市有1亿人在"文化大革命"中受到"不公正"的对待,"我们认为胡耀邦说的数字合理准确地表明了文化大革命对中国城市的总体影响。"但是,《剑桥版》作者虽然对"文化大革命"持有严格的批判态度,但他们又认为,"'文化大革命'的混乱却是毛泽东以后时代改革的一个重要条件。""总之,如果没有文化大革命,毛泽东以后时期的改革不可能走得这么远或进行得这么快。"

四是对党的十一届三中全会评价的各别上。《共和国史》作者认为,"十一届三中全会成为新中国成立以来党和国家发展道路上具有重大历史意义的转折点。它不仅为全面拨乱反正,彻底清除历史问题提供了强有力的政策和思想武器,而且为改革创新,探索新的发展道路,开辟了广阔的前景。"《三十三年》的作者以为,"中共十一届三中全会主要是从根本上解决了党内的重大政治是非问题,使党的思想路线、政治路线和组织路线全面地恢复和确立到正确的轨道上来。这样就实现了新中国成立以来中国共产党历史上具有深远意义的伟大转折。"同样是肯定十一届三中全会,但重点不同,前者重在"为改革创新,探索新的发展道路,开辟了广阔的前景";后者重在"实现了新中国成立以来中国共产党历史上具有深远意义的伟大转折。"而《剑桥版》作者在《三中全会》专节中认为,"由于这次中央工作会议和中央全会代表的路线明确抛弃左倾机会主义及其变种,'凡是派'的困境更加突出了,'两个凡是'被否定了。阶级斗争不再是'纲',四个现代化处于优先位置。'无产阶级专政下继续革命'的理论被丢弃。"而后引用中国党史专家对三中全会的评论:"中国党史专家正确评价了十一届三中全会,认为它是1949年以后这个历史时期中的一个重要的转折点。"

再就是体例、框架的不同。《共和国史》把1949年至1982年的33年,基本上按时间顺序划分为二十二章,同时把外交、科学文化事业、社会结构与社会生活等章节穿插其间,从而结构成一部中华人民共和国史。《三十三年》则以三十三年间的共和国的二十九个重大事件为"纲","纲"中又列出若干个"目",而后纲举目张地写这三十三年共和国史。《剑桥版》则把共和国史(1949—1982)分成两大卷:第14卷(1949—1965)、第15卷(1966—1982)。第14卷又分成两部分:第一部分《仿效苏联模式(1949—1957)》;第二部分《探索中国式道路(1958—1965)》。在第一部分里,设立《新政权的建立和巩固》、《经济恢复和第一个五年计划》、《新秩序下的教育》、《党与知识分子》、《对外关系:从朝鲜战争到万隆路线》;在第二部分里,设立《大跃进与延安来的领导人之间的分裂》、《重压之下的中国经济(1958—1965)》、《教育的新方向》、《党与知识分子:第二阶段》、《中苏分裂》等专章,以此论述共和国

1949—1965年间的历史。而在第15卷里，因为重点是写1966—1976年间的"文化大革命"史，而"文化大革命"是由毛泽东发动的，所以，该卷第一章是《1949至1976年的毛泽东思想》。而后，把1966—1982年间的共和国史分为五篇：第一篇《文化大革命：混乱中的中国》(1966—1969年)；第二篇《文化大革命：为继承权而斗争》(1969—1982年)；第三篇《文化大革命及其后果》；第四篇：《共产主义统治下的生活和文学》；因为台湾是中华人民共和国的一部分，《剑桥版》还专门撰写了第五篇《分离的省份》，写了台湾的1949—1982年间的历史。撇开内容的优长、缺失不谈，单就体例和框架而言，《剑桥版》有它的特色：第一，它从实际出发，认为"文化大革命"既然是由毛泽东发动的，那么毛泽东为什么要发动文化大革命，他晚年思想的失误何在，又是怎样发展到发动"文化大革命"这一步的，必须理清楚，设立这一专章是十分必要的。第二，既然是中华人民共和国史，而台湾是中国的一部分，完整的中华人民共和国史，应该包括台湾自1949—1982年间的历史发展的内容。第三，由于中华人民共和国1949—1982年间极其重视意识形态，因此，第15卷的第四篇专门写了《共产主义统治下的生活和文学》；第三篇中有《教育》、《文艺创作与政治》专章；第14卷中有《新秩序下的教育》、《党与知识分子》、《教育的新方向》、《党与知识分子：第二阶段》等专章。无论其中的内容存有某些欠妥之处，但《剑桥版》的体例和框架，还是值得我们今后写中华人民共和国史时予以参考的。

又次是统计数字引用多寡的不同。《共和国史》除论述共和国的经济发展时引用统计数字外，其他章节极少采用统计数字。《三十三年》对统计数字的引用甚至比《共和国史》更少。而《剑桥版》则始终重视对统计数字的引用。不只在论述共和国的经济时大量引用统计数字，就是在论述中苏对抗时，也公布了"中苏两国军队的数量(1969—1971)"、"苏中两国军队的部署(1969—1976)"、"苏联和中国的核武器运载工具"(1969—1976年)"的统计数字，旨在说明，"到1975年为止，苏联的军事力量(对中国)一直占有很大的优势"，但"双方战略的实质都是防御"。即使在论述共和国的"教育"时，《剑桥版》也是经常引用统计数字来论述书中的观点。

三

通过对三部共和国史的比较，我们取得以下几点认识：

第一，历史是人创造的，历史必须真实，由历史学家撰写历史是合乎事理的。新时期到来后，中国历史家不等国家修史而自行撰写中华人民共和国史，这在中国历史撰写史上（除《史记》外）是前所未有的。因此，尽管《共和国史》、《三十三年》还存有一些缺失，但作者们的史胆和史识，必须充分肯定。外国人写中华人民共和国史，是外国人看中国的一个重要方面。尽管他们的历史观、学术观和价值观并不和我们一样，但"他山之石，可以攻玉"，我们应该吸取其合理的"内核"，供我们写作共和国史时的借鉴。

第二，写共和国史，尤其需要"百花齐放"。眼前的三部共和国史，就是三花齐放。但是，中华人民共和国成立至今已有五十五年，其内容之丰富，道路之曲折，经验教训之深刻，在中外历史上都是仅见的。因此，我们提倡，有更多的中外历史学者，从不同的视角撰写中华人民共和国史，有更多的中华人民共和国史问世。有多部中华人民共和国史比只有一部中华人民共和国史好。这是"百花齐放"的一方面；另一方面，在写法上也应该提倡"百花齐放"。本文评述到的三部中华人民共和国史，在体例和框架上就有三种写法，这方面可以展开竞赛。

第三，对历史事件、历史人物的评价不强求一律。时间是最好的批评家。随着时间的流逝，新的史料的发掘和发现，对重要历史事件和历史人物的评价，将逐渐取得共识。因此，无需强求一律，更不能以一种观点、一种认识压制另一种观点，另一种认识。

第四，科学是不能离开数字的。在自然科学领域里，公式、定理都以数字来表现。在社会科学领域里，某一重大发现，某一真理的揭示，也必须以统计数字为基础。马克思的剩余价值学说的发现，就是以科学的数字计算为基础的。历史也离不开数字。在今后写作中华人民共和国史时,我们的历史学家一定要做到"心中有数"才行。

第五,历史并非枯燥的、呆板的事实的堆积,而是具有个体性的人的活动的"力的平行四边形"合力的产物。《史记》之所以不朽,原因之一是司马迁写作历史时笔端带有感情,下笔文采斐然。我们的中华人民共和国史应该为读者所爱看、耐看。什么时候我们的中华人民共和国史也能像《史记》那样百读不厌,不胫而走,我们在期待看。

(原载《南京理工大学学报》社会科学版2005年第4期)

宰 相 论

任命宰相统管一切日常政务,君主高高在上,成绩归君主,出了问题找宰相,是中国进入文明社会后君主的一大发明。商代国王武丁任用奴隶傅说(音悦)做宰相,这在《史记·殷本记》中是有记载的。其后,不同朝代宰相的名称时有改变。西周称"太宰";春秋、战国、秦汉时称"丞相",汉时称"相国"或"御史大夫";魏晋时称"丞相"、"相国"或"司徒";南朝官制沿用魏晋之制;北魏称"八部大夫"、"六部大人";北齐称"录尚书事"、"尚书令"、"尚书仆射";唐代称"尚书令"、"仆射"、"同平章事";宋代称"尚书仆射"、"参知政事";元代称"丞相";明代称"丞相"、"大学士";清代称"议政王大臣"、"军机大臣";称呼不一,做的都是宰相职权范围内的工作。据电脑专家许盘清的统计,自商初至清末,三千五百多年间,当过宰相的约一千人,平均任期为3.5年。中国的宰相可分几类?不同类的宰相各有什么特点?宰相制的经验教训是什么?本文将着重探讨这三大问题。

一

中国的宰相为数众多,细分起来,有这么几类:

一类是开国宰相。他们协助君主建立新王朝,功勋卓著,彪炳史册。如身为齐相的管仲,协助齐桓公成为"五霸"之一;蜀相诸葛亮,为刘备出谋划策,创立了蜀国;多尔衮为建立清王朝,立下了汗马功劳。他们都是开国宰相。

另一类是太平宰相。他们在新王朝建立以后,致力于太平盛世的建设,为国为民都做了大好事。如恪守萧何定下的规矩,被称为"萧规曹随"的曹参;为东汉的太平作出了贡献的吴汉;帮助唐太宗开辟了盛唐时代的魏征,他们都是太平宰相。

又一类是出将入相的宰相。唐代诗人刘禹锡在一首诗中写道:"世上功名兼将相",把"兼将相"作为"世上功名"之最。这些出将入相的宰相人数不多,但在我国宰相中也代不乏人。如三国时期吴国的陆逊,就是"兼将相"之人。李世民在他父亲李渊执政时,他要么领兵打仗,要么当"尚书令"即宰相。宋代的韩琦、文彦博,都是出将入相,欧阳修在《昼锦堂记》中称颂韩琦"仕宦而至将相,富贵而归故乡,此人情之所荣,而今昔之所同也。"晚清的左宗棠,人们对他有不同的评价,但他出将入相却是事实。

又一类是权相。他们虽是"一人之下"的宰相,但大权在握,威逼天子,皇帝见了他们也害怕。如曹操"挟天子以令诸侯",汉献帝在他面前诚惶诚恐。魏国的司马懿、司马昭父子,是曹操第二;东晋的桓温,天子也得让他三分。明代的张居正,在他生前,明神宗朱翊钧都得听他的。

再一类是贤相。中国的贤相,著之竹帛的甚多,难以一一列举。如商代的伊尹;西周的召公;春秋时期晋国的赵盾,郑国的子产;战国时期齐国的邹忌;西汉时期的周勃;东汉时期的窦武;唐代的宋璟;宋代的吕端;元代的阿沙不花;明代的杨士奇;清代的张廷玉;等等。

另一类是奸相,各个王朝都有。如秦朝的赵高;东汉的董卓;三国时期吴国的孙峻;唐代的杨国忠;宋代的秦桧;元代的伯颜;明代的严嵩;清代的明珠,都是有名的奸相。

又一类是贪相,以贪污著名。东汉的梁冀;北宋的蔡京;清代的和珅,是贪相中的臭名昭著者。

还有一类无所作为相。他们既不是贤相,也不是奸相,但也不抓权,不贪污,只是企图保持高位,但无所作为,他们做宰相的秘诀是,多栽花,少栽刺,特别是不讲明确表态的话,所谓不说好,不说坏,谁也不见怪。这些无所作为相,于国无补,于民无益。凡是无所作为相执政,国家一时乱不到哪里去,但往往埋下了后来祸乱的根子。在人数上,他们占了宰相中很大的比例。东汉时的胡广,五代时的冯道,是这类宰相的代表。

最后一类是傀儡相。他们名为宰相,其实是傀儡。他们大多出现在刚愎自用的皇帝独断专制的年代。如崇祯皇帝朱由检,只做了十七年皇帝,却换了十几个"首辅"。这些"首辅",什么主也作不了,只能听命于崇祯皇帝,但出了问题却要他们负责,当替罪羊。他们不是宰相,而是傀儡,所以我们称他们为傀儡相。

以上是传统的宰相分类。如果以是否有利于国家的统一、是否有利于社会生产力的发展、是否有利于民众生活水平的提高来分类,那么,中国的宰相大致可分三类:良相、劣相、庸相。

二

举凡良相,都善于抓大事。

管仲当了齐相后,认为区区之齐在海滨,要使齐国富强起来,必须"通货积财",使国家的财力雄厚,富国而后强兵。他发展盐业;发展冶铁业,制造农具;发展铸钱业,发行货币,以调剂物价贵贱;废除公田制,改为按土地的肥瘠,定赋税的轻重,调动农民劳动的积极性;重视商业,促进商业的发展。"通货积财"的结果,齐国成了强大的国家。晁错为相(御史大夫)时,汉时的同姓王十分跋扈,他提出"请诸侯之罪过,削其支郡"。这一建议是正确的。尽管后来汉景帝一度动摇,杀了晁错,但是吴、楚七国之乱,还是被周亚夫枚平了,中央政权得到了加强,晁错抓这件大事还是抓得好的。此外,如团结"七族"以立东晋的王导;设知州以堵祸源,置通判以主钱谷的赵普等良相,全都是抓大事的能手。

良相们都为发展社会生产力出谋划策。"萧规曹随"的曹参,本是刘邦手下的大将,军功为诸将之首,但他当了丞相后,却把发展社会生产力放在首位。他安集百姓,搞无为而治,让百姓放心放手发展生产。他当相国三年,天下大治。他死后,老百姓唱了这么一首歌称颂他:"萧何为法,讲若画一;曹参代之,守而勿失。载其清靖,民以宁一。"王安石搞变法,他所推行的农田水利法、青苗法、均输法、保甲法、免役法、市易法、保马法、方田请役法,都是以发展社会生产力为旨归。在明代历史上,有一段被称为"仁、宣之治"的时期,指的是1425—1435年的十一年间,政治上比较清明,经济上得到了较快的发展。这得力于杨士奇的"更休息数年,庶几太平可期"的执政方针。他请求"蠲逋赋薪刍钱,减官田额,理冤滞,汰工役",把发展生产力放在首位。《明史》说,"是以明称贤相,必首三杨"(另两杨为杨荣、杨溥)。

良相们都为国家的统一作出了贡献。曹操是权相,但他对国家的统一是有功的。他打败了盘踞北方的各处军阀,统一北方,为后来西晋的统一中国奠定了基础。因此,尽管曹操有许多缺失,但他的这一功绩必须肯定。左宗棠率兵平定由外国帝国主义做后台的、分裂中国的阿古柏的叛乱,更维护了中国的统一。当时一部分大臣认为,乾隆帝平定新疆,每年支出几百万,现在国力不如从前,无须对新疆出兵,应该听从英国人的劝告,允许阿古柏自立为国。左宗棠起而反对。他说:关、陇刚刚安定下来,如果不及时收回原先是我国的土地,将它抛弃,而使阿古柏独立为国,这将是百年大患。万一阿古柏不能统治下去,新疆要么被现在统治印度的英国吞并,要么被北方的俄国吃掉。左宗棠提出的反对分裂、坚持统一的政策,得到了朝廷的支持。在左宗棠的指挥下,清军连连得胜,阿古柏服毒自杀。要不是左宗棠坚持统一,新疆极有可能落入外国帝国主义的手中。

良相们都不是墨守陈规的人,他们都要对朝政作不同程度的改革。有的小改;有的中改;有的大改。身为秦相的商鞅,他所推行的变法,改变了秦国落后的面貌,使秦国成了战国时期的七国之雄;主张实行盐、铁、铸钱官营的桑弘羊;倡导"劳于服远,莫若修政"的陆贽;推行"一条鞭法"的张居正;最早提出学习西方科学技术的徐光启,都是以改革知名的良相。

良相们一方面把封新中国成立家的长治久安摆在第一位,另一方面又努力提高民众的生活水平,并使两者统一起来。魏征"为国家长利"计,敢于直谏。"务万全,图久安,使无后害"的李泌,在他为相期间的措施,既有利于唐王朝政权的长治久安,也有利于民众负担的减轻。"弭兵省财"的吕蒙正;"大事不糊涂"的吕端;陈"先行者七事"、"救弊八事"的韩琦;"臣之所忧,乃在十年之外"的司马光;"无事时当如有事时提防,有事时当如无事时镇静"的杨一清;慎选贤能知县的张廷玉,都是既考虑如何使国家长治久安,又考虑如何提高民众生活水平的良相。

劣相们也有一些共同的特点:

首先,他们都懂得并善于逢迎皇帝的私欲。唐玄宗喜在边疆立功,又害怕边帅立功名,结成朋党。劣相李林甫便逢其欲,对唐玄宗说,文臣为将,总是缺少勇气,不如用寒微胡人。胡人勇猛,敢於上阵作战。于是寒微胡人安禄山等就这样被重用起来,后来出现安、史之乱。秦桧之所以从金国回到南宋朝廷后被连连提升,一直当到宰相,因为他懂得并善于逢迎宋高宗绝不愿意让徽、钦二宗回来复辟的私心,因此他力主与金国构和。明代词人文征明说得好:"笑区区一桧亦何能,逢其欲",深刻揭露了这一点。

劣相们必拉帮结派,排斥正直的大臣。劣相窦宪、杨国忠、吕惠卿,都以拉帮结派而遗臭万年。所谓"党锢"之祸,全是这些劣相们搞起来的。

劣相们无一不是贪相。劣相梁冀死后,他的财产被没收,官卖得钱三十万万。官卖价低于实价,梁冀财产实际上超过三十万万。再加上他的几百个徒党家的巨大赃物,总数实在惊人。劣相和珅是个大贪污犯、大受贿犯。他死后,查抄没收的家产共109号,仅估价的26处,即折合银223895160两。和珅的全部家产则有8亿两之多。而当时清朝的国库收入,每年为4000多万两,和珅的私产,竟相等二十年的国库收入之和,可见和珅的贪赃枉法已达到何等程度!当时民间有一谚语:"和珅跌倒,嘉庆吃饱",是大实话。此外,董卓、蔡京、严嵩等劣相全都贪污成性,搜括民脂民膏。

举凡劣相,都把一己的私利置于民族利益之上,"国家事,管他娘"。宋代的张邦昌、秦桧;明末的马士英、钱谦益,都是众所周知的奸相。钱谦益原先是东林党的领袖之一，以一代文宗自许，但清兵一来，他带领南明的文武百官跪迎，把中国读书人的脸都丢光了。

在历代一千名左右的宰相中，良相、劣相约占一半，其余另一半的宰相，大多是庸相，即不好不坏，亦好亦坏，中不溜儿的庸碌无能之相。他们无所作为，尸餐于朝廷，之所以还能在二十四史和《清史稿》上留下名字，仅仅因为他们当过宰相。其中，东汉末年的胡广、五代时的冯道可作为庸相的典型。胡广是庸相的代表，当时谚语说："万事不理问伯始（胡广字），天下中庸有胡公。"他熟悉官僚程式，不得罪任何人。冯道在五代时期曾任后唐、后晋、后汉、后周的首相。他有奶便是娘，毫无气节，后晋高祖石敬瑭入洛阳，任命冯道为首相，派他出使辽国，表示他这个儿皇帝对父皇帝的尊敬。冯道立即答应，说"陛下受北朝恩，臣受陛下恩，有何不可"。欧阳修尖锐批评冯道："可谓无廉耻者矣，则天下国家可从而知也"。明末崇祯皇帝换了十几个"首辅"，这些"首辅"的情况不完全一样，但其中多数为庸相。

三

中国君主制下的宰相制长达三千五百年，既有可供我们今日政治体制改革的经验，也有深刻的教训，都值得我们借鉴。

就其经验而言，主要有这么几条：

第一，对皇帝实行监督或监察。皇帝是最高统治者，他的言行关系到国家的前途。"苟利国家何所以，岂因祸福避趋之。"面临国家利益受到损害时，良相们便把个人的生死置之途外，敢于逆鳞，冒犯龙颜，直抒己见。封建皇帝都极要面子，即使是明主唐太宗也很顾全自己的面子。当魏征多次犯颜直谏后，有次唐太宗退朝回官，气得大声叫嚷："总有一天杀死这个乡下佬！"经过长孙皇后的劝解："魏征忠直，正因为陛下是明主。"唐太宗的怒气才慢慢平息。可见在封建王朝，宰相直谏并不容易。但在中国，犯颜直谏的宰相有的是。刘备犯吴，诸葛亮直谏。李泌常与唐德宗当面进行争论。他反对立白起庙，他揭露卢杞的奸邪，反对信天命,都把昏君唐德宗搞得很难为情,但因为他说得有理,唐德宗也只好听从。另一方面,良相们也接受百官的监督,平辈官员、下级官员都可以批评良相的缺点,这是个好传统。

第二,当好明主的助手。良相都与明主联结在一起,当皇帝英明时,良相就成批出现。唐太宗做皇帝出了魏征、房玄龄等一批良相。武则天执政,前后任用的宰相,如李昭德、魏元忠、杜景俭、狄仁杰、姚崇、张柬之等,都是良相。唐玄宗在开元年间,头脑还清醒,先后任用了姚崇、宋璟、张嘉贞、张说、杜暹、韩林、张九龄等人为相,这是取得"开元之治"的重要原因。(天宝年间,唐玄宗转化为昏君,任用李林甫、杨国忠为相,国事就败坏了。)良相们都以当好明主的助手为己任,真正做到了宵衣旰食,全力以赴。

第三,良相都能带好六部一班人,当好班长。从秦代起,实际上已形成了六部(礼部、吏部、兵部、工部、刑部、户部),各有主管。到唐代,正式有六部尚书,都归丞相领导。宰相如何充分发挥六部尚书的作用,使他们各负其责,各显其能,就成了衡量宰相是否是良相的标准之一。历代良相,差不多都能较好地发挥六部尚书的作用。做得特别好的有萧何、陈平、桑弘羊、王导、谢安、李泌、李德裕、赵普、寇准、司马光、徐光启、张廷玉等人。

第四,当将相之间发生矛盾时,不少良相以团结为重,委曲求全,搞好团结,把"内耗"缩小到最低限度。蔺相如为相,廉颇瞧不起他。蔺相如宽宏大度,多次忍让,终于感化了廉颇,使他负荆请罪。"将相和"以后秦国再也不敢小看赵国。关羽恃功自大,诸葛亮善言劝说,钝化了关羽与其他将领的矛盾,同时也赢得了关羽对他尊重。张居正为相和当时将帅的关系也处得不错。他们在相位期间,国势都比较强大,这和他们做好将帅的工作有关系。

第五,良相如何恰当地与宦官相处,是一个大问题。不少良相,因为和宦官的关系处得不好而吃足苦头。窦武、陈蕃被宦官杀害。诸葛亮北伐受到宦官小动作的牵制。宦官是皇帝的亲信,多数是小人,但是你得罪了宦官,你这个宰相就没有好日子过。既要与宦官处好关系,又不让宦官邪恶的一面恶性发展，历代良相伤透了脑筋。在这方面只有唐代的李德裕能比较好地处理与宦官的关系。

中国君主制下的宰相制最大的教训是，始终搞人治，不是搞法治。即使是明主执政，良相当道，搞的仍然是人治。所以，只要皇帝一换，良相当道立即可变劣相专政。良相对皇帝监督或监察，有无效果全看皇帝的态度如何。宰相制的第二大教训就是，尽管良相们都搞了或大或小的改革，但这些改革都只能小打小敲地举行，尚有可能成功。如果改革者的动作大一些，改革的幅度大一些，立即遭到旧势力的反对，改革者几乎都没有好下场。商鞅被车裂；王安石被贬；张居正死后被抄家，都是明显的事例。这就说明，在封建社会里，旧势力始终很强大，要在封建社会的框架内搞改革，成功的几率是很小的。

历史上存在的东西都有一定合理性。宰相制连续三千五百多年，更积累了丰富的经验与深刻的教训，因此对宰相制进行深入的研究，批判地吸收其成功经验，吸取其错误的教训，对于搞好我们今天的政治体制改革，无疑是有一定现实意义的。

参考文献

1. 《历代宰相录》，杨剑宇编著，上海文化出版社1999年3月出版。
2. 《中国历代宰相的谋略与权术》，郑昌淦、匡继先主编，河北人民出版社1998年1月出版。
3. 《中国通史简编》修订本第一编—第三编，范文澜著，人民出版社1965年12月出版。

（原载《徐州师范大学学报》2007年第3期）

地宫只有一个,宝塔却是两座

为了重建大报恩寺塔,南京市于2008年7月17日在明代大报恩寺塔的遗址地宫进行了发掘。发掘后,传出颠覆性消息:所挖地宫可能属于宋代天禧寺。但地宫四壁由四块80厘米宽的石板围成,在石板上发现了"金陵长干寺"字样,而在地宫内铁函身后有一块石碑,上有"金陵天禧寺"字样。那么,这个地宫究竟是金陵长干寺地宫还是天禧寺地宫呢?2008年11月22日,铁函打开,媒体报道七宝鎏金塔现身。那么,这座宝塔是长干寺的阿育王塔还是天禧寺的圣感舍利塔呢?

还在东吴时期的公元248年,吴主孙权就协助印度高僧建造了阿育王塔,将佛祖真身舍利供奉其中;并以阿育王塔为中心,造了建初寺。这是中国南方最早的寺庙。但该建筑群的中心是阿育王塔,而非建初寺。

东晋简文帝(司马昱,在位二年,371—372)"使沙门安法师程造小塔,未及成而亡。"东晋孝武帝(司马曜,在位时间为宁康元年至太元二十一年,公元373—396)重建了毁于叛乱的建初寺,改名为长干寺;同时又重建了阿育王塔。在重建过程中,在原来的阿育王塔地宫中发现了佛祖舍利子,"即迁舍利在此,对简文所造塔,建一层塔。"到了南朝,梁武帝萧衍(在位自公元503年至548年)于大同三年(537年)改造长干寺与阿育王塔,"出旧塔下舍利及爪发"。(《客座赘语·长干塔》明代顾起元〔1565—1628〕撰)在唐代,未见在该地建塔建寺的记载。

及至南唐,"废寺为营庐,久之舍利数表见感应。"北宋"祥符中,僧可政状其迹,有诏复为寺,即其表见之地建塔,赐号圣感舍利塔。""天禧元年,改名天禧寺。""元至顺初,赐金修塔,塔完之日,天花如雨,祥光如练满空者数日。"(同上)到了明代,明成祖朱棣,"永乐中,即其地重建大报恩寺,塔高九层,纯用琉璃为之,其工丽甲古今佛刹矣。"(同上)

　　从上可见,无论是最初的建初寺,还是后来的长干寺,或是宋代以后的天禧寺、明代重建的大报恩寺,都是以塔为中心。由阿育王塔而长干塔而圣感舍利塔而大报恩寺塔。地宫都在塔之下,不存在地宫建于建初寺、长干寺、天禧寺、大报恩寺正殿之下的问题。

　　而且地宫的建造都有规律:有塔有寺的,地宫在塔下;有塔无寺的(如杭州的雷峰塔),地宫也在塔下;有寺无塔的,地宫才在寺的正殿下面。地宫中都有铁函或石函,内藏有佛舍利子或佛螺髻发等宝物。

　　因此,我认为,此次南京大报恩寺塔遗址地宫发掘出来的文物,既有"金陵天禧寺"字样的石碑,可见该地宫为北宋"圣感舍利塔"的地宫;但该地宫中又发现"金陵长干寺"的石板。楚威王灭越以后,"乃因山立号,在石头山置金陵邑。"(《建康实录》)故王导谓"建康古之金陵"。可见该地宫同时也是长干寺阿育王塔的地宫。自长干寺至天禧寺,地宫始终是一个,都在塔下。"永乐中,即其地重建大报恩寺,塔高九层……"。大报恩寺仍以塔为中心,而且"即其地",因此这次发掘的地宫仍为原来的地宫。至于地宫中未见明代文物,一个原因是,明成祖重建大报恩寺塔的缘由,已在当时的碑石中刻写清楚,但这块石碑后来在大报恩塔毁灭中损坏流失了;二是因为当时明成祖只在原地宫上重建了九层琉璃塔,舍利函取出后再次置于地宫。建于唐武德三年(620年),后又在宋代明代重建的江苏建湖朦胧塔,明代在宋建朦胧塔的地宫上重建,取出舍利函后又置于地宫之中,便是一例。11月22日从铁函中取出的宝塔,塔身一面的文字表明,扬州一位自称"弟子"的张生人出资打造了"尸毗王救鸽命"这个本相故事。人所共知,在唐代,扬州的金银工艺很发达;五代时期,扬州的金银器制造水平,仍在全国前列。宋代建"圣感舍利塔"(后改名天禧寺),与南京相近的扬州富人出资造"圣感舍利塔"是很自然的。足证铁函中鎏金宝塔为宋代扬州人建造的圣感舍利塔。包裹鎏金塔的锦缎上有开元通宝钱币图样,和写有"感应舍利十颗""诸圣舍利"等字样,则为北宋建"圣感舍利塔"地宫时的证物。总之,地宫只有一个,宝塔却是两座。

(原载《人民日报》海外版,2009年3月27日,题目有改动,文章有删节,这里发表的是原文)

乡镇旧志集成后地方志功能的提升

——读《常熟乡镇旧志集成》

一定的乡镇旧志,在不同时期不同时代问世,其地方志功能也有所不同。旧时代单篇的乡镇旧志,可能不被重视,但当某一地区在改革开放时期将许多篇乡镇旧志集中在一起公开出版后,它们就会产生出与单篇乡镇旧志原先存世时不同的新的地方志功能。以上两条地方志功能发展规律的客观性,由沈秋农、曹培根主编的《常熟乡镇旧志集成》出版后功能的变化,得到了充分证明。

历史著作中的"志",由班固的《汉书》肇始。其后,我国正史大多有"志"。从宋代起,史著中出现了地方志,如《剡录》、《长安志》、《河南志》等。从此,撰写地方志成了我国史学的优良传统之一,省有省志,府有府志,县有县志,一般都由官方主持其事。热爱家乡的文人,依照县志的模式,私家写作乡志、镇志、场志、里志、村志,旧称乡里志,其数量不知凡几。江苏乃人文荟萃之地,文化发达的苏州常熟,私人写作乡里志的尤多,自明代万历七年(1579)至民国三十八年(1949),总共有十三个乡镇编修过二十六种乡里志。它们大多以抄本存留于世,也有少数是印本,但数量很少,流播不广。我国其他县、市的乡里志,情况也大致如此。因此,至 2006 年为止,我国的乡里志虽多,但并无"集成"之作问世。常熟市史志办公室(负责人为沈秋农)于 2002 年春决定,将已经发现的乡、镇、村志收集、汇编成册,标校出版。由于这些乡、镇、村志,其所记所述,大多与清代的历史息息相关,因此,这一决定得到"国家清史编纂委员会"的支持,将其列为"史献丛列"之一。2005 年 1 月,沈秋农调任常熟市档案馆馆长,经过该馆数年的努力,终于收集到了常熟乡里志二十种,他们认真标校,于2007年8月,由广陵书社出版了《常熟乡镇旧志集成》(以下简称《集成》)。这是我国第一部乡镇旧志集成,具有开创性。主编者的初衷是:"让前人遗存的历史文化遗产真正成为全社会的共同财富";"承上启下,继往开来","服务当代,有益后世"。但是,当着主编者将单篇的乡镇旧志汇集到一起以"集成"的形式在改革开放的新时期出版后,却一下子实现了乡镇旧志地方志功能的提升。

一是从乡镇旧志主要为县志提供资料,提升为对广大人民进行爱国主义教育的乡土教材。在旧时代,文人撰写乡镇旧志,原是为补史志之阙,特别是为县志提供资料,能做到这一点,就算是乡镇旧志完成了职责。但当常熟的乡镇旧志二十种汇集到一起出版后,它们却成了对国人进行爱国主义教育的很好的乡土教材。国家,国家,一方面,没有家,哪有国?而家乡恰恰是由家到国的最好通道,凡爱国者必爱家乡,爱家乡者又必爱国。陆晶生在《新庄乡小志》中说得好:"乡何以成,家之积也。积肥沃之地,产无量数丰富物品,而膏腴之乡[成]。""吾新庄乡既认为与本县若本省有莫大之关系焉",而国家实积各"省之县之市乡而成者也,焉得谓之无重大之关系乎?"可见乡镇旧志已是国家历史的一部分,举凡该乡镇的地理沿革、山川河流、风俗习惯、典章制度、名门望族、乡贤烈女、文臣武将、民赋武备、棉粮物产、人口增减、土特蔬果,以至园林寺庵、桥梁交通、名胜古迹、墓志碑刻、诗文民谣、文坛掌故、轶事趣闻,都与国家的历史密切相关。在新的时代条件下,《集成》展示给读者的已是一部部具有不同特点的进行爱国主义教育的乡土教材。《集成》中的二十种乡镇旧志,有关梅李的五种旧志,以记述梅李的历史、人物、艺文、碑刻、祠堂、交通、冢墓为其特色;《支溪小志》则以记述地理、闾里、都鄙、水利、桥梁、乡校、科第、文苑、宅第、园林、寺观、风俗、轶事见长;有关唐市的四种旧志,则以记述水利、物产、名胜、科第、仙释、节烈、经术、文章占优;《桂林小志》中的文学、水道、耆硕十分突出;《里睦小志》以地理、水利、乡校、公所、人物、往迹、诗文、碑记的记述,给人留下深刻印象;《小吴市记述》,简明扼要;《钓渚小志》言简意赅;《四镇略迹》纲举目张;《双浜小志》从区域、市镇、水利、田赋、户口、忠勇、人物着眼;《恬庄小识》以其对疆域、河梁、公所、义局、职官、坊表、园宅的记述令人瞩目;《金村小志》又以其对山水、古迹、诗文、人物的记述别具一格;《新庄乡小志》则以晚清、民初的近代观点对山脉、水道、气候、物产、街衢、市廛、工业、商业、教育、公共建筑物、古迹、风俗、交通、旅游作了述评。总之,《集成》中的这些乡镇旧志,当它们集中在一部著作内以后,又在改革开放进一步深入的21世纪初出版,爱家乡、爱国家的红线立刻显示出来,于是它们成了不可多得的对民众进行爱国主义教育的乡土教材。

二是从乡镇旧志主要为地方执政者提供为政的经验教训提升为当地的政治史、经济史、社会史、文化史提供珍贵史料。古人说:"治天下者以史为鉴,治郡国者以志为鉴",兴修地方志主要是为地方执政者提供为政之道的经验教训。毛泽东主席一到某个地方视察或调查,常常首先调阅地方志。1941年8月1日由毛泽东起草的《中共中央关于调查研究的决定》中指出:领导机关应"采取具体办法,加重对于历史,对于环境,对于国内外、省内外、县内外具体情况的调查与研究",研究的内容包括"县志、府志、省志、家谱"。毛泽东的这一观点后来成了我国各级干部的共识,至今仍然有效。但在改革开放的新时期里,某一地方的乡镇旧志"集成"其功能又有新的提升,它们还为当地政治史、经济史、社会史、文化史提供了可靠史料。这在《集成》里看得尤其明显。我们把二十种乡镇旧志分门别类地加以疏理,常熟市的清代历史即可知道个大概。《唐市志》(清倪赐纂,苏双翔补纂)乾隆二十三年(1768)的"序"中说:"唐市,一小镇耳,而闲谷(即倪赐)博采广搜,不遗余力,其亦敬恭桑梓之意欤。夫志而大言之,则昉自《尚书·禹贡》,迨《周礼》职方氏及外史、土训、诵训,掌四方之志,用以备顾问,广献纳,而益详至马迁八书、班固十志,体大思精,复乎不可尚已。志而小言之,则洛阳之伽蓝名园、建康宫殿、荆楚岁时、汝南先贤,皆志之支流馀裔也。"不仅如此,"唐市虽小,有水利,有物产,有名胜、有科第,有仙释、节烈。经术之湛深,于明则有杨顾;文章之雄伟,于本朝则有苏苞九、陶子师;书画擅长,则有邱屿雪、黄尊古。诸家诸体,咸备流传,后代宁不可与洛阳诸志并驱邪?"《集成》中的其他各志,其规模虽然不如《唐市志》和《梅李志》五种,但也包括了有关政治、经济、社会、文化等多种史料。完成于民国初年的《新庄乡小志》,竟提出了《本乡与本国之关系》:"懿欤休哉,吾侪何幸而生长此中华民国耶?虽然,徒挟此锦绣山河,而不思所以保持之,恐不可以久恃也。吾中华民国之国民乎,其亦思振兴实业,发展经济,合全国人之心之智力共图富强乎?吾新庄乡人仅当执鞭从之。"进而该志还提出了《本乡与世界之关系》,谓:"今日轮轨相通,六洲一室,野蛮之民日少,开化之民渐多,优胜劣败,亦天演之公例。吾新庄乡占地虽小,然世界之份也,安可不兴我教育、拓我实业,而与世界强国人民媲美哉?"这两段文字,岂不是了解晚清民初我国先进民众政治思想的极好史料吗?从单篇乡镇旧志原先主要为当地执政者提供为政的经验教训,到《集成》为今日当地政治史、经济史、社会史、文化史提供史料,这是《集成》对乡镇旧志功能的另一提升。

三是从对先贤们亮丽史迹的表彰到为文史上的重要人物提供他们行状的佐证。单篇乡镇旧志多有对乡贤们事迹的赞誉,这些文章大半为本地文人所写作,但也有些文章出自外地人的手笔。《集成》的出版,其中的许多文章于是成了考辨我国文史上的重要人物在常熟言行的佐证。如《双浜小志》中有外省人海瑞的《请浚白苑港疏》一文,开头便说:"臣开浚吴淞,随又巡历常熟县。"经过调查研究,海瑞提出:请浚白苑港,"悉照吴淞江例,不取民,不损官,并给仓廪之积,拟于春仲兴工,伏望特命工部覆议施行。"这一水利工程后来果然成功。我们这才知道,原来明代大忠臣海瑞在常熟时还有这样一件为民众做好事的政绩。再如,《金瓶梅》的作者究竟是谁,至今无定论。1983年,黄霖发表《金瓶梅作者屠隆考》,提出"屠隆说"。屠隆是浙江鄞县人,但《桂村小志》中却有屠隆的《何商楫先生传》,说明屠隆与常熟人何商楫关系很密切,在《何商楫先生传》中表现了他的仙佛思想。但黄霖的《金瓶梅作者屠隆考》中却没有提及此文,用以证明屠隆的仙佛思想"与《金瓶梅》的创作宗旨十分一致"。《桂村小志》中另有《雍山何公墓志铭》一文,也是研究屠隆思想的可靠资料。此外,明代著名文学家王世贞(江苏太仓人)、明清之际思想家顾炎武(江苏昆山人)、清初著名诗人吴伟业(江苏太仓人)、著名画家董其昌(今上海松江人)、名诗人袁枚(浙江钱塘[今杭州]人)以及康熙皇帝等人,在《集成》中也都有写常熟人、事的诗文,它们是研究这些人的思想、言行的可靠佐证。《集成》的出版,实现了乡镇旧志功能的又一提升。

我国有乡镇旧志的县市并非只有常熟市一个。假如它们也都能像常熟市档案馆那样,广泛收集并编校、出版当地的乡镇旧志,那么,我国的地方志工作将别开新面,对我国的现代化建设,对我国和谐社会的建设,作出更大的贡献!

(原载《中国地方志》2009年第11期)

点燃"西窗烛",照亮世人心

——以《西窗烛》发表的李诚的四篇作品为例

在中国报刊史上,有许多著名的栏目,为世人所熟知,如《申报》的"自由谈",北京《前线》杂志的"三家村札记",等等。新时期到来后,特别是我国实行改革开放后,全国报刊多达千余种,不过名栏不多。唯有《周末》报却以《西窗烛》独树一帜,享誉文史界。《西窗烛》的责任编辑是左元、周益和薛巍。左元责编《西窗烛》的"原声"、"往事"、"解密"、"连连看";左元和周益责编《西窗烛》的"阅读";薛巍责编《西窗烛》的"记忆"。这些分栏,个个编得花团锦簇,遂使《西窗烛》成为《周末》报的名栏,照亮了读者的心灵。我想以《周末》报记者李诚的四篇文章为例,旁及其他,揭示名栏《西窗烛》成功的奥秘所在。

首先是《西窗烛》的责编,努力开掘很少为人知晓的、但确有重要社会意义和现实价值的文史资源,满足了读者的益智需要。李诚的《她从灵谷塔上纵身一跳,血溅芳草——曾昭燏的生前身后》(《周报报》2009年11月26日)、《《富春山居图》600年沧桑》(《周末报》2010年3月18日)、《李存信:"毛时代"最后的舞者》(《周末》报2010年4月30日)、《庐山牯岭镇百年变迁》(《周末报》2010年5月6日)四篇文章就都是这样。曾昭燏(读"yù",火光之意)是著名的考古学家,曾国藩的曾侄孙女,南京博物院的原院长。是她,在南京解放前夕,联合考古学界同仁发出公开信,呼吁将已迁往台湾的文物运回大陆;是她,为南京博物院的建立作出了重要贡献,她"为了博物馆四处求人'化缘',3个月的时间筹到3亿元,非一般人想象";是她,主持了南唐二陵和山东沂南汉画像石墓的发掘和对南京六朝陵墓的保护工作,把一生"嫁给(南京)博物院";是她,在中国考古界有"南曾北夏"(夏鼐)之称,考古界提到她,都说"可敬可叹"。然而,就是这么一位著名女考古学家、学者,却在她55岁"风华正茂"的年月里,于1964年12月在灵古塔跳塔自杀,震惊了当时考古界和学术界,但是,随着岁月的流逝,如今知道曾昭燏其人其事者已经很少很少了。至于李存信,在国内也很少有人知道。但他却是全世界知名的芭蕾舞"王子"之一。2003年,他的自传《舞遍全球》,在澳大利亚曾创下连续130周居畅销书前10位的好成绩,上榜时间超过了同期出版的克林顿·希拉里传记。然而,也有人说李存信是"叛逃分子"。李存信究竟是何许人也?《周末》报又还了他的真实本相。《富春山居图》誉满中国600年。2010年人代会期间,温家宝总理在答记者问时说:"元朝有一位画家叫黄公望,他画了一幅著名的《富春山居图》,79岁才开始创作的,完成之后不久就去世了。几百年来,这幅画辗转流传,但我知道,现在一半放在杭州(浙江省)博物馆(称《剩山图》),一半放在台北故宫博物院(称《无用师卷》),我希望两半幅画什么时候能合成一整幅画。画是如此,人何以堪。"温家宝总理关于《富春山居图》的谈话发表没几天,《周末》报的《西窗烛》即发表了《〈富春山居图〉600年沧桑》一文,满足了广大读者认知《富春山居图》的需要。《庐山牯岭镇百年变迁》之所以发表,更是因为,近期庐山风景区管理局宣布了一项将大幅改写历史的计划——2010年后,牯岭镇的居民,将被迁离这个他们世代生活了100多年的名山小城。人们关心,有着上百年历史的牯岭镇将何去何从? 左元责编的栏目是如此,薛巍责编的栏目,左元和周益责编的栏目,同样是如此。在中国5000多年文明史的长河中,南北朝尤其是北朝的历史真实,也是很少有人知道。薛巍责编的《西窗烛·记忆》,则发表《缘分》、《姓刘的匈奴》等等多篇文章,让读者了解了南北朝尤其是北朝历史的真实。即使是《西窗烛》的"阅读",也和一般报刊的读书栏目有别,它同样是发掘人所罕知的文史资源,如《一个中国人在中国的遭遇》、《名医是常上媒体的医生?》、《中美有发生战争的可能吗》等文章,都使读者青眼相待,刮目而视。

其次,《西窗烛》不是为文史而文史,仅仅提供人们茶余饭后的谈话资料，而是"以史为鉴"，通过实录史迹，总结历史的经验教训，为我们提示今后怎样更好地治国执政。读过《曾昭燏的生前身后》一文的公众，都会深思：像曾昭燏这样大有功于考古界、学术界的女学者，为什么会走上轻生的惨烈道路？李诫的文章回答，只因为新中国成立后，对知识分子的估价错了，对知识分子的煎熬过头了。本来，知识分子是自由职业者，凭脑力劳动谋生，是劳动人民的一部分。可是，从对知识分子的思想改造运动开始，就把知识分子定性为资产阶级知识分子，必须并决定对他们进行脱胎换骨的改造。于是，无穷尽的检讨、交代、自我批判和批判（甚至批斗），成了知识分子日常生活的主要内容。紧张，紧张，前所未有的紧张，让曾昭燏心劳神绌，难以安生。她的出身，她在海外留学的经历，她复杂的关系链，她的被打成右派的高教部副部长哥哥曾昭抡，幼年为曾昭燏所抚养、视同己出的她的侄子也被划为右派的曾宪洛，……都是一颗颗定时炸弹，不知何时会引爆。于是，在她的日记中，"紧张"、"服安眠药"、"昏睡"等字眼出现得越来越频繁。特别是1963年6月，提出"阶级斗争要天天讲，月月讲，年年讲。有流血的阶级斗争，有不流血的阶级斗争。不讲阶级斗争什么问题都不能说明"。阶级斗争的弦绷得越来越紧。而曾昭燏又是个敢谏直言之人。当别人歌功颂德时，她直指这些人："我看你们都是佞臣。"更被记在政治账上。因此，到1964年12月22日，她自知日后不免于批斗、受辱，与其到那时低头哈腰，丧失人的尊严，不如纵身一跳，还我自由、独立之身。曾昭燏的轻生悲剧由是出现。改革开放后，党中央接受了这一历史教训，在知识分子政策上来了个大转变，知识分子成了工人阶级的一部分。从此知识分子扬眉吐气，三十年来为我国的现代化建设作出了伟大的贡献。对李存信事件的处理，则成了历史的经验。李存信是我们自己培养出来的知识分子。1981年，他在去美国学习期间，搞了跨国婚姻（按：如今跨国婚姻已是司空见惯），留在美国。这在当时可是个大事件，他被视为"叛逃分子"而被扣留。然而，后来在中方高层（一说为邓小平）的干预下，李存信终被释放。他在美国休斯敦芭蕾舞团的十多年里，成了剧团无人可取代的芭蕾王子，获得了世界芭蕾舞大赛的两枚银奖和一枚铜奖,成为《纽约时报》评选的"世界十大优秀芭蕾舞演员"之一。1987年,李存信的父母去美国看他;后来,他也回国探亲。1995年,李存信和家人选择定居澳大利亚。他成为澳大利亚芭蕾舞剧团的董事会成员,并用业余时间,去学习金融学,作为股票经纪人,赚了很多钱,还获得了澳大利亚的"澳大利亚最佳老爸"奖。2007年,他的《舞遍全球》自传中文版在国内出版。有人说,看完这本书,泪如雨下。曾昭燏的悲剧结局和李存信的喜剧结果形成了鲜明对比。后者表现了中国高层对知识分子问题处理的高屋建瓴和阔大胸襟。何者是偏差,何者是正道,一经对比,黑白立断。《西窗烛》在《李存信》一文中总结了历史经验。《庐山牯岭镇百年变迁》则是我国百年浮沉、盛衰、崛起的缩影。可以说,在《西窗烛》发表的文章里,我们都可看到历史经验教训的闪光,照亮了读者的心灵。

最后,《西窗烛》还为国内文化交流、国内外文化交流,作出了自己的独特贡献。《〈富春山居图〉600年沧桑》一文,不只在大陆使该画名声大振,而且也引起了海峡对岸台湾的重视。至今,《剩山图》和《无用师卷》分别已有300多年,何日团聚成完整的《富春山居图》,海峡两岸公众拭目以待。《李存信:"毛时代"最后的舞者》,又成了中美文化交流、中澳文化交流的不平凡的见证。《西窗烛》"记忆"中发表的有关南北朝历史真实的文章,不只国内学术界视为开辟了史学研究新领域的史学上品,而且也引起了国外汉学界的兴趣。而在《西窗烛》"阅读"中刊出的对法国科幻作家凡尔纳《一个中国人在中国的遭遇》一书的述评,称许该书"塑造了一个中国主人公的中国式生活,把各种文化、历史、社会、语言等信息和评论融合在一起,创作一部集旅游、冒险为一体的幽默小说",更是中法文化交流稀见的范例。

从上可见,有此三佳,《西窗烛》成为报刊名栏,绝非偶然。我希望,名栏《西窗烛》越办越好,越办越有名;更希望,我国报刊出现更多的像《西窗烛》这样的名栏,则读者幸甚,社会幸甚!

(原载《周末》2010年6月10日,有删节,这里发表的是全文)

"陈超事件"和陈超传奇

1966年,"文化大革命"的台风刮起不久,江苏省发生了"陈超事件",震惊了全江苏和全国高等教育界。

陈超何许人也？"陈超事件"是一起怎样的事件？

陈超(1923—2008),当时的扬州师范学院党委书记,1939年2月参加革命、1939年4月加入中国共产党的老干部。从1958年1月起,他就是扬州师范学院的"一把手"。在八年多的时间里,他和扬州师院的院长、副院长、副书记等领导班子一起,和全体教职员工一起,和学生一起,把扬州师院办成了一所以文史"知名"的高等院校,功不可没。但是,"文革"爆发后,他竟被打成"走资本主义道路的当权派"、"反革命修正主义分子"、"现行反革命分子",遭"造反派"武斗。他被戴上铁丝做的高帽子,挂上沉重的木牌子,尖锐的铁丝戳得他血流满脸。他浑身都是拨上的墨汁。他双手被反剪,"造反派"还对他拳打脚踢。起初,陈超凛然冷对,尚能支持；最后,在酷热的气候里,他被打得昏晕过去。中共扬州地委书记胡宏得知陈超濒危的情况后,只好下令"逮捕"陈超,以资保护。当公安人员将陈超抬到小礼堂的水泥地上时,陈超已完全失去了知觉,只有心脏还在跳动。这就是震惊了全江苏和全国高教界的"陈超事件"。然而,陈超在这次"武斗"中的九死一生,不过是他传奇生涯中的一次而已。陈超的一生,传奇迭出。

一

　　陈超传奇之一,他十六岁时,一而再、再而三地拒绝朋友、堂兄和"领导人"的劝说、要求和威胁利诱,冒着生命危险,坚决跟共产党走,找到了党组织。陈超在1939年4月在英山学生军中入党后,湖北省英山形势突变。陈诚派一个师兵力,到英山县搜捕共产党,陈超在搜捕名单之内,反动县长潘世谋四处抓人。同时,国民党安徽省省长李品仙在立煌县开办皖干班,许诺文官毕业任区、乡长;武官毕业任营、连长,企图以此与共产党争夺青年。中共省委、县委紧急通知英山县的党员:赶快撤退,分散转移。当即把组织关系介绍信交给每个人,去立煌县动(员)委(员)会找张干事。这时,学生军中有一个叫牛先的人,年纪较大,平时他和陈超的关系不错,算得上是个朋友,就劝说陈超跟他一起走,到国民党那边去。陈超有个"铁"哥章成来,比他早一年参加革命,是和他同年入党的,他就找章成来商量。章成来说,我们不去国民党那里,跟共产党走。陈超应声说:对! 立即拒绝了牛先,和章成来一起,连夜赶往立煌,把党员介绍信交给了张干事。张干事改发介绍信,介绍他俩到省动委直属第二工作团找团长周士民同志。国民党特务也随后追到立煌县。省委又紧急通知:立即撤退。这时陈超有个堂兄也在立煌,他要求陈超跟他投奔国民党。陈超坚决拒绝,和章来一起连夜和周士民团长赶往庐江。陈超、章成来、吴启军、陈良四人,在庐江县宣传抗日,发展地下党组织。时任安徽省省长的李品仙,通知所有动委会人员都要到皖干班集训。周士民召开紧急会议,传达中共省委通知:赶快、分散撤退;党员介绍信自带。陈超、章成来跟叶鹏一起撤退,叶鹏是领导人。三人撤退到庐江培岗。培岗前十里是一道黄谷闸,是庐江与无为的分界线,他们去无为的必经之路。由国民党正规军和二个县的保安团重兵把守(无为县开丁桥是新四军根据地)。要想过闸,难于上青天。正在这时,叶鹏乘章成来解手之时,对陈超威胁利诱:我们去立煌县皖干培训班。否则,就目前形势过闸难,敌人逮到你就会被杀头。共产党的势力太小,没有前途,投靠国民党有官做。当章成来解手回来后,陈超即和他商量,告诉他"领导人"叶鹏要他去立煌这一情况。章成来说,当然不去。陈超欣然同意,立即和章成来离开叶鹏,向无为县开丁桥赶去。由于大、小道路均有国民党重兵把守,只得在夜里从田野里摸索前行。此时,正是初冬天气,下起了雨夹雪。在这样的天气下,他们绕过关卡黄谷闸,于第三天天亮时赶到开丁桥。此时,周士民团长正在桥上焦急地来回走,见到他们急切地说,就等你们了。又问:"叶鹏呢?"章成来、陈超把情况一讲,周士民团长说了两个字:"叛徒!"周士民团长把他俩带到游击总队组织部,把他俩的组织关系交给他们;并介绍陈超和章成来经过这次重大考验,建议组织上应该重用。"文革"期间,江苏来人向章成来(后改名章佐)调查陈超,章成来告诉来人:陈超同志坚定、勇敢、忠诚,没有一点问题。

陈超十六岁入党后即面临这样一场跟共产党走还是跟国民党走关乎一生命运的考验,结果他交了一份优秀的考卷。

二

陈超传奇之二:抗日战争中,日伪偷袭陈超任区委书记的区政府,陈超沉着应战,指挥若定,反而打了一个胜仗。由是,陈超智勇之名远扬。

1943年,陈超时年20岁,已是六合县八百区的区委书记。八百距南京只有五十多里,距六合只有十几里,就在敌伪的眼皮底下。所以,日伪军经常对八百区进行扫荡、烧、杀、抢、掠,残害百姓,杀害抗日干部。陈超以大无畏的精神带领区队到敌占区活动,打击敌人,捕捉敌探和奸细,多方搜集敌情,了解日伪动向,及时向县委和我军提供情报。日伪把陈超视为眼中钉,必欲残杀他而后快。一次,日伪军偷袭八百区的区政府所在地巷子王村,妄图消灭八百区政府。陈超警惕性很高,在日伪方向布置了哨兵,因此当日伪军距巷子王村还有2里路时已被哨兵发现,鸣枪报警。陈超听到枪声后,随即派人通知我军东南支队。同时在村口土墙下、王村巷子内、屋顶上，带领区干部、区队及民兵，同偷袭的敌人展开激烈战斗。在随后闻讯赶来的东南支队的支援下，偷袭的敌人被打退，伤亡数十人，狼狈地逃回六合县城。这场名为王村战斗的反偷袭战，使二十岁的陈超智勇双全之名大震。

三

陈超传奇之三，在解放战争中于1947年他率领一支敌后武工队，恢复淮南盱（眙）、凤（阳）、嘉（山）地区，厥功甚伟。他多次遇险，凭机敏、骁勇，又多次死里逃生。

1946年下半年，国民党大举进攻淮南解放区，淮南沦入敌手。1947年3月，华东局高层决定，组成南下支队到敌后恢复失地。1947年6月，命令陈超带一支敌后武工队，向淮南地区挺进。途经盱眙县仁和集一带时，他们被敌人跟踪，随即被追杀。陈超臂部受伤。他不顾伤痛，以顽强的毅力，机敏地借助地形、芦苇荡的掩护，率队摆脱了敌人。他们跑到渔民所在地，换上渔民的衣服，由渔民用船护送他们过了淮河，到达六合。然后，进入盱凤嘉地区，依靠老区群众，逐步恢复区乡政权。1947年冬，陈超奉命去淮河南岸重镇潘村镇建立政权，发展地方武装。没有想到，潘村镇已重被敌人占领。敌人喊着"捉活的"，企图俘获他。陈超便往淮河边跑。十几个敌人在后面追。陈超个子高，一米八〇，腿长，又经过军事训练，跑得飞快，敌人一个一个掉在后面。陈超在这次与敌人的遭遇战中得以生还，又胜利了。因陈超在恢复盱凤嘉地区的战斗和工作中卓著功勋，1948年3月他被任命为盱凤嘉县委副书记；6月，任盱凤嘉县工（作）委（员会）书记。

四

陈超传奇之四："农民数万向西郊，大字传单四处飘，扬臂挥拳呼口号，扬州师院救陈超。"（《扬州文革竹枝词》）

陈超于1945年2月任仪征县铜山区委书记、谢集区委书记；1948年11月，任仪（征）扬（州）县委书记；1949年2月，任仪征县委副书记、书记。直到1950年7月，任中共泰州地委农委副书记、书记，先后在仪征的土地上战斗、工作、生活了五年多，为仪征人民做了不少好事，仪征人民对陈超怀有深厚的感情。"文革"开始后，仪征人民听说陈超在扬州师院被"造反派"斗得差点死去，既悲痛，又愤慨。孰料1967年夏，扬州师院的"造反派"竟从已经"夺权"了的扬州地区"造反派"手里要回陈超，把他押解到仪征县去批斗，宣称要"肃清"陈超在仪征县的"流毒"，于是发生了"农民数万向西郊"、"扬州师院救陈超"的传奇。

据陈超《新城一页》（载《钟山》杂志）中的回忆，正当押解他的囚车徐徐驶进新城的时候，先是隐隐地断断续续地有如风卷狂涛般的回响，到后来各种声音汇合成巨大的怒潮，只见风烟滚滚，夹着雷鸣电吼，飞涛万顷，万马奔腾，凄厉而尖锐，接着轰轰然，越来越近。他还没有听清楚，无数的人流随着怒卷的尘土从四面八方涌来了，将囚车团团围住。起初他还不知道发生了什么事，后来才知道是仪征新城人民来解救他的。顿时间他置身于炽热的人群中，人群的暖流，风起云涌般地涌到他的心头，他奋然抬起头来。

可是他无法倾泻他的感激之情，也无法回忆他当时感情炽热的程度，只记得泪如雨下，默然无言。这时候，唉，也只有到了这样的时候，他才恍然大悟，群众才是历史的公正的裁判者，群众并没有忘记我们，群众不会忘记党的优良传统的，群众永远也不会忘记为他们发出的任何一点的光和热，然而从根本上来说，是谁忘记了群众呢？

他无法掩饰他的惶愧和忏悔，更不能回避一个共产党员所应有的高尚的道德和责任感，然而面对着这么多炽热的正义的群众，他该怎么办？

一阵纷乱，车子不能开动。尽管那些押解他的"造反派"们解释，这次游斗陈超，是为了肃清陈超的影响，推动斗、批、改。可是群众正义的呼声是严肃而尖锐的，质问他们为什么要把好人当坏人，为什么要摧残党的干部，为什么不顾党纪国法，为什么不要党的政策，一直问到谁是共产党,谁是国民党?这些提问多么严正,多么深刻,多少尖锐,多么辉煌而无愧于我们伟大的社会主义国家,真可谓惊天地而泣鬼神。

他分明地看见那些"造反派"们哑口无言,看见他们一个个面无人色。忽然,一个四十多岁的人跳上车来用手势向他表示着什么,然后摘下他挂的牌子,扔掉高帽子,由于义愤已甚,脸都变紫了。后来陈超才知道他是一位可敬的哑巴。这时陈超在解放战争时期其母亲曾经照料过他的李学桃出现在陈超面前,他把陈超扶下车来,一面哭一面大声地呼叫:

"好人,他是好人!"

还有位陈超认得的农民唐有法挤过来揣两块烧饼给陈超,陈超不要,他愤然地说:"你放心吃吧!"

听见有许多人喊他政委(那是在战争年代的称呼),看见李学桃哭得那样厉害,看见在西山一带打游击时其父亲对陈超照顾得无微不至的黄老五,毅然决然地摆出要同那些"造反派"们论战的大义凛然的气概,他从来还没有见过黄老五的眼睛睁得那样大,脸涨得那样红。这时候陈超几乎心胆迸裂不能自持了……

十几年过去了,在人们的记忆中这件事可能早已淡漠,但陈超是不敢忘记的。他能忘记吗?

五

陈超传奇之五,在新时期到来后不顾两个省委常委的压力,为"姚迁事件"中的姚迁鸣冤叫屈,正气浩然,大义凛然。姚迁同志是革命老干部,文物、博物专家,"文革"后复出,任南京博物院院长。有人竟以文章署名问题诬告他欺世盗名、掠夺别人的劳动果实。姚迁不服,申言抗辩。时任省委常委、宣传部部长的某某某、省委常委、宣传部常务副部长的某某某却一再组织对姚迁的批判、斗争。姚迁含冤负屈,无法申诉,被迫自杀以明志。由于姚迁既是老干部又是专家,他的自杀,不仅震动了国内文博界,而且在国际博物界也产生了相当反响。"姚迁事件"引起了党中央胡耀邦总书记的重视,最后给姚迁同志平反,将省委常委的某部长予以撤销党内外职务、降级使用的处分,将也是省委常委的某副部长予以党内警告处分。在"姚迁事件"前后,在省委宣传部的领导班子中,陈超处于少数地位,但他面对压力,多次为姚迁申辩,还向党中央和公众发出公开信,据理为姚迁力争。"姚迁事件"后,陈超同志在文化界、文艺界、文博界受到广泛好评。

　　无论是在工作岗位上,还是在离休以后,陈超同志晚年,始终与不正之风、腐败现象作斗争。他写了系列杂文:《为伪者诫》(载《人民日报》)、《观鸡小记》(载《雨花》)、《且说这"官"字儿》(载《新华日报》)、《名实辩》(载《瞭望》)……等等。他严正指出:"欺名渎实的行为",是社会上"不正之风得以继续存在,流风余韵不绝如缕的事件"的成因(《名实辩》);他大声疾呼:"我宁肯原谅低级动物的无知,而绝不原谅高级动物的无耻!"(《观鸡小记》);他强烈要求:"在帮助组织上正确地选择接班人的问题上,对于那些潜在的,至今还没有从'不说假话,不能成其大事'的林彪幽灵中解放出来的人,我们可要慎之又慎,谨防上当!否则,那将后患无穷,后悔莫及。"(《为伪者诫》);他尖锐揭露:"有些人一旦担任什么职务,就真以为是做官了,因而什么裙儿带儿,楼儿馆儿,车儿票儿,脂儿粉儿,花儿草儿……各种奢求和欲望都来了。连脸儿调儿都变了。试问,这是为谁'服务'?"(《且说这"官"字儿》)陈超同志的这些杂文,切中要害,结合实际,说出了大家的心里话,因而受到读者的衷心欢迎。这又是陈超同志晚年正气浩然的体现。

六

　　陈超的清正廉洁,已经不是一般的清廉,而是成了传奇。他当江苏省文化厅厅长多年,而且是在出国访问已成为家常便饭之后,他却没有出过一次国。江苏省京剧团、昆剧团、评弹团、歌舞团等多次出国演出,需要省文化厅领导带队。厅内同志推举他当领队,他却一次次拒绝,建议厅内别的领导同志带队出国。遇有其他出国访问、考察的机会,他也都让给别人。在我国30个省、市、自治区文化厅的资深厅长中,改革开放年代始终未出过国的,可能也就是陈超一个人。如此清廉公正,在江苏文化界、文艺界,被作为故事口耳相传。

陈超有二子三女。"文革"后期,他已"解放",当了扬州地区领导干部;新时期到来后,他担任中共江苏省委教卫办公室副主任、科技部副部长;都有权在手,可以安排自己的子女有较好的出路。但他的二子三女,三个插队当农民,两个下厂当工人。只有一个小女儿插队后通过高考上了大学,其他四个子女的学历都不高,至今他们都是普通老百姓,一没有当官,二没有发财。陈超同志对子女的态度是:"一切由他们自己努力,绝不为子女谋私利。"但是,他对别人的子女遇到困难时,总是想办法给予解决。扬州师范学院老院长孙蔚民的大儿子参军回来后,很多单位不予安排,是陈超帮助解决了他的工作问题。省文化局原局长周邨的两个儿子的工作问题,也是陈超出力解决的。这在文教界的高干中又是不多见的。

陈超从1955年5月起,就是专员,正厅。1956年评级,他谦让,只给自己定为行政十二级。直到他逝世,他的厅职、级别没动过,可谓五十二年如一日。后来中央规定,"文革"前行政十一级的正厅,离休后可以享受副省级的待遇。由于当年他是因为谦让,自降一级,才评为行政十二级的,因此有的同志建议他申请副省级待遇。陈超却把地位、待遇视为身外之物而未接受这一建议,以致他逝世前医药费中的自费部分统统由自家掏腰包解决。鉴于陈超一生清廉,且子女众多,存款极少,省委书记梁保华同志在他逝世后,特别批准其医药费自费部分在公费内报销。据江苏省文化厅练福和同志回忆,陈超在担任江苏省文化厅厅长期间,下去了解情况,调查工作,都是坐长途汽车去,坐长途汽车回。有次坐长途车回南京,陈超一下车两手拍拍胸脯说:"坐长途汽车不是照样回到南京啦,又没少块肉。要是坐小汽车回来,小车放空回去,要浪费多少汽油啊,要考虑下面困难。"陈超的清风骀然,于此也可见一斑。

七

　　陈超传奇之七是,他革命经历七十年,在战争时期拿枪,打鬼子,打反动派,在和平建设时期搞建设,做育人、宣传、文化工作;但他毕生好学,酷爱文艺,始终从事业余文学创作,他又是位小说家、诗人、散文家。早在抗日战争时期,他就一边拿枪杆,一边拿笔杆,给《淮南日报》写通讯,得过奖。更上层楼,乃写报告文学,发表的作品有《夜逃》、《铁蹄下的天长城》等。他任县委书记、扬州地区专员、地委副书记时期,吟诗作词;在扬州师院党委书记岗位上,竟笔走龙蛇地创作出50多万字的长篇小说《淮河两岸》。"文革"后,他调任省文化厅厅长和省委宣传部副部长,这期间,"一朝沟陇出,看取彩云飞",又创作了多阕"曲",以至其诗词作品累积达300多首。据其好友、著名作家翻译家梅汝恺统计,陈超填用的词牌,多达80多种,曲牌广涉,亦多达30余谱。有词集《同乐集》和词曲、新诗、旧体诗合集《红叶集》等出版。他还写散文、杂文,出版了《灿若流霞》、《天高云淡》等多种文集。著名学者、南京大学校长匡亚明认为,《淮河两岸》这部长篇,"是一部淮河两岸人民战胜日本帝国主义和国民党反动派的英勇斗争历程,也是淮河两岸清淳、雄浑、壮丽、幽美的风景画,又是一曲水网游击队的英雄赞歌,更是一部淮河两岸伟大人民的英雄儿女成长的血泪史"(《晚晴颜色胜朝阳——〈淮河两岸〉小引》)。对《淮河两岸》作出了很高的但又符合作品实际的评价。陈超的旧体诗词,在同辈诗人中,可与郭化若、曾昭燏、吴天石的旧体诗词相媲美,有思想,有艺术,诗意、诗境、诗趣、诗味,堪称一流。1962年,他为扬州师范学院(现为扬州大学)校庆十周年写的那首词:"锦绣湖山,绿杨城廓,稻香万里缤纷。一片欢欣,流虹笑洒群英。十年不觉春常在,柳烟里龙啸虎吟。……"不仅传诵于扬州师院的师生中间,而且为著名诗人江树峰(江泽民同志的叔叔)赞赏,说它艺术地概括了扬州师院的十年征程。老诗人、老诗评家吴奔星先生则在《洋溢兴旺意识的〈红叶集〉》(《红叶集》序)中充分肯定:"陈超同志在语言形式方面的探索,实际是把诗词曲放在普及的基础上向提高的方向发展和创新。这是一条促使社会主义诗歌从大众化、民族化推向现代化的道路","是一条符合中国国情的创新的道路"。至于他的散文、杂文集中的多部作品,有的获双沟散文奖(《酒》);有的获"纪念中国共产党成立七十周年"征文奖(《忠诚之恋》);有的获"东方杯"杂文奖(《卖国贼与阿金》);它们都称得上:"铁肩担道义,妙手著文章"。陈超既已公开出版、发表了这么多部优秀作品,因此不少同志(包括我在内)动员他参加中国作家协会。他却回答说:"时代、人民要求我执笔为文,我才写了这些作品。它们既已出版了,发表了,产生影响了,也就完成了历史使命,何必再参加中国作家协会呢?中国作家协会应该多从青、中年业余作者中吸收一些能够艺术地为人民服务、为社会主义服务,能够创作出高质量的为人民喜闻乐见的文学作品的同志入会"。有些同志也许对"位"、"利"无所谓,对"名"却看得很重,但陈超把"名"也看得很淡。

八

生平多传奇,清正是陈超。可是,又有谁想到,在他逝世后,陈超的遗体告别仪式也成了传奇。从上世纪九十年代以来,由于老同志故世的较多,而省委书记又公务繁忙,因此,现任省委书记参加老同志遗体告别仪式的绝少。然而,在陈超的遗体告别仪式上,中共中央委员、中共江苏省委书记梁保华同志却前来肃立致哀,第一个向陈超三鞠躬告别;参加陈超遗体告别仪式的数百名同志哭声一片。陈超身后因何获得这样的哀荣呢?因为梁保华书记虽然不一定具体了解陈超的全部生平事迹,但他对陈超在"文化大革命"中横眉冷对"造反派"和投机分子的迫害是了解的;对陈超在"姚迁事件"中的杰出表现是熟悉的;对陈超的清正廉洁是深知的;对陈超的文武双全、智勇兼备是清楚的;因此,他决定放下繁忙的公务,前来参加陈超的遗体告别仪式,哀悼死者,激励生者,从而造就了陈超逝世后的又一传奇!

陈超同志虽然离开我们已有两年了,但他的传奇一生,他的浩然正气,骀然清风,他的优秀作品,将长留人间!

(原载《周末》2010年8月5日,有删节,这里发表的是全文)

谈谈地区边界文化

地区边界文化不是边疆文化,它指的是省、市自治区交接地区的文化。地区边界文化(以下简称边界文化)有特殊性,国外对此研究者甚多,但国内极少有人研究,因此在这里专门谈谈边界文化,以引起文化研究者的注意。

我国的边界文化,举其大者有苏鲁豫皖边界文化、川黔鄂边界文化、豫鄂陕边界文化、闽粤赣边界文化、湘桂黔边界文化、蒙黑吉边界文化、陕甘宁边界文化、陕蒙宁边界文化等。两省之间的边界文化就更多。据统计,我国省级边界地区分布着849个县(市),占全国县级行政区总数的39%;大陆30个省级行政区的陆路边界总长达52000公里。这些边界地区对我国的民主革命作出过巨大贡献。全国解放前的许多革命根据地都建立在边界地区。在中国共产党的领导下,根据地里的边界文化有所发展。但在全国解放、新的行政省区建立后,边界文化又都受到不同程度地忽视,以致远远落后于各省、市、自治区的中心地区文化。新中国成立42年来,几乎找不到什么论述边界文化的文章。

但是,边界文化有其特殊性:

一是文化结构的丰富性。边界文化不是一种文化结构,而是多种。以川黔湘鄂地区的边界文化而言,就是四川、贵州、湖南、湖北四种文化的共存和并峙,由于边界地区不少居住有少数民族。因此更增加了文化结构的丰富性。

二是多种文化的交融性。虽然在边界各县(市)均以本省文化为主,但由于这些地区犬牙交错,人口杂处,所以边界文化中的多种文化也就逐渐交融。如苏鲁豫皖边界文化,因为多年来的交融,竟形成了该边界文化的许多共性:粗犷、好胜、崇武、尊儒。这一边界文化的共性往往压倒了原来各省文化的个性,而形成了该边界文化的特性。

三是边界文化的独立性。一当边界文化形成以后,它们又有顽强的独立性,特别是与中心地区的文化独立。如苏鲁豫皖边界文化,既和以南京市为中心的苏文化不同,也和以济南、郑州、合肥为中心的鲁文化、豫文化、皖文化有别。

四是边界文化的稳定性。由于边界距中心地区较远,所以边界文化受中心地区文化的影响较小。如改革开放以来,中心地区的饮食衣着、礼仪装饰、民情风俗以至体制规章都有了很多变化,但边界在这些方面的变化则很小。如封建迷信、"超生游击队"(多子女)在边界较多。

五是边界文化对传统的继承性。如苏鲁豫皖边界文化,至少从元明以来就存有一种逃荒文化的传统。天灾一来,边界里的百姓就外出逃荒,但他们不是单纯行乞,或以卖唱为生,或以表演武艺度日,或搭班子演出地方戏,形成了该边界特有的逃荒文化传统,而且至今不衰。即使在新中国成立后,只要年成不好,他们还是外出演艺谋生,带去那里的文化。

边界文化的上述特性,既是它们的优点又是他们的弱点。但总的来说,边界文化显得落后。新中国成立后,中心地区的文化,发展很快,有目共睹;但边界文化则变化不明显。在那里,文化设施很少;电影队很少去;信息传播工具欠缺;商品经济极不发展;迷信活动普遍;赌博现象泛滥。社会主义文化在边界的影响较小。然而,边界幅员广阔,约有三亿人口在那里生活,如果我们不从90年代起狠抓边界文化,以社会主义文化占领这块阵地,那么我们就将在文化发展战略上出现失误。有鉴于此,特提出发展边界文化的如下意见:

一、在各边界切实建立和充实乡级文化机构,负责文化工作的管理和对文化发展的辅导,活跃边界文化生活,满足边界人民的文化需要。

二、制定对发展边界文化的优惠政策。

三、明确边界文化的指导思想是以社会主义思想教育边界人民,为社会主义服务,为边界人民服务。

四、当前要对边界文化作一次认真的调查,区分其中的两种文化因素。凡属民主的、进步的、有人民性的文化因素要提高发展,凡属封建的、落后的、愚昧的文化因素则要废除或加以彻底改造,推陈出新。

五、通过多种文化工作发展边界人民群众的商品经济意识,为发展边界的有计划商品经济创造条件。现在边界突出的问题是穷。边界商品经济发展了,人民富裕起来了,社会主义文化在边界的扎根、巩固和发展才有了保证。

六、通过发展边界的旅游文化来开发边界的旅游资源,这是边界人民脱贫脱愚的又一途径,也是提高边界群众文化责质的一个方面。

七、大力发展边界的教育事业,这是搞好边界文化工作的基础。目前两亿多文盲和半文盲有80%集中在边界,边界人民的文化水平不提高,边界文化工作也就谈不上有真正的发展。

八、文化人才要进入边界。改变文化人才只留在大、中城市的情况。在分配高等学校毕业的文化人才时要考虑到这一点。

九、从理论与实践的结合上做好边界文化的研究工作。对其中的优秀成果要给予奖励。

十、开展边界文化的对外交流。把边界文化中优秀的音乐、舞蹈、戏剧、美术、建筑艺术、文学作品介绍到国外去,以此视为弘扬民族优秀文化的一个重要方面。

(原载《中国文化报》1991年9月11日)

论"干校文化"

湖北省有个咸宁，那里有个云梦泽（现为向阳湖）。1969年，中国文化部、中国文联、中国作家协会等6000余名干部被下放到咸宁五七干校。这是中国当时最大的干校（后来江西五七干校比它更大）。"文革"后，咸宁五七干校出了名，因为咸宁又出了个李城外其人。他把咸宁五七干校当作一种文化现象来研究，访问当年下放到这里咸宁五七干校的知名人士；约请曾经在不同干校生活过的人撰写文章；恢复咸宁五七干校的原貌；编辑、出版了《向阳情结——文化名人与咸宁》(2001年，人民文学出版社)；撰写了《向阳湖文化人采风》(1997年，人民文学出版社)；主编了《向阳湖文化报》；於是在中国文化中又列入了"干校文化"这个名目。但是，什么是干校文化，它的内容包含了什么？在干校的学员中有哪些文化心态？通过干校文化和干校学员中的文化心态，我们应该深入思考的问题又是什么？这些问题却远不是进过五七干校的人都已经认知清楚的。因此对"干校文化"有必要一论。

一、什么是干校文化，它的内容包含了什么？

1966年5月7日，毛泽东主席在看了军委总后勤部《关于进一步搞好部队农副业生产的报告》后，给林彪写了一封信，提出了下述意见：军队、工人、农民、学生、商业、服务行业、党政机关工作人员，凡有条件的，都要学军、学工、学农、学本专业、学政治、学文化，都要批判资产阶级，都要办成"一个这样的大学校"。这些意见，是就某一报告发表的原则性的感言,并不是真的要军队、工人、农民、学生、商业、服务行业、党政机关工作人员都要办各种各样的具体的大学校。不料,林彪一伙,就此大作大章,说成是"光辉的'五·七'指示",它"是马克思列宁主义划时代的新发展,是科学共产主义理论的新高峰,是巩固无产阶级专政,防止资本主义复辟的根本措施,是建设社会主义、逐步过渡到共产主义的宏伟纲领。"把一封普通的信,提到无与伦比的高度。及至后来出现了"四人帮",林彪与"四人帮"既矛盾又勾结,他们于1969年落实"五·七指示",把文化系统的6000多名干部,统统赶到咸宁,办起咸宁五七干校。从此,各省、市、自治区、各行业,办"五七干校"成风,以致地区、市、县也办起了"五七干校"。当时,我国的各级干部约一千万人,进"五七干校"的少说也在五百万人以上。这五百多万人集中在"五七干校",很自然地形成一种特有的文化现象。党的十一届三中全会后,先知先觉的人们称之为"干校文化"。这就是"干校文化"的由来。

"干校文化"包含了哪些内容呢？林彪、"四人帮"办"五七干校",首先是把干部、知识分子作为不可信任、不可依靠的整体来惩罚的。所以,进了干校的干部和知识分子,都得要过劳动关。无分老少,无分弱、残、疾病,都得参加艰苦的劳动。干打垒盖房子的,养猪的,放羊的,放鸭子的,搞运输的,开荒的,种菜的、栽秧的、种麦子的,养蚕的(这已经算轻劳动)……都得叫干部和知识分子干。而且不是小干,而是大干,没命地干,一天劳动下来,累得连上床前洗个脚都顾不上只想睡觉了。但如果光是劳动,干部和知识分子经过一段时间锻炼,也还是可以勉强适应的。然而,林彪、"四人帮"办"五七干校"的目的,主要是搞"斗、批、改",即斗争"走资派",斗争"八种人"和臭老九；批判资产阶级,批判死不改悔的走资派；否定一切,而后建立各种各样的"新生事物",即所谓"改"。于是,进入"五七干校"的人,不只要参加劳动,而且还要参加没完没了的"斗、批、改",甚至在田间、地头开斗争会。被斗的人固然被斗得筋疲力尽,神经错乱,就是斗别人的革命群众也不胜其负担。只有极少数"造反派"领导人和军宣队领导人才得其所哉地琢磨一切,策划一切,算计一切,有的是时间,享受的是战斗后的休息。特别是到了二十世纪七十年代初,林彪"四人帮"又大抓"五一六"反革命分子,大搞逼供信,把人斗得昏天黑地。这是各个干校都在劫难逃的。五七干校除劳动、"斗批改"外,另有一项任务,就是学军、学工、学农,搞形式主义的一套。天天出操、跑步,搞军训;背语录;接受工人和贫下中农再教育,搞一套所谓脱胎换骨的思想改造。有人说,"五七干校"是干部和知识分子的"炼狱",是"文革"博物馆,一点也不夸大的。

但是,列宁的两种文化学说,同样适用于"干校文化"。即在"干校文化"中既有封建的、专制主义的、反人性的文化,也有对抗这种文化的自觉的、正气的、呼唤民主的文化,要求早日结束干校、否定"文化大革命"的文化。即使受到痛苦的磨难,意志更坚定,理想更明确,思想更成熟,人格更高尚。干校文化中的后一种文化,随着林彪的叛逃、摔死,擦亮了人们的眼睛而加快发展。没多久,林彪事件公布,各种"五七干校"也终于宣告结束其历史性的闹剧而纷纷停办。干校文化乃成为一种值得反思的文化现象。自然,干校文化中的两种文化,绝非那么单一,其中还包含着一些过渡性的形态,这和干校学员中不同的文化心态有关。

二、具体分析干校学员中不同的文化心态

五七干校中的绝少数人,掌握着对干校学员命运生杀予夺的权力。他们视干校为自己发迹上升的基地,因此把干校说成是好得不得了的毛泽东思想大学校。江苏五七干校里有个军宣队的领导人,原是营级参谋。到干校后领导"斗批队",狠抓"五一六",立了大功。干校结束后论功行赏,竟升任中共江苏省委组织部副部长;回到部队提升为师级干部。像这样的人,他会说干校不好吗?五七干校就是好,就是好,这就是他们的文化心态。

在干校深受其迫害的一部分觉悟了的干部和知识分子的文化心态,则可以萧乾、张光年、洁泯、张惠卿、阎纲等同志为代表。萧乾说:办五七干校的用意在于:"要一个不剩地把知识分子从上层建筑中赶出去,以确保那一帮人的江山永不变色。"张光年说,咸宁干校的特点是:

"'知识分子成堆',那还得了？那当然是可怕、可恨、可鄙而又可怜的人。"洁泯在《咸宁干校记什》一文中,"全面地反映了干校的严酷生活,下湖劳动的苦况,人如蝼蚁一般地死去(按:仅韦君宜一人,就亲眼见到侯金镜等十位同志在干校死去),有些管教人员横暴和道德败坏。"(参见戴文葆《怅望向阳湖》一文)阎纲说:"应该面对事实,把'五七干校如实地看作无产阶级专政条件下整治国家干部(特别是知识分子)的管制所。"陈原说:"一口气读完(陈白尘的)《牛棚日记》。它仿佛让我重游了一次'炼狱',它带领我回到那十年——知识分子乃至各阶层的人民受难的那十年。"(陈原:《读〈牛棚日记〉》)这是在五七干校中受到整治后觉悟较快的一部分同志的文化心态。实事求是地说,有这样心态的人在五七干校中也是少数。

大多数在五七干校的学员则处于从不觉悟到觉悟的过渡型的文化心态:

其一,以为到五七干校,是为了执行毛主席的革命路线去劳动锻炼,改造思想。这可以郭小川去五七干校后写的诗篇《赠友人》为代表:"此刻啊,/正是继续走上征途的,/新的起点;""我们能够,/能够贡献自己的一切,/为了我们的毛主席,/为了毛主席的革命路线;/我们能够,/能够改造我们自己,/成为毛主席的真正战士,/成为名副其实的共产党员。"然而,即使像郭小川如此虔诚地愿意在五七干校里劳动、改造,却因在《长江边上'五七'路》一诗中有这么一句:"我们剧烈跳动的心脏——这整个肌体的中心枢纽,直通着伟大祖国的心脏——北京街头。"也被诬为"怀旧",当作"不安心于改造,幻想着回北京"的"黑线回潮"思想而遭受批判。(见崔道怡:《国庆中秋忆向阳》一文)

其二,是把干校当作避风港的文化心态。这可以谢永旺为代表。他说:"因为难以预测极'左'路线何时结束,便打算日后在咸宁找一份适应自己干的工作,或以教书为主。"有这样文化心态的人数颇多。谢永旺分析说:"走'五七'道路,有的服帖,有的反抗,有的真诚,有的应付。我看当时大多数人是服帖改造的,这不是进步而是退化,至少是观察思考能力的退化。"(《"咸宁的一切使我终身难忘"——访原〈文艺报〉

主编谢永旺》)所好的,存有这部分心态的同志自林彪在温都尔汗摔死以后,都有了不同程度的觉悟,对干校的评价有了很大改变。

其三,在干校心静如水,既不激动,也不悲观,极目蓝天白云,对视绿水青山,冷眼观察"文革"的发展,这可以冰心为代表。在咸宁五七干校里,以冰心的年事为最高,1970年刚过,她已经古稀之年,但她竟然也被下放到五七干校,与张光年、张天翼等人一起,轮流看守菜地。她自己讲述了去干校途中的情形:"我们在武昌把所有的冬衣、雨衣、大衣都套起穿在身上,背着简单的行李,在泥泞的路上,从武昌走到咸宁,当我们累得要死的时候,作协来接我们的同志,却都笑着称我们为'无耻(齿)之人',这又把我们逗笑了。"寥寥九十多字就写出了未到干校之前冰心等人所受到的折磨。到了干校,冰心始终采取静观人世的态度。持这种文化心态的也不在少数。(参见《一片冰心在向阳——拜望"文坛祖母"谢冰心》和冰心:《和郭小川一起到咸宁》两文)

其四,"身在向阳湖,心系周总理。"持这一文化心态的可以周巍峙为代表。周巍峙是著名的音乐家,《中国人民志愿军战歌》"雄赳赳,气昂昂,跨过鸭绿江……"歌曲的作者,"文革"前在文化部即是司局级干部("文革"后任文化部代部长)。他在咸宁五七干校里也备受迫害。不能说周老在五七干校里已经觉悟很高。他把希望寄托在有朝一日政策落实到自己身上,特别是"心系周总理",希望周总理真正有职有权,贯彻执行党的政策。他"心系周总理"是对的,但在"文革"年代里指望周总理落实干部和知识分子的政策,又是不切实际的。事实上,只有粉碎了"四人帮",党的十一届三中全会召开以后,党的干部和知识分子的政策,才得到全面落实。所好的,其后周巍峙已经认清了干校的本质。当李城外同志访问他,请他谈咸宁干校那一段生活时,他发问道:"你们现在挖掘向阳湖文化资源,出发点是什么？是宣传向阳湖,还是揭露'四人帮'？"城外同志回答:"为的是'铭记历史,弘扬文化',在宣传文化人同时,警醒大家吸取文革惨痛教训,防止历史悲剧重演。"周老才表示首肯,谈开了往事。(见《春风曾度向阳湖——访原文化部代部长周巍峙》)类似周巍峙同志文化心态的同志也不少。他们在干校认真劳动,认真检讨,"心系周总理",等待党的政策在自己身上落实。

其五,也有很少数的一部分同志,他们在干校"解放"较早,干的劳动较轻微,离开了政治气氛压抑、沉闷、缺少安全感的北京,来到咸宁五七干校,顿觉天地开阔,因此对干校生活颇为习惯,在向阳湖写了不少"忆向阳"的诗篇。这可以臧克家为代表。臧老在民主革命中和"文革"前十七年写过不少优秀诗作,也没有什么历史问题,又不是当权派,所以较早就"解放"了。在五七干校里,他只是干些看菜地的轻活,所以他在干校里写下的"忆向阳"诗篇,田园诗的风味十足,和干校实际上的严酷环境形成了鲜明的反差。就臧老本人而言,他的感情是真实的,但就揭示干校的实质来说,他的这些诗是反真实的,干校怎么可能是诗中所描写的那么美好的田园呢?不过,不管怎么说,臧老的文化心态对某些问题不大、劳动负担不重的干校学员来说也是有代表性的。臧老的夫人郑曼同志对《忆向阳》这本诗集作了解释:"当时我们的觉悟程度没那么高,并没有觉得干校是极左。只是响应毛主席的号召,抱着接受再教育,改造世界观的态度下去";"所以这些诗并不是做出来的,确实是从心底流出来的。"(《九十依然忆向阳——老诗翁臧克家访问记》)因此,这种文化心态的产生也是可以理解的。

正因为干校里的成员,具有如上不同的文化心态,持前两种文化心态的都是少数,而大多数持的是从不觉悟到觉悟的过渡型文化心态,所以干校才办得下去。若不是林彪摔死,五七干校很可能要办到"四人帮"垮台才会结束。这就必然会引申出这样一个大问题:为什么五七干校能在中国出现,并持续有数年之久,这在我国的国民性方面是否也有值得深入反思的问题。

三、从国民性的负面上探求"五七干校"何以能够存在的原因

"五七干校"以至"文化大革命"所以能在中国办起来、发动得起来,有其深刻的社会原因在。小农经济的广泛存在;农民意识的深入人心;

专制主义的传统长达两三千年；这些，不仅是这些，是"文化大革命"之所以在中国能够发动起来的根本原因。在欧美现代国家，不可能出现"文化大革命"。即使在苏联，斯大林可以搞"肃反扩大化"，但也搞不起来"文化大革命"。因为在苏联，还有一定的党内民主。在布尔什维克多次代表大会和代表会议上，列宁的发言常被反对声打断，有人大叫："我不同意！"而这种情况，在中国的党代表大会或代表会议上是不曾有过的。至于"五七干校"之所以能在中国办起来，而且只能在中国办起来，出现"干校文化"，除了"文化大革命"这个大环境的外部原因外，还可以而且必须在国民性的负面上找深层原因。

所谓"国民性"，指的是一个国家的国民在几千年的文化积累中逐渐形成的独特的国民性格。一国的国民性，既有正面、光明面，也有负面、阴暗面。鲁迅毕生研究中国的国民性，而且为改造国民性的负面，在创作中在杂文里进行了毕生的斗争。鲁迅认为，在中国的国民性中，正面、光明面是主要的。他在《中国人失掉自信力了吗》（最初发表于1934年10月20日《太白》半月刊第1卷第3期，署名公汗，后编入《且介亭杂文》）中写道："我们从古以来，就有埋头苦干的人，有拼命硬干的人，有为民请命的人，有舍身求法的人，……虽是等于为帝王将相作家谱的所谓'正史'，也往往掩不住他们的光耀，这就是中国的脊梁。""埋头苦干"、"拼命硬干"、"为民请命"、"舍身求法"……便是中国国民性的正面、光明面。中国之所以历经数千年而始终能够屹立在世界的东方，就因为有这些优质国民性在，有"中国的脊梁"在。但是，另一方面，鲁迅又毫不含糊地揭露和批判了中国国民性中的负面、阴暗面：如阿Q主义，"做稳了奴隶"便不思反抗，宁做太平犬，不作乱世人；事大主义；官本位；文牍主义；等等。这是鲁迅遗产中最有光彩、最有社会价值的部分。但是，不知道什么原因，自新中国成立以后，"国民性"这个词目消失了，国民性中的负面、阴暗面不允许谈了，甚至在《辞典》、《辞源》、《辞海》里撤销了"国民性"这个词条。似乎，随着新中国的成立，国民性的负面、阴暗面便一下子消失了。如此忽视与国民性中的负面、阴暗面作斗争，也就必然导致国民性中的负面、阴暗面恶性发展，以至在"文化大革命"中产生了国民性的负面、阴暗面的大发作、大展览。具体到干校,干校里的干部和知识分子,除了少数同志仍然充当"中国的脊梁",坚持"埋头苦干"、"拼命硬干"、"为民请命"、"舍身求法"者外,多数同志却暴露了、发展了国民性中的负面、阴暗面。举其要者,有以下几点:

一、"天皇圣明"。在封建社会里,不只是对那些"明主"、"好皇帝",欢呼"天皇圣明",就是对那些平庸的皇帝、昏君也仍然高呼"天皇圣明",从来不敢或绝少有人敢于"逆鳞",批评君皇。新中国建立,毛泽东有大功劳。但是新中国成立,是鸦片战争以来一百多年间千万仁人志士抛头颅、洒热血的结果,是共产党成立以后经过曲折的发展终于找到了正确的领导集体(毛泽东、周恩来、刘少奇、朱德、邓小平等)的结果,是亿万中国人民经过了"大革命"、"十年内战"、"八年抗战"、"三年解放战争"英勇斗争的结果,绝不是毛泽东一个人的功劳(毛泽东自己也反对过把功劳集中到他一个人头上)。然而,"天皇圣明"的国民性,却导致"个人崇拜"越来越发展,以致对毛泽东说的一切,理解的执行,不理解的也要执行,容不得半点怀疑,更不容许有任何异议。"五七指示"肯定总后勤部的某些做法是正确的,但不等于这些做法,适用于全军、适用于全党、全国、全体工人、农民、各行各业、全体干部和知识分子。但是,那时去干校的同志(我自己也一样)却以为毛主席说的当然是正确的而坚信不疑,欢欢喜喜、高高兴兴地去干校。这不是"天皇圣明"的国民性是什么?!

二、另一方面,却是"臣罪当诛"。即认为干部、知识分子的灵魂生来是肮脏的,必须"灵魂深处闹革命",来一个脱胎换骨的改造。而这一点又与坚信毛泽东对知识分子的评价绝对正确有联系。毛泽东《在延安文艺座谈会上的讲话》中说,他"拿未曾改造的知识分子和工人农民比较,就觉得知识分子不干净了,最干净的还是工人农民,尽管他们手是黑的,脚上有牛屎,还是比资产阶级和小资产阶级知识分子都干净。"此前,毛泽东于1939年11月7日致周扬的一封信中说:"农民,基本上是民主主义的,即是说,革命的,……在当前,新中国恰恰只剩下了农村。"(见《毛泽东文艺论集》)从此,知识分子灵魂肮脏、农民革命性强的观念就被奉为圭臬。其实,中国知识分子虽有弱点,但其优长是主要的;农民革命性强,但也有不少弱点。两者应当互补,而不是知识分子统统不如农民,向农民学习一切。但一当"臣罪当诛"的国民性与知识分子灵魂肮脏的观念相结合,便成了新的"原罪"意识。当时,的确有不少干部与知识分子是带着"原罪"意识到五七干校去改造的。在此情况下,郭小川写诗歌颂"五七道路"并不奇怪。

三是等待恩赐的国民性。在我国,无论是农民还是知识分子都缺少民主意识和自主意识。"文革"前,一听说搞"三不主义"(不抓辫子、不戴帽子、不打棍子)了,"文革"后,一听说讲"三宽"(宽容、宽松、宽厚)了,"文革"期间,一听说要落实党的某项政策了,便奔走相告,高兴得不得了。但如果听说意识形态领域要收紧,又害怕得不得了,唯恐大祸临头。1980年,冯牧同志在昆明举行的当代文学研究会第二届年会上说:假如罗斯福、里根把爱因斯坦、基辛格找到白宫,对他俩说,以后对你们知识分子实行"三不主义"了,"三宽"了,要落实知识分子政策了,那么爱因斯坦和基辛格会作出怎样的反应呢?他们一定会以为罗斯福、里根得了精神病。谁要你实行"三不主义"呢?谁要你的"三宽"呢?谁要你落实知识分子政策呢?知识分子是独立的群体,他们的人格尊严和人身自由是谁也不能侵犯的。但在五七干校里,干部和知识分子一心等待的却是"恩赐"。周巍峙把希望系托在周总理身上就是十分明显的例子。

四是"窝里斗"。中国人喜好"窝里斗",又是国民性的一大负面和阴暗面。有人说,在国外,一个中国人与一个日本人斗,中国人胜;两个中国人与两个日本人斗,胜负参半;而三个中国人与三个日本人斗,中国人就失败了。为什么,当中国人三个人在一起时,就开始"窝里斗"了;而三个日本人在一起,在国外,他们便消除私怨,团结起来对付中国人。这种说法,并不是全是笑话,而是反映了部分实情。在干校里,为什么"斗批改"搞得起来,为什么"抓五一六"抓得起来,因为在干部和知识分子中存有"窝里斗"的国民性。只要我今天还是"革命群众",我就斗你这个"走资派";只要我今天还是革命路线的执行者,我就参加揪你这个"五一六"。所以斗争会上口号声一片,斗"走资派"时一个个上台发言;在"揪五一六"的小组、大组会上,人们更是一个个认真分析,对你发动心理攻势,因为我还是"革命群众",还是革命路线的执行者。及至后来,"造反派"也挨斗了,"革命群众"也成了"五一六"了,方才觉悟自己的可悲和可笑。但在自己被挨批、挨斗前,还是批斗别人不误。

自然,光是国民性中存有负面、阴暗面,还不足以办成五七干校,还不足以发动"文化大革命"。五七干校办得成,"文化大革命"发动得起来,还和知识分子的失去"自由职业"身有关。本来,知识分子全都是自由职业者。我父亲只是个农村小学教员,参加革命后填表时,"出身"这一栏仍填为"自由职业"。但从新中国成立开始,先是把国民党政府里的官员接收过来,成为干部(这在当时是必要的),这些人丧失了"自由职业"身。以后高校调整,所有高校,不管是私立的高校,教会办的高校,我们接管的高校,全体教职员工都成了干部,他们又失去了"自由职业"身。接着,所有中小学的教职员工,也从"自由职业"变成了国家干部。再往后,所有公私立医院、门诊部、个体医生,也都成为国家干部,那里的医务员工失去了"自由职业"身。"大跃进"期间,所有地方戏剧团以至在南京夫子庙说相声的,也全都成了国家干部……总之,在"文革"前,"自由职业"这一阶层已不存在了,全都成了国家干部了。既然端了国家的碗,就得听国家的管。否则,你一家老小生存都有问题。所以,"文化大革命"一来,国家领导人一声令下,干部全都响应并参加了"文化大革命"。你能不拥护不响应吗?郭沫若在大革命失败后,可以写《请看今日之蒋介石》,毫无顾忌地大骂蒋介石。因为他那时是自由职业身,不怕蒋介石饿饭。及至新中国成立,他成为国家干部,副总理,一家十几口人的生计都得靠国家工资。撇开其他原因不谈,单凭这一条,郭沫若能不支持"文化大革命"吗?他在"文革"刚发动时,就宣布他过去写的一切,统统都是废纸,全都可以烧掉。凭这表态,他本人在"文革"中未遭批斗,未遭冲击,一家老小的生活水平得以维持原状(但也未能保证他的儿子被迫害致死)。郭沫若如此,其他国家干部更无论矣。所以,文化系统6000余人全都下干校,没有一个敢反抗的。新时期到来后，一批批国家从业人员先后转化成为自由职业者，重新出现了一个新的自由职业者阶层，这是历史大进步。我以为，这是保证"文革"今后不会发生、发动了也不会有多少人响应的根本的社会前提。国民性的负面、阴暗面之所以在"文革"中恶性发展，与"自由职业"阶层在十七年间消失这一社会存在有关。

因此，李城外同志发起研究干校文化，其意义不只限于弄清干校文化的具体内容，而且是一件有着深远意义的大事。我这篇文章，不过是"抛砖"之作，希望有更多的同志来深入研究干校文化！

后记：本文中所引文章，均见《向阳情结——文化名人与咸宁》、《向阳湖文化人采风》两书。

（原载《咸宁学院学报》2004年第2期，又载《向阳湖文化报》2004年5月23日）

论"《读者》现象"

2003年12月31日,中共甘肃省委书记苏荣在省委副书记马西林,省委常委、省委秘书长洪毅,省委常委、省委宣传部部长陈宝生和副省长李膺的陪同下,来到《读者》杂志社进行调研。苏荣同志在座谈会上提出了"《读者》现象"问题。他说,在加快现代化建设过程中,必须十分重视文化工作。在经济社会发展相对落后的甘肃,却创办出了一份享誉全国、蜚声海内外的品牌杂志,是一个值得深思的文化现象。的确,"《读者》现象"值得深思。至2003年10月,《读者》发行量突破800万册,在全国处于前列地位。而这份享誉海内外、发行量巨大的杂志,却不是办在经济社会相对发展的上海、北京、天津、广东、浙江、江苏,而是办在经济社会相对落后的甘肃,原因何在呢?《读者》(原名《读者文摘》,后改名《读者》)一开始创办时,我即是它的读者。收到刊物后,我总是一字不漏地把它读完,二十几年来都是如此。因此,我对"《读者》现象"何以出现这个问题有一定发言权。现就这一问题发表管见,希望有更多专家、学者研究"《读者》现象"。

一、物质生产与艺术生产发展不平衡使"《读者》现象"有可能在甘肃出现

物质生产和艺术生产发展不平衡的思想,是由马克思提出的,恩格斯也有类似的观点。

马克思就这一问题写道:"物质生产的发展例如同艺术生产的不平

衡关系。……关于艺术,大家知道,它的一定的繁荣时期决不是同社会的一般发展成比例的,因而也绝不是同仿佛是社会组织的骨骼的物质基础的一般发展成比例的。例如,拿希腊人或莎士比亚同现代人相比。就某些艺术形式,例如史诗来说,甚至谁都承认:当艺术生产一旦作为艺术生产出现,它们就再不能以那种在世界史上划时代的、古典的形式创造出来;因此,在艺术本身的领域内,某些有重大意义的艺术形式只有在艺术发展的不发达阶段上才是可能的。如果说在艺术本身的领域内部的不同艺术种类的关系中有这种情形,那么,在整个艺术领域同社会一般发展的关系上有这种情形,就不足为奇了。困难只在于对这些矛盾作一般的表述。一旦它们的特殊性被确定了,它们也就被解释明白了……希腊人是正常的儿童。他们的艺术对我们所产生的魅力,同它在其中生长的那个不发达的社会阶段并不矛盾。它倒是这个社会阶段的结果,并且是同它在其中产生而且只能在其中产生的那些未成熟的社会条件永远不能复返这一点分不开的。"[①]马克思关于物质生产和艺术生产发展不平衡的思想,极其精辟,给我们提供了一把理解《读者》现象"之所以在甘肃出现的金钥匙。其要点,我认为可以表述如下:

(一)艺术生产的发展并非和物质生产发展保持比例关系。

(二)这种物质生产和艺术生产发展不平衡的关系,可以以多种表现形式出现:

① 物质生产发展水平较低的社会可能出现较高的艺术发展水平;

② 某些艺术形式的繁荣时期,恰恰出现在物质生产的低水平发展时期;

③ 物质生产发展水平很高的社会对某些艺术形式只能起到阻碍其发展的作用(如对于神话);

④ 尽管某一社会与同时代的同一类型的其他社会相比,物质生产发展水平较低,该社会的艺术发展水平却可能高于其他社会;

⑤ 在同一的物质生产发展水平的社会中,艺术的不同种类的发展

[①] 《马克思恩格斯全集》第12卷,人民出版社1962年版,第760～762页。

水平也可能有高有低；

⑥在不同的物质生产发展水平的社会和国家中,有的社会,某种艺术种类的艺术发展水平始终保持着高水平,而有的社会,某种艺术种类的艺术发展水平则始终处于低水平状态。

(三)由于这种不平衡的现象反复出现,经常出现,因此它是一种规律性的现象。

所以说,物质生产与艺术生产发展不平衡这一规律性现象,使"《读者》现象"有可能在经济社会发展与那些沿海大城市和省区比较相对落后的甘肃出现。

二、"《读者》现象"之所以在甘肃出现, 还因为甘肃有着丰厚的文化底蕴

甘肃的经济社会发展与内地比较显得相对落后,但甘肃的文化底蕴却极其丰厚,即使与内地文化比较,也是一枝独秀,可以彼此颉颃。

在古代,今甘肃地区是中国和西域诸国以及远方国的交通枢纽,"河西四郡最西的敦煌郡成为中西交通的总枢"。中西文化也在今甘肃地区交流。"就物产方面说,家畜有汗血马,植物有苜蓿、葡萄、胡桃、蚕豆、石榴等十多种,这些物产的输入,给中国增加了新财富。就文化方面说,有乐器乐曲的传入。张骞传来《摩诃兜勒》一曲,乐府因胡曲更造新声二十八解,朝廷用作武乐。"西汉晚期,印度佛教哲学与艺术,通过大月氏经甘肃而传入中国。高度发展了的汉文化也通过甘肃"大量传播到天山南北以及更遥远的西方。"①可以说,当时的甘肃地区是中西文化交汇最频繁、最兴盛也最有效益的地区。到了东汉时期,班超带着三十六个吏士经甘肃出使西域。公元94年,"班超率龟兹等八国兵士万人合汉吏士商贾一千四百人攻破焉耆国。葱嶺东西路通,西域五十

---

① 范文澜:《中国通史简编》第二编修订本,人民出版社1966年版,第87页。

余国全部内属。"①当时的甘肃地区在文化上可以和内地相匹配。及至十六国时期,今甘肃地区又是儒释道文化交汇之地。儒家文化、道家文化在甘肃地区有很深厚的根基,而佛教则经由甘肃地区向内地传播。著名僧人鸠摩罗什,天竺人,精通佛学,名震西域。前秦亡后,吕光据有今甘肃地区一部分的凉州,鸠摩罗什在凉州居住十余年,传播佛教。他精通汉族语文。姚兴灭后凉,鸠摩罗什到长安。"鸠摩罗什到来,群僧有主,佛学达到十六国时期的最高峰。"②范文澜指出,"凉州在当时是北中国保存汉族传统文化最多又是接触西方文化最先的地区。西方文化,在凉州经过初步汉化以后,再向东流。"③今甘肃地区的文化代表了当时的先进文化。到了唐代,敦煌文化简直成了唐文化的代词。有敦煌曲子词,内容广泛,形式多样。对研究词的发展具有重要意义。"它是词体成熟形态的标志。正由于它拥有众多的思想与艺术两方面都结合得相当好的名篇,它才在中国文学史上构成了词这一文体最初灿烂的篇章,成为宋词的源头。"④有敦煌变文。"所谓'变',应该解释为'故事'之意,所谓故事图像就是'变相',而故事文就是'变文'。"⑤著名的有《汉八年楚灭汉兴王陵变》、《舜子至孝变文》、《八相变》、《破魔变》、《降魔变文》、《大目乾连冥间救母变文》、《频婆娑罗王后宫采女功德意供养塔生天因缘变》、《丑变》、《刘家太子变》、《张义潮变文》等等。⑥ 此外,在敦煌发现的,还有"讲经文",如《金刚般若波罗蜜经讲经文》、《佛说阿弥陀佛经讲经文》、《维摩诘经讲经文》等;还有"因缘(缘故)",如《悉达太子修道因缘》、《难陀出家缘故》、《灵州史和尚因缘记》等;还有

① 范文澜:《中国通史简编》第二编修订本,1966 年版,第 191 页。
② 范文澜:《中国通史简编》第二编修订本,1966 年版,第 342 页。
③ 范文澜:《中国通史简编》第二编修订本,1966 年版,第 343 页。
④ 高国藩著:《敦煌曲子词欣赏》,南京大学出版社 1989 年版,第 1 页。
⑤ 周绍良主编:《敦煌文学作品选·〈唐代变文及其他〉(代序)》,中华书局 1987 年版,第 3 页。
⑥ 周绍良主编:《敦煌文学作品选·〈唐代变文及其他〉(代序)》,中华书局 1987 年版。

"词文",如《季布骂阵词文》、《下女夫词》等;还有"诗话",如《孟姜女》;还有话本,如《庐山远公话》、《韩擒虎话本》等;还有"赋",如《韩朋赋》、《晏子赋》、《燕子赋》等。① 总之,在唐代,今甘肃地区是唐代文化最发达的地区之一。即使是娱乐文化,在敦煌也发现了围棋论著《棋经》,系北周时(约公元560年顷)人手写的卷子,残留一百五十九行,是我国现存最早的棋经。内容除棋经七卷外,还有制度、词汇、人物故事等。(1899年在甘肃敦煌石窟中发现)党项羌所建的大夏封建政权西夏国,包括了今甘肃西北部地区。与宋经济文化联系极为密切,茶、马、盐、铁交易频繁。其部分政治制度仿宋,有西夏文,汉文典籍也广为流传。总之,今甘肃地区地处中西交通的咽喉要道,乃古代中国中西文化的交汇之地。在封建社会时期,甘肃地区的文化自汉以来,一直处于中国文化的前列。经济社会发展滞后而文化先进,这一物质生产发展和文艺生产发展不平衡的规律性现象,在甘肃地区体现得尤其明显。所以,"《读者》现象"之在甘肃出现还有其历史根源。

三、编辑部同人在办刊中发挥的主观能动性是造成"《读者》现象"的直接原因

经济社会发展相对落后而文化底蕴也相当丰厚的省、自治区,在中国有的是,可是"《读者》现象"并没有在哪里出现。"《读者》现象"之所以在甘肃出现,其直接原因还在于,《读者》编辑部的同人在办刊中发挥了最大的主观能动性。

当初创刊《读者文摘》(后改名《读者》),就很有创意。如今"文摘"报刊多达数百种。而《读者文摘》创刊时,在刊物群体中却只有《读者》一家。编辑部同人知道,在改革开放的年代里,广大读者有广泛吸收当今知识的需要,谁能满足他们的这一需要,就就能受到读者们的热烈欢迎。果然,《读者文摘》一创刊,立即一炮打响,订户以数十万计,读者以

---

① 参见《敦煌文学作品选》。

百万计。其后,有不少文摘报刊接着诞生,但除《光明日报》主办的《文摘报》、《解放日报》主办的《报刊文摘》因其信息量大、信息新、信息快而拥有众多读者外,哪家文摘报刊都赶不上《读者》。

刊物对象定位正确,又表现了编辑部同人的先见之明。他们把《读者》对象定位为具有初中毕业以上的文化水平的各界人士中具有求知欲望的读者。叫他们看得懂,买得起。这一定位定得好,一方面与其他刊物区别了开来,另一方面又保证了读者对象的广泛性。

《读者》的任务是什么?主要是为陶冶中国人的心灵和精神作出奉献。不管是发什么样的文章,都与陶冶中国人的心灵和精神有关。二十几年间坚持下来,于是就形成了《读者》大众化、高质量、低价位的优良传统。

自然,仅仅指导思想明确,定位正确,任务准确,如果不落实到具体编辑工作上来,促使刊物质量一步步提高,《读者》也不会长久得到读者的欢迎。还在刊物创办时期,编辑部就开辟了"文苑"、"人物"、"历史一页"、"人生之旅"、"书摘"、"青年一代"、"人世间"、"趣闻轶事"、"在国外"、"风情录"、"知识窗"、"经营之道"、"点滴"、"杂识与随感"、"科技之窗"、"婚姻家庭"、"编读往来"等众多栏目,以满足不同读者群的精神食粮需要。从 2000 年起,相对固定为"文苑"、"人物"、"社会"、"人生"、"生活"、"知识"、"看世界"、"点滴"、"交流"等几个大栏目,而在每个大栏目之下,又根据文章内容的不同,再另立若干小栏目。读者开卷一看目录,就立刻觉得刊物内容引人,五彩缤纷。

又不仅如此。从二十几年的《读者》(至 2004 年第 5 期,总期数为 322 期)所摘登文章中看出,编辑部的同人们还具有这么一些比较自觉的意识,他们也正是以这些意识陶冶读者的心灵和精神的。

首先是爱国意识。几乎每期都有与爱国有关的文章。如《保卫钓鱼岛》、《历史上的四次收复台湾》、《不能宣传的抗日英雄》这些文章,都有一股浩然正气扑面而来。

其次是开放意识。生为当今中国人,没有开放意识不行。《读者》在这方面下了大工夫。自觉培育读者的开放意识,成了《读者》的一大特色。《我所看到的美国小学教育》、《世界百年掠影》(连载)、《什么叫做全球化》、《我所认识的印度知识分子》等文章发表后,都产生了广泛的影响。

三是人本意识。胡锦涛同志最近说:"思想政治工作说到底是做人的工作,必须坚持以人为本。"(《在全国宣传工作会议上的讲话》)恰恰在这一点上,《读者》走在了前面。在《灌输什么价值观》、《吴冠中的情感与灵魂》、《人生中有力的十种情绪》、《田汉和他的母亲》、《知识经济以人为本》等文章中,无不贯串着"以人为本"的精神。由于具有人本意识,《读者》常发表为民请命的文章,如《中国教育备忘录》、《关注我国的弱势群体》等。

四是热点意识。凡是国内外的热点问题,《读者》很快就有所反应,发表这方面的文章。如《关于中国经济上的几个热点问题》、《东亚金融风暴是如何形成的》、《关注:国民收入差距》、《企业风云人物缘何马失前蹄》、《中国离诺贝尔奖还有多远》、《追问西部:你究竟差在哪里》、《疯狂扩张的基因帝国》、《"入世",关俺老百姓何事》等文章,写的都是当时国内外的热点问题。《读者》几乎同步作出了关注。通过发表这些文章,表示了编辑部对这些问题的态度。

五是忧患意识。如果一个国家没有忧患意识,如果一个人没有忧患意识,那么,这个国家、这个人一定会遭遇到出乎意外的大问题。作为现代国家,作为现代人,没有忧患意识就会落后。《读者》很懂得这一点,她总是不时发表一些具有忧患意识的文章,提醒国人注意已经面临或可能出现的问题。如《基因污染:新世纪的忧患》、《沙尘暴来了》、《现代都市病》、《如何看待中国基尼系数》、《高薪就能养廉吗?》、《尴尬的中国人》、《让中国人汗颜的帖子》等文章,认真阅读后都会使人憬然而悟:必须预为之计;否则,社会生活就会出现大问题。

六是民主意识。时至今日,国人而缺乏民主意识,那么,即使他外语、电脑都很精通,能自己驾驶汽车,家庭设备已经现代化,也还不能说是现代人。《读者》发表文章,肯定梁漱溟:《"最后的大儒"梁漱溟记》;肯定马寅初:《马寅初——"五马俱全"》,不为别的,就是因为他们有自觉的民主意识。在"批林批孔"时,梁漱溟坚决拒绝批孔:"三军可以夺帅,匹夫不可夺志。"而马寅初提倡人口论,主张计划生育,被错批了,仍坚持自己的主张。这种民主意识,《读者》认为是十分宝贵的。二十几年来,《读者》坚持民主意识,刊登有助于发扬民主意识的文章,是做了一件大好事。

七是敬业意识。归根结底,《读者》能办成有800万发行量的刊物,和编辑部同人们的敬业意识分不开。苏荣书记说得好:《读者》在多年的办刊实践中,以传播弘扬先进文化为己任,成功地建造了开放型的优秀文化构架,在价值观上始终保持与时代合拍、同步。这是对《读者》编辑部敬业意识的极好概括。

一句话,《读者》编辑部同人在二十几年的办刊过程中,利用了改革开放的历史机遇,发挥了高度的主观能动性,是"《读者》现象"产生的直接原因。

自然,《读者》也不是完美无缺。刊登的有些文章,如《为富就不仁吗》,立意就和已经刊登过的文章《为富不一定不仁》重复,是不必刊登的。有些轶闻趣事,品位不算高。近年来的"讽刺与幽默"这个专栏,未能与时俱进,并不能使人"开口笑"、"读后乐"或"闭目思",反而不如上世纪九十年代的"讽刺与幽默"有看头。这些(不止这些),我想是可以改进而且能够改进的。

苏荣书记问:"'《读者》现象'及人们的概括准确吗?"问得好!我们应该深入研究"《读者》现象",把它概括得更准确,更符合实际。

(原载《甘肃社会科学》2004年第5期)

谈"和平崛起"中的文化崛起

和平崛起,是党和国家领导人的重大战略决策。

党中央总书记、国家主席胡锦涛于2003年12月26日在纪念毛泽东诞辰110周年座谈会的讲话中明确提出:"中国要走和平崛起的发展道路";在2004年2月23日中共中央政治局第十次集体学习中特别强调:"要坚持和平崛起的发展道路和独立自主的和平外交政策"。国务院总理温家宝于2003年12月10日在美国哈佛大学发表题为《把目光投向中国》的演讲,阐述了中国"和平崛起"发展道路的要义;于2004年3月14日在十届人大二次会议记者招待会上说明:中国和平崛起系努力发展与壮大自身实力,不与世界脱节,需要一段时间,将不会对任何国家形成威胁。国防部长曹刚川于2004年4月访问泰国期间在泰国国防研究院发表演说时着重论述:中国大陆综合国力稳定提升,是走"和平崛起"道路。从上可见,"和平崛起"是我们党和国家的战略决策。这一战略决策在经济界、政治界、军事界已得到广泛认同和普遍支持。但在文化界却还有不少人未予认真注意或者根本不知道这一战略决策。在此情况下,我认为,文化界除了要切实了解和深入学习"和平崛起"这一战略决策外,特别有必要解决如何实现文化崛起这么一个大问题。这是说,"和平崛起"有经济、政治、外交、社会发展等诸多层面,如何实现在意识形态层面上的文化崛起,文化界要努力作出贡献。

一

中国要在文化上崛起,第一要务,是弘扬我国优秀的具有民主性精华的传统文化。中国是世界文明古国之一,有文字记载的传统文化即达四、五千年,悠久灿烂,源远流长。文化崛起,不能离开这一基础。2004年8月,在雅典举行奥运会。希腊人民在开幕式中以其光彩夺目的古代文化与现代视觉的完美结合,震惊了全世界二三十亿人的电视观众,可见优秀的传统文化拥有多么久远的生命力!我国的传统文化比之希腊文化,有过之而无不及。但直到现在,筛选出其中的民主性精华、清除其封建性的糟粕这一任务,才刚刚开始。要使中国文化在世界上崛起,就应使中国优秀的传统文化广泛地为世界公众所知。夏商周三代考古研究工程的完成;非物质文化遗产的申报;通史性质的经济史、政治史、军事史、文化史的撰写;器物(石器、玉器、青铜器)、岩画、洞穴画、巨石等等"生命遗韵"的研究和公开展出;古代优秀文艺作品的翻译;……都属于弘扬我国传统文化之列,必须提到文化崛起的高度来把它们做好。

二

实现文化崛起要做的第二件大事,就是要大大提高国民素质,养成国民的良好习惯。各种良好习惯,是国民素质的具体表现。外国人到中国来,第一印象是,中国人是否有遵守交通秩序的习惯;在银行取款,是否有在"一米线"后等待的习惯;在图书馆里看书,是否有肃静的习惯;在餐室里用餐,是否有轻言细语绝不干扰他人的习惯;行路时无意撞了别人,是否有对被撞人道歉的习惯;……一个国家的国民是否有很高的文化教养,在国民的习惯中洞若观火。有否各种良好习惯,又是国民是否具有高效率的标志。举行一次会议,八点钟开会,九点钟到齐,还有什么工作效率可言;在医院里动一个不大不小的手术,非得向医生

"送红包"不可;接待外商外宾,非得大吃大喝一顿不行……如此不良习惯,只能导致工作效率低下,诚信度差的后果。各种良好习惯,又是大写的"人"的显现。敬爱的周恩来总理受到举国爱戴,因为周总理的作为、言语、举手、投足,都已养成了良好习惯。搞改革开放,要从改革不良习惯,接受国际通行的良好习惯入手。经济上去了,但"娼"盛"妓"多,贪污腐败成风,只能使国人叹息。由此可见,离开了养成良好习惯,所谓提高国民素质就成了一句空话!一定要养成热爱国家关心他人的习惯;养成礼貌诚笃的习惯;养成虚心自强的习惯;养成读书看报的习惯;养成勤劳操作的习惯;养成民主、守法的习惯;养成信科学、不搞迷信的习惯……这些良好的习惯养成了,国民的素质自然而然提高了,文化崛起的形象也就树立起来了。即使我们不天天宣传"精神文明建设",中国已经"文化崛起"的概念也已深入到世界人民的心中了。

三

　　实现文化崛起要做的第三件大事,就是要大大发展我国的文化产业。

　　我国的经济发展很快,但文化产业的发展却比较滞后。我国的电影虽有几部在国际电影节上获奖,但是我国的电影并未真正进入国际电影市场,其所占国际市场份额,连千分之一都不到。我国的电视剧,只有屈指可数的几部电视剧,如《三国演义》、《西游记》、《水浒》,还能在台湾、香港、澳门和东南亚的华人聚居区中播出外,其余电视剧基本上进不了国际市场。我国的书籍出版业,年出版的书籍总数(品种数、发行量)位居世界前列。2001年,我国共出版新书88695种,重印、重版书70996种,平均每天有234种新书、197种重印重版书面世。但我国的书籍进入国际书籍市场的少得可怜,不到国际书籍市场份额的两千分之一。我国的音像制品,只在台湾、香港、澳门有一部分市场。国外根本不知道中国有哪几位著名歌唱家。我国的话剧、歌剧、歌舞剧只能在国内演出,而且难得演出。据说越是演出,赔钱越多,因此干脆不演或尽量少演。话剧、歌剧、歌舞剧演员基本上是包下来,养起来。如何变我国文化产业的弱势为强势,在国际上崛起,自然不是一蹴而就的事,需要十几年、几十年的努力。关键的关键是在观念上突破以下六大观念误区:一是"文化产业不创造国民收入"的观念误区;二是"文化产业必须官办"的观念误区;三是"文化产业注定是赔钱货、赚不了钱"的观念误区;四是"文化产业是现代产业,手工艺文化产品没前途"的观念误区;五是"高雅文化进不了文化市场"的观念误区;六是"中国的文化产品在国外难以销售"的观念误区。由于存在这些观念误区,影响了中国文化产业的发展,影响了中国文化产品在国际市场上的占有份额。只要我们走出了这六大观念误区,又采取了有效措施,我国的文化产业定能变弱势为强势,在世界文化市场上崛起。

四

实现文化崛起要做的第四件大事,是在文学艺术上出精品,出杰作,出世界性的大作家、大艺术家。在过去封建社会里,汉唐文化是以汉代、唐代的文艺精品、杰作为代表的。宋词、元曲、明清小说,则以宋词中的大词家、元曲中的大作品、明清小说中的几大名著:《三国演义》、《水浒》、《西游记》、《红楼梦》、《儒林外史》为代表的。离开了优秀作品、经典作品,一个时代的文化也就无所附丽。我国要在文化上崛起,要让全世界人民都知道当代中国文化的重大成就,必得出文艺大作品、大作家、大艺术家。"四人帮"倒台至今,已有28年,与"文革"10年的文艺比,与"文革"前的17年的文艺比,这28年是中国文艺发展势头最好的28年,获得成就最大的28年。但是,无须讳言,我国文艺作品走向世界的很少,世界知名的文艺家很少。究其实,当今文艺存有三弊:一是不少文艺作品缺少震撼人心而又具有原创性的正确的新思想。有些作品有思想,但却是别人的思想。有部长篇,通篇宣扬的是"不受监督不受制约的权力,必然导致腐败"。不能说这一思想不正确,可惜的是,这一思想，在社会科学著作里、论文里，早就有人表达过、论述过，在知识精英中已成为一种常识。你辛辛苦苦写了几十万字，编织了故事，塑造了人物，但是作品的全部思想却只是这么一种已经成了常识的思想，那又何苦呢？再就是"应试文艺"，即作家艺术家在创作这部文艺作品时不是心中有话、有创见不得不说，对生活有新发现不得不反映或表现，而是有关部门要他"应试"：取得"五个一"工程奖，取得"鲁迅文学奖"，取得"茅盾文学奖"，取得"百花奖"、"文华奖"，取得部、省级文艺奖，等等。这种"应试文艺"，其弊甚大。第一，它忽视了"时间是文艺作品最大的批评家"的实际。当年或两年一次评奖，在最好的情况下，不过是评委们评出的当年或最近两三年间的较好作品，它们还没有经过时间的检验。譬如说，从第一届"五个一"工程评奖至今已有好些年头了，有几部文艺作品读者、观众还能留在记忆中呢？五大古典名著，作家创作时从未想到要获得什么奖。鲁迅、郭沫若、茅盾、巴金、老舍、曹禺生前也都没有得过什么奖，但他们仍然是不朽的文学大师。以为"应试文艺"一定能出精品，是不符合文艺创作的客观规律的。第二，目前的"应试文艺"，搞的还是"领导出题目，群众出生活，作家出技巧"那一套创作程式，更不可能搞出高质量文艺作品。当然，在市场经济下，我并不反对搞评奖，这有利于好作品为更多的读者所购阅；而是主张评奖时间的跨度要大一些，至少要经过十年左右时间的检验；还要看该文艺作品是否影响了国民的人生观、价值观和实际行动（如《阿Q正传》）；还得看该文艺作品是否为中国读者、观众喜闻乐见，是否走向世界，被外国人译成外文作品。如此评奖出来的作品，就不是"应试文艺"，而是真正的精品、杰作，有助于中国的"文化崛起"。三弊之三，是艺术上过于粗糙。有位女作家一年写五部长篇，构思落套，人物模式化，语言缺少提炼，这样的作品怎能传之久远呢？如今我国长篇年产量达800—1000部，这并非好事，乃是大多数作品艺术粗糙的突出表现。文艺创作中有此三弊，阻碍了我国文艺的前进，不利于文化崛起。只要与以上三弊彻底告别，我国的文艺才能更上一层楼，较快地出大作品，大作家，大艺术家，让世人通过文艺作品看到中国的文化崛起。

文化崛起是中国"和平崛起"不可或缺的有机组成部分。让我国文化界为和平崛起战略决策的早日实现而为文化崛起作出努力吧!

(原载《中华文化论坛》2006年第2期)

论中国传统文化中的"术"

在汉语中,"术"带有方法、手段、策略、计谋等多种含义。它在中国传统文化中占有重要位置。但在过去,几乎没有人专门研究过中国传统文化中的"术"的问题。现就这一问题作专门探讨。

一

中国传统文化都十分讲究"术"。在某种意义上说,离开了"术",也就不能全面认识和把握中国的传统文化。

先说儒家文化中的"术"。儒家文化是我国传统文化的主体,但是,儒家文化在很大程度上也就是"术"文化。

儒生,最早被称为"术士"。《史记·儒林列传序》:"及至秦之季也,焚诗书,坑术士,文艺从此缺焉。"可见,在秦末,"儒生"和"术士"是可以划上等号的。儒生中讲阴阳灾异的一派人,则被称为"道术之士"。《汉韦·夏侯胜传》:"曩者地震北海、琅邪,坏祖宗庙,朕甚惧焉。其与列侯中二千石博问术士,有以应变补朕之阙,毋有所讳。"整个儒家学说,则被誉为"王霸之术"。开创儒家学派的孔子,其著述贯串着"中庸"思想,而"中庸"说到底也就是一种"术":搞折中。"而中道所在,要依据情况随时移动。移动求中道称为权(秤锤)"(范文澜:《中国通史简编》第一编,二〇二页)。所以"术"又被称为"权术"。对此,孟子直截了当地称孔子是善于权术,"无可无不可"的"圣之时者"(《孟子·万章篇》)。也因此,"儒家学派总能适合整个封建时代各个时期的统治阶级的需求"。

(《中国通史简编》第一编,二〇六页)

被称为儒家经典之一的《周易》,原是占卜之术。共有六十四卦,每卦又有六爻。卦辞爻辞既简短又晦涩难懂,卜人筮人由此可以作出各种各样的解释来宣告吉凶。孔子对《周易》的贡献则在于他把《周易》中占卜之术的"术"提到哲学的高度,"把主要与'鬼谋'(向鬼神问吉凶)的《易》改变为主要与'人谋'(人自造吉凶)的《易》"。(《中国通史简编》第一编,二一一页)也就是把占卜之术普遍化为处理人与自然、人之人之间关系的一种通用的"术"。目前,西方研究中国传统文化者,都把《周易》作为一本必读书,因为在《周易》中有着具有普遍意义的"术"。

孟子的"仁政"学说,核心也是术:"以力服人者,非心服也,力不赡(足)也。以德服人者,中心悦而诚服也。"(《孟子·公孙丑》上)所以他主张实行"王道",反对"霸道";宣扬"为政"要"不得罪于巨室"(《孟子·梁惠王》下);宣传"劳心者治人,劳力者治于人;治于人者食人,治人者食人。"(《孟子·滕文公》上)可以说,孟子学说中的"术"比之也子又有了发展。

儒家另一学派的领袖荀子则发展了孔子的"正名"之"术"。孔子最早提出"正名",荀子则认为"正名"是统治人民最有效的一种"术":"其名莫敢托为奇辞以乱正名","故壹于道法而谨于循令矣"。"上以明贵贱,下以别同异"。(《正名》)在战国时期,"正名"之"术"是有利于当时中国的统一的。

到了汉代,晁错公开提倡"术":"人主所以尊显,功名扬于万世之后者,以知术数也。"(《汉书·晁错传》)汉武帝时期,董仲舒为了加强封建的中央集权专制,在向汉武帝提出的《对策》中提出了"罢黜百家,独尊儒术"的意见。董仲舒把"儒术"即儒家的"术"归结为这样三个要点:

一是"三纲五常"。即"君为臣纲"、"父为子纲"、"夫为妻纲"的"三纲";仁、义、礼、智、信的"五常"。认为建立了"三纲五常",统治秩序即可以永固。

二是尊天尊君:"王者承天意以从事。"(《春秋繁露·尧舜汤武》)"受命之君,天意之所予也,故号为天子者,宜视天如父,事天以孝道也。"(《春秋繁露·深察名号》)君权神授是董仲舒思想的核心,所以他提倡尊天尊君,视为这也是统治天下的要术。

三是重阴阳灾异。董仲舒创立了阴阳五行化的儒学,借天变来附会经义,以此作为统治人民之术。"董仲舒取《春秋》所记天变灾异广泛地予以附会穿凿,使《公羊》学彻底的阴阳五行化。这在董仲舒学说里,是最重要的、影响最大的部分,儒学蒙上浓厚的迷信色彩,几乎起着宗教的作用了。"(《中国通史简编》第一编,一一五页)其后,论述阴阳怪异与人间治乱的关系,成了儒学中的一门显学。

而汉以后的儒家文化,与"术"的关系更密切,就用不着多所论述了。例如,唐太宗以科举取士,当应考的读书人鱼贯进入考场时,唐太宗就高兴地说:"天下士人尽入我彀中矣。"唐太宗把以儒家文化作为科举内容的这一做法本身就看作是一种"术",可见儒家文化与"术"的关系是何等地密切。

再说道家文化。道家文化也讲究"术"。

道家文化的代表是老子和庄子。老子讲究"人君南面之术"和个人的立身处世之术。一部《道伟经》也可以视为"术经"。老子说"无为而治"是"术";说"将欲歙之,必固张之;将欲弱之,必固强之;将欲废之,必固兴之;将欲夺之,必固与之",也是"术";说"柔弱胜刚强"是"术";说"无为"、"好静"、"无事"、"无欲",以缓和另一方面的反对,也是"术";说"损有余而补不足"是"术",说"古之善为道者,非以明民,将以愚之;民之难治,以其智多",要"虚其心,实其腹,弱其志,强其骨,常使民无知无欲",搞愚民政策也是"术"。所以,《汉书·艺文志》班固论道家时说:"秉要执本,清虚以自守,卑弱以自持,此人君南面之术也,合于尧之克让。"庄子则以"安分守己,听天由命"作为处世之术:"知其不可奈何而安之若命,德之至也"(《人间世》);"无以人灭天,无以故灭命"(《秋水》)。他还主张"无己"、"无待"的绝对精神自由:"堕肢体,黜聪明,离形去知,同于大通。此谓坐忘。"(《大宗师》)这也就是忘却一切的人生解脱术。

正因为儒道两家都讲究"术",所以,"儒道两家是封建统治阶级不可偏废的两个重要学说。儒家是一条明流,它拥护贵贱尊卑的等级制度,使统治者安富尊荣;道家是一条暗流,它阐明驾驭臣民的法术,使统治者加强权力。秦汉以后历朝君主,凡善于表面用儒,里面用道,所谓杂用王霸之道的国常兴盛,不善用的国常衰亡。"(《中国道史简编》第一编,二七三——二七四页)范文澜同志的这一总结是符合实际的。

关于法家,更是公开宣扬"术"。以韩非为代表,主张法、术、势相结合。他说:"君无术,则弊于上;臣无法,则乱于下。此不可一无,皆帝王之具也"。又说:"然而无术以知奸,则以其富强以资人臣而已矣"。(《韩非子·定法》)"抱法处势则治,背法去势则乱。"(《韩非子·难势》)韩非认为,法、术、势三者结合,天下即可大治。术治的中心思想是:"因任而授官,循名而责实,操杀生之柄,课群臣之能者也。"(《韩非之·竣法》)可大治。

管子则提倡"心术":"心术者,无为而制窍者也。"(《管子·心术上》)

即使是墨家,他们也讲"术"。《墨经》中,"对昏乱的国君讲《尚贤》《尚同》,对奢侈的国君讲《节用》《节葬》,对自恃上天保佑、沉溺在酒和音乐中的国君讲《非乐》《非命》,对放肆无忌惮的国君讲《天志》《明鬼》,对残暴好战的国君讲《兼爱》《非攻》。"(《中国通史简编》第一编,二一八页)也就是说,墨子是以十"术"来治当时国君的病,但当时没有一个国君肯采用他的十"术"。

以邹衍为代表的阴阳五行家,把阴阳消长与五行相胜配合起来,指示人们一举一动都要听命于鬼神天数,成了真正的"术士"。也因此,"秦汉时孟子一派儒者与阴阳五行家结合,大得统治者的尊信。"(《中国通史简编》第一编,二六六页)

《孙子兵法》是一部兵书,但其文化思想却对我国后世产生了巨大而深刻影响。这部兵书,讲的是军事领域内的用兵之术。如说:"上兵伐谋,其次伐交,其次伐兵,其下攻城,攻城之法为不得已。"(《谋攻编》)"投之亡地而后存,陷之死地而后生。"(《势篇》)"善攻者,故不知其所守;善守者,敌不知其所攻"。(《虚实篇》)这些"术",后来被运用于其他领域。至于古代兵书中的所谓:"三十六计",其实也就是三十六"术"。

佛教传入中国以后,起初"被认为不过是九十六种道术之一",佛教的一套修行工夫,"也被认为是和道家的'食气'、'导引'、'守一'等养生养神的长生不死的方术相通,而依附于黄老道学和神仙方术获得传播"。(方立天:《试论中国佛教之特点》,《中国文化与中国哲学》,第408页)经过一段时间,佛教就中国化了,后来的禅宗更是特别讲究"术"。为了普及佛教,禅宗南宗从性恶论改为性善论,以为狗子也有佛性,人人可以成佛;又制造出不少讲孝的佛经,强调孝是成佛的根本;"唐朝佛教中国化,即佛教玄学化,这是化的第一步。禅宗僧徒所作语录,除去佛徒必须的门面语,思想与儒学几乎少有区别(特别是两宋禅僧如此),佛教儒学化,是化的第二步。禅宗兴而其他各宗派都基本上消灭。"(《中国通史简编》第三编,六一三——六一四页)正是依靠这些"中国化"的"术",外来宗教的佛教在中国封建社会里扎下了根,竟能与儒、道并存,并成了中国传统文化中的重要组成部分。

综上所述,我国传统文化中的任何一种文化,都极其讲究"术"。说中国传统文化须臾不离开"术"是并不夸大的。

二

怎样看待中国传统文化中的"术",是正确处理"术"和当今中国现代化关系问题的前提。

如同在中国传统文化中"精华"与"糟粕"杂陈一样,中国传统文化中的"术",既有可以继承的"精华",也有必须批判的"糟粕"。

就"术"的"精华"部分而言,我以为,主要有以下三方面:

一是以是否实用作为"术"的价值标准。中国传统文化中的各家都讲究"术",但它们并不是为"术"而"术",而是为了实用。如果有实用,它们就把某种"术"肯定下来并加以发展;如果没有实用,它们也就不再提倡这种"术"。例如《周易》中经孔子重新解释和说明过的处理人与自然、人与人之间关系的通用的"术";道家的"人君南面之术";法家的与法、势结合的"术";佛家的与中国国情相结合的"术";在封建社会里有长期的实用价值,因此一直被保留下来,并被后代儒家、道家、法家、佛家的代表人物所继承和发展。

二是在"术"中确实包含和集中了我国古代人的智慧。儒家的"王霸之术",道家的"帝王术",法家的与法势结合的"术",佛教的善于吸收儒、道中的东西为其所用的"中国化"的"术",《孙子兵法》中兵兵之术……无一不是我国古代人的智慧的升华。现代西方文化学家之所以特别对我国传统文化感兴趣,原因之一,也就是因为他们对我国传统文化中的"术"感兴趣,认为它们是我国古代人的智慧的体现。

三是在"术"中结晶了我国古代人的与自然作斗争、集团与集团之间的斗争、民族与民族之间的斗争以及科学活动的丰富经验。无论是孔子的"中庸之道",孟子的"仁政"学说,董仲舒的"儒术",还是道家的"无为而治"术,管子的"心术",墨家的"十术",孙子的兵术,都是我国古代人长时期内与自然斗、与人斗的生产斗争、阶级斗争、科学活动的经验的结晶。正因此,我国传统文化中的不少"术",为西方和日本的现代政治家、企业家、军事家所运用。

中国传统文化的"术"中,"糟粕"是大量的,它们和"精华"杂糅在一起,把它们区分开并不那么容易。

首先,中国传统文化中的"术"大多是统治人民的"术"。儒家讲"王霸之术",但不论是实行"王道"还是实行"霸道"都是以统治阶级的利益为旨归,以统治阶级的长治久安为旨归。所以,对封建统治阶级来说,他们对中国传统文化中的"术",常常是兼收并蓄,交替使用。"王霸之术"固然可以并用,儒、道、佛之"术"也可以同时施行;儒、法之"术"可以并举,即使是墨家之"术"也不妨采纳一点。特别是改朝换代之际,各个统治集团之间为了争夺对人民的统治权,斗争得特别激烈,到那时,中国传统文化中的各种"术",几乎无一例外地一概被采用。《三国演义》就真实、形象、生动地记录和描写了魏、蜀、吴三个统治集团如何运用各种各样的"术"进行彼此间的斗争,但它们的目的都是一个,就是取得对全中国的人民群众的统治权。所以,中国传统文化中的"术"基本上是统治术。

其次,中国传统文化中的"术"又大多是权术,带有阴谋诡计的性质。它们不讲"公开性",而讲"秘密性";不讲"民主性",而讲"独断性"。即使是儒家的"仁政"之"术",一则只是在统治阶级内部讲"仁政",并不准备对人民施行"仁政",二则带有口头上说说的性质,并不打算真正地实行,具有很大的欺骗性。至于道家的"柔弱胜刚强"术,法家的与法、势相结合的"术",更是为了谋取某种利益、达到某种目的的权术。尔虞我诈,阳奉阴违,两面三刀,心口不一,是中国传统文化中作为权术的"术"的常见形式。

三是中国传统文化中的"术"又多数带有损人利己、以邻为壑的性质。一切从我出发,一切以我为中心,损人者行之,利己者行之。如果对己不利,哪怕是再好的"术"也绝不实行。譬如,儒家的"仁政"之"术",讲了两千多年,但在中国历史上,统治者行"仁政"者绝无仅有。因为真正地对人民实行"仁政",对统治阶级是不利的。

所以,对我国传统文化中的"术",一定要有清醒的头脑。既要看到它有"精华"的一面,批判地加以利用和改造,又要看到它有"糟粕"的一面,对之予以否定和批判。特别是在改革、开放的今天,我们要更多地提倡决策的科学化和民主化,而不能以"术"取胜。自然,中国传统文化中的"术"也不是一无用处,在现代化建设中,只要用之得当,就能有利于现代化,对现代化可以起一定的促进作用。

三

根据我们党在民主革命和社会主义建设中的经验以及外国在现代化中运用我国传统文化中的"术"的经验,我认为,在现代化建设的今天,可以从不同的角度运用我国传统文化中的"术"。

一是抛弃中国传统文化中"术"的统治人民的外壳,批判地继承其合理的内核。例如儒家的"仁政"学说,原是统治人民的一种"术"。但其合理内核则是轻徭薄赋,减轻人民的负担;反对驱使人民进行不义的战争;国家要做对人民有利的事;政令、法令要合乎人民的心愿;等等。在现代化建设中,"仁政"这一"术"的合理内核,就是可以批判地继承的。如今党中央讲"以人为本",便是对"仁政"之术中合理内核的吸纳和继承。

二是对中国传统文化中"术"进行改造,使之为现代目标服务。这一点,日本人做得很好。例如,《三国演义》集中了中国传统文化中多种多样的"术",日本企业家就对之进行研究,发现《三国演义》竟是商业家的宝库。日本《愿望》杂志1988年6月号就编了《三国志——商业家的宝库》专辑,认为"《三国演义》是一本探讨如何分析形势,调动有利因素,战胜对手,壮大自己的书,值得日本企业家好好研究。"美国也有人把"三十六计"编了一本书,认为"三十六计"也可以用之于企业管理和企业竞争。在这些专辑和专著里,中国传统文化中的"术"事实上已得到了改造,对它们作了新的解释、新的把握,于是就可以把它们用来为现代目标服务了。

三是直接从中国传统文化的"术"中得到启示,灵活运用,使之有利于现代化建设。例如老子的"无为而治"是以愚民政策为前提的,以为只要人民"无知"、"无欲",就可做到"无为而治"。陈毅同志从"无为而治"中得到启发,反其意而用之,认为只要充分调动文艺界的积极性,在制定了正确的文艺方针、政策以后,对文艺家写什么、怎么写,就无须干涉,让文艺家自己去决定,从而达到文艺领域的"无为而治"。"无为而治"的这一"术",经陈毅同志的灵活运用后,产生了很好的效果。邓小平同志在第四次文代会上的《祝辞》中也发挥了这一思想。再如前国家女排教练袁伟民,在分析当时世界女排中、日、美三国鼎立的形势,制定不同的对付日、美女排的对策时,也曾通过对《三国演义》中的"术"的研究分析,获得有益的启示和借鉴,正确制定了如何打败日、美女排的"术",果然取得了中国女排"五连冠"的胜利。

四是推陈出新,即对过去的"术"抛弃其封建性的糟粕,吸取其民主性的精华,使之具有新内容和新形式。如"即以其人之道还治其人之身",原是封建统治阶级对付敌方的一种"术",毛泽东同志将它推陈出新,赋予新内容和新形式,即以反动派统治之道,还治反动派之身。这在民主革命中固然可以用来对付反动派,就是在现代化建设的今天,对于那些国外的反对和阻碍我国现代化的敌对势力,我们也可以采用"即以其人之道还治其人之身"的"术"来对付他们。

五是对中国传统文化中的"术"加以发展,使之成为一种新的"术",用于现代化建设。如"伤其十指,不如断其一指",原是古代用兵中的一种"术"。毛泽东同志把它发展为集中力量打歼灭战的战术,在解放战争中取得很好的效果。在现代化建设的今天,我们的党和国家又把它发展为集中力量和资金解决关键性的基本建设项目,这一"术"的新的创造性运用,又使我国的现代化建设取得了较快的成效。再如"兼听则明,偏听则暗",原是人君正确对待臣子意见的一种"术",在改革、开放过程中,我们的党和国家又把它发展为"对话"这一新"术"。通过"对话"听取有利于现代化建设的各种各样不同的意见,并使之成为一种制度,从而大大有利于现代化建设。

总之,中国传统文化中的"术",绝不是可以全盘否定、统统抛弃的东西,而是一笔宝贵的遗产。只要我们批判地继承,运用得法,中国传统文化中的"术",就能为今天的现代化建设服务,使我们的国家早日富强起来。

(原载《盐城师范学院学报》2005年第2期)

新的"三言":六十年婚恋变迁
——读左元的《寻找初恋》

以往的中外历史,都以文字记述为载体。及至20世纪,发达国家有了录音设备,开始有了"口述实录"的历史。海外华人唐德刚是最早以"口述实录"的方式编著历史传记的历史学家。他的"口述实录"张学良、李宗仁、胡适等人的传记,轰动了海内外史学界。常熟市档案馆和常熟市党史工作办公室编纂的《警钟长鸣》,则是侵华日军常熟暴行的口述实录。它们都是为历史界所熟知的。但是,绝少有人知道,《周末》报的名记者、名编辑左无先生早在1999年9月,就在《周末》报上推出了《原声》版,以"口述实录"的方式记载了老、中、青年的婚恋档案;2003年9月,《原声》版文章结集为《爱是疯狂》,由江苏人民出版社出版,好评如潮。从2004年起,左元先生又有了编辑《寻找初恋》的念头,至2009年,五年间又积累了不少婚恋故事。这样,他实录的婚恋故事,采访时间的跨度整整经历了十年时间。而后,他从"口述实录"的婚恋故事中选辑了二十九个故事题名《寻找初恋》,交给凤凰传媒出版集团·江苏人民出版社于2010年1月出版。他的本意,原是为当代人的婚恋情况提供一个实录,提示人们正确对待和处理婚恋问题,给婚恋者指点迷津。但当《寻找初恋》以历史档案的形式,展现在读者面前时,我们却从中看到了一部新的"三言"(《喻世明言》、《警世通言》、《醒世恒言》,明末冯梦龙编著):我国六十年的婚恋变迁。今后,谁要研究和撰写新中国成立至2009年的民众婚恋史,《寻找初恋》是一本必读必备的参考书。

新中国刚成立，天翻地覆，新社会取代了旧社会，人们的婚恋观也发生了大变化，把政治选择放在第一位。婚恋观的这一蜕变，造就了不少"南下干部"和当地女知识青年的新婚姻，也造成了老干部和苦守在家的妻子离异的不幸。不仅如此，当时的不少青年男女也因为"政治选择第一"而构成婚恋悲剧。《上海往事》中的钟好和"他"的初恋就是这样。"他"的父母亲对好"很喜欢"，好在"他"家里"一点也不拘束"。两个人本可成为眷属的，但是，"他因为家庭出身、社会关系而不能留在航校，后来是他父亲被隔离审查……"。好只好和"他"的朋友"捷"结婚。但是，好和"捷""感情没有升温，误会和矛盾却不断增加"，最后好"和捷离婚"。"初恋情人，你在哪里，这辈子还能再见一面吗？她在祈问上天"。这是五十年前的"旧事"，然而，这在20世纪五六十年代和"文革"期间，因"政治选择第一"而造成的类似婚恋悲剧却以万计。

到了上世纪六、七十年代，城里的中学生或上山下乡，或留城工作，青年男女之间，又有不少婚恋故事。《漫长初恋》中的安楠和吉峰就是一对"下乡插队"（安楠）和"留在南京工作"（吉峰）的恋人。恢复高考，吉峰考上了大学，安楠却放弃了高考。两人终于分手。安楠的丈夫"是河南农村的"，但在安楠心里，"吉峰是最优秀的，我欣赏他，崇拜他"，"无法摆脱他的影子"。这是"一个埋藏了近20年的一段相思一份单恋"。《第二次接吻》中的下放知青杨晓秋回城后与初恋对象工农兵大学生王宁接了第一次吻。但王宁后来与大学同学结了婚，杨晓秋则和同事"草草地领了结婚证"。然而，杨晓秋"整天想的都是他"。隔了20年，他俩在中山陵"第二次接吻"。她想保持现在这种感情，但"又不要有男女关系"，这只能使她处于感情的深深矛盾之中。她的初恋也是以悲剧告终。"上山下乡"运动伤害了几百万知青，但从婚恋角度揭露这一运动对年青人心灵感情的严重创伤，《漫长初恋》和《第二次接吻》通过情节和场面，深刻揭示了其中"意识到的历史内容"。

"四人帮"倒台，新时期到来；特别是从1992年起，社会主义市场经济取代了计划经济。在市场经济大潮的冲击下，人们的婚恋观更发生了急剧的大变化。《寻找初恋》以最多的篇幅，展示了三十多年来民众的婚恋变迁。

首先是婚恋自主意识的开放和解放。女教师竺君爱上了学生余雨的爸爸。后来她和陈明结了婚，但她跟陈明"没有一点感情"。"为了忘记他"，竺君"甚至40岁了开始学着结毛线，不停地结啊结的，不让自己有一刻空闲，但我知道我的情思越结越长……"（《因为爱，所以痛》）《一言既出》中，"情感一甜水鱼"，和一个大他5岁，有一个7岁孩子的离婚女人走到了一起。他对这一婚姻充满信心，"不怕风吹浪打"。《天涯遗梦》中的"我"，已经有了一个爱了我四年的男朋友，却一见钟情地依恋"远在天涯海角"的"他"。《总有些东西可以坚持》里的"小猪猪"因发错信息，结识了"他"，而且真心爱上了"他"。"小猪猪"终于失恋了，她发给"他"的最后信息是："我可以放手，因为我尊重你的选择。"苏云和温阳相爱，但她和他"都是有家庭的人"。两人都很矛盾，最后，苏云下了决心："不久，我会把他的（手机）号码从黑名单里拉出来的。那一天，就是我完全恢复平静的日子。"（《把他拉进黑名单》）《不谈爱情》中的她，是位大学老师，教英语的。她的第一个男人，领了结婚证又分手；她的第二个男人，沉沉浮浮六年余；她的第三个男人，是她的初恋情人，结果还是离别，"末了，他说了一句话很伤我的心——我以后可能结婚，但不会再找文化太高的人。"她承认，她有错误的地方，"她相信自己做妻子会是一个好妻子，如果有了自己的婚姻，她会善待的。"怀孕已5个月的李素萍，怎么也丢不掉那个"坏男人"。但李素萍生育孩子后，依然爱着他，"真的不想和他分开"。可是，"他还是别人的老公。"（《怎么就丢不掉那个"坏男人"》）在新时期，尤其在上世纪九十年代以后，对于这样的婚恋故事，人们已经习以为常，只要他们不突破"底线"，并不怎么责怪男女主人公。

由于"第三者"的介入，造成婚恋悲剧的更不在少数。《春去春又回?》中的金蕊蕊，"丈夫有了外遇，一直以为很幸福的我感觉天塌地陷"。《爱情的力量有多大》中的魏长海和洪云，"20多年，我们一根草一口泥，好不容易垒起一个窝，第三者一根竹竿轻轻一捣，就把它给毁了，我始终不明白，这是为什么?"《我们的爱情日记断断续续》中的李银妮和王亮相识、相恋、结婚、离异而又反反复复的过程,说到底,是因为他俩有了"第三者",王亮和一个交际花式的女人"发生了不该发生的一切"。而《迷途》中的"我",原有个很好的家庭,很贤惠的妻子,只因为"她"成了"第三者","坑了自己的家庭"。所好的,"我"最后下决心跟他妻子表了态:"我走了一段弯路,是你拉着我,让我迷途知返",他将永远属于他的妻子。不过,很可惜,那些有"第三者"介入的婚姻,迷途的男女主角,像"我"这样"知返"的极少!

因为文化背景差异很大而造成的婚恋悲剧也多的是。《无谓的等待》中的王萍萍,已婚,是位机关女干部。她却爱上了司机张扬。终因两人文化素养的悬殊而结出苦果:"张扬最感兴趣的只是她的身体,他得不到,自然就放弃了。"《一场没有风花雪月的故事》中的 Peter,是南京某大学的大四学生。他一见倾心地爱上了外国女孩 Kerry。然而,Kerry 只把 Peter 当作朋友。Peter 的单相思因文化背景的差异而毫无结果:"她告诉我,她要结婚了"。但是,Peter 依然"从心底里感激她!"因为她使他毕竟有过最美好的初恋情思。

尽管在新时期婚恋观有了很大变迁,但旧式的包办婚姻依然存在。在某种意义上说,这是沉渣的泛起。《我无法选择爱与被爱》里的赵终吟,是初中毕业便从安徽农村来南京城里做服装生意的。他的爷爷为他定了亲,而他却爱上了他订婚对象的堂妹仙儿。其后,赵终吟和仙儿都由家庭包办结了婚,此恨绵绵无绝期。《暗恋廿年》中的洪红,暗恋同事萧志群 20 年。萧志群经常跟弟弟萧志平说,洪红是怎么好怎么好的一个女孩,如果他能把洪红聚回家,"是他的福气,也是萧家的福气。"为了她暗恋的萧志群能如愿,"也为了我自己在今后的日子里能常常见到他",洪红竟屈从了萧志群的意愿,与萧志平结了婚。而萧志平却是个赌徒。这实际上是一种变相的包办婚姻。自然,这样的婚姻也只能是以悲剧结局。

贫贱夫妻百年哀。经济窘困至今仍是婚恋悲剧的重要原因之一,秦霞和王强这对夫妇,因一笔小小的债务,成为他们沉重的经济负担。加上后来的购房贷款,压得他们透不过气来。他们的感情出现了危机。

秦霞说:有段时间我都快崩溃了。去死吧,又不甘心;不放弃,熬到哪一天算个头……(《贫贱夫妻百事哀?》)

一方品质败坏或知错不改,又不能不构成婚恋的灾难。华瑶有一个很好的家庭,有一个聪明漂亮的女儿,先生在机关,有一份不错的工作。但从她认识了魔鬼臧松、误入歧途以后,一切都改变了。"我告诉他的隐私全成了他攻击我的武器,我的善良软弱和对他的信任被这个魔鬼利用到极致!"离婚吧,华瑶丢不下先生;死吧,丢不下未成年的女儿,年迈的父母!真是一失足成千古恨,再回头已百年身。左元先生规劝她:一旦被魔鬼抓住,一定不要怕,要以智制毒,战而胜之。(《他把我撕碎了给人看》)也有人一旦升了官,就找了"三陪女",把他好好的妻子抛弃。(《非常时期的爱情》中的狱政科科长)小王的男人张波不算坏男人,工作不错,但他逢酒必醉,醉后丑态百出。小王曾经想离婚,不过她并不真想离婚。"我想不通,酒精的魔力怎么会那么大?怎么办?她仍在犹豫中。"(《醉酒人不归》)像这样遇人不淑的家庭,在现实生活中绝不是《寻找初恋》中的两三个。

人生并不是一帆风顺的,有情人也不是个个都成眷属的。有的恋人,因一方出国,初恋便成了遗恨。(《天凉好个秋》和《此情可待成追忆》)有的恋人因一方发生突然事变而出现终生遗憾:《一切都去了》中的"他"因车祸意外死亡;《我相信你是去了天堂》中的晓晨因脑瘤过早去世。

托尔斯泰在《安娜·卡列尼娜》的卷首题词:幸福的家庭都是一样的,不幸的家庭各有其不同的原因。《寻找初恋》中的婚恋故事,实录的大多是不幸的家庭。左元先生深入揭示了它们之所以不幸的各不相同的原因。据中国社会学家调查,二十世纪九十年代以来的中国家庭,"凑合夫妻"约占50%;离异家庭约占30%;幸福家庭约占20%。《寻找初恋》也以一定的篇幅,实录了几个幸福家庭的婚恋故事。为了帮助刘毅战胜病魔,杨军顶着压力,毅然担当起刘毅女朋友的角色。刘毅的病好了,他们结了婚。8年了,他们还像一对情侣那样亲密无间。(《"开心果"是这样开花结果的》)项怡和她先生葛惠根,从外形到性格,两人的反差极大，但他俩刚好互补，竟是最佳的人生伴侣。(《心锁的钥匙交给他》)《爱他的 N 个理由》里的陈予珂，她和她"哥"的温情的爱终于有了归宿。结婚的时候没有筵席，"但是我和他去了西藏"，"我觉得很圣洁"。这些幸福的家庭，的确都是一样的，男女双方，都"执子之手，与子偕老"(《诗经·邶风·击鼓》)，他们都相互信任，相互支持，相互关爱，相互理解，他们的家庭生活自然幸福了。

左元先生在"实录"男女主人公的"口述"时，"用事实说话"，相信读者能作出自己的判断，但是，他也不是没有倾向性。"通过材料的剪裁、语言的组织、标题的制作等等，我已经表达了我的观点。"因此，《寻找初恋》既记录了六十年间我国民众的婚恋变迁，具有客观性、真实性，因此这些实录发表时受到读者的热烈欢迎；另一方面，又因为左元的倾向性已在字里行间自然地流露出来，所以，这些"口述实录"又成了 21 世纪的喻世明言、警世通言、醒世恒言，给了广大读者，特别是中青年读者以思想启示：人们，我是爱你们的，可是，你们在婚恋问题上要慎重啊！《原声》已完成了它的历史任务，但我希望，左元先生还可以"口述实录"的方式，撰写另一些关系千百万民众命运、前途的现实问题的新的"三言"！

(原载《周末报》2010 年 3 月 18 日，有删节，这里发表的是全文)

创造性发展政协的三大职能

我当了15年江苏省政协委员,深深体会到中国政协由于履行了"政治协商、民主监督、参政议政"这三项职能而在社会政治生活中发挥了重大作用。胡锦涛总书记在中共十七大的报告中说:"政治体制改革作为我国全面改革的重要组成部分,必须随着经济社会发展而不断深化,与人民政治参与积极性不断提高相适应。"为了更好地发挥政协在我国政治体制中的作用,我认为,政协的三大职能,在新的历史条件下需要创造性发展。

首先是"政治协商"职能的创造性发展。目前中国政协的政治协商,主要表现为中共各级党委和各级政府通报有关情况,征求对即将在人代会上发表的政府工作报告的意见。这种政治协商是必要的,也起了一定沟通作用,但又是很不够的。我认为,政协的政治协商职能有三方面:一是重大决策前的政治协商。重大决策关系到国家和某一省、市的发展前途和民众的命运,而政协又是个人才库和智囊库。在作出重大决策前与政协进行政治协商,一方面可以防止出现决策失误,另一方面又可以真正发挥政协的积极性。二是各级政府在作出重大人事配备前与政协进行政治协商。在工作思路、工作方案确定以后,干部是决定的因素。重大的人事配备直接关系到工作思路、工作方案的能否贯彻执行。因此与协协作这方面的政治协商又是必不可少的。三是出现了重大问题亟待解决时与政协进行政治协商。譬如目前由于世界金融危机、世界经济衰退所造成我国出口企业因关停并转而出现的大量下岗工人的安置问题;不少国有企业的长期亏损未获有效解决的问题;环境污染严重问题；变"应试教育"为"素质教育"的问题，等等。这些问题，各级党委和政府都应该与政协进行协商，找到解决问题的办法。政协在履行这一职能时，也不能被动地等待党委、政府与之协商，而应该主动要求党委、政府与之协商，出谋划策，献计献策，协助党委、政府做好工作，更好地为人民服务。政协职能的创造性发展，此其一。

其次是"民主监督"职能的创造性发展。目前，政协履行这一职能，主要是让委员搞一些提案，提一些建议，这在民主监督方面也起了一定作用。但据我十五年间搞提案、提建议的体会，不少提案、建议提出并转到党委、政府有关部门后，表面上也有答复，但或曰"拟研究解决"；或曰"提案、建议很好，但现时尚不具备解决这一问题的条件"；或曰"准备采取措施，尽可能给以解决"；于是这些提案和建议往往"无疾而终"。所以我在前十年间，是搞提案、提建议的积极分子，后五年我就懒于参加这样的活动了。其实，政协的民主监督职能，主要是对党委及政府执行情况的监督，即对施政方针、工作效率、民主作风、对民众的承诺（如一年内要做哪几件大事）实际执行情形等等的监督。即不仅监督党委和政府的"言"，更要监督党委和政府的"行"。这和党委纪律检查委员会对党员执行纪律情况的监督，政府监察部、厅对政府工作人员守法情况的监督，是不一样的。政协对党委、政府执政情况的监督这一职能真正地、充分地履行了，腐败现象一定会大大减少。不受约束的权力必然导致腐败，政协对党委、政府的民主监督，实际上也就是对党委、政府的权力的一种约束。政协在职能方面的创造性发展，此其二。

三是在"参政议政"方面的创造性发展。如今政协一年开一次会，开会时列席听取中央、省、市政府对人代会的工作报告，而后讨论工作报告，发表一些意见，这就是政协现时的参政议政。如此参政议政也是很不充分的。其实，政协的参政议政，一是表现在政协的各个专业委员会（如教育文化委员会、医卫体育委员会、经济委员会、社会法制委员会、科技委员会、海外联络委员会等）对政府的与各专业委员会对口的教育文化部门、医卫体育部门、经济部门、政法社会民政部门、科学技术部门等的工作提出批评意见或向党委和政府提出有关对口部门的工作建议。二是表现在作为政协委员，个人有资格、有权利到和他的专业有关的单位去进行视察和考察，对这些单位工作做得好的地方，随时表彰之；对工作做得不好或做得不够好的地方，随时批评之。三是表现在政协作为整体可以对党委、政府的施政行为、执政情况进行谏阻纳质，拾遗补阙。

总之，政协的"政治协商、民主监督、参政议政"的三大职能，应在十七大关于"政治体制改革"必须"不断深化"的精神指导下，创造性地予以发展，从而使政协在新的历史条件下在新中国的政治体制中真正发挥其应有的重大作用！

（原载《江苏政协》2009年第12期）

上下造假何时休？

我国三代国家领导人邓小平、江泽民、胡锦涛，都把腐败问题视为关系党和国家命运与前途的大问题。现已成了国人的共识。虽然反腐的成效还不能令人满意，但毕竟在举国反腐。然而，另一个大问题却还不曾引起国人的重视，那就是：从上到下造假。其实，从上到下造假，同样关系到党和国家的命运与前途。

先讲从上到下造假问题的严重性。举几个突出事例：

2009年上半年，各地方政府上报的GDP（国内生产总值）之和为15.38万亿元人民币，远远高于国家统计局公布的13.99万亿元人民币，高出数为13.99万亿元人民币的9.9%。（香港《南华早报》2009年8月4日报道）

今年应届大学毕业生610万人。国家人力资源与社会保障部于7月25日发布的最新就业数字称，610万应届毕业生中有416万人，即68%已经就业。但是，媒体揭露，不少大学以应届毕业生的名义与并不存在的公司签订合同，说他们已经被聘就业，这种"被就业"的做法便是造假。有家私营公司（麦可思人力资源信息管理咨询有限公司）驳斥了所谓68%的应届毕业生已经就业的说法，说他们对44.4万名毕业生进行调查后发现，只有40%的学位获得者以及33%的毕业证获得者找到工作。爱国的《南华早报》7月26日指出："麦可思公司的数据很可能更接近真实情况；被就业的做法十分普遍，人们因而怀疑一些教育机构把真实数据提高了一倍、甚至是两倍。"

"汉芯"1号至5号，原是从头至尾的、弄虚作假的产物，是民工打磨出来的冒牌芯片，竟被三位院士和863专家组组长鉴定为"世界领先水平"。"汉芯"主持人、上海交通大学教授陈进与以他名字在美国注册的 GNSOC 公司存在利益输送关系,已构成侵吞国家资金、诈骗犯罪的嫌疑。在"汉芯"项目的领导、监督、评估、鉴定等环节,有关部门及人员存在共同作伪或渎职行为。由科技部、上海市组成的调查小组已确证上述事实。但有关领导人却以"影响中国的国际形象"为由,决定不见报、不公布,也不再追究法律责任,仅由学校内部对当事人作出相应处理。(《看中国》2006 年 2 月 21 日报道)

在体育界,中国运动员虚报年龄事件多起,已被国际奥委员调查;"假农民"在第五届农运会上层出不穷,参加这次农运会乒乓球比赛的大部是专业或半专业选手,在一项叫 30 米搬重物赛跑的比赛中,一位获得冠军的湖南女运动员,赛后居然被揭发是男选手,天津的一位参加女子原地抛掷秧苗比赛获得冠军的队员,她出口就是"最后一饼"……黑哨、假球、使用兴奋剂,成了常见现象。在悉尼奥运会上,我国有 27 名运动员被查出使用兴奋剂,其中包括 7 名"马家军"女子长跑运动员中的 6 名。

在教育界,大学生、研究生毕业论文中,假论文多的是。有位院士还在一篇被证明是剽窃的博士论文上署上第一作者的名字。事件被揭露出来后,这位院士又推说他没有看过这篇博士论文。最后不了了之。于是,高校论文造假之风愈演愈烈。香港《太阳报》8 月 6 日报道,近日武汉理工大学校长周祖德被曝涉嫌论文抄袭,他是第一作者,其博士生是第二作者。但这不过是在论文抄袭校长的名单中增加了一个新人而已。此前已有辽宁大学副校长陆杰荣、西南交大副校长黄庆、广州中医药大学校长徐志伟等被指抄袭论文,并且全部获证实。

在学术界、文艺界,"大师"、"泰斗"、"国宝"的称号满天飞。只有季羡林先生公开辞去了这三项称号。然而,除季羡林一人外,其他人却对"大师"、"泰斗"、"国宝"的称号安之若素。其实,这些人是假大师、假泰斗、假国宝,是别人和他自己联合造假造出来的。

至于中国出口商品中,伪、劣、假、冒商品占了很大比重,更是不争的事实。部分外国人之所以对中国人印象不好,原因之一,就是中国出口商品中的伪、劣、假、冒商品多了。

……

用不到再举例子了。总之，从上到下造假，遍及各部门、各行业造假，已成了一种严重的、恶劣的、流毒全国的社会现象。

为什么说，从上到下造假同样关系党和国家的命运和前途呢？

第一、它真正影响、损害了"中国的国际形象"。当外国人看到中国的经济界、吏治界、科技界、体育界、制造业界、教育界、学术界全都在造假的时候，他们怎能对中国、对中国的党和政府有良好的"形象"呢？

第二、它严重降低了我国国民的素质，导致"国民性"中的劣质基因沉渣泛起。本来，自改革开放后，我国的国民素质有了提高，国民性中的良性因素有所弘扬和发展，但自从造假成了一种普遍的风气后，近墨者黑，国民素质下降了。

第三、它与腐败互为因果。腐败促成了造假，造假又助长了腐败；或者说，造假必然导致腐败，腐败又必然滋生造假。因此，若要根绝造假，又必须彻底根治腐败。只有在反腐败的同时反造假，以反腐败那样的力度来反造假，才能逐步肃清腐败和造假。

第四、如果说，腐败主要发生于吏治界，那么，造假则遍及各部门、各行业，遍及全国，其危害的广度和深度，比之腐败有过之而无不及。岂能等闲视之。

第五、腐败因其触目惊心，贪污受贿数动辄以百、千万，上亿计，因此，"老鼠过街，人人喊打"，在舆论上绝少有人同情腐败者。而造假，因其面广量大，司空见惯，人们往往习以为常，见怪不怪。所以，在某种意义上，杜绝造假，比根绝腐败还困难。反造假尤其具有长期性、艰苦性和持续性。

若问：从上到下造假何时休？只有全民认识到造假问题的严重性，一致参与反造假工作，从源头到表现杜绝一切造假行为，反对一切造假伎俩，才能彻底清除造假，使中国人的正直、正义、求真、求实的形象在全世界树立起来！

(原载《大众文学》2009年第12期)

抓住这个"牛鼻子"：提高经济效益

始终把提高经济效益作为全部经济工作的中心，我认为，这是实现我国十年规划和第八年五年计划的"牛鼻子"。抓住了这个"牛鼻子"，解决了提高经济效益这个大问题，不仅实现十年规划和"八五"计划有了保证，而且对于显示社会主义的优越性也有了生动的说服力。

什么是经济效益？简单地说，就是在不同效益的前提下，人们从事经济活动所得到的有益的效果。方便的计算方法是：产出—投入＝经济效益。例如投入100元，产出150元，经济效益即为50元。但是在"经济效益"这一概念中，还包括保护环境、保护生态平衡、保护资源、保护劳动力的健康，服从精神文明利益等多种因素，以货币价值表示经济效益只是一种方便的计算方法。经济效益的高低，关系着人均国民收入的多少。国民收入的增长是直接依靠于经济效益的提高的。经济效益越高，国民收入增长越快。经济效益的提高，又直接关系到人民生活水平的增长。经济效益提高了，人均国民收入增多了，人民生活水平也就自然增长了，这是不言自明的经济常识。社会主义国家经济效益的高低，还关系着社会主义最后战胜资本主义这个战略大目标。

近几年来我国的经济效益并不理想。1990年，我国的亏损企业占了企业总数的1/3至2/5。1989年的亏损企业比1988年增加了122‰，1990年又比1989年增加了一倍多。仅1990年，我国用于亏损企业的财政补贴近500亿元，占了全部国家预算的1/6。与1963年—1965年每百元积累新增国民收入57元相比，1989年下降到27元，即下降了一倍还多。

社会产品物耗率逐年上升。1979年—1981年,社会产品物耗率为56.2%—56.8%,1982年—1985年为57.1%—57.6%,1986年为58.6%,1987年为59.4%,1988年为60.6%。1989年更高达62.4%。即十年间,社会产品物耗率上升了6个百分点。

1979年—1988年间,每吨能耗实现的国民收入在低水平上缓慢增长,平均每年增长4.1%。例如,1986年,我国的能耗总量相当于日本的1.86倍、联邦德国的2.37倍、法国的3.84倍。而同期我国的国民生产总值却分别只相当于日本的13.9%,联邦德国的30.5%和法国的37.5%。

从各个部门来看,高投入、低产出、效益递减的趋势更为明显。从工业部门看,1984年—1988年,全民所有制独立核算工业企业的资金利税率逐年下降,分别为24.2%、23.8%、20.7%、20.3%、20.63;产值利税率也逐年下降,分别为23.2%、23.6%、22.3%、22.6%、17.89%。与此同时,可比产品成本却呈跳跃式上升趋势,1980—1985年,可比产品成本升幅为0.38—1.97%,1985—1987年为7.7—8.25%,1988年高达15.6%,1989年已突破20%。

由于能源,原材料短缺,全国约有40%的工业生产能力闲置,一年少创造4000亿元产值和500亿元利税。(以上均据国家统计局的材料)如此等等,都足以说明,提高经济效益已成了我国经济工作特别是经济改革刻不容缓需要解决的大问题。若问:我国近几年的经济效益何以不高?我认为,可从表层和深层两方面加以探讨。

从表层方面看,原料提价了,工资增加了,银行贷款利息提高了,各种名目的摊派增多了,这些都不能不增加"投入"的数字。产品质量下降了,积压在仓库里的产品增多了,"三角债"的情况发展了,这些又都减少了"产出"的数字。一增一减,经济效益自然下降了。

然而,这些不过是我国经济效益不高的表层原因,深层原因则是:

第一,长期来,我国是以产值和速度的增长作为考核一个企业成绩大小的标准的,如果一个企业的产值增加了,发展速度加快了,该企业就被认为成绩很大了,于是该企业的领导人得到提升,企业也得到奖励。在这一思想指导下,各企业采用各种手段增加产值,加快速度,而对经济效益的考虑则放在次要地位。

第二,从企业内部看,平均主义"大锅饭"的分配制度,使企业缺乏提高经济效益的有效激励机制。"文革"前,高级工程师与普通工人的收入之比,一般为5∶1,而现在则为2.2∶1;"文革"前熟练工人与非熟练工人收入之比,一般为3∶1,而现在则为1.7∶1。也就是说"大锅饭"比过去吃得更厉害了。在这样的平均主义分配制度下,干多干少、干好干坏都一样。在调整工资时,除违法乱纪受到处分者外,人人加一级工资,同一杠杠内人人加的一样多。所以在全民所有制企业中,出勤不出工、出工不出力的情况并非罕见现象。

第三,自新中国成立以来,我国实际上搞的是产品经济,商品经济很不发展。按国家计划生产又按国家计划调拨、销售,某一企业经济效益高或某一企业经济效益低,并不是决定于企业本身的经营管理水平,而是决定于国家规定的价格和其他外部条件。经济改革以来,我国的商品经济发展了,不少企业转入了有计划商品经济的轨道,而企业的经营管理人员仍墨守旧日的陈规,经济效益也就不断下降,以至出现负增长。

第四,从经济改革的思路来看,十年来,我们较多考虑的是经济体制的改革,以至把体制改革作为经济工作的中心。其实,经济体制改革也应该服从于提高经济效益,并以提高经济效益为中心。某种体制改革,有助于提高经济效益的,应予推广,否则就不值得提倡。近几年,全民所有制企业上缴的利税减少,国家的财政越来越困难。"财政的钱,一是人头费,二是补贴,保了这两项之后,仅剩下少得可怜的一点钱搞建设。"(李鹏:《进一步深化改革,搞活大中型企业》)现在,《国民经济和社会发展十年规划和第八个五年计划纲要》指出,要"始终把提高经济效益作为全部经济工作的中心,"自然也包括作为经济体制改革的中心,这在经济改革的思路上是个极大的又是十分正确的转变。

第五,对那些长期亏损给予补贴的企业,缺少有效的治理、整顿手段。多年来,对于这类企业,我们一直处于"两难"境地:长期对它们给予补贴吧,全国的经济效益不但不能提高,甚至还有继续降低的趋势;把它们"关、停"吧,我们暂时还没有待业机制,"毕竟有个安定问题。"(李鹏:《进一步深化改革,搞活大中型企业》)于是,这些长期亏损给予补贴的企业依然故我,国家的经济效益也就处于低水平状态。

在明确了我国经济效益不高的深层原因后,解决经济效益不高的对策也就有了:

一、从现在起,应该以经济效益高低作为考核企业的标准。发表国民经济情况公报,应首先公布经济效益的情况。产值和速度是一个参照系,但不是最主要的。要把经济效益意识作为一切经济工作人员的首要意识。

二、逐步改革"大锅饭"的平均主义分配制度,逐步实现按劳分配。为提高经济效益作出了重要贡献的,理应得到更多的收入。

三、挑选适合于在计划经济与市场调节相结合的经济轨道上工作的新型经营管理人担任企业的领导人。不适合的坚决撤掉。

四、经济体制改革要着眼于提高经济效益。对"承包制"要加以改进和完善。总之,要把提高经济效益作为一切经济体制改革的宗旨和归宿,在经济改革的思想上来一个大转变。

五、对长期亏损靠补贴为生的企业,更多地采用"并"、"转"的方法。让经济效益高的企业或集团兼并这些企业,或把它们转到经济效益高的企业或集团中去。如果仍不能"消化"这些长期亏损的企业,则坚决"关"、"停"。通过建立待业机制解决这些"关"、"停"企业职工的基本生活保障问题。国家不能长期背上这些亏损企业的包袱,而要逐步淘汰掉这些企业。在我看来,只要把每年500亿元的补贴拿出1/10,即50亿元,也就可以解决"关、停"企业的职工的基本生活保障问题了。宁愿忍痛一时,也要放下这个我国国民经济发展中的大包袱。

(原载《唯实》1991年第5期)

让国有企业在同等条件下参与市场竞争

现行的国有企业经营机制,是在过去计划经济体制下形成的。它在过去的三四十年间曾经对发展我国的国民经济作出过重大贡献,对此必须肯定。但是随着生产的发展,它的弱点和存在问题也越来越清楚地暴露了出来。在建立社会主义市场经济的条件下,国有企业转换经营机制迫在眉睫。

从我们调查的几个国有企业的情况看,国有企业领导并不是不想转换经营机制,而且他们都在力所能及的范围里转换经营机制,让产品面向市场,走向市场,进入市场。但目前国有企业进入市场,与乡镇企业、三资企业竞争的条件,是很不平等的:

第一、国有企业要负担几近 1/3 的退休工人、退休干部(含一部分离休干部)的生活费用、医疗费用及其他福利开支。而乡镇企业、三资企业则完全不负担或极少负担退休工人、退休干部的费用。国有企业的生产成本当然要大大高于后者,与后者竞争处于不平等的地位。

第二、国有企业要上缴分量很重的税收和承担其他规定缴纳的许多费用。

第三、政府对国有企业管得太多,而政府对乡镇企业、三资企业则基本不管。不仅如此,上面多一个机构,下面多一串机构;上面增加一个人,下面增加一批人。这又是一个不平等。

第四、国有企业产品价格的变动,得经政府物价部门批准,而乡镇企业、三资企业,基本上都是自定价格。这几年,原材料涨价许多,而国有企业的产品价格还得维持原价格。

第五、国有企业的冗员多,理应大力精简,但是只能"内部消化"而不能把他们推出企业门外。为什么？我国尚未建立社会保障机制。精简下来的干部、工人，如不把他们安排好，会影响到社会的稳定。所以仍要在企业内部"消化"，即企业还得安排这些多余人员，负担这些人的全部工资、奖金和福利，而乡镇企业、三资企业则不存在这些问题，它们随时可以"炒"员工的"鱿鱼"。

我们调查的几个国有企业领导说，国有企业背上了这五大包袱，在如此不平等的条件下，怎样同乡镇企业、三资企业在市场上竞争呢？他们认为，不是国有企业不肯从计划经济体制转换为市场经济体制，而是这五大包袱严重影响了国有企业转换经营机制进入市场与乡镇企业、三资企业进行公平竞争。

根据被调查的国有企业领导的意见，结合我个人的调查体会，我认为要把国有企业转换机制的工作做好，必须妥善解决这样几个大问题：

一、我国将于今年或明年"复关"，在这一情况下，对乡镇企业、三资企业的税收优惠政策应予调整。国有企业和这些企业的税收率应该是同等的。如此，国有企业方可在同一起跑线上与他们竞争。

二、迅速建立社会保障机制。与其每年拿出五六百亿元补贴亏损的国有企业，不如把亏损的国有企业关停并转，拿出其中的四分之一的钱即每年150亿，对待业人员进行社会保障。只要向待业人员讲清楚道理，他们是会理解的。

三、政府对经济工作的指导，主要是制订经济发展战略，在宏观上进行调控。要真正把企业的14项自主权还给企业。对于不合理的摊派和检查，企业有权抵制。

四、除极少一部分产品的价格由国家控制、管理外，其余统统放开。起初，可能引起物价上涨，但经过竞争，价格也就会逐渐趋向价值。我国副食品价格放开后，并没有引起物价飞涨，就是一个很好的事例。

五、国有企业内部的用工制度、分配制度、人事制度、机构设置，应该由企业自主改革。事实上，只要把国有企业推向市场，为生存和发展计，国有企业也必然会对它们进行改革。

(原载《江苏政协》1993年第5期)

用预测代替计划

我国正从计划经济体制向社会主义市场经济转型。在转型时期有很多矛盾现象。最突出的是,一方面我们强调计划经济体制向社会主义市场经济转型的必要性;另一方面,迄今为止,我们还是每年规定了计划增长指标。

当1993年国家计划增长指标9％时,原先经济发展较快的省、市一般规定为11％～13％;到地(市)一级一般规定为15％～20％;到县一级一般规定为25％～30％。这是不依人们的意志为转移的。因为,国家计划增长指标为9％,省、市、地(市)、县的增长指标自然要层层加码,否则国家的计划增长指标如何实现呢？我国经济一再"过热"的根源盖出于此！

是否从1995年起或从1996年起,我国经济的发展可以改换一种思路呢？即用"预测"代替"计划"。

以日本为例,它搞的是"预测"而非"计划"。它根据上年国民经济的发展情况,世界经济的发展趋势,"左邻右舍"的经济发展水平,结合国民经济的发展需要,日本每年预测本年度的国民经济增长的百分比(按:以往5年为2％～5％)。国民经济中各行各业也都有"预测"。并不是每个行业都预测增长,有的预测为负增长。在这一预测指标确定后,国家实行宏观调控。有的行业增长速度超过预测数字,则加以控制,有的行业的增长速度达不到预测数字,则采取措施,促其增长;有的行业原定为负增长,当其自发增长时,则予以压缩。如此一年下来,国民经济的增长速度大致与预测数字接近。由于是"预测",而非"计划",

没有法律约束的意义,所以各级政府不会层层加码。更不会相互攀比。美国、德国等发达的市场经济国家基本上也都是这样做的。

"预测"的指标确定下来以后,不是削弱了而是加强了宏观调控的意义。相反,当"计划"规定的增长指标确定下来以后,各级政府再层层加码,相互攀比,宏观调控则往往失灵。以1993年而言,国家原计划增长指标为9%,各级政府再层层加码,相互攀比,到了江苏张家港市年增长指标已达到50%,这怎能不产生"经济过热"呢?后来国务院下决心搞宏观调控,费了多大的九牛二虎之力,包括采取行政措施,这才把"过热"降温!

很明显,"预测"的优越性大于"计划"。改"计划"为"预测",换一种思路来发展我国的社会主义国民经济如何?

(原载《社会科学报》1994年6月23日;后被《报刊文摘》转载;这是国内第一篇在报纸上公开提出用预测代替计划的文章)

大陆股市何以大起大落？

　　中国大陆有两个证券市场，即上海证券市场和深圳证券市场。最近，这两个市场都出现了股价指数大跌落的情况。一九九二年下半年，上海股价指数曾接近一千五百点；一九九四年四月廿二日，跌至五百五十六点零六。一九九三年上半年，深圳股价指数曾高达二百五十点，一九九四年四月廿二日，跌至一百三十三点零八。前者在一年多时间内，大起时的股价指数与大落时的股价指数之比为五比二；后者在一年半时间内，大起时的股价指数与大落时的股价指数之比为二比一。如果在此期间，中国出现了经济大滑坡，股价指数大跌落还可以理解，然而在一九九三年，中国国内生产总值为三万一千三百八十亿元，比上年增长百分之十三点四；一九九二年，国内生产总值二万四千亿元，比上年增长百分之十三点四；一九九四年第一季度，国内生产总值为八千二百六十亿元，比一九九三年同期增长百分之十二点七。这在日本、德国经济处于低谷，美国经济发展滞后的情况下，中国经济发展可说是突飞猛进。然则股市又何以如此大起大落呢？

　　首先，中国的股市目前还不是受市场经济规律的制约，而是随着政府的政策导向走。一九九二年春节前后，邓小平发表了"南巡"谈话。其中说："证券，股市，这些东西究竟好不好，有没有危险，是不是资本主义独有的东西，社会主义能不能用？允许看，但要坚决地试。"在这一思想指导下，股票上市的企业数急剧增加，股价指数快速上涨。一九九二年八月深圳市更发生了挤购股票的骚动事件，在挤购中死了人。与此同时，上海股价指数也连续拔高。但从一九九三年九月起，中国在经济上实行宏观调控，政府努力使经济过热降温。朱镕基副总理担任人民银行行长后，采取有力措施促使各级银行紧缩信贷，抽回在"集资热"中往外投出的钱款。到一九九四年一月，经济发展的节奏开始得到控制。一九九四年，按照政府的计划，经济发展的速度不超过百分之九。在政府政策导向的这一背景下，上海、深圳的股价指数又步步下跌，终于出现了今年四月廿二日两市股价指数跌到两年来最低点的情况。由此可见，中国的股市目前还不是按照市场经济的规律走，而是随着政府的政策导向走。

其次，目前股票上市的企业绝大多数为国有企业。这些企业的股份制，始于一九八四年。当时政府旨在通过股份制实现企业的民营化，搞活企业，这是中国经济改革的重要一步。但是，实行股份制后，企业仅仅发行了股票，企业内部并未按照股份制企业实行真正的改革，无论企业是盈是亏，赚了，赔了，受益和损失主要是国家的。股票的个人持有者，对企业领导人的任免和对企业的经营管理基本上不起作用。有些企业面临破产，才企图通过发行股票来使企业起死回生。所以，即使在股票上市后，国有企业三分之一明亏、三分之一暗亏，只有三分之一盈利的状况并未根本改变。企业的透明度很小。上市企业提供的各种经济指标，由于缺乏必要监督，并不完全反映企业的真实情形。股民购买或抛出股票，并不和发行股票的企业的经济效益挂钩。

第三，目前中国发行股票的企业约四千家，上市企业总数约二百四十家。从国家整体规模来看，简直是微不足道。一九九四年流通的股数为五十亿股，虽然相当于一九九二年的五倍，数字也不大。起初，因上市企业很少，"物稀为贵"，不少人抢购，致使股票脱离常规猛涨。这是一九九二年——九三年上半年股价指数疯涨的重要原因。但从一九九三年下半年起，股票上市的企业越来越多，股票流通数迅速增加，股票也开始贬值。而九月开始的中国的宏观调控政策，更加速了股价的下跌。

第四，在股票流通量增加但又没有足够的新的入市资金投入的情况下，股市里的赢家和输家无非是现有股民现有资金之间再分配过程中的胜者和败者。在资本主义国家的股市，操纵股市的一般是大资本的持有者。但在中国，实际上支配股市的是国有企业中的"大户"。他们在政府政策指向经济快速发展时，做"多头"吃进；在政府政策指向宏观调控时，做"寡头"抛出。谁也无力量与他们竞争。这和资本主义股市"多头"与"寡头"的激烈竞争不同。

最后，中国的股市操作，还缺少规范化、法制化。所以股民绝大多数是短线操作。在基本面、资金面没有改观的条件下，反弹的力度和结果都有限。这又是中国股市要涨一起涨，要落一起落的一个原因。

总之，要从根本上改变中国股市大起大落的局面，还得从进一步发展市场经济、深化企业改革，增加股市资金的投入，逐步改变国有企业"大户"实际支配股市以及提高股民的素质等方面着手。

（原载《中外论坛》1994年第9期）

比较:"发展论"和"陀螺论"

邓小平同志在他的"建设有中国特色的社会主义"的理论体系中有一个"发展论"。在社会发展问题上,我国某些学者有一个"陀螺论"。两者是不是一回事?孰优孰劣?可以作一番比较。

一

邓小平同志说过:"发展才是硬道理"(《邓小平文选》第3卷第377页)。但邓小平同志的发展论并不是一句话,而是包含了极其生动丰富的理论内容和实践内容。

首先,邓小平同志讲发展,是讲发展社会生产力,发展经济。早在1984年,邓小平同志就指出:"马克思主义最注重发展生产力";"如果说我们新中国成立以后有缺点,那就是对发展生产力有某种忽略。"(《邓小平文选》第3卷第64页)又说:"我们确定了一个政治目标:发展经济,到本世纪末翻两番"。(《邓小平文选》第3卷第77页)邓小平同志总结说:"归根到底,就是要发展生产力,逐步发展中国的经济。"(《邓小平文选》第3卷第177页)这可以说是邓小平同志的"发展论"的核心。离开了社会生产力的发展,离开了经济的发展,国力就不能增强,人民群众的物质生活条件和文化生活条件就不能改善,中国的国际地位就不能提高。所以,讲发展,必须紧紧抓住这个核心。

第二,如何发展?过去我们也讲过发展生产力,但发展的速度仍是不快,而在"大跃进"期间和在"文革"期间,甚至还出现过生产力的破坏,这又是怎么回事呢?"以阶级斗争为纲","阶级斗争,一抓就灵",在和平建设时期以为抓了阶级斗争就能发展生产力,无论在理论上还是在实践上都是站不住脚的。后来,我们讲在社会主义条件下发展生产力,但又把"社会主义"看做是静态的社会,而不把它看做是动态的社会,不懂得社会主义自身也需要改革,所以,生产力的发展仍然不快。邓小平同志则明确指出:"没有改革就没有今后的持续发展"(《邓小平文选》第 3 卷第 131 页),"改革是中国发展生产力的必由之路"(《邓小平文选》第 3 卷第 136 页)。这就是以改革促发展,以发展作为衡量改革举措是否成功的标尺。于是,党和政府先是在农村搞改革,搞联产承包责任制,促进农村生产力迅速发展;以后又在城市搞改革;建设特区;吸收外资、港资、台资;而后再在金融、财政、税收、住房、物价等各个领域进行改革;十五年来,我国的社会生产力和经济得到了长足的发展。1993 年国民生产总值达三万四千亿元。1979 年以来,平均年增长速度为 12%。西方有识之士称:中国已成了世界经济的发动机和供氧器。

第三,邓小平同志认为,我们的发展不是低速度发展,而是较高速度的发展,但又是适度的发展。他说:"现在要特别注意经济发展速度滑坡的问题";"假设我们有五年不发展,或者是低速度发展,例如百分之四、百分之五,甚至百分之二、百分之三,会发生什么影响? 这不只是经济问题,实际是个政治问题。所以,我们要力争在治理整顿中早一点取得适度的发展。"(《邓小平文选》第 3 卷第 354 页)又说:"中国能不能顶住霸权主义、强权政治的压力,坚持我们的社会主义制度,关键就看能不能争得较快的增长速度,实现我们的发展战略"。(同上,第 356 页)这是因为,我国在经济上还是不发达的国家。我国在发展,发达国家也在发展。如果我们老是低速发展,那就不但不能赶上发达国家,而且落后的距离会越来越大。所以,我们讲的发展并不是低速度发展,而是适度的发展,较快速度的发展。

第四,在我国的国情下,发展和稳定是什么关系呢? 邓小平同志认为,发展是目标,稳定是前提。离开了稳定,发展就无从谈起;但不讲发展,稳定就不是真正的稳定。他指出:"中国的主要目标是发展,是摆脱落后,使国家的力量增强起来,人民的生活逐步得到改善。要做这样的事,必须有安定的政治环境。没有安定的政治环境,什么事情都干不成。"(《邓小平文选》第3卷第244页)这是说,稳定是前提。没有稳定这个前提,改革开放就搞不起来,发展的目标也难以实现。但我们不能因为要稳定就束缚了发展的手脚。如果只要稳定,不求发展,那样的稳定只是暂时的。邓小平同志说得好:"但稳定和协调也是相对的,不是绝对的。发展才是硬道理。这个问题要搞清楚。如果分析不当,造成误解,就会变得谨小慎微,不敢解放思想,不敢放开手脚,结果是丧失时机,犹如逆水行舟,不进则退。"(《邓小平文选》第3卷第377页)这是稳定与发展问题上的唯物辩证法,谁要违背了这个辩证法,谁就要受到历史的惩罚。

第五,邓小平同志讲的发展,虽然主要是讲社会主义生产力的发展,经济的发展,但又是全面的发展。即围绕发展社会主义生产力,发展经济,发展农业、发展科学、发展教育、发展精神文明,发展少数民族地区,发展内地,发展与世界各国人民的友好关系,等等。所以,邓小平的发展论是全面的发展论。邓小平同志在这些方面的纲领性的意见很多,大家也都很熟悉。这里就不一一引述了。

第六,在到本世纪末以至更长一段时间里,中国要发展,就得改革计划经济体制为社会主义市场经济体制,在体制上来个大转型。如此方能使中国的社会主义生产力和经济有比较快速的发展。计划经济体制的长处是,它能集中较多的资金、资源、人力、技术,在较短时间内把国民经济搞上去。但是,它发展到一定阶段,由于它过于集中,过于依靠行政手段,过于强调计划,而计划不可能考虑到一切方面,某些计划并不与实情相一致,因而它又反过来成为发展社会生产力的桎梏。苏联、东欧后期经济发展的滞后,我国的"大跃进"、"文革"期间的失误充分证明了这一点。还在1987年,邓小平同志就明确指出:计划和市场都是发展生产力的方法。"为什么一谈市场就说是资本主义,只有计划才是社会主义呢?计划和市场都是方法嘛。只要对发展生产力有好处,就可以利用。"(《邓小平文选》第3卷第203页)在"南巡"谈话中他说得更清楚:"计划多一点还是市场多一点,不是社会主义与资本主义的本质区别。计划经济不等于社会主义,资本主义也有计划;市场经济不等于资本主义,社会主义也有市场;计划和市场都是经济手段。"(《邓小平文选》第3卷第373页)根据邓小平同志这一思想,党的第十四次代表大会上正式宣布了社会主义市场经济论,提出把计划经济体制改革为社会主义市场经济体制。三年来我国经济的加速发展,证明了邓小平同志这一思想的正确性。在中国,要在经济上,在社会生产力上有比较快速的发展,必须搞社会主义市场经济。

最后,邓小平同志讲的发展,是讲社会主义生产力的发展,社会主义经济的发展,社会主义社会的发展,为的是建设好社会主义,为过渡到共产主义创造条件。我们讲发展是为了更好地坚持理想。"只有社会主义才能救中国,只有社会主义才能发展中国。"(《邓小平文选》第3卷第311页)

以上既有区别又有联系的七点,构成了邓小平同志的生动、丰富的"发展论"。我们只有准确领会,全面理解,才能使这一理论转化成改造物质世界和精神世界的强大力量!

二

我国有些学者在社会发展问题上的"陀螺论",虽没有完全见诸于公开发表的文章,但这种理论确实存在着,而且产生着影响。1994年4月1日,我在一次会议上就听到了一位学者详细阐述了"陀螺论"。"陀螺论"的要点大致可以表述如下:

一、"陀螺论"者认为,中国过去的社会是一个正三角形的结构"△"。社会的发展,主要决定于尖端人物的思想、理论、行动是否符合于历史的方向。当尖端人物(如汉武帝、唐太宗、康熙帝、乾隆帝等)的思想、理论、行动符合历史发展方向的时候,中国社会就较快地发展。反之,当尖端人物(如王莽、隋炀帝、慈禧太后等)的思想、理论、行动背离历史发展方向的时候,社会发展就停滞、落后以至发生暂时的倒退。

二、中国正三角形的社会结构，是一个超稳定系统。一方面表现出自身结构很难发生改变，另一方面表现出周期性振荡。这种系统的稳定性是依靠它自身具有消除对原有状态偏离的周期性振荡而得以实现的。这个系统所具有的结构特征和作用机制，使得中国封建社会产生周期的改朝换代（即振荡），并且由此保持中国封建社会的结构基本不变。这就是中国封建社会长期延续的基本原因。

三、中国现已进入现代，因此必须把△的社会结构，改造、改变为▽陀螺形的社会结构。即社会的发展不是主要取决于尖端人物，而是取决于社会中每个成员的积极活动。社会成员的活动越积极，社会发展就越快。他们以意大利为例。二次世界大战后，意大利的政府（内阁）已更换了五十多届，平均不到一年就更动一次政府。但意大利社会仍处于世界前列地位，原因无他，因为陀螺形的社会结构，它的发展不取决于尖端人物，而是取决于所有社会成员的积极活动。

四、陀螺越高速运转，就越是不会倒下。相反，当着陀螺的旋转速度越来越下降，陀螺就会跌倒。现代资本主义社会发生经济危机，都是社会发展速度下降以至出现负增长时出现的。因此，国家领导人的任务就是要促进或者至少保持陀螺——社会机体的高速运转。

五、把正三角形的社会结构，改造、改变为陀螺形的社会结构，关键就是搞资本主义市场经济。一切提倡竞争，一切强调优胜劣败。市场经济是使我国从正三角形的社会结构改造改变成为陀螺形的社会结构的必由之路。

六、因此，持陀螺论者反对"稳定"，也反对"稳定"的提法。陀螺论者认为，从△到▽，是一场社会大变革，社会必然要为此付出代价。短时期的不稳定，乱，是难以避免的。但是，经过短时期的不稳定，使社会转移到高速运转的轨道时，就可以达到持久的稳定。

七、市场经济就是市场经济，无须加上社会主义的前置词。社会主义市场经济的提法，延缓、阻碍我国社会由正三角形向陀螺形的转变。

三

在弄清楚了邓小平同志的"发展论"和我国有些学者的"陀螺论"的内容以后,我们可以作一番比较。

第一、邓小平同志的"发展论"是符合我国国情的,而"陀螺论"则脱离了我国的国情。加速发展社会生产力,加速发展经济,以改革开放促发展;以较高的速度发展;在稳定的社会环境下发展;全面的发展;通过社会主义市场经济搞发展;坚持社会主义,为过渡到共产主义创造条件;这一"发展论"与中国的国情实际相结合,因而使十五年来的新中国发生了前所未有的大变化、大进步。相反,"陀螺论"则不符合中国的国情。说中国是正三角形的社会结构,以之估评中国封建社会,作为一家之言,是可以参加中国封建社会何以长期延续问题的争鸣的。但是,正如许多学者所指出的,用控制论来代替历史唯物主义对各种历史现象和历史事件的结构分析,不是把社会看作处在经常发展中的活的机体,而是把各种社会要素当作随便搭配起来或机械地结合起来的东西。因此,就不可能正确地揭示社会经济形态的发展规律,找出中国封建社会长期延续的正确答案。至于把其他学科的一些概念、术语移植到历史学领域里来,诸如"超稳定系统"、"×××机制"之类,由于它们不能概括历史事件的内部联系,所以不具有客观意义,经不起推敲。(见《中国封建社会长期延续问题论战的由来与发展》,白钢编著,中国社会科学出版社出版)特别是鸦片战争以后,150多年来,中国社会更发生了剧烈的变化。由半封建半殖民地的旧中国变成了社会主义新中国。谁能说中国社会至今仍是超稳定结构呢?说中国社会的发展,主要决定于尖端人物,更不符合中国的国情。历史主要是生产者、劳动者、人民群众创造的。尖端人物之所以在历史上发挥了一定作用,恰好是因为他们的作为反映了人民群众的意志、愿望、利益和要求。离开了这一点,尖端人物再有能耐也不可能对社会的发展起大作用。

第二,以改革、开放促发展,顺乎中国的民心,而把中国的社会结构推倒重来，一下子把中国变为"陀螺"，这是为中国亿万人民所不能接受的。中国的历史选择了社会主义。亿万中国人民选择了社会主义。这是历史的选择。即使在计划经济体制下，中国也取得了相当的进步。因此，广大人民希望和要求的是通过改革、开放，使社会主义中国发展得更快、更好，而不是根本改变今日的社会结构。苏联解体后，独联体里的有些国家，搞"休克疗法"，企图一下子成为陀螺形的社会。结果如何呢？社会生产力破坏，经济发展出现较大的负增长，人民的生活水平迅速下降，广大民众怨声载道，以致那里的执政者也不能不公开宣称，要在人民群众可以承受的情况下进行变革，停止了"休克疗法"。这说明，我国稳步的、渐进的、改革开放性的发展的做法是正确的，而企图立时立刻把中国变为陀螺形的社会则是错误的。

第三，实践证明，适度的发展，较快速度的发展，既保证了我国在发展速度上领先于现代资本主义国家，又不致使社会过于紧张，以致大起大落。"陀螺论"者主张高速运转、高速发展，貌似急进，实际上反而会延缓中国的发展。1985年搞的"大跃进"，1977年—1978年搞洋冒进，都导致了大起大落，以致后来不得不进行大调整。我国有几个"瓶颈"问题：一交通；二能源；三原材料。这几个"瓶颈"问题未得到较好解决前，搞高速运转、高速发展，只能是适得其反，造成经济滑坡。现在，党中央、国务院把我国的发展速度控制在9%左右，是比较恰当的。

第四，"发展论"主张，在稳定的前提下发展，在发展中获得真正的稳定。而"陀螺论"者则宁要发展不要稳定，这也是错误的。邓小平同志说得好："中国不允许乱"；"中国的问题，压倒一切的是需要稳定。凡是妨碍稳定的就要对付，不能让步，不能迁就。"(《邓小平文选》第3卷第286页)这是新中国成立以来在发展问题上历史经验教训的总结。"文化大革命"搞了十年，天下大乱，中国的经济到了崩溃的边缘，这不是明显的证据吗？"陀螺论"者宁要发展，不要稳定，势必造成大乱，结果必然是既失去了稳定，也没有发展。

第五，"发展论"强调发展是全面的发展，而"陀螺论"则只讲经济的发展，不谈其他领域的发展，这也是很片面的。

第六,"发展论"主张搞社会主义市场经济,而"陀螺论"则只要市场经济,这又是绝大的不同。商品经济发展到一定高度才产生市场经济。市场经济是高度市场化的商品经济。它具有统一的市场和完整的市场体系,经济活动以市场需要为取向并受市场机制的调节。实行市场经济是发展我国生产力的必由之路。但是,社会主义市场经济与现代资本主义国家里的市场经济还是有区别的。社会主义市场经济以公有制经济为主体,凡关系国民经济命脉的,以全民所有制经济为主干;在宏观上实行调控;在分配上,以按劳分配为主;以及尽可能自觉地认识和运用客观经济规律;等等。所以,"发展论"通过社会主义市场经济搞发展。"陀螺论"则完全以西方的市场经济为准则。然而,美国、日本、德国、英国等现代资本主义国家,近几年来在经济上的滑坡、滞后,正好说明了西方市场经济的弊端。而我国近几年搞市场经济,国内一片繁荣,又证明了社会主义市场经济的优越性。所以,以社会主义市场经济求发展是对的,而以西方市场经济搞发展,是不对的。

第七,"发展论"坚持社会主义,发展社会主义,而"陀螺论"则不要社会主义,但要资本主义。这又是两者的根本区别。邓小平同志讲发展,但从来坚持四项基本原则,反对资产阶级自由化。在"南巡"讲话中,他特别强调,"资产阶级自由化泛滥,后果极其严重";"垮起来可是一夜之间啊!"(《邓小平文选》第3卷第379页)在中国的具体历史条件下,搞资本主义就是倒退,我们怎能同意呢?

从上可见,"发展论"与"陀螺论"不是一回事。"发展论"是正确的;"陀螺论"是错误的。但我们也不是否定"陀螺论"的一切。它要求发扬社会成员每个人的积极性,就有合理之处。不过我们要的是社会主义积极性,而不是其他什么积极性。"陀螺论"的出现。说明我国改革开放后的确有了一个前所未有的自由学术环境。但是,是非必须分清,原则必须坚持。我们提倡"发展论",反对"陀螺论"!

(原载《学海》1995年第4期)

陈辽著作要目

1. 《叶圣陶评传》，百花文艺出版社，1981年版。
2. 《马克思恩格斯文艺思想初探》，四川人民出版社，1983年版。
3. 《露华集》，长江文艺出版社，1985年版。
4. 《陈辽文学评论选》，湖南人民出版社，1985年版。
5. 《新时期的文学思潮》，辽宁大学出版社，1986年版。
6. 《马克思主义文艺思想史稿》，四川文艺出版社，1986年版。
7. 《文艺信息学》，人民文学出版社，1986年版。
8. 《叶圣陶传记》，江苏教育出版社，1986年版。
9. 《中国革命军事文学史略》，与方全林合作，昆仑出版社，1987年版。
10. 《刘鹗与老残游记》，中州古籍出版社，1989年版。
11. 《文艺情报学》，与周京宁合作，南京出版社，1990年版。
12. 《三国演义谋略三十种》，中国华侨出版公司，1991年版。
13. 《周太谷评传》，南京出版社，1992年版。
14. 《地球两面的文学》，与张子清、[美]迈克尔·特鲁合作，南京大学出版社，1993年版。
15. 《三国演义36计》，香港昆仑制作公司，1993年版。
16. 《唐代小说与唐文化》，中国影视唐文化研究所，1994年版。
17. 《三国演义80集电视连续剧趣谈》，江苏文艺出版社，1994年版。
18. 《三国谋略成功术》，台湾海风出版社有限公司，1995年版。

19.《月是故乡明——大陆籍台湾作家研究》,与刘红林、曹明合作,江苏省台港暨海外华文文学研究会编印,1995年版。

20.《南京大屠杀真相》,香港昆仑制作公司1995年版。

21.《陈辽文存》,第1卷,香港银河出版社,1998年版。

22.《陈辽文存》,第2卷,香港银河出版社,2000年版。

23.《陈辽文存》,第3卷,香港银河出版社,2000年版。

24.《陈辽文存》,第4卷,香港银河出版社,2000年版。

25.《陈辽文存》,第5卷,香港银河出版社,2003年版。

26.《陈辽文存》,第6卷,香港银河出版社,2007年版。

27.《陈辽文存》,第7卷,香港银河出版社,2008年版。

28.《陈辽文存》,第8卷,香港银河出版社,2009年版。

29.《江苏的文学 文学的江苏》,江苏文艺出版社,2007年版。

30.《文缘:我和文坛百家》,香港作家出版社,2007年版。

31.《求索文心》,南京大学,2001年版。

32.《江苏新文学史》,主编,南京出版社,1990年版。

33.《雪泥鸿爪——江苏省社会科学院文学所建立十周年纪念文集》,主编,南京大学出版社,1990年版。

34.《台湾港澳与海外华文文学辞典》,主编,山西教育出版社,1990年版。

35.《中外名作家自杀揭秘》,主编,中国华侨出版公司,1991年版。

36.《毛泽东文艺思想与文学》,主编,南京出版社,1992年版。

37.《中国当代美学思想概观》,与王臻中共同主编,江苏教育出版社,1993年版。

38.《〈废都〉及〈废都〉热》,主编,中国矿业大学出版社,1933年版。

39.《社会主义市场经济与精神文明建设》,与贾轸共同主编,南京出版社,1994年版。

40.《施子阳选集》,责任遴选,江苏省文联、《雨花》杂志社编印,

1996年版。

41.《世纪之交的世界华文文学》,主编,《台港与海外华文文学评论与研究》增刊,1996年版。

42.《世纪之交的中国文学》,与徐采石共同主编,江苏省当代文学研究会编印,1996年版。

43.《江苏文学50年(文学评论卷)》,与黄毓璜共同主编,江苏文艺出版社,1999年版。

44.《百年中华文学史论》,与曹惠民共同主编,华东师范大学出版社,1999年版。

45.《新世纪三国演义论文集》,主编,文教资料编辑部,2001年版。

46.《我与世界华文文学》,主编,香港昆仑制作公司,2002年版。